THE
GLASS
MAKER

THE GLASSMAKER

글래스
메이커

박현주 옮김

THE
GLASSMAKER

트레이시
슈발리에
장편소설

로나에게

물의 도시는 자기만의 고유한 시계에 맞춰 흘러갑니다. 베네치아와 그에 이웃한 섬들은 늘 시간 속에 동결된 듯 느껴졌죠. 그리고 정말로 그런지도 모릅니다. 그곳은 운하가 혈관처럼 얽혀 있는 석호에 나무 말뚝을 세워 지은 도시로, 몇백 년이 흐른 지금도 도시의 미적 특성과 정교하게 아름다운 건축물은 여럿 변함없이 남아 있습니다. 배에는 이제 엔진이 달렸지만, 그래도 시간은 여전히 바깥 세계와 다른 속도로 흐르는 듯 보입니다.

수 세기 동안 베네치아의 반짝이는 보물 중 하나는 그에 딸린 섬, 무라노에서 생산되는 유리였습니다. 유리는 특유한 물질로, 유리를 제조하는 모래는 녹으면 마법처럼 반투명해지거나 완전히 투명해집니다. 유리가 고체인지, 혹은 액체인지에 대해서는 논란이 약간 있습니다. 과학 교사들은 간혹 아주 오래된 윗부분보다 아랫부분이 더 두껍다는 예를 들어서 유리가 냉각되고 한참 지난 후에도, 아주 더딘 속도라도, 계속 흐른다는 잘못된 내용을 가르쳐왔습니다. 사실을 말하자면, 유리는 알아챌 수 없을 만큼 느리게 아래로 흘러서 유리판 바닥에 고이는 것이 아닙니다. 두께가 차이 나는 건 처음부터 그렇게 유리판

이 차이가 나도록 제조되었기 때문입니다. 그러나 유리를 생산하는 섬에서처럼 보통 사람들도 유리 또한 자기만의 자연법칙을 준수한다고 믿고 싶어서, 그런 잘못된 미신이 이어지는 것인지도 모릅니다. 베네치아와 무라노처럼, 유리도 자기만의 속도가 있죠.

무언가를 만들어내는 사람들도 또한 시간과 다양하게 해석할 수 있는 관계를 맺게 됩니다. 화가, 작가, 목공사, 뜨개질 장인, 직조 장인, 그리고 물론 유리공예가도 그렇습니다. 창작자는 심리학자들이 '몰입'이라고 부르는 집중 상태에 종종 빠져들고, 몇 시간이 흘러가도 알아채지 못할 때가 있습니다.

독자들도 마찬가지입니다.

시간이 어떤 속도로 흐르는지, 나보다 다른 사람에게 더 빨리 움직이는지 아닌지는 가늠하기 어렵습니다. 한 장소에 있는 모든 시계가 그 너머의 곳과 다른 속도로 움직인다면 그걸 어떻게 알 수 있을까요? 혹은 물의 도시와 유리의 섬 장인들이 그 너머의 세계보다 더 천천히 나이 들어가는 듯해도 그걸 알 도리가 있을까요?

| 차례 |

제1부

술잔, 구슬, 그리고 돌고래

1

물 위로 납작한 조약돌을 던져 솜씨 좋게 물수제비를 뜬다면, 돌은 떨어지기 전까지 길게, 혹은 짧게 간격을 두고 물 위를 여러 번 통통 튀어갑니다.

그 이미지를 마음속에 떠올리면서, 이제 '물'을 '시간'으로 대체해볼까요.

일단 우리가 손에 돌을 들고 베네치아의 북쪽 끄트머리에 서서, 곤돌라로 30분 정도 걸리는 거리에 있는 무라노 유리 섬을 바라보고 있다는 상상을 해봅시다. 아직 돌을 던지지는 마세요. 때는 1486년, 르네상스가 한창인 시기, 그리고 베네치아는 유럽과 그 외 세계 많은 지역의 무역에서 중심지 지위를 차지하고 있습니다. 물의 도시는 영원히 부유하고 강력할 것처럼 느껴집니다.

오르솔라 로소는 아홉 살입니다. 무라노에 살지만, 아직 유리공예를 시작하지는 않았습니다…….

운하는 오르솔라의 생각만큼 깊지는 않았다. 물속으로 떨어졌을 때, 물이 너무 차가워 오르솔라는 소스라쳤고 팔다리를 허우적대다

간신히 진흙 바닥에 발이 닿았다. 그 순간 그렇게나 깊고 강하게 보였던 운하는 갑자기 그 신비를 잃었다. 오르솔라는 어머니의 비명 소리를 들었지만, 마르코 오빠는 오르솔라가 첨벙거리며 나오자 웃음을 터뜨렸다. 물은 고작 오르솔라의 어깨높이밖에 오지 않았다.

"네가 밀었지!" 오르솔라는 소리쳤다. "크레티노(얼간이)!"

"오르솔라, 바스타(그만)!" 라우라 로소가 꾸짖었다. "사람들이 듣잖니."

정말 사람들이 듣고 있었다. 무라노 주민들은 폰다멘타(베네치아나 무라노 일대에서 운하를 따라 난 길)를 따라 늘어선 유리 공방의 문간에 서서, 운하에 있는 로소 집안 여자아이를 보며 웃고 있었다.

"내가 널 민 게 아닌데." 마르코가 대꾸했다. "칠칠치 못하긴. 지가 들어가서 빠졌으면서, 바우카(멍청이)! 어쩌다 너같이 멍청한 애가 내 여동생으로 태어나서는!"

오르솔라와 어머니, 오빠들은 섬 반대편에 사는 이모와 할머니를 방문하고 돌아오는 길이었다. 할머니는 몸이 편치 않았고, 당신이 죽어간다고 굳게 믿고서는 자손들이 만나러 와야 한다고 우겼지만, 막상 뵈러 가니 자리에서 일어나 최근에 시장에서 산 잣 봉지를 오르솔라에게 건넬 만큼 정정하셨다. 당신이 돌아가시기라도 하면, 잣을 버리게 되는 게 싫다는 이유였다. 조반나 이모는 그런 터무니없는 말에 눈을 위로 떴지만, 오르솔라는 조심스레 할머니에게서 그 봉지를 받아들며 집안 하녀인 마달레나에게 전하겠다고 약속했다. 로소 가족은 무라노에서도 유리 공방이 다수 위치한 지역을 가로지르는 리오 데이 베트라이, 유리공예가들의 운하 옆을 따라 걸어오는 중이었다. 그때 마르코가 오르솔라를 세게 들이받았고, 오르솔라는 비틀거리다 물속으로 떨어졌다. 그래도 떨어질 때 잣 봉지를 뒤로 던질 만큼 정신은 있었다. 가족들이 후에 이 이야기를 여러 번 반복할 때마다 짚고 넘어가는 점이었다. 오르솔라는 어렸을 때도 귀한 잣을 낭비하지 않을 만큼 똑똑한 애였어.

오르솔라에게는 늘 더 상냥하게 대하는 오빠이고, 그래서 그렇게 재미있는 편은 못 되는 자코모가 바로 옆의 해조가 덮인 계단을 조심스레 내려왔다. 더러운 진흙탕 속에 무릎을 꿇고, 자코모는 손을 뻗어 오르솔라를 질척한 계단 위로 끌어당겼다. 오르솔라는 물을 캑캑 뱉어내면서 폰다멘타 위에 쓰러졌다가 창피해서 그대로 잠깐 누워 있었다. 술주정뱅이나, 어둠 속에서 방향감각을 잃은 사람만 운하에 떨어지는 법이었다.

라우라 로소는 딸이 일어설 수 있게 부축하고 숄로 물기를 닦아주었다. "너 춥겠다, 더러워졌고." 엄마는 중얼거렸다. 사람들이 관심을 잃었는지 확인하려고 주위를 둘러보다가, 라우라는 고갯짓으로 가까이에 있는 문을 가리켰다. "바로비에르 공방에 들어가서 용광로 앞에서 몸을 좀 데우고 와야겠어."

"그럴 순 없어요." 자코모가 끼어들었다. "얘를 안 들여보내줄걸요."

"그렇다고 여자애가 감기 걸려 죽게 놔두지도 않겠지. 아무리 경쟁자 집안 딸이라도." 라우라는 이런저런 계산이 담긴 얼굴로 문에 뚫린 철 세공 창문 너머를 힐끔 들여다보더니, 문을 잡아 열며 딸에게 신호를 보냈다. "자, 조용히 들어가. 눈을 똑바로 뜨고, 돌아와서는 뭐가 보이는지 알려야 한다."

오르솔라는 망설였지만, 엄마에게 말대꾸해봤자 소용이 없었다. 그리고 춥고 홀딱 젖은 채라 가까이 있는 용광로에 마음이 끌리기도 했다. 용광로의 소리 죽인 아우성이 들려왔다. 오르솔라는 허둥지둥 들어갔고, 엄마가 문을 밀어 닫자 가족과 단절되고 말았다. 작은 창문 너머를 돌아보니 히죽대는 마르코, 걱정스러운 얼굴의 자코모, 얼른 들어가라고 손짓하는 라우라가 보였다.

오르솔라는 통로를 따라 내려가, 거기서 이어지는 마당으로 들어갔다. 사람은 없었지만, 깨진 유리가 그득 든 상자와 외바퀴 수레, 장작더미와 벽에 기대놓은 다채로운 유리봉glass cane이 어수선하게 널려 있었다. 땅은 색색깔의 서리가 내리기라도 한 양 유리 파편으로 반짝였다. 마당은 정리라곤 전혀 되어 있지 않았다. 그 주위에는 작은 건물들이 둘러서 있었다. 더 많은 유리와 그 재료가 되는 소다회와 규사, 석회를 두는 저장고였다. 문이 살짝 열린 방 하나가 있기에 그 틈으로 들여다보니 선반들 위에 접시와 그릇, 쟁반이 차곡차곡 쌓여 있고, 형형색색의 꽃병도 줄지어 세워져 있었다. 유리잔이나 서로 얽힌 듯한 모양의 샹들리에도 줄줄이 놓였다. 이 모든 물건은 포장된 후, 결국에는 암스테르담이나 리스본, 런던이나 함부르크, 콘스탄티노폴리스(현재의 이스탄불)로 배송될 것이었다. 오르솔라의 아버지가 말하시는 걸 가끔 들어본 적이 있는 도시들이었다. 한쪽 옆으로는 손님들이 다양한 완제품을 구입할 수 있는 작은 상점이 있었다.

바로비에르 공방의 배치는 오르솔라 가족의 공방과 유사했지만, 로소가 공방 쪽이 더 작고 로렌초 로소는 질서와 정리정돈을 꼼꼼하게 따졌다. 그의 도제들은 견습 첫 달은 내내 도구를 정리하고 손수레를 계속 이리저리 끌고 다닐 뿐, 뜨거운 유리에는 손도 댈 수 없다고 불평하곤 했다. 각 공방마다 마에스트로의 성격에 좌우되기에 양식이 달랐다. 마에스트로 조반니 바로비에르는 어지럽게 늘어놓는 부류였다.

그렇다고는 해도, 바로비에르 공방은 유리공예계에서 스타였다. 조반니의 부친인 안젤로 바로비에르는 이런 무질서한 공간에서 무수한 발명을 해냈다. 크리스탈로 베네치아노라고 하는 투명 유리를 만들어냈는데, 다른 공방의 마에스트로들이 이를 복제하는 것을 허락받은 후로는 무라노의 작업 자체가 바뀌었다. 석영의 일종인 칼세도니석처럼 보인다고 하여 칼세도니오라고 이름 붙인 유리도 안젤로 바로비에르의 발명품이었다. 바로비에르 가문은 또한 유리를 기다란 봉으로 뽑아서 만드는 기법의 선구자였다. 이제는 모든 유리공예가가 술잔이나 샹들리에, 접시의 장식적 요소를 만드는 데 이 기법을 썼다. 안젤로는 수년 전에 세상을 떠났지만, 조반니는 기법을 조심스럽게 지키면서 이 전통을 이어나갔다. 유리공예 가문은 모두 은밀히 간직하는 자기들만의 비밀 제조법이 있었다. 몰래 들어온 침입자가 자기들이 뭘하는지 알아낸다면 좋아하지는 않을 것이었다.

오르솔라는 공방 작업장으로 이어지는 문 옆에서 머뭇거렸다. 용광로가 끓어오르는 소리, 직인들이 작업하면서 서로 외치는 소리가 들렸다. 어째서 오르솔라는 여기 있게 된 걸까? 들키면 깨진 유리그릇처럼 밖으로 내던져질 것이 분명했다. 하지만 어머니가 완강했기에 오르솔라는 문을 빼꼼 열고 배 속이 꽉 쥐어짜이는 기분을 느끼면서 그 안으로 슬쩍 들어갔다.

공방에는 사람들이 꽉 차 있었다. 그들은 녹은 유리구가 끝에 달린 펀티punty라고 하는 긴 철제 막대를 용광로에 넣었다 빼기도 했고, 유리구를 돌리거나 그걸 평평한 철제 판인 성형판 위에 굴리고, 다양한 형태의 주형에 끼워 넣기도 했으며, 완성작은 서서히 식도록 서냉로annealer에 넣기도 했다. 남자아이들은 불에 장작을 넣고, 바닥을 쓸며, 물 양동이를 이리저리 날랐다. 모두가 이리저리 움직이고 그 한가운데에는 마에스트로가 작업대에 앉아 있었다. 바로비에르의 공방이 로렌초 로소의 공방보다 더 크고, 휘파람이나 고함으로 더 시끄럽긴 했어도 오르솔라는 이 특별히 웅웅대는 에너지를 익히 알았다. 오르솔라는 방해하지 않아야 한다는 것을 알았기에 불 가까이로 다가갔다. 소녀의 움직임이 어떤 가르초네토의 시선을 끌었다. 가르초네토란 언젠가 유리공예가가 되기 위해 훈련하는 도제인 가르초네가 되고자 기대하며 용광로 주위에서 일을 돕는 어린 소년을 이르는 말이었다(단수형 'Garzonetto'의 복수형은 'Garnzonetti'이다. 여기서는 단수형으로 통일한다 - 옮긴이). 소년은 바닥을 쓸다가 오르솔라를 보고 얼어붙었다. 오르솔라는 한 손가락을 입술에 가져다 댔다. 소리치지 마. 소녀는 말없이 간청했다. 내가 있다고 이르지 마.

그때, 오르솔라는 왔다 갔다 하는 남자들 틈에 서 있는 누군가를 보고 그 가르초네토의 존재를 잊어버렸다. 한쪽으로 몸을 살짝 기울이고 허리에 손을 얹은 여자였다. 그 여자가 지닌 모든 것이 네모 형태로 각졌다. 너른 어깨, 이마, 심지어 핀을 꽂아 틀어 올린 회색 머리카락의 모양마저도. 주변에서 일어나는 활동과는 대조적으로 여자는 무척 차분했다.

이 사람이 바로 마리아 바로비에르, 안젤로의 딸이자 마에스트로 조반니의 여동생이었다. 오르솔라는 이 여인을 알았고, 먼발치서 본 적이 있었다. 강가를 따라, 혹은 캄포 산토 스테파노를 가로질러 쿵쿵 걸어가는 모습이나 성당 미사에 앉아 잠든 듯 눈을 꼭 감고, 턱끝이 삽처럼 뾰족해지도록 입을 꾹 다문 모습을 본 적 있었다. 마리아 바로비에르는 드문 여성 유리공예가로, 바보들에겐 독한 말을 서슴없이 내뱉는 사람이었다. 마리아는 마리에타라는 이름도 있었지만, 오르솔라는 그 애칭이 이런 무시무시한 여성에게 어울리지 않는다고 생각했다.

마리아는 어떤 가르초네가 내민 굵은 유리봉을 보고 얼굴을 찡그렸다. 오르솔라의 오빠 마르코보다 한두 살 더 많아 보이고 얼굴이 갸름한 젊은이였다. "안 돼. 균형을 살리려면 빨간색이 좀 더 두드러져야 해. 그러지 않으면 그 구슬은 흰색과 푸른색에 눌리게 될 거야. 말 귀 못 알아듣니?" 마리아의 목소리는 깊었고 언짢은 기색이 뚜렷했다. "주형은 어디에 있지? 내가 다시 시범을 보여줘야 하겠지만, 이제 그 러는 것도 지겹다."

청년은 신입 가르초네 대부분이 자기 위치를 잘 모를 때 그러듯 두 려워하는 표정을 띠고 있었다. 그가 주인에게서 고개를 돌릴 때, 눈길 이 오르솔라에게 떨어졌다. 그 눈은 아주 짙은 색, 거의 검정에 가까웠 고, 오르솔라는 그 자리에 못 박힌 느낌이었다.

마리아 바로비에르는 청년의 시선을 따라갔다. 찡그린 얼굴은 변하 지 않았다. 오르솔라의 드레스 앞자락에서 운하의 진흙물이 뚝뚝 떨 어지는 것을 알아챘을 때도 마찬가지였다. "나가, 로소." 마리아는 소 리를 내질렀다. "스피아(스파이) 같으니."

오르솔라는 빠져나가려고 허둥지둥 문을 찾아 도망쳤다. 남자들 은 유리에 열중해서 돌아보지도 않았다. 이건 여자들과 도제들이나 볼 만한 극적인 사건이었다. 오르솔라는 마당의 유리 조각을 서걱서 걱 밟으면서 바깥문으로 향했고 다시 폰다멘타 데이 베트라이로 돌아 왔다. 고작 몇 분 들어갔다 나왔을 뿐인데도 신세계에 들어갔다 돌아 온 듯 몇 시간처럼 느껴졌다. 가족들은 그 자리에 없었다. 집에 돌아가 기다리고 있을 것이었다. 어머니는 오르솔라가 상세하게 보고하기를 기대할 테지만, 오르솔라가 본 건 별 게 없었다. 유리공예 가문들은 서 로 적대적이지 않았지만 공간, 작업, 비밀을 공유하지는 않았다. 이따 금 마에스트로들은 함께 술도 마시고 카드도 쳤으며, 관세나 그들을 갈취하려는 석호 건너편의 리알토(베네치아 대운하 근처의 다리를 뜻하기도 하 고 그 일대의 상업 지구를 말하기도 한다 - 옮긴이)에서 일하는 상인들, 그리고 공 방에서 무엇을 생산하고 생산할 수 없는지를 제한하는 새로운 지령을 제멋대로 내리는 베네치아 십인회(중세, 르네상스 당시 베네치아 공화국을 지배한 최고 비밀 정치 치안 기구 - 옮긴이)를 향한 불평을 나누었다. 하지만 장인들은 제작하는 유리에 대해서는 절대 이야기하지 않았다. 앞에서는 이 섬과 산업을 지지하지만 등 뒤에서는 다른 사람의 작품을 비판하는 것이 무라노의 방식이었다. 기술이 충분히 정련되지 않았다느니, 작품에 원본다운 맛이 없고 지루하다느니 하는 평이었다. 본인이 만든 작품이 언제나 더 훌륭했다.

바로비에르가의 용광로 온기를 쬐고 온 건 채 1분도 되지 않았기에 오르솔라는 아직도 축축했고 추웠다. 소녀는 폰다멘타를 따라 폰테 디 메초 다리를 건너 집으로 뛰어갔다. 무라노 사람이라면 모두 친숙한, 건장한 청년 사공 브루노가 운하를 따라 배를 저으며 가다가 다리 아래에서 머리를 움츠렸다. 그는 노 한쪽으로 오르솔라의 드레스 앞을 따라 흘러내리는 뗏국물을 가리켰다. "지저분한 강아지야!" 그가 소리쳐 불렀다. "네 오빠가 그러는데, 너 운하에 뛰어들었다며. 인어가 될 연습이라도 하는 거니? 아니면 돌고래?"

"내가 뛰어든 게 아니에요! 오빠가 민 거지."

브루노는 키득거렸다. "어느 쪽 로소 씨 말을 믿어야 하나?"

오르솔라는 사공을 한 번 쏘아봐주고는 이웃들이 참 지저분하고 꼴사납다고 수군거리는 말을 모두 못 들은 척하고 뛰어갔다. 로소가의 공방 부지에 이르자 오르솔라는 철문을 밀어 열고 유리 마당으로 들어갔다. 한쪽에는 창고들이 있고, 다른 한쪽에는 가족들이 거주하는 집으로 이어지는 안마당이 있었다. 마당 뒤편은 용광로가 밤낮을 가리지 않고 타오르는 공방이었다. 날이 너무 더워 유리공예 장인들이 여름휴가를 갖는 8월을 제외하고, 용광로를 꺼뜨리는 일은 절대 허락되지 않았다. 공방 옆을 따라 내려가는 통로는 석호 위의 작은 선착장으로 이어졌다. 거기에서 배들이 베네치아의 상인들에게 실어갈 유리 제품을 받거나, 유리를 만드는 데 필요한 모래나 용광로에 불을 땔 때 넣을 장작을 내려놓곤 했다. 섬 지역보다는 테라페르마(본토)에 나무가 훨씬 많았으므로 바지선은 본토에서부터 장작 짐을 끊임없이 실어 날랐다.

오르솔라는 공방의 용광로로 가서 그 환하고 강한 열기 속에서 몸을 말리고 싶었지만, 어머니는 오르솔라가 당장 얼굴을 비치길 기대하고 있을 것이었다. 오르솔라는 몸을 돌려 안마당을 지나 부엌으로 들어갔다. 거기에는 다른 유의 온기가 있었다. 물을 끓이기 위해선 유리를 녹일 만큼의 열기가 필요하지 않기 때문에 요리용 불은 더 작게 피웠다. 간혹 불이 아주 뜨겁거나, 혹은 아주 약해야 할 필요가 있을 때면 하녀인 마달레나가 요리를 공방 용광로 여기저기에 슬쩍 넣어두곤 했다. 로렌초 로소는 마달레나가 공방에 무단으로 들어올 때마다 늘 불편한 심기를 드러내기는 했다.

부엌에 들어가자 긴 식탁에 마르코가 앉아 있었다. 야외 안마당에서 식사할 만큼 따뜻하지 않은 날씨에는 가족들이 식사 때 늘 둘러앉는 자리였다. 라우라 로소가 양파를 다지고, 마달레나가 사르데 인 사오르, 가족들이 즐겨 먹는 새콤달콤한 요리를 만들려고 정어리를 튀기는 동안 마르코는 할머니 댁에서 가져온 잣을 슬금슬금 집어 먹고 있었다.

"드레스 좀 봐!" 마달레나가 외쳤다. "뭐 하고 있었던 거예요? 이거 당장 벗어요!"

라우라는 양파를 썰다 말고 힐끔 올려다보았다. "별로 오래 안 걸렸네. 뭘 보고 왔니?"

라우라의 열정적인 태도가 지금은 허공으로 잣을 던져 입으로 받아

먹고 있는 마르코의 무심한 태도와 어우러져, 오르솔라는 이 사건이 미리 계획된 게 아닐까 의심했다. 오빠가 일부러 오르솔라와 부딪쳐 바로비에르 공방 옆 운하에 빠뜨린 후 안으로 들어갈 수밖에 없게 꾸민 것일 수도 있었다.

"바쁘더라고요. 사람이 많았고." 오르솔라가 입을 뗐다.

"뭘 만들고 있던?"

"모르겠어요." 오르솔라는 마에스트로보다 마리아 바로비에르를 바라보느라 정신이 없었다. "고블릿 술잔이었던 것 같아요." 대부분의 유리공예가는 와인 잔을 만드니까, 이건 안전한 추측이었다.

"그 사람들이 뭘 만드는지도 알아 오지 못했네!" 마르코가 놀렸다. "바우카(멍청이)! 차라리 나를 들여보내지 그랬어요."

그러니 오르솔라는 들여'보내진' 것이었다. 오빠 대신 자기가 선택되었다는 생각에 오르솔라는 마음 한구석에서 기뻐했다.

마달레나는 마르코에게서 잣 봉지를 낚아챘다. "너무 많이 먹지 마요! 사오르에 넣을 게 없어지잖아요!"

"마리아 바로비에르가 있었어요." 오르솔라는 말을 이었다.

"마리에타?" 라우라 로소는 딸의 이야기에 집중하려고 칼을 내려놓았다. "뭐 하고 있던?"

"어떤 가르초네랑 이야기하고 있었어요. 유리봉을 두고 혼내고 있던데."

"유리봉이라고? 너 그거 봤어?"

오르솔라는 고개를 끄덕였다.

"얼마나 굵던?"

"아빠의 엄지손가락만 했어요."

"무슨 색이었는데?"

"빨강, 하양, 그리고 파랑."

"조합하기엔 이상한 색들이네."

"마리아는 빨강이 중요하다고 말했어요. 균형을 살리려면." 오르솔라는 말을 멈췄다. "로소(로소에는 빨강이라는 뜻도 있다 - 옮긴이)." 오르솔라는 반복했다. 자기 가족의 이름이었다. 갑자기 마리아 바로비에르가 자기가 로소임을 알고 있었다는 생각이 떠올랐다. 오르솔라가 누군지를 알았다는 생각. 하지만 그 유리공예가가 자기를 스파이라고 불렀다는 말은 엄마에게 하지 않았다. "구슬을 만들려는 것 같았어요. 주형 얘기를 했거든요."

"구슬이라고! 빨강에 하양, 그리고 파랑 구슬이라는 말이지. 그리고 그냥 막대로 잡아당겨 빼는 게 아니라 주형도 한다는 거고." 어머니는 생각에 빠졌다. "페르 파보레(제발), 그 더러운 드레스랑 속옷은 빨래 더미에 넣고 마른 옷으로 갈아입어. 이 구슬에 대해선 누구에게도 한 마디도 하지 마. 아버지에겐 내가 말할 테니."

오르솔라는 축축한 옷을 벗어 절대 줄어드는 법이 없는 무시무시한 빨래 더미 속에 떨어뜨려놓았다. 공방에서 일하는 남자들과 소년들은 용광로의 열기로 땀을 무척 많이 흘렸기에 매일 옷을 갈아입었고, 오르솔라와 어머니는 쉴 새 없이 물을 데우고 따끔따끔한 잿물이 가득 담긴 통 안에서 빨래를 휘젓거나 셔츠와 바지, 속옷 등을 불 옆에서 걸어 말리고 산타 마리아 델리 안젤리 수도원 뒤 표백장에 젖은 시트를 펼쳐놓았다. 라우라 로소는 빨래를 싫어했고, 오르솔라는 자기가 혼자 할 수 있을 만큼 나이가 들면 엄마가 그 싫어하는 과업까지도 딸에게 완전히 넘겨버릴 것 같다고 예감했다.

그날 밤, 오르솔라는 부엌 구석에 자코모와 함께 자리 잡고 앉아 아버지의 도제인 파올로가 만들어준 구슬을 굴려서 주고받는 놀이를 하고 있었다. 마르코는 불을 쑤석거렸다. 로렌초는 와인을 마시고, 그동 안 라우라는 뜨거운 유리 조각에 닿아 구멍이 난 셔츠 소매를 기웠다.

"마리에타 바로비에르가 새로운 걸 만들고 있어요." 라우라는 남편 에게 말했다. "마에스트로의 아내 몇몇이 말하는 소문을 들었어요. 이 제 알겠네요. 마리아는 장식 구슬을 만들어요."

"장식 구슬이라고, 허?" 로렌초 로소가 대꾸했다. "그런 건 걱정할 것 없어."

"특별한 구슬 같던데요. 잘 팔릴 것 같은 예쁜 구슬요."

"하지만 우리는 장식 구슬을 만들지 않아. 그러니까 경쟁할 것도 없지."

"어쩌면 우리도 그렇게 해야 할지도 몰라요."

"뭘 그렇게 해?"

"구슬을 만들어야 할지도 모른다는 거죠." 라우라는 남편에게 '세 상 흐름에 좀 따라가라'고 하고 싶은 듯, 짜증 섞인 말투로 말했다.

로렌초는 고개를 저었다. "우리는 지금 유리잔과 물병, 그릇으로 충 분히 잘해나가고 있어. 수지 타산을 맞추려면 유리봉을 뽑아야만 하 지. 우리 직공들은 어떻게 하는지 모르고." 장식 구슬을 생산하는 종류 이든, 다른 유리공예품을 만들기 위한 것이든 유리봉을 만들려면 직 공들은 둘 사이에 열을 가한 유리 조각을 가늘게, 더 가늘게 잡아당겨 원통형으로 만들어야 했다. 그러자면 다른 사람들이 벌써 완벽하게 숙달한 그 기술은 물론 동선이 확보되는 긴 작업 공간이 필요했다. 로 소가는 직접 유리봉을 뽑기보다는 다른 유리공예가가 만든 유리봉을 구입했다. 로렌초는 또한 작업장에서 만들어내는 제품을 유리잔과 물 병, 그릇 종류로 제한했다. 몇 가지 제품, 정교한 샹들리에나 촛대보다 사람들이 늘 필요로 하는 일상용품을 잘 만들어내는 편이 더 낫다고 판단했기 때문이었다. 이곳은 주문은 끊기지 않지만 절대로 부자가 될 수 없을 정도로만 꾸준히 운영하는 보수적인 공방이었다.

"계산은 해볼 거죠?" 아내가 끈질기게 물었다. "유리봉 한 토막의 구매가를 그걸로 만들어서 팔 수 있는 장식 구슬의 수로 나눠보면요? 이익을 따져볼까요?"

로렌초 로소는 아내에게 간결한 눈길을 보냈다. 오르솔라는 그 눈빛이 '더 따지지 마'라는 뜻임을 알았다.

한 달 후, 바로비에르가는 세상에 로세타rosetta를 선보였다. 남성의 엄지손가락 첫 마디 크기 정도 되는 통 모양의 장식 구슬이었다. 로세타를 만들려면 별 모양의 주형 속에 빨강과 하양, 파란색의 유리봉을 겹겹이 넣고 원통형이 되도록 굴렸다. 그런 다음에는 봉을 개별 구슬 크기로 잘라낸다. 하얀 별의 열두 꼭지가 푸른빛 속에서 나타나도록 사선으로 커팅해야 했다. 구슬은 가리비 조개처럼 보였고, 독특하고 독창적이었다. 라우라 로소는 처음 구슬을 손에 들어보고는 너무나 못생겼다며, 누가 이런 걸 걸고 다니고 싶겠냐고 단언했다. 하지만 오르솔라는 그 구슬이 마음에 들었다. 이전에 무라노의 어떤 사람이 만든 것과도 비슷하지 않고, 너무 놀라운 작품이었다. 로세타는 서서히 팔리기 시작했다. 처음에는 그렇게 많은 양은 아니었다. 신기한 물건이기도 했고 사람들의 마음을 사로잡아 아프리카 부족장의 자긍심이 되기까지는 시간이 걸렸기 때문이었다. 베네치아의 도제Doge(베네치아 공화국을 지배하던 총독을 이르는 말 - 옮긴이)는 마리아 바로비에르에게 전용 소형 용광로를 세우고 특별한 장식 구슬을 생산할 수 있는 허가를 내주었다. 자기만의 용광로를 운영할 수 있는 여자. 이건 새로운 현상이었다. 세계가 본질적으로 변화하지 않는 한 다시 일어나지 않을 것 같은 사건이었다.

오르솔라는 이따금 폰다멘타 데이 베트라이나 캄포 산토 스테파노의 시장에서 마리아와 스치기도 했다. 바로비에르가 사람들은 부유했으므로 생선값 정도는 신경 쓸 필요가 없었지만, 마리아는 솔도를 한 닢씩 쓸 때마다 두카토 금화라도 되는 양 정어리를 두고 가격 흥정을 벌이고 있었다(솔도는 중세 이탈리아의 동전이고 두카토는 금화로, 1두카토는 솔도보다 100~140배의 가치가 있었다 - 옮긴이). 혹은 가끔 오르솔라는 무라노 사람들이 나와 사교를 하는 파세자타(저녁 산책) 시간 동안 캄포 산 베르나르도의 끝자락 주위에서 혼자 거니는 마리아를 보기도 했다. 마리아 바로비에르는 소녀를 아는 척하는 법이 없었지만, 이따금 곁눈질로 쳐다보긴 했다. '네가 오르솔라 로소이고, 나는 네가 거기에 있다는 걸 알지.' 그 눈길은 그렇게 은근히 말하는 듯했다.

오르솔라의 생활은 텃밭 가꾸기와 청소는 물론 끝없는 빨래 더미 주위에서 돌아갔지만, 여력이 있을 때면 전갈을 전하는 심부름을 한다거나, 직공들에게 마달레나가 만든 비스코티를 갖다주러 간다거나 하며, 오르솔라는 공방 작업장으로 갈 구실을 찾아내곤 했다. 그런 다음에는 어슬렁거리면서 직공들이 꽃병이나 유리잔 만드는 모습을 구경했다. 한번은 베네치아인들이 무라노의 대운하 위에 소유하고 있는 거대한 저택, 팔라초에서 쓸 술잔을 장식하는 광경을 본 적도 있었다. 무라노는 베네치아에서 배로 반 시간밖에 걸리지 않지만, 베네치아의 부자들은 이 섬을 그들이 보통 사는 빽빽하고 번잡한 삶에서 벗어난 휴양지로 썼다. 그들은 유리공예가나 어부와 어울리지 않았다. 타베르나(술집)에서 술을 마시지도 않고, 자기들끼리만 파티를 열었으며, 자기들 하인을 데려오고, 자기들만의 곤돌라 사공을 이용했다. 하지만 그들은 유리 장인들이 무엇을 만드는지는 보고 싶어 했다. 무라노 산 유리공예품은 대부분 해외로 보내졌지만, 몇 점은 늘 베네치아인 이나 다른 방문객에게 팔 수 있도록 따로 챙겨졌다.

손님들이 로소가의 작은 상점에 구경하러 오면, 오르솔라는 어머니가 앞치마를 푼 후 손가락으로 머리를 빗고 완벽하게 구부러진 눈썹을 다듬고서 마에스트로 로렌초 로소가 최근에 만든 것들을 보여주러 서둘러 나가는 모습을 볼 수 있었다. 베네치아의 부자들은 둘러만 보고 아무것도 사지 않고 나가는 게 다반사였다. 하지만 가끔은 마에스트로가 만든 작품을 구입하거나 파올로가 만든 물병이나 술잔을 사서 모두를 놀라게 했다. 대머리에 가슴이 통처럼 둥글고 팔이 튼튼하며 말이 없는 파올로는 로렌초의 세르벤테, 마에스트로 바로 아래 직급인 제1도제로 유리를 솜씨 좋게 다루었다. 그의 작품이 상점에서 팔릴 때마다 라우라 로소는 기뻐하며 그에게 알렸고, 그러면 그는 얼굴이 빨개져서 다른 사람들이 놀려대는 동안 미소를 살짝 띠고 용광로 쪽으로 눈길을 보내며 등을 돌렸다. 그는 가르칠 때도 상냥해서 소리를 지르거나 꾸짖는 법이 없었고, 그저 작품의 형태를 새로 잡을 수 있게 한 손을 조절해주거나 다른 도구를 건네주거나 유리를 다시 가열하라고 용광로를 고갯짓으로 가리키는 정도였다.

로소의 공방은 가르초네토를 고용해서, 용광로에 장작을 넣고 바닥을 청소하거나, 도구를 정리하고 끝없이 목말라하는 직공들의 갈증을 해결하기 위해 물을 길어오는 일을 시켰다. 그들이 5년 동안 버티면 가르초네가 되어 로렌초와 파올로에게 배우면서 6년간 도제 생활을 하게 되었다. 오르솔라는 가르초네들이 아버지 주위에서 마치 춤을 추듯이 빙빙 도는 모습을 구경하는 게 좋았다. 그들은 무릎을 꿇고 아버지가 막대를 뒤집는 동안 녹은 유리를 부풀리기 위해 펀티를 통해

숨을 불고, 아버지에게서 막대를 넘겨받아 용광로에서 다시 가열하기도 했다. 또 아버지가 필요로 하는 목재와 금속 도구―주걱이나 펜치, 부젓가락이나 가위 등―를 건네주고, 금박을 늘어놓고, 아버지가 작업하는 작품에 붙일 수 있게 적정 온도로 가열한 작은 유리 조각들을 가져오고, 펀티에서 작품을 떼어내서는 보호대 사이에 끼워 식히기 위해 서냉로로 운반하는 일도 했다. 마에스트로는 이 춤의 정중앙에서 자기 주위에서 돌아가는 모든 동작을 오케스트라의 지휘자처럼 조율했다. 거기에는 매끄러운 리듬이 있었다. 리듬은 있어야만 했다, 그렇지 않으면 작품이 제대로 나오지 않을 테니까. 마에스트로는 틈틈이 짧은 지시를 내릴 뿐 별다른 말은 하지 않았다. 어떤 공방에서는 남자들이 노래하고 농담하며 여자들이나 배에 관한 얘기를 늘어놓기도 하지만, 로렌초 로소는 고요 속에서 작업하는 편을 선호했다. 그의 직공들은 이를 찬성했다. 이런 방식이 마음에 안 들면, 더 요란한 공방으로 옮겨갔다.

마르코와 자코모는 가르초네토로 시작했다. 아버지가 아들이라고 특별대우를 하려 하지 않았기 때문이었다. 가르초네로 올라갈 수 있게 되기까지 소년들은 한동안 뛰어다니며 심부름을 하면서 이 직업을 맨 밑바닥부터 배워나가는 시간을 보내야 했다. 자코모는 아버지처럼 꾸준해서, 지시받은 일을 해내고 매 과정을 열심히 공부했다. 그는 파올로를 그림자처럼 따라다니면서 발 빠르게 움직이며 바닥에 떨어진 유리 파편을 쓸거나 없어진 주걱을 찾아내거나 형이 부주의하게 소맷자락으로 작업대에서 쓸어 떨어뜨린 금박을 핀셋으로 조심스레 집어올리는 일을 했다. 일을 다 마쳤을 때도 자코모는 남아서 끝없이 고토를 만들어냈다. 고토는 도제들이 기술을 연마하기 위해 만드는 일상용 유리잔이었다.

마르코는 달랐다. 더 게을렀지만 자신감이 넘쳤다. 그는 솜씨가 있었다. 자코모보다 훨씬 뛰어났고, 어쩌면 자리 잡고 연습을 계속한다면 아버지를 능가할 수도 있었다. 하지만 마르코는 절대로 고토를 만들지 않았다. 그는 새로운 기술이나 색상, 디자인에 열광했고 자신에게 맡겨진 다른 모든 일을 제쳐놓고 이를 두고 끝없이 작업했다. 하지만 그 기술을 완전히 익히지 못하거나 그 디자인이 너무 복잡해서 해낼 수 없다는 것을 알게 되면, 좌절하고 작품들을 쓸데없이 깨뜨려버리고는 공방에서 뛰쳐나갔다. "쟤 아내가 될 사람이 누구든 진짜 손 갈 일이 많을 거야." 한번은 마르코가 성질을 부린 이후에 라우라 로소가 그렇게 말한 적이 있지만, 라우라든 남편이든 오르솔라가 화를 낼 때는 꾸짖어도 마르코를 그 이유로 꾸짖지는 않았다. 파올로도 아무 말 하지 않았다. 마르코가 언젠가는 자기 상사가 될 것임을 알기 때문이었다. 자코모는 형에게 맞서보려고는 했다. 몸에 든 멍이 그 증거였는데, 그는 자기 형만큼 강하지 못했기 때문이었다.

마르코는 언젠가 특별히 아름다운 작품을 만들었다. 베네치아의 모든 가문 깃발을 장식하는 날개 달린 사자 모양의 손잡이가 달리고 선명하게 선세공 장식을 넣은 술잔과 깊이가 아주 얕아서 거의 접시에 가까운 정도의 대접이었다. 그는 최종 작품을 완성하기 전까지 몇 주 동안이나 그림을 그리고 모든 다른 부분을 연마했다. 그는 그 결과물을 몹시 자랑스러워해서, 처음 만들 때는 베네치아인들에게 팔 생각이었지만 그러지 않기로 했다. 그 작품을 상점에 전시해두는 대신, 그는 작은 선반을 만들어 그것을 공방에 놓아두었다. 주변에 사람이 없는 어느 날, 오르솔라는 대접에 물을 채워보려 했지만 대접이 너무 얕아서 액체가 거의 담기지 않았고, 그걸 들고 움직이는 순간 그나마 담겼던 물조차 쏟아져 오르솔라의 드레스로 흘러내렸다.

열일곱 살이 되었을 무렵 오르솔라는 한층 더 어머니와 비슷해졌다. 서로 어울리는 진갈색 머리와 눈, 둥글게 솟은 눈썹과 무슨 사건이 일어나기를 기다리는 듯 안달복달하는 분위기.

그리고 무슨 사건이 일어났다.

어느 날 오르솔라는 장어 스튜를 담은 냄비를 서냉로 바닥에 넣어 데우려고 들고 가다가 남자들이 작업하는 모습을 보려고 공방 문간에 멈춰 섰다. 아버지는 마에스트로 전용 긴 의자에 앉아 있었고, 세르벤테와 가르초네들이 펀티 집게를 들고 주변을 돌아다녔다. 그들은 선세공 장식을 넣은 기다란 관, 아마 물병의 손잡이일 것 같은 부분을 작업하는 중이었다. 파올로가 그 유리관이 붙어 있는 펀티를 용광로에서 끌어내어 로렌초 로소에게 가져갔고, 마에스트로는 집게를 이용해 뜨거운 주황색 관의 커브 부분을 부드럽게 잡아당긴 후 컴퍼스로 측정하고 고개를 끄덕였다. '페르페토(완벽해)'가 그의 마지막 말이었다. 가르초네 한 명이 끝이 갈라진 막대를 들고 와 커브 모양으로 휜 관을 걸려고 했다. 오르솔라의 아버지는 유리가 펀티에서 떨어져 나가도록 부드럽게 톡톡 쳤고, 가르초네는 그걸 들어 밤새 식히기 위해 서냉로로 들고 갔다. 하지만 그가 막대를 조심성 없게 걸고 살짝 생각 없이 흔드는 바람에 커브로 휜 유리관이 고리에서 벤치 위로 떨어져 깨지면서 유리 조각이 공방 전체에 튀었다. 그중 하나는 오르솔라의 발 위로 떨어졌다. 조각 하나는 로렌초 로소를 과녁으로 삼아 마치 뜨거운 다트 화살처럼 곧바로 목으로 날아가 박혔다.

도제는 끝이 갈라진 막대를 무기처럼 높이 쳐든 채로 얼어붙었다. 로렌초는 자신의 목에 손을 뻗어 유리를 더듬어 찾은 후 그걸 잡아 빼냈다. 코르크 마개를 빼는 행위나 마찬가지였다. 선연한 피가 분출되어 바닥에 튀었다. 로렌초는 영문을 모르겠다는 표정으로 손에 든 유리 조각을 빤히 보았다. 피가 목을 타고 흘러내리자 얼굴이 회색으로 변했고, 그는 벤치에서 굴러떨어졌다.

오르솔라가 장어 요리 냄비를 떨어뜨리는 것과 동시에 그 가르초네가 막대를 떨어뜨렸고, 이 요란한 소리에 오빠들도 마비 상태에서 깨어났다. 마르코와 자코모는 황급히 아버지 곁으로 갔다. 그 도제는 뛰어나갔다. "가서 의원을 불러!" 마르코는 그의 뒤에 대고 소리쳤다. "어머니 모셔 와!" 마르코는 오르솔라에게도 소리쳤다. "린넨 천을 가져와!"

오르솔라는 구체적으로 할 일이 생겨서 다행이라고 여겼다. 부엌으로 뛰어간 오르솔라는 어머니의 한 팔을 잡고 제대로 말도 못하고 끌어당겼다. "파드레, 사고. 린넨."

라우라 로소는 딸의 얼굴에 무슨 말이 쓰여 있기라도 한 양 찬찬히 보았다. 다음 순간, 라우라는 침착함을 되찾았다. "마달레나, 찬장에서 시트 더미 좀 가져와." 라우라는 명령을 내리며 서둘러 공방으로 향했고, 오르솔라는 그 뒤를 따랐다.

마달레나는 시트를 들고 왔다가 장어 덩어리와 깨진 냄비가 바닥에 흐른 빨간 웅덩이와 뒤섞인 광경을 보고 비명을 질렀다. 장어가 핏속에서 헤엄치는 것처럼 보였다. 라우라는 피 웅덩이 속 남편 옆에 무릎을 꿇고 치마로 흐르는 피를 막으려 했다. 오르솔라는 엄마의 드러난 발목이 피에 젖어 미끌미끌해진 것만 빤히 바라보았다.

"바스타(그만), 마달레나!" 라우라가 외쳤다. "나한테 시트 던져!"

마달레나는 문간에 얼어붙은 채로 서 있었기 때문에, 오르솔라가 마달레나의 손에 탑처럼 쌓인 시트를 낚아채어 하나를 어머니에게 건넸고, 어머니는 그걸 로렌초 로소의 목에 대고 눌렀다. 시트는 금방 붉은색으로 물들었다. 순백색과 대조되는 진한 색은 선정적으로 보일 지경이었다. "하나 더." 라우라가 외쳤다. 오르솔라는 그렇게 오랜 시간을 들여 빨래하고 햇빛 속에서 하얗게 말린 시트를 한 장 더 건넸다. 이제 오르솔라가 해온 모든 작업이 순식간에 망쳐져버렸다. 오르솔라는 그런 생각을 한다는 데 죄책감을 느꼈다.

자코모는 반대편에서 무릎을 꿇고 아버지의 손을 꽉 잡았다. 파올로는 가르초네토들을 감싸안고 서 있었다. 한 명은 눈을 휘둥그레 떴고, 다른 한 명은 얼굴을 도제의 옆구리에 묻었다. 그동안 마르코는 분통을 터뜨리며 작업장 내를 돌아다녔다. "그 비열한 가르초네 새끼 어딨어?" 그는 고함쳤다. "그 새끼를 난도질해서 창자를 뽑아내어 그 어미에게 보여줄 거야! 의사는 어디 있지? 그 새끼, 의사를 부르러 가지도 않았을걸."

사실 그 도제는 의사를 부르러 가지 않았고 배 한 척을 훔쳐 타고 테라페르마(본토)로 도망쳤다. 다시는 그의 모습을 볼 수 없었다. 누군가가 그의 이름을 꺼내기라도 하면, 로소 집안 사람들은 땅에 침을 뱉고 저주를 퍼부었다.

"마드레, 우리, 우리 신부님을 부르러 가야 하지 않을까요?" 자코모가 나직이 말했다.

아무 말 없이 파올로가 가르초네토들로부터 떨어져 신부를 데리러 나갔다. 가장 가까운 성당, 리오 데이 베트라이가 무라노의 대운하와 만나는 자리에 있는 산 피에트로 마르티레로 가서 신부님을 데리고 온다고 해도 몇 분은 걸릴 것이었다. 오르솔라는 피 웅덩이의 크기와 아버지의 얼굴을 보았다. 눈은 감겨 있었고, 피부는 버섯처럼 하얬다. 오르솔라는 아버지에게 종부성사를 행하기엔 때가 너무 늦었음을 알았다.

라우라 로소도 똑같은 계산을 했다. 라우라는 남편의 맥을 짚었고, 그다음에는 웅크려 앉으며 로렌초 로소의 목에서 피 묻은 시트를 뗐다. "케 디오 아비아 피에타 델라 소 아네마, 에 데 라 노스트라(주님, 그의 영혼에, 그리고 우리의 영혼에 자비를 베푸소서)." 라우라는 그렇게 말하며 성호를 그었다.

마리아 바로비에르는 로렌초 로소의 장례식에 참석했다. 무라노의 모든 유리공예가, 그리고 아버지가 주로 거래한 베네치아 상인 고트프리트 클링엔베르크도 왔다. 오르솔라의 아버지는 인망이 높은 사람이었다. 그가 존재감 있는 유명 인사라서는 아니었다. 그는 조용했고 가족과 사업에만 집중했다. 그보다는 그가 정직하고 공정했으며, 그의 작품은 단순하고 충실했기 때문이었다. 그는 샹들리에나 다른 장식적인 작품에는 특화되어 있지 않았기에 다른 공방의 영역을 침범하지도 않았다. 작업장은 깨끗했으며, 함께 일하는 남자들은 행실이 발랐다. 마르코는 예외였지만. 아들을 마음에 맞게 선택할 도리는 없으니까. 로렌초의 갑작스러운 죽음은 그를 대단치 않게 평가한 유리공예가들에게도 충격을 안겼다. 그래서 그들은 장례미사에 참석해 산티 마리아 에 도나토 대성당을 꽉꽉 채웠고 시신을 로소 집안의 배, 바닥이 평평한 산돌로까지 운구할 때 동행했다. 거기서부터는 마르코와 자코모가 배를 저어 운하를 타고 짧은 거리를 흘러가 무라노의 북동쪽 끝자락에 있는 묘지까지 갔고, 다른 식구들은 폰다멘타 위에서 따라갔다. 마리아 바로비에르는 수백 명의 문상객들 사이에 섞여 있었고, 이번에는 오르솔라를 똑바로 바라보았다. 한참 동안, 서늘하게, 무감하기는 하지만, 적대적이진 않은 시선으로.

몇 주 후, 오르솔라는 아버지를 위해 기도하러 갔던 대성당을 나와 캄포 산 도나토를 가로질러 가는 중에 벤치에 앉아 있는 마리아와 마주쳤다. "날 좀 일으켜다오, 오르솔라 로소." 마리아는 명령했다. "통풍이 있어 쉽지 않구나."

오르솔라는 마리아의 팔꿈치를 잡고 일어날 수 있게 부축했다. 이 나이 든 여성에게서 약한 면모를 본 건 이번이 처음이자 마지막이었다.

"아버지를 위해 기도드리고 왔니?" 마리아는 산티 마리아 에 도나토를 가리켰다. 대성당은 벽돌 장식이 아름다운 건물로, 두 줄로 늘어선 주랑 아치가 있었다. 오르솔라는 미사를 보는 도중에 성당 안 바닥에 깔린 수백 년 된 근사한 모자이크 타일을 찬찬히 바라보는 게 좋았다. 로소 집안의 집에서 가장 가까운 성당은 아니지만, 이 섬에서 가장 훌륭한 성당이었다.

오르솔라는 고개를 끄덕이며 치솟는 눈물을 참았다. 이 여자 앞에서 울고 싶지는 않았다.

다른 여자라면 성호를 그었겠지만, 마리아는 그러지 않았다. "네 아버지에게 생긴 일은 절대로 그 누구에게도 일어나서는 안 될 일이었어." 마리아는 오르솔라를 위아래로 훑어보았다. "다 컸구나, 오르솔라 로소. 거의 어른이 다 되었어. 새 옷이 필요하겠다."

그 말은 사실이었다. 오르솔라의 가슴은 부풀어올랐고, 드레스가 가슴 부분과 겨드랑이 부분에서 꼈다. 오르솔라는 어머니에게 아무 말도 하지 않았다. 라우라 로소는 갑작스레 유리 공방 운영을 떠맡게 되었고, 장부를 들여다보거나 장작을 가늠하고, 유리봉이나 술잔을 세고, 작업이 마무리되도록 마르코와 함께 일하느라 바빴다. 오르솔라는 새 드레스는 우선순위가 아니라는 것은 알았다.

"붉은 기가 살짝 도는 갈색이면 좋겠구나." 마리아 바로비에르는 말을 이었다. "빨간색이 너의 색깔이나 머리와 잘 어울릴 테지. 타고난 색깔에도 눌리지 않고 버텨야 할 테니까."

오르솔라는 이 유리공예가가 자기의 올리브빛 피부, 진한 입술과 머리카락 색을 알아보았다는 생각에 얼굴을 붉혔다. 그녀는 절에 가깝게 고개를 숙여 마리아에게 인사하고 서둘러 떠났다.

1주일 후, 한 소년이 잘 개킨 원단 한 꾸러미를 들고 문 앞에 찾아왔다. 고운 린넨 직물로, 갈색이지만 붉은색이 약간 섞여 있었다. 쪽지는 없었다. "질이 좋네." 라우라 로소는 원단을 판판하게 폈다. "누군가가 이런 식으로 외상값을 대신 내는 거겠지. 하지만 우리는 돈이 필요하지, 천이 필요한 게 아닌데. 누군지 자백하면, 돈으로 받아내야겠어."

오르솔라는 헛기침을 했다. "저한테 온 거예요."

"누가 보낸 건데?" 라우라는 결혼하지 않은 딸이 선물을 받았을 때 어머니라면 누구든 가질 의심을 품고 따져 물었다.

오르솔라는 머뭇거렸다. 어떤 남자가 천을 보내주었다고 하는 게 간단할 수도 있었다. 그러면 아무도 놀라지 않을 것이었다. 어머니는 웃어버리고 그 천으로 드레스를 만들고는 남자는 문안에 발도 들이지 못하게 할 수 있었다. 하지만…….

"마리아 바로비에르가 보낸 거예요. 선물로요."

라우라는 콧방귀를 뀌었다. "어째서? 마리에타가 너한테 무슨 볼일이 있다고? 아니, 네가 그 여자에게 무슨 볼일이 있다고?"

"아무것도 없어요. 그냥 내가 드레스가 필요할 것 같다고 하셨어요. 그게 다예요."

오르솔라는 어머니가 천을 가져가 마리아의 얼굴에 도로 내던져버릴 것을 각오했다. 하지만 라우라는 고운 천을 쓰다듬더니 딸을 위아래로 훑어보며 말했다. "드레스를 내일 만들어야겠다. 그 여자한테 가서 도움을 청할 때 그 옷을 입으면 될 거야."

레몬 한 조각을 문 것처럼 오르솔라의 입이 말랐다. "무슨 말씀이세요. 무슨 도움요?"

라우라는 딸에게 한참 눈길을 주었다. "안디아모(가자)." 라우라는 그렇게 말하더니 앞장서서 안마당을 지나 작업장으로 향했다. "보렴." 라우라는 문을 밀어 열었다.

오르솔라는 아버지의 죽음 이후로 공방을 피했다. 바닥에 남은 핏자국을 보는 게 두려워서만은 아니었다. 오르솔라와 어머니, 마달레나는 있는 힘껏 바닥을 박박 문질렀다. 그동안 내내 마달레나는 훌쩍거렸고 라우라와 오르솔라는 입을 꾹 다물었다. 가르초네토들은 공간을 재배치해서 이제는 장작더미가 그 자리를 덮도록 했다. 장작이 떨어질 일은 절대 없으므로 마에스트로의 희미한 핏자국이 드러날 일도 없었다. 하지만 로렌초 로소는 그와 그의 직공들이 매일같이 춘 군무의 주역이었고, 오르솔라는 아버지가 남긴 공백도, 그 공백 주위에서 헤쳐 나가려고 애쓰는 다른 이들이 비틀거리는 동작도 보기가 힘들었다. 마르코가 대신 들어갔지만, 그는 이제 고작 프로바, 세르벤테가 되는 시험을 쳤을 뿐이었다. 그가 마에스트로로서 공방을 이끌 만큼 노련해지려면 아직 한참 모자랐다. 하지만 그렇게 할 수밖에 없었다. 마에스트로가 죽으면, 그 업은 장남에게 이어졌다. 이따금 오르솔라가 언뜻 보면 마르코는 전혀 어쩔 줄 몰라 하는 듯 보였고 책임에 빠져 죽기 직전인 남자 같았다. 그럴 때는 오빠에게 안타까움을 느끼며 뭔가 위안이 되는 말을 하고 싶었지만, 약한 모습을 알은체하면 오빠의 화를 돋울 뿐임을 알았다.

이제 오르솔라는 공방 바닥 너머를 바라보았다. 마르코와 파올로는 없었다. 가르초네 둘과 가르초네토 한 명이 스피골리, 카드를 내려치는 게임을 하면서 놀고 있었고, 다른 가르초네토는 잠들어 있었다. 로렌초 로소 앞에서는 결코 해본 적 없는 행동이었다. 자코모만 유리 작품을 여러 더미로 분류하는 일을 하고 있었다. 보통은 가르초네토들이 해야 하는 업무였다. 자코모는 어머니와 여동생을 보고 사과하듯이 방어적인 표정을 지어 보였다. 보통 자코모는 모래와 재, 석회를 한번에 섞거나 필요한 색을 만들기 위해 아버지가 개발해 가르쳐준 로소가만의 조색 비법을 써서 새 유리를 만들곤 했다. 하지만 공방은 새 유리가 필요한 것 같지 않았다. 아무것도 생산하지 않기 때문이었다.

"보이지?" 라우라 로소가 말했다. "우리는 지금 곤란한 처지야. 마리에타 바로비에르에게 어떻게 해야 할지 알려달라고 해야 해." 라우라는 바닥에 남겨둬서는 안 되는 투명 유리 덩어리를 집더니 파편을 담는 외발 수레 위로 던졌다.

오르솔라는 문간에 기대어 어머니를 찬찬히 보았다. 아버지가 돌아가신 후 어머니는 신체적으로 변했다. 나이가 들었다는 게 아니었다. 물론, 약간은 나이 들기는 했다. 회색 머리카락이 더 눈에 띄고, 음식에 관심을 잃어 식사를 거르는 바람에 확연히 야위긴 했다. 그러나 변화는 그 이상의 것이었다. 라우라는 늘 모범적인 마에스트로의 아내였다. 저녁의 파세자타 때 몇몇 아내가 그러듯 마에스트로 아내에게만 주어지는 모피를 뽐내려 운하를 따라 행진하지도 않았다. 하인들에게 모든 살림을 맡기지도 않았다. 직접 살림을 꾸리고 공방에 관심을 보이며 자기가 결정을 내릴 수는 없었지만 남편과 사업에 관해 논의했다. 라우라는 글도 읽을 줄 알고, 장부 적는 일을 도울 만큼 셈도 약간은 할 수 있었다. 꾸짖거나 잔소리를 하진 않았지만 오르솔라나 마달레나, 도제들, 장을 보는 푸주한과 어부, 채소 장수에게는 태도가 완강했다. 집은 늘 깨끗하게 유지했다. 포도주를 많이 마시지도 않았다. 유일하게 약한 건 비스코티와 건과물뿐이었다.

처음 며칠 동안 라우라는 꼼짝도 하지 않고 얼어붙은 듯했다. 남편을 위해 열린 미사에서도, 묘지까지 남편의 시신이 실린 배를 따라갈 때도, 무덤가에서도 울부짖지 않았다. 오르솔라는 어머니가 감정을 느끼지 못하는 것이 아님은 알았지만, 라우라의 시선은 날이 맑을 때면 멀리 보이는 테라페르마의 산으로 향했다.

어머니는 은밀히 오르솔라와 자코모에게만 마르코가 무라노처럼 경쟁적인 곳에서 유리공예업을 운영할 만큼 침착한 이성이 있는 인물이 못 된다며 불평을 털어놓았다. 많은 공방이 같은 고객을 두고 다투는 곳이었다. 영국인, 프랑스인, 독일인, 네덜란드인, 튀르키예인들이 베네치아 중개상을 통해 무라노의 유리 물품을 구입했다. 마르코는 유리잔을 불어 만들 수도 있고 장식도 할 수 있었으나, 주변 사람들을 부려서 동일한, 혹은 아주 날카로운 감식안을 가진 사람만이 차이를 알아볼 수 있을 만큼 유사한 잔을 수십 개씩 생산하는 법은 알지 못했다. 그는 리알토 다리 옆에서 영업하는 세련된 상인들과 거래를 해본 적이 없었다. 그들의 섬세한 검정 로브, 아름답게 손질한 턱수염, 미소 짓고 와인을 따라주면서 참 영리하고 재미있는 사람이라고 아첨하는 태도에 자칫 홀렸다가는 미처 알아차리지도 못하는 새 창고가 탈탈 털릴 것이었다. 로렌초 로소는 끈질기게 뚝심을 지키며 와인을 마시라는 권유도 거절하고 미소에도 유혹당하지 않으면서 상인들과 괜찮은 조건으로 협상을 해냈다. 하지만 마르코는 와인과 유혹에 약했다. 누가 나서서 술과 농담, 거짓으로 늘어놓는 찬사에 쉽게 푹 빠지는 마르코의 정신을 다른 방향으로 돌려놓지 않으면 마르코는 대대로 내려온 사업을 말아먹을 것이었다. 절대 웃지 않고 버틸 누군가가 그 방에 있어야만 했다. 오르솔라는 어머니가 그럴 수 있는 사람임을 알았다.

몇 주 전, 라우라 로소와 마르코는 트라게토, 무라노와 베네치아 사이에서 승객을 실어 나르는 정기 곤돌라 여객선을 타고 고트프리트 클링엔베르크를 만나러 폰다코 데이 테데스키로 갔다. 독일 상인들이 거주하고 일하는 지역이었다. 거기서 돌아온 후 오르솔라의 어머니는 회의에 대해서는 별다른 말 없이, 다만 최근에 벌써 주문한 술잔과 대접은 납품하기로 약속했다는 이야기만 했다. 그런 후 그들은 마르코가 저지른 많은 실수를 파올로가 되는 대로 조용히 수정해서 주문을 완수했다. 그렇지만 클링엔베르크는 주문을 더는 넣지 않았다. 그리하여 공방은 작업 중단 상태에 접어들었다.

"마리에타 바로비에르에게 어떻게 해야 할지 물어보렴." 라우라가 되풀이했다.

오르솔라는 고개를 끄덕였다.

"해결해야 할 문제가 하나 더 있어." 어머니는 덧붙였다. "곧 모두 훤히 알게 될 거야." 어머니가 드레스를 배 위에서 잡아당기자 오르솔라는 소스라쳤다. 엄마의 다른 부분은 슬픔으로 쪼그라들었지만, 한 부분만은 자라난 듯했다. 어머니는 다른 여자들이 이 소식을 전할 때처럼 배를 톡톡 치진 않았다. 라우라 로소는 아직 그렇게까지 티가 나진 않았다.

"그럼 식사를 더 잘하셔야 해요, 마드레. 이번에는 다른 때처럼 잃어버리지 않으셔야죠." 오르솔라는 충격을 감추려 실용적인 문제에 초점을 맞추었다. 어머니는 아이를 하나 더 낳고, 남편 없이 부양하기엔 나이가 들었다.

"마리에타에게 아기 얘기를 하렴." 라우라가 말했다. "하지만 다른 사람에게는 하지 마. 그 얘길 하면 그 여자 마음이 조금 누그러질 수도 있을 테지."

오르솔라가 마리아 바로비에르를 만나러 가기 전, 어머니는 그 유리공예가가 준 옷감으로 드레스를 만들었다. 오르솔라는 그 옷을 그 후 여러 해 동안, 유행이 변하는 동안에도 입게 되었다. 시간이 지나도 바래지 않는 재단과 고급 원단, 그리고 꼭 집어 말할 수 없는 색깔에 사람들은 칭찬을 늘어놓았다. 갈색의 일상성, 붉은색의 귀족성.

이제 진흙 묻은 옷을 입은 소녀가 아니라 빳빳한 새 드레스를 입은 젊은 여성이 된 오르솔라가 두 번째로 바로비에르 공방에 들어갔을 때, 마당은 기억하는 그대로 정신이 없었다. 달라진 점이 있다면, 바닥에 흩어진 깨진 유리가 훨씬 더 많아졌다는 정도였다. 로소가의 공방 마당도 곧 이렇게 되어야 했다. 오르솔라는 이번에는 몰래 숨어 들어가는 대신 공방의 문을 두드렸다. 문에 나온 젊은이는 로세타 유리봉을 두고 마리아 바로비에르에게 꾸중을 듣던 그 사람이었다. 그는 여전히 날씬했지만 이제 덜 자란 가르초네가 아니고, 세르벤테답게 팔이 강인했다. 눈은 무척 검어서 눈동자가 보이지 않을 정도였다.

"씨(네)?"

"시뇨라 마리아를 뵙고 싶어요. 오르솔라 로소가 왔다고 전해주세요."

"그분은 아무도 만나주시지 않습니다." 도제는 문을 닫으려 했지만, 오르솔라는 문설주를 잡아 그를 막았다. 그는 오르솔라의 손을 보았다.

"오르솔라 로소가 왔다고 전해주세요." 오르솔라는 반복했다. "지금 내 말을 전해주지 않고, 나중에 그분이 당신이 날 그대로 돌려보냈다는 걸 아시면, 당신에겐 남은 평생 고토나 만드는 일만 시키실걸요."

도제는 오르솔라를 잠깐 빤히 보더니, 곧 마리아를 찾으러 갔다. 오르솔라는 그를 따라가지 않고 그대로 마당에 남았다. 쌓여 있는 막대의 다양한 색깔을 적어두고, 무엇을 파는지 상점 창문을 들여다보고,

깨어져 버려진 유리 조각들을 쑤셔볼까 하는 마음이 들었다. 하지만 이번에는 첩자로 여기에 온 것이 아니기에 오르솔라는 팔로 몸을 감싸고 가만히 서 있었다.

마리아 바로비에르는 기다리게 하지 않았다. 게임을 하거나 위계를 내세우려는 태도는 없었다. 마리아는 자기 입지에 충분히 자신이 있었기에 그런 자잘한 꼼수에 기댈 필요가 없었다. 마리아는 용광로 앞에 서 있다가 곧장 나왔고, 뒤에 따라오는 도제를 돌아보지도 않고 손짓으로 물리쳤다. "스테파노, 가서 푸른색이 잘 나오나 지켜보고 있어."

그는 고개를 끄덕이더니 오르솔라에게 마지막으로 눈길을 한 번 주고 도로 안으로 들어갔다.

"이리 오렴." 마리아는 오르솔라를 데리고 마당을 나가 안마당으로 들어갔다. 로소가의 안마당과 상당히 유사하게도 중앙에는 지붕이 달리고 사면에 주자 모양이 새겨진 돌우물이 있었다. 닭들이 그 주위에서 바닥을 쪼며 다니다가, 여주인이 우물에 기대려고 발로 차서 밀어내자 파르르 성내며 꼬꼬댁거렸다. 안마당에는 햇볕 아래 놓아둔 화분에서 자라는 바질 향기가 풍겼다. 바로비에르가는 상업적으로 성공했지만 가식적인 면이 없었다.

마리아 바로비에르는 팔짱을 꼈다. "뭐가 필요한데?"

오르솔라는 어르신이 단순한 사실을 원한다는 것을 알았기에 되도록 간결하게 설명했다. 마리아는 라우라 로소가 임신했다는 얘기를 들었을 때 눈썹을 잠깐 치켰을 뿐, 주의 깊게 들었다.

"고트프리트 클링엔베르크가 너희 리알토 상인인 게 맞나?" 마리아는 말했다. "네 아버지 장례식 때 봤지. 그가 와줬다는 건 영광스러운 일이야. 그 사람이 주문을 끊기 전에 정확히 뭐라고 말했지?"

"우리가 시간에 맞춰서 주문을 완수해줘서 고맙다고, 그리고 이런 물건들이 평소 손님들에게 어떻게 받아들여질지 보겠다고 했어요.”

“'이런 물건들'이라고 했다고?”

“네.”

“그 말은 이전 작업물과 다르다는 뜻이야. 그걸 네 아버지 것과 비교해보고 그에 미치지 못한다고 한 거지. 클링엔베르크는 유리잔을 잘 알아. 세상의 유리잔은 모두 베네치아를 통해 나가고 그는 대부분을 보았지. 내가 그 사람과 이야기해서 결함이 뭔지 알아내마. 그 사람과는 오래 알고 지낸 사이니까. 네 어머니나 오빠에게는 말하지 않더라도 나한테는 기꺼이 얘기해줄걸. 일단 알게 되면 그 결점을 수정할 수 있는지 판단해봐야지. 사흘 후에 오거라.” 이 여인은 우물에서 몸을 일으키며, 그들의 만남이 끝났다는 신호를 분명히 주었다. 마리아는 마당을 지나 거리로 이어지는 문으로 오르솔라를 안내했다. 마리아는 문을 열며 오르솔라를 위아래로 훑어보더니 고개를 짧게 까닥였다. 오르솔라의 새 드레스를 알아보고 마음에 든다는 표시는 그뿐이었다.

사흘 후 스테파노가 오르솔라에게 공방 문을 열어주었고, 눈으로 그녀를 따라가며 옆으로 비켜섰다. 오르솔라의 등에 꽂힌 그의 시선은 막대가 쿡 찌르는 것 같았다.

“고블릿 술잔이 기준에 맞지 못했다는구나.” 그들이 우물 옆에 섰을 때 마리아 바로비에르가 말했다. 고양이 한 마리가 햇볕 속 바질 화분 옆에서 몸을 둥글게 말고 누워 있었다. “꽃병은 너무 두꺼웠는데. 그릇은 안정적으로 서 있지 못하고 방울이 생겨 있었다고. 네 오빠와 그 아래 직공들은 유리를 다룰 능력을 잃어버린 것 같더군. 클링엔베르크는 네 아버지에 대한 존중의 의미로 그 물건들을 받아줬지만, 손해 보고 팔아야만 했다고 한다. 다시는 그런 감상적인 실수는 하지 않을 거야."

오르솔라는 아무 말 없이 그 말을 받아들였다. 각오는 한 말이었지만, 그래도 역시 직접 귀로 들으니 괴로웠다. "우리가 어떻게 해야 할까요?" 오르솔라가 마침내 물었다.

"더 다양한 물건을 만들어야지." 마리아가 제안했다. "네 아버지는 주로 유리잔과 물병, 그릇에만 집중했지?"

오르솔라는 고개를 끄덕였다.

"유리잔의 종류를 늘리면 어떨까? 고블릿 술잔뿐만 아니라 일상용 유리잔을 더 만들면? 가르초네들이 만드는 예쁜 고토 잔 같은 것. 접시. 서빙용 큰 접시. 단순하고, 장식이 너무 많지 않은 것. 그런 물건들은 마르코가 더 잘할 것이겠지. 아니면 자코모가 잘하지만 아직 자기 능력을 보여줄 기회가 없었을 테고. 네 오빠들은 아버지가 만든 것을 따르기보다는 자신이 잘 만들 수 있는 것을 만들어내는 데 시간을 들여야 해. 가수들이 다 다른 소리를 내듯이, 여자들이 만든 파스타가 다 다르듯이 유리공예가는 다 다르다. 네 아버지의 세르벤테인 파올로는 대단한 작품을 만들지. 그 사람이 네 오빠들에게 시범을 보여줄 수 있을 거야. 물론 결국에는 그가 네 오빠들을 이끌진 않겠지. 그 사람은 로소가 사람이 아니니까. 하지만 클링엔베르크의 선의를 잃기 전에 네 오빠들이 재빨리 해내야만 할 거야. 오래지 않아 클링엔베르크도 다른 사람들의 물건으로 자기 주문을 채울 테니까."

현명한 조언이지만, 누구든 할 수 있는 말이기도 했다. 라우라 로소, 심지어 마르코까지도 궁극에는 스스로 알아낼 만한 해결책이었다.

"하나 더 있어. 장식 구슬이다."

"장식 구슬요?" 로소가는 결코 장식 구슬을 만들지 않았다. 싸고, 눈에 띄지 않으며, 유리공예가에게 남는 수익도 얼마 되지 않았다. 좀 더 고급스러운 주문품을 만드는 사이에 생산할 만한 물건이었다. 오직 바로비에르의 로세타만이 가치가 있는 장식 구슬이 되었다.

"네가 만들 수 있는 구슬이야."

"제가요?" 오르솔라는 뜨거운 유리를 다룬 적이 없었다. 빨래하고, 마달레나를 도와 요리와 청소를 했다. 정원을 가꾸고 사촌들을 돌봤다. 이따금은 배송될 유리 작품 포장하는 일을 돕기도 했다. 상점 일도 도운 적이 없고, 그건 어머니에게 맡겼다. 오르솔라가 아는 한 유리 공예를 하는 여성은 마리아 바로비에르가 유일했다. 마리아는 결혼한 적이 없었다. 유리 작업을 했기 때문에 그렇게 된 걸까, 아니면 결혼하지 않았기 때문에 유리 작업을 한 걸까?

"구슬은 작업 사이의 여백을 채우지." 마리아는 설명했다. "그건 방해가 되지 않는다. 사소한 물건이고, 그러니까 여자들이 만들 수 있어. 네가 구슬을 만든다고 해서 어떤 남자도 위협받진 않을 거다. 하지만 이제 장식 구슬의 수요는 높아지고 있어. 구슬은 항해할 때 같이 실려서 무역에 사용되지. 스페인 국왕이 거기서 서쪽으로 향하는 배들에 실으려고 구슬을 주문했다."

"서쪽요?" 오르솔라는 동쪽으로 항해하는 배들에 대해서는 들어본 적이 있었다. 콘스탄티노폴리스나 알렉산드리아, 아코(이스라엘 북부 지중해 연안의 항구도시 - 옮긴이), 혹은 스페인만큼 멀리 떨어진 서쪽 지역까지는 알았다. 그러나 스페인 서쪽에는 아무것도 없었다.

"그 사람들은 그쪽으로 아시아로 향하는 새로운 항로를 찾는 중이야. 나의 로세타도 그들과 함께 가지." 마리아는 살짝 의기양양해 보였다.

"로세타 만드는 법을 제게 가르쳐주실 건가요?"

"아니, 아이야. 네가 내 딸이라면 가르쳤겠지. 하지만 바로비에르의 작업은 바로비에르에 남아야 해. 그렇지만 너는 다른 장식 구슬 만드는 법을 배울 순 있을 거야. 더 단순한 것. 단순한 장식 구슬로도 상당히 많은 판매를 할 수 있지. 그게 네 가족의 문제를 해결할 유일한 방안은 아니겠지. 하지만 하나의 방법은 될 거다."

"오빠가 절대 허락하지 않을 거예요. 여자애가 공방에 들어간다면요. 아무도 그러지 않을걸요." 물론 바로비에르가에서는 허락되었기에 오르솔라는 얼굴을 붉혔다.

마리아는 쿡쿡 웃었다. "공방이 아니라 부엌에서 만들면 되지 않겠니. 네가 잘하게 될 때까지 마르코가 알 필요는 없어. 네가 충분히 숙련되면, 그때는 네 오빠도 그 가치를 이해할 거다. 등불 성형 공예 기법lampwork으로 만든 구슬을 본 적 있니?"

오르솔라는 고개를 저었다.

"장식 구슬을 만드는 방법에는 두 가지가 있다. 늘린 유리봉을 잘라서 다듬는 방법과 등불 위에서 가열하는 거지. 불꽃 속에서 유리 토막을 녹인 후, 그걸 작은 금속 막대에 감고, 막대를 굴리거나 도구를 이용해서 원하는 모양으로 만들어. 나는 그런 기법에 익숙하진 않지만, 너를 가르쳐줄 수 있는 사촌이 있다. 내일 저녁, 산 피에트로 마르티레에 사는 엘레나 바로비에르를 찾아가 어떻게 하는지 시범을 보여달라고 하렴. 엘레나에게는 남는 등도 있을 거야. 네가 자신만의 등을 스스로 만들 수 있기까지 그걸 빌려달라고 말해놓으마."

구슬 몇 개를 만든다고 오르솔라의 가족이 곧 지게 될 빚을 조금이라도 탕감할 수 있을까? "감사해요, 시뇨라 마리아." 어쨌든 오르솔라는 인사했다. "조언을 받들겠습니다."

마리아 바로비에르는 투덜거리듯 말했다. "나는 늘 딸이 하나 있었으면 했지. 남자들을 모두 갈라버릴 애 말이야."

엘레나 바로비에르는 무라노에 거주하는 수십 명의 바로비에르 가문 사람들 중 한 명이었고, 유리공예가와 그들의 아내, 자식이 가득한 가족 주택에 살았다. 엘레나는 오르솔라보다 최소한 스무 살은 더 먹었고, 마리아 바로비에르의 각진 이마, 날카로운 턱, 퉁명스러운 태도를 연상케 하는 면이 있었다. 엘레나 또한 결혼하지 않았지만 수도원에 가는 대신 오빠 한 명을 따라가 그 집 살림에 녹아들었기에 아내들이나 어머니들하고 구분되는 대접을 받진 않았다. 오르솔라가 그 집 대문에 나타났을 때, 엘레나는 딱히 친절히 맞아주진 않았지만 분명히 마리아에게서 미리 언질을 받은 모양이었고, 사촌을 경외했기에 그 명령에 복종할 수밖에 없었다. 엘레나는 가족들이 막 식사를 마치고 난 듯 보이는 탁자 구석에 등을 세워두었다. 여자들과 아이들은 지나가며 오르솔라에게 잠깐 눈길을 주었지만, 로소가 사람이 바로비에르가의 식탁에서 무엇을 하고 있는지 묻지는 않았다. 그들 또한 마리아에게 이야기를 들은 게 분명했다.

"유리로 뭘 만들어본 적은 없다고 했지?" 엘레나의 말에는 호기심과 잘난 체하는 태도가 둘 다 묻어 있었다.

오르솔라는 고개를 저었다.

"그럼 처음부터 화려한 걸로 시작할 순 없겠네. 단순한 장식 구슬을 만드는 법부터 배워야 하겠군. 단색에 장식이 없는 것. 먼저 우리는 등을 세워야 해." 엘레나는 자기 아래 팔뚝만 한 배 모양의 금속 상자를 들어올리더니 경첩이 달린 뚜껑을 열었다. "수지 지방을 조금 넣어. 지방은 단골 푸주한에게 조금 얻어 오고. 그리고 그걸 녹여." 엘레나는 등을 불 위로 잠깐 들었고, 곧 비곗덩어리가 기름 웅덩이 속에서 헤엄쳤다. 오르솔라는 코를 찡그리고, 역한 고기 누린내에 캑캑거리지 않으려고 애썼다. "이 냄새에 익숙해질 거야." 엘레나가 말했다. "등불 성형 작업은 냄새가 난다."

수지 지방을 녹인 후, 엘레나는 쪼가리 천을 채운 금속 원통을 그 속에 띄웠다. 천 한쪽 끄트머리를 지방에 담그고 다른 한쪽은 위로 꺼내어 등의 입구 가장자리로 빼냈다. 엘레나는 그걸 탁자 위에 놓고 천에 불을 붙인 후, 그 앞에 앉아 팔을 양 옆구리에 두었다. 한 손에는 작고 꼬챙이처럼 생긴 강철 막대를 들고, 다른 손에는 녹색 유리봉 토막을 들었다. "이걸 불꽃 속에 넣지만 아무 일도 일어나지 않아. 충분히 뜨겁지 않거든. 알로라, 이렇게 하지."

엘레나는 식탁 아래를 손짓으로 가리켰다. 거기에는 관이 연결된 커다란 풀무가 있었다. 한쪽 끝에 달린 주둥이는 식탁을 관통해서 튀어나와 불꽃을 가리켰다. 엘레나가 한 발로 풀무를 펌프질하자 주둥이를 통해 나온 공기가 불꽃을 키워서 더 밝고 강해졌다.

"여분의 공기가 들어가면 유리봉을 녹일 만큼 불이 뜨거워지지. 이제 그 안에 유리를 넣으면 이렇게 돼." 녹색 유리봉의 끝은 주황색으로 변했고 부드러워지면서 지는 꽃처럼 시들었다.

엘레나는 유리를 불꽃에서 꺼내더니, 가는 금속 막대를 손가락 사이에서 앞뒤로 돌려가며 녹은 유리를 감았다. "한 방향으로 한 번 반 돌렸다가 반대 방향으로 똑같이 해. 그리고 앞뒤로." 엘레나는 설명했다. "유리를 균일하게 배분하기 위해선 대칭이 되어야 해. 유리로 만드는 건 대부분이 그렇지만, 구슬에선 대칭이 결정적이지. 너희 로소가 사람들도 알고 있겠지만."

오르솔라는 고개를 끄덕이며, 엘레나의 작은 막대에서 수월하게 형태를 갖춰가며 돌아가는 구슬에 시선을 고정했다. 구슬공예가는 막대를 가열하기 위해 도로 불꽃 속에 집어넣더니, 작은 금속 주걱을 들어 움직이는 유리를 따라서 훑어내려 통 모양으로 만들었다가 타원형으로, 그런 후 다시 둥글게 만들었다. "카넬라(원통형 구슬), 올리베타(타원형 구슬), 파테르노스트로(묵주 같은 원형 구슬)." 엘레나는 모양이 변형될 때마다 읊었다.

뽐내고 있군, 오르솔라는 생각했다. 그럼에도 오르솔라는 다양한 형태를 수월히 빚어내는 스승의 기술에 깊은 인상을 받았다.

엘레나는 계속 빙글빙글 돌리며 파테르노스트로, 묵주에 쓰이는 둥근 구슬을 한참 관찰했다. 마침내 만족할 만한 모양이 나오자 엘레나는 구슬이 맺힌 막대를 재가 가득한 금속 상자에 찔러 넣고 유리가 잘 덮이도록 깊이 두었다. "밤새 식도록 놔둔다. 그럼……." 엘레나는 일어섰다. "네 차례야."

배우는 데 열심이긴 했으나, 오르솔라는 등 앞에서 머뭇거리며 앉아 있었다. 오랫동안 완전히 새로운 것을 배워야 할 일이 없었다. 그리고 엘레나 바로비에르 같은 사람이 지켜보는 동안에는 확실히 그럴 일이 없었다.

"색을 골라봐." 엘레나는 식탁 위에 놓인 유리봉 묶음을 가리켰다.

오르솔라는 피처럼 빨간 것을 골랐다. 로소가 사람이라면 로소(빨강)를.

엘레나는 고개를 흔들었다. "초보자에게는 너무 어려워. 붉은 유리는 열을 싫어하지. 너무 쉽게 타오른다."

오르솔라는 빨강을 내려놓고 녹색을 골랐다.

"아니, 불투명한 건 안 돼. 더 빨리 식기 때문에 더 빨리 작업해야 하지. 자, 이걸 쓰렴." 엘레나는 가장 둔감한 유리봉, 투명 흰색을 건넸다. "더 너그럽지."

다음 한 시간 동안 오르솔라는 흰 유리와 씨름했다. 유리를 태우고 자기도 데고, 떨어뜨리고, 울퉁불퉁한 구슬을 하나 만들고, 또 하나 만들고, 틀린 자리를 볼록 튀어나오게 해서 못생기고 일그러진 형태를 만들었다. 오르솔라는 금속 막대를 계속해서 일정하게 돌리기는 불가능하다는 것을 알았다. 그러는 동안 다른 손은 주걱으로 완전히 다른 작업을 해내고, 동시에 한 발로 풀무를 계속 밟아야 하는데, 그것도 불가능했다. 마치 다른 모양과 무게를 가진 세 물체를 저글링하는 것 같았다.

"마리아베르지네(맙소사)!" 구슬 몇 개를 보고 엘레나는 투덜거렸다. "대체 마리아는 뭘 보고 네가 이걸 할 수 있다고 생각했을까?"

오르솔라의 얼굴은 맨 처음 골랐던 유리봉만큼 얼굴이 붉어졌다. 엘레나가 가르치는 일에 익숙하지 않은 것도 문제였다. 엘레나는 중요한 점을 설명하지 않았다. 이미 알고 있겠거니 짐작하고 넘어가서 금방 짜증을 내기 시작했다. 무언가 하는 법을 벌써 아는 상태라면, 모르는 사람의 입장에서 생각하는 건 어려울 수 있다. 오르솔라는 마달레나를 떠올렸다. 오르솔라가 어렸을 때, 콩 다듬는 법을 쉽게 깨우치지 못하면 마달레나는 눈알을 굴리며 칼을 빼앗았고, 젖은 빨래를 빨랫방망이로 좀 더 빨리 치라면서 오르솔라의 손 위에 자기 손을 올려놓곤 했다.

그들이 작업하는 동안, 정확히는 오르솔라는 안간힘을 쓰고 엘레나가 트집을 잡으면서 이따금 망한 작품을 바로잡기 위해 막대를 잡아주는 동안, 바로비에르 가문 사람들은 물, 레몬, 빵, 올리브를 가지러 오거나 공을 따라잡거나 술래잡기 놀이를 하면서 들락날락했다. 어떤 사람들은 그들에게 눈길조차 주지 않았다. 다른 사람들은 오르솔라가 뭘 만드는지 어깨 너머로 넘겨다보았다. 오르솔라가 유리를 살살 달래 완벽한 모양으로 만들려다가 놓친 후 숨죽여 욕설을 내뱉자 아이 하나가 그 소리를 듣고는 웃으며 안마당으로 뛰어나갔다. "말레디치오네(젠장)! 로소네 누나가 말레디치오네라고 했어!"

마침내 오르솔라는 괜찮은 울리베타 스폴레타, 둥근 파테르노스트로보다는 비대칭이어도 그나마 너그럽게 봐줄 만한 타원형 구슬 하나를 만들었다. 엘레나는 고개를 끄덕였다. "그 정도면 됐어." 오르솔라가 재 상자 속, 스승이 시범으로 만들었던 구슬 옆에 유일하게 저장할 가치가 있는 자기 구슬 하나를 쑤셔 넣었을 때, 피로하지만 자긍심이 덮쳐왔다. 오르솔라는 뒤로 기대앉으며 한숨을 내쉬었고 아픈 등을 쭉 폈다.

엘레나는 등을 끄더니 와인 한 잔을 오르솔라 앞에 놓아주었다. 엘레나가 처음으로 보여준 진정한 친절이었다. 물론 아무리 다른 사람에게 지시받았다고는 해도, 경쟁자 가문의 딸에게 장식 구슬 만드는 시범을 보여준 것 자체가 너그러운 행동이었다.

"장식 구슬 만드는 법을 완벽히 익힐 때까지는 연습을 많이 해야 할 거다." 스승은 자기 몫의 와인을 꿀꺽 들이켠 후 말했다. 오르솔라는 와인을 그렇게 마시는 사람은 마르코밖에 본 적이 없었다. 오르솔라는 와인은 홀짝홀짝 음미하는 거라고 생각했다.

"세 가지 일을 동시에 한다는 게 너무 힘드네요." 오르솔라는 불평했다. "유리를 돌리면서 형태를 잡고 풀무를 밟는 게 말이죠."

"두 번째나 세 번째 색을 만들어 장식하게 될 때까지는 그 말은 아껴둬라. 그때야 진짜로 힘들다는 게 뭔지 알게 될걸."

오르솔라는 불투명 흰색 구슬 만드는 법을 익히는 데만 너무 집중하고 있어서, 앞으로 배워야 할 기술이 훨씬 많이 남아 있다는 건 잊고 있었다.

"그리고 색깔마다, 투명하든 반투명이든 불투명이든 간에, 열에 다르게 반응해." 엘레나는 말을 이었다. "그럼 너는 두 가지 다른 반응을 보이는 색을 동시에 작업하는 법을 배워야 해. 그런 후 세 번째나 네 번째 색깔을 더하게 되면, 이미 만든 것을 망치지 않고 더하는 법을 알아야 하지. 매번 불꽃에 가열할 때마다 색이 변할 테니. 그리고 모든 색은 뜨거워지면 주황색으로 보이기 때문에, 뭐가 뭔지를 기억하고 있어야 해. 그렇지만 그런 복잡한 작업은 한동안 하지 않을 거다. 먼저 막대로 녹은 유리를 조절하는 법부터 배워야 하니. 집에 꿀이 있니? 불투명한 거 말고, 투명하고 흘러내리는 거."

오르솔라는 고개를 끄덕였다.

"그건 녹은 유리와 비슷하지. 그걸 막대에 조금 묻혀서 빙빙 돌리고 다른 막대로 옮기도록 해봐. 그런 식으로 연습할 수 있을 거다."

오르솔라는 어머니와 오빠들 앞에서 꿀과 막대로 장난치는 상상을 해보았다. 자코모는 찬성할 수도 있지만, 마르코는 코웃음을 칠 테고, 라우라 로소는 고개를 흔들며 가서 빨래나 계속하라고 말할 것이었다.

"좌절하지 마." 엘레나가 불쑥 말했다. "넌 익히게 될 테니. 그래야만 하니까. 마리아가 나한테는 그렇게 말하던데."

"가족을 돕기 위해 이걸 하는 거예요."

"뭐, 나는 수녀원에 들어가지 않으려고 등불 공예 작업을 하지."

오르솔라는 고개를 끄덕였다. 오르솔라도 잉여로 취급받는 수많은 여자처럼 수녀원에 갈 마음은 없었다. 잉여로 취급받을 마음도 없었다.

"너 뭐 하는 거야?"

마르코는 동생이 막대에 꿀을 묻혀 돌리면서 두 번째 막대로 모양을 만들고 있는 모습을 빤히 바라보았다. 부엌 식탁에 꿀을 온통 흘려 놓는 바람에 꿀이 햇볕을 받으면 금빛으로 빛나는 안마당으로 나갈 수밖에 없었다. 오르솔라는 혼자라고 생각했고 남자들이 공방에서 나오리라는 예상은 못했다. 어머니가 오빠와 함께 있었다.

"나는…… 놀고 있었어."

마르코는 혀를 찼다. "어쩌다 재수 없게 저렇게 게으른 여동생이 생겼을까."

오르솔라의 얼굴이 붉어졌다. 자신에 대한 오빠의 평가는 이미 무척 낮았지만, 그래도 오르솔라는 마르코에게 좋은 인상을 주고 싶었다. 주어야만 했다. 올라가기엔 까마득하게 높은 산 같았다.

마르코는 호기심이 많은 남자가 아니었다. 한 번 물어보고 빈약한 답변을 받은 것으로 충분했다. 그가 다른 일로 바쁜 건 분명해 보였는데, 사자 손잡이가 달린 고블릿 술잔을 나르고 있었기 때문이었다.

"내가 함께 가마." 라우라 로소가 아들에게 말했다.

"어머니가 내 사업을 나 대신 해주려고 따라올 필요는 없어요." 마르코는 문을 열고 거리로 성큼 나섰다.

"오빠 어디 가요?" 오르솔라가 물었다.

"술잔을 클링엔베르크에게 보여주겠대. 그 독일인이 보자고 한 모양이더구나. 마르코 생각엔 디자인이 무척 좋으니 로소가에 거래가 생길 것 같다던데."

라우라가 아들을 서둘러 뒤쫓아갈 때, 오르솔라는 뒤에서 외쳤다. "케 산 니콜로 테 테냐 나 만 술 카오(성 니콜로가 머리에 손을 얹고 보살펴주시길)!" 하지만 오르솔라는 오빠가 필요로 하는 게 이런 축복인지 확신은 없었다.

오르솔라는 꿀방울로 다시 연습을 시작했다. 막대를 엄지와 집게손가락 사이에 끼워 앞뒤로 굴리면서 손을 부드럽게 움직이고 꿀에 끌려가기보다는 꿀을 마음대로 다룰 수 있게 훈련하려고 했다. 자기가 주도권을 잡았고, 꿀이 순순히 뜻대로 따라온다는 느낌이 온 순간도 있었다. 그러다 꿀은 마치 버릇없는 아이처럼, 속도를 올리더니 막대에서 흘러내려 오르솔라가 미리 받쳐놓은 접시 위로 떨어졌다. 한 시간이 다 지나갈 무렵에도 오르솔라는 시작할 때보다 꿀을 다루는 솜씨가 더 늘지 않았다.

"너 뭐 하는 거야?" 다시 한 번 들린 말이었다. 이번에 물어본 사람은 자코모였다. 작은오빠의 목소리는 마르코보다 훨씬 상냥했다.

오르솔라는 막대를 꿀이 흥건히 고인 접시 위에 올려놓았다. "유리 작업을 하려고 해."

"유리?" 자코모는 한 손가락으로 꿀을 약간 떠먹었다. "재밌네. 이건 유리 맛이 아닌데."

"꿀로 연습하고 있어."

오빠가 미소 지었다.

"웃지 마. 나, 나는 장식 구슬 만드는 법을 익힐 거야. 등불로 감아 구슬 모양 만드는 법을. 오빠도 구슬을 그런 식으로 만드는 걸 본 적 있어?"

"몇 번. 그건 별로 효율적이지 않아. 유리봉을 뽑아서 자르면 한 번에 훨씬 많이 만드는걸."

"이렇게 만든 게 더 예쁘거든. 장식도 되고." 오르솔라는 마리아 바로비에르가 구슬을 만들라고 제안한 이야기를 했고, 엘레나 바로비에르가 등불 공예 기법을 알려주기 시작했다는 것과 꿀로 연습하라는 이야기도 했다. 자코모는 말을 끊지도 않았고, 미심쩍어하는 티를 내지도 않았으며, 나무라지도 않았다. 오르솔라가 이야기를 마치자 자코모는 한동안 아무 말도 하지 않았다.

"오르솔라, 구슬로는 우리를 구하지 못할 거야." 마침내 오빠가 말했다. "우리 빚이 너무 많아." 자코모는 잠시 뜸을 들였다. "마르코가 술잔을 가지고 클링엔베르크를 만나러 베네치아로 간 거 알지. 형은 술잔이 우리를 구해주리라고 생각해."

"나도 오빠가 들고 가는 거 봤어. 이거 알아? 내가 한 번 몰래 그걸로 마셔봤거든. 물이 사방팔방 흐르더라."

"나도 그랬어!"

두 사람은 웃음을 터뜨렸다.

"클링엔베르크는 바보가 아니야. 그 사람은 그것부터 알아차릴걸." 자코모가 말했다. "마르코가 독점적으로 만들어주겠다는 제안을 거절할 거야. 그리고 우리 형제님은 분노에 차서 돌아오겠지."

"그래서 더욱이 내가 장식 구슬을 만들어야 하는 거지. 공방이랑 경쟁하진 않겠지만, 수익이 약간은 생길 테니까. 시장에서 장을 볼 정도는 되잖아. 어쩌면 아기 물건을 살 돈 정도."

두 사람은 남동생이나 여동생이 생긴다는 생각을 하며 잠깐 아무 말도 하지 않았다. 자코모가 꿀을 향해 고갯짓했다. "그러면 어떻게 되어가고 있어?"

"끔찍해! 아무리 해도 조절이 안 돼."

"엘레나 바로비에르가 얼마나 자주 연습해야 한다고 하던?"

"3주 동안 매일."

"오늘이 며칠째인데?"

오르솔라는 미소를 지었다. "첫날이야."

"엘레나의 말을 듣고 매일 연습해. 내가 고토를 만들 때 얼마나 오래 막혀 있었는지 알아? 6개월이야! 참을성을 가져. 파올로가 내게 그 점을 가르쳐줬지."

"그럼 오빠가 내게 풀무를 만들어줘야 할 거야."

🐞   🐞   🐞

마르코는 그날 밤 베네치아에서 돌아오지 않았다. 보통 때라면 가족들이 크게 걱정하지 않았을 것이다. 라 세레니시마('베네치아 공화국'을 부르는 다른 말로, '가장 평화로운 곳'이라는 뜻이다)에는 마르코가 일이 끝나면 종종 찾아가는 친구들이 있기 때문이었다. 하지만 그날은 고트프리트 클링엔베르크와 중요한 회의가 있었다. 오르솔라는 일이 잘되었다면 오빠가 곧장 돌아와 소식을 알리고 베네치아 친구들과 어울리기보다는 무라노 가족들과 함께 축하했으리라는 것을 알았다. 베네치아는 이름 없는 타베르나를 찾아 나쁜 뉴스를 잊기 위해 술을 마시기에 좋은 도시였다. 날이 점점 늦어지자 자코모와 어머니는 안마당 탁자에 둘러앉아 거의 말을 나누지 않고 기다렸다. 오르솔라는 촛불 빛에 기대어 셔츠를 수선하려 했으나 자꾸 땀을 풀어내야만 했다. 자코모는 종이 위에 스케치를 했고, 그동안 라우라 로소는 그저 앉아 있었다.

"내가 같이 갔어야 했어." 어머니는 계속 그 말만 반복하며 불룩 튀어나온 배 위로 잡힌 치마의 주름을 폈다. "클링엔베르크는 나를 아니까. 내 말엔 귀를 기울이거든. 하지만 마르코가 안 된다고 했어. 걔가 마에스트로니까. 그리고 상인 앞에서 물건을 선보이고 협상하는 것도 걔 일이지. 그 애가 수완은 없다고 해도."

자코모는 목탄을 움직이던 손을 잠깐 멈췄다. "어머니도 형의 술잔이 어떤 액체도 제대로 담을 수 없다는 걸 알잖아요. 그걸로 마시려고 하면 사방에 쏟아질걸요."

"물론 나도 알아. 나도 한 번 해봤으니까."

오르솔라는 오빠와 눈을 마주치고, 세 사람 모두 남몰래 술잔을 시험해보았다는 생각에 미소 지었다.

"큰오빠가 그걸 약간 바꿀 수는 없대요?" 오르솔라가 말을 던졌다. "제대로 사용할 수 있을 정도로만?"

"형은 말 안 들을걸." 자코모가 말했다. "자존심이 세니까 누가 부탁한대도 그걸 바꾸라면 너무 치욕스러워할 거야. 클링엔베르크든 우리 중 누구든."

어쩌다 우리는 젊은 독재자에게 지배당하게 되었을까? 오르솔라는 생각했다. 하지만 오르솔라는 답도 알았다. 부모님은 마르코에게 버릇을 가르치지 않았고 제멋대로 하고 모든 일에서 자기가 옳다고 믿도록 내버려두었다. 어쩌면 마르코도 시간이 지나면 철이 들어서 정착하고 겸양의 가치를 알아내리라고 생각했으리라. 하지만 로렌초 로소가 너무 때 이른 죽음을 맞고, 마르코는 그 중요한 교훈을 익히지 못한 채로 책임을 떠맡게 되었다. 이제 클링엔베르크가 회의에서 망신을 주었을 테니, 그는 다른 가족들에게 화풀이할 것이었다.

마르코가 다음 날 오후까지도 돌아오지 않자 자코모는 파올로에게 공방을 맡아달라고 부탁하고 무라노인 뱃사공 브루노를 불러 무라노와 베네치아를 왕복하는 트라게토 곤돌라를 빌려 타고 형을 찾으러 갔다. 로소가도 배를 가지고 있긴 했으나 주로 무라노 인근과 석호 근처의 더 작은 섬으로 갈 때만 썼지, 베네치아로 갈 때 그 배를 타는 일은 거의 없었다. 자코모는 붐비는 베네치아 운하에서 그 배를 타고 싶은 마음이 별로 없었다. 특히 대운하에서는.

"나도 데려가." 오르솔라가 졸랐다. "거긴 크잖아. 오빠도 수색하려면 도움이 필요할걸."

자코모는 망설이다가 고개를 끄덕였다. 오르솔라는 기뻐하는 표정을 짓지 않으려 했지만, 베네치아에 간다니 마음이 설렜다. 아주 가깝기는 해도 오르솔라가 베네치아에 가본 적은 손에 꼽힐 정도였고, 아버지는 석호를 건너가는 데 여자애까지 실으면 노 저을 때 불필요한 무게가 더해진다며 불평하곤 하셨다.

브루노는 한 번 노를 저어 승객 두 명 몫의 운임을 받을 수 있게 되어 기분이 좋았고, 오르솔라에 대해 음담패설을 계속 던져대는 바람에, 결국 자코모는 당장 입을 다물지 않으면 나머지 뱃삯은 못 받을 줄 알라고 으름장을 놓았다. "그러면 난 손님들을 라 세레니시마에 내버려두고 올 거야. 알아서 헤엄쳐서 돌아오든가." 브루노는 킬킬거리며 대꾸했다. 하지만 그는 오르솔라의 몸매를 칭찬하는 건 그만두고 노 젓기에만 집중했고, 곤돌라는 물결치는 석호 한가운데로 접어들었다. 성당을 지날 때마다 그는 성호를 그으며 낮게 울리는 뿔피리 같은 목소리로 알렸다. "산 미켈레. 산 크리스토포로. 산타 마리아 아순타."

산타 마리아 아순타는 그들이 베네치아의 북쪽 강에 도착했을 때 가장 먼저 다다른 성당으로, 많은 성당이 그러하듯 높은 캄파닐레(첨탑 같은 뾰족한 구조물 - 옮긴이)가 딸려 있었다. 오르솔라는 강 옆에 운하를 따라 줄지어선 분주한 건물들을 보고 있노라니 속이 울렁거렸다. 무라노에도 유사한 건물은 있지만, 거기서는 그 안에 사는 사람 하나하나를 다 알았다. 베네치아의 집들은 무라노의 집들보다 1~2층이 더 높았고, 높다란 굴뚝이 튀어나와 있으며, 꼭대기는 원뿔형이었다. 대운하로 향하는 운하에 들어서자 석호에 비치던 넓은 빛은 그늘에 덮여 좁아졌고, 오르솔라는 건물들이 자기에게로 조여 들어오는 듯한 느낌을 받았다. 어디든 창문에서 튀어나온 막대에 깃발처럼 빨래가 걸려 있었다. 등 가운데에 빨래집게를 쭉 집어 건 흰 셔츠와 대롱대롱 흔들리는 소매들. 여자들은 긴 창문 밖으로 몸을 내밀어 양탄자를 탕탕 두드렸고 운하에 물을 버리고 이불을 털었다. 그들은 오르솔라도 매일 하는 일을 하고 있었지만, 여기서 보니 이 여자들의 행동은 이국적이고 매혹적이었다.

일단 운하의 다른 배들 사이로 섞여들자 브루노는 다른 사람이 되었다. 여기는 무라노 부근보다 통행량이 훨씬 많기 때문에 그는 충돌을 피하려고 아주 세밀하게 조절하여 노 젓는 기술을 과시했다. 심지어 더 건방져져서 조잡한 노래를 휘파람으로 불었고, 이제 거친 말을 써도 자기 어머니의 귀에 도로 들어갈 수 있는 무라노의 물이 아니기에 훨씬 더 많이 욕설을 내뱉었다. "오에, 베코 포투오(야, 이 빌어먹을 새끼야, 마누라 바람났냐)!" 그는 배가 지나는 항로로 곤돌라 한 척이 갑자기 끼어들자 외쳤다.

상대 곤돌라 사공은 얼굴을 찡그렸다. "푸타나 디 디오(세상에 벼락 맞을 놈)!" 그도 맞서서 외쳤다. "타 모르티 카니(네 친척들처럼 개같이 죽어라)!"

"인 모나 아 투 마레(네 어미 ×할)!"

"에, 카체토, 오치오, 모나(야, 이 새끼야, 조심 좀 해)!" 브루노가 노 젓는 기술보다 욕으로 더 시선을 끌자 다른 사공이 외쳤다. "티 제 이마토니오(너 돌머리냐)?" 그러자 운하에 있는 모든 뱃사공이 명랑하게 욕을 던지며 심지어 모욕적인 말로 노래를 하는 것 같았다. "부차론(입만 싼 사기꾼)!" "모나(망할 놈)!" "마그나메르다(똥이나 처먹어)!" "비스데카소(재수 없는 새끼)!"

"귀 막아, 오르솔라!" 자코모가 외쳤지만, 오르솔라는 그런 천박한 말과 브루노가 욕설을 퍼붓는 베네치아 곤돌라 사공으로 매끄럽게 변모한 모습이 웃기기만 할 따름이었다.

그들이 탄 배는 보통 무라노 사람들이 트라게토에서 내려 도시 중심으로 걸어 들어가는 지점인 캄포 산 칸치아노는 그냥 지나치고, 운하를 따라 대운하로 들어갔다. 별안간 배들이 사방에서 나타나 질서라고는 없이 사방으로 향하는 듯 보였다. 물결은 배들로 거칠었고, 로소 남매는 운하로 떨어지지 않으려고 선체 옆을 꽉 붙들어야만 했다. 로소가가 소유한 것과 비슷한 산돌로도 있었다. 뱃사공 한 명이 사람

한둘이나 화물을 싣는 소박하고 바닥이 평평한 배였다. 뱃사공 둘이 주로 화물을 싣고 오가는 더 큰 페아타도 있었다. 우아한 카오를리나는 선두와 선미에 초승달 모양의 가지가 있는 배였다. 그리고 길고 더 좁고 바닥이 평평하며 한가운데에 펠체가 딸린 곤돌라도 많았다. 펠체란 승객을 햇볕과 비로부터 보호하는 검정 판자를 뗐다 붙였다 할 수 있는 작은 객실형 목조 구조물이었다. 그런 배는 곤돌라 뱃사공 한둘이 맡아서 몰았다. 사공들은 푸른색이나 검정, 빨강 튜닉에 소매가 갈라진 흰 셔츠, 빨간색이나 빨강, 하양, 검정 줄무늬가 섞인 딱 붙는 바지를 입었으며, 하얀 깃털 장식을 단 붉은 모자를 썼다. 사공들의 모습은 눈에 확 들어왔으며, 그들도 그 사실을 알았다. 오르솔라는 남자들의 근육질 다리와 엉덩이를 보지 않으려 했으나, 눈을 떼기가 어려웠다.

배만큼이나 눈에 확 들어오는 것은 배에 탄 승객이었다. 주로 검정 로브를 입고 모자를 쓴 귀족들과 진주 장신구를 달고 하얀 소매가 달린 슈미즈 위에 푸른 벨벳 드레스를 입은 귀부인들이었다. 한 귀부인은 무릎 위에 흰 개를 안고 있었다. 그들은 특정한 목적지로 가는 것 같지 않고 그저 서로 바라볼 수 있게 배를 타고 빙빙 맴돌고 있었다. 이따금 두 척의 곤돌라가 만나면, 배에 탄 사람들은 곤돌라를 나란히 맞대어 서로 잡담을 나누고 명랑하게 서로 놀리고 소문을 전했다.

오르솔라는 경탄하면서도 동시에 시기하는 마음으로 그들을 바라보았다. 자기가 입은 붉은빛 도는 갈색 드레스는 무라노에서 그처럼 우아하고 잘 어울렸건만, 여기서는 상대적으로 초라했다. 그녀는 진주를 달아본 적이 없었다. 어떤 마에스트로의 아내들은 달기도 했지만, 라우라 로소는 그런 적이 없었다. 오르솔라는 브루노의 소박한 곤돌라에도 햇볕에 타지 않게 들어가 앉을 수 있는 펠체가 있었으면 싶었다.

운하 옆을 따라가는 폰다멘타 위도 여전히 활기가 넘쳐흘러, 베네치아 사람들이 그 위에서 느긋하게 산책하거나 무리 지어 이야기를 나누고, 말다툼을 벌이고, 가판대에서 물건을 사고 있었다. 그들은 주로 붉은색과 검은색 로브를 입은 남자들이었지만, 이따금 하인들이 수행하는 여자들의 모습도 보였고, 이런저런 심부름을 하느라 뛰어다니는 하인들만의 무리도 몇몇 보였다. 무라노에서 힘껏 배를 저어 오면 30분밖에 걸리지 않는 거리지만, 대운하는 외국 같았다.

그리고 외국인도 상당히 많았다. 자코모와 오르솔라의 목적지인 폰다코 데이 테데스키('폰다코Fondaco'는 상인들이 모여 있는 창고 겸 숙소이고, '테데스키Tedeschi'는 독일인을 가리키는 표현이다 - 옮긴이)는 리알토 다리 옆에 자리한 거대하고 네모난 4층짜리 건물로, 그 위에는 사무실과 거주 구역이 있었고, 독일 상인들 전용으로 지어졌다. 오르솔라는 아버지에게서 이야기를 들은 적이 있지만 직접 가본 적은 없었다. 주변의 건물들보다 소박했고, 장식물이라곤 포르티코(장식 기둥이 받친 현관 - 옮긴이) 입구의 커다란 아치 다섯 개뿐이었다.

브루노가 포르티코로 미끄러져 들어가는 배들의 긴 줄에 합류하면서 그들은 대운하에서부터 건물로 접근했다. 이전에도 해본 적은 있었지만, 양탄자를 높이 쌓아 실은 앞쪽 배와 추돌하지 않고 배를 모느라고 브루노는 말도 잊고 진땀을 흘렸다. 주위의 다른 배들은 비단이나 목재, 와인 통과 향료들을 실었다. 심지어 레몬으로만 가득 찬 배도 있었다. 정박하기 위해 차례를 기다리는 동안 오르솔라는 로소가에서 사용하는 것과 비슷한 무라노산 나무 상자를 실은 페아타 한 척이 옆을 지나쳐 대운하 아래로 향하는 것을 보았다. 상자 위에 글자가 쓰여 있었지만 오르솔라는 읽을 수가 없었다.

"모레티야." 자코모는 오르솔라의 시선을 눈치채고 말했다. "모레티를 대행하는 상인은 여기서 유리 제품을 검품하고 품목 목록을 만들었을 거야. 그런 다음 산 마르코를 지나쳐 내려가지. 거기서 상자들은 다른 배로 옮겨 실리고 배들은 남쪽으로 일단 갔다가 동쪽이나 서쪽으로 가. 우리 제품도 똑같이 해."

오르솔라는 유리 제품이 일단 무라노를 떠나 어떤 여행을 하게 되는지 깊이 생각한 적이 없었지만, 이따금 끝내는 어디에 있게 되는 걸까를 상상해보려 한 적은 있었다. 가령 런던에 있는 식탁에 로소가의 술잔이 사방에 놓인 광경을 꿈꾸기도 했다. 오르솔라의 마음속에서, 그 식탁은 잔치 때 놓는 무라노산 식탁과 닮아 있었다. 런던은 이름만 알 뿐, 어떻게 생겼는지 전혀 모르기 때문이었다. 오르솔라는 영국을 상상할 수 있을 만큼 영국인을 만나본 적이 없었다. 피부색이 좀 더 옅을 뿐 자기와 비슷하게 생기지 않았을까 생각할 따름이었다.

마침내 물품을 내리는 포르티코 옆에 배를 댔고, 자코모가 먼저 뛰어내려 여동생이 미끄러운 계단 위에 발을 안전하게 디딜 수 있도록 도왔다. 브루노와는 몇 시간 후 리알토 다리 옆에서 만나기로 약속한 후, 자코모는 앞장서서 넓은 아치 다섯 개를 지나 축축한 안마당으로 들어섰다. 몇 시간 전 아쿠아 알타('높은 물'이라는 뜻으로, 만조에 따른 범람)가 일어 물이 약간 넘쳐흘렀다가 빠진 듯했다. 베네치아나 무라노에서 건물들은 대부분 안드로네로 만조에 맞췄다. 안드로네란 운하나 석호 수위와 같은 높이로 지은 지상 공간이었다. 폰다코 데이 테데스키 안마당 한가운데에는 조각된 장미꽃으로 장식된 커다란 돌우물이 있었다. 우물을 두른 네 벽은 둥근 돌 아치 형태였다. 1층에 있는 게 가장 컸고, 위 3층에 있는 것들은 더 작았다.

오르솔라는 이 아치가 만드는 장관에 압도되어 발길을 멈추고, 위를 올려다보기 위해 우물의 입 부분에 한 손을 짚고 기댔다. 마르코와 함께 있었다면, 말똥말똥 쳐다보지만 말고 잽싸게 따라오라고 재촉했을 것이었다. 하지만 자코모는 오르솔라를 이해하고 기다려주었다. 그들 주위에서는 남자들이 중이층을 가로지르며 상인들의 사무실이 있는 위층으로 향하거나 상자나 포장된 거대한 물품 꾸러미를 날랐다. 폰다코 데이 테데스키 안도 대운하만큼이나 분주했다.

"안디아모(가자)." 자코모가 마침내 말했다. "마르코한테 무슨 일이 생겼는지 알아보러 가야지."

그들은 넓은 돌계단을 올라 고트프리트 클링엔베르크의 사무실이 있는 2층으로 갔다. 로렌초 로소와 그의 아버지, 그의 조부 모두 그들의 업무를 주로 맡아주는 수출상으로 클링엔베르크가 사람들과 계약을 맺고 거래했다. 이전 세대가 배턴을 다음 세대로 넘겼고, 시간의 부침에도 굴하지 않고 그들은 원만하게 하나의 관계를 또 다른 관계로 옮겨가며, 상인과 마에스트로 사이를 나란히 이어갔다. 하지만 로렌초의 요절로 이런 효율적인 상호 이해가 흐트러지고 말았다.

고트프리트 클링엔베르크는 장부에서 고개를 들고 아주 살짝 찌푸린 표정을 지었다가 금방 지워버리며, 자코모와 오르솔라를 맞이했다. 그는 검은 로브를 입고 머리숱이 많으며 턱수염엔 군데군데 흰색이 섞인 키 큰 남자였다. 딸 하나를 둔 홀아비였고, 고인이 된 로렌초 로소와는 얼추 동년배였다. 오르솔라는 이미 몇 번 본 적이 있는데, 클링엔베르크가 이따금 유리 제품 만드는 과정을 보러 로소가의 공방을 방문했기 때문이었다. 너무나 많은 상인이 유리공예를 그저 사서 실어 보내는 제품으로만 여기기 때문에 오르솔라의 아버지는 늘 유리공예에 클링엔베르크가 지속적으로 보이는 관심에 감사했다.

"본조르노, 자코모." 클링엔베르크가 일어서며 말했다. "그리고 오르솔라, 이제 어른이 다 되었군. 모친을 쏙 빼닮았소."

오르솔라는 얼굴을 붉힌 동시에 웃지 않으려 애썼다. 그의 베네치아어는 단어적으로 완벽했지만, 언어의 음악성은 그의 독일 억양으로 단조로워졌다. 그는 독일에서 성장기를 보냈고 베네치아어는 나중에 배운 것 같았다. 그의 말을 듣고 있노라면, 발이 걸려 넘어질 것 같은 울퉁불퉁한 땅, 어디 있을지 모르는 구멍, 바위가 숨어 있는 건물의 잔해 사이를 헤치고 가는 기분이 들었다.

클링엔베르크는 윤을 낸 마호가니 의자 두 개를 가리켰다. 화려한 갈기를 휘날리며 포효하는 사자 모양의 손잡이가 달리고, 튀르키예 킬림으로 만든 방석을 덮은 의자였다. "내 점원이 아래 부두에 가 있지만 않으면 치케토(간단한 간식)를 좀 가져오라고 할 텐데." 그가 말했다. "하지만 적어도 와인은 내놓을 수 있지."

오르솔라는 너무 긴장해서 뭔가를 먹거나 그가 따라준 와인을 마셔볼 수도 없었다. 대신에 오르솔라는 바닥에 깔린 빨강과 파랑, 금색 소용돌이무늬의 두꺼운 페르시아 양탄자를 찬찬히 관찰했다.

"그래, 무엇을 도와드릴까?" 상인은 책상 너머에서 뒤로 기대앉으며 물었다. 책상 또한 마호가니로, 각을 맞춰 일정하게 쌓은 서류가 가득 덮고 있었다.

"저희는 형을 찾으러 왔습니다." 자코모는 마르코의 이름을 꺼내기가 민망하다는 듯 낮은 목소리로 말했다. "형이 어제 클링엔베르크 씨와 회의하러 여기 왔는데, 그 이후에 집으로 돌아오지 않아서요."

클링엔베르크는 와인 잔을 손으로 만지작거렸다. 로소가에서 만든 제품이 아니라는 것을 오르솔라는 알아차렸다. "그거참, 안타깝군. 마르코는 여기서 나갈 때 약간…… 언짢아 보였소. 우리 사이에 견해 차이가 있어서."

클링엔베르크는 더 자세한 상황을 설명하지 않았고 자코모도 묻지 않았다. 오르솔라는 이 침묵을 참을 수 없었다. "술잔 얘기인가요?" 오르솔라가 물었다. "잔이 액체를 잘 담지 못한다는 건 우리도 알고 있거든요. 그렇지만 아름답잖아요. 베네치아 사자를 본뜬 사자 손잡이도 기발하고요. 오빠는 기술이 아주 좋아요. 클링엔베르크 씨도 아실 거예요. 우린 마르코 오빠가 수정할 수 있게 설득할 수 있다고 생각했어요. 아름다움과 독창성은 유지하되 와인을 제대로 담을 수 있게요. 파올로가 그 일을 도울 수 있을 거라고." 오르솔라가 말을 쏟아내자 자코모와 클링엔베르크 둘 다 놀라서 그녀를 빤히 바라보았다. 젊은 여성은 그런 자리에서 공공연히 말할 입장이 아니었다.

클링엔베르크가 별안간 웃음을 터뜨리며 큰 소리로 말했다. "아가씨 정말 어머니를 닮았군. 외모뿐만이 아니라. 라우라 로소도 자기 생각을 똑똑히 말하지. 하지만 내가 아가씨보다는 한 발짝 앞선 것 같군, 시뇨리나. 내가 벌써 그 말을 마르코에게 했소. 술잔이라면 최소한 제대로 마실 수 있어야 하는 것 아니냐고. 사실 그 친구는 내가 이제껏 들어보지 못한 언어 표현을 골라 하더군. 베네치아 곤돌라 사공들만 창의적인 욕을 하는 게 아니었어. 무라노에서 시간을 좀 더 보내든가, 내 곤돌라 사공에게 그런 말 좀 가르쳐달라고 해야 할 것 같소. 어쨌든 이제 무라노인들이 자기 상인을 해고할 때 무슨 말을 하는지 알게는 됐지."

오르솔라는 숨을 헉 들이켰고, 자코모는 뭐라 할 말을 찾으려 애썼다. "걱정은 마시오." 클링엔베르크가 쿡쿡 웃으며 자신의 말을 끊었다. "나는 마르코의 말을 진지하게 받아들이진 않았소. 어쨌든 그 순간은. 그 친구가 열 오른 머리를 식히면 제정신이 들겠지. 형제들이 침착함을 되찾게 해줄 수도 있고. 그게 당신들이 여기 온 이유 아니오?"

"형이 어디로 갔는지 아십니까?" 자코모는 절박한 티를 내지 않으려 애쓰고 있었다.

"말은 하지 않았지만, 창고 일꾼 몇 명이 알지도 모르지. 가자고, 내가 물어봐주겠소. 어쨌든 검품하러 내려가봐야 하고." 그는 일어섰고, 오르솔라는 날이 따뜻한데도 그가 입은 벨벳 로브 가장자리는 모피로 장식되어 있다는 것을 알았다. 클링엔베르크는 장부를 겨드랑이에 끼고, 그들을 데리고 나갔다. 자코모는 그 뒤를 따르기 전에 남아 있는 와인을 꿀꺽 삼켰다. 그들은 도로 계단을 내려가 안마당으로 갔다. 가는 내내 다른 상인들과 창고 일꾼들이 한 발 뒤로 물러서며 직급에 따라 고개를 숙이거나 절을 했다. 클링엔베르크는 높이 존경받는 게 분명했다. 오르솔라가 이전에는 미처 깨닫지 못한 일이었다. 그녀에게 클링엔베르크는 그저 이름일 뿐이었고 아주 가끔 보는 먼 인물이었다. 필요악이라고, 로렌초 로소라면 그렇게 말했을지도 몰랐다. 실제로 아무것도 만들지는 않지만, 판매자와 구매자를 연결해주는 중개인. 그는 사업의 바퀴가 원활히 돌아가도록 해주는 기름이었다. 그럼에도 오르솔라는 자기도 모르게 그에게 감탄했다. 마호가니 가구와 페르시아 양탄자, 모피와 값비싼 와인 때문이 아니라 그가 상업과 자신의 역할에 대해 시야가 명확하고 솔직하면서도 유리공예에 대해 여전히 호기심이 있고 감탄하는 태도가 있기 때문이었다. 그 예로, 그가 와인을 대접한 술잔은 질이 무척 뛰어났다. 로소가에서 만든 것보다 더 낫다고, 오르솔라는 인정할 수밖에 없었다.

"페르도나테(실례합니다), 시뇨레." 안마당에 들어서자 오르솔라가 입을 열었다. "사무실에서 쓰시는 그 유리잔들은 누가 만든 건가요?"

클링엔베르크는 오르솔라를 힐긋 보았다. "마에스트로 세구소요. 그렇지만 나는 그를 대리하진 않아요. 나는 내 고객이 만든 제품을 절대 실사용하진 않지. 그랬다간 그들이 내가 한쪽을 다른 쪽보다 편애한다고 오해할 수도 있으니까."

영리하네, 오르솔라는 생각했다.

클링엔베르크는 그들을 안마당 모퉁이로 데려갔다. 거기에는 두 남자가 몇몇 궤짝을 지렛대로 비틀어 열어놓았다. 오르솔라는 그 안을 들여다보았다. 거기에는 꽉 묶어놓은 자루가 가득 들어 있었다. 클링엔베르크는 로브 주머니에서 작은 칼을 꺼내 자루 하나를 갈랐고 그 안에서는 오르솔라의 드레스 색과 유사한 황갈색 막대들이 드러났다. 상인은 한 손으로 그걸 훑어보고 고개를 끄덕였다. "잘 말랐군. 향신료를 배송할 때 가장 중요한 점이야. 여기, 하나 가져가시오." 클링엔베르크는 오르솔라에게 막대 하나를 건넸다. "알렉산드리아에서 온 시나몬이지. 그전에는 저 먼 아프리카 남부에서 재배했고, 그걸 손톱으로 긁어봐요."

오르솔라는 그 막대를 긁어서 코에 갖다 댔다. 말라서 저절로 돌돌 말린 나무껍질 같은 막대에서는 톡 쏘면서도 달콤한 냄새, 그리고 어딘가 뜨겁고 건조한 곳의 향기가 풍겼다. 그걸로 뭘 하는지는 전혀 감을 잡을 수 없었지만 비싸고 귀한 물건임을 알았기에 클링엔베르크에게 감사하고, 향을 잃을 때까지 맡으려고 조심스레 주머니에 넣었다.

클링엔베르크가 일꾼들에게 뭐라고 말하자 그들은 마르코에 대해 알아보려고 서둘러 떠났다. 기다리는 동안, 클링엔베르크는 어머니의 안부와 현재 자코모는 무슨 작업을 하는 중인지 물었다. 맞지 않는 술잔이나 흔들거리는 대접, 그리고 로소 공방에 주문을 끊은 사실에 대해서는 말을 꺼내지 않았다. 그의 태도는 원만하고 전문적이었으며 살짝 거리감이 있었다.

오르솔라는 주머니에 넣은 시나몬을 만지작거리며 다시 한 번 긁어

향신료 향이 퍼지도록 했다. 대화가 끊기자 오르솔라는 헛기침을 했다. "장식 구슬도 취급하시나요, 시뇨레?"

클링엔베르크는 그녀를 바라보았다. 이번에는 오르솔라가 말한다는 데 크게 놀라지도 않았다. "가끔은. 유리를 만들지 않는 나라에서 구슬은 신기한 물건이지. 그래서 꽤 가치가 나가고."

"마리아 바로비에르가 제게 가족을 도우려면 등불 공예 기법을 배워야 한다고 추천했어요. 그 사촌이 저를 가르쳐요."

클링엔베르크의 사업가다운 얼굴이 부드러워졌다. "마리아 바로비에르라." 그는 마치 시를 읊듯 이름을 되풀이했다. 독일어로 쓰인 시. "물론이오. 마리아가 내게 로소가의 사업에 관해 묻더군." 그는 새로이 존중하는 태도로 오르솔라를 보았다. "마리아는 곁에 두면 좋은 사람이지. 알로라(그럼), 시뇨리나 로소, 마리아 바로비에르가 만족할 만한 장식 구슬 만드는 법을 익히면 내게로 가져오시오. 그러면 얘기해볼 수 있을 테니. 시간은 좀 걸리겠지만, 나는 인내심이 많은 사람이니."

오르솔라는 고개를 끄덕이며 오빠를 곁눈질로 보았다. 마르코였다면 격분했을 테지만, 자코모는 당황스러운 미소를 지으며 고개를 저을 뿐이었다.

창고 일꾼이 돌아와 클링엔베르크에게 알아온 바를 전했고, 클링엔베르크가 다시 로소 남매에게 이야기를 전했다. "운이 좋군. 베네치아는 사람들로 붐비는 도시이고 오빠가 갈 만한 곳이 많기도 한데, 가령 아르세날레 쪽으로 갔다고 하면 절대 찾지 못할 거요. 하지만 우리 일꾼 중 한 명이 지난밤 프라리 근처의 산 폴로에서 그를 봤다는군. 물론 지금은 거기 없을지도 모르지만, 그쪽 지역의 술집부터 시작할 수는 있겠지."

자코모는 멍한 표정이었다.

"걸어서 갈 테지?" 클링엔베르크의 태도는 여전히 부드러웠지만, 중요한 할 일이 있는 상인답게 짜증이 살짝 묻어났다.

오르솔라와 자코모는 고개를 끄덕였다. 브루노에게는 뱃삯을 리알토까지밖에 내지 않았다.

"리알토 다리를 넘어가서 시장 옆으로 가시오. 거기서 왼쪽으로 돌아서 대운하를 왼쪽으로 쭉 두고 좀 더 직진하도록 해요. 이 도시에서 발로 걸어갈 수 있을 만큼. 눈에 보이는 가장 높은 캄파닐레를 목적지로 삼도록. 거기가 프라리오."

"그라치에, 시뇨레." 자코모가 인사했다.

"형을 찾고 그가 베네치아 술잔치에서 정신을 차렸으면, 근사한 술잔은 접어두고 로소가의 공방이 잘 만드는 물건의 질을 높이는 데 집중하라고 전하시오. 물병, 그릇, 더 간단한 술잔. 선친이 만들던 작품들. 그분의 도제인 파올로라면 그 물건을 잘 만드는 법을 알겠지. 그 사람도 거의 선친만큼이나 숙련된 기술이 있으니. 마르코는 한동안 파올로가 공방을 이끌도록 맡겨두는 게 나을 거요. 새로운 물건을 만들기 전에 배부터 안정시켜야 하지 않겠소. 나도 이 이야기를 그 친구에게 했지만, 동생과 모친에게서 다시 들어둘 필요가 있소."

자코모는 고개를 끄덕이며 상인에게 다시 감사 인사를 했다. 클링엔베르크는 고개를 끄덕이고 향신료 궤짝으로 얼굴을 돌렸다. 그의 마음은 벌써 사업에 쏠렸다. 그런 후에는 몸을 빙그르르 돌려 오르솔라 쪽으로 다시 향했다. "시뇨라 바로비에르에게 내 안부 좀 전해주시오." 그는 눈에 반짝이는 빛을 담고 말했다. "내가 아주 존경하는 분이지."

폰테 디 리알토는 당시 대운하를 건너는 유일한 다리였고, 항상 붐볐다. 나무 경사로 두 개가 양쪽 폰다멘타 위로 이어졌고, 높다란 배가 지나야 하면 중앙 부분을 치울 수 있었다. 양쪽 가장자리엔 가판대가 늘어서 있어서 산 마르코와 산 폴로 사이를 건너려는 사람들 외에도 장 보는 사람들로 항상 가득했다. 다리는 승객을 많이 실은 배처럼 삐걱대고 신음하고 흔들렸기 때문에, 오르솔라는 그 위를 건너면서도 떨렸다. 이전에 너무 많은 사람이 올라가 그 하중을 견디지 못해 무너졌다는 말을 들은 적이 있었다. 할 수만 있으면 자코모의 팔을 잡고 싶었지만, 위아래로 걸어가는 수많은 사람들 사이에서는 한 줄로 걸어야 했다. 자기에게 쏠리는 시선과 몸에 슬쩍 스치는 손을 느끼자 뒤로 획 팔꿈치를 휘둘러 원치 않는 관심을 쳐내야만 했다.

"만약에 헤어지면 폰다코 데이 테데스키에서 다시 만나자." 자코모는 시끄러운 군중 속에서 소리 높여 외쳤다.

하지만 오르솔라는 오빠를 놓치지 않을 것이었다. 그 생각만 해도 무서웠다.

그들은 다리를 건너 시장 옆을 따라 걸었지만, 그쪽은 더 심하게 붐볐다. 오르솔라는 무라노의 시장엔 익숙했다. 리알토의 시장에 비하면 훨씬 차분했다. 여기서는 청년들이 비단 몇 필, 염료 바구니, 촛대, 높이 쌓은 조각 장식 의자, 둘둘 만 페르시아 양탄자, 꽥꽥대는 앵무새 새장을 들고 군중 사이를 헤쳐 나갔다. 오르솔라는 한쪽으로 물러서서 이 장관을 구경하고 싶은 마음이 간절했지만, 자코모가 사람들 사이를 뚫고 앞으로 나갔기 때문에 따라갈 수밖에 없었다.

시장 끝에서 그들은 왼쪽으로 돌아 건물이 줄지어선 너른 칼레(거리)로 들어갔고 그 길들은 금방 좁아지며 어두워졌다. 무라노에서 통행로는 더 넓었고, 집들은 고작 2층이었다. 여기서는 4층이나 5층인 집도 종종 보였고 머리 위로 높이 솟아 해를 가렸다. 여전히 서둘러 지나는 사람들이 있었기에 오르솔라는 자기랑 오빠도 멈출 수 없다고 느꼈다. 그랬다가는 자기들이 누군지 사람들에게 들킬 것 같기 때문이었다. 어리둥절해서 허우적대는 무라노인들이라는 사실을.

캄포(광장)로 나오자 다시 밝아졌다. 빨래가 저 위 창문에 걸렸고 여자들이 서로의 이름을, 혹은 저 아래서 노는 아이들을 식식대는 억양으로 불렀다. 오르솔라는 그 소리가 마치 숯에 검게 탄 고기처럼 거슬리면서도 유혹적이라고 생각했다.

자코모는 발길을 멈췄다. 고를 수 있는 길이 네 갈래로 나뉘어 있었지만, 그 어느 길도 직선 도로는 아니었다. 길게 쭉 뻗은 도로가 몇 개 없었다. 베네치아는 운하와 거리와 광장이 혼란스럽게 꼬인 곳이었다. 걸어서 다니기보다는 물길로 다니는 게 훨씬 더 쉬웠다. 오르솔라의 오빠는 되는 대로 길을 선택했지만, 그 길은 오줌 냄새 나는 막다른 골목이었고, 결국은 되돌아 나올 수밖에 없었다. 다른 길을 골랐더니, 이번에는 도로 대운하로 이어졌다. 마침내 캄포를 가로지르는 사제에게 물어보니, 남매가 있는지조차 알아차리지 못한 길을 가리켜 보였다.

다음 캄포에서 그들은 클링엔베르크가 말을 꺼낸 높다란 캄파닐레를 찾아보았지만 허사였고, 건물들이 시야를 가렸기 때문에 결국 대다수 사람들이 주로 다니는 거리를 택했다. 좁은 골목길에서 건물들이 짓눌러오는 것 같았고, 갈 길을 정확히 아는 베네치아인들이 밀치고 지나가며 세게 부딪쳤다. 오르솔라는 방향감각을 완전히 잃었다. 리알토나 폰다코 데이 테데스키로 돌아가야 유사시에 클링엔베르크에게 최소한 도움을 받을 수 있겠지만 되돌아가는 길도 전혀 감을 잡을 수 없었다. 오르솔라는 자기와 오빠가 절대 빠져나올 수 없는 미궁 속으로 점점 더 깊이 끌려가는 듯한 기분이 들었다.

무라노의 어떤 공간보다도 커 보이는 널따란 캄포에 다다랐을 때, 오르솔라는 거기에 있는 성당이 프라리일 것이라고 짐작했지만 멀리에 더 큰 캄파닐레가 있었다. 자코모가 용기를 내어 행인에게 길을 묻자, 고작 캄포 산 폴로까지밖에 못 왔다는 것을 알게 되었다. 다시 미궁으로 뛰어들었지만, 이번에는 그들을 안내하는 높다란 캄파닐레가 어른어른 보인 덕에, 마침내 불룩하게 솟은 돌다리를 건너 프라리 앞의 수수한 캄포에 다다를 수 있었다. 성당은 마치 거대한 벽돌 배처럼 정박해 있었다. 높은 아치형 창문이 몇 개 있고, 한쪽 끝의 캄파닐레는 꼭대기가 육각형이었지만 그것 말고는 평범했다. 무라노의 산티 마리아 에 도나토 대성당이 훨씬 더 멋있는데, 오르솔라는 생각했다. 어쩌면 프라리는 실내가 훨씬 더 흥미로울지도 몰랐다.

하지만 그들은 여기에 성당 순례를 하러 온 것이 아니었다. "이제 어디로 가?" 오르솔라가 물었다.

자코모의 얼굴은 걱정으로 굳어져 있었다. 둘은 클링엔베르크가 알려준 길 끝에 다다랐고, 자코모는 이제 어찌해야 할지 몰랐다. 오르솔라는 오빠를 살피면서 어째서 마르코가 마에스트로를 해야 하는지를 이해했다. 단지 마르코가 장남이라서가 아니었다. 그리고 어째서 자기가 자코모보다는 마르코의 찬성을 갈구하는지도 깨달았다. 자코모는 이미 좋은 유리공예가이지만, 그는 필요한 결정을 내릴 수 있을 만큼 성격이 강인하지 못했다. 오르솔라는 자코모가 친절하고 상냥하며 다른 사람에게 요구하는 게 별로 없어서 그를 사랑했다. 하지만 그 말은 그에게 요구할 수 있는 것도 별로 없다는 뜻이었다.

"봐, 수로가 프라리 옆으로 지나잖아." 오르솔라가 말했다. "그 둑을 따라 타베르나들이 있겠지. 거기서부터 시작하자."

그는 오르솔라를 따라 첫 번째 타베르나로 갔다. 거기엔 어부들로 빽빽했고, 남매가 다가가자 휘파람을 불었다. 오르솔라는 멈춰 섰다. "오빠가 들어가."

자코모는 두려움에 차서 동생을 보았다. "가서 내가 뭐라고 해?"

"형을 찾는다고 말해. 오빠랑 좀 닮았지만 나이가 더 들고, 키가 더 작은 사람 못 봤냐고. 무라노 유리 장인이라고 해. 그런 사람이 여기에 많지는 않을 테니 기억할지도 모르잖아."

오르솔라는 오빠를 떠밀다시피 안으로 들여보냈다. 기다리는 동안 오르솔라는 바깥에 모여 술을 마시는 어부들의 관심을 무시해야만 했다.

첫 번째 타베르나에서는 마르코를 기억하는 사람이 없었고, 다음 술집에서도 없었으며, 그 운하를 따라 선 술집이면 어디나 마찬가지였다. 술집은 모두 각각 다른 직업의 손님을 받았다. 한 술집은 모두 푸주한이었고, 다른 곳은 채소 장수, 다른 곳은 선원이었다. 무라노에서도 유리공예가들과 어부들은 따로 술을 마셨다.

그들은 또 다른 수로를 뒤지기 시작했다. 가끔은 수로 옆에 난 길 사이로 들어갔다 나오기도 했고, 또 물 한가운데서 막히기도 했다. 배로 가는 편이 더 나았겠지만, 오르솔라는 브루노가 이 작은 운하들에 익숙할까 의심스럽기도 했다. 그동안 내내 집들 위로 솟은 프라리 캄파닐레를 시야에 두고 걸었다. 캄파닐레를 빙빙 도는 동안 오르솔라는 자기들이 하는 일이 헛수고가 아닐지 하는 의심이 슬슬 들었다. 마르코는 이 운하와 통행로의 미로 속 어디든 갈 수 있었다. 그리고 오빠를 찾은들 뭘 할 수 있을까? 동생들이 가자고 한들 집까지 끌려갈까?

마침내 그들은 더 조용한 타베르나에 다다랐다. 오로지 남자 몇 명만 바깥에 앉아 있고, 주인도 손님들과 함께 느긋하게 앉아 있었다. 자코모가 대사를 반복하자 주인은 툴툴거리면서 대답했다. "간밤에 여기 있었지. 유리의 '흐름'이 어쩌고 헛소리만 잔뜩 하던데. 무슨 말을 하는지 알 수가 있어야지." 주인은 알고 싶지도 않다는 듯 그 말을 자랑스럽게 했다.

자코모와 오르솔라는 눈길을 주고받았다. 술에 잔뜩 취했을 때면 마르코는 유리를 가열하면 어떻게 변형하는지에 대해 감상적이 되어서 자기가 그 흐름을 완벽히 익혀야 한다나 하는 말을 늘어놓곤 했다.

"오빠가 어디로 갔는지 아세요, 시뇨레?" 오르솔라가 물었다.

술집 주인은 어깨를 으쓱했다. "내가 오는 손님의 뒤꽁무니를 죄다 쫓아가야 한다면 이 사업은 금방 망하겠지? 하지만 아가씨가 지나가면 따라가도 괜찮을 것 같은데." 그는 오르솔라의 가슴에 눈을 두고 그런 말을 덧붙였다.

오르솔라는 주인을 질책하려고 입을 열었지만, 자코모가 먼저 말을 꺼냈다. "어느 방향으로 갔는지만이라도 알 수 있을까요? 어쩌면 손님들 중에 말을 걸어본 사람이라도?"

"내가 그 사람이랑 말을 해봤죠. 아니, 주로 듣기만 했지만." 술집 옆 운하로 내려가는 하얀 계단에 앉은 청년이 말했다. 헝클어진 길고 짙은 금발 고수머리가 너른 뺨 옆으로 떨어졌고, 눈썹이 짙었으며, 진한 청록색의 눈은 이 한 번의 시선에 자기의 본질이 응축되어 있기라도 한 양 집중한 표정을 짓고 있었다. "당신이 자코모겠군요." 청년은 덧붙였다. "그리고 아가씨는 오르솔라이고."

청년이 이름을 말했을 때 오르솔라는 몸속을 뚫고 지나가는 낮은 떨림을 무시하려 했다. "우리 이름까지 말하다니, 마르코 오빠가 술에 진탕 취했던 게 분명하네요." 오르솔라는 대꾸했다. "그렇지 않았으면 절대 말하지 않았을 텐데."

청년은 쿡쿡 웃었다. "그랬죠."

"이야기를 나눈 후에 형이 어디로 갔는지 압니까?" 자코모가 물었다.

"캄포 산타 마르게리타로 가던데요." 남자는 오르솔라를 슬쩍 보면서 말했다. "거기 있는 사창가로 가겠다고 했어요."

"거기가 멀어요?"

"아뇨." 청년은 가리키려고 하다가 클링엔베르크와 같은 계산을 한 것이 분명했다. 여기 길 잃은 무라노인 두 명이 있으니. "안디아모(가요). 내가 안내하죠."

청년이 펄쩍 일어나더니 프라리에서 조금 떨어진 곳에 있는 다리를 건넜고, 자코모는 그와 걸음을 맞추었다. 오르솔라는 잠깐 청년을 재 보면서 머뭇거렸다. 건장하고 강인한 신체를 가진 남자로, 팔다리가 둥글고 가슴이 넓었다. 곤돌라 사공만큼이나 꽉 끼는 갈색 바지를 입고 있었기에 오르솔라는 남자의 넉넉하고도 탄탄한 엉덩이의 움직임에서 눈을 뗄 수 없었다.

누가 앞장서서 안내하니 베네치아를 걷기가 훨씬 수월해졌다. 청년은 오른쪽으로 갔다가 다시 왼쪽으로 갔고, 그러다 다시 큰 성당을 지나쳐 캄포를 가로질러 다리를 건넜다. 그는 마침내 굴곡진 뱃머리같이 생긴 긴 캄포에 들어섰다. 양쪽 끝에 이르는 성당 하나가 자리 잡고 있었다. 그 중앙으로는 베네치아의 석호 건너 남쪽에 있는 섬 주데카에서 가져온 수확물을 파는 분주한 채소 시장이 내려가며 펼쳐져 있었다. 그곳은 무라노 시장보다 훨씬 컸다. 오르솔라는 환한 색 당근이 가득 쌓여 있는 바구니를 쳐다보았다. "저 당근은 우리 집에서 먹는 것보다 맛이 별로 좋지 않을 거야." 오르솔라는 베네치아에게 제 주제를 알게 해주고 싶은 마음에 오빠에게 그렇게 말했다.

청년은 오르솔라를 재미있다는 듯 곁눈질로 보았다. "무라노는 당근으로 유명하죠?"

"한번 먹어보면 알걸요, 부폰(바보)."

"오르솔라!" 자코모는 청년 쪽을 돌아보았다. "제 여동생이 버릇없게 행동해서 죄송합니다. 얘가 지금 오빠 때문에 심란해서요. 그렇지 않다면 저런 투로 말하지 않을 텐데."

남자는 싱긋 웃었다. "댁네 섬의 당근을 시식해봐야겠습니다. 어쩌면 다른 것도요. 복숭아라든가, 멜론이라든가⋯⋯."

오르솔라는 뺨이 달아오르는 것을 느꼈다.

"어떻게 우리가, 어디로 가면⋯⋯." 자코모는 뭐라고 말해야 할지 당황스러워 보였다.

"댁네 형님을 찾을 수 있냐고요? 경험을 따르자면, 아니 내 경험이라는 게 아니고요, 오비아멘테(당연하게도) 다른 사람을 본 바에 따르면." 청년은 오르솔라를 향해 눈을 찡긋했다. "지난밤에 사창가에 갔다면 여기와 리오 데 산타 마르게리타 사이에 있는 저 작은 통로들 어딘가에서 잠을 자고 술기운에서 깨어나려 했을 겁니다. 여기요." 청년은 남매를 운하로 가로막힌 길로 안내했다가 다시 캄포로 돌아간 후 다른 길을 하나, 그리고 또 하나를 따라 내려갔다.

그런 길을 하나 따라 내려가는 도중에 일행은 마르코를 발견했다. 그는 시장에서 퇴짜 맞고 썩어가는 채소 더미 뒤에서 웅크리고 누워 있었다. 술 냄새와 그보다 더한 악취가 났고, 자코모가 한참을 흔들어도 깨어나지 않았다. 마르코는 마침내 눈을 뜨고 올려다보더니 자기 위에 몸을 숙이고 있는 동생들을 보고도 놀라지 않은 듯했다. 몸을 일으켜 앉으며, 마르코는 청년을 향해 고개를 까닥했다. "아, 너희 안토니오를 만났구나." 마르코가 말했다. "저 친구에게 유리 얘기를 해줬더니 베네치아를 떠나 무라노에 가서 일해보고 싶다던데." 마르코는 더러운 상추 잎을 소매에서 쓸어 떼어냈다.

"그렇대?" 자코모는 청년 쪽으로 몸을 돌렸다. "유리공예를 해봤다는 말은 하지 않았잖아요. 하지만 여기서 허락을 받지는 못할 겁니다."

200년 전, 베네치아의 도제는 인구가 밀집한 도시에서 불타오르는 용광로를 분리하려고 유리공예가들을 무라노로 보내 오로지 그곳에서만 작업하도록 했고, 장인들이 무라노의 유리공예 비법을 들고 본토로 도망가지 못하게 하려고 그들의 행적을 관리했다.

"해본 적 없습니다." 안토니오가 말했다. "전 아버지, 삼촌과 함께 물고기를 잡죠. 하지만 형제가 넷이나 있으니, 우리 집에서는 제가 필요 없습니다."

"그럼 왜 유리 작업을 하겠다는 거죠?" 오르솔라가 따져 물었다. "그 대신에 배 만드는 일을 할 수도 있고, 밧줄 꼬는 일을 할 수도 있잖아요."

"아름다움이 있는 작업을 하는 편이 좋거든요. 마에스트로들이 만든 걸 봤어요."

"존재하는 것들 중에선 유리가 최고지." 마르코는 그렇게 단언하며 벽을 짚고 일어서려다가 약간 비틀거리면서 채소 더미 위로 넘어질 뻔했다. "형형색색 다양하지. 연약하지만 강인하고. 유리로 원하는 건 뭐든 만들 수 있어. 원하는 건 뭐든 할 수 있고. 여자처럼."

오르솔라가 눈을 흘겼다. "마마루코(얼간이)."

안토니오가 웃었다. "확실히 저는 유리 만들기에 적합한 체형인가 봐요. 오빠분이 그러시던데요. 상체가 강하다고. 아버지는 내가 배를 타기엔 덩치가 너무 크다고 하셨어요. 작고 호리호리한 체형이길 바라셨죠."

마르코는 별안간 명랑한 기분을 잃고 주위를 두리번거렸다. "그거 어디 있지? 어디 있어?" 그는 채소 더미에 덤벼들려 했다.

오르솔라는 오빠가 무엇을 찾는지 알았다. "우리가 어떻게 알겠어? 우리가 계속 여기 있었던 게 아닌데. 그 쓸모없는 거 치워버려서 속 시원하다." 그녀는 소리 죽여 덧붙였다.

"그 술잔 말인가요?" 안토니오가 물었다. "사자 손잡이 달린 거?"

"씨, 씨! 어디에 있지?"

"술집 나갈 때는 가지고 있었는데. 사창가에서 팔겠다고 했어요."

마르코는 몸을 쭉 폈다. "미모르티(나 망했네)!" 그는 통로를 서둘러 올라갔고, 나머지 사람들도 그를 따라 캄포 산타 마르게리타로 들어섰다. 눈부신 햇빛에 마르코는 눈을 가리고 두리번거렸고, 번잡한 베네치아 캄포에서 길을 잃은 마르코는 평소보다는 거만한 성격을 죽였다. 그는 안토니오에게로 돌아섰다. "내가 어디로 갔지?"

어부는 그를 석호 색깔 같은 푸른 눈으로 바라보았다. "내가 찾아주죠. 하지만 그 대가로 나를 데려가 당신네 도제로 삼아줘야 해요."

"그럴 순 없어요!" 오르솔라가 외쳤다. "우리는 베네치아인을 받을 순 없어요! 그리고 가르초네가 되려면 가르초네토부터 시작해야 해요. 용광로 불을 지키고 바닥을 쓸어야 한다고요. 열 살짜리 소년들이 하는 일이에요. 걔들이 꼬박 5년을 그렇게 해야 유리에 손이라도 댈 수 있어요."

안토니오는 어깨를 으쓱하며 미소 지었다. "이건 베네치아인이 잃어버린 술잔을 찾아주는 대가죠."

"바 베네(좋아)." 마르코가 말했다. "가서 찾아와."

"그걸 도로 사려면 돈이 필요할 텐데요."

마르코는 주머니를 뒤졌다. "하나도 없는데. 창녀들이 나를 털어갔나 봐."

안토니오는 머리를 흔들더니 서둘러 가버렸다.

"마르코 오빠, 미쳤어?" 오르솔라가 외쳤다. "우리가 저 사람을 데려갈 수는 없어! 가르초네가 한 명 더 필요하진 않다고. 클링엔베르크가 사업을 하려면 뭐가 필요한지 오빠에게 얘기해줬다며. 그 방법은 도제가 하나 더 필요하지도 않고 저 술잔을 만드는 일도 아니잖아. 어머니가 뭐라고 하시겠어?" 그러나 그렇게 반대하면서도 오르솔라는 이 베네치아인이 공방에, 안마당에, 그들의 식탁에 함께한다고 생각하니, 그리고 그의 머리카락과 눈과 탄탄한 엉덩이를 떠올리니 전율이 일었다.

"난 그 술잔이 필요해."

오르솔라는 자코모를 돌아보았지만 작은오빠는 어깨만 으쓱했을 뿐, 형의 말에 반박하지는 않았다.

안토니오가 돌아왔을 때는 저녁 미사 시간을 알리는 성당의 종이 울리고 시장은 파장 분위기였다. 그는 마르코에게 자루 하나를 건넸다. "사자 하나는 약간 깨졌지만 당신이 고칠 수 있겠죠."

마르코는 잔을 꺼내더니 찬찬히 살폈다. "그래, 고칠 수 있을 것 같네."

안토니오 또한 그 잔을 바라보았다. 마르코처럼 연인의 광적인 집착이 아니라, 글을 읽을 수는 없지만 그 뜻을 풀어내려는 사람 같은 표정이었다. 오르솔라는 그 술잔이 불러온 골칫거리만 생각하면 그걸 낚아채어 코앞에 있는 운하에 던져버리고만 싶었다.

"그걸 돌려주는 데 얼마 달라던가?" 마르코가 따져 물었다.

안토니오는 입꼬리 한쪽을 살짝 올리며 웃었다. "여자랑 한 번 하는 대가로 그걸 팔았다면서요. 두 번 하는 대가를 내면 도로 팔겠다고 하더군요."

"이건 100번 떡칠 만한 가격이야!"

"실제로 이걸로 술을 마실 수 없으면 그 돈을 받긴 어렵겠죠. 그 사람들도 그걸 알아차린 거죠. 어쨌든 나한테 10솔도 빚진 거예요."

"난 돈이 하나도 없는데."

안토니오는 자코모를 슬쩍 보았고, 자코모는 한숨짓고 여유가 없는 형편에서도 동전 한 닢을 꺼내 건넸다. 어부는 그걸 주머니에 넣더니 부탁하지도 않았는데 그들을 도로 리알토까지 안내해주었다. 자기들끼리는 돌아갈 수 있는 길을 찾지 못한다는 게 분명해 보였기 때문이었다.

오르솔라는 안토니오를 더 잘 살펴볼 수 있도록 그와 오빠들이 앞장서게 하고 자기는 뒤처져서 걸었다. 안토니오의 자신감은 화가 나기도 하고 매력적이기도 했다. 그 누구와도 부딪히지 않고 이 붐비는 통행로를 쓱쓱 나아가는 모습, 많은 사람에게 살짝 인사도 하고 미소 짓는 모습, 무척이나 우아하게 몸을 지탱하는 모습. 오르솔라는 그렇게 허리를 쭉 펴고 베네치아를 걷고 싶었다. 오르솔라도 적어도 무라노 주변에선 자기 갈 길을 알았고, 지금 그가 하는 것만큼이나 많은 사람과 인사를 나누었다. 지가 무라노에 와서 잘해낼 수 있는지 보라지, 오르솔라는 생각했다. 다만 이 남자가 잘해내리라는 것을 이미 알고 있었다. 모든 사람을 홀릴 테니까.

브루노는 폰다코 데이 테데스키에 가까운 트라게토 정박장에 있었다. 뱃사공들이 모여 주인집 사람들이 올 때까지 대기하거나 도르소두로나 산 마르코, 혹은 아르세날레까지 가려고 뱃삯을 낼 승객을 기다리는 곳이었다. 베네치아 사공들은 폰다멘타를 따라 느긋하게 앉아서 노래 부르며 무라노 뱃사공을 놀리고 있었다. 브루노도 노래와 욕설을 따라 하려고 애쓰는 중이었다. 일행이 다가가자 그는 무라노 수녀와 그녀의 연인들에 대한 음탕한 노래를 부르고 있었다.

노래를 마치자 곤돌라 뱃사공 한 명이 브루노의 등을 철썩 쳤다. "'무라네시 마간체시(시무룩한 무라노인)'라는 말 알지? 뭐, 자네는 그 말이 다 틀렸다는 걸 증명했어. 자네는 음침한 데라곤 없군, 푸텔레토 데 무란(무라노 꼬마 녀석)!"

브루노는 그 오만한 말에도 개의치 않고 진심으로 환히 웃었다.

오르솔라가 여전히 남자들보다 약간 뒤처져 따라오자 곤돌라 뱃사공들이 웅성이기 시작했다. "오에, 케 베아 코케타(야, 참 예쁜 아가씨로군)!" 사공들은 외치며 입으로 쪽쪽 소리를 냈다. 더 노골적으로 굴 수도 있었겠지만, 오르솔라가 앞으로 나서 마르코와 자코모, 안토니오 틈에 끼자 손으로 그들의 입을 틀어막은 듯 추파가 뚝 멈췄다.

틀어막을 필요가 없는 입은 딱 하나뿐이었다. 다른 사공들 사이에 젊은 아프리카계 곤돌라 뱃사공이 앉아 있었다. 키가 큰 여윈 체형에 머리를 짧게 치고 검은 눈이 커다란 남자였다. 그는 멋진 붉은 튜닉과 하얀 깃털이 달린 모자를 썼고, 바지에는 산티 마리아 에 도나토의 모자이크 바닥을 닮은 근사한 다이아몬드 무늬가 있었다. 오르솔라는 무라노 소녀가 얼마나 세상물정 모르는지를 또 들킬까 싶어 쳐다보지도 않으려 했다. 베네치아에 몇 번 와봤을 때 터번을 두른 튀르키예인이나 정수리에 모자를 쓴 유대인을 본 적은 있었지만, 피부가 짙은 아프리카인은 한 번도 본 적이 없었다.

놀랍게도 안토니오는 그 남자를 향해 "본조르노, 도메네고"라고 인사했고, 아프리카인은 답례로 한 손을 들었다.

"저 사람 어떻게 알아요?" 오르솔라는 호기심을 감추려고 짐짓 가볍게 물었다.

"우리는 가끔 석호로 오리 사냥을 하러 같이 가거든요. 아버지가 나를 일에서 놓아주고 저 친구 가족이 필요로 하지 않을 때면."

"저 사람 가족이 여기 있어요?"

"그가 일해주는 가족 말이죠." 안토니오가 그녀의 말을 바로잡아주었다. "본인 가족은 아프리카에 있겠죠."

오르솔라는 고개를 끄덕이고 다른 데 보는 척하면서 곁눈질로 도메네고를 찬찬히 관찰했다. 그는 다른 곤돌라 사공처럼 웃거나 농담하지 않고, 가만히 조용하고 조심스레 행동했다. 그는 오르솔라가 자기를 곁눈으로 보는 걸 눈치채고 그녀를 똑바로 바라보았다. 오르솔라는 들킨 게 민망해서 시선을 떨어뜨렸다.

"브루노, 바스타(그만)!" 마르코는 늘 그러듯 마법을 깨며 호통쳤다. 브루노는 마지못해 베네치아 동료들에게서 떨어져 나와 자신의 곤돌라로 안내했다. 이제 그의 별명은 '푸텔레토 데 무란(무라노 꼬마 녀석)'이 되었는지, 뒤에서 더 열정적으로 그렇게 부르는 소리가 들렸다.

"당신이 약속을 지킬 수 있게 언제쯤 내가 무라노로 가죠?" 안토니오가 마르코에게 물었다.

오르솔라의 오빠는 짜증스러워하는 표정이었다. 이제 술기운이 서서히 가시고 있었고, 자기가 유리에 대해서 경험이라곤 없는 도제를 들이기로 동의했다는 현실을 깨닫고 있었다. "10월, 여름휴가 뒤에." 마르코가 마침내 말했다. "8월에는 용광로를 끄니까 그때까지는 와도 소용없어."

자코모와 오르솔라는 서로 눈길을 교환했다. 아무래도 새 직공을 고용하게 될 모양이었다.

"바 베네. 아리베데르치(좋아. 또 봐요)!" 안토니오가 외쳤다.

브루노가 배를 몰아 폰다멘타에서 멀어질 때, 오르솔라는 자기도 모르게 돌아보았다. 안토니오와 도메네고 둘 다 그녀를 향해 미소 짓고 있었다.

마르코는 다음 날까지도 별로 화를 내지 않았다. 베네치아에서는 아직도 술에 취해 있어서 가족들이 자기를 데리러 왔다는 사실을 생각할 겨를이 없었다. 무라노로 돌아오는 길 내내 마르코는 산타 마르게리타 창녀들과 벌인 짓을 브루노 앞에서 떠벌렸고, 마침내 오르솔라는 귀를 막고 베네치아 위 하늘을 찌르는 캄파닐레를 돌아보았다. 저 빽빽이 들어찬 건물과 냄새나는 운하들, 그리고 활기 넘치는 캄포 속 어딘가, 주머니에 로소가의 동전을 넣은 베네치아의 고기잡이 젊은이가 있다.

마르코는 일단 몸을 씻고 식사하고 잠을 잔 후에는 제정신에 언짢은 기분으로, 그래도 온전한 술잔 손잡이를 들고 나타났다. 오르솔라, 자코모, 라우라 로소는 부엌에서 식사 중이었다. 마르코는 조심스레 탁자 위에 술잔을 놓고 동생들을 이글이글하는 눈으로 쏘아보았다. "어떻게 너희가 나를 찾아 베네치아까지 올 수 있냐." 그는 낮은 목소리로 시작했지만 언성이 점점 높아졌다. "내가 무슨 양치기도 아니고 데리고 다녀야 하는 애라도 되는 양. 너희 때문에 가족의 이름이 창피해지고 우리 거래상과의 관계가 망가졌어. 로소가의 사업이 기울기라도 하면 너희 잘못이야!"

"멍청한 소리 하지 마." 오르솔라가 재빨리 맞대꾸했다. "클링엔베르크와 거래를 끊은 사람은 오빠잖아. 그 사람이 오빠 말을 무시할 정도로 현명해서 다행이지."

"얘가 가족 대표로 말해도 된다고 누가 그래요? 너 입 닥치지 못해. 네게 어울리는 자리는 부엌이거나 침대에 반듯이 누워 있는 것뿐이야."

"마르코!" 어머니가 벌떡 일어섰다. 얼굴에선 분노가 넘쳐흘렀다. "네 누이에게 그런 식으로 말하지 마라. 가족 누구에게도. 가족이 먼저야, 언제든!"

마르코는 뭔가 말하려고 했지만, 어머니가 그보다 먼저 말을 이어갔다. "네 동생들이 너를 찾으러 간 걸 고맙게 생각해. 그러지 않았으면

네가 어떤 꼴로 끝장났을지 아무도 모르니까. 아마도 운하에서 시체로 떠내려왔겠지." 어머니는 성호를 그었다. "얘들에게 고맙다고 해라. 알로라(자), 고맙다고 해!" 어머니는 팔짱을 끼고 아들을 쏘아보았다.

"뭐라고요? 싫어요!" 마르코도 팔짱을 끼면서 어머니를 도로 쏘아보았다. 어머니는 한층 더 키가 커진 거 같았다. 오르솔라는 매료되어 바라보았다. 적어도 어머니는 아들에게 맞설 수 있었다. 이제 그러고 있었고, 누가 이길지는 분명했다.

마침내 마르코는 시선을 아래로 떨어뜨리고 팔짱도 풀었다.

"고맙다고 해." 라우라가 명령했다.

"그라치에(고마워)." 그가 웅얼거렸다.

"더 크게. '고마워, 오르솔라, 자코모'라고 말해."

"그라치에, 오르솔라 에 자코모."

"오빠라면 여동생을 항상 보호해야 한다. 동생에게 그런 말을 쓰면 안 되고, 동생을 그렇게 대해서도 안 돼. 오르솔라에게 미안하다고 해."

마르코는 오르솔라를 돌아보며 고개를 숙였다. "미 디스피아체, 소렐라(미안해, 누이야)."

오르솔라는 고개를 끄덕였지만 안심하지는 못했다. 창피를 당한 마르코는 화난 마르코보다 더 위험해질 수 있었다. 분노야 사그라들지만 모욕은 오래 깊이 흐르며 오르솔라와 그녀의 작업을 가치 있게 평가할 기회를 망가뜨릴 수 있었다.

"에코(참), 어머니. 우리 이제 어쩌죠?" 자코모는 고의로 마르코를 제치고 어머니에게 물었다. "클링엔베르크의 말로는 우리가 만드는 제품의 질을 높여야 한대요. 우리가 그렇게 하면 다시 받아주겠다고 했어요. 하지만 빨리 하지 않으면 손님들이 기다려주지 않을 거라고 하네요." 그는 마르코가 멍청하게 가르초네를 또 하나 받아주겠다고 약속했다는 말은 덧붙이지 않았다.

라우라 로소는 자리에 앉아 아랫배를 문질렀다. 아기는 몇 달 후에 나올 예정이지만, 배가 벌써 상당히 불러 눈에 띄었다. 미오 디오(맙소사), 쌍둥이만은 아니길. 오르솔라는 바랐다. 우리는 아기들을 제대로 먹여 살릴 수 없을지도 몰라.

어머니는 손톱을 찬찬히 들여다보았다. "다른 해결책도 있어."

어머니가 손톱 밑에서 때를 빼내는 동안 자식들은 그 모습을 바라보았다.

"로베르토 테스타가 내게 청혼을 했다. 빚을 떠맡고, 이 아이도." 라우라는 한 손을 배 위에 올려놓았다. "자기 아이로 받아주겠다는구나."

"테스타?" 마르코가 부르짖었다. "그 늙은 개가 여기서 냄새 맡고 다니면서 무슨 짓을 한 거죠?"

오르솔라는 오빠들보다 더 빨리 상황을 파악했다. 로베르토 테스타는 자식이 없는 홀아비로 작은 공방을 운영했다. 그의 공방은 형제들 중 한 명에게 귀속되거나, 아니면 다른 공방과 합병될 것이었다. 먹느냐, 먹히느냐. 로소 공방은 확실히 곤란한 형편이니, 그 제안은 합리적이었다.

숙취 때문에 지친 건지, 느린 건지 마르코는 상황을 제대로 이해하지 못했다. "어째서 그 사람한테 가려고 우리를 버리시는 거예요?"

"난 너희를 버리는 게 아니야. 두 가문이 합치는 거지."

마르코는 눈살을 찌푸렸다. "하지만 마에스트로가 둘이라니?"

"일단, 너는 아직 마에스트로가 아니야. 너는 아직도 그 프로바를 통과해야 하잖니. 두 번째, 이해하지 못하는가 본데, 테스타가 마에스트로가 될 거야. 너는 세르벤테로 남을 거고. 그는 로소 공방을 넘겨받아 테스타라는 이름을 붙이는 조건으로만 나와 결혼할 거다."

"하지만 로소가의 유리공예를 물려받는 건 나예요! 어머니가 넘겨줄 수 있는 게 아니라고요!"

"맞아. 그렇지만 우리는 한 가족이지. 그리고 그게 테스타의 제안이다."

"절대 안 돼요. 어머니가 그런 제안을 한순간이라도 고려했다는 걸 아버지가 아시면 기겁하실걸요."

"네 아버지는 네가 흔들거리는 그릇을 만들었다는 걸 아시면 기겁하시겠지."

마르코는 움찔했다.

"코문퀘(어쨌든), 난 아직 승낙도 하지 않았고 거절도 하지 않았어. 난 너희에게 그것도 하나의 선택권이라고 말해주는 것뿐이야. 빚을 청산하고 제대로 먹고살 수 있는 방법."

"하지만 그러면 나는 어떻게 되는데요? 우리는?" 마르코는 자코모를 손짓으로 가리켰다.

"너희는 똑같은 일을 하면서 계속 작업을 하겠지. 하지만 사업을 운영하진 않을 거다."

"어머니 말씀은 그럼 우리가 도제로 그 사람 밑에서 일하게 될 거라는 건가요?" 자코모가 말했다. "파올로는 어쩌고요?"

"파올로는 우리가 결정하는 대로 맞출 거야. 말한 대로, 나는 아직 승낙하진 않았다."

"어머니는 그 사람하고 결혼하고 싶으세요?" 오르솔라가 따져 물었다.

"이 아이에게 아버지가 생긴다면 좋은 일이겠지, 그리고 안정과." 라우라 로소는 배를 두드렸다.

오르솔라는 고개를 끄덕였다. 어머니라면 누구나 안정을 찾게 마련이다. 하지만 오르솔라는 라우라가 과부가 된 지 몇 달 만에 재혼할 거라는 상상을 할 수가 없었다. 그렇지만 어머니는 늘 현실을 따졌다.

"하지만 우리가 아이에게 안정을 줄 수 있어요." 마르코가 우겼다. "로소가의 안정이죠."

라우라는 검은 눈을 장남에게로 돌렸다. "네가 아기에게 안정을 주고 싶다면, 너는 공방을 제대로 돌아가게 해야만 할 거야. 클링엔베르크가 말한 대로 하고 너의 흔들거리는 그릇과 바닥이 두꺼운 유리잔을 제대로 고쳐."

"한동안은 파올로에게 넘기면 어떨까요." 자코모가 제안했다. "파올로는 아버지에게 잘 훈련받았고 경험도 있으니까요."

마르코는 그 자리에서 왔다 갔다 했다.

"가족을 위해서라면." 라우라가 덧붙였다. "그 근사한 술잔은 내버려둬라."

마르코는 욕을 하며 안마당으로 나갔다. 가족들은 그가 왔다 갔다 하는 모습을 보며 기다렸다. 세 번째로 들어왔을 때, 그는 곧장 자신의 걸작을 향해 가더니 탁자 위에서 밀쳐버렸다. 잔은 바닥으로 떨어져 깨졌고 유리 조각이 사방으로 흩어졌다. 그런 후 그는 비틀비틀 나가면서 어깨 너머로 말했다. "안디아모(가자), 자코모. 유리가 우리를 기다린다."

자코모는 입술을 깨물고 그 뒤를 따랐다.

오르솔라는 빗자루를 가져와 유리 조각이 엉망으로 흩어진 자리를 쓸었다. 평소에는 어머니가 바쁘게 움직였겠지만, 지금은 앉아서 바라만 보고 있었다.

"괜찮으세요, 어머니?" 오르솔라가 물었다.

"아기가 배를 심하게 차는구나. 승리를 축하하나 봐." 라우라는 쓸

쓸하게 웃었다. "제대로 된 결과가 나온 거지? 저게 깨진 걸 보니 속 시원하다." 어머니는 딸이 쓸어 모으는 유리잔 파편을 고갯짓으로 가리켰다.

마르코가 짜증나기는 했어도, 오르솔라는 오빠의 술잔이 조각난 것을 보니 기분이 좋지 않았다. 실용적인 사업은 차치하고라도 오빠의 꿈이 사라졌다. 오르솔라는 무언가 말해볼까 싶었지만, 라우라 로소는 고통을 느끼는 양 한 손을 뺨에 대고 있었다. 사실 어머니는 우는 듯 보였다. 그러나 어머니가 코를 킁킁거리자 오르솔라는 어머니가 실은 웃음을 참느라 애쓰는 중이라는 것을 깨달았다. "어머니?" 오르솔라는 영문을 몰라 자세히 살폈다.

어머니는 머리가 탁자에 닿을 정도로 숙이고 크게 웃음을 터뜨렸다. 어머니의 웃음에 오르솔라도 미소를 지을 수밖에 없었다. 자기가 뭣 때문에 웃고 있는지는 몰랐지만.

마침내 라우라의 끅끅거리는 웃음이 가라앉았다. 라우라는 고개를 들고 손등으로 눈을 닦았다. "너희 모두 로베르토 테스타가 내게 청혼했다는 말을 믿다니! 너희 정말 아무 말이나 다 믿어버리겠구나."

오르솔라는 빗자루를 벽에 기대놓았다. "우리한테 거짓말하셨군요!"

"다 좋은 뜻이었어. 그 덕에 마르코가 좀 더 정신 바짝 차리고 공방으로 돌아가게 됐잖니."

마르코는 로소가의 공방을 구하기 위해 열정적으로 자신을 내던졌고, 가끔 여기저기 뭔가를 주워 먹으려고 오는 거 말고는 집에 거의 들어오지도 않았다. 심지어 야간 근무까지 떠맡아, 낮이고 밤이고 용광로에 불을 지폈다. 보통 밤에는 도제들이 연습을 위해 용광로를 썼지만, 이제 연습하는 사람은 마르코였다. 그는 파올로를 닮달해, 자기가 흔들거리지 않고 탁자 위에 제대로 세울 수 있는 그릇을 만들 수 있을 때까지 계속해서 그릇 만드는 작업을 점검하게 했다. 그런 후 그에 어울리는 술잔으로 옮겨갔고, 마침내 액체가 잘 따라지도록 입구가 매끈하고 적절한 크기의 손잡이가 적절한 자리에 붙은 복잡한 물병을 만드는 작업으로 옮겨갔다. 아버지가 가르쳐주는 동안에는 제대로 집중해서 듣지 않았지만, 이제는 공방이 곤란하므로 그는 가족의 사업을 구하는 아들 역할을 떠맡아 수천 명의 관중 앞에서 연기하듯 해내는 중이었다. 곧 오르솔라는 오빠가 식사 시간에도 나타나지 않아서 다행이라고 여기게 되었다. 그랬다간 유리와 그 변덕스러운 성질에 관한 독선적인 연설을 진지하게 늘어놓을 테고, 마에스트로가 이 기술에 숙달해서 누가 책임자인지를 보여줘야 할 필요가 있다고 역설할 것이었다. 또 나무 공급상에 대한 불평과 자기가 그들과 어떻게 흥정하는지, 경쟁자에 대한 불만과 그들을 어떻게 능가할지도 떠들 것이었다. 보통이라면 그런 얘기 중에 몇몇은 흥미롭다고도 생각했겠지만, 마르코가 대화가 아니라 독백을 할 때면 나머지 가족은 아무 얘기도 보태지 못했고, 그럴라치면 마르코가 꼭 끼어들어 이야기를 가로채거나 가족들은 뭣도 모른다며 핀잔을 줄 뿐이었다. 그 이야기를 들어주는 건 지루하고 지치는 노릇이었다.

오르솔라는 어머니가 참을성을 발휘해서 아들이 거드름을 피우며 하는 이야기에 귀를 기울여주면서도 눈을 흘기지도 않고, 놀리거나 '그만!'이라고 소리치지 않아서 새삼스럽게 놀랐다. 어머니가 아들을 지지하려 한다는 것을 오르솔라는 알았다. 꾸준히 믿을 만한 제품을 만들 수 있는 마에스트로가 되기 위해 필요한 훈련 과정을 마르코가 이겨낼 수 있도록 격려하는 것이었다.

어머니가 다음으로는 오빠한테 결혼하라고 하겠네. 오르솔라는 어느 날 또 한 번 지루한 저녁 식탁에 앉아 버티면서 그런 생각을 했다. 오빠를 참아줄 사람이 있다는 건 상상하기 힘들었다. 다른 사람들은 오빠보고 잘생겼다고 했지만, 오르솔라 본인은 어딜 봐서 그런지 알 수 없었다. 날카로운 턱은 빈정대기 좋아하고 잔인한 성격의 신호였다. 하지만 어떤 여자는 마에스트로의 부인으로서 모피를 걸칠 수 있다면 마르코의 독설 정도는 기꺼이 참아낼 것이었다. 실로 8월이 되자 그는 니콜레타와 결혼했다. 로소가와 평생 잘 알고 지낸 유리공예 집안의 딸로, 눈이 크고 가냘픈 니콜레타는 얌전히 지내며 보호막처럼 모피를 두를 여자였다. 요리 솜씨는 끔찍했고 빨래할 만큼 근력도 없었지만, 일단 결혼하자 니콜레타는 마르코에게 절대적으로 헌신하여 그의 기분을 북돋우고, 날카로운 면을 갈아 없애 부드럽게 하는 역할을 해내면서 로소가의 살림에 잘 녹아들었다.

다음 몇 달 동안 오르솔라는 부엌 구석에 있는 작은 탁자 위에 등을 놓고 허리를 굽히고 서서 장식 구슬 만드는 일에만 집중했다. 마르코와 니콜레타가 결혼한 직후, 9월 라우라 로소가 스텔라를 낳을 때쯤에 오르솔라는 단색에 크기가 일정한 단순한 대칭형 구슬 만드는 기술을 다 익혔다. 로소가의 이름 때문에 붉은색 구슬을 많이 만들었지만 오르솔라가 선호하는 색깔은 석호와 같은 색, 하늘이 살짝 어린 진녹색이었다.

하지만 일단 아기 스텔라가 태어나자 등불 공예 기법을 연습할 시간이 갑자기 사라졌다. 라우라 로소는 어머니가 되기엔 나이가 들었고, 출산으로 몸이 약해져 젖을 먹일 수 없었다. 오르솔라는 유모를 찾아야만 했고, 어머니가 회복되는 동안 새 여동생을 돌보는 일 대부분을 떠맡아야 했다. 아기에게 어찌나 손이 많이 가는지, 오르솔라는 놀라고 말았다. 젖을 먹이고, 기저귀를 갈고, 안아서 얼러주고, 진정시켜주고. 오르솔라는 로소가의 집에서부터 대운하 너머 폰테 롱고까지 계속 뛰어다녀야 했다. 그곳에 사는 어부의 아내가 유모였지만, 그 여자에게도 돌봐야 할 아기가 있었다. 라우라가 일을 못하고, 니콜레타가 새로운 살림에 적응하려 하는 동안 그 많은 빨래도 다 오르솔라의 몫이었다. 이제는 스텔라가 더럽힌 빨래도 끝없이 나오는 바람에 빨래가 한층 더 불어나 있었다. 오르솔라는 여동생을 사랑했지만, 아이가 태어나고 해야 할 모든 일 때문에 장식 구슬 작업에서 멀어질 수밖에 없었다. 꾸준히 연습하지 않으면 지난 몇 달간 익힌 기술도 다 잃어버리고 막대에 꿀을 묻혀서 연습하는 일부터 다시 시작해야 할까 봐 두려웠다.

10월의 어느 날 오후, 오르솔라는 스텔라를 데리고 유모에게 갔다오는 길에 무라노의 대운하를 따라 걷고 싶어서 일부러 먼 길로 돌아왔다. 잠깐만 맛본 베네치아의 대운하에 비하면 무라노의 대운하는 조용했지만, 감탄하면서 바라볼 만한 저택이 몇 개 있고 휴가를 즐기러 지역민들 사이에 끼어든 베네치아인들을 몰래 구경할 수도 있었다. 아기는 젖을 먹은 직후라 멍한 상태였기 때문에, 오르솔라는 냄새나는 빨래와 살림에는 소질 없는 니콜레타가 제대로 청소하지 못해 지저분한 집으로 서둘러 돌아갈 필요는 없었다. 오르솔라는 가을 햇볕 속에서 계속 움직이며 반짝이는 물 옆에 멈춰 서고는, 스텔라가 태어나기 전에 만들어서 주머니에 줄곧 넣고 다니는 구슬 하나를 꺼냈다. 바닥을 볼 수 없는 운하처럼 반투명한 녹색이었다. 오르솔라가 이제까지 작업한 유리는 세 종류였다. 투명, 불투명, 반투명. 그중 마지막은 완전히 맑지도, 불투명하지도 않아서 중간까지는 들여다보이지만 그 너머에 있는 건 아른아른하게 보일 뿐이었다. 오르솔라는 이 세 번째 방식을 자기가 좋아한다는 것을 알게 되었다. 다른 두 방식보다 더 미묘했다.

오르솔라는 물색과 비교하려고 구슬을 들어보았다.

"자기 작품 보고 자화자찬 중이니, 오르솔라 로소?" 마리아 바로비에르가 다가와 옆에 섰다.

오르솔라는 부끄러워서 바로 손을 내렸다. "전, 전······ 그렇게 많이 만들 기회가 아직 없어서요."

구슬공예가는 스텔라를 향해 고개를 끄덕였다. 이제 아기는 언니의 어깨에 기대어 잠들어 있었다. "아기가 시간을 다 차지하겠지. 내게 좀 보여다오."

마리아는 한 손을 내밀었다. 오르솔라는 마지못해 녹색 구슬을 그 손바닥 위에 내려놓았고, 어르신이 구슬을 검사하는 동안 숨을 죽였다.

"아직 모자라." 마리아는 구슬을 돌려주며 말했다. "형태와 색은 둘 다 좋지만, 대칭이 아직 딱 들어맞지 않는구나."

오르솔라는 한숨을 내쉬었다. "유리는 제대로 다루기가 정말 어려워요."

"그래서 내가 유리를 좋아하지. 유리는 예측할 수 없는 애인 같아. 자기만의 법칙이 있거든. 시뇨레 클링엔베르크에게 보여주기 전까지는 좀 더 연습해야겠구나. 그에게 너를 거절할 핑계를 주어서는 안 될 테니까. 유리 산업에는 여자가 없어. 우리 작업은 남자가 받아들일 만큼 완벽해야 하기 때문이지. 그리고 유리에 한해서는 완벽이라는 건 없으니까."

"하지만 시뇨라 마리아는 그 산업에 계시잖아요."

마리아 바로비에르는 어깨를 으쓱했다. "나는 돌연변이야. 규칙에서 예외이지. 하지만 여자가 유리공예의 세계에 받아들여지기까지는

아주 오랜 시간이 걸리리라고 생각한다. 수백 년이 걸리겠지." 마리아
는 애제자를 바라보았다. "너는 평생 공방의 문을 두드리면서 살고 싶
은 게 확실하니?"

"어쩌면요."

"그럼 미래의 너를 상상해보렴. 생계를 꾸리려고 애쓰는 모습을 말
이야. 신사분들, 백작 부인들, 심지어 황후들을 위해서 유리를 만들지.
그들이 너를 거절했다고 상상해봐. 그저 변덕 때문에, 변화하는 취향
때문에, 전쟁이나 역병, 빈곤 때문에. 네가 통제할 수 있는 범위 바깥의
일들이야. 너는 그 모든 일을 상상하면서도 여전히 등불 공예를 할 수
있을까?"

오르솔라는 계속 모습을 바꾸면서 반짝이는 물 너머를 내다보며 계
속 변화하고 반짝이며, 예측할 수 없는 앞길을 생각해보았다. "네." 마
침내 오르솔라는 대답했다. "할 수 있어요." 오르솔라는 이미 공예에
쓰이는 등을 자신의 아이인 것처럼 애착을 느끼고 있었기 때문이었다.

마리아는 고개를 끄덕였다. "그럼 이걸 받으렴. 네가 계속 이 길로
나아가는 걸 축하하는 선물이야."

마리아는 주머니에 손을 넣어서 색이 환한 새 로세타 구슬을 꺼내
오르솔라에게 건넸다. 그런 후 작별의 말도 없이 돌아서서 가버렸다.

오르솔라는 구슬을 찬찬히 살폈다. 사선으로 커팅해서 빨강, 하양,
파랑색 유리 층이 조가비 무늬 속에서 빛났다. 오르솔라는 미소를 띠
었다. "그라치에, 시뇨라 마리아!" 오르솔라는 구슬공예가의 뒤에 대
고 소리쳤다. 마리아 바로비에르는 돌아보지도 않고 한 손을 허공에
서 흔들었다.

오르솔라는 로세타를 녹색 구슬과 같이 주머니에 넣었다. 스텔라를
다른 어깨 쪽으로 고쳐 안을 때 날카로운 휘파람 소리가 들렸고, 오르

솔라는 고개를 들었다. 사공 두 명이 젓는 곤돌라 한 척이 그녀 쪽으로 다가오고 있었다. 한 명은 키가 큰 아프리카인이고, 다른 한 명은 금발 고수머리의 건장한 베네치아인이었다. 그들이 오르솔라의 옆으로 배를 댔을 때, 안토니오는 그녀의 품에 안긴 아기를 빤히 보고 있었다. 오르솔라는 그의 얼굴에 풀 죽은 표정이 어리는 것을 보고 만족감을 느꼈다. "본조르노, 시뇨리나 로소." 그는 기대보다 더 정중하게 인사했다.

"여기서 뭘 하는 거죠?" 오르솔라는 정중하게 대할 마음도 없었고, 스텔라에 관해서도 설명하지 않을 것이었다. 아직은.

"오빠분이 약속을 지킬지 보러 왔죠."

"오빠는 잊어버렸을 거예요." 오르솔라는 단언했지만, 가슴이 떨렸다.

"아, 그러면 제가 기억을 되살릴 수 있게 깨우쳐주면 되죠." 안토니오는 잠시 틈을 들였다. "그간 꽤 바쁘셨나 보네요." 그는 스텔라를 고갯짓으로 가리켰다. "베네치아에 오셨을 땐 미처 알아보지 못했는데……. 하지만 드레스가 헐렁했는지 기억이 나지 않는군요. 사실 그 반대였던 것 같은데."

오르솔라는 아이 포대기를 살짝 들어올렸다. "내 여동생이에요."

안토니오는 눈에 띄게 긴장을 풀었다. "아, 메 라레그로(아, 축하드려요)! 알로라(그러면), 저를 오빠분에게로 안내해주시겠습니까?"

"오빠는 당신에게 약속했을 때 술에 취해 있었어요. 그러니 그 약속은 유효하지 않죠. 도로 가서 물고기나 잡으세요." 오르솔라는 폰다멘타를 걷기 시작했지만, 안토니오가 자기를 구석구석 뜯어보는 눈길을 의식했다.

"괜찮아요. 가서 당돌한 로소가 아가씨의 오빠가 어디 있는지 만나는 사람마다 물어보고 다니면 되니까. 그러면 사람들도 우리가 누구 얘길 하는지 알겠죠."

오르솔라는 발길을 멈추진 않았지만, 어깨 너머로 말했다. "우리는 대운하 입구 근처, 석호로 이어지는 자리 바로 직전 오른편에 살아요. 선착장에서 기다리죠." 그가 대답하기도 전에 오르솔라는 몸을 돌려 폰테 롱고, 대운하 위의 다리를 뛰어서 건넜다. 일단 그들의 곤돌라에서 보이지 않을 자리에 이르자 그녀는 마음을 가라앉히려 발걸음을 늦추고 집으로 향했다.

오르솔라는 안토니오가 결국엔 무라노로 오지 않을까 생각은 했다. 아니, 그런 희망을 품었다. 몇 달 전 그를 만났던 날 이후에, 오르솔라는 그와 함께 베네치아에서 보냈던 그 오후를 세세하게 회상하는 일에 푹 빠져 있었다. 그가 했던 말, 자기가 했던 말, 그가 그녀를 바라보던 눈길. 잠시, 그 기억을 마음속에서 되짚어보기만 해도 몸속에서 쿵쿵거리던 떨림이 되살아났다. 하지만 끝내는 안토니오와 그날에 대한 몇 안 되는 기억을 자꾸 들추다 보니 신선한 느낌이 사라지고 말았고 짜낼 거리도 떨어졌다. 그런 후에 니콜레타가 오고 스텔라까지 태어나자 오르솔라는 그들과 어머니를 돌보고 냄새나는 온갖 빨랫감을 처리하느라 너무 바빠서 그를 생각할 시간이 없었다. 지금까지는. 이제 그를 한 번 보았을 뿐인데도 마음속에서 웅웅대는 느낌이 다시 살아났다.

하지만 오르솔라는 그런 생각을 많이 할 여유가 없었다. 오르솔라가 뛰는 바람에 스텔라가 잠에서 깨어났고 칭얼거리기 시작했다. 오르솔라는 울어대는 아기를 안고 그를 다시 만나고 싶진 않았기에 로소가의 집에 이르는 길에 멈춰 서서 스텔라가 진정할 때까지 어르며 달래줘야 했다. 집에 도착한 후 마당으로 들어가 물가로 이어진 공방 뒤로 나와보니, 노를 열심히 젓는 도메네고와 안토니오가 시야에 들어왔다.

배가 매끄럽게 들어올 때, 안토니오는 돌돌 말아 혁대로 묶은 옷 꾸러미를 부두 위에 던지고, 곤돌라 사공에게 동전 하나를 건넸다. "그라치에, 메네고." 그는 배에서 기어 내려오며 인사했다. "클링엔베르크가에서 쉬는 날을 주면 놀러 와. 석호의 이쪽 구역에서 오리 사냥을 해보자고."

"클링엔베르크 밑에서 일해요?" 오르솔라가 물었다.

도메네고는 고개를 끄덕였고, 그가 모는 배는 부두에서 멀어졌다.

오르솔라는 고트프리트 클링엔베르크가 아버지의 장례식에 왔을 때 이 아프리카 사공이 데려다주는 것을 본 적은 없었다. 하지만 그때는 정신이 다른 일들에 쏠려 있었기 때문에 그를 찾아보지 않았다. 그녀는 너무나 놀라서 도메네고가 안토니오를 두고 갔다는 사실을 알아차리기까지 시간이 좀 걸렸다. "정말 여기 있을 거예요? 쭉 머물려고?"

안토니오는 미소를 지었다. "데 체르토, 벨라(물론, 아름다운 아가씨). 오빠에게 전갈도 보냈는걸요. 날 기다리고 있을 겁니다."

"하지만 유리에 대해서는 아무것도 모르잖아요."

"배우면 되죠."

"이건 고기잡이와 달라요."

"그럼 내게 어울리겠군요."

"그리고 가르초네들은 오리 사냥을 하러 갈 만큼 쉬는 날이 없어요."

"이것 참 환영 인사가 대단하네요. 누가 들으면 내가 여기 있는 걸 당신이 싫어하는 줄 알겠어요. 내가 그렇게 거슬립니까?"

"아뇨, 난……." 오르솔라는 어째서 자기가 그렇게 못되게 구는지 알 수 없었지만, 어쩔 수 없었다. "마르코는 같이 일하기 쉬운 주인이 아니에요."

"내 아버지도 같이 일하기 쉬운 사람이 아니었습니다." 안토니오는 그녀에게 고개를 끄덕여 보였다. "도메네고와 나를 대운하에서 만났을 때 뭘 보고 있었습니까?"

"아무것도 보고 있지 않았는데요."

"아니, 보고 있었으면서. 뭔가 보고 있었잖아요. 나도 좀 봐요."

오르솔라는 주머니에서 녹색 구슬을 꺼내 그에게 건넸다. 두 사람의 손이 스쳤다.

안토니오가 구슬을 들어 빛에 비춰보았다. "메라비글리오사(경이롭네요)! 누가 만들었죠?"

"내가 만들었어요."

"당신이?"

오르솔라는 고개를 끄덕였다. "이 구슬을 제대로 잘 만들게 되면, 그걸 곧장 클링엔베르크에게 가져가 팔 거예요."

산돌로를 타고 지나가던 이웃 하나가 안토니오를 위아래로 훑어보더니, 오르솔라를 보고 눈썹 한쪽을 치켜올렸다. 이번이 처음이지만, 앞으로 저런 표정을 수없이 보게 되겠지. 오르솔라는 생각했다. 오르솔라는 스텔라를 어깨 위에서 고쳐 안았다. "안으로 들어오는 게 좋겠네요." 오르솔라는 몸을 돌려 유리 공방 마당으로 향했다.

안토니오가 자기 옷 꾸러미를 들었다. "당신 아기 아닌 거 확실하죠?" 그가 따라오며 물었다. "당신이랑 똑 닮았거든요. 표정이 험악한데."

"얘도 좋아하는 사람을 보면 웃는답니다." 오르솔라도 혼자 웃었다.

"그쪽이 더 낫네요."

"흠. 내 얼굴이 보이지도 않잖아요."

"뺨이 움직이는 게 보이는걸요."

"그러면 그만 봐요."

"우리 남은 인생 내내 나랑 말싸움을 할 건가요?"

"입 아프게 그러진 않을 거예요."

하지만 남몰래 그녀는 생각했다. 씨(그래요).

2

자, 이제 다시 시간을 뛰어넘을 때가 되었네요. 알라 베네치아나, 베네치아식으로는 시간을 그렇게 움직일 수 있습니다.

우리는 다시 납작한 조약돌을 들고, 무라노를 바라보는 베네치아 물가에 서 있습니다. 집게손가락을 구부려 돌을 잡고 유리 섬 쪽을 향해 돌을 석호 위에 힘차고 낮게 던져 물수제비를 뜨도록 해보죠. 무라노는 이 돌이 가닿기에는 물리적으로 너무 멀지만, 우리는 여기서는 다른 규칙으로 움직이고 있습니다. 돌이 한 번 튀어 오르면 시간을 80년 뛰어넘습니다.

부엌 구석의 탁자 앞, 오르솔라 로소는 반투명한 녹색 구슬을 불꽃 속에서 앞뒤로 돌리고 있습니다. 오르솔라는 고개를 듭니다. 때는 1494년이 아니라 1574년이 되었네요. 그래도 오르솔라는 크게 변하지 않았습니다. 시간이 다르게 흐르는 이 마술적 공간에서, 그녀와 그녀에게 중요한 사람은 더 나이 들지 않았습니다. 그녀는 열여덟 살입니다.

그런 갑작스러운 시간의 흐름. 그게 뭐가 중요할까요? 100년이 흐르고, 또 100년이 흘러도 오르솔라가 사랑하는 사람들, 필요로 하는 사람들, 심지어 싫어하는 사람들과 함께 있는 한은? 그들이 오르솔라와 함께 세월을 항해해간다면 그녀는 돌과 함께 시간을 뛰어넘어 중요한 순간으로 갈 수 있습니다. 누구를, 무엇을 뒤에 남겨놓았는지 걱정하지 않고 말입니다.

(그렇지만 사람들은, 아무리 베네치아 방식의 시간이라고 해도 결국에는 그 포로가 되어 나이가 들고, 죽습니다. 잠깐, 마리아 바로비에르를 위해 묵념할까요. 나이 들어 세상을 떠난 명장을 위해.)

베네치아인들과 무라노인들은 서로 비슷하게 세계의 다른 지역에서 일어났던 일들은 슬쩍 피해갑니다. 이 80년 동안 새로운 국가들이 세워졌고, 새로운 전쟁이 일어났으며, 오래된 질병에 굴복하기도 했습니다. 바스코 다 가마와 다른 탐험가들 덕분에 새 무역 항로들은 베네치아를 우회하게 되었습니다. 새롭게 발견된 대륙으로의 여행, 그리고 그곳을 착취하는 역사도 시작되었습니다. 새로운 종류의 기독교가 생겨나 가톨릭교도들은 못마땅하게 눈을 굴렸죠. 영국 여왕이 왕좌에 올라 16년 동안 통치했고, 또 다른 여왕은 29년간 왕위를 지켰습니다. 예술가들도 번성했습니다. 레오나르도, 미켈란젤로, 카르파초, 라파엘로, 조르지오네, 티치아노.

유리공예 또한 한창 번성하는 중이었습니다…….

어부였다가 유리 직공이 된 베네치아 청년과의 사이에서 뭔가가 금방 타오르지 않을까, 오르솔라가 기대했대도 이해할 만하다. 두 사람이 비밀리에 칼레에서 서로 몸을 딱 붙이고 만남을 가지리라고 생각했대도. 무라노의 숨겨진 골목 귀퉁이에서 훔쳐 온 와인을 나눠 마시는 상상을 했대도. 오직 어부들과 새로이 떠오른 태양만이 그들을 볼 수 있는 이른 아침 배를 타고 석호로 소풍 가는 꿈을 꾸었대도. 하지만 이런 공상들은 오로지 오르솔라의 머릿속에서만 일어났다. 그녀가 빨래하거나 아기 여동생을 달래거나 마당의 잡초를 뽑을 때 머릿속에서 자꾸 되풀이해본 꿈들이었다. 대신에 처음부터 일종의 격식이 자리 잡아서, 양쪽 다 둘 사이에 피어날 뻔했던 불꽃에서 물러섰다. 어쩌면 안토니오가 온 첫날 마르코가 안토니오에게 주었던, 도제 관계를 정식화한 계약서에 표시된 'ｘ' 때문이었다. 그 주인의 여동생과 연애를 시작할 권리를 즉각 포기하는 'ｘ' 표시였다.

안토니오는 공방에서 내준 방에서 다른 가르초네와 함께 지내도록 허락받았고, 가족과 식사를 같이했기 때문에 오르솔라는 그를 매일 보았다. 처음에는 그에게 요리를 건네주면서 어깨가 스치거나, 식탁 반대편에서 그와 눈이 마주치거나, 그럴 때면 얼굴을 붉히거나 해서 너무 많은 사람들 앞에서 감정이 드러난 기분이 들 때면 괴로웠다.

놀랍게도 이 진한 금발의 매력적인 젊은이가 그렇게 감질날 정도로 가까이 있는데도 오르솔라를 놀리는 사람은 없었고, 그를 멀리하라고 경고하는 사람도 없었다. 어머니도 스텔라가 태어난 이후에는 강경한 의견을 내는 일이 적어져서 아무 말 하지 않았다. 소심하게 넌지시 떠 보는 올케 니콜레타도 아무 말 없었다. 심지어 예쁘고 팔팔한 마달레나도 아무 말 하지 않았다. 마달레나는 본인이 안토니오에게 반한 게 분명해서, 오르솔라를 팔꿈치로 밀어내고 그의 접시에 간 요리나 사르데 인 사오르, 혹은 비골리 알 네로 디 세피아(오징어 먹물 파스타)를 가득 담아주곤 했다. 이 오징어 먹물 요리를 먹을 때면 안토니오의 입술 이 매혹적인 검은색으로 물들곤 했다.

안토니오는 순순히 마달레나와 장난치며 어울리긴 했으나, 아주 진지하게 연애하려는 것처럼 보이지 않았다. 마달레나도 마찬가지였다. 오르솔라는 마달레나가 베네치아에서 귀족 가문과 함께 무라노의 저택을 정기적으로 찾아오는 어떤 하인에게 눈길을 주고 있다는 것을 알았다. 안토니오는 마달레나에게 장난칠 때 그 사실을 슬쩍 섞곤 했다. "베네치아 남자들이 어떤지 내가 가르쳐줄 수 있는데." 그가 말을 던졌다.

"그리고 당신은 무라노 여인들이 남자에게 뭘 기대하는지 배울 수 있지." 마달레나가 맞받아쳤다. "당신의 근사한 베네치아 방식으로 수작을 부려봤자 안 된다고!"

오르솔라와 함께 있을 땐, 안토니오는 존중하는 태도를 보이며 거리를 지켰다. 오르솔라는 자기가 그를 따라다니고 싶어 하는 치욕적인 입장임을 깨달았다. 어색한 시기가 지난 후에는, 그가 처음에는 어떤 어부의 딸과 어울리다가, 그다음에는 밧줄 직공의 딸을 만나고, 마침내는 로소 가족과 거래하는 푸주한의 딸을 오래 만나게 되자 차라리 안심했다. 물론 화는 났다. 이따금 안토니오가 미련 있는 눈길을 자기에게 보낸다고 느낄 때면 그의 따귀를 세게 갈겨주고 싶기도 했다. 그리고 그 어부의 딸, 밧줄 직공의 딸, 푸주한의 딸을 몹시도 싫어했다. 오르솔라는 푸주한 딸의 면전에서는 미소를 지어도 뒤에서는 매서운 눈길로 노려보기도 했다.

결국 오르솔라가 안토니오에게 느끼는 감정은 표면 아래 딱딱하게 뭉친 응어리로 가라앉아, 대부분은 무시할 수 있었지만, 이따금 마음을 짓누를 때면 쾌감이 있는 고통이 느껴지곤 했다.

어쨌든 오르솔라는 계속 바쁘게 움직여야 할 만큼 일이 많았다. 태어날 때부터 잘 울었던 스텔라를 어르고, 쇠약해진 어머니를 지켜보고, 마달레나 옆에서 함께 일하며 모든 사람의 식사를 제대로 챙기고, 빨래와 청소를 해내고, 니콜레타에게 살림하는 법을 가르치고, 니콜레타가 첫 임신을 해서 가냘픈 몸이 무거워지자 돌봐주는 일까지 주로 맡아서 해야 했다. 오르솔라는 모든 사람, 모든 일을 자기 혼자 다

챙겨야 하는 것처럼 느꼈다.

그리고 오르솔라는 기다리는 시간이 있었다. 스텔라가 잠들기를. 아기의 더러운 옷이 마당의 양동이 속에 푹 잠기기를. 냄비를 다 썼고, 바닥을 다 쓸어내기를. 빨래가 마르고, 깨끗이 펴서 개킨 후 챙겨 넣기를. 닭들을 우리에 넣고 잠그기를. 남자들이 술집에 가버리거나 공방으로 돌아가기를. 니콜레타와 라우라 로소가 편안한 의자에 발을 올려놓고 쉬기를. 이런 일들이 다 처리되고 그래도 아직 기력이 남아 있다면, 오르솔라는 등을 부엌 구석으로 가져와 자코모가 동생에게 맞게 만들어준 풀무를 장착한 탁자에서 구슬을 만들 수 있기를 기다렸다. 그러고 있으면 안토니오에게 쏠린 생각을 다른 데로 돌릴 수도 있었고, 이 일 자체의 열정이 남자를 향한 감정보다 훨씬 더 만족스러웠다. 그 일의 끝에는 구체적이고 아름다운 무엇, 손에 들고 돌리고 관찰하며 엄지손가락으로 쓸어볼 수도 있는 무엇, 대칭형에 서로 섞이거나 부딪치는 색깔을 띤 무엇이 나오기 때문이었다. 그 구슬을 꿰어 묵주를 만들면, 한 알씩 세면서 기도할 수 있었다. 또 목걸이로 만들어, 모든 사람이 바라볼 수 있도록 축일에 목에 걸 수도 있었다. 혹은 주머니에 넣어두고 걱정이 찾아올 때 부적처럼 만지작거리며 마음을 달랠 수 있었다. 가끔 오르솔라는 불완전한 구슬들을 칼레에서 노는 아이들에게 주었고, 아이들은 그걸 가지고 놀거나 동전처럼 서로 바꾸기도 했다. 뭔가 못생기거나 지루하거나 가치 없는 것이 있다면 전혀 주저하지 않고 대놓고 비판하는 아이들이 이 구슬의 가치를 높이 사는 것 같아 오르솔라는 자긍심을 느꼈다. 거기서부터 시작이었다.

이따금 둘 다 등불 공예 작업을 할 시간을 낼 수 있으면, 오르솔라는 엘레나 바로비에르를 찾아가 수업을 받았다. 둘은 불꽃 위에 함께 머리를 숙이고, 시간이 흐르는 것도 잊은 채로 함께 작업했다. 엘레나는 다양한 모양을 만드는 법을 가르쳤고, 한참 동안 오르솔라는 오직 단색 구슬을 만드는 일에만 집중하며 정확한 형태를 내고 대칭을 유지하는 연습을 했다. 마침내 오르솔라가 그 기술에 숙달하고 똑같은 색과 크기, 모양의 구슬을 연이어 내놓을 수 있게 되자 엘레나는 장식 기술을 소개하며, 물감을 떨어뜨려 색을 더하고 점이나 선 모양, 소용돌이무늬를 넣는 기법을 알려주었다. 또 각각 열에 다르게 반응하기 때문에 다양한 색과 투명도를 녹여내기 위해 필요한 온도를 측정하는 법과 장식할 때 손을 일정히 유지하는 법, 어떤 색깔끼리 가장 잘 어울리는지를 가르쳐주었다.

처음에 오르솔라가 구슬 전체 표면에 점을 찍고 꽃과 그 사이에 뻗어가는 선들을 그리려고 시도했더니 그 아래에 깔린 바탕색이 잘 보이지 않았다. 엘레나는 혀를 차며 자기가 만든 환상적인 창작품 중 하나를 보여주었다. 검은 바탕에 잎이 다섯 개 달린 빨간 꽃을 주황색과 흰색의 동그라미가 에워싸고 있고 그 사이에 푸른 점이 흩어져 있는 구슬이었다. "너희 젊은 사람들은 늘 과하게 꾸미는 경향이 있지." 엘레나가 말했다. "단순함의 가치를 배워야만 해. 표면엔 다섯 색이 아니라 두 가지 색만 입혀. 점이냐, 꽃이냐 선택하고 둘 다는 안 돼. 그리고 구슬 자체의 색이 드러나도록 해. 이미 그걸 만들었는데, 왜 더 많이 덧붙여서 가리려고 하지? 그건 네가 네 작품을 창피하게 여겨서 가리려는 것처럼 보여."

"마리아 바로비에르의 로세타는 단순하지 않잖아요."

둘 다 마리아에 대한 추억을 떠올리며 잠시 말을 끊었다. 오르솔라는 자신의 스승이 준 로세타를 넣고 다니는 주머니를 톡톡 두드렸다.

"그 구슬은 정말로 단순해." 엘레나가 설명했다. "색은 세 가지만 쓰고 보기 좋은 형태, 균일한 문양을 넣었지. 물론 만들긴 복잡해도 눈에는 복잡하게 보이지 않아. 네 형태를 연습해라. 네 기술을 연습하고. 예술성은 나중에 나타나는 거야. 알로라(그럼), 다시 시작하자."

로소가 사람들은 오르솔라의 등불 공예 구슬에 각기 다른 식으로 반응했다. 어머니는 아무 말 하지 않았다. 결국 애초에 딸에게 마리아 바로비에르를 만나 도움을 청하라고 부추긴 사람이 어머니였고, 이것이 그 결과였으니까. 자코모는 여동생이 유리 작업을 하고 싶어 한다니 지지하면서도 얼떨떨해서 바라보았다. 니콜레타는 시누이 옆에 서서 확실히 감탄하는 태도로 입을 벌리고 구경했다. 하지만 오르솔라가 구슬 만드는 법을 알려주겠다고 하자 니콜레타는 꺅 소리를 지르며 뒤로 펄쩍 뛰었다. 커다란 갈색 눈이 더욱 커졌다. "그런 건 할 수 없어요! 너무 위험하잖아요, 불에 델 수도 있고. 그리고 그건 남자들이 하는 일 아니에요? 유리 작업은?"

니콜레타는 누가 무엇을 하는지를 강박적으로 따졌지만, 정작 본인이 하는 일은 별로 없었다. 어쩌면 별로 없어서 그런지도 몰랐다. 니콜레타는 오르솔라와 마달레나가 할 집안일을 계속 나열하고, 각 식구의 책임을 머릿속에서 제대로 이해하려는 듯이 가는 손가락으로 아이처럼 하나하나 세었다. 비슷하게, 니콜레타는 남편의 지위에 대해서도 온통 신경을 쏟았다. 마르코는 아직 공식적으로 마에스트로로 인정받지 못했다. 그는 결국에는 프로바를 치게 될 것이었다. 하지만 니콜레타는 늘 남편을 '일 마에스트로'라고 칭했고, 옷을 두껍게 입어도 될 만큼 날씨가 꽤 서늘해지자마자 파세자타 때 마에스트로의 아내들만 입는 모피를 꼭 두르고 나갔다. 심지어 10월이라 아직 다른 마에스트로의 아내들이 모피를 두르기까지는 한참 전인데도 아랑곳하지 않고 입었다. 니콜레타는 키가 무척 작아서 모피가 땅바닥에 질질 끌렸다.

오르솔라가 가장 신경 쓰는 건 마르코가 동생의 등불 공예에 어떻게 반응하느냐는 것이었다. 오르솔라가 만드는 건 오빠 본인은 굳이 손대보지도 않은 물건이지만, 자기 영역을 침범했다며 화를 내지 않을까 우려되었다. 이 일을 자기에 대한 일종의 비판으로 받아들일 수도 있었다. 도제들이 공방에서 만드는 물건으로는 가족의 사업을 제대로 돌릴 수 없어서 여동생이 감히 로소가의 유리 제품 생산에 기여하겠다고 나선 것으로 여길지 몰랐다. 아버지가 돌아가시고 닥쳐온 위기 이후로 그는 간신히 가족의 빚을 탕감했지만, 로소가의 사업은 번창하지 못했다. 많은 사람이 무라노 유리공예가들에게는 황금기라고 부르는 시절인데도 그러했다.

오르솔라는 마르코가 구슬에 어떻게 반응할지 예상했어야만 했다. 오빠가 그렇게 나오는 건 전형적인 행동이었으니까. 오빠는 거의 알아차리지도 못했다. 여동생은 그에게는 맹점이었고, 동생이 평소에 하는 활동은 그저 배경 소음일 뿐이었다. 구슬을 만드는 일은 그에게는 신경 쓸 필요도 없는 하찮은 일의 범주에 해당했다. 그는 오르솔라가 만든 것을 본 적도 없고, 그걸 만드는 법을 어떻게 배웠는지, 그걸로 뭘 할 건지도 묻지 않았다. 그가 감탄한 유일한 물건은 자코모가 독창적으로 고안한 발풀무였다. 그게 아니었다면, 고기 기름 태우는 냄새가 난다고 불평만 했을 것이었다. 오르솔라는 남자들은 여자들의 유리 작업을 진지하게 받아들이지 않을 거라고 단언한 마리아 바로비에르의 말을 떠올렸고, 자기가 가장 기쁘게 해주고 싶은 사람이 마르코임을 알았으며, 그만큼 그 사실에 기분이 언짢기도 했다. 오빠가 자기를 평가해줄 때까지는, 자기는 정말로 구슬공예가로 존재할 수 없을 것처럼 느껴졌다. 하지만 그에게 너무 많은 것을 바라는지도 몰랐다. 평소 여성을 대하는 태도로 보아 오르솔라의 오빠는 대부분의 무라노 남자와 별반 다를 게 없었다.

이따금, 오르솔라는 구슬을 만들 때면 안토니오가 깨끗한 천이나 초 몇 개를 가지러 집에 들어와서는 자기 어깨 너머로 쳐다보고 있다는 것을 느끼기도 했다. 오르솔라는 그를 무시하려 애쓰며, 손이 떨리지 않게 꼭 잡고 유리를 아주 균일한 형태로 다듬거나 흠 하나 없이 장식 점을 찍는 데만 집중하려 했다. 한번은 오르솔라가 아주 완벽하게 둥근 빨강 구슬을 연달아 만들고 있을 때 그가 다가와서 구경했다. 안토니오는 그녀가 재빨리 곁눈질하는 것을 보더니 고개를 끄덕였다. 두 사람이 소통한 건 몇 주 만에 처음이었다.

오래지 않아, 오르솔라는 마당의 우물가 옆에서 안토니오를 지나쳤다. 그는 웃통을 벗고 머리 위로 물을 끼얹었으며, 용광로의 강렬한 열기를 식히고 땀을 씻어냈다. 둘만 있는 드문 순간이었다. 오르솔라는 옆에 멈춰 서서 그녀의 인생을 잠식할 것만 같은 빨래가 잠긴 양동이를 내려놓았다. 니콜레타가 곧 아기를 낳을 테니, 짐도 두 배가 될 것이었다. "도메네고는 언제 당신하고 오리 사냥을 하러 와요?" 안토니오가 물이 뚝뚝 떨어지는 머리를 들었을 때, 오르솔라는 그의 맨가슴을 보지 않으려 애쓰며 물었다. 그 굴곡진 근육에 한 손을 대보고 싶었다.

"다음 주 일요일, 미사 후에. 왜요?"

"그 사람이 클링엔베르크에게 갖다주었으면 하는 게 있어서요."

"구슬?"

오르솔라는 고개를 끄덕였다. 안토니오는 미소를 지었다. 그가 시장에서 여자들에게 수작을 걸 때 쓰는 웃음도 아니고, 마에스트로가 도제에게 보이는 거만한 웃음도 아니고, 솔직하고 기쁨에 찬 웃음이었다. 한 공예가가 다른 공예가를 인정하는 미소.

"마르코 오빠에게는 아무 말 마요." 오르솔라가 덧붙였다.

"나투랄(당연하죠)." 안토니오는 셔츠를 집어 몸을 닦은 후 도로 뒤집어썼다.

"안토니오……."

"씨?" 그가 그녀를 바라보았다. 한순간 오르솔라는 뭔가 말하고 싶었다. 그에 대해서, 그들 두 사람에 대해서.

그때 마달레나가 부엌에서 마당으로 나왔고, 그 순간은 사라졌다. 오르솔라는 고개를 저으며 웃었다. "우물에 비친 자기 모습을 보고 감탄하다가 괜히 그 안으로 떨어지지 않도록 조심해요." 오르솔라는 그가 뭐라고 대답하기 전에 사뿐사뿐 걸어가버렸다.

일요일, 마침내 오르솔라의 구슬이 준비되었다. 그 주 초에 오르솔라는 엘레나 바로비에르를 만나러 갔고, 엘레나는 작품을 점검하고 승인해주었다. 노령의 구슬공예가는 오르솔라에게 클링엔베르크에게 보낼 때 단순히 천 자루에 넣지 말고 크기와 색, 디자인대로 실에 꿴 후 자기가 준 대리석 무늬 카드를 끼워서 보내라고 조언해주었다. 오르솔라가 살 여력이 없는, 베네치아산 특수 제작 종이로 만든 카드였다. 그렇게 최대한 보기 좋게 해야 상인이 제대로 고려할 것이라는 말이었다. 엘레나는 오르솔라가 카드를 끼울 수 있게 바느질한 린넨 자루를 묶어서 오므리도록 비단 천까지 주었다. 오르솔라는 이런 자잘한 장식물이 효과가 있을지 의심스러웠다. "그 사람은 그저 구슬의 질에 신경 쓰지 않을까요?"

"물론이지. 하지만 첫인상을 좋게 줄 수는 있잖아. 클링엔베르크처럼 노련한 상인이라고 해도, 약간 깔끔하게 해서 내놓으면 반응을 보이는 법이지. 잘 꾸며서 내놓으면 음식 맛도 더 나아지지 않더냐? 구슬을 조심스럽게 꿰고, 자루를 꼼꼼하게 바느질하렴. 흰색은 너무 강하니, 그보다는 크림색 린넨 직물로 해. 그리고 비단으로는 리본을 묶고."

오르솔라는 조언 받은 대로 했다. 산티 마리아 에 도나토 대성당에서 미사를 보는 도중, 안토니오가 끝나고 만나자고 오르솔라에게 손짓했다. 오르솔라는 주머니에 넣은 꾸러미를 두드리며, 성찬 전례 동안에 도메네고에게 뭐라고 할지 머릿속으로 연습해보았다. '이걸 젖지 않도록 조심해서 실어주세요. 클링엔베르크 씨에게 곧장 가져다주시고요. 두 손으로 허리 굽혀 절하며 건네주세요. 이건 시뇨리나 로소가 약속드린 대로, 콘 콤플리멘티(작은 성의를 담아) 드리는 것이라고 전해주세요. 그리고 만약 사냥하는 동안 석호에 떨어뜨리기라도 하면, 내 손으로 당신을 죽여버릴 거예요. 당신들 둘 다.'

오르솔라는 안토니오와 함께 미사 후 수다 떠는 군중을 떠나 성당 북쪽의 계류장으로 가서 그 곤돌라 사공을 만났을 때 그 모든 말을 고스란히 전했다. 도메네고는 표정 없이 그 말을 들었고, 그동안 안토니오는 옆에서 씩 웃고 있었다. 오르솔라가 말을 마쳤을 때, 그는 두 손으로 그녀에게서 꾸러미를 받아들고 꾸벅 절하며 말했다. "데 체르토(물론이죠), 시뇨리나 로소." 오르솔라는 그의 정중한 태도가 자기를 놀리는 게 아닌지 의심스러워 살짝 눈살을 찌푸렸지만, 그럼에도 그가 필요한 쪽은 자기였으므로 무어라 탓하진 않았다.

그날이 끝나갈 무렵, 안토니오가 가족들이 먹을 수 있게 마당에 사냥한 오리 세 마리를 내려놓자 오르솔라는 그에게 구슬에 관해 물었다. 도메네고가 그걸 어디에 놓았어요? 사냥 간 동안 확인은 하던가요? 클링엔베르크에게 바로 갔나요?

안토니오는 킬킬 웃었다. "놀랍겠지만요, 벨라(아름다운 아가씨), 우리는 당신의 구슬에 대해선 전혀 얘기하지 않았거든요. 우리는 실제로 아가씨의 냄비에 넣을 수 있게 잡아다줄 새에만 더 신경 썼어요."

"바스타르도(개자식)." 오르솔라가 중얼거렸다.

다음 주 내내 오르솔라는 심부름꾼이 오지 않나 싶어서 기다렸다. 클링엔베르크가 만나고 싶다고, 구슬을 수백 개, 아니 수천 개 사고 싶다는 전갈을 가지고 오는 사람이 언제 올까. 오르솔라는 자기 공방을 열고 사촌들과 자코모, 심지어 니콜레타와 어머니에게까지 구슬 만드는 법을 가르치는 꿈을 꾸었다. 아무런 소식이 없을 때는 꿈을 꾸기가 쉬웠다.

하지만 상인에게서 아무런 말 없이 수일이 지나자 오르솔라는 클링엔베르크가 답을 하지 않는 이유에 대해 스스로 변명을 지어냈다. 이젠 포장하려고 썼던 비단 리본과 대리석 무늬 카드가 싫었고, 엘레나 바로비에르에게 조언을 구하지 말걸, 하고 후회했다. 아무리 엘레나가 도움을 주는 것처럼 보였어도 경쟁자 가문의 사람이면 방해 공작을 꾸밀 마음을 품게 마련이었다. 어쩌면 클링엔베르크는 이제 동료 상인들과 이 화사한 포장을 보고 웃어대고, 그들의 웃음이 폰다코 데이 테데스키의 마당에 울려 퍼졌을지도 모를 일이었다. 아니면 그가 아픈 건지도 몰랐다. 아니면 도메네고가 구슬을 전해주지 않고 팔아버렸을 수도 있다.

오르솔라는 너무 조바심이 난 나머지 모든 사람에게 화풀이하며 다니기 시작했다. 품에 안긴 스텔라는 울었고, 니콜레타는 슬슬 피했으며, 라우라 로소는 큰 소리를 냈고, 마달레나는 마르 로소(직역하면 '붉은 바다, 홍해'를 뜻하지만, 달거리를 표현하는 은유 - 옮긴이)가 오는 날이냐며 놀려댔다. 자코모는 어리둥절해서 동생을 바라보았다. 어느 날, 안토니오는 식사를 마치고 일어나면서 나직이 속삭였다. "참을성을 가져요, 오르솔라."

오르솔라는 그 말이 마치 어떤 손길처럼 느껴졌고, 감사의 미소를 살짝 지어 보일 수 있었다.

열흘이 지나자 오르솔라는 클링엔베르크가 자신의 작품을 허접하다고 여긴 게 분명하다는 생각이 들었다. 대칭이 맞지 않거나, 형태와 색깔이 어울리지 않거나, 그저 지루하거나. 다른 사람들이 똑같은 걸 더 잘 만들어내고 있는지도 모른다. 그렇다면 어째서 그가 신진 구슬 공예가에게 모험을 걸어야 하겠는가? 그날 저녁, 예상치 못하게 여유 시간이 생기자 오르솔라는 등 앞에 앉지 않고 파세자타 시간 동안 가족들과 함께 산책 나갔다가, 다른 유리공예가 밑에서 일하는 젊은 가르초네를 만나 빈 골목에서 잠깐 손으로 서로를 탐색했다. 잠시나마 정신을 다른 데로 돌릴 수 있었다.

며칠 후 산타 마리아 델리 안젤리 수도원 뒤의 표백장에서 시트를 널고 있는데, 옆집 아이가 숨이 턱에 닿아 나타났다. "그 상인이 여기 왔어요. 그 모로(무어인) 곤돌라 사공하고 함께요!" 아이가 외쳤다. 전갈을 전하자마자 아이는 숨을 돌릴 새도 없이 도로 뛰어가버렸다.

오르솔라는 축축한 시트가 담긴 바구니를 내려다보았다. 지금 당장 널지 않으면 제때 마르지 못해 빨래를 다시 해야 할 수도 있었다. 스텔라의 기저귀를 빠는 것만큼이나 싫은 지루한 작업이었다. 하지만 지금 가지 않는다면…….

오르솔라는 집까지 뛰었다.

공방에 들어가니 어머니가 구석에 서 있고 파올로, 자코모, 안토니오와 가르초네토들이 마치 베네치아의 도제라도 맞듯이 줄지어 서 있었다. 검은 로브를 입은 클링엔베르크는 용광로 옆에 마르코와 함께 서 있었다. 가족들은 그를 접대하려고 모든 일을 제쳐놓고 온 게 분명했다. 마르코는 클링엔베르크를 유리 상점과 창고로 안내하고, 그가 점검하려고 한다면 장작더미와 요강까지도 보여주려 했다.

오르솔라가 슬쩍 들어가 어머니 옆에 섰을 때도 상인은 그녀에게 눈길을 별로 주지 않았다. "지난달 보낸 푸른 촛대 있잖소, 바닥을 돌고래가 두르고 있는 것. 그건 프라하에서 아주 반응이 좋았다오. 여기에도 하나 있소?"

마르코는 안토니오를 향해 고개를 끄덕였고, 안토니오는 창고로 가서 하나를 들고 와 절을 하며 상인에게 건넸다. "아, 그래." 클링엔베르크는 견습 도제에게서 촛대를 받아들고 위로 들고 균일한지 확인하려는지 계속 돌려보았다. 그는 엄지손가락으로 서로 얽힌 돌고래 둘을 훑어보았다. 보통은 베네치아식 돌고래는 유리든, 돌이든, 금속이든 통통하고 볼록해서 어린애답게 표현하는 경향이 있었다. 이건 길고 날씬한 형태로 실제 돌고래의 모습과 더 비슷했다.

"아름답게 만들어졌군." 클링엔베르크가 인정했다. "그리고 불과 물이라니 독특한 조합이야. 촛대와 돌고래라니. 누가 저런 걸 생각했소?"

공방에는 잠깐 침묵이 흘렀다. 안토니오는 살짝 미소를 띠고 발을 내려다보았다. 마르코는 험악한 표정을 짓지 않으려 애쓰고 있었다.

"저 가르초네의 생각이에요." 라우라 로소가 이 어색한 순간을 해결하기 위해 앞으로 나섰다. "안토니오 스카라말." 라우라는 고개로 가리켰고 안토니오는 클링엔베르크에게 허리를 숙였다. 그는 다른 사람들처럼 수줍어하거나 머쓱해하지 않았다. 오르솔라는 그런 면에 감탄했다.

"로소가에서 얼마나 도제 생활을 했소, 안토니오?" 클링엔베르크가 물었다.

"아홉 달입니다, 시뇨레."

클링엔베르크는 숱 많은 눈썹을 치켰다. "무척 인상적이군. 보는 눈이 있어, 청년."

안토니오가 어부의 아들에게는 전혀 기대하지 않았던 방식으로 유리를 다룬다는 건 사실이었다. 대부분의 가르초네는 유리를 불거나 단순한 고토를 만드는 작업을 넘어 디자인을 해내기까지 몇 년이나 걸렸다. 오르솔라는 마르코와 파올로가 안토니오의 놀라운 기술에 대해서 논의하는 것을 엿들은 적이 있었다. 무라노 유리 근처에서 자라지 않은 사람이 그렇게 빨리 잘해낼 수 있다니 놀랍다는 이야기였다. 그는 심지어 읽기와 계산까지 독학으로 익혔다. "실력이 좋을진 모르지만, 그 친구에게는 무라노 피가 흐르지 않잖아." 마르코는 우겼다. "그러니 걔가 로소가에 충성하도록 잡아둘 만한 게 있겠어?" 이 점은 마에스트로들이 도제들에 대해 절대 지우지 못하는 우려였다. 마에스트로들이 돌아가면서 주기적으로 좋은 도제를 서로 훔쳐가는 때에도 그런 걱정을 했다. 안토니오가 베네치아인이라는 점만 남달랐을 뿐이었다. 오르솔라는 그의 빠른 습득과 좋은 감식안, 흔들림 없는 손을 남몰래 자랑스러워했다. 물론 그런 얘기를 그에게는 절대 하지 않을 것이었다.

"역시 좋은 스승이 있어서 도움이 되겠지." 클링엔베르크는 마르코에게 고갯짓했고, 안토니오를 향한 칭찬이 오빠에게 불러일으켰을지도 모르는 따끔한 독침을 깔끔하게 빼냈다. 마르코는 안토니오를 가르친 사람은 주로 파올로와 자코모였다는 사실을 굳이 밝히지 않았다.

"이 촛대를 50개 더 주문하도록 하겠소." 상인은 말을 이었다. "이걸 빈이나 파리, 리스본에 가져가 팔아볼 작정이오. 여러 색으로 만들어요. 파랑도 좋소. 진홍색, 선세공 장식이 있는 흰색, 어쩌면 금박으로도 만들어요. 하지만 돌고래는 늘 파란색이나 초록색이어야 하오. 물론 당신들에게 정확히 뭘 만들라고 지시할 생각은 꿈에도 없지만, 내 제안을 이해하겠소, 씨?"

니콜레타가 떨리는 손으로 유리 물잔과 와인 잔이 가득 든 쟁반을 들고 마당에서부터 들어왔다. 니콜레타는 이제 아기 때문에 몸이 무거워졌지만, 마달레나보다는 자신이 이 영광스러운 일을 해야 한다고 주장했을 것이었다. 또 여전히 너무 길고 계절에도 맞지 않는 모피를 걸치고 있었다. 오르솔라는 눈을 굴렸고, 오직 안토니오만 이를 알아채고 오르솔라를 향해 미소 지었다. 다음 순간, 니콜레타가 신발 굽으로 모피를 밟고 유리 연마대 위로 쟁반을 떨어뜨리려 하자 오르솔라는 쟁반을 받기 위해 앞으로 펄쩍 뛰어나가야만 했다.

니콜레타가 엉망으로 망칠까 봐, 오르솔라는 직접 와인을 따라 클링엔베르크에게 건네며, 이것이 로소가의 가장 훌륭한 잔임을 확실히 알렸다. 컵과 받침 사이에 아름답게 균형이 잡힌 투명 잔으로, 스템에는 선세공 장식을 했고, 받침에는 작은 방울 모양을 장식했다. 클링엔베르크는 오르솔라를 보고 고개를 끄덕이며 미소를 띠었다. "그라치에, 시뇨리나 로소." 클링엔베르크는 평소보다도 좀 길게 그녀와 눈을 마주쳤지만, 다른 사람이 알 정도는 아니었다. 마침내 오르솔라의 존재를 알아차리고, 신호를 보내고 있는 것이었다. 오르솔라는 그와 독대할 방법을 마련해야 했다.

오르솔라는 안토니오를 빼고 모든 이에게 와인을 돌렸다. 그 누구도 가르초네가 이 자리에 낄 것이란 기대를 하지는 않았다. 실로, 클링엔베르크는 일단 안토니오의 촛대에 대해 요지를 전한 후에는 그를 무시했고 마르코에게 초점을 맞추고 사업상 논의를 했으며, 라우라 로소와는 추억을 나누었다. 오르솔라의 어머니는 그런 관심에 기뻐하는 듯했다. 그 이야기가 남편이 공방을 운영하고 자신이 마에스트로의 아내이던 시절을 떠올리게 했기 때문일 것이었다. 클링엔베르크는 심지어 거대하게 부른 배 위에 우스꽝스러운 모피를 입고 땀을 뻘뻘 흘리는 니콜레타에게도 존중을 표했다. 그들이 모두 분주한 때, 오르솔라는 슬쩍 뒤로 빠져나가 물가로 가서 도메네고를 찾았고, 자기가 상인을 만날 수 있는 곳을 말해주며 그를 그곳으로 데려다달라고 부탁했다.

오르솔라가 돌아왔을 때 파올로와 자코모, 안토니오는 다시 작업하러 가고 없었지만, 마르코는 클링엔베르크가 한사코 거절하는데도 계속 와인을 권하고 있었다. 상인은 확실히 술꾼은 아닌 모양이었지만, 와인 잔에는 감탄했다. 아마도 그는 사업을 진행하기 위해 맑은 정신을 유지하려 하는 것 같았고, 마에스트로도 마찬가지로 해주기를 바랄 것이었다. 술이 가득 찬 잔을 그대로 둔 채로 상인은 일어섰다. "당신들이 만드는 것을 보고 싶소." 그는 그렇게 말하며 작업대에서 바쁘게 일하는 남자들을 향해 돌아섰다. 파올로는 투명한 물병에 황금 손잡이를 부착하고 있었고, 자코모와 안토니오는 그가 필요한 도구를 건네거나 손잡이를 다시 용광로에 넣어 재가열하거나 하면서 그를 보조했다. 파올로가 물병에 완전히 만족할 때만 자코모는 결과물을 서냉로에 넣어 식혔다.

마르코는 그 물병을 며칠 후 클링엔베르크에게 보내겠다고 제안했다. "선물입니다." 그가 웃으면서 덧붙였다. 와인 때문에 치아가 벌건색으로 물들어 있었다.

"그럴 필요는 없소이다." 상인은 로브를 두르며 대답하더니, 여자들에게 고개를 끄덕여 인사한 후 도메네고가 곤돌라 위에서 기다리는 선착장으로 향했다. "되도록 빨리 촛대나 만들도록 해요."

오르솔라는 폰테 디 메초까지 뛰어가서 폰다멘타 데이 베트라이를 따라 내려가 무라노의 최남단까지 갔다. 거기에는 한 무리의 무라노인과 베네치아인 사공들이 물가에 모여 뱃삯을 내고 베네치아까지 갈 손님을 기다리고 있었다. 베네치아인 곤돌라 사공들은 자기들이 타지 영토에 있다는 걸 알기에 여기서는 훨씬 얌전하게 행동했다. 노래를 부르고 이야기를 늘어놓으며 그 무리를 장악한 사람은 브루노였다. 오르솔라는 몰래 그곳을 지나치려 했으나, 브루노에게 들켰다. "와, 아가씨가 이젠 남자들에게 퍼주고 다닌다고 들었는데. 나한테는 언제나 좀 주려나?"

"당신이 대운하로 도제를 실어 나르는 날이나 되어야 할걸, 크레티노(얼간이)!"

바로 그때 스테파노, 사람을 응시하는 검은 눈을 가진 바로비에르 가의 도제가 물가에 나타났다. 오르솔라는 그를 보고 인사했다. 그는 두 사람이 우연히 마주칠 때마다 언제나 그랬듯 얼굴이 빨개졌지만, 다음 순간 브루노를 향했다.

"안디아모(갑시다), 브루노. 우리 배에 물이 새서 브루노가 와서 궤짝을 리알토까지 실어다줘야겠어요."

"다코르도(알겠어)." 브루노는 재빨리 자기 곤돌라의 밧줄을 풀고, 배를 돌려 리오 데이 베트라이 쪽으로 노를 저어 갔다. 바로비에르 가문은 기다리게 해서는 안 될 사람들이었다.

오르솔라는 트라게토들을 지나서 물가를 따라 좀 더 서쪽 지점까지 갈 수 있었다. 여기라면 여동생이 클링엔베르크와 둘이서만 이야기를 나누었다는 사실을 마르코에게 고자질할 만한 눈이 없었다.

이윽고 도메네고의 모습이 멀리서 보였다. 두 발을 벌리고 고물에 서서 곤돌라 사공들에게는 독특한 방식으로 배를 젓고 있었다. 노의 손잡이를 힘차고도 빠르게 밖으로 밀었다가, 다시 노를 반 바퀴 돌려서 천천히 자기 가슴 쪽으로 끌어당기는 방식이었다. 노는 물에 잠기지도 않고 수면 위를 미끄러져 돌아오는 것처럼 보였다. 마치 수프를 젓는 동작처럼 보였지만 일정하지 않게 바꿔가며 해냈다. 그런 식으로 노를 저어 배가 앞으로 나갈 것 같지 않았는데도, 그는 빠르고 자신 있게 움직였다.

클링엔베르크는 여름 햇볕을 피하려고 펠체 아래에 앉아 있었다. 그는 로소가에서 봤을 때보다 더 창백해 보였고 땀을 흘렸다. 그의 표정은 곤돌라 사공만큼이나 속을 알 수 없었고, 그 뒤에는 뱃멀미로 보이는 불편한 기운이 깔려 있다는 것을 오르솔라는 눈치챘다. 오르솔라는 믿을 수가 없었다. 물 위에 지어진 도시에 살면서 사치스럽게 뱃멀미를 하는 사람이 어딨담? 어딘든 가려면 배로 이동해야만 했다. 그건 베네치아식 삶의 일부분이었다.

오르솔라는 한 손을 들었다. "그라치에, 시뇨레. 여기 무라노까지 저희를 보러 와주셔서 감사해요."

다른 배가 지나가며 그 궤적에 곤돌라가 흔들리자 클링엔베르크가 움찔했다. "그 가르초네, 안토니오 스카라말을 한번 보고 싶었거든. 마르코가 거기서 그를 선택한 건 잘한 행동이오."

오르솔라는 마르코가 빚을 갚는 조건으로 안토니오를 받아들였다는 사실은 밝히지 않았다. "제 구슬은 받으셨나요?" 오르솔라는 대신 그렇게 물었다.

"받았소, 확실히." 클링엔베르크가 오래 뜸을 들이자 오르솔라는 속이 쿵 떨어지는 것 같았다. 마음에 안 드는구나, 오르솔라는 생각했다. 안토니오의 돌고래 촛대가 마음에 드는 거야.

그의 다음 말에 오르솔라는 놀랐다. "몰토 벨레(매우 아름답더군), 오르솔라. 선친께서 자랑스러워하시겠소."

"오! 그라치에." 오르솔라는 얼굴을 붉히며 시선을 내렸다. 아버지나 마르코가 거기 있어서 그 칭찬을 들었다면 얼마나 좋을까 싶었다.

"형태는 좋소. 어울리는 크기가 좋고, 대칭은 훌륭하지. 물론 단순해. 하지만 단순한 게 부끄러울 건 아니니까. 궁극에는 좀 더 복잡한 장식을 덧붙이게 되겠지. 하지만 이것도 팔릴 거요. 다음 세 달 동안은 한 달에 구슬 100개씩 주문을 넣도록 하지. 구슬마다 반 솔도를 주겠소. 빨강, 녹색, 파랑과 하양으로."

오르솔라는 속마음을 드러내지 않으려고 애썼다. 자기가 바란 것만큼의 가격은 아니었다.

도메네고가 한 발을 가볍게 구르자 곤돌라가 흔들렸다. 그는 그녀에게 살짝 고개를 끄덕였다. 클링엔베르크가 손수건으로 이마와 윗입술을 두드렸다. 오르솔라는 그 하얀색에 매료되었다. 손수건을 그렇게 하얗게 만들려면 얼마나 많이 빨래하고 표백해야 하는지 알기 때문이었다.

그가 충분히 속이 울렁거린다고 판단되자 오르솔라는 역으로 제안했다. "구슬 하나마다 2솔도씩 주세요."

클링엔베르크는 잠시 눈을 감았다. 오르솔라는 그러지 말라고 충고하고 싶었다. 그러면 뱃멀미가 더 심해질 것이기 때문이었다. 베네치아인이라면 누구든 그 사실을 알 테지만, 본디 테라페르마 출신인 독일인은 모를 수도 있지. 하지만 그는 자긍심이 높은 남자였기에 오르솔라는 그의 약점을 알아챘다는 사실을 감히 드러낼 수 없었다.

"구슬 하나당 1솔도." 그는 마침내 단호히 말했다.

"좋아요." 오르솔라는 기쁜 마음으로 합의했다. 처음부터 목표로 한 가격이었다. 도메네고는 아무렇지 않게 발 위치를 바꾸었고, 곤돌라는 안정되었다. "그라치에, 시뇨레. 이런 기회를 제게 주셔서요." 오르솔라는 말을 잠깐 멈추었다.

클링엔베르크가 그녀를 자세히 보았다. 배가 더는 흔들리지 않자 그의 기민함이 살아났다. "뭐요, 시뇨리나 오르솔라?"

"마르코가 우리 거래에 대해 꼭 알아야 할까요?"

"아가씨는 오빠와 별개로 자신만의 사업을 하고 싶은 거군? 현명해. 마리아 바로비에르라면 찬성했겠지. 하지만 무라노에서도 그렇고, 실로 베네치아에서도 비밀을 지키기란 어렵소. 나는 마르코에게 아무 말 하지 않겠지만, 그가 알아내게 되겠지. 그리고 그렇게 되면 의견 차이는 자네들끼리 해결해야 할 것이고."

오르솔라는 고개를 끄덕였다. 클링엔베르크는 구슬을 주문함으로써 오르솔라를 지지했지만, 그 이상의 선은 넘지 않을 것이었다. 돈 되는 쪽을 편들 사람이고, 지금은 마르코의 유리공예 편을 들 것이었다.

클링엔베르크는 그녀를 보았다. "오빠에게 상냥하게 대해주시오, 시뇨리나. 그렇게 어린 나이에 유리 공방 사업을 운영하는 게 쉬운 일이 아닐 텐데. 어쩌면 아가씨는 오빠를 좀 가혹하게 판단하는 건지도 모르지." 오르솔라가 뭐라고 대답하기 전에 그가 덧붙였다. "그럼 내가 아가씨의 돈을 맡아주길 바라나? 그렇지 않으면 그걸로 뭘 할 거요? 침대 매트리스 속에 숨겨둘 건가? 내가 아가씨를 위해 안전하게 보관해줄 수는 있소."

"그라치에, 시뇨레."

"다음 달에 더 많은 구슬을 볼 수 있기를 기대하겠소. 도메네고? 이제 집에 가자."

그들의 배가 멀어질 때 오르솔라는 차마 참지 못하고 소리쳤다. "시선을 수평선에 두세요, 시뇨레 클링엔베르크! 그리고 다음번엔 박하 잎을 씹으세요!" 이제 거래는 이루어졌으니 자기가 약점을 눈치챘다는 걸 그가 알아도 상관없었다.

클링엔베르크는 한숨지었다. "그런 말을 나한테 해줄 필요는 없소,

오르솔라 로소. 박하, 생강, 수평선에 눈을 두고, 손목에 구리 팔찌를 차고. 오랜 세월 동안 베네치아인들과 무라노인들에게 똑같이 온갖 치료법을 들어봤지. 당신들 모두 육지를 사랑하는 독일인에게 이래라 저래라 하는 걸 좋아하더군. 아무것도 소용없어."

판매할 구슬을 만드는 건 오르솔라에게 사뭇 다르게 느껴졌다. 그 전에는 여자애가 먹을 수 있는 진짜 케이크가 아니라 진흙으로 케이크를 만들듯, 유리를 가지고 소꿉장난을 했던 것처럼 느껴졌다. 이제는 자기 작품을 좀 더 비판적으로 보았다. 그녀는 완벽한 형태의 빨강 구슬처럼 보이는 물건을 만들 것이었다. 그런 후에는 그 구슬이 파리 궁전에 사는 귀족 여인의 목걸이에 들어간다는 상상을 했다. 오르솔라의 마음속에서 그곳은 무라노의 대운하에 있는 팔라초 다 물라와 비슷하게 보였다. 그 구슬이 세계에 풀려 누군가가 사서 목에 건다고 생각하면, 한 부분이 미세하게 튀어나온 것 같기도 하고 납작한 것 같기도 하고 거품이 끼어 있는 것 같기도 해서 다 녹이고 다시 시작해야만 했다. 그녀의 등불 공예 작품에선 이제 편안함이 빠졌다. 오르솔라는 뻣뻣하고 어색했으며 지나치게 남의 시선을 의식했다. 며칠 동안 그 무엇도 제대로 만들 수 없었다.

그때 니콜레타가 아기를 낳았다. 작고 완벽한 모양을 갖춘 아들로, 이름은 마르코로 짓고 마르콜린이라고 불렀다. 그러자 오르솔라의 낮과 밤은 올케와 아기를 돌보는 일로 가득 차버렸다. 이제 작업할 시간이 없게 되자 오르솔라는 형편없는 구슬을 만드느라 값진 나날을 낭비한 자신을 저주했다. 오르솔라는 클링엔베르크의 주문을 완수할 수나 있을까 싶은 생각이 들기 시작했다. 하지만 오히려 시간이 줄어들자 작업에 박차를 가해 일할 수 있는 자투리 시간은 뭐든 쓰게 되었다.

주로 아기와 니콜레타가 잠든 밤이었다. 마침내 이런 늦은 밤 동안 오르솔라는 팔아도 부끄럽지 않은 구슬을 생산하기 시작했다.

첫 번째 주문 물량이 드디어 준비되자 오르솔라는 섬을 오가는 심부름꾼 사공에게 맡겨 클링엔베르크에게 보내지 않고, 다른 사람들이 바쁜 때, 몰래 빠져나와 혼자 베네치아에 갔다. 브루노의 배를 탔다가는 가족에게 자기를 실어다줬다고 이를 수 있고, 가는 내내 치근덕거릴 것 같아서 그렇게 하지 않았다. 대신에 부라노라는 인근 섬에 사는 가족이 베네치아의 시장에 레이스를 팔러 가는 길에 산돌로를 얻어 탔다. 그 가족은 대운하를 따라가는 대신 작은 수로를 통해 피아차 산 마르코로 향했고, 오르솔라는 배에 앉아 지나치는 성당과 집들을 바라보았다. 와인 통과 나뭇짐, 원단 다발, 밀가루 자루를 실은 배들이 그 현관들에 대어져 있었다. 모든 것이 정상적이고 허례허식의 느낌이 덜했다.

그것도 산 마르코에 도착할 때까지뿐이었다. 거기에 펼쳐지는 화려한 풍경은 압도적이었고, 오르솔라는 붐비는 도시에 혼자 온 젊은 무라노인 여성으로서 위험하다는 느낌을 받았다. 마지못해 부라노 섬의 레이스 직공 가족과 헤어지면서, 몇 시간 후 만나기로 약속했다. 오르솔라는 두칼레 궁전(베네치아의 총독이 거주하는 관저로, '도제의 궁전'이라는 뜻이다 - 옮긴이) 건너편의 수십 개나 되는 기둥에 기대어, 기하학적 무늬로 박힌 분홍색, 하얀색 벽돌과 서로 겹쳐 쌓이며 몇 줄씩이나 이어진 아치문의 휘황찬란한 광경에 잠시 눈을 감았다. 빨간색과 검은색 로브를 입은 남자들이 대단한 인물인 척 분위기를 풍기면서 도제에게 전하거나 받은 전갈을 들고 아치형 주랑 사이를 서둘러 지나갔다. 구슬을 더 균일하게 만들게 된 이후로 종종 그러듯이, 오르솔라는 건물의 색이나 형태에서 영감을 찾아보았지만 구슬 형태로 본뜨고 싶은 건 고를 수가 없었다. 두칼레 궁전은 장관이었지만 유리로 복제하기엔 너무 상자 같은 모양이었다.

피아차 산 마르코 자체도 마찬가지였다. 광장은 아치형 주랑이 층층이 겹쳐 이루어진 거대한 직사각형으로, 한쪽 끝에는 캄파닐레가 있고, 그 사이는 레이스 직공 가족을 삼켜버린 거대한 시장이 채웠다. 오르솔라에게는 너무 크고 분주한 곳이었다. 대신에 오르솔라는 두칼레 궁전 옆에 있는 산 마르코 성당으로 향했다. 이곳 건물은 오르솔라에게 영감을 주었다. 두칼레 궁전보다는 좀 더 둥근 형태로, 중앙의 커다란 돔형 지붕 옆에 작은 돔형 지붕 두 개가 있고 건물의 중앙 전면은 정교하게 새긴 둥근 아치와 절반으로 자른 모양의 아치 형태가 가득 채웠으며, 여기저기에 대리석과 금박 모자이크를 가미했다. 바늘 같은 모양의 첨탑과 입상들이 하늘을 찔렀다. 커다랗고 육중하긴 했어도 건물 자체가 구름 위에 떠 있는 느낌으로, 오르솔라는 보면서 노란색 그릇과 하얀색 유리 방울을 떠올렸다. 오르솔라는 한참 동안 쳐다보며, 이 건축을 구슬에 넣을 방도가 있을까 궁리했다.

그때 오르솔라는 생쥐가 입질하듯 옆을 부드럽게 잡아당기는 느낌을 받았고, 어깨에 멘 가죽 가방으로 슬금슬금 다가오는 작은 손을 한 손으로 꽉 쥐었다. 그 안에는 구슬이 린넨 천에 싸여서 들어 있었다.

"에히! 티! 라드로네토(야! 너 이 도둑 녀석)!" 오르솔라는 그렇게 외치며 손을 비틀었다. 그 손의 주인은 오르솔라의 턱끝에도 미치지 않는 소년이었다. 이 도둑 지망생은 손을 홱 빼내더니 시장으로 슬슬 사라져갔고, 오르솔라는 아이가 뛰려고 하지도 않자 화가 나서 뒤통수에 대고 소리쳤다.

오르솔라는 가방을 꽉 끌어안고 사람과 물건, 물의 움직임이 넘치는 도시를 헤치고 나아가기 시작했다. 여기엔 가만히 멈춰 서 있으면 안 되었다. 그랬다간 강도를 만날 테니까. 오르솔라의 심장이 약간 더 빨리 뛰었다. 오르솔라는 한 달간의 작업을 자칫 잃어버릴 뻔했던 부주의함을 탓하면서 대충 리알토 방향으로 향하는 길을 따라 걸어갔다. 길이 맞는지 물어보고 싶지도 않았다. 하지만 사람들 무리가 같은 거리를 쭉 따라가면서 자신 있게 여기서 저기서 방향을 트는 흐름으로 봐서는 맞는 길로 가고 있다는 게 곧 분명해졌다. 오르솔라는 멈출 수 없이 하류로 흘러가는 막대기처럼 군중 사이에 휩쓸려 도시의 정치·종교 중심지에서부터 상업 지구로 이동했다.

걸어가면서 오르솔라는 휘둥그레진 눈으로 바라보았다. 상인의 어깨 위에 앉은 원숭이. 아름답게 꾸민 머리 위에 별처럼 늘어지는 작은 진주알 왕관을 쓴 여자. 어슴푸레한 주황색 터번을 쓰고 베네치아의 먼지가 전혀 묻지 않은 깨끗한 하얀 로브를 입은 남자. 작은 새우가 든 궤짝을 나르는 어부. 비단 쿠션을 깐 마호가니 의자를 등에 묶어 메고 가는 남자. 그리고 냄새가 흘렀다. 한 여자의 케이프로부터 풍겨오는 강렬한 장미유 향기. 높이 쳐든 쟁반 위에 놓인 사프란 빵의 섬세한 강렬함. 썩은 채소와 요강 내용물로 가득한 운하를 건널 때 풍기는 악취. 그리고 소리도 들렸다. 대다수는 베네치아어였지만, 오르솔라가 알지 못하는 언어들의 바벨탑이 서 있었다. 튀르키예어? 그리스어? 아랍어? 독일어? 영어? 프랑스어? 모든 언어를 들었을지도 모르지만, 아무것도 듣지 못했다. 이 베네치아는 전율이 넘쳐흘렀고, 오르솔라는 지금 있는 곳, 이 모든 것의 중심에 있고 싶었다. 하지만 그녀의 일부분은 이 모든 낯선 문물에서 벗어나 안전하게, 집에 있고 싶기도 했다.

오르솔라는 사람들의 흐름에 휩쓸려 가다가 폰다코 데이 테데스키 앞에서 빠져나왔고, 익숙한 곳에 착지하자 안도감이 들었다. 그녀는 좀 더 자신 있게 바깥마당을 지나 클링엔베르크의 사무실로 이어지는 넓은 계단을 오르며, 바깥의 강렬한 여름 열기에 찌든 후에 차가운 돌의 냉기를 마음껏 맛보았다. 하지만 상인은 사무실에 없었다. 클링엔베르크의 책상에는 턱수염을 바짝 자른 젊은이가 깃털 펜으로 장부에 뭘 쓰고 있었다. 그는 흔들림 없는 녹갈색 눈으로 오르솔라를 올려다보면서, 딱딱한 독일어 억양으로 헤르 클링엔베르크는 출타 중이며 미리 약속하지 않았다면 이렇게 방문해서는 안 된다고 알렸다. 분명하고 정중한 태도를 보이기는 했으나, 동시에 무시해버리는 느낌도 있었다. 오르솔라는 사무원에게 날카롭게 대꾸하고 싶은 마음을 참고, 자기는 구슬을 가지고 왔고 클링엔베르크 씨에게 전달해드려야 한다고 전했다. 자기 이름을 말하고 구슬 100개 주문을 받았다고 언급하며 천 꾸러미를 꺼내어 삼끈을 풀어 보여주려는 찰나, 사무원이 막았다. "늦었네요."

"1주일 늦었을 뿐이에요."

"열흘이죠."

"유리봉을 구하는 데 애를 먹었어요. 게다가 올케가 아기를 낳아서⋯⋯." 오르솔라는 이 모든 변명이 이 남자에게 먹히지 않는다는 걸 알 수 있었다. 그가 아기를 안아본 적이나 있을까 의심스러웠다.

"여기 두고 가요." 사무원이 책상 구석을 가리켰다. "클링엔베르크 씨는 돌아오시는 대로 검품하실 겁니다."

"그게 언젠데요?" 오르솔라는 클링엔베르크가 볼일을 마치고 돌아오면 구슬 하나하나를 펴보고 빛 속에 들어올리며 감탄하는 모습을 보게 될 수도 있겠다고 생각하면서 물었다.

"몇 주는 걸릴 겁니다." 사무원은 그렇게 말하며 대놓고 장부 작업으로 돌아갔다.

"몇 주요?" 오르솔라가 소리를 질렀다. "하지만 제 보수는 어쩌고요?"

"헤르 클링엔베르크가 작업에 만족하시면, 약속한 대로 돈을 보관해주실 겁니다. 자, 저는 무척 바빠서요. 아디오(안녕히)."

"하지만, 그러면 제가 다른 주문 물량을 작업을 할까요, 아니면 기다릴까요?"

젊은 남자는 깃털 펜을 내려놓고 오르솔라의 꾸러미를 끌어당기더니 삼끈을 풀기 시작했다. "대기실에서 기다려요."

오르솔라는 문간 너머로 벤치를 볼 수 있었다. 그래도 움직이지 않았다.

남자는 매듭을 풀다 말고 멈췄다.

"난 저기 밖에는 앉지 않을 거예요." 오르솔라가 말했다. "질문이 있을지도 모르잖아요. 아니면 당신이 몇 개 훔치려 할 수도 있고."

남자는 입술을 꾹 다물었다. "이건 구슬이에요, 시뇨리나. 진주가 아니라. 금도 아니고, 후추 열매도 아니라고요."

지시대로 따르기 전에는 남자가 확인하지 않을 게 분명해서, 결국 오르솔라는 손을 들고 밖으로 나가 벤치에 앉았다. 저런 스프로틴(잘난 척하는 녀석)에게 굴복한 자신에게 화가 나서 가슴이 쿵쿵 뛰었다.

몇 분 후, 남자가 오르솔라를 도로 불렀다. 구슬은 이미 싸놓았고, 그는 다시 뭔가 쓰고 있었다. 남자는 고개도 들지 않았다. "다음 달에도 동일하게 주문하죠."

클링엔베르크가 오르솔라에 대한 지시를 남겨두었음이 분명했다. "전 지금 보수의 일부가 필요해요. 그래야 유리봉을 더 살 수 있으니까요."

남자는 한숨지었지만, 그녀에게 20솔도를 주었다. 오르솔라는 만족감을 느끼며 동전들을 움켜쥐었다. 직접 번 돈이었다.

바깥으로 나와 오르솔라는 폰테 디 리알토로 향했다. 여유 시간이 있었고, 여윳돈으로 쓸 1솔도가 있었다. 군중에게 떠밀리는 가운데, 나무의 삐걱거리는 소리를 무시하려 애쓰며 다리를 건너 어시장으로 향했다. 갑자기 너무 허기져서, 종이 고깔에 담긴 튀긴 정어리를 조금 샀고, 혀를 데며 생선을 먹으면서 폰다멘타에 기대앉아 운하 위에서 일어나는 활동을 구경했다. 사방에는 승객이나 화물을 실은 배들이 있고, 배의 고물이나 가운데에 서서 배를 이리저리 모는 뱃사공 말고는 아무도 타지 않은 배도 있었다. 혼돈이 일어난 것 같았지만, 오르솔라는 그 모든 것에 질서가 있음을 깨달았고, 곤돌라 사공들의 욕설에는 방향 지시와 경고, 인사가 여기저기 흩어져 있다는 것도 알았다. "어이!" "아 프레만도(왼쪽으로)!" "아 스타간도(오른쪽으로)!" "데 롱고(직진)!"

도메네고는 언제나 다른 베네치아인 뱃사공들 사이에서도 두드러질 것만 같았다. 검은색과 흰색이 섞인 바지를 입고, 몸에 딱 맞는 빨간색 튜닉을 입은 그는 곤돌라에 젊은 여인 둘을 태우고 칸나레조를 향해 노를 저어서 왔다. 여자 중 한 명은 다른 사람의 하녀임이 분명했다. 주인인 사람은 날카로운 광대뼈에 얼굴이 넓고, 커다란 두 눈 사이, 미간이 너무 넓었다. 여자는 파란 드레스를 입고 있었는데, 어색하게 주름이 잡히는 바람에 갓 봉긋해지려 하는 가슴이 강조되었다. 머리카락은 그나마 보기 좋았다. 환한 금발 고수머리를 높이 틀어 올리고 상아 빗을 그 위에 꽂았다.

물 위에서 소란이 일어나고 사람들이 끝없이 지나가도, 도메네고는 폰다멘타 위에 있는 오르솔라를 전혀 무리 없이 알아보았다. 사공은 소리 내어 이름을 부르지 않았지만, 그녀에게 고개를 끄덕이며 손을 재빨리 휘저어 그 자리에 그대로 있으라는 신호를 주었다. 그가 조심스럽게 손짓하긴 했지만, 곤돌라에 앉은 여자들은 지나가면서 몸을 돌려 오르솔라 쪽을 빤히 쳐다보았다.

오르솔라는 햇볕을 얼굴에 받으며 뒤로 기대앉아 미소 지었다. 이 도시에 아는 사람이 있었다. 모두와 알고 지내는 무라노에 있는 기분과는 사뭇 달랐다. 여기서는 익숙한 얼굴을 하나 볼 수만 있다면 이국적인 느낌을 한껏 즐길 수 있었다.

도메네고는 반 시간 후에 돌아왔다. 그가 폰다멘타 옆으로 배를 대자 오르솔라는 가서 합류했다. "베네치아에서 뭘 하고 있습니까, 시뇨리나?" 지나가는 다른 배들로 운하의 물결이 거칠었지만, 사공은 고물 위에 흔들림 없이 서서 물었다.

"클링엔베르크 씨에게 내 구슬을 가져다주러 왔어요." 오르솔라는 자랑스럽게 대답하며 우쭐한 기분을 즐겼다.

"클링엔베르크 씨는 안 계세요. 아우크스부르크에 갔죠. 모친께서 편찮으시답니다."

"케 디오 라 테냐(어머님께 주님의 가호가 있길)." 오르솔라는 성호를 그었다. 그녀는 한동안 테라페르마(본토)에 가봤다는 사람을 본 적이 없었다. "배로 모셔다준 저분은 누구예요?"

"주인댁 따님입니다. 클라라 아가씨죠."

"머리카락이 아름답네요." 오르솔라는 감지 않은 검은 머리카락을 손가락으로 훑어내리지 않으려고 자제심을 발휘했다. 베네치아에 오기 전에 재빨리 몇 번 빗었을 뿐이었다.

도메네고는 오르솔라의 의견에 대답하지 않았다. 아마도 주인집 가족에 대해서는 별말 하지 않을 것 같았다. 대신에 그는 일 얘기에 집중했다. "구슬을 거기 놔두고 왔습니까?"

"네, 그 사무원에게요. 그 사람이 또 다른 주문을 넣었어요. 그리고 보수를 약간 주더라고요."

"요나스가 영수증을 써주던가요?"

오르솔라는 입을 벌렸다가 다물었다.

도메네고의 얼굴이 변했다. 이제 도메네고를 더 잘 알게 되었기 때문에, 오르솔라는 그러한 표정 아래에 못마땅해하는 기색을 알아챌 수 있었다. "돌아가서 영수증을 받으세요. 받을 때까지는 거기서 나오지 말고요."

"하지만……."

"요나스가 거절하면, 클링엔베르크 씨에게 그 사람이 영수증을 까먹고 주지 않았다고 알리겠다고 하세요. 타세요, 내가 태워다드릴 테니."

오르솔라가 이제껏 타본 어떤 배보다도 훨씬 더 근사한 배였다. 곤돌라의 펠체는 그 배의 몸체처럼 검은색이었다. 펠체의 벽 판자를 올려놓아서 오르솔라는 밖을 볼 수도 있었고 사람들이 그녀를 볼 수도 있었다. 실내는 푸른색과 노란색 비단으로 둘렀고, 방석은 클링엔베르크의 사무실에서 본 것처럼 튀르키예 킬림으로 만들었다. 도메네고는 브루노보다 훨씬 매끄럽게 노를 저었다. 어쩌면 클링엔베르크의 뱃멀미에 대응해야 하기 때문에 그렇게 해야만 했는지도 몰랐다. 그리고 속도가 빨랐다. 도메네고는 오르솔라의 바람보다 훨씬 더 빨리 폰다코 데이 테데스키의 현관에 그녀를 데려다놓았다.

"그라치에, 도메네고." 내릴 때 그가 도와주자 오르솔라는 인사했다.

"요나스에게는 내가 영수증을 받아오라고 데려다주었다는 말은 하지 마세요." 도메네고가 말했다. "그 사람이 알면 제 입장이 곤란해질 수도 있어서요."

오르솔라는 고개를 끄덕이면서 간절한 눈빛으로 곤돌라를 바라보았다.

도메네고의 얼굴이 부드러워졌다. "무라노까지는 어떻게 돌아가요?"

"나중에 산 마르코에서 사람들을 만나기로 했어요."

"난 지금 그렇게 바쁘진 않아요. 산 마르코까지 데려다드릴게요."

"아! 그라치에." 오르솔라는 그를 향해 미소를 지었다. 도메네고도 같이 미소를 지어 보였고, 그의 얼굴이 바뀌었다.

클링엔베르크의 사무원이 마지못해 써주었지만 본인은 읽을 수도 없는 영수증을 움켜쥐고 오르솔라는 다시 나왔다. 도메네고는 브루노가 1년 전에 오르솔라와 오빠들을 데리러 왔던 그 트라게토 정박장에서 기다리고 있었다. 다른 사공들은 이 아프리카인이 손을 내밀어 오르솔라를 곤돌라에 태우자 조용해졌고, 대운하의 중앙으로 배를 재빨리 비켰다.

오르솔라가 이전에 대운하를 지나갔을 때는 고작 몇 분 정도였다. 리알토 다리 아래를 지날 때, 처음으로 경험해보는 그 좋은 위치에서 볼 만한 게 너무 많아 그녀는 어디에 눈길을 두어야 할지 모를 지경이었다. 베네치아가 점점 익숙해지는 기분이 들었다. 오르솔라 앞에는 배들이 위아래로 요동치며 물이 넓게 펼쳐졌다. 물가에 선 저택들은 전면을 환한 색으로 칠했고, 아치형 창문과 발코니가 줄줄이 늘어서 있었다. 거기에서 화려하게 장식된 의상을 차려입은 베네치아 귀족 가문 사람들은 사람들이 분주히 오가는 물을 내려다보며 와인을 마시고 최근 소문을 퍼뜨리거나 다음으로는 누구를 결혼시킬지 책략을 꾸미거나, 도제나 십인회의 관심을 어떻게 사로잡을지 논의하고 있었다.

하지만 오르솔라는 주변의 배들에 가장 호기심을 느꼈다. 귀족을 더 많이 실은 배들엔 주로 남자가 많았지만 여자가 한둘 있기도 했고, 서로 잡담을 나누거나 혼자 있기도 했다. 보통은 펠체가 열려 있었지만, 참 궁금하게도 닫힌 경우도 있었다. 승객들은 토착민들 사이에 끼어든 외지인 티를 내는 오르솔라처럼 대놓고 두리번거리지 않았다. 어쩌면 좀 더 조심스러운 건지도 몰랐다. 그들은 자기들의 존재가 눈에 띈다는 걸 알고 포즈를 취하는 것 같았다. 그들이 흘깃거리자 오르솔라는 초라해지는 기분이었다. 장식이 없는 머리에 마리아 바로비에르가 준 천으로 만든 평범한 드레스를 입고, 장신구도 달지 않았다. 그나마 도메네고의 우아함과 클링엔베르크가 소유한 곤돌라의 호화스러움 때문에 상쇄되기는 했다. 배의 검정 칠은 산뜻했고, 노 받침대인 포르콜라는 반들반들하게 윤을 낸 나무로 되어 있었으며, 펠체 안으로는 비단이 살짝 보였다. 모자란 건 현재 배를 탄 승객뿐이었다. 오르솔라는 초상화가 앞에라도 앉은 듯이 등을 펴고 앉아 어깨를 틀어 두 손을 무릎 위에 올려놓고 머리를 들었다.

승객들은 상대적으로 조용했다. 소음을 내는 건 주로 곤돌라 사공들뿐으로, 활기차고 재미있게 서로 소리치거나 다른 배들 사이를 재치 있게 지났다. 도메네고가 옆을 지나면 사공들은 좀 더 불편해했다. 지나치기 전에 잠깐 머뭇거렸고, 고의로 냉담하게 대했다. 너의 피부색은 우리와 달라, 사공들의 행동은 그런 뜻을 내포했다. 그렇지만 우리는 그걸 아는 체하진 않을 거야. 베네치아인들은 자신들의 세속적인 특성을 한껏 누렸다. 무라노 운하에서라면 도메네고를 대놓고 쳐다보았을 것이었다.

"곤돌라 사공으로 일하는 게 좋아요?" 오르솔라가 물었다.

도메네고는 어깨를 으쓱했고, 오르솔라는 무신경한 질문에 스스로 움찔했다. 억지로 해야 하는 일을 좋아한다는 게 가능하기나 할까?

오르솔라는 자제하지 못하고 또 실수를 저질렀다. "어쩌다 베네치아에 오게 됐어요?"

곤돌라 사공의 눈은 저 먼 한 지점에 꽂혔다. 얼굴은 무감각할 뿐 아니라 경직되어 있었다. 오르솔라는 도메네고가 대답하지 않을 거라고 생각했지만, 마침내 그는 말했다. "배에 실려 왔죠. 여러 날. 시간 감각을 잃었어요."

"고향은 기억해요?"

그는 오르솔라를 힐끔 보았다. "물론이죠."

오르솔라는 얼굴이 빨개져서 고개를 수그렸다. 앞으로는 조용히 있을 작정이었다.

하지만 그때 그가 말했다. "나한테 그런 걸 물어본 사람은 없었어요."

그런 질문을 해도 되는 것이었을까? "당신은 참 곤돌라를 노련하게 모네요." 오르솔라가 말했다. "아프리카에도 곤돌라가 있어요?"

차분한 얼굴이 무너지더니, 도메네고는 웃음을 터뜨렸다. 그는 심하게 웃느라 노질을 멈췄고, 그들이 탄 배는 다른 배들의 경로로 떠내려갔다. 그쪽 사공이 "야!"라고 외치며 놀림조보다는 진지한 어투로 욕을 하더니 급히 그들의 앞에서 빠져나갔다.

"도메네고, 오치오(조심해요)!" 오르솔라가 외쳤다.

도메네고는 자기 노를 잡고 살짝살짝 움직여 다시 대열 안으로 돌아왔다. "스쿠세메, 스쿠세메(미안해요, 미안해)." 그는 사공에게 외쳤다. 그는 오르솔라에게 말했다. "당신네 베네치아인들은 너무 웃겨요. 어디든 여기 같을 거라고 짐작한다니까요."

"난 베네치아인이 아니에요. 무라노인이지."

"네, 그게…… 나는 바다 옆 마을에서 자랐어요. 하지만 거기 배는 달랐죠. 우리는 노를 젓는 게 아니라 돛과 바람을 이용해요. 이걸 쓰는 법은 배워야 했죠." 그는 자기 노를 가리켰다. "운하와 석호는 바다 같지 않아요."

"기회 되면 돌아갈 거예요?"

"내 자유를 사려면 한참 걸리겠죠. 그리고 모든 게 너무 크게 바뀌었을 테고. 그 생각은 하지 않으려 해요."

확실히 생각은 해본 듯했다.

그들은 너른 굽이를 돌아 대운하가 주데카 운하와 만나는 곳으로 향했다. 여기서는 경쟁해야 할 배들이 훨씬 더 컸다. 동양과 서양에서 온 배들이 베네치아 교역을 그토록 유명하게 한 물품들을 내리고 싣고 있었다. 로소가에 있는 모든 시트를 합쳐서 꿰맨 것보다도 더 큰 돛이 달리고, 수없이 많은 밧줄이 묶여 있고, 거친 선원들이 민첩하게 움직이는 이런 커다란 배들에 비교하면 베네치아 곤돌라들은 장난감처럼 보였다. 도메네고는 배를 흔들리지 않게 유지하는 데만 집중하며 노를 세게 저었다.

그가 피아차 산 마르코 근처의 둑에 배를 대자 배가 일으킨 파도에 불안하게 요동쳤고, 오르솔라는 그가 뻗은 손을 잡고 안내를 받아 안전하게 내렸다.

"그라치에, 도메네고." 오르솔라가 인사했다.

도메네고는 고개를 끄덕였다. "이제 어디로 가요?"

"시장을 좀 둘러보려고요." 오르솔라는 이제 거리와 군중의 위치를 파악하는 데 좀 더 자신이 붙었다.

도메네고가 강둑을 따라 동쪽을 가리켰다. "저쪽으로는 가지 마요."

"어째서요?"

"아르세날레 근처 리바 델리 스키아보니에 있는 수도원에 병이 돈대요. 산 자카리아 너머로는 가지 마요."

"무슨 병인데요?"

도메네고가 망설이다가 말했다. "라 페스테(페스트)요."

● ● ●

역병은 해변에 부딪히는 파도처럼 밀려들지 않았다. 대신, 보이거나 들리기는 하지만 절대 가까이 오지 않는 바다 위 여름 폭풍과 같았다. 베네치아의 어떤 세스티에레(행정구역)에서는 사망자가 나왔다는 소문이 돌았다. 그랬다가 모두 조용했다. 그랬다가 다시 더 많은 사망자가 나왔다.

그 가으내, 저 멀리에서 역병이 퍼지는 굉음은 낮고 지속적이었다. 로소가 사람들도 그 소리를 들었지만, 그들에게는 별다른 영향이 없었다. 두 섬을 오가는 일이 줄었을 뿐이었다. 왕복하는 트라게토가 줄어들었지만, 유리공예가들은 그래도 물품을 보내 검품 받고 선적해 보냈다. 겨울로 향해 가는 즈음, 사망 소식이 사라졌다. 이전에 역병이 돌 때 이런 일을 겪어본 적 있는 오르솔라의 할머니가 말해주기를, 라 페스테는 추위 속에서는 지속되지 않는다고 했다. 무라노는, 그리고 베네치아는 더 심각한 상황을 일시적이나마 모면한 것 같았다.

매달, 오르솔라는 구슬을 포장해서 그 꾸러미를 믿을 만한 심부름꾼을 통해 폰다코 데이 테데스키로 보냈다. 전갈과 화물을 싣고 무라노와 라 세레니시마를 오가는 젊은 사공이었다. 아우크스부르크에서 돌아온 클링엔베르크는 매달 영수증과 유리봉 대금으로 솔도를 넉넉히 보내주었으며, 점차 주문량도 늘리고 새로운 유형의 구슬도 요청했다. '선세공 장식이 있는 흰 구슬 스무 개.' 그는 그렇게 쓰기도 했고, '다양한 색상의 금박 구슬 열 개'를 주문하기도 했다. 오르솔라는 엘레나 바로비에르에게 영수증을 해독해달라고 보여주었고, 자기 혼자 해결할 수 없을 때는 엘레나에게 기술을 배워야 했다. 너무 바쁘고 작업에 몰두하느라 안토니오와 그가 사귀는 푸주한 딸에 대해 생각하거나, 자기가 구슬을 팔고 있다는 것을 마르코가 알아낼까 봐 걱정할 틈이 없었다.

돈을 조금 저축하게 되자 오르솔라는 더러운 기저귀 빨래에서 해방되고 여유 시간을 좀 더 얻기 위해 빨래를 도와줄 사람을 고용하기로 했다. 어느 날 오르솔라는 엄마와 둘이 부엌에서 테라페르마로부터 배달된 장작을 쌓으며 그 이야기를 꺼냈다. 튀긴 도넛이 인기가 있는 카르네발레 시기였으므로 마달레나는 프리톨레(베네치아식 도넛)를 튀기는 팬 앞에 서 있다가 그 말을 듣자 숨을 훅 들이마시며 혀를 찼다. 하지만 라우라 로소는 한 손에 나무를 들고 잠깐 멈춰 서 생각했다. "합리적이네." 어머니는 그렇게 말하고 나무를 더미 위로 던졌다.

"자기 일을 시키려고 집에 낯선 사람을 들이다니." 마달레나는 다시 혀를 찼다.

마달레나가 못마땅해했는지는 몰라도, 마르코에게 아무 말 하지는 않았다. 라우라도 아무 말 하지 않았고, 놀랍게도 니콜레타도 아무 말 하지 않았다. 니콜레타는 시누이가 판매용 구슬을 만든다는 말을 남편에게 쉽게 흘릴 수 있었다. 하지만 여자들은 오르솔라가 하는 일에 약간 감탄하는 듯 보였고, 그러므로 오르솔라가 맡은 집안일을 하지 않을 때도, 다른 여자들이 그 일을 보충해야 할 때도, 오르솔라가 빨래하는 여자애를 데려와 밤처럼 낮에도 구슬을 만들게 되었을 때도 불평하지 않았다. 오르솔라가 즐겁게 작업에 몰입하게 되자 클링엔베르크도 마찬가지로 즐거워하는 듯했다. 그는 주문 물량을 더 늘렸다. 오르솔라는 이를 자기 작품에 만족한다는 뜻으로 받아들였다.

겨울의 고요가 지나고 더 따뜻해지자 역병이 베네치아에서 다시 기승을 부리기 시작했다. 오르솔라는 대부분 새 소식을 듣는 곳에서 그 첫 소식을 들었다. 시장, 이번에는 브루노의 어머니가 꾸리는 채소 가판대였다. 오르솔라는 아티초크들을 들어보면서 무게를 가늠하고 있었다. 속이 꽉 찬 걸 찾았지만 너무 큰 건 탐탁지 않았다. 한 여자가 브루노의 어머니에게로 몸을 숙이더니 근처에 있는 사람들이 다 들을 만큼 큰 소리를 내면서 굳이 속삭였다. "도르소두로에서 두 명이 죽었대요!"

"뭘로?" 브루노의 어머니가 물었다.

"알잖아요! 라 페스테로요!"

그 말을 들은 모두가 성호를 그었다.

1주일 후, 다섯 명이 더 죽었고, 그다음에는 카스텔로, 도르소두로에 붙어 있지도 않은 세스티에레에서 다섯 명이 더 죽었다. 그 후에는 역병이 전 도시를 완전히 점령했다. 베네치아의 프로베디토리 알라 사니타(보건 감독관)가 즉각 행동을 개시해서, 각 세스티에레의 시민들에게 자기 구역의 질병 발생자를 감시하면서 감염자와 사망자 수를 세고, 역병 환자가 사는 집들은 막고, 누구와 접촉했는지 확인해서 집안에 격리하는 일을 맡겼다. 온 거리와 도시 구역이 폐쇄되었고, 교역이나 여행은 허락되지 않았다. 통행금지 시간이 발효되고, 식료품 시장은 제한되었다.

성당도 마찬가지로 문을 닫았다. 그러나 사제들은 인간의 공경심이 느슨해져 주님이 벌을 주시는 게 아닐까 두려워했기 때문에 부족한 미사를 보충할 수 있을 때마다 행렬 기도식을 열었다.

정부 당국이나 시민들 모두 빠르게 대응하기가 어려웠다. 상황이 최악으로 치닫게 될 리는 없다는 불신의 감정이 항상 떠돌았다. 저 먼 곳 세스티에레에서 사망자가 나왔다고 해서 도시 나머지와 무슨 관계가 있단 말인가? 그게 어떻게 모두에게 영향을 끼칠 수 있단 말인가? 사람들은 늘 죽는다. 많은 가족이 질병, 기아, 화재로 죽었다. 어째서 이 병만은 다르다는 건가?

하지만 달랐다. 환자들은 고열과 설사, 섬망으로 고통받았고, 몸에는 고름 찬 가래톳이 점점이 생겨났으며, 그들에게 해줄 수 있는 처치가 거의 없었다. 이 역병에 걸린 열 명 중 일곱 명이 죽었다. 그리고 병은 쉽게 퍼졌다.

오르솔라는 무라노와 베네치아를 갈라놓은 물이 은총과 같아서 무라노인을 지켜주고 그들이 일을 계속할 수 있게 되었다고 생각했다. 용광로는 여전히 돌아가고 잔과 거울, 샹들리에와 꽃병은 여전히 만들어졌다. 정원의 잡초도 뽑고, 빨래도 표백하고, 물고기도 잡고, 배에 타르도 다시 발랐다. 어린아이들은 캄포에서 놀고 여자들은 수프를 만들었다. 오르솔라는 베네치아에서 일어나는 모든 일에 관한 이야기를 들었지만, 자기들도 그런 일을 똑같이 겪게 되리라고는 생각하지 않았다. 격리하고, 집을 막고, 거리를 폐쇄하고, 옷을 태우고, 관리들이 수를 세고. 무라노는 그 모든 일에서 안전했다.

무라노 동쪽은 산테라스모 섬으로, 과일과 채소가 자라는 곳이었고, 그 북쪽 라자레토 누오보 쪽으로는 다마스쿠스와 콘스탄티노폴리스, 카이로와 마르세유에서 오는 화물로 가득 찬 창고가 격리가 끝나기만을 기다리고 있었다. 산테라스모의 석호 주변에는 물가에 늘어선 작은 배들만큼이나 큰 배도 더 많이 와서 매일 닻을 내렸다. 역병 환자들의 가족을 위한 배였다. 오르솔라의 할머니는 누가 병에 걸리면 그들은 라자레토 베키오로 보내진다고 했다. 리도에서 떨어진 다른 섬으로 역병 병원이 세워진 곳이었다. 동시에 환자의 가족들도 라자레토 누오보로 가서 병에 걸리지 않았는지 확인하기 위해 40일 동안 격리되어 살아야 했고, 가끔은 자기 배를 가져가 그 안에서 살기도 했다.

"아픈 사람들은 라자레토 베키오로 혼자 가는 거예요?" 오르솔라는 충격을 받아서 할머니에게 물었다.

"환자라도 가족을 생각하는 마음이 있다면, 자기랑 같이 가길 바라진 않겠지. 그랬다간 가족들도 죽을 테니까." 할머니는 대답했다. "그리고 그때쯤 되면 그 사람들은 너무 아파서 무슨 일이 있는지도 알지 못하게 돼." 콩을 까던 할머니는 이 섬뜩한 설명을 하면서도 쉴 새 없이 손을 놀렸다. 후에 오르솔라는 할머니가 그렇게 죽음을 무덤덤하게 전달할 때, 콩깍지를 갈라 열던 늙은 엄지손가락, 콩알을 꺼내던 손가락을 기억하게 되었다.

오르솔라가 가끔 가족들이나 빨래, 구슬로부터 멀어져 산책하러 가는 곳이 있었다. 무라노의 북동쪽 지점으로, 산티 마리아 에 도나토 앞 다리를 건너 리오 디 산 마테오를 따라 쭉 가다가 보면 석호 쪽으로 이어지는 섬의 말단에 다다르게 된다. 거기로 가려면 로모 살바데고l'Omo Salvadego(베네치아어로 '야생인'이라는 뜻으로, 카니발에서 쓰는 인기 있는 가면 이름이기도 하다 - 옮긴이), 마르코가 이따금 술을 마시는 시끄러운 타베르나를 지나쳐야 했지만, 거기만 지나가면 사람 없는 물가에 앉아 북쪽 본토의 산들을 바라볼 수 있었다. 오르솔라는 여름에도 산꼭대기에 눈이 쌓여 있는 산이 궁금하기도 했다. 오르솔라는 테라페르마에 살고 싶은 마음은 없었지만 그렇게 높은 곳에, 그렇게 넓은 육지에 둘러싸여 살면 어떨지 하는 호기심은 있었다.

어느 날 오르솔라가 물가에 앉아 있을 때, 뒤에서 발소리가 들렸다. 돌아보니 안토니오가 걸어오다 멈춰 선 것이 보였다. 그도 그녀를 거기서 보고 놀란 기색이 역력했다. 오르솔라는 코웃음을 쳤다. "나를 따라온 거예요?"

그는 미소를 지었지만, 평소보다 흐릿했다. "나도 경치 보러 여기 가끔 와요. 산이랑 다른 곳이랑." 그의 눈은 보일락 말락 하는 라자레토 누오보로 향했다.

오르솔라는 고갯짓으로 섬을 가리켰다. "저기 오는 배들이 매일 더 많아져요. 가엾은 영혼들."

안토니오는 움찔했고, 다음 순간 오르솔라는 그가 뭘 찾는지 깨닫고 자기가 한 말을 입에 도로 쑤셔 넣고 싶었다. 그렇지만 사과하진 않았다. 그래봤자 더 악화될 뿐이었다. 하지만 대신에 다음 말을 부드럽게 바꾸었다. "가족들에게서 소식 들었어요?"

안토니오는 라자레토 누오보 근처에 정박한 작은 배들로부터 눈을 떼지 않았다. 자기 아버지의 배를 찾는 게 분명했다. "몇 주 동안은 못 들었어요. 메네고가 그때 보고 얘기만 해줬죠. 그때까지는 모두 무사했다고 하네요. 하지만 그 친구도 지금 여기까지 배를 저어 오진 않을 테니까요."

"가족분들은 어디 살아요?"

"산 폴로에요. 프라리에서 멀지 않죠. 우리가 처음 만났던 데."

오르솔라는 얼굴을 붉혔다. 그렇다면 그도 첫 만남을 기억하는 것이었다. 전에는 그 말을 꺼낸 적이 없었다.

오르솔라는 그의 가족에 대해 무슨 말을 해야 위로가 될지 알지 못해서 성호를 긋고 산맥 쪽을 바라보았다. "저기 가본 적 있어요? 테라페르마에?"

안토니오는 오르솔라 옆에 앉아 똑같이 둑 옆으로, 물 바로 몇십 센티미터 위까지 다리를 내렸다. "한 번요. 멧돼지 사냥을 하러 갔죠. 이전에는 그런 걸 한 번도 해본 적이 없었어요."

"산속에서요?"

"아뇨. 해변 가까운 숲속에서."

"어땠나요?"

기억을 더듬는 동안 그는 이제 한결 더 행복한 표정으로 웃었다.

"바다가 보이지 않으니까 이상하더군요. 계속 물을 찾게 돼요."

"사람들은 어땠어요?"

"우리하고 별반 다르지 않아요."

"당신하고, 라는 뜻이겠죠."

안토니오가 웃었다. "내가 무라노인으로 인정받으려면 얼마나 오래 무라노에 살아야 하죠?"

"당신은 절대 무라노인이 될 수 없어요."

"그 점은 매일 주님에게 감사하죠."

오르솔라가 그의 팔을 탁 쳤다.

"테라페르마 사람들은…… 더 빠르죠." 그가 말했다. "우리, 베네치아인들과 무라노인들은 세계의 다른 곳과 단절되어 있어요. 우리한테는 세상이 더 느리게 돌아가죠."

"네. 뭐, 나는 여기서 그 점이 좋아요. 나는 바뀌고 싶지 않으니까."

"유리가 가는 곳들에 대해서 궁금하게 생각해본 적 없어요? 암스테르담, 파리, 세비야, 런던. 그런 도시들은 어떨까? 나는 우리 유리 제품이 파리의 무라노산 샹들리에 아래에서 식탁을 아름답게 장식하는 상상을 해보죠. 사람들은 술을 마시면서 잔을 보고 감탄하고 누가 그걸 만들었는지 궁금해하지 않을까?"

오르솔라는 자신들이 만든 유리를 쓰거나 장식하는 사람들에 관해 둘 다 비슷한 상상을 했다는 걸 알고 놀랐다. "그보다는 그냥 술에 취해버릴 공산이 크겠죠." 오르솔라는 잠깐 뜸을 들였다가 말했다. "나도 그런 식탁을 상상해본 적은 있어요." 오르솔라는 비밀을 털어놓았다. "그리고 그 식탁 주위에 앉은 귀부인들이 제 장식 구슬을 달고 있는 상상도요."

안토니오는 산에서 눈을 떼지 않았지만, 미소를 짓고 있었다. "어떤 거요? 안에 금박이 있는 거?"

"그런 게 있다는 걸 어떻게 알아요?"

"언젠가 당신이 만드는 걸 봤거든요. 아주 열중하고 있던데요. 그래서 내가 있는지도 눈치채지 못하고."

"무슨 색깔이었어요?"

"짙은 청록색이었어요. 석호 색깔처럼. 그리고 금박이 있는 것과, 그리고 맑은 유리와."

좋은 작품들이었다. 오르솔라는 자기가 지쳐서 유리를 제대로 다루지 못할 때의 모습을 그에게 보이고 싶지 않았다.

"당신은 아주 잘하고 있어요, 오르솔라. 클링엔베르크가 그렇게 말하는 걸 메네고가 엿들었다더군요. 내 눈으로 직접 봐도 그렇고요."

오르솔라의 얼굴은 용광로에 가까이 들이댄 것처럼 빨갛게 불타올랐다. 안토니오에게는 비판을 듣는 것만큼이나 칭찬을 받는 게 힘들었다. 뭔가 재치 있거나 빈정대는 말을 생각해내려 했지만, 아무것도 떠오르지 않았다. "당신의 푸주한 집 여자친구는 어때요?" 오르솔라가 생각할 수 있는 최선이었다.

"그 여자로 괜찮아요. 지금은."

오르솔라는 벌떡 일어섰다. "여기 종일 앉아 있을 순 없어요." 그녀는 가려고 돌아서면서 그가 따라오지 않을까 싶었지만, 그는 그 자리에 가만히 앉아 물 건너 테라페르마를 바라보고 있었다. "저기 갈 수 없다는 거 알잖아요." 그녀가 말했다. "시간이 더 빨리 흐른다는 것을 제외하고라도, 법이 있어요. 무라노 유리공예가들은 우리의 작업 방식을 지키기 위해 여기 머물러야 해요. 가려고 하면 관청에서 사람들을 보내서 추적하게 할걸요. 당신을 죽이려고요."

"나도 그렇게 들었죠." 하지만 그는 계속 산에서 눈을 떼지 못했다.

그런 짓은 꿈도 꾸지 마요, 오르솔라는 속으로 생각했다. 내 손으로 당신을 죽여버릴 테니까.

전해 여름에 그랬던 것처럼, 역병은 베네치아에만 남아 무라노 사람들을 건드리지는 않았다. 병의 존재는 커튼에 갇힌 파리 같아서 낮은 소리로 웽웽거리지만, 결코 열린 틈으로 빠져나오진 않았다. 마르코는 평소처럼 공방을 지휘했지만, 클링엔베르크는 거래를 일단 정지해서 모든 일이, 배송, 지불, 신규 주문까지 다 지연되었다. 로소가는 텃밭에서 나오는 수확물과 산테라스모 시장에서 파는 식료품까지 있어서 식량은 아직 넉넉했다. 와인은 적고, 올리브오일도 부족했으며, 생선은 바다보다는 석호에서 잡은 민물고기밖에 없었다. 하지만 그래도 그들은 꾸려나갔다. 오르솔라는 장식 구슬을 만들어서, 상황이 호전될 때를 대비해 비축해놓도록 클링엔베르크에게 보냈다. 시간은 예측할 수 없는 방식으로 흘렀다.

그다음으로는 커튼 속에 갇혔던 파리가 방으로 빠져나올 길을 찾았다.

심부름꾼 중 한 명이 제일 먼저 걸렸다. 자기는 영원히 살 줄 알고, 섬 사이 선박 왕복이 금지되었는데도 무라노 남자에게 거액의 보수를 받기로 하고, 물의 도시에 사는 정부情婦에게 편지를 전해주러 간 소년이었다. 그가 발병했을 때는, 그 어머니가 벌써 시장을 돌았고, 브루노의 어머니를 감염시켰다. 브루노의 어머니는 너무나 빨리 병으로 쓰러지는 바람에 라자레토 베키오에 있는 역병 병원으로 데려갈 시간도 없었다. 보건 감독관 두 명이 무라노에 임명되었고, 그들은 브루노와 다른 가족들을 라자레토 누오보로 보냈다. 그날 저녁 오르솔라는 브루노의 곤돌라를 엿볼 수 있나 싶어 리바 디 산 마테오로 갔다. 그의 수작과 욕설은 거슬렸지만 그녀 인생의 한 부분이기도 했고, 그가 거기에 갇혀 있다는 생각은 견디기 힘들었다. 하지만 오르솔라가 서 있는 자리에서는 배들이 모두 점으로만 보였다.

거의 하룻밤 만에 타베르나들이 폐쇄되었고, 시장도 필수적인 활동으로만 제한되었다. 캄포 산토 스테파노에 있는 시장은 브루노 어머니의 사망과 그 손님 몇 사람의 잇따른 죽음으로 분위기가 가라앉아서 사람들은 수다를 떨며 어물쩍거리지 않고, 장 본 물건들을 집어넣고 서둘러 집으로 돌아갔다.

로소가의 용광로는 아직 꺼지지 않았지만, 마르코는 가르초네토들을 집으로 돌려보냈다. 남자들은 작업을 계속했지만, 가족들은 다른 사람들과의 만남을 줄였다. 오르솔라와 어머니는 아이들이 놀 수 있게 캄포 산 베르나르도로 데려가는 대신에 로소가의 마당에만 두었다. 꼬마 스텔라는 집에만 갇히자 투정을 부리며 몇 번이고 탈출하려고 재빨리 칼레로 뛰어나가는 바람에 오르솔라가 간신히 뛰어나가 잡았다. "쟤는 좀 더 나이가 들면 엄청난 골칫거리가 될 거야." 언젠가 오르솔라가 말 안 듣고 날뛰는 여동생을 또 붙잡은 후 발버둥치는 애를 겨드랑이에 끼고 들어오자 라우라 로소가 그렇게 투덜거렸다.

그들은 마달레나에게 오로지 장을 볼 때만 밖에 나가라고 했지만, 마달레나는 어머니를 뵈러 가야 한다고 우겼다. 파올로는 부모님을 뵈러 집에 가는 일을 그만두었고, 공방 옆에 있는 방에서 잤다. 안토니오와 다른 가르초네들 역시 집 안에만 있으라는 말을 들었지만, 노 저을 배가 있고 만날 수 있는 아가씨들이 있는데 젊은이들을 집에만 묶어두기는 쉽지 않았다.

니콜레타는 다시 임신했고, 분만 예정일은 여름이 끝나갈 무렵이었으므로 주로 집에 머물렀다. 올케는 배가 나오기 시작하자 통증이 느껴지는 부은 발목과, 허벅지와 사타구니가 만나는 자리에 접히는 주름을 다스렸다. 오르솔라는 인내심을 발휘하려 했으나, 라우라 로소가 스텔라를 데리고 텃밭에 일하러 간 날, 구슬을 만들 수 있게 니콜레타에게 마르콜린을 좀 봐달라고 부탁했다. 올케는 마당의 벤치에 가로로 누워 손수건으로 부채질하면서, 커다란 눈으로 시누이를 빤히 보았다. "어머, 그럴 수는 없을 것 같아요." 니콜레타는 달아오른 얼굴 주위로 천을 흔들면서 대답했다. "너무 덥고 피곤해서 마르콜린 뒤를 쫓아 뛰어다닐 수가 없거든요."

"지금 하나 있는 아이도 제대로 돌보지 못하면서, 왜 애는 또 가진 거예요?"

다음 순간 오르솔라는 그렇게 말한 것을 후회했다. 니콜레타는 마치 그 말이 주먹처럼 친 양 움찔했기 때문이었다. "나, 나는 노력할게요." 니콜레타는 두 팔을 내밀었다. "마르콜린, 엄마에게 오렴."

마르콜린은 엄마에게 가지 않고, 고양이가 나방을 쫓아다니는 마당 구석으로 뛰어갔다.

"마르콜린, 안 돼!" 오르솔라가 외쳤지만, 너무 늦어버렸다. 아이는 벌써 고양이 꼬리를 잡고 있었다. 고양이가 아이의 얼굴을 휙 할퀴자 아이는 비명을 지르며 고모에게로 뛰어왔고, 긁힌 얼굴을 고모의 치맛자락에 묻었다. 그동안 니콜레타는 무력하게 구경만 했다.

"내가 아기 얼굴 닦아줄게요!" 니콜레타가 소리쳤지만, 오르솔라는 아이를 안아 올려 우물로 데려갔다.

그날 오르솔라는 구슬을 만들지 못했다.

그때, 방 안을 맴돌던 파리가 로소가의 식탁 위에 모습을 훤히 드러내며 내려앉았다. 역병이 도착해버렸다.

안토니오가 배를 빌려 석호에 나갔다가 가족들이 먹을 정어리를 양동이 두 개 가득 담아 돌아왔다. 이제 베네치아인 어부들이 무라노에 물량을 공급하지 못하기 때문에 생선이 부족한 시점이었다. 로소가 사람들은 정어리를, 특히 마달레나가 바삭하게 튀긴 요리를 좋아했다. 그날 오후, 마달레나가 식탁 위에 큰 접시를 놓았을 때, 모두 그 작은 생선을 욕심스럽게 집어 손가락을 데어가면서 몇 달 만에 처음으로 길고 느긋하게 저녁 식사를 했다. 단 하루의 오후라도 방 안에 떠도는 파리는 무시할 수 있었다. 그 후에, 접시를 다 비운 후에 모두 부른 배를 안고 식탁 주위에 편안하게 앉아 있었다.

"그라치에, 안토니오." 라우라 로소는 손가락을 빨며 말했다. "너무 맛있었어. 작아서 가시가 제대로 녹더라고."

어머니는 안토니오에게 그다지 관심을 두지 않았다. 오르솔라는 어머니가 로소가 사람들이 약해져 있는 시점에, 안토니오가 가문의 공방 안으로 슬금슬금 들어왔다고 생각하는 게 아닌지 의심했다. 어쩌면 그게 사실인지는 모르지만, 안토니오의 작품이 무척 훌륭했으므로 마르코와 자코모가 그 일로 그에게 반감을 품은 것 같지는 않았다. 안토니오가 그들 사이에 앉아, 사람들이 그의 생선을 먹고, 가모장에게 칭찬까지 받게 되자 안토니오는 비로소 식탁 끄트머리에 걸터앉은 외부인이 아니라 식탁에 제대로 한자리를 차지한 가족의 일원이 된 듯 보였다. 그런 기분이 들자 오르솔라는 좀 더 오래 안토니오를 바라보았고, 그와 눈이 마주쳤다. 둘은 서로 마주 보며 웃었다.

푸주한 딸의 시대는 끝나버렸구나, 오르솔라는 생각했다.

오르솔라는 정신을 딴 데 파느라, 니콜레타가 남편에게 풀썩 기댈 때 어머니보다도 늦게 알아차렸다. "마르코, 쟤 잡거라!" 라우라의 날카로운 말이 사람들 잡담 사이를 갈랐다. 니콜레타가 맥없이 뒤로 넘어가려 했고 마르코가 잡지 않았다면 벤치에서 떨어질 뻔했다. 라우라는 순식간에 며느리 곁으로 갔다. "카라(아가), 아기가 나오는 거니?" 라우라가 물었다. "진통이 와?"

니콜레타는 정신이 들어서 겁먹고 부끄러워하는 표정으로 고개를 저었다. 올케언니의 뺨에 떠오른 선홍색 반점 두 개를 보고 오르솔라는 그 전날 니콜레타가 손수건을 펄럭이던 걸 떠올렸고, 공포가 마음속에서 치솟았다.

라우라가 니콜레타의 이마 위에 손바닥을 대어보았다. "타는 것 같아."

마치 식탁 전체가 물속에 빠진 듯, 그 주위의 사람들은 흐릿해지고, 그들의 동작은 느릿느릿 불분명해졌으며, 시간이 질질 끌리다 멈춘 것 같았다. 마르코는 자기의 두 손을 빼내고 싶지만 그래서는 안 된다는 것을 아는 사람처럼 아내를 조심스레 안고 있었다. 한순간 애처가 남편인가 싶더니 바로 다음 순간 질려버린 남편으로 변해버렸다. 자코모와 파올로는 서로 기대어 아주 가만히 앉아 있었고, 파올로는 마치 기도하듯 대머리를 숙였고, 자코모는 가슴에서 두 손을 엇갈려 자기 몸을 끌어안았다. 안토니오는 연민의 눈길로 니콜레타를 바라보고 있었다. 마달레나는 빈 생선 접시를 든 채로 얼어붙은 듯 서 있었다. 접시 무게 때문에 팔뚝의 근육이 불거져 보였다. 오르솔라는 두 손으로 목덜미를 멍에처럼 잡고 팔꿈치를 마주 눌렀다. 적어도, 자비롭게도, 아이들은 식사와 더위에 진이 빠져 잠들어 있었다.

어머니는 심호흡을 하고 어깨를 폈다. 책임자의 부담을 신체적으로 받아들이는 듯했다. "오르솔라와 내가 니콜레타를 침대에 눕히고 보살펴야겠어. 아무도 방에 가까이 오지 마. 마르코, 넌 자코모와 함께 자. 내일은 정상적으로 일해. 우리가 지금 입은 모든 옷은 용광로에 태

144

워라. 그리고 우리는 집 안과 공방에서 역병을 쫓기 위해 허브와 타르를 태워서 연기를 낼 거야. 자코모, 배에서 좀 가져와. 이웃들도 어쨌든 그렇게 하니까 우리는 눈에 띄지 않을 거다. 아무도 모르게 해야 해." 어머니는 누가 자기 말에 토를 달기라도 해보라는 듯 한 사람씩 쳐다보았다. "다들 한마디도 해서는 안 돼. 그랬다간 사람들이 니콜레타를 데려가버릴 거고 우리 나머지도 그렇게 될 거다." 니콜레타가 약한 신음을 내뱉었다. "우리는 되도록 정상적으로 행동해야 하지만 우리끼리 비밀을 지켜야 해. 저녁에 파세자타는 금지다. 아베테 카피토 베네 (똑바로 이해했겠지)?"

모두가 이해했다.

라우라 로소는 마달레나를 돌아보았다. "넌 원하면 어머니에게 돌아가도 돼."

마달레나의 얼굴에 희망과 혼란이 스쳤다. 마달레나는 접시를 내려놓았다. "시뇨라, 그럴 수는……." 마달레나는 뭘 할 수 없는지 자기도 알 수가 없어 말을 끝맺지 못했다.

라우라가 눈으로 마달레나를 평가하더니, 그녀 대신 결정을 내렸다. "너희 어머니가 계신 집으로 가거라. 하지만 이유는 단 한마디도 말하면 안 돼. 뭔가 지어내."

마달레나는 고개를 끄덕였다가 눈물을 터뜨렸다.

다음으로 오르솔라의 어머니는 안토니오를 지목했다. "자네에겐 맡길 일이 있어. 위험한 일이네. 베네치아에 가서 베네치아 특효약을 좀 사다줄 수 있겠나? 수요가 무척 많으니 찾기가 어렵겠지. 조금이라도 얻어 오려면 온 도시를 뒤져야 할 수도 있어." 베네치아 특효약은 역병을 막아주는 물약으로, 여러 성분이 들어 있었고, 그중에서도 주성분은 건조해서 가루로 빻은 살모사였다. 약제사들은 매년 여러 번

먹을 분량을 만들고, 사용 전까지 6년은 묵혀야만 했다. 지금 남아 있는 건 새로 만든 분량이라서 효과가 덜할 가능성이 컸다. 하지만 지금 할 수 있으면 어떤 치료법이라도 시도해봐야 했다.

마달레나처럼 안토니오의 얼굴에도 여러 감정이 스쳐 지나갔다. 자긍심, 당혹감, 공포, 희망. 오르솔라가 그를 위해 느끼는 감정은 단순한 공포였다. 특히 그가 이렇게 대답했을 때는. "산돌로를 가져갈 수 있으면 지금 바로 떠나겠습니다."

오르솔라는 심장이 더 빠르게 뛰는 것을 느꼈다. 떠나지 마요, 오르솔라는 속으로 말했다.

어머니는 마르코를 보았다. 마침내 가장으로서 마르코가 내릴 수 있는 결정이었다. 그는 니콜레타를 안지 않은 한 손으로 손짓했다. "가져가."

오르솔라는 안토니오와 눈을 마주치려 했지만, 그의 생각은 벌써 더 중요한 것에 쏠려 있었다. 석호로 나가 불가능한 것을 찾으러 라 세레니시마로 향하는 일.

다음 주 내내 오르솔라는 너무 바빠서 생각하거나 먹거나 잘 시간이 없었다. 마달레나가 떠나고 니콜레타는 지속적으로 보살펴야 하는 상태였으므로 간호와 요리, 청소와 아이 보기 같은 일을 오르솔라와 어머니가 나눠서 해야만 했다. 오르솔라는 간호보다 살림을 더 선호했다. 니콜레타에게 밥을 먹이고 물을 마시게 하고, 젖은 천을 이마에 대주고, 설사를 하면 씻겨주고, 병이 점점 깊어질 때마다 더 심해지는 심란한 상태를 가라앉히는 일이 다 간호에 포함되기 때문이었다. 건강 면에서 니콜레타는 이전부터 예민한 편이었지만, 지금은 더 흥분해서 역병과 싸워서 물리치기라도 하겠다는 듯 팔을 휘두르며 누구든 옆에 있는 사람을 쳤다. 그런 상태가 낮이건 밤이건 계속되었다.

할 일이 너무 많고 아무도 도와줄 사람이 없자 오르솔라는 아이들에게 퉁명스럽게 딱딱거리고 수프 그릇을 앞에 두고 잠이 들곤 했다. 스텔라가 특히 힘들게 하는 편이었는데, 이 꼬마 여동생은 칼레를 뛰어다니길 좋아하는 성격이라 마당 안에 가둬두려니 거세게 반항했기 때문이었다. 어느 날, 스텔라가 바질 화단에 심은 잎을 모두 떼어버리고 으깨서 향기 나는 공처럼 뭉쳐버리자 오르솔라는 자제력을 잃고 동생의 뺨을 쳤다. 자코모는 그렇게 뺨을 때리는 광경을 목격하고는 엉엉 울어대는 여동생과 어안이 벙벙한 조카 쪽으로 걸어왔다. 마르콜린은 고모와 같이 울지 말지 마음을 정하지 못하고 눈치를 보는 참이었다. 자코모는 아이들을 안아 올리더니 오르솔라를 한 번 흘겨보고는 아이들을 할머니와 조반나 이모의 집에 맡기러 갔다. 오르솔라는 기분이 끔찍했다. 특히 아이들이 가버렸다는 이야기를 라우라 로소와 니콜레타에게 해야 할 때는 더욱 좋지 않았다. 두 어머니는 오르솔라를 쳐다보더니 서로 마주 보고 다시 두 손을 내려다보았다. 그들은 다시는 만나지 못할 수도 있는 아이들에게 작별 인사를 할 기회조차 없었다. 다음 순간 라우라는 한숨지었다. "그게 애들에게 더 낫겠지." 어머니는 단호히 말했다. "더 안전할 거야. 거기서는 병에 걸리지 않을 테니까."

오르솔라 또한 안심했다. 이제는 집과 니콜레타를 돌보는 일이 한결 수월해졌다. 어린아이들이 있으면 시간과 기운이 훨씬 많이 들었고, 특히 바쁘거나 피곤할 때도 일을 넘겨줄 사람이 없으면 더 힘들었다. 처음으로 오르솔라는 어째서 마리아 바로비에르가 아이를 갖지 않았는지 이해하게 되었다. 엘레나 바로비에르가 일전에 말해준 대로, 그들이 만드는 구슬이 자식이 되어 전 세계로 퍼져나갔다.

오르솔라는 여전히 시장과 텃밭, 미사에 나갔다. 무라노 성당들은 아직 문을 닫지 않았다. 집에 갇혔다가 빠져나갈 수 있다는 건 안심이되었다. 오르솔라는 역병을 감시하는 당국의 의심을 사지 않으려고 아무 문제도 없는 양 행동하면서 사람들과는 간략하게만 이야기를 나누었다.

며칠이 흘렀지만 안토니오는 돌아오지 않았고, 니콜레타의 상태는 더 악화해서 검은 가래톳이 팔과 목에 돋아나자 오르솔라는 낙심했다. 베네치아 가르초네와 아이들, 마달레나가 없으니 집 안이 너무 적막했다. 마르코와 자코모, 파올로는 작업을 하러 갔지만 음울한 표정으로 잡담도 거의 나누지 않았으며, 노래하거나 휘파람을 부는 일도 없었다.

마르코는 하루에 한 번 아내를 만나러 와서 문간에서만 어정거리다가 갔다. 니콜레타의 숨결에서는 이제 역한 냄새가 났고, 타르와 양모를 계속 태우고 있는데도 방에서는 똥과 곪은 상처로 악취가 풍겼다. 오르솔라와 라우라 로소는 이에 익숙해졌지만, 마르코는 창백한 얼굴로 입으로만 숨을 쉬었다.

니콜레타는 계속 열이 났고 신경이 불안정했지만, 마르코가 올 때마다 그의 기분을 밝혀주려고 애썼다. "미 디스피아체 탄토, 아모레 미오(정말 미안해요, 내 사랑)." 니콜레타는 약한 소리로 말하며 사과라도 하듯 두 손을 남편에게 내밀었다. 그는 어색하고 당황한 표정으로 서 있을 뿐 그 손을 잡으러 앞으로 나서지 않았다.

"마르콜린 소식은 없어요?" 니콜레타는 두 손을 도로 침대 위로 떨어뜨렸지만, 아들에 대한 공통적인 사랑으로 두 사람 사이의 연결고리를 만들려는 듯 끈질기게 물었다.

"베네, 베네, 잘 지내. 난 일하러 도로 가봐야겠어." 마르코는 돌연히 나가버렸다. 그는 병에 걸린 아내에게든, 이런 일이 일어나게 허락한 하느님께든, 약하고 겁 많은 자기 자신에게든 화를 내고 있었다.

어느 날 밤, 니콜레타가 열과 싸우며 버둥대자 침대에 붙들어놓기 위해서는 두 여자 모두 달라붙어야 했다. 마침내 니콜레타는 기진맥진했고 때때로 끙끙 소리를 내며 가벼운 잠에 빠져들었다. 방 안은 더웠지만 니콜레타의 상태를 살필 수 있게 촛불은 계속 켜두었다. 임신으로 거대한 푸딩처럼 부푼 배를 병에 찌든 몸에서 들썩이지도 않고 올케언니가 얕은 숨을 내뱉는 모습을 오르솔라는 지켜보았다.

"아무래도 살아나기 힘들겠죠?" 열에 들뜬 상태의 니콜레타가 말을 알아듣지는 못하겠지만, 오르솔라는 어머니에게 나직이 속삭였다.

라우라 로소는 얼굴을 찡그렸다. "그런 말은 하지 마라. 역병에서 회복된 사람도 있어. 베네치아에서 몇 명이 그랬다고 들었고, 우리는 베네치아인들보다 훨씬 더 강하잖니. 우리는 니콜레타를 되도록 편안하게 해줘야 해. 어쨌든 지금 네 조카아들을 가진 상태잖아."

"여자애일 수도 있잖아요."

"남자아이일 거야. 알로라(그런데), 안토니오는 어디 있지? 간 지가 벌써 나흘이 됐어. 우린 베네치아 특효약이 필요한데."

"어머니 말씀대로 그게 찾기가 어렵겠죠." 오르솔라는 안토니오를 옹호했다. "어쩌면 자기 가족을 만나러 갔을 수도 있고." 오르솔라는 그도 병에 걸렸을지 모른다는 두려움을 차마 소리 내어 말할 수 없었다.

"우리가 그에게 일을 가르쳤으니 가족보다는 우리한테 더 집중해야지." 라우라는 보통 때라면 그렇게 신랄하게 말할 리 없지만, 본인도 진이 다 빠진 모습이 역력했다.

"가서 좀 주무세요, 어머니." 오르솔라가 말했다. "니콜레타도 잠들었어요. 제가 옆에 앉아서 지킬게요."

어머니는 고개를 끄덕이고 그들이 교대로 사용하는, 구석에 놓인 짚 침대 위에 가서 누웠다. 라우라는 금방 잠에 빠져들었다.

오르솔라는 어슴푸레한 빛 속에 앉아 두 여자가 숨 쉬는 소리에 귀를 기울였다. 하나는 길고 깊었고, 다른 하나는 짧고 얕았다. 할 수 있는 일은 많았다. 냄비를 문질러 닦고, 더러운 시트를 빨고, 콩을 따서 담그고. 하지만 구슬을 만들 수는 없었다. 이제 그 일에서 멀어졌다. 대신에 오르솔라는 눈을 감고 안토니오가 집으로 돌아오기를 마음속으로 간절히 바랐다.

안마당 문을 쿵쿵 두드리는 소리는 놀랍지 않았다. 마르코가 테라페르마에서 장작을 주문해서 기다리고 있었기 때문이었다. 오르솔라는 큰 솥에서 시트를 삶고 있다가 돌아서서 공방으로 뛰어갔다. "장작이 왔어요!" 오르솔라는 그렇게 외치고 다시 서둘러 문을 열러 돌아갔다.

하지만 오르솔라는 망설였다. 보통 나무 상인은 장작을 가득 실은 페아타를 공방 뒤쪽의 선착장에 갖다 대고 도착하면 큰 소리로 불렀기 때문이었다. 하지만 역병이 퍼졌으니 모든 것이 다 뒤집혔다. 문 뒤에서 무거운 침묵이 깔릴 거라고 상상이나 했나? 어쨌든 문을 열 수밖에 다른 도리가 없었다.

어쩌면 앞으로 펼쳐질 광경을 각오했어야 했는지는 모르지만, 오르솔라는 너무 많이 앞서서 생각할 여유가 없었다. 그녀는 한 발 물러서며 자기 몸을 끌어안았다. 역병 의사가 칼레에 서 있었다.

오르솔라는 그런 의사에 관한 이야기는 들었지만, 실물로 본 적은 없었다. 그는 긴 가죽 로브에 장갑을 끼고, 납작한 가죽 모자를 썼으며, 자기를 지키기 위해 허브를 가득 채운 부리형 마스크를 꼈다. 그는 걸어 다니는 새 인간처럼 보였고, 살아 있는 사람처럼 보이는 면이 별로 남아 있지 않았다. 그는 어린 시절 악몽의 현신이었고, 오르솔라는 스텔라와 마르콜린이 집에 없어서 의사를 보지 못하는 게 다행이라고 생각했다. 그랬다간 다음 몇 달 동안 자다가 소리를 지르며 깨어날 테니까. 오르솔라는 의사의 눈을 덮은 유리 덮개는 어떤 마에스트로가 만든 건지, 쓸데없이 궁금해했다.

의사 옆에는 안토니오가 만나던 여자의 아버지인 푸주한이 서 있었다. 그는 무라노의 보건 감독관으로 임명되었고, 섬 내 역병의 확산을 추적하는 일을 맡았다. 그의 옆에서는 한 남자가 벌써 집 앞에 붉은 십자 표시를 칠하고 있었고, 다른 남자는 창문 옆에 판자 더미를 쌓아놓고 튜닉 주머니에서 못을 한 움큼 꺼내 박을 준비를 하고 있었다.

"마리아베르지네(맙소사)." 오르솔라는 낮은 소리로 내뱉으며 뒤로 물러서서 몇 번이고 성호를 그었다. 그 동작을 더 많이 반복할수록 힘이 더 강력해져 이들의 방문으로부터 자기 가족을 지켜주기라도 할 것처럼.

"시뇨리나 로소, 들어가도 되겠소?" 푸주한은 꽤 온화하게 말했지만 질문이 아닌 건 분명했다.

오르솔라는 그를 쳐다보지도 않았다. 역병 의사로부터 눈을 뗄 수가 없었기 때문이었다.

오르솔라는 잠깐 그 자리에 얼어붙어 있었다. 그 뒤에서 누가 날카롭게 숨을 뱉었다. 오르솔라는 돌아보았다. 마르코, 자코모, 그리고 파올로가 공방에서 나와 마당을 맴돌며 역병 의사를 응시하고 있었다. 어깨 너머로, 오르솔라는 안토니오가 뒤편 선착장에서 서둘러 공방으로 들어가는 모습을 언뜻 볼 수 있었다. 그는 스스로 만족한 표정이었다. 하지만 그가 푸주한과 역병 의사를 보자 마치 유령이 앞에 출몰하기라도 한 양 우뚝 멈춰 섰고, 만족감은 공포로 바뀌었다. 오르솔라는 남자들을 안으로 들이기 전에 고개를 획 젖혀 안토니오에게 몸을 숨기라는 신호를 보냈다.

"비켜서시오, 시뇨리나." 푸주한이 말했다.

오르솔라는 뒤로 물러서고, 마르코가 앞으로 나섰다. 심지어 오빠 조차도 겁먹은 얼굴이었다. 오르솔라는 푸주한이 뭐라고 할지 들으려고 그 자리에 가만히 있을 필요가 없었다. 이미 알기 때문이었다. 대신에 유리 제품들이 선반에 놓인 창고로 뛰어갔다. 거기서 안토니오가 기다리고 있었다. "나오지 마요!" 그녀는 쉿 하고는 말했다. "푸주한이 당신을 보면, 우리와 함께 라자레토 누오보로 보낼 거예요."

"여기요." 안토니오가 꾸러미를 내밀었다. "그걸 구하러 몰래 숨어서 테라페르마까지 가야 했어요. 그래서 이렇게 오래 걸린 거예요."

"그라치에. 하지만 이제 당신은 가야만 해요. 자기 목숨은 구해야죠." 오르솔라는 울지 않으려고 애썼다. "뒤로 나가서, 배를 가져가요. 그리고 제 할머니와 이모를 찾아서, 무슨 일이 생겼는지 말해주세요. 아이들을 봐달라고 말씀 전해주세요."

안토니오는 머뭇거리다가 고개를 끄덕였다. "미 디스피아체(미안해요), 오르솔라. 당신을 위해서 할 수 있는 일은 뭐든지 할게요." 그는 차마 그녀에게 등을 돌릴 수 없다는 듯 뒷걸음쳤다. 하지만 결국에는 등을 돌렸고, 공방을 슬쩍 빠져나가 산돌로로 향했다. 그가 가는 모습을 보고 있자니, 오르솔라의 목이 죄어왔다.

마르코는 마당에서 푸주한과 말싸움을 벌이고 있었다. "아내는 임신으로 몸이 아픈 것뿐입니다, 그게 다예요! 곧 나을 거고요. 당신들이 와서 이렇게 아내를 겁줄 필요가 없어요!" 마르코는 역병 의사의 의상을 향해 한 손을 흔들었다.

"부인을 데리고 나오시오."

"아내는 너무 지쳤어요. 내 아내에게 그런 짓을 하지는 않을 거요."

"데리고 나와요." 푸주한은 반복했다. "우리는 독기가 더 심한 실내에는 들어가지 않을 거요."

그들이 말싸움을 이어가는 동안 자코모와 파올로, 역병 의사는 아무 말 없이 서 있었다. 마르코는 자기가 아무리 허세를 부려도 이 싸움에서 질 것임을 알았다. 그는 단순히 필연적인 일이 닥쳐오는 것을 잠깐 미루고 있는 것뿐이었다.

"니콜레타가 아프다고 말한 사람이 누굽니까?" 마르코는 따져 물었다. "누가 그랬든, 뭣도 모르고 하는 말이오."

"당신네 하녀였던 마달레나, 오늘 아침에 죽었어요." 푸주한이 말했다.

오르솔라는 숨이 턱 멎었다.

"그 여자의 어머니도 지금 병에 걸렸소." 푸주한이 덧붙였다. "우리한테 자기 딸에게서 옮았다더군. 나는 니콜레타에게 어디 갔었는지 확인을 해봐야 해요. 그래야 이 사람들을 고립시킬 수 있을 테니."

"올케언니는 아무 데도 가지 않았어요." 오르솔라가 끼어들었다. "니콜레타는 발목이 부어올라 몇 주 동안 집에만 있었어요. 어쩌면 반대로 마달레나가 옮긴 걸 수도 있어요."

"니콜레타를 데려오면 우리가 진찰할 수 있소." 푸주한은 피곤해 보였다. 오르솔라는 한 달 후면 이 사람도 죽지 않을까 하는 생각이 들었다. 원치 않는 이 직업의 희생자가 될지도 몰랐다.

오르솔라는 마르코를 보았다. 그는 마치 속이 쓰린 사람처럼 얼굴을 찌푸리고 있었다. 그가 마침내 작게 고개를 끄덕하자 오르솔라는 위층 침실로 갔다.

자비롭게도, 니콜레타는 잠들어 있었다. 라우라 로소는 자루에 시트를 채우고 있었다. "초 몇 개랑 약초 약간, 송진을 좀 챙기렴." 어머니가 말했다. "나는 무슨 음식을 가져가야 할지 생각해봐야겠구나. 얘가 어차피 많이 먹지는 않을 테지만. 하지만 나는 필요하겠지."

오르솔라는 얼어붙었다. "어머니? 안 돼요!"

어머니의 눈은 두 개의 못처럼 딸을 꿰뚫었다. "너는 내가 얘를 나 없이 이런 상태로 끌려가게 놔두리라고 생각했니? 누가 얘를 돌보겠어? 내 손자가 태어나면 누가 돌보겠니?"

"그렇지만, 거기 가서 돌아온 사람은 없어요." 니콜레타가 실은 깨어 있을지 모르므로, 오르솔라는 낮게 속삭였다.

"있어! 있다고." 라우라는 좀 더 조용하게 반복했다. "우리가 거기서부터 돌아올 거야."

"하지만 우리도 어머니가 필요해요. 스텔라는 어쩌고요? 그 애도 어머니가 필요하잖아요."

"너는 괜찮을 거야. 그리고 스텔라에게는 네가 있잖니." 라우라는 침대에 앉아 니콜레타를 부드럽게 흔들어 깨웠다. "미아 카라(내 귀여운 아가), 때가 됐다. 우린 가야 해. 내가 말한 대로 너랑 나랑."

니콜레타는 눈을 뜨고 시어머니를 바라보았다. "우리 가요?"

"그래. 하지만 걱정할 건 없다. 내가 너와 있을 테니까."

라우라는 니콜레타를 일으켜 앉혔다. 여자들은 이미 니콜레타에게 깨끗한 잠옷을 입혀놓았다. 곧 사람들 앞에 모습을 드러내게 될 테니 깔끔하게 보일 필요가 있으리라는 것을 알았기라도 한 듯. 오르솔라의 어머니는 니콜레타가 침대 옆으로 다리를 내릴 수 있게 도와주었다. "잠깐요." 오르솔라는 니콜레타의 기름지고 떡진 머리카락을 빗어주려고 빗을 집었다. 그래봤자 별로 달라질 건 없었지만, 뭐라도 해야 한다고 느꼈다.

"그라치에, 오르솔라." 니콜레타가 힘없는 소리로 말했다. "아가씨는 늘 내게 잘해줬어요."

난 그렇지 않았어, 오르솔라는 생각했다. 오르솔라는 올케언니의 연약함이 거슬렸기에 그녀를 멸시했다. 하지만 이제 자기 발로 일어서서 두 여자의 부축을 받아 느릿하지만 흔들림 없이 방을 걸어가는 니콜레타의 모습은 낯설게 위엄이 있었다. 그 모습을 보자 오르솔라는 자기도 모르게 흐느낌이 터져 나왔지만, 어머니가 눈길을 주자 눌러버렸다.

어렵사리 그들은 니콜레타를 부축하고 아래층으로 내려가 마당으로 갔다. 거기서 역병 의사를 보자 니콜레타의 용기가 꺾였고, 그녀는 비명을 지르며 비틀비틀 물러서려고 했다. 오르솔라와 어머니는 니콜레타를 벤치에 앉혔고, 라우라 로소는 간신히 며느리를 진정시킬 수 있었다. 마르코는 자기 아내에게 가지 않고 한쪽으로 비켜서 있었다.

니콜레타가 비명을 멈추자 의사가 다가가 장갑 낀 손으로 니콜레타의 손목을 잡고 맥을 짚었다. 그는 가지고 온 긴 막대를 이용해 니콜레타의 잠옷을 들어 뒤로 젖히고는 그가 찾아보던 목과 팔의 검은 병변을 드러내어 확인했다. 그는 푸주한에게 고개를 끄덕이며 뒤로 물러섰다.

"시뇨라 로소, 그간 어디에 갔었는지, 누구를 만났는지 알아야 하는데요." 푸주한은 탁자에 앉아 깃털 펜과 잉크, 종이를 꺼내며 설명했다. "누구한테 물건을 샀죠? 파세자타 때 캄포에서 누구와 잡담을 나누었죠? 어떤 집 아기에게 입을 맞추었죠? 미사에선 누구와 함께 앉았습니까?"

니콜레타는 질문을 하나씩 받을 때마다 더 혼란스러워져서 어리둥절한 표정으로 그를 바라보았다. 오르솔라는 푸주한의 질문을 니콜레타가 알아듣기나 했을지 의심스러웠다. 하지만 잠시 후, 니콜레타는 대답했다. 말은 느릿했고 구절마다 숨을 고르느라 한참 쉬기도 했지만, 표현이 상당히 분명했다. "몇 주 동안…… 여기에만 있었고…… 발목이……. 파세자타는 나간 적 없어요. 미사도 없고. 오직…… 이 사람들하고만." 니콜레타는 마당을 향해 전체적으로 손을 저었지만, 주변을 돌아보면서 계산하는 것 같았다. "여기 있는 사람들 모두하고 그리고……."

"누가 또 있었죠?"

안 돼, 오르솔라는 생각했다. 그의 이름을 말하지 마.

"마달레나요." 니콜레타가 말했다.

오르솔라는 참고 있던 숨을 내쉬었다.

"마달레나가 말해줄 텐데." 니콜레타가 덧붙였다. "사랑스러운 마달레나…… 정어리 요리를 만들었는데……. 지금 어디 있어요?"

아무도 니콜레타를 보지 않았다. "다른 사람은요?" 푸주한은 말을 재촉했다.

니콜레타는 푹 꺼진 뺨을 붉혔다. 눈이 흐릿해졌고, 몸은 떨려왔다. "마달레나는 어디 있어요?" 그녀는 울부짖었다. "아이들은 어디 있어요?"

"그래요, 아이들." 푸주한도 말을 거들었다. "아이들은 어디 있소?"

"애들은 빼요." 라우라 로소가 끼어들었다. "내 어머니와 함께 있어요."

"그들도 격리해야 합니다. 이 가족으로 말하자면, 당신들은……."

"그건 의논해보죠." 마르코가 말을 잘랐다.

니콜레타가 몸을 몹시도 떠는 바람에 이가 덜덜 흔들렸다. "너무 추워요." 니콜레타는 약한 소리로 말했다. "내 모피 좀 주세요."

라우라는 망설였다. 모피는 본인의 것이기도 했고, 가족에게는 소중한 물건이기 때문이었다. 그렇지만 다음 순간 딸에게 말했다. "가서 가져오렴. 어차피 우리가 가져가지 않으면 이 사람들이 그걸 태워버리겠다고 할 테니."

오르솔라는 삼목 옷장에서 모피를 가지러 집 안으로 뛰어 들어가면서, 자기가 너무 오래 떨어져 있으면 니콜레타가 푸주한에게 안토니오의 이름을 말하지 않을까 걱정했다.

실제로 오르솔라가 안마당으로 돌아와보니, 니콜레타는 그들이 정어리 요리를 먹었던 식탁 주위의 다른 자리를 가리키며 고개를 끄덕이고 있었다. 안토니오의 자리에 다다랐을 때, 니콜레타는 누구를 잊었는지 떠올리려 하며 말을 멈췄다. 다음 순간 기억이 떠오르자 니콜레타의 얼굴이 밝아졌다.

"니콜레타, 모피 가져왔어요!" 오르솔라는 올케언니의 어깨에 모피를 획 둘러주었다.

"오!" 니콜레타는 손을 뻗어 모피를 쓰다듬다가 자기 얼굴을 그 속에 묻었다.

푸주한은 기대하는 마음으로 기다렸지만, 니콜레타의 관심은 위안을 가져다준 이 호사스러운 물건에만 쏠려 있었다.

마르코는 푸주한에게 이리 오라고 신호했다. 그들이 이야기하는 동안 라우라 로소는 오르솔라에게 챙겨야 할 다른 물건을 알려주었다. 빵, 렌틸콩 한 줌, 판체타(돼지고기 뱃살을 향신료에 절인 식품 ─ 옮긴이), 밀가루, 작은 냄비, 칼 하나, 빨래하기 위한 잿물. "너희도 라자레토 누오보로 보내지면 이런 물건들이 필요할 거다." 라우라가 덧붙였다. "네 오빠가 지금 협상하는 게 그거겠지. 너희를 여기에 머무르게 해달라고. 그 섬에 가는 것보다는 여기에 갇혀 있는 편이 낫지. 하지만 섬에 가게 되더라도 오빠들 옆에 붙어 있어야 한다. 40일 동안 마음을 돌릴 오락거리를 찾아다니는 지루한 선원이 많다는 얘기를 들었으니."

마르코가 협상에 성공한 것 같았다. 그는 돌아와서 어머니에게 살짝 고개를 끄덕여 보였다. 어머니는 아들의 손을 두 손으로 감싸고 뺨에 입을 맞췄다. "사업을 잘 이끌어나가야 한다." 어머니가 말했다. "가문의 이름을 빛내야 해." 어머니는 자코모에게 입을 맞추면서 말했다. "여동생들을 잘 돌봐주렴." 오르솔라는 어머니의 목을 팔로 두르고, 그렇게 하면 집에 머무르게 할 수 있기라도 한 양 꼭 끌어안았다. "아이들을 부탁한다." 라우라는 딸의 손을 떼어내며 말했다.

오르솔라는 떨리는 숨을 내뱉었다가 기억해내고 어머니에게 베네치아 특효약을 건넸다. "안토니오가 구해왔어요." 오르솔라가 속삭였다.

라우라는 고개를 끄덕이며 자루에 약을 넣었다. 그런 후에 열에 들떠 정신이 없는 니콜레타에게로 갔다. "안디아모, 카라(가자, 귀여운 아가). 우리는 이제 가야만 해."

라우라는 니콜레타가 일어설 수 있게 도왔다. 니콜레타는 모피로 몸을 더 꼭 감쌌고, 라우라가 부축해주긴 했어도 오르솔라가 이제껏 보았던 어떤 모습보다도 우아하게 안마당을 걸어갈 수 있었다. 니콜레타는 마르코를 까맣게 잊은 것 같았지만, 거리로 나가는 문 앞에 이르자 몸을 돌려 그에게 허리 굽혀 인사했다. "아디오(안녕), 마르코." 그런 후 니콜레타는 그의 인생에서 떠나버렸다.

오르솔라는 어머니와 올케언니가 푸주한과 역병 의사를 따라 칼레 아래, 리오 데이 베트라이 쪽으로 가는 모습을 바라보았다. 거기에 그들을 라자레토 베키오로 싣고 갈 배가 기다리고 있을 것이었다. 니콜레타는 라우라에게 무겁게 기댔고, 그 작은 행렬은 문 앞에 나와 서서 구경하는 이웃들을 지나쳤다. 사람들은 재빨리 친절에서 의심으로 태도를 바꾸었고, 한 발 앞으로 나섰다가 다시 한 발 물러서고, 팔을 뻗었다가 다시 팔짱을 꼈다.

판자와 못을 가지고 온 남자들은 오르솔라 앞에서 문을 막았다. 쾅쾅 두드리는 소리가 들려왔고, 다시 뒤쪽 선착장에서도 쾅쾅 두드리는 소리가 났다. 다른 남자가 배를 타고 와서 그쪽 문도 막은 것이었다. 그런 후에는 침묵이 흘렀고, 그들은 안에 갇혔다. 오르솔라와 오빠들, 파올로는 서로 쳐다보았다. 1주일 전만 해도 이 집 안에는 사람이 가득했다. 이제는 오로지 넷뿐이었다.

"물품은 어떻게 받죠?" 오르솔라가 물었다. "우린 40일 동안 버틸 식량이 충분하지 않아요!"

"창문은 다 막아버렸지만, 2층 하나만은 남겼어." 마르코가 설명했다. "푸주한의 말로는 밧줄과 바구니를 사용할 수 있다는데. 할머니가 우리에게 물품을 보내줄 거야."

"용광로는 어쩌지?" 자코모가 물었다. "우리 작업은 할 수 있나?"

마르코는 고개를 저었다. "불이 저절로 타서 꺼지도록 놔둬야 해. 어쨌든 여름휴가가 다가오니 곧 그렇게 할 작정이었어. 우리는 원래는 집 안에만 있어야 해." 그는 목소리를 낮췄다. "내가 그에게 돈을 좀 줘서 우리가 안마당을 사용할 수 있게 눈감아달라고 했어. 하지만 우리는 조용히 해야 해." 그는 자코모와 파올로 쪽으로 향했다. "우리는 폐쇄에 대비해야만 해." 그들이 공방으로 돌아갈 때, 마르코는 어깨 너머로 여동생을 불렀다. "오르솔라, 용광로가 꺼지기 전에 태워야 할 물건들을 가져와."

혼자 남은 오르솔라는 잠시 안마당에 가만히 서서 연청색 하늘을 올려다보며 바깥 소리에 귀를 기울였다. 역병 때문에 조용해졌지만 여전히 아이들이 우는 소리, 여인들이 서로를 부르는 소리, 뱃사공들이 휘파람을 부는 소리가 들렸고, 저 멀리 폰테 디 메초에서는 도시의 포고꾼이 외치는 소리가 들렸다. 아마도 벌써 로소가의 격리가 공고되었을 것이었다.

오르솔라가 차린 식사에 막상 본인은 손도 댈 수 없었지만, 남자들은 식욕이 사건에 전혀 영향을 받지 않은 양 음식을 꿀꺽꿀꺽 넘겼다. 남자들이 먹는 모습을 바라보며, 오르솔라는 어머니와 니콜레타가 지금은 어디에 있을까 생각했다. 라자레토 베키오는 무라노에서 상당히 떨어져 있고, 베네치아의 동쪽 끝을 돌아 리도 옆까지 내려가야 했다. 거기까지 배를 저어 가려면 두 시간은 걸릴 것이었다. 오르솔라는 니콜레타가 그 여행을 버틸 수나 있을까 걱정스러웠다.

남자들은 온통 사업 얘기뿐이었다. 완수하지 못한 작업, 용광로를 켜지 않고 할 수 있는 유리 작업은 뭐가 있는지 등이었다. 오르솔라는 울지 않으려 애쓰며 조용히 자기 안으로 침잠했다.

이따금 문에서 쿵쿵 소리가 들리기도 했다. 사람들이 집에 돌을 던지며 거리에서 "데모니(악마들)! 부차로니(사기꾼들)!"라고 외쳤기 때문이었다. 로소가의 격리 소식은 이미 퍼졌다. 남자들은 그 소리를 무시할 수 있는 것 같았지만, 마침내 오르솔라는 더 이상 참을 수 없어졌다. "그만해!" 그녀는 외치며 칼레로 이어지는 문으로 달려가 주먹으로 쿵쿵 쳤다. "바스타르디(개자식들)!" 아이들이 꽥 소리를 지르더니 웃으며 도망가는 소리가 들렸다. 자기들도 다음 날이면 격리되리라는 것을 모르고서.

자코모는 동생을 문에서 떼어내며 조용히 하라고 달랬다. "그래봤자 도움 안 돼."

"어떻게 저런 말을 할 수 있지, 어제만 해도 친구였던 사람들이? 마치 우리가 여기로 고의로 역병을 가져온 것처럼 굴잖아! 그건 마달레나지, 우리가 아니라고!" 오르솔라는 울음을 터뜨렸다. 길게, 숨도 제대로 쉬지 못하며 흐느꼈고, 눈물과 콧물이 얼굴에서 쏟아져 턱으로 굴러떨어졌다.

자코모는 한 팔로 동생을 안았고, 파올로도 한 손을 어깨에 올리고 울음이 가라앉을 때까지 잡아주었다.

"불쌍한 마달레나." 오르솔라는 다시 호흡이 차분해지자 중얼거렸다.

"불쌍한 마달레나가 저 베네치아인 저택에서 일하는 하인 한 명이랑 어울렸지." 마르코는 맞받아치며, 자기 잔에 남은 와인을 다 마셔버리고 여동생에게 좀 더 따르라는 뜻으로 카라페 옆에 잔을 내려놓았다. "그 바우카(멍청이)가 여기로 역병을 가져와서 내 아내에게 독을 옮겼어."

"바깥 사람들처럼 말하네." 오르솔라는 머리로 문 너머 거리를 획 가리켰다. "그리고 와인은 남겨둬. 우리 별로 없으니까."

마르코가 카라페를 잡더니 직접 따랐다. "좀 더 구할 수 있어. 문제는 어떻게 값을 치르냐는 거지. 너 돈 좀 있냐?"

오르솔라는 오빠를 빤히 바라보았다. 오르솔라가 클링엔베르크에게 판 구슬에 대해 오빠가 알고 있었나? "무슨 말이야? 물론 나는 돈이 없지."

"우리가 라자레토 누오보로 보내지지 않고 여기 머물 수 있게 하려면 돈이 들어. 그 푸주한 개새끼가 나한테서 돈을 뜯어갔지. 그것과 우리가 이 격리로 잃어버린 거래도 있고 해서. 대체로 역병이 도는 동안은 공방이 곤란한 처지야."

오르솔라는 저기 베네치아에 차곡차곡 쌓여온 자기 돈을 생각하며,

어떻게 그걸 받아올 수 있을까 생각해보았다. 섬 사이를 오가는 배가 허락되지 않으므로 클링엔베르크에게 전갈을 보낼 수는 없었다. 지금 있는 식량으로는 오직 며칠밖에 버틸 수 없었고 장작과 초, 침구도 더 많이 필요했다. 역병을 품고 있을지 모를 밀짚 매트리스와 이제까지 쓰던 린넨도 다 태워버리라는 명령을 받았기 때문이었다.

남자들은 늦게까지 잠을 자지 않고 안마당에서 술을 마시고 카드놀이를 했다. 오르솔라는 몇 시간 전까지만 해도 어머니와 니콜레타가 있었던 방 안에서 잤다. 시트를 몸에 둘둘 감고 딱딱한 바닥에 누워 천장을 올려다보면서 아버지의 죽음 이후 가족의 삶이 얼마나 빨리 바뀌었는지 생각했다. 이 역병도 마찬가지였지만, 끝이 눈에 보이지 않았다. 이미 마달레나와 니콜레타, 라우라 로소를 잃었다. 할머니 집에 있는 아이들을 포함해 나머지 중 누구라도 병에 걸릴 수 있었다. 그리고 할머니와 조반나 이모도 마찬가지였다. 니콜레타가 병이 든 이래로 오르솔라는 증상이 나타나지 않나 자기 몸을 면밀하게 살폈다. 열이 나나? 설사가 있나? 팔다리에 통증이 있나? 그런 생각을 하기만 해도 몸이 아픈 것만 같았다. 이제 방 안에 누워 열이 있는 건지, 아니면 그저 여름날의 열기 때문인지를 궁금해했다.

다음 며칠 동안, 두통이 있을 때마다, 근육이 피곤할 때마다, 배가 아플 때마다, 뺨이 붉어질 때마다 오르솔라는 초조했다. 어느샌가 자기 몸을 살짝 부딪치기만 해도 깨져버릴 얇디얇은 유리로 만들어진 꽃병이라도 되는 양 다루고 있었다. 억지로 한가하게 지낼 수밖에 없는 것도 똑같이 힘들었다. 시장에 갈 수도 없고, 아이들을 돌볼 수도 없고, 표백장에서 빨래를 표백할 수도 없었으며, 니콜레타를 돌볼 수도 없었다. 요리해서 먹일 사람도 넷뿐이었고, 고를 식료품도 별로 없었다. 오르솔라는 가지고 있는 신선한 채소로 스튜를 한 솥 끓였고 이게 오래가기를 바랐다. 다음 이틀 동안, 오르솔라는 역병과 전투를 벌이기 위해 식초로 집 안 구석구석을 빡빡 닦았고, 태우지 않은 옷과 침구를 빨았다. 일단 그 일들을 처리하니, 할 일이 많지 않았다. 남자들도 마찬가지 기분인 듯했다. 용광로가 꺼지도록 놔두고 공방을 정리하자 윤을 내거나 장식을 새기거나 하는 일 약간 말고는 더 할 작업이 없었다. 그마저도 곧 끝날 것이었다. 자코모는 작업을 위한 몇 가지 착상을 스케치했고, 파올로는 어깨 너머로 구경하며 제안을 던졌다. 그러지 않을 때는 마당에서 돈 대신에 유리 조각을 걸면서 카드나 주사위 놀이를 했다.

로소가를 바깥 세계와 연결하는 생명줄은 위층 창문에 대롱대롱 매달린 바구니와 밧줄뿐이었다. 그 창문으로 오르솔라는 칼레에서 일어나는 일을 구경하면서도 누군가가 자기를 보고 욕설을 외치는 일이 없도록 옆으로 비켜났다. 가끔은 사람들이 판자로 막히고 마당 문에 빨간 십자 표시를 한 로소가의 집을 힐끔 쳐다보았지만, 며칠 지나자 더 이상 새로울 것도 없는지 무시하고 지나갔다.

외출을 허락받지 못하자 오르솔라는 칼레가 끝없이 다양하고 매혹적인 공간임을 새삼 깨달았다. 유리를 만들기 위해 장작과 모래, 재를 싣고 오가는 남자들, 잡은 생선을 배달하거나 그물이나 밧줄, 돛을 운반하는 어부들, 빵집에서 산 빵이나 텃밭에서 뽑은 채소, 방앗간에서 사 온 밀가루나 푸줏간에서 구한 고기를 들고 가는 여자들, 술래잡기를 하거나 심부름을 하러 뛰어다니고 구슬치기를 하거나 공을 차서 주고받는 아이들. 이들이 사는 칼레뿐 아니라 전체적으로 이 섬 안에서 역병이 존재한다는 사실에 그런 활동이 평소보다 활기가 떨어져 보였으나, 그래도 사람들은 여전히 삶을 이어가며 서로 만났다. 이 사실에 오르솔라는 질투를 느꼈다. 오르솔라는 파올로와 오빠들이 있어

고마웠지만, 벌써 신선한 만남이 필요하다는 기분이 들었다. 연못도 고여서 썩지 않으려면 신선한 물이 흘러 들어와야 하는 것처럼.

격리 사흘째 되는 날, 조반나 이모가 스텔라의 손을 끌고 마르콜린을 안고 만나러 왔을 때 오르솔라는 창문에서 벌떡 일어서 아래층에 있는 그들을 소리쳐 불렀다. 스텔라는 외치면서 마치 언니가 손을 내려 자기를 끌어올려 집으로 들여보내주기라도 할 듯 두 손을 번쩍 들었다. 마르콜린은 고모는 별로 신경 쓰지 않고 칼레에서 발견한 생선 가시에 홀려 주저앉아서 그걸 열심히 관찰했다. 오르솔라의 이모는 두려움에 찬 모습으로 이웃들이 뭐라 하지 않을까 걱정이 되는 듯 두리번거렸다. 이모는 오래 있지 않았지만, 빵을 가져왔고 초와 와인, 식초를 가지고 돌아오겠다고 약속했다. 그런 후 이모는 아이들을 질질 끌고 가버렸다. 스텔라는 언니를 향해 비명을 질렀고, 마르콜린은 조반나 이모가 생선 가시를 놓고 가라고 해서 고함을 쳤다. 아이들과 이모가 사라진 후에 오르솔라는 뜨거운 눈물을 좀 더 흘렸다.

그날 저녁, 식사하고 남자들이 다시 카드놀이를 할 때 오르솔라는 창가에 서서 어둑어둑해지는 하늘을 바라보며 어머니와 니콜레타는 무엇을 하고 있을까 생각했다. 아직도 살아 있을까? 니콜레타는 아마도 죽게 되겠지만, 어머니는 강했다. 어머니는 니콜레타를 간호하는 동안에도 역병이 옮지 않았다. 어쩌면 어머니는 라자레토 베키오에서도 병에 걸리지 않을 수도 있었다.

"부오나세라, 벨라(안녕, 아름다운 아가씨)." 오르솔라에게 인사말이 날아왔다. 칼레를 내다보니, 안토니오가 그늘 속에서 걸어 나왔다. 그를 다시 보자 너무 반가운 나머지 오르솔라는 잘난 척하는 말도 할 수 없었고, 신경 쓰지 않는 척도 할 수 없었다. 오르솔라는 그의 이름을 부르면서, 스텔라가 그랬듯 창문턱 넘어 한 손을 내뻗었다. 닿을 수는 없었지만, 되도록 그에게 가까이 있고 싶었다.

안토니오는 올려다보며 웃었다. "당신들이 끌려가지 않았다는 말을 들었어요. 물건을 좀 가져왔어요." 그는 자루를 들어 보였다. "당신이 부탁한 것과 다른 물건들을 이모님이 보내셨어요. 생선과 기름, 벌꿀, 딸기 조금요."

오르솔라는 그에게 감사하며 바구니를 내려보냈다.

"또 달리 필요한 거 있어요?" 그는 보급품을 바구니에 넣으며 물었다.

"시트랑 밀짚요. 이전에 있던 건 태워야 했거든요."

안토니오가 고개를 끄덕였다. "내일 갖고 올게요."

그가 매일 만나러 온다니 안도감이 넘쳐흘렀다. 그렇게 해준다면, 오르솔라는 40일을 버틸 수 있을 것 같았다.

"달리 아픈 사람은 없죠?"

안토니오는 고개를 흔들었다. "여기저기서요. 아직 완전히 점령하진 않았어요. 베네치아 같진 않아요. 아직은요."

마지막 말에 오르솔라는 멈칫했다. "베네치아 특효약을 찾으러 갔을 때요, 당신, 가족분들을, 그분들이……."

안토니오는 그녀의 말을 잘랐다. "형님 한 분만 살아남았어요. 조카딸 한 명과."

"미 디스피아체 탄토(정말 안타까워요), 안토니오." 오르솔라는 성호를 그었다.

안토니오는 고개를 끄덕였다. 두 사람은 잠시 말없이 서로 바라만 보았다. 지금 세계에는 잃어버린 생명이 너무나 많았다. 오르솔라는 전 가족을 잃는다는 상상을 할 수가 없었다.

"그 안에선 어떻게 지내요?" 그가 마침내 물었다. "오빠분들은요? 파올로는요?"

"괜찮아요. 카드놀이를 마음껏 하고 있어요. 곧 유리 만드는 법도 잊어버릴 것 같네요."

"오르솔라, 돈은 있어요? 이모님 말로는 필요한 물건을 살 돈을 댈 수가 없다는데."

오르솔라는 고개를 저었다. "마르코는 하나도 없어요. 올해 들어 지금까지 역병 때문에 주문이 거의 없었잖아요. 그리고 클링엔베르크도 지급이 늦어졌고요."

"당신은 돈이 좀 있어요?"

"내가 있다는 것 알잖아요. 하지만 클링엔베르크가 보관하고 있어서 내가 가지러 갈 수가 없어요."

안토니오는 생각에 잠겨 입술을 잠깐 깨물었다. "거래할 만한 작품이 있어요? 유리잔이나 물단지나?"

"마르코에게 물어볼게요. 하지만 오빠들은 큰 꽃병만 만들고 있었던 것 같아요. 그런 것과 밀가루나 햄을 교환하려는 사람은 없을 거예요."

"가봐야겠어요." 안토니오는 이웃들이 창문과 문에서 머리를 빠끔 내밀고 쳐다본다는 걸 알아차렸다.

하지만 그는 떠나지 않았다. "지금 어디 묵고 있어요?" 오르솔라는 낮은 소리로 물었다.

"할머님 댁 뒤 헛간에요. 되도록 사람들 눈에 띄지 않으려 하고 있어요. 하지만 조심하면 돌아다닐 수는 있어요."

"여기 처박혀 있는 건 끔찍해요. 리바 디 산 마테오에 가서 산을 바라볼 수만 있다면 내가 만드는 구슬을 다 줄 수도 있을 것 같아요."

안토니오가 재미있는 표정을 지어 보였다. "구슬을 가지고 있어요?"

"쉰 개 정도요. 주문 받은 거. 왜요?"

"사람들은 그거면 교환하려고 할 거예요."

오르솔라는 생각에 잠겨 창문틀에 기댔다. 구슬로 돈을 번다는 생각만 했지, 그걸로 물건과 교환해볼 생각은 못했다. 그게 바로 동전의 역할이었다. 빵 한 덩어리에 2솔도, 오징어 한 바구니에 5솔도, 린넨 한 마에 20솔도.

더 많은 이웃이 창밖으로 몸을 내밀고 있었다. "구슬 하나에 1솔도요." 오르솔라가 말했다.

안토니오는 고개를 끄덕였다. "아디오, 오르솔라. 아 도마니(내일 봐요)."

오르솔라는 안토니오가 통로를 성큼성큼 걸어가는 모습을 바라보았다. 이웃 여인들은 몸을 돌리며 그의 멋진 다리를 눈으로 따라갔다. 그는 밀물처럼 가까이 왔다가 썰물처럼 멀어져버렸다.

다음 날 저녁, 안토니오는 침구를 가져왔고 오르솔라는 바구니 안에 옅은 푸른색 실을 감은 통 모양의 반투명 흰 구슬 열 개를 넣어 내려보냈다. 그거라면 그가 이제까지 가져다준 물건 값이 될 것이었다. 안토니오는 한 손으로 구슬을 굴려보았다. "이건 아름답네요." 그는 그녀를 올려다보았다. "하지만 열 개가 더 필요해요. 사람들은 당신 이모와 내가 로소가 사람들을 위해 물건을 사고 있다는 걸 알아서 값을 더 부르고 있어요."

"뭐라고요? 어떻게 사람들이 우리 불행을 이용할 수가 있어요!" 오르솔라는 너무 화가 나서 온 동네가 떠나가도록 소리쳤다. 그들, 푸주한과 방앗간 주인, 그리고 직물 장인과 와인 판매상에게 바가지를 쓴 자기가 어떤 기분인지 이웃들이 모두 다 알 수 있게.

"오르솔라, 사람들이 겁먹었어요." 안토니오가 낮은 목소리로 말했다.

"어째서요? 우리한테 물건 좀 판다고 병에 걸리는 것도 아닌데!"

"모두가 무서워하고 있어요. 병에 걸릴까 봐, 자기 부모나 아이들, 형제자매가 죽을까 봐." 안토니오는 침을 삼켰고, 오르솔라는 그의 가족을 떠올리자 마음이 누그러졌다. "그리고 사업이 망할까 봐요. 모두가 자기가 할 수 있는 뭐든 만들고, 더 힘든 시기에 대비해서 절약하려고 노력하고 있어요."

"하지만 당신은 무서워하지 않잖아요."

"어떻게 내가 당신을 무서워하겠어요? 그리고 난 당신 오빠가 나를 받아주고 가르쳐준 것에 감사하고 있어요. 적어도 그 정도는 빚을 졌죠."

오르솔라는 바구니에 구슬 열 개를 더 넣었다. "이걸로는 오래가지 않을 거예요." 오르솔라는 밧줄을 내리면서 말했다.

"더 만들 수 있어요? 필요한 유리와 수지는 있어요?"

오르솔라는 망설였다. 그렇다면 마르코 앞에서 구슬을 만들어야 한다는 뜻이었다. 자기가 더 능숙해져서 오빠가 기술을 인정할 수밖에 없을 때까지는 되도록 오빠 앞에서 구슬 만드는 모습을 보이고 싶지 않았다. 이제까지 마르코에게는 자신의 등불 공예를 취미 활동처럼 보이게 할 수 있었다. 하지만 이제는 다른 선택이 없었다. 적어도 그렇게 하면 바쁘게 움직일 수는 있었다. 오르솔라는 고개를 끄덕였다.

두 사람은 좀 더 이야기를 나누었고, 안토니오는 섬의 소식을 전했다. 마달레나의 어머니도 이제 돌아가셨다. 오르솔라의 할머니와 이모, 아이들은 모두 잘 지내고 있지만 스텔라는 늘 탈출하려 하고 엄마와 언니에 대해 끊임없이 묻는다고 했다.

"누구와 얘기하고 있어?" 오르솔라 뒤에서 소리가 들렸다. 마르코가 창문으로 다가와 내다보았다. 격리된 지 나흘 만에 그가 그렇게 한 건 처음이었다. "안토니오! 디메(말해봐)!" 그는 여동생을 옆으로 밀치면서 창문을 차지했다. 오르솔라는 굳이 거기에 남아 오빠가 다른 유리공예가들이나 라자레토 누오보에 있는 배의 수, 베네치아와 다른 섬의 역병 환자 수에 관한 질문을 퍼붓는 걸 듣고 싶지 않았다. 대신에 유리가 얼마나 남았는지 보러 갔다.

다음 날 아침, 오르솔라는 유리봉과 등불, 수지를 꺼내 작업에 착수했다. 남자들은 달리 할 일이 없었기 때문에 아직도 잠들어 있었지만, 동물 기름이 타고 고약한 냄새가 퍼지자 자코모가 눈을 문지르고 코를 찡그리며 나타났다. "넌 그걸 어떻게 견디니?"

오르솔라는 어깨만 으쓱했다.

자코모는 빵 한 조각을 잘라 와서는 옆에 서서 오르솔라가 발로 풀무질을 하면서 불꽃을 뜨겁게 키우고 하얀 유리봉을 불꽃에 넣어 녹이는 모습을 구경했다. 오르솔라는 올려다보았다. 자코모는 부러워하는 듯했다. 닷새 동안이나 게으르게 보낸 후라 다시 유리를 다루고 싶은 마음이 간절해 보였다. 순간, 오르솔라는 오빠에게 구슬 만드는 법을 가르칠까 생각해보았지만, 등도 풀무도 한 대밖에 없었고, 오르솔라가 전념해서 작업할 만한 유리봉도 충분하지 않았다. 그리고 오르솔라는 전념해서 작업하고 싶었다. 그리고 그렇게 유리를 잘 아는 자코모가 오르솔라보다 더 좋은 구슬을 만들어낸다면 어떻게 될까? 이 가족에서 구슬을 만드는 장인은 오르솔라였다. 오르솔라는 경쟁하고 싶지 않았다.

자코모는 오르솔라가 구슬을 통 모양으로 돌리고 다듬는 모습을 구경했다. 다음으로 오르솔라는 연청색의 얇은 유리봉을 돌려 통 주위에 감아서 안토니오에게 준 것과 같은 구슬을 본떠 만들었다. 물품들과 교환하기 위해 무엇을 만들어야 할지는 아직 확실히 알지 못했다.

일단은 최소한, 자기가 잘 아는 길로 걸어가야 했다.

오르솔라가 다 만든 구슬을 식히기 위해 재 상자에 넣고 다른 구슬을 시작하려는데 마르코가 쿵쿵대며 계단을 내려왔다. "미오 디오(맙소사), 이 냄새 다 뭐야! 당장 그만둬! 너 지금 뭐 하냐, 냄새를 피워 우리를 다 집에서 쫓아내기라도 하겠다는 거야, 네 그……." 마르코는 형태를 갖추는 구슬을 힐끔 쳐다보았다 "장난감 장신구로?" 그의 형제와 달리, 마르코는 등불 공예를 부러워하는 빛이 없었다. 그에게는 복잡한 술잔이나 무거운 꽃병, 정교한 물병이 아니면 다 아무 가치가 없었다. 마르코는 단순한 구슬을 만드느니 그냥 잠이나 자고 카드나 칠 위인이었다.

"이걸로는 할 일이 생기니까." 오르솔라는 온화하게 대답하며, 엘레나 바로비에르에게 배운 대로 철제 막대를 한 번 반 돌린 후 다시 반대 방향으로 똑같이 했다.

"유리 낭비야." 마르코는 웅얼거리며 빵을 조금 찢어서 씹었다.

"안토니오와 이모가 우리를 위해 사다주는 물건 값을 그 사람에게 줘야만 해. 그러지 않으면 더 살 수가 없을 테니까."

"욕심 많은 카나자(파렴치한) 같으니." 마르코는 입안에 빵을 가득 넣고 툴툴거렸다. "우리가 돈이라곤 없다는 걸 알면서도."

오르솔라가 돌리던 막대를 멈추자 구슬이 녹아서 탁자 위로 떨어졌다. "그 사람이 어떻게 해주길 기대했어? 그 사람이 우리를 도와줘서 운이 좋다는 걸 알아야지!"

마르코는 여전히 씹으면서 동생을 한참 바라보았다. "너 걔한테 눈독 들이고 있냐, 동생아? 생각 고쳐먹어."

오르솔라는 입을 벌렸지만 자코모가 마르코의 등 뒤에서 고개를 저었다. "우리가 돈이 없으면, 저기 아프리카에서 하듯이 대신에 구슬과 물건을 바꿀 수 있어." 자코모가 말을 던졌다.

마르코는 미심쩍다는 얼굴이었다. "구슬이 벌써 넘치는 섬에서 어째서 사람들이 구슬을 갖고 싶어 하겠냐?"

"잘 만들어졌고 예쁘니까." 자코모는 서냉 상자에서 막대 끝에 새롭게 만들어진 파란색과 흰색 구슬을 들어올리면서 재를 털어내고 마르코 앞에 들어 보였다. 마르코는 눈을 굴렸지만, 전문가로서의 흥미가 회의를 앞섰다. 그는 비판적인 눈으로 구슬을 관찰했다. 구슬이 식으면 주황색에서 회색으로 바뀌기 때문에 어떤 색이 될지는 아직 알수가 없었다. 그래도 그 대칭과 그 위에 그려진 무늬는 가늠할 수 있었다. 오르솔라는 조마조마한 마음으로 기다렸다. 안토니오와 자코모에게는 직접적인 칭찬을 들었고, 클링엔베르크도 간접적으로 칭찬해주었다. 마르코도 다른 사람들과 같은 반응을 보일까?

"물물교환을 하면 이건 얼마나 나간대?" 그가 마침내 물었다. 구슬이 값이 나갈 거라는 인정이 누이의 작업에 대한 칭찬에 가장 가까운 말이었다.

"구슬 한 개에 반 솔도야." 오르솔라는 말했다. "보통은 1솔도를 받는데, 우리 상황이 이러니만큼 사람들이 이득을 취하고 있어."

마르코가 눈을 가늘게 떴다. "보통은? 구슬 가격을 네가 어떻게 알지?"

오르솔라는 앉은 자리에서 자세를 바꾸었다. "나는 몇 개를 여기저기 팔았어. 한동안 구슬을 계속 만들었거든. 오빠도 알잖아. 내가 그냥 혼자 취미로 만들 거라고 생각한 건 아니지?"

마르코가 여동생의 구슬 제작에 관해서는 전혀 생각해보지 않았다는 건 분명했다. 그리고 지금도 별반 다르지 않아서, 다만 이렇게 말할 뿐이었다. "우리 잘 먹일 만큼 충분히 만들어라." 마르코는 여동생에게 고마워하지도 칭찬하지도 않았지만, 동의해준 것만으로도 충분했다.

오르솔라는 안토니오가 물건 교환에 쓸 수 있도록 많은 구슬을 만들었지만, 유리봉이 금방 떨어져버렸다. 공방에는 유리가 있었지만 뜨거운 용광로에서 사용하도록 거대한 덩어리로 만들어진 거라, 오르솔라의 약한 등으로는 별로 효과를 볼 수 없었다. 어느 날 저녁, 오르솔라는 마지막 구슬을 바구니에 넣어 안토니오에게 내려보냈다. "그게 다예요." 오르솔라가 말했다. "유리봉을 더 구하지 않으면 더는 없어요. 하지만 그걸 살 돈도 없어요. 유리봉 장인이 우리에게 외상으로는 팔지 않을 테니까요."

안토니오는 바구니 옆에 주저앉아 구슬을 세었다. "부탁해볼 사람이 달리 없습니까?"

오르솔라는 잠깐 생각해보았다. "엘레나 바로비에르요. 도와주실지도 몰라요."

안토니오가 고개를 끄덕였다.

다음 날, 바깥에서 휘파람 소리가 들리자 오르솔라는 안토니오를 보고 싶은 마음에 서둘러 창문으로 달려갔다. 하지만 거기에 서 있는 사람은 스테파노, 바로비에르가의 세르벤테였다. 그는 여러 색의 유리봉 다발을 들고 있었다. 오르솔라가 바구니를 내리자 스테파노는 마치 누가 볼까 살펴보는 듯 주위를 두리번거렸다. 하지만 보고 있는 사람은 없었다. 이제 이웃들도 격리된 가족을 지켜보는 데 싫증이 났기 때문이었다. 이제 문에 돌을 던지지도 않았고, 로소가에 관해 음란한 시를 읊지도 않았으며, 문에 소변을 보지도 않았다.

스테파노가 밧줄로 유리를 단단히 묶자 오르솔라가 끌어올렸다. 유리봉은 엘레나 바로비에르가 고른 게 분명한 색들로 이루어져 있었다. 주로 파란색과 녹색과 흰색이었지만, 로소가를 상징하는 피처럼 빨간색도 있었다. 엘레나는 자신의 취향도 약간 가미했는지, 오르솔라가 드물게만 쓰는 노란색 유리봉이 다양한 굵기로 들어 있었다.

"나 대신 엘레나에게 고맙다고 전해드려요." 오르솔라는 아래를 보고 외쳤다. "제가 되는 대로 빨리 갚겠다고 말씀 전해주세요."

스테파노는 고개를 끄덕였다. 이제 임무를 다했지만, 그는 떠나고 싶어 하지 않는 것처럼 보였다. 그는 아무 말 하지 않았지만, 검은 눈에 걱정스러운 기색을 담고 그녀를 올려다보았다.

"거기 상황은 어때요?" 오르솔라가 물었다. "바로비에르가 사람들은 무사한가요?"

"네."

"다른 사람들은 발병하지 않았어요? 혹은 격리당하지 않았나요?" 오르솔라는 마치 자기가 떠다니는 배를 타고 있으며 그에게 밧줄을 던져 해안으로 끌어당겨주기를 바라는 듯한 기분이 들었다.

하지만 스테파노는 그 밧줄을 잡지 않았다. 그저 작별의 뜻으로 고개를 끄덕이고는 총총 가버렸다.

그날 저녁, 다섯 집이 더 격리되었다는 소식을 알려준 사람은 안토니오였다. 주로 리오 데이 베트라이의 반대편에 있는 유리공예가 집안들이었다. 한 집은 라우라 로소의 가족에게서 그리 멀지 않은 곳에 살았다.

"할머니와 이모는요? 애들은요?" 오르솔라가 물었다.

"다 괜찮아요."

"도메네고 봤어요? 그가 어떻게든 클링엔베르크에게 내 돈 좀 보내달라고 말을 전할 수만 있어도!"

안토니오는 고개를 저었다. "하지만 내게 생각이 있어요. 사람들이 당신 구슬을 좋아하더라고요. 색이랑, 형태랑, 문양이랑. 그걸 골라간 사람은 그걸 다시 팔기보다는 들고 다니고 보관하고 싶어 해요. 내가 당신 구슬을 와인 파는 할머니에게 넘겼는데, 손가락과 엄지 사이에 들고 문지르고 있더라고요. 다음에 봤을 때도 여전히 문지르고 있었어요."

"묵주처럼요."

"씨, 코시(맞아요, 그런 식으로요). 그리고 다른 여자도 똑같이 하고 있는 걸 봤어요. 제빵사 아내였죠. 내가 물어보니 역병을 멀리 물리치려고 그렇게 들고 있는 거라더군요. 당신은 병에 걸리지 않았잖아요. 그 여자는 당신 구슬을 들고 있으면 병에 걸리지 않을 거라고 생각해요."

오르솔라는 반대가 아닐지 걱정했었다. 격리된 집에서 만들었기 때문에 사람들이 자기 구슬을 가지려 하지 않을까 봐. 하지만 이제 보니, 사람들은 그 구슬에 마술적 특질을 부여하고 있었다. 오르솔라 본인에게 그런 마술적 특질이 부여되었다.

"당신이 그 구슬을 만들 수 있을 거예요." 안토니오가 말을 이었다. "특별히 역병을 멀리 쫓는 구슬요. 독특한 디자인을 넣어 파는 거예요."

"하지만, 난 역병이 어떻게 퍼지는지 확실히 알지 못해요. 베네치아 특효약은 별개죠. 그건 도움이 되는 성분이 들어 있잖아요. 말린 살모사와 시나몬, 꿀요. 하지만 유리는 유리잖아요. 아름답긴 하지만 치료약은 아니에요."

"위안도 일종의 치료약이지 않을까요?"

오르솔라는 여전히 망설여졌다. "그러면 사람들의 공포를 이용하는 거잖아요."

"하지만 당신네 가족이 계속 살아가려면 돈이 필요하잖습니까. 이모님과 할머님도 이제 남은 게 없어요. 아이들을 먹일 수 있게, 당신에게서 도움을 받아야 할 것 같다면서 저보고 전해달라고 하시더군요."

오르솔라는 자기 구슬에 실용적인 태도를 품고 있었다. 팔라초에서 열리는 무도회에서 자랑스럽게 목에 두르거나 카르네발레에 쓸 가면에 박아 넣는 것이 그 하나였다. 그건 마술이 아니고, 몸치장이었다. 하지만 보호를 위해서 구슬을 가지고 다닌다면 그건 주술 행위에 가까웠다. 오르솔라는 자기 구슬이 사람들을 구하길 바랐지만, 그런 힘이 없다는 건 알고 있었다. 하지만 공포에 직면했을 때 위안은 중요했다. 오르솔라는 뱃사공도 신음과 악취 때문에 피하는 그 끔찍한 섬에서 니콜레타를 간호하고 있을 어머니를 생각했다. 라우라 로소에게 쥐고 있을 구슬이 있다면 도움이 될까?

"좋아요." 오르솔라가 말했다. "이틀 내에 뭔가 준비할게요."

그날 밤은 너무 더워 잠이 오지 않았으므로, 오르솔라는 밤새도록 디자인을 생각해보았다. 형태는 무엇이 될지 알았다. 올리베타 스폴레타, 가운데가 둥글고 양쪽 끝으로 갈수록 줄어드는 형태로, 커다란 피스타치오나 올리브와 비슷했다. 손가락 사이에서는 그런 형태가 자연스레 굴러갔다. 대칭적이지만 예측할 수 없는 요소도 있다. 표면은 완전히 매끄러워야 만질 때 마음을 더 안정시켜줄 것이었다.

색을 결정하기가 더 힘들었다. 오르솔라는 빨강, 생명 그 자체의 색을 선호했다. 하지만 핏빛은 사람들에게 병을 너무 많이 떠올리게 할 수 있었다. 각혈하거나 혈변이 나오거나. 파랑과 녹색은 물의 색깔로, 무라노인의 일상생활의 일부였다. 오르솔라는 어떤 연상에 영향을 받고 싶진 않았다. 정화의 색인 흰색을 쓸 수도 있었다. 하지만 오르솔라는 엘레나 바로비에르가 넣어준 노란색에 끌렸다. 열기의 색, 독기를 쫓기 위해 어디서나 타오르는 불의 색.

다음 날 아침 일찍, 오르솔라는 작업을 시작해서 연습 삼아 불투명한 노란 구슬을 몇 개 만들어보았지만, 다른 색도 마찬가지로 필요하다는 것을 감지했다. 몰아내야 할 역병을 의미하는 약간의 검정색. 엘레나 바로비에르는 검정은 보내주지 않았지만, 오르솔라는 공방 구석에서 가는 유리봉 하나를 발견했다. 오르솔라는 노란색 구슬 전체에 검은 점을 더하려 해보았지만, 너무 지나치게 가래톳과 닮아 있었다. 줄무늬를 넣어보았더니, 호박벌이 떠올랐다. 검정색은 있어야 했지만, 강렬하게 눈에 띄어서는 안 되었다.

오르솔라는 작은 검정 구슬을 만들고 바깥에 반투명 노란색을 한 겹 입혀보았지만, 검정이 너무 잘 보였다. 불투명한 노란색을 입혔더니 전혀 보이지 않았다.

오르솔라는 좌절해서 뒤로 몸을 기대고 저린 팔을 폈다. 다른 사람의 눈이 필요했다.

남자들 중에서는 파올로가 제일 먼저 일어났다. 조용하고 꾸준한 파올로는 공방의 조용한 근육과도 같은 존재로, 녹은 유리가 끝에 달린 펀티를 들고 용광로와 작업대 사이를 오가면서 마르코와 자코모가 유리를 만드는 동안 관을 통해 유리를 불기도 하고, 작품을 서냉로에 넣기도 했다. 창작력이 특히 뛰어난 건 아니지만, 파올로는 현실적 감각이 있었다. 보통 때라면 오르솔라는 그의 조언을 구하지 않았겠지만, 파올로가 어깨 너머로 오르솔라의 작품을 힐끔 구경하자 오르솔라는 고군분투하는 내용을 자기도 모르게 설명해주었다.

파올로가 한참 말이 없자 오르솔라는 주변의 식탁을 정리하면서 유리봉을 모으고 남은 조각을 쓸어 담았다. "그 구슬은 희망차고 아름다워야 해." 그가 마침내 입을 열었다.

"어떤 식으로든 역병을 표현해야 하지 않을까요?"

파올로는 오르솔라를 가만히 바라보기만 했고, 그의 침묵에 오르솔라는 곰곰이 생각할 수밖에 없었다. 역병을 멀리 물리치기 위해 사람들이 주머니에 넣고 싶어 하는 건 뭘까? 병을 떠올리게 하는 게 아니라 단순하고도 삶을 긍정하게 하는 것이어야 했다. 검정을 더하는 바람에 디자인이 지나치게 복잡해졌다.

오르솔라는 다시 시작해서 먼저 것보다 더 크고 통통한 울리베타 스폴레타를 만들었다. 쥐고 있으면 위안이 되는 물건이므로 중량감이 필요했다. 유리봉은 반투명한 노란색을 썼다. 유행병이 창궐하는 동안에는 앞으로 무슨 일이 일어날지 멀리 내다볼 수도 없고 알 수도 없지만, 유리를 통해 비치는 은은한 빛을 감지할 필요가 있었다. 반투명한 빛의 아름다움이었다. 맑음과 신비로움이 공존했다. 오르솔라는 구슬 안에 사람들이 역병을 멀리 쫓기 위해 피운 연기처럼 보이는 불투명한 노란 소용돌이를 첨가했다. 다음 날 아침, 구슬이 다 식었을 때 오르솔라는 그 결과에 무척이나 만족해서, 파올로에게 제일 먼저 가서 감사 인사를 전했다. 그는 미소를 짓더니 자코모가 감상할 수 있게 구슬을 가져갔다.

안토니오는 아마도 좀 더 정교한 구슬을 기대했는지 노란 역병 퇴치 구슬을 보고 놀랐다. 하지만 그는 그 구슬을 닭 한 마리 값에 해당하는 5솔도에 팔았고, 며칠 동안 구슬은 점점 인기를 얻어 오르솔라와 오빠들, 아이들까지 닭고기를 실컷 먹을 정도로 팔려나갔다.

하지만 그때 역병이 정말로 도시를 사로잡아 무라노를 휩쓸었다. 대부분의 집은 격리에 들어가고 많은 가족이 라자레토 섬들로 보내졌으며, 마술에 대한 공동체의 짧은 믿음도 사그라들었다. 오르솔라는 이미 그 구슬에 마술의 힘이 없다는 것을 알고 있었다. 오르솔라가 파올로에게 첫 번째 노란 구슬을 보여주고 닷새 후, 자코모는 침대에서 죽어 있는 파올로를 발견했다. 병이 파올로를 향해 슬금슬금 다가와 밤사이 목숨을 앗아간 것이었다. 오르솔라는 친절하고 조용한 오빠에게서 터져 나온 통곡 소리를 결코 잊을 수 없었다. 목이 깎여나갈 듯 크게 울리는 소리였다. 오르솔라와 마르코가 파올로의 방으로 뛰어갔더니 자코모가 스승의 시체를 껴안고 눈물을 흘리고 있었다. "안 돼, 자코모 오빠, 안 돼." 오르솔라는 중얼거리며 오빠의 손을 잡아당겨 빼려고 했다. "그래선 안 돼. 그러면 병이 옮아."

"차라리 옮고 싶다!" 오빠는 울부짖었다. "나도 죽고 싶다고!"

"아니, 오빠는 죽고 싶지 않을 거야. 그럴 리가 없어."

"그러고 싶어!"

마르코가 동생을 뒤로 잡아당겼다. "바스타(그만)! 우리는 똘똘 뭉쳐야 해, 그러지 않으면 가족이 무너지고 말 거야." 자코모는 흐느끼며 눈을 꼭 감았지만, 오르솔라는 큰오빠를 향해 고개를 끄덕였다. 처음으로 오르솔라는 마르코의 완고함이 약점보다 강점임을 알게 되었다.

그다음 찾아온 나날은 더 힘들어졌다. 파올로가 죽자 시체를 당국으로 운구하기 위해서 집 문을 열어야만 했다. 보건 감독관인 푸주한이 다시 방문했다. 이번에는 집에 남아 있게 해주는 대가로 더 많은 돈을 요구하지 않았다. 라자레토 누오보에는 이미 사람이 너무 많아서 더 많은 사람을 들일 공간이 없었다. 하지만 그는 마르코가 돈을 얼마나 주겠다고 하든 로소가 사람들은 이제 더는 마당을 써서는 안 된다고 단언했다. 어쨌든 마르코에겐 그런 돈도 없었다.

감독관은 로소가 사람들을 안에 가둔 채로 집에서 안마당으로 이어지는 문에 못을 박았고, 일단 그들이 입은 옷과 안토니오가 구해다준 침구를 태울 것을 요구했다. 이제 오르솔라에게는 드레스가 한 벌밖에 남지 않았다. 마리아 바로비에르가 준 원단으로 만든, 붉은 기가 도는 갈색 드레스였다. 씻는 동안 갈아입을 옷은 없었고, 이제 모두가 덥고 어두운 집에 갇혔기 때문에 땀과 요리, 구슬 작업으로 인한 악취가 풍기기 시작했다. 화장실을 쓸 수도 없어서 요강의 내용물을 열린 창문 너머 길가에 버려야 했다. 집 안 전체에 오수와 공포의 냄새가 퍼져 코를 찔렀다.

이제 격리된 건 개별 주택만이 아니었다. 모든 거리와 구역 전체가 폐쇄되었다. 시장도 가장 기본적인 필수품만 팔 수 있게 줄어들었다. 배들은 여행이 전면 금지되었다. 오로지 어부들만 바다에 나갈 수 있었다. 성당에서는 미사가 중지되었지만, 행렬 기도식은 허락되었다. 오르솔라와 오빠들은 열린 창문 너머로 행렬을 구경했다. 십자가를 진 사제가 맨 앞에 서고, 다른 사제는 그 뒤에서 이제는 역병에 대항하는 방패 역할도 겸한 향을 흔들었다. 아직 격리되지 않은 무라노인들이 뒤를 따르며 기도를 읊었다. 몇몇은 창가에 선 로소가 사람들을 올려다보며 성호를 그었다.

보건 감독관과 역병 의사가 칼레를 따라 걷는 모습도 자주 보였지만, 역병이 그들까지 덮치면서 사람은 바뀌었다. 매번 그 모습을 볼 때마다 부리와 유리 눈을 단 역병 의사는 덜 불길하고 더 우스꽝스러운 인상으로 바뀌었다.

오르솔라와 마르코, 자코모는 창이 열린 방에서 대부분의 시간을 보냈다. 자연광이 들어오고 뭐가 되었든 찌는 듯한 여름 열기라도 바람이 통하는 곳은 그곳뿐이었다. 그들의 격리 기간은 파올로의 죽음으로 새로 설정되었고, 마르코는 날짜를 따라가기 위해 벽에 표시를 그었다. 이틀, 닷새, 열흘, 스무날. 시간이 술수를 부려 퇴적물이 쌓인 운하처럼 움직였다. 가끔은 하루밖에 지나지 않았는데 한 살은 더 먹은 것처럼 느끼는 날도 있었다. 오르솔라는 신경을 껐다. 날짜를 세는 일조차 터무니없게 느껴졌다.

오르솔라의 오빠들은 별다른 일을 하지 않고 가만히만 앉아서 나날이 흘러가길 기다렸다. 이제 카드놀이도 하지 않았다. 미래나 현재에 대해 논의하지도 않았다. 자코모는 완전히 침묵에 빠졌다. 파올로의 죽음으로 오빠의 눈가와 입가에는 깊은 주름이 아로새겨졌다.

오르솔라는 좀 더 바빠졌다. 집에 남은 식량 공급량을 계속 확인하고 하루에 한 번 요리를 했다. 그 일 외에는 자신이 밝힌 촛불 말고는 완전히 캄캄한 부엌에 앉아 구슬을 만들었다. 이제는 역병 퇴치 구슬을 만들지 않았기에 자기가 만들고 싶은 건 아무거나 만들 수 있었다. 다음 순서는 누가 될지, 죽음이 빠르고 자비롭게 찾아올지, 아니면 질질 끌며 고통을 줄지 의구심을 품고도 두려움을 뚫고 지나가려는 노력의 일환으로 완전히 새로운 것을 디자인할 수 있을 것도 같았다. 오르솔라는 한참 동안 앉아 작업해야 하는 유리봉을 들여다보았지만 색상을 선명하게 볼 수 없는 숨 막히는 어둠 속에서는 영감을 찾을 수 없었고 속이 쓰릴 때마다, 혹은 팔다리가 아플 때마다 정신이 다른 데로 쏠렸다. 더위 때문에 생각하기가 더 힘들기도 했다. 오르솔라는 작업하는 등불의 열기나 겨울에 등이 얼어붙는 추위에도 얼굴만은 활활 태우는 용광로 열기에 익숙해져 있었다. 하지만 판자로 틀어막은 집의 더위는 압도적이었다. 심지어 열쇠 구멍조차 넝마를 쑤셔 넣어 단단히 봉해졌다. 안이 너무 더웠기 때문에, 열기가 어디서 끝나고 자기 몸의 열이 어디서부터 시작되는지 분간하기가 어려웠다. 실제로 열병에 걸린 건 아니라고 해도 마치 열병 안에서 살아가는 것 같았다.

오르솔라에게는 아무런 영감이 떠오르지 않았다. 영감은 새로운 자극을 필요로 했다. 새로운 사람, 새로운 장소, 새로운 이야기, 새로운 음식. 새로운 유리. 결국 오르솔라는 자기가 잘 알고 눈 감고도 만들 수 있는 것으로 돌아갔다. 다른 생각은 할 필요가 없을 정도로 등불 유리공예의 작법이 마음을 차지하고 있어서 익숙한 색상과 형태에는 편안한 기분이 들었다. 오르솔라는 구슬을 하나하나 내놓았다. 단색이든 장식적이든 구 모양, 통 모양, 타원면 모양까지. 그걸로 무엇을 할 수 있을지, 수많은 사람들이 격리된 이 시기에 안토니오가 그걸 가지고 가서 물건 교환을 할 수 있을지, 클링엔베르크가 살아 있다면 중개를 맡아 팔아줄 수 있을지는 확실히 알 수 없었다. 그래도 가만히 앉아 있는 것보다는 나았다.

오빠들과 같은 방을 쓰고 있으므로, 오르솔라는 이 새로운 격리 기간에 들어선 후 며칠 만에 안토니오가 보급품을 가지고 찾아왔을 때도 오래 시간을 끌면서 단둘이 얘기할 수가 없었다. 안토니오의 모습이 보이자 오르솔라는 이전처럼 창가에 섰고 그는 그녀를 올려다보며 미소를 지었다. "나를 위해 특별히 그 드레스를 입은 거예요?" 그는 농담하려 했으나, 마르코가 곧 옆에 나타나서 자기가 궁금한 질문을 쏟아냈다. 안토니오는 음울한 소식을 들고 왔다. 많은 이들이 아프고, 많은 이들이 죽었으며, 많은 이들이 격리되었다. 시장에 품귀 현상이 일어나고, 상점들이 닫히면서 식량을 구하기가 더 어려워졌다.

그동안 마르코는 안토니오가 가져온 침구와 식량을 끌어올렸다. 오르솔라는 바구니 속 물건을 꺼내놓고 다시 오빠 옆으로 비집고 들어갔다. "당신은 괜찮아요, 오르솔라?" 안토니오가 물었다.

오르솔라는 울고 싶었다. 창문에서 거리로 뛰어내리고 싶었다. 그가 찾아와주는 것만이 그녀가 버틸 힘이 된다는 말을 하고 싶었다. 하지만 그 말이 전적으로 진실은 아니었다. 오르솔라에게는 구슬도 있었으니까. "스토 베네(난 잘 지내요)." 오르솔라는 확신 있는 어조로 말했다. "그라치에 디 투토(모두 고마워요)." 오르솔라는 침구와 빵, 치즈와 렌틸콩이 놓인 등 뒤를 손짓해 보이고는 작은 자루를 들었다. "구슬이 있어요. 사람들이 가져갈까요?"

안토니오는 머뭇거렸다. "내려보내요." 그가 말했다. "노력은 해볼게요. 필요한 걸 말해요."

오르솔라는 신선하고 달콤한 것, 갇혀 있다는 현실이 아니라 섬 북쪽의 텃밭과 들판을 떠올리게 하는 물건을 부탁하고 싶었다. '꽃을 가져다주세요'라고 말하고 싶었다. 대신에 실용적인 태도를 유지하기로 했다. "판체타와 밀가루요. 기름도 조금 더."

"복숭아도." 자코모가 마르코의 반대편에서 내다보며 덧붙였다. 며칠 만에 처음으로 한 말이었다. 파올로가 복숭아를 좋아했다.

안토니오는 그 요청에 얼굴이 밝아졌고, 오르솔라는 자기가 부탁할 걸 싶었다. 그들이 집 안에 처박혀 죽음을 두려워하고 있을 때에도 복숭아가 여전히 자라고 익어간다고 생각하니 이상했다.

"마르콜린과 스텔라는 어떻게 지내요?" 오르솔라가 물었다.

"잘 먹고 있어요. 스텔라가 도망을 갔었어요. 내가 찾으러 가야 했죠. 폰테 롱고 너머까지 가서 폰다멘타를 따라 뛰고 있더라고요."

오르솔라는 동생의 장난기에 미소를 지었지만, 마르코는 꿍얼거렸다. "대체 조반나 이모는 애들 하나 제대로 못 보고 뭐 하는 거야?"

안토니오가 얼굴을 찡그렸다. "이모님은 최선을 다하고 계세요. 여기 바깥도 쉽지 않아요."

오르솔라는 잠시 숨을 골랐다. 가르초네가 마에스트로를 나무라다니. 옆에 선 마르코가 발끈하는 게 느껴졌다.

안토니오는 이 순간을 끌지 않고 단순히 이렇게만 말했다. "하루나 이틀 후에 구할 수 있는 걸 가지고 올게요." 그는 오르솔라에게 고개를 끄덕여 보이고는 등을 돌려 칼레 위로 걸어갔다. 로소가 사람들은 그의 상대적인 자유에 시기심을 느끼며 바라보았다.

"무소 다 모나(얼간이 같은 얼굴을 하고서는)." 마르코가 중얼거렸다.

"그런 말 마." 자코모가 맞받아쳤다. "우린 그가 필요하니까."

이틀 후, 안토니오는 그들에게 복숭아와 생선을 가져다주었다. 그는 무라노 어부들과 함께 배를 타고 나가 로소가 식구들과 다른 가족들까지 다 먹일 만큼 충분히 물고기를 잡았다. 나머지는 화폐 대신 쓸 거라고 했다. "당신 구슬은 이제 아무도 원하지 않는 것 같아요." 그는 사과하듯 덧붙였다. "계속 갖고 있으면서 상황이 달라지나 보겠지만, 더 내려보낼 필요는 없어요."

오르솔라는 얼굴이 벌게져서 그에게 주려고 챙겼던 구슬을 치웠다. 잠깐이지만 식구들을 먹일 만큼 자기 구슬이 가치 있어서 의기양양한 기분이 들었었다.

하지만 오르솔라는 구슬을 계속 만들었다. 습관이기도 하고 소일거리가 필요해서이기도 했다. 자코모 또한 뭔가 만들기 시작해서, 나무 조각을 깎아 장난감을 만들어 안토니오 편에 아이들에게 보냈다. 마르코만이 바쁘게 움직이지 않고 동생들을 괴롭히기만 했다. 심지어 오르솔라에게 등불 공예를 알려달라고 요구했지만, 꾸준히 지속하지도 못했다. "이 조그만 유리알들은 뭐야. 이거 다 에스크레멘티 디 코닐리오(토끼 똥)잖아." 그는 모양이 일그러진 구슬이 붙은 철제 막대를 방 저편으로 던지면서 으르렁댔다. "토끼 똥이라고! 나는 근육이 저릴 만한 유리로 작업하고 싶어. 얼굴이 뜨거워질 만큼 타오르는 용광로 앞에서 일하고 싶다고. 유리 덩어리를 최상급 술잔으로 바꾸고 싶어, 이런 작은 똥 덩어리가 아니라!"

오르솔라는 그 마음을 이해했다. 마르코는 공방을 극적인 규모로

키우길 원했다. 불과 유리, 남자들 모두가 자기가 맞춘 리듬에 맞춰 작업하고, 자기가 그 중심에 있는 공방. 혼자의 노력보다는 유리의 춤. 기회만 주어진다면, 오르솔라 본인도 펀티를 휘두르고, 유리를 불고 성형해서 꽃병, 선세공 장식을 넣은 와인 잔이나 샹들리에를 만들고 싶었다. 하지만 등불 유리공예만으로 충분히 만족스러울 수 있었다. 구슬 속에서 오르솔라는 자족적인 작은 세계들을 만들어낼 것이었다. 하지만 그들의 가치는 늘 더 하찮게 평가되었고, 마르코의 감탄을 끌어낼 수는 없을 것이었다. 오르솔라는 마리아 바로비에르 같은 존경받는 유리공예가가 될 수 없을 것이었다. 그 문은 굳게 닫혀 있었다.

새로운 하루는 그 전날이나 그다음 날과 별반 다르지 않았다. 요리하고 먹고 청소하고 구슬을 만들고 땀을 흘리고 안토니오를 기다리고 그가 오면 몇 마디 말과 눈길을 주고받고, 그런 다음에 잠이 들어 그다음 날을 기다렸다.

딱 한 번, 이런 단조로운 일상을 깨는 특별한 손님이 찾아왔다. 스테파노가 엘레나 바로비에르가 보낸 유리봉을 더 가지고 온 것이었다. 오르솔라는 봉을 끌어올리면서 그에게 감사 인사를 했다. 오르솔라가 꾸러미를 살펴보는 동안 마르코가 몸을 밖으로 내밀고 최근 소식을 물었다. 안토니오와 달리 스테파노는 여러 공방에서 오가는 움직임에 대해 더 많이 알고 있었고, 평소에는 말이 없는 사람이지만 마르코는 그에게 끝없이 질문을 던져 정보를 캐냈다. 누가 죽고 누가 격리되었는지뿐만 아니라 누가 유리를 팔고 있고 뭘 만들고 있고 누가 그들의 디자인을 베끼거나 훔쳤는지도 캐물었다. 오르솔라에게는 지루하기 그지없는 주제였다. 오르솔라는 차라리 시장에 복숭아가 더 있는지, 무라노와 베네치아 사이에 배가 오가기 시작하는지, 혹은 라자레토 베키오에 보내진 사람들의 소식을 누가 들었는지, 니콜레타와 라우라 로소의 운명에 대해 소식을 들은 사람이 있는지 같은 것을 알고 싶었다.

그날 밤 늦게, 날이 더 선선해졌을 때, 마르코가 먼저 잠에 빠져들고 자코모와 오르솔라는 열린 창문 앞에 앉아 마르코의 고른 코골이 소리를 배경음으로 깔고 신선한 공기를 들이마셨다. 마르코가 듣지 않는 곳에서 두 사람이 얘기할 수 있었던 기회는 드물었다. "마르코 오빠는 어째서 니콜레타에 대해 아무 말 하지 않는 거야?" 오르솔라가 물었다. "마드레에 대한 것도? 혹은 왜 안토니오에게 마르콜린 안부를 묻지 않지? 자기 친아들에게도 관심이 없어?"

"관심이 있지." 자코모는 대답했다. "마르코 형은 그걸 무시하는 방식으로 나쁜 일들에 대처하고 있는 거야. 그게 더 쉽잖아. 형은 장남으로서의 무게를 늘 지고 있어. 무거운 부담이고, 마르코 형이 준비되기도 전에 파드레가 돌아가셔서 더 심해졌지. 너는 형만큼이나 사람을 가혹하게 판단하는 것 같다."

"난 아니야!"

자코모는 대답하지 않았고, 오르솔라는 분개심을 억눌러야만 했다.

그다음에는 둘 다 아무 말 하지 않고 형제의 코 고는 소리에만 귀를 기울였다.

"파올로 없이 뭘 할 작정이야?" 오르솔라는 그 이름을 꺼내기가 힘들었다.

자코모는 고개를 저었다. 긴 침묵이 흐르다가 그가 마침내 슬픔을 밀어 넣듯 침을 꿀꺽 삼켰다. "내가 아는 건 대부분 파올로에게 배웠어. 특히 마르코 형이 작업장에 없었던 야간 근무 때. 그때가 더 편했지, 긴장이 덜했으니까. 파올로는 기술이 아주 뛰어났지만 그것을 떠벌리지 않고 조용했지. 그렇지만 우리 둘만 있을 때는 그렇게 조용하지만은 않았어." 자코모는 잠깐 말을 멈추었다. 무언가 말을 더 할 것만 같았지만, 다음 순간 등을 돌려버렸다. 그의 얼굴에서 눈물이 굴러떨어졌다.

어느 날 보건 감독관이 지나갈 때 보니, 푸주한이 아니라 밧줄 직공이었다. 그날 저녁 안토니오는 푸주한이 역병에 걸려서 라자레토 베키오로 보내졌다는 말을 전했다. 오르솔라는 그에게 푸주한의 딸에 대해서는 묻지 않았다.

안토니오가 거리에 서서 그들을 올려다볼 때 뭔가 예감이 들어 오르솔라는 잠깐 멈칫했다. "우리한테 더 할 말이 있군요."

안토니오가 고개를 끄덕이며 발을 내려다보자 정수리밖에 보이지 않았다. 마침내 그는 다시 올려다보았다. "할머님 얘기예요."

몇 주 전이라면 오르솔라는 주저앉아 울부짖으며 기절했을 것이었다. 하지만 역병이 모두에게 깊이 파고들어 두들겨댔기에 이제 그들은 아무 감정도 느끼지 못했다. 마르코와 자코모는 말이 없었다. 오르솔라는 침을 삼켰고 그다음에는 그저 고개만 끄덕였다. "아이들은 어떻게 됐나요? 이모는요?"

"아픈 사람은 없어요. 하지만 그들도 격리되어서 이제 저는 거기서 머물 수 없어요."

"어디로 갈 거예요?"

"리바 디 산 마테오요. 거기 배에서 자고 있어요."

"당신이 산을 볼 수 있는 곳이군요."

"내가 산을 볼 수 있는 곳이죠."

안토니오는 저녁이면 대체로 그들을 보러 왔기에, 그가 오지 않게 되자 오르솔라는 아픈 게 아닌지 걱정이 되었다. 그가 라자레토 베키오나 라자레토 누오보에 보내졌을 수도 있고, 갇혔을 수도 있고, 로소가의 산돌로에서 죽었을 수도 있고, 수십 명의 다른 시체와 함께 역병 환자를 묻는 구덩이에 묻혔을 수도 있었다. 그런 긴장된 두려움을 안고 지내다가, 마침내 안토니오를 다시 만났다. 그에게 걱정했다고 말하진 않았다. 많은 거리와 다리가 완전히 폐쇄되고 이동을 제한하는 상황에서 섬에 돌아오기란 꽤 힘들었을 것이었다. 안토니오는 조심하지 않으면 벌금형을 받거나 추방당할 위험을 무릅쓰고 있었다. 그는 불평하지 않았다. 그는 할 일이 있어서, 로소 가족뿐만이 아니라 심부름을 해주는 다른 사람들을 도와줄 수 있는 일을 해낼 수 있어서 기뻐 보였다. 오르솔라는 그런 기분을 이해했다. 무언가가 일어나기를 단순히 기다리기보다는 활동을 할 수 있어서 느끼는 안도감이었다.

안토니오가 떠날 때마다 로소 가족 세 사람은 그가 길을 걸어가는 뒷모습을 바라보며 그의 자유를 부러워하고 자기들도 폰다멘타 데이 베트라이를 따라 자유롭게 걸을 수 있는 날을 기다렸다. 걷다가 캄포 산토 스테파노에 들러 굴을 먹고 로모 살바데고에서 술 한잔하고, 산티 마리아 에 도나토에 들어가서 기도를 올리거나 바다의 모자이크를 감상하고, 북쪽의 정원들을 느긋하게 산책하거나 체리를 따고 은방울 꽃 향기를 맡아보고 싶었다. 또 캄포 산 베르나르도에 서서 누가 다투고 누가 결혼했는지, 누가 아이를 가졌는지, 누가 육아로 고생하는지, 어떤 공방이 다른 공방을 앞섰는지, 누가 사업을 그만두었는지, 누구의 와인이 상했는지, 누구의 치즈가 남아도는지, 로소가의 도제가 누구를 만나고 그가 정말로 좋아하는 건 누군지 같은 소문을 얻어듣고 싶었다. 인생에서 사소하지만 중요한 일들.

마르코가 벽에 새긴 자국은 점점 쌓여서, 이 부유하는 세계에서 홀러가는 시간을 측정하는 구체적 단위가 되었다. 아무도 발병하지 않았고, 급작스레 격리 40일째가 되었다. 오르솔라에게 남은 유리봉은 이제 얼마 남지 않아서 구슬을 고작 몇 개밖에 만들 수 없었고, 그 전날 밤 안토니오가 가져다준 렌틸콩을 넣어 생선 스튜를 끓였다. 그런 다음 오빠들과 함께 창가에 앉아 이제 거리에서 드물게만 볼 수 있는 사람들의 활동을 구경했다. 다시 거기 낄 수 있다니 상상하기가 어려웠다. 자유롭게 돌아다닐 수 있다니, 마르코가 자유롭게 다시 용광로에 불을 지피고 일을 시작할 수 있다니, 아이들이 자유롭게 다시 돌아올 수 있다니, 삶이 계속될 수 있다니, 시간이 빠르든 느리든 다시 시작될 수 있다니.

그날 오후가 끝나갈 무렵, 보건 감독관이 남자 둘과 함께 나타나 창문과 문을 막았던 판자를 떼어버리도록 했고, 작업하는 동안 감독관은 그들에게 지켜야 할 제약 규정을 말해주었다. 무라노에서 어느 지역이 봉쇄되었는지를 알려주고, 배를 이용하거나 베네치아와 다른 섬, 혹은 테라페르마에 가서는 안 된다는 금지 사항 등을 전했다. 감독관이 고지를 마치고, 남자들이 창문을 열고 문을 활짝 열어젖힌 후 떠났을 때, 로소가의 사람들은 누구도 당장 그 문을 넘어가려 하지 않고, 위층 창문에 앉아서 밖을 내다보았던 것처럼 문지방에 서 있기만 했다. 칼레의 위아래에는 로소가의 집이 그랬던 것처럼 빨간 십자 표시가 있는 문들과 판자로 막힌 창문이 있었다. 오르솔라는 긴 열병에서 회복된 느낌이 들었다. 몇 주 동안 침대에 누워 있던 후에 다시 걷는 법, 사람들에게 말하는 법, 살아가는 법을 배워야만 할 것 같은 기분이었다.

안토니오가 칼레 끄트머리에 나타났을 때야 오르솔라는 움직일 수 있었다. 처음엔 걷다가 오르솔라는 뛰었다. 오랫동안 쓰지 않아서 다리에 힘은 없었지만, 그래도 뛰어갔다. 고양이들과 오물, 빨랫줄, 수레, 걸인들, 그간 오르솔라가 너무나 그리워했던 면면히 이어지는 삶의 모든 신호 사이를 비키면서 뛰고 또 뛰어가 마침내 그의 품에 안겨 흐느꼈다. 마르코나 자코모, 거리의 모두가 두 사람을 보든 말든 신경 쓰지 않았다. 오르솔라에게 신경 쓰이는 건 확실히 느껴지는 그의 견고한 존재감과 자기를 안아주는 그의 팔뿐이었다.

안토니오의 어깨 너머로 한 여자가 칼레로 슬며시 기어 오는 게 보였다. 더러운 넝마를 걸치고, 머리는 뭉쳐 떡졌으며, 얼굴은 푹 파여 피부 위로 뼈가 비칠 정도였다. 그 여자가 자신의 어머니라는 걸 알아보기까지는 한참 걸렸다. 라우라는 가슴에 꾸러미를 안고 있었다. 그 꾸러미에서 가슴이 뻥 뚫리도록 크게 울어대는 소리가 들리자 오르솔라는 다시금 고모가 되었다는 사실을 깨달았다.

3

납작한 돌을 석호 수면 건너편으로 제대로 던졌군요. 이제 돌은 한 번 더 튀어 1631년에 내려앉습니다. 알라 베네치아나, 베네치아식 시간이 다시 한 번 효력을 발휘합니다.

이들이 겪은 역병은 모든 역병이 그러하듯, 베네치아 인구 3분의 1에 가까운 이들의 생명을 앗아간 후 자연스럽게 운명을 다하였습니다. 이런 일은 다시 또 다시 일어나게 되겠죠. 다행스럽게도 세계에는 다른 일도 일어났습니다. 가령 셰익스피어가 출현했죠. 이 음유시인은 베네치아를 배경으로 한 희곡 두 편을 발표합니다. 베네치아에 와서 유리 방울을 산 적이 있었을까요? 갈릴레오는 사람들에게 우리가 우주의 중심이 아니라는 사실을 설파합니다. (이 얘기가 잘 받아들여지진 않죠.) 카라바조는 명암법에 통달했고 사람을 죽입니다. 유럽에서는 복잡한 30년 전쟁이 발발합니다. 대서양 건너편의 육지는 식민지화되기 시작합니다. 네덜란드인들이 싸구려 장신구 몇 개와 구슬 한 줌, 그래요, 고작 구슬 한 움큼을 주고 레나페족으로부터 맨해튼 섬을 샀다는 전설이 퍼집니다. 그 구슬이 오르솔라 로소가 만든 게 아닌가 상상해보고 싶은 마음이 드네요. 하지만 사실이 아니지요. 그리고 레나페족은 소유에 대해 다른 관념을 가지고 있습니다. 그들에게 땅은 누구도 소유할 수 없는 것입니다. 사고팔 수가 없기 때문이죠.

고향에 가까운 곳으로 와보면, 교역 중심지로서 베네치아의 치세는 완전히 끝났습니다. 물의 도시는 서서히 땅으로 쿵 가라앉고 있지만, 그런 소리가 났다고 해서 르네상스기의 영광이 완전히 물러나는 건 아닙니다. 그리고 유리 섬의 장인들은 여전히 세계에서 가장 훌륭한 유리 공예가로 인정받고 있습니다.

부엌 탁자 앞에 선 오르솔라는 반투명 노란 구슬을 불꽃 속에서 앞뒤로 돌리며 불투명한 노란색 소용돌이무늬를 입히는 작업에 열중하고 있습니다. 오르솔라는 고개를 듭니다. 바깥 세계에서는 56년이 흐르고 다른 역병은 서서히 잦아들고 있지만, 오르솔라와 그녀에게 소중한 사람들은 모두 나이가 더 들지 않았습니다…….

니콜레타, 마달레나, 할머니, 파올로. 로소 가족 내 채워져야 할 빈자리 넷.

가장 급박하게 대신해야 할 곳은 니콜레타의 자리였다. 니콜레타의 아기에게 젖을 먹여야 했다. 오르솔라는 할머니가 라파엘레라고 이름 붙인 아기를 라우라 로소의 뼈만 남은 팔에서부터 받아들었다. 자기도 거의 두 달간 격리되었지만, 오르솔라는 아이를 데리고 곧바로 캄포 산 베르나르도까지 걸어가서 스텔라 때 고용했던 유모를 찾아나섰다. 오르솔라는 그 여자가 아직도 살아 있는지, 아기를 낳고 나눠줄 젖이 있는지는 전혀 알 수 없었지만, 그래도 생각해낼 수 있는 행동은 그뿐이었다.

모니카 비아넬로는 살아 있었다. 그리고 로셀라라는 아기가 있어서, 망설임 없이 라파엘레에게 젖을 물렸다. 모니카는 어부의 딸로, 그

물을 수선하느라 얼굴이 볕에 타고, 생선 내장을 손질하느라 손에는 상처가 많았다. 가느다란 아몬드 같은 눈은 놀랄 정도로 투명한 수정 같은 푸른색이었으며, 늘 그에 어울리는 낡은 푸른 드레스를 입었다. 보통 유모라면 젖가슴이 크다고 예상하지만, 모니카의 가슴은 작고 단단했다. 그래도 젖이 풍족하게 잘 나오는 편이었다. 곧 모니카는 로소가에 들어와 살게 되었다. 역병 때문에 남편과 손위 아이가 죽었고, 라파엘레를 데리고 왔다 갔다 하는 것보다는 유모를 가까이 두는 게 더 쉬웠기 때문이었다.

모니카는 니콜레타의 아들에게 젖을 먹였지만, 오르솔라는 유모가 마르코의 침대에서도 니콜레타의 자리를 대신하고 있다는 사실은 미처 눈치채지 못했다. 이사 들어오고 나서 고작 1주일이 지난 아침, 모니카가 마르코의 방에서 나왔을 때 오르솔라는 들고 있던 시트 더미를 떨어뜨릴 뻔했다. 유모는 오르솔라를 힐끔 보더니 자기 방으로 가서, 울어대는 두 아이에게 젖을 물리고 창가에 앉아 안마당을 내다보았다. 이 여자에게는 뭔가 강렬한 점이 있어서, 오르솔라는 마르코랑 무슨 짓을 하고 있었느냐고 차마 물어보지 못했다. 그들은 생존한 사제를 찾아내자마자 결혼했다.

오르솔라가 안토니오에게 모니카와 마르코에 대한 이야기를 하자 그는 웃음을 터뜨렸다. "나는 마에스트로의 연애 사건에 끌려 들어가진 않을 거예요." 그는 말했다. "내가 그의 연애에 상관하지 않으면, 그도 내 일에 상관하지 않겠죠."

오르솔라가 자코모에게 말했을 때, 자코모는 어깨만 으쓱했다. "편리한 해결책이군. 마르코에겐 아내가 필요하고 아이들에겐 엄마가 필요한데, 마침 그 여자가 그 자리에 있고 젖도 나오니까."

오르솔라는 어머니에게는 아무 말 하지 않았다. 어머니는 니콜레타가 그렇게 쉽게 대체되었다는 사실을 알게 되면 심한 충격을 받으시리라는 것을 알았다. 라우라 로소는 라자레토 베키오에서 진이 다 빠진 상태로 돌아와서 거의 못 알아볼 지경이었다. 오르솔라와 모니카는 라우라를 살찌우기 위해 할 수 있는 일을 다 했지만, 라우라는 식사에는 별로 관심이 없었다. 눈은 거기서 목격한 것들에 사로잡혀 있었고, 그 무엇도 그런 기억을 쫓아낼 수가 없었다. 라우라는 어떤 수난을 겪었는지는 이야기하지 않았다. 한 말이라고는 니콜레타가 죽었을 때 비로소 고통이 끝났으므로 축복이라고 여겼다는 것뿐이었다. 공포심을 잠시나마 누그러뜨린 건 오직 라파엘레뿐이었고, 그래서 그 아이는 언제나 라우라가 제일 아끼는 손주가 되었다.

다음으로 채워야 하는 가족 내의 빈자리는 불쌍한 마달레나의 역할이었다. 이건 좀 더 시간이 걸렸는데, 역병에 걸렸던 집안에 들어오는 것을 두려워하는 사람이 많았기 때문이었다. 당분간은 로소가의 여자들끼리만 일을 해나가야 했다. 라우라는 쇠약하고 기력이 저조했고, 모니카는 양팔에 아이들을 안고 있었으므로, 오르솔라가 발을 동동 구르며 바쁘게 뛰어다녔다. 또 한 번, 구슬을 만들 시간이 사라졌다. 사업이 정상적으로 돌아가고 클링엔베르크가 다시 주문을 넣기까지 몇 달이 걸린 게 차라리 잘된 일이었다.

마침내 모니카가 친척 중 사촌인 사람을 설득해서 로소가에 들어와 일손을 돕게 했다. 이사벨라 비아넬로 또한 어부의 딸로, 말이 없고 성실했지만, 곁눈질로 슬쩍 쳐다볼 때면 만약 목표물이 되었다가는 죽을 수도 있을 것 같은 눈빛을 띠었다. 이사벨라와 모니카는 마달레나와는 전혀 비슷하지 않았다. 마달레나는 빵처럼 말랑해서 쉽사리 울음을 터뜨렸고, 가족 내 온갖 사건에 다 끼어들곤 했다. 비아넬로 사촌들은 낚싯바늘과 더 비슷해서 날카롭고 반짝거렸다. 내 편이면 이롭지만, 그렇지 않으면 원수가 될 수도 있었다.

이사 오고 나서 몇 주 만에 이사벨라 또한 로소가의 형제 중 한 명을 차지했다. 어느 날 아침 이사벨라를 따라 방에서 나오는 자코모의 표정은 넋을 놓은 듯 약간 혼란스러워 보였다. 물 위에 반짝이는 햇빛에 눈이 부신 것만 같았다. 오르솔라는 이번에는 누구에게도 아무 말 하지 않았다. 이 어부의 딸들이 무엇을 하든 오르솔라에게 더는 놀랍지 않았기 때문이었다. 그리고 그들이 필요했다. 일단 모니카와 이사벨라는 실권을 잡자 마달레나보다도 훨씬 효율적으로 살림을 꾸려나갔지만, 이사벨라의 요리만은 세련된 면이 떨어졌다. 어부 집안 출신이면서도 이사벨라의 정어리 요리는 마달레나가 만든 것만큼 맛있지 않았다.

할머니의 자리는 대체할 수 없었지만, 할머니는 육신에서 벗어나 작은딸의 몸에 빙의한 것만 같았다. 조반나 이모는 격리 기간 동안 부쩍 나이가 들었다. 이마 주름이 깊어지고, 동생인데도 언니인 라우라 로소보다 머리가 더 많이 회색으로 세었다. 격리가 끝난 후에 조반나가 마르콜린과 스텔라를 집까지 데려다주었을 때, 스텔라는 아무 말 없이 이모에게서 떨어져 뛰어갔고, 이모는 남자아이를 넘겨주자마자 식사하면서 담소 나누자는 권유도 뿌리치고 등을 돌려 서둘러 가버렸다. 친언니에게도 아무 말 없었다. 다음 날 라우라가 음식을 들고 조반나 이모를 보러 갔으나 생각보다 일찍 돌아와서는, 조반나는 피곤해서 자고 싶다는 말 이외에는 별다른 말을 하려 들지 않았다고 말했다. 그런 비슷한 행동을 보이는 사람이 몇몇 있었다. 격리에서 빠져나오면 그 안에 있는 것보다 더 힘들었다. 갇혀 있을 때는 결정을 내릴 일이 별로 없었다. 그저 기다리면서 그 기간 동안 살아서 버티기만 하면 되었다. 일단 격리가 끝나고 나오면 갑작스레 자유가 생기고 그와 함께 선택이라는 책임이 따라왔다.

아이들 둘 다 달라진 모습으로 돌아왔다. 아이들은 코앞에서 오르솔라의 할머니가 임종하는 모습을 목격했고, 그 이후에 조반나 이모와 함께 격리되면서 각각 다른 방식으로 지울 수 없는 흔적이 남았다. 마르콜린은 집 안에 있는 데 너무나도 익숙해져서 이제 열린 공간에 오면 두려워했고, 부엌이나 유리 창고, 아니면 그저 공방 안에 남아 있으려 했다. 오르솔라와 함께 시장에 가거나, 물 위로 나가거나, 다른 아이들과 함께 캄포에 나가 놀라고 할 때면 비명을 지르곤 했다. 아이는 공공장소에 가서 군중을 접하면 불안해했고 누가 자기 옆에 가까이 서면 물러섰으며, 검은 눈은 어머니 니콜레타의 눈처럼 두려움으로 가득 찼다.

스텔라는 정반대였다. 갇혀 있던 시간 때문에 더욱이 밖에 나가야 한다는 의지가 결연했고, 아무에게도 어디로 가는지 알리지 않는 편을 선호했다. 가족들은 칼레로 이어지는 문을 잠가두어야 했는데, 그러지 않으면 스텔라가 밖으로 나가 줄행랑치기 때문이었다. 스텔라는 여전히 누가 집에 들어오거나 나가는 틈을 노렸고 그들을 지나쳐 쌩하고 달려 나갔다. 한번은 자코모가 그 애를 집 뒤편에 정박해둔 배에서 발견한 적도 있었다. 그때도 배를 타고 떠나갈 수 있게 작은 손가락으로 밧줄 끈을 푸느라 정신이 없었다. 결국 로소가 사람들은 두 손을 들었고, 스텔라가 어리긴 해도 이 섬을 마음대로 뛰어다닐 수 있게 놔두었다. 그편이 더 편했기 때문이었다. 오르솔라는 여동생이 늘 이 가족 내에서 달려가는 사람의 역할을 맡게 되지 않을까 생각했다. 전갈을 전하는 이, 누군가를, 혹은 무언가를 배달하는 사람. 그리고 언젠가는 저 멀리 뛰어가버릴 사람. 베네치아까지, 혹은 더 심각하게는 테라페르마까지.

오르솔라는 매일 먹을거리를 찾고, 빨래하고, 마르콜린과 스텔라를 돌보고, 가을 동안 거의 가꾸지 못해 무성히 자란 로소가의 텃밭을 되살리고, 회복 중인 어머니를 간호하면서 보냈다. 모든 일을 헤치고 처리해냈기에, 마침내 일과가 다 끝나고 깨끗하게 정돈되고 라우라 로소가 잠이 들고 비아넬로 자매가 오빠들을 즐겁게 해주려 침대로 데려간 후에는 안토니오와 밖으로 슬쩍 빠져나갈 수 있었다. 이따금 두 사람은 리바 디 산 마테오로 갔다. 주변이 조용하고, 집으로부터 멀리 떨어지자 두 사람을 잡아당기던 의무의 끈이 죄다 느슨하게 풀어져갔다. 다른 때에는 안토니오가 오르솔라를 산돌로에 태워 호수로 나가 산 테라스모와 부라노, 토르첼로 주변까지 노를 저어 나가긴 했지만, 항상 라자레토 누오보는 피했다. 밖에 나와 있는 사람은 야간 어업을 하는 어부들뿐으로, 그들은 두 사람이 뭘 하는지 알고 방해하지 않았다.

두 달의 격리 기간 동안 떨어져 있고 그전에도 서로 점잖은 거리를 오랫동안 유지했기에, 일단 함께 있게 되자 둘 사이에는 불꽃이 일었다. 오르솔라는 누군가의 손길이 그렇게나 자기를 흔들 수 있을 거라는 것, 또 자신이 누군가에게 손을 대는 것만으로 둘 다 흥분하게 될 수 있으리라는 것을 이전에는 미처 몰랐다. 두 사람은 서로에게서 손을 떼지 못했다. 오르솔라는 그의 몸 구석구석을 쓰다듬으며 넓은 어깨, 부드럽게 울룩불룩한 팔, 근육이 탄탄한 종아리와 마침내 손으로 받쳐볼 수 있게 된 단단한 등을 탐색했고, 그의 꽉 들어찬 무게를 만족스럽게 음미했다. 안토니오는 두 손으로 그녀의 몸을 구석구석 훑고, 그녀 안에 들어갔다. 모든 표면, 모든 골짜기까지. 그러면서 그는 그녀에게 본인에 대한 새로운 지식을 알려주었다. 오르솔라는 자기 몸에 주의를 기울인 적이 없었지만, 이제 다른 사람이 그렇게 하자 자신의 몸을 더 깊이 인식할 수 있었다. 풍만한 가슴, 매끄러운 등, 그가 손가락과 혀로 쓸어내리는 부드러운 허벅지 안쪽.

안토니오가 그녀의 안에 처음 들어왔을 때 오르솔라는 그 친밀한 고통과 치솟는 감각에 충격을 받기도 하고, 몇 달 동안 고난을 겪은 이후에 커다란 환희도 느껴져서 동시에 웃고 울었다. 두 사람이 다시 기운을 얻자 오르솔라는 또 원하고 원했다. 두 사람이 빠져나갈 수 있는 한 자주. 가끔은 배 위에서 서로 몸을 비비며 물 위에서 흔들렸고, 서로의 몸에 미끄러지듯 들어갔다 나왔다. 혹은 서로 밀어붙이며 두 사람의 열정 넘치는 몸을 안정감 있게 뉘어야 할 단단한 땅이 필요할 때면 석호 위에 드문드문 떠 있는 작은 무인도로 갔다.

오르솔라는 두 사람이 함께하는 일은 무엇이든 사랑했다. 손길 하나하나, 밀려 들어올 때 느껴지는 모든 감각, 서로 놀리고 웃어버리는 순간 모두. 하지만 오르솔라가 제일 사랑했던 건 일을 마친 후에 안토니오와 함께 누워서 밤하늘의 달과 별, 구름의 변화하는 형태를 올려다보는 순간이었다. 그럴 때면 가장 행복감을 느꼈고 시간과 가족, 공방, 아기, 그들의 더러운 옷가지, 그리고 먼지 쌓인 유리공예용 등으로부터 떨어져 나올 수 있었다.

두 사람은 그렇게 떠다니며 여러 이야기를 나누었다. 라우라 로소를 일으켜 다시 설 수 있게 하는 일, 조반나 이모가 가족에서 멀어진 일, 스텔라의 방랑벽, 공방이 취해야 할 방향, 비아넬로 자매가 살림과 로소 형제를 장악해버린 사건. 오르솔라는 이사벨라 비아넬로가 특히 의심스러웠다. 자신과 안토니오가 너무나 자연스럽게 서로 어울리듯 이사벨라와 자코모가 그렇게 어울릴 수 있는지는 이해할 수 없었기 때문이었다. 마르코와 달리 자코모는 항상 무라노 여자들을 대할 때 수줍어했다. 자코모의 신부는 그렇게 수줍어하는 성격이 아니고, 남편을 대할 때 날카롭고 참을성이 없었다. 오르솔라는 그 광경을 보기가 고통스러웠다.

오르솔라는 미심쩍어했어도 안토니오는 두 사람을 옹호했다. "어업을 하는 가족들은 유리공예 가족들과는 삶의 방식이 달라요." 어느 날 밤, 두 사람이 격하게 일을 치르고 나서 피곤해서 누운 채로 떠다니고 있을 때 안토니오가 설명했다. "그쪽 사람들은 먹을 생선이 늘 넉넉하죠, 물론. 하지만 그렇게 큰 집이나 하인, 고급 린넨 시트는 가져본 적이 없어요. 모니카와 이사벨라는 삶을 향상할 기회를 본 거예요. 그렇다고 그 사람들을 비난할 수 있을까?"

오르솔라는 안토니오의 어깨에 머리를 기대고 누워 밤하늘 아래 집에서 가져온 등불 빛에 비친 그의 뺨 윤곽을 올려다보았다. "당신이 우리 로소가 사람들을 보았을 때 한 게 그거예요? 기회를 봐서 잡은 것?"

"물론이죠. 거기에 보너스까지 더해서." 그는 그녀의 허벅지를 꽉 쥐었다.

"내가 그거예요, 보너스?"

"씨, 벨라. 나는 운 좋은 어부죠."

오르솔라는 그의 어깨를 깨물었다.

"아히아(아얏)! 어쩌면 그렇게 운이 좋은 건 아닌가 보네." 안토니오는 깨물린 자리를 문질렀다. "에코(자), 그 여자들 걱정은 하지 마요. 오빠들을 아주 잘 맡아주고 있으니. 모니카와 이사벨라는 돈을 가져본 적이 없어서 돈 쓰는 법도 몰라요. 저렴하게 일을 처리하는 법을 알죠. 그리고 손도 빠르고요. 마달레나와 니콜레타에게 무례하게 말하려는 건 아니지만." 안토니오가 말을 멈추자 오르솔라는 성호를 그었다. "하지만 비아넬로 자매가 살림을 맡고 나서는 더 잘 돌아가는 건 맞지 않습니까?"

"그럴지도요." 오르솔라도 사실이 그렇다는 건 알았지만, 그 점에 그렇게 쉽게 동의하고 싶지는 않았다. 안토니오가 그렇게 쉽게 자신을 어부 가족들과 한편으로 묶는 게 거슬렸기 때문이었다. 그는 이제 생선이 아니라 유리를 다루는 사람이었다. 그와 한편으로 묶일 사람은 로소가 식구들이었다. 하지만 그는 처음부터 자기들끼리는 모두 같은 언어로 말하고 다른 사람들은 아닌 것처럼 모니카, 이사벨라와 편안한 관계를 맺었다.

서로 굳이 꺼내지 않는 화제도 있었다. 두 사람의 결혼. 하지만 두 사람이 배와 무인도에서 나눈 일들은 그 결혼의 머리말이었다.

어느 날 모니카가 아이들 젖을 먹이다가 물 한 잔만 달라고 불렀다. 오르솔라가 물을 가져다주자 모니카는 마시지도 않고 내려놓더니 오르솔라에게 자리에 앉아보라고 고갯짓했다. 오르솔라는 놀랐다. 오르솔라와 올케언니는 아직 같이 앉아서 수다를 떠는 습관이 없었다. 하지만 예의를 갖추는 차원에서 오르솔라는 침대에 살짝 걸터앉았다. 모니카가 두 아기를 겨드랑이 아래에 꾸러미처럼 끼고 동시에 젖을 먹이는 모습은 늘 봐도 놀라웠다.

"안토니오랑 하면서 조심하는 법은 알고 있어요?" 모니카가 물었다.

오르솔라는 눈썹을 치켰다. "무슨 말이에요?"

"밤마다 하잖아요. 아기를 원할 때 그러는 건데. 아가씨는 아기를 갖고 싶어요?"

오르솔라는 항변하려고 입을 열었지만, 모니카의 수정같이 맑은 시선이 곧바로 꽂히며 솔직한 대답을 요구했다. "아직 아기는 갖고 싶지 않아요." 오르솔라는 나직한 목소리로 대답했다.

"그러면 그 사람 씨가 아가씨 안으로 들어가기 전에 빼내게 해야 한다는 건 알겠죠?"

오르솔라는 고개를 저으며, 모니카가 방법을 설명해줄 때 충격 받은 표정을 짓지 않으려고 애썼다.

"언니도 마르코랑 그렇게 해요?" 오르솔라는 마침내 물어보기는 했지만, 오빠의 그런 모습을 상상하는 것은 소름 끼쳤다.

"물론 아니죠. 난 그 사람 아기를 갖고 싶은걸요. 하지만 이 애들 둘에게 젖을 먹이는 동안에는 힘들죠. 몸은 적당한 때를 아니까요. 아가씨는 몰랐어요? 아는 게 별로 없네요?"

오르솔라는 이런 낚싯바늘로부터 자기를 변호해야 할 필요를 느꼈다. "유리는 알아요. 구슬은요."

"구슬요?"

"난 구슬을 만들어요."

오르솔라는 고개를 끄덕이고 클링엔베르크에 관해 설명했다. "마르코 오빠에겐 말하지 마세요." 오르솔라는 본능적으로 올케언니가 남편에게 모든 얘기를 시시콜콜 이르는 부류는 아니라고 감지하고 덧붙였다. "오빠는 돈에 대해선 몰라요. 오빠가 내가 시간과 유리를 낭비한다고 불평하지 못하게 하려면 내가 구슬 만드는 기술에 아주 능숙해져야만 해요."

"일리 있네요. 로셀라가 나이가 차면 가르쳐줄 수 있어요?" 모니카는 자기 딸을 고갯짓으로 가리켰다. 라파엘레가 한쪽 젖을 먹는 동안 로셀라는 다른 팔에 안겨 축 늘어진 채로 잠들어 있었다.

그 말에 오르솔라는 놀랐다. 이제까지는 모니카의 아기에 대해 그다지 생각해본 적이 없었기 때문이었다. 그 순간에는 로셀라는 산더미 같은 빨래에 기저귀를 하나 더하는 또 다른 아기였을 뿐이었다.

"로셀라는 자기를 스스로 돌볼 수 있어야 할 거예요. 얘가 받아들여지지 않을 경우를 대비해서."

"무슨 뜻이에요, 받아들여지다니. 누구한테 받아들여진다는 거예요?"

"로소가에서요."

"물론 우리한테 받아들여지죠!"

모니카의 입이 비틀리며 회의적인 미소를 띠었다. "그렇지만 그렇게 될까요? 로소가의 일원이 될까요? 유리공예 장인과 결혼할 수 있어요? 마에스트로의 아내에게 주어지는 모피를 입을까요?"

"다코르도(알겠어요)." 오르솔라는 잠시 뒤에 말했다. "로셀라가 나이가 차면 등불 유리공예를 가르칠게요. 하지만 얘가 잘할 때만 계속 가르쳐줄 거예요."

모니카는 납득하고 고개를 끄덕였다.

모니카가 묘사해준, 중요한 순간 직전에 빼는 방식은 혼란스럽고 약간 불만족스럽긴 했어도 도움이 되었을 수도 있을 것이었다. 하지만 이미 늦었다. 오르솔라의 달거리는 와야 할 때를 훌쩍 지났고, 이상한 때에 욕지기가 치밀고 가슴이 민감해지기 시작했다. 오르솔라가 찾아간 사람은 라우라 로소가 아닌 모니카였다. 오르솔라에게는 모니카가 비판적 시선 없이 전달하는 직접적이고 실용적인 조언이 필요했지, 어머니의 반대가 필요한 게 아니었다.

오르솔라는 또 모니카가 주변에 듣는 귀 없이 아이들에게 젖을 먹이는 순간을 틈타 이 이야기를 했다. "이전에 아직은 아기를 원치 않는다고 했죠." 모니카는 젖을 빠는 라파엘레와 로셀라의 머리를 양손으로 받치고서 조심스레 오르솔라를 바라보았다. "이 아이에 대해서도 아직도 그렇게 생각해요?"

"나한텐 선택권이 없지 않아요?"

"물론 있죠. 할 수 있는 일들이 있고, 저기 표백장 너머에 사는 여자에게 가볼 수도 있어요."

오르솔라는 망설였다. 오르솔라도 그런 일들과 그런 여자들에 대한 소문을 들은 적이 있었으나, 그들이 정말로 존재하는지는 확실히 알지 못했다. 그런 짓을 저지르면 미사 참석을 금지당하는 죄를 저지르는 것이고, 더 심각하게는 누군가에게 들킬 수도 있었다. 그리고 안토니오하고라면 아기를 가져도 될 것 같았다. 그렇게 한다면 두 사람은 서로의 삶에 공식적으로 연결될 것이었다. 그렇지만 이미 아이들이 가득한 집에 아기가 하나 더 들어오고 그 숫자가 더 늘어나게 된다면, 오르솔라는 구슬로부터 더 멀어질 게 뻔했다. "생각해볼게요." 오르솔라는 말했다.

결국에는 오르솔라가 결정을 내릴 필요는 없었다. 몸이 대신 결정을 내렸다. 어느 날 아침 깨어나보니 배가 쥐어짜는 듯 아프고, 다리 사이에서 피가 흘러내렸다. 그리고 이건 오르솔라가 앞으로 잃게 될 여러 아기 중 첫 번째였다. 모니카는 오르솔라를 침대에 눕히고 라우라 로소에게는 오르솔라가 심한 생리통을 앓는다고 말했다. 아무도, 심지어 안토니오조차도 이에 관해 묻지 않았다. 하지만 오르솔라는 결국 그에게 고백해야만 했다. 오르솔라가 몸을 회복할 시간을 가지려면 몇 주 동안 그와 함께 배에 나가면 안 된다며, 모니카가 금지했기 때문이었다.

가족 내 남은 마지막 빈자리, 마에스트로의 세르벤테인 파올로의 빈자리를 채우기까지는 시간이 더 오래 걸렸다. 클링엔베르크가 다시 주문을 넣기까지는 공방이 제 모습으로 돌아갈 수 없었다. 마르코는 폰다코 데이 테데스키에 있는 상인에게 전갈을 보내 로소 공방이 무엇을 생산해야 할지 물었지만, 간결한 대답만 되돌아왔다. 기다리시오. 그렇지만 마르코와 자코모, 안토니오는 기다릴 수 없었다. 채울 주문이 없다는 건 클링엔베르크가 나중에는 팔아줄 것 같은 작품을 실험하고 생산할 시간이 있다는 뜻이었다. 더 어린 직공들, 가르초네와 가르초네토 몇 명을 잃었기에 인력이 더 많이 드는 건 만들 수가 없었다. 그들은 클링엔베르크가 좋아해서 많이 팔아주었던 물건, 받침대에 돌고래들이 얽힌 모양의 촛대를 다시 만들 수도 있었다. 하지만 마르코는 새 작품을 창조해보고 싶다고 했다.

"마르코는 그 촛대를 좋아한 적이 없었거든요." 어느 날 저녁 리바디 산 마테오에서 창고 벽에 기대어 다리를 서로 포개고 함께 앉아 있을 때 안토니오가 오르솔라에게 말했다. 두 사람은 아직 날이 밝을 때 간신히 빠져나와, 눈 덮인 산을 석양이 분홍색으로 물들이는 광경을 감상하고 있었다.

"어째서 싫어하는 거죠? 그 촛대는 보기도 좋고, 잘 만들어졌고, 클링엔베르크도 좋아하잖아요."

"마르코는 돌고래를 좋아하지 않아요. 물고기는 유리 제품에 들어갈 자리가 없다고 말해요. 불과 물은 서로 섞이지 않는다고요."

오르솔라는 콧방귀를 뀌었다. "웃기네요. 수많은 유리 장인이 작품에 물고기를 넣어요. 어떤 마에스트로는 대운하에 있는 어떤 팔라초에 납품하려고 전체에 물고기 펜던트가 걸린 샹들리에를 만들었어요."

"그 돌고래는 내가 만든 거예요. 그리고 마르코는 클링엔베르크가 그 작품을 칭찬한 게 마음에 들지 않았죠." 안토니오는 잠깐 머뭇거렸다. "마르코는 날 좋아하지 않아요."

"그건……." 오르솔라의 말이 막혔다. 그 말을 부인할 수 없었다. 마르코가 이제는 마음 약하게 안토니오를 도제로 받아들인 과거를 후회하고 있다는 건 오르솔라도 슬슬 감지하기 시작했다. 안토니오가 뜻밖의 횡재나 다름없다는 사실이 밝혀졌다고 해도 그랬다. 안토니오는 마음이 열렸고 명랑하지만, 반면 마르코는 생각이 닫혔고 계산적이었으며, 예측하지 못할 그늘로 가득 차 있었다. 격리에서 풀려나고 처음 칼레에서 만났을 때 경솔하게 포옹한 이후에는, 안토니오와 오르솔라는 다른 사람 앞에서 둘이 서로 끌리고 있다는 것을 내비치지 않으려고 조심했다. 그중 한 이유로는 마르코가 할 수 있다면 두 사람 사이를 떼놓으려 할 것임을 알기 때문이었다.

"마르코는 이제 큰 쟁반을 만들려 하고 있어요." 안토니오가 말했다. "나와 자코모에게 그걸 장식할 과일을 만들라고 시켰죠. 하지만 만드는 건 주로 자코모가 해요. 마르코는 내가 가르초네가 아니라 가르초네토라도 되는 것처럼 불을 지키고 바닥 쓰는 일을 시켜요! 난 프로바를 치를 때까지 4년이나 더 그런 대접을 견딜 수 있을 것 같진 않아요." 프로바에서 안토니오는 유리에 대해 아는 모든 것을 평가받아야 할 것이었다. 그리고 그 시험을 통과하면 그는 세르벤테로 승격된다. 대부분은 평생 세르벤테로 남았다. 오로지 소수만 마르코처럼 마에스트로가 될 수 있었다. 모두 결국에는 안토니오가 자코모와 함께 마르코의 세르벤테가 되어 파올로가 가족 내에 남긴 자리를 채울 거라고 기대하고 있었다.

"당신을 위해 뭔가 만들었어요." 안토니오가 말을 이었다. 그는 주머니에 손을 넣어 작은 유리 피규어를 꺼내더니 오르솔라의 손바닥 위에 놓았다. 오르솔라의 엄지손가락 반만큼 되는 길이인 청록색 돌고래였다. 촛대에 올린 것과 마찬가지로 길고 늘씬한 형체에 지느러미가 날카로운 모양이었다. 주둥이와 꼬리는 작은 고리 형태로 말려 사슬이나 줄에 걸 수 있게 되어 있었다. "당신이 만든 구슬과 비슷한 색을 골랐어요. 석호 색깔 같은."

"벨리시모(정말 예뻐요)! 살아 있는 돌고래 같아 보여요. 돌고래를 직접 본 적 있어요?"

"생선 잡으러 갔을 때, 가끔 주데카 옆의 석호로 올 때가 있었어요. 원하면 그거 걸어도 돼요."

"그라치에." 오르솔라는 그에게 입을 맞췄다. "아직은 걸지 않을 거예요. 마르코에게 들키면 안 되니까요. 하지만 주머니에 간직할게요." 오르솔라는 그렇게 했다. 마리아 바로비에르의 로세타 옆에 고이 간직했다.

며칠 후, 스텔라가 부엌으로 뛰어 들어오더니 외쳤다. "모로(무어인), 모로!" 모니카와 이사벨라는 영문을 모르는 표정이었지만, 오르솔라는 공방을 통과해 뒤편 선착장까지 뛰어갔다. 그녀와 안토니오는 한동안 도메네고의 소식을 듣지 못했고, 그가 아직 살아 있는지조차 알지 못했다. 오르솔라는 그가 마르코와 이야기하는 모습을 보자 웃음을 띠었고 그의 야윈 얼굴, 마른 팔다리, 어머니에게서 보았던 것과 같이 뭔가에 홀린 표정을 보았을 때도 환한 미소가 사라지지 않았다. 도메네고가 병을 앓았던 건 분명하지만, 어떻게든 살아남았다. 안토니오가 필요하면 부축해주려는 듯 옆에 서 있었다.

클링엔베르크가 마침내 공방이 생산한 물건을 볼 준비가 된 모양이었다. 도메네고는 하루나 이틀 후에 몇 가지 작품을 보내달라는 전갈을 마르코에게 전했다. 오르솔라의 오빠는 그 요청에 들떴다. "에코(자), 새 작품을 작업한 건 정말 잘한 일이었어!" 그는 누가 반박이라도 했던 양 자기 의견을 떠들었다. 하지만 오르솔라는 오빠를 위해, 공방을 위해 기뻐했다. 로소가는 그 상인에게 전적으로 의존하고 있어서 상인이 죽거나 이 가족을 대리하지 않겠다고 한다면, 공방은 금방 문을 닫아야 할 것이었다.

도메네고는 돌아가려고 몸을 돌리면서 오르솔라를 슬쩍 바라보았고, 안토니오는 친구를 따라가다가 고개를 살짝 갸웃했다. 오르솔라는 고개를 끄덕이고는 그 자리를 빠져나가 리오 데이 베트라이를 따라가 처음에 클링엔베르크를 만나 구슬 이야기를 했던 둑으로 갔다. 이제 그곳에서는 트라게토들이 다시 운행하고 있었다.

오래 걸리지 않아 두 사람이 나타났다. 안토니오가 두 번째 노를 잡고 도메네고와 함께 배를 저어 왔다. 그만큼 우아한 자세는 아니었지만, 근육은 더 강했다. 그들은 배를 옆에 댔고, 안토니오는 한 손을 뻗어 오르솔라를 배에 태웠다. "우리와 함께 가요. 즐겁게 놀게." 그가 말했다.

그들은 무라노와 베네치아 사이를 오가는 배들의 흐름에서 약간 벗어났다. 배의 왕래는 이제 역병이 끝났다는 확실한 신호였다. 그런 다음 두 사람은 자리에 앉아 곤돌라가 무라노 섬 물가를 따라 섬의 서쪽 구역을 관통하는 세레넬라 운하로 흘러가도록 놔두었다. 원하기만 하면, 노를 저어 무라노를 한 바퀴 돌 수 있었다. 하지만 도메네고는 앉아 있는 편이 만족스러워 보였다. 그는 기진맥진한 얼굴이었다. 심지어 베네치아에서부터 배를 저어 오느라 지친 게 분명했다.

"병에 걸렸었군요." 오르솔라가 말했다.

도메네고가 어깨를 으쓱했다.

"라자레토 베키오에 갔었어요?"

그는 고개를 저었다. "거기서는 무어인을 받지 않아요. 그게 차라리 나았죠. 그래서 내가 지금까지 살아 있는 걸 겁니다."

"그러면 어디에 머물렀어요? 사람들이 폰다코 데이 테데스키에 살 게 놔두었나요?"

도메네고는 다시 고개를 저었다. "내가 병에 걸리자 하인들이 나를 내쫓았어요. 그래서 아르세날레 너머에 있는 폐가에 숨었죠. 거기 살던 가족은 다 죽었어요."

"돌봐주는 사람 하나 없이요?" 오르솔라는 질겁하며 니콜레타가 자신과 어머니에게 얼마나 기댔는지를 기억해내고 어떻게 병든 사람을 그렇게 내쫓아버릴 정도로 사람들이 잔인할 수 있을까 생각했다. 다른 면으로 보면, 누구도 집에 역병이 돌기를 바라진 않았다. 아무에게도 절대로 말하지 않을 속마음이지만, 오르솔라 또한 사람들이 니콜레타를 데려갔을 때 남몰래 안도했다.

"난 지금은 아주 괜찮아요." 도메네고는 강조했다. "그 생각은 하고 싶지 않습니다."

"아텐치오네, 벨라(주의해요, 아름다운 아가씨), 당신 빠지겠어." 안토니오가 오르솔라에게로 물을 튀겼다. 화제를 돌리려는 의도가 분명했다. 오르솔라도 같이 물을 튀기다가, 두 사람은 씨름을 벌였고, 도메네고는 곤돌라가 흔들리지 않도록 하느라 애썼다.

"두 사람 사이가 좀 진전이 있었나 보군요." 도메네고는 그들을 보고 손짓했다. 그들은 이제 씨름은 하지 않았지만, 여전히 손을 잡고 있었다. "두 사람 꽤 오래 걸렸네요."

오르솔라는 도메네고 앞에서 노골적으로 굴었다는 게 창피해서 떨어져 나가려고 했다. 도메네고는 같이 씨름할 여자가 없을 테니까. 그는 무척 외로워 보였다. 오르솔라는 손을 빼내어 무릎 위에 조신하게 두었다.

"클링엔베르크가 구슬을 더 주문하고 싶어 해요." 곤돌라 사공은 무라노에 온 두 번째 용건을 전달했다. "이전과 똑같지만, 새 디자인이 있으면 그것도 보고 싶어 하세요."

오르솔라는 구슬을 만들던 격리 기간을 돌이켜 생각해보았다. 다시는 만들고 싶지 않은, 역병 방지 기원 노란 구슬 말고는 이전에 알던 디자인을 고수했다. 몇 달 전 격리가 끝난 이후로 오르솔라는 구슬을 만들지 않았다. 역병으로 그녀의 삶이, 모든 사람의 삶이 꼬였다. 그들의 삶의 척도가 되는 일상적인 일들, 장보기, 저녁의 파세자타, 미사, 가족 방문은 모두 어그러져서 오르솔라는 그런 일들을 한 지 얼마나 되었는지, 심지어 자기 나이가 몇 살인지조차 잊어버렸다. 그 한가운데에서, 시간이 멈춘 것만 같았다. 하지만 병이 지나간 후에는 그 일화 전체가 무척 짧게만 느껴졌다. 이제 오르솔라가 붙들고 있는 건 구체적인 순간들이었다. 안토니오의 손길. 모니카와 함께 나눈 웃음. 스텔라가 드물게 해주는 포옹. 이가 나기 시작하자 라파엘레가 웃던 모습. 어쩌면 이제 오르솔라 또한 단단히 땅에 뿌리내리기 위해 손가락 사이에 구체적으로 느껴지는 유리의 감각이 필요한지도 몰랐다.

클링엔베르크의 요청에 마르코는 갈피를 잡지 못하고 갈팡질팡했다. 상인에게서 소식을 듣기를 오랫동안 기다렸으면서도 막상 소식이 오자 그는 갑자기 클링엔베르크에게 무엇을 보여주어야 할지 확신이 없어졌다. 오래된 술잔과 물병, 촛대는 이전에 팔렸다는 것을 클링엔베르크가 알고 있으니 다시 팔리지 않을까? 아니면 큰 접시나 카라페 병, 벽에 다는 양초꽂이처럼 공방의 독창성과 유연성을 보여줄 수 있는 완전히 새로운 물건이어야 할까? 아니면 둘을 조금씩 섞을까? 이틀 동안 그는 공방 주변을 뛰어다니면서 집중하지 못하고, 창고에 작품이 층층이 쌓여 있는데도 새 물건을 만들어야 한다고 우겼다. 로소가의 여자들은 이 시기 동안 공방에서 유리가 깨지는 소리를 종종 들었다.

마침내 또 한 번 와장창하는 소리와 함께 욕설이 이어지자 라우라 로소는 안마당에 앉아 옷 수선을 하고 있다가 고개를 들었다. "모니카!" 라우라가 호통치듯 불렀다.

모니카가 앞치마에 두 손을 닦으며 부엌에서 나왔다. 시어머니가 부르는 일은 드물었기 때문에, 모니카는 공손하게 명령을 기다리며 그 앞에 섰다.

라우라는 공방 쪽으로 고개를 획 꺾었다. "페르 파보레(부탁인데), 우리를 위해서 네 남편 좀 처리하렴."

두 여인은 잠깐 서로 시선을 마주쳤고, 다음 순간 모니카는 고개를 끄덕였다. 모니카는 앞치마를 벗어 오르솔라에게 건네고 푸른 드레스의 주름을 편 후 평소에는 거의 발을 들이지 않는 공방으로 향했다. 아버지처럼 마르코도 여자들이 거기에 드나드는 걸 그다지 좋아하지 않았다. 1분 후, 모니카는 남편의 손을 잡고 집 안으로 끌어와서는 2층에 있는 자기들 방으로 갔다. 두 사람은 그날 남은 시간 내내 거기에 있었다. 모니카가 저녁에 아이들에게 젖을 먹이려고 잠시 나왔을 뿐이었다. 라파엘레와 로셀라는 그때는 이유식을 먹었지만, 그래도 여전히 자기 전에는 모니카의 젖을 먹었다. 이사벨라는 사촌과 아주버님에게 와인과 음식을 담은 쟁반을 가져다주었다. "신혼부부 같네요." 이사벨라가 킥킥댔다. 하지만 침대에서 낮과 밤을 보낸 게 효과가 있었는지, 마르코는 다음 날 아침 훨씬 침착해져서 나타나서는 클링엔베르크에게 무엇을 보여줄지 분명히 정했다. "새로운 것만 보낸다." 그는 선언했다. "클링엔베르크는 기억력이 좋으니 우리가 이전에 만든 건 알 거야." 마르코는 가르초네토들에게 하루 휴가를 주었고, 마르코와 자코모는 마에스트로가 조심스럽게 고른 작품들을 포장한 다음, 브루노에게 삯을 주고 형제를 폰다코 데이 테데스키까지 데려다달라고 부탁했다.

공방이 완전히 비는 일은 드물었기에 오르솔라와 안토니오는 이 기회를 이용했다. 그의 마에스트로와 달리 안토니오는 여자가 공방에서 유리를 건드린다고 해서 거슬려하지 않았다. 그는 펀티 끝에 붙은 유리 조각을 달구었고, 자기가 막대를 돌리는 동안 오르솔라에게 무릎을 꿇고 불어보게 했다. 끝에 붙은 유리구가 점점 커졌다. 오르솔라는 벤치에 앉아 그의 지시대로 유리를 연마대 위에서 굴렸고, 압력과 집게를 이용해 솜씨 있게 다루어 형태를 잡았다. 구슬을 만드는 것과는 아주 다른 작업이었다. 훨씬 크고, 다른 근육과 다른 동작, 다른 타이밍을 필요로 했다. 용광로의 불길에 얼굴이 뜨거웠지만 등은 차가워서 오르솔라는 땀을 흘리는 동시에 몸을 떨었다.

오르솔라는 작품 몇 개를 깨뜨렸고 안토니오는 몹시도 재미있어했지만, 오르솔라는 마침내 물을 담아 마실 수 있는 간단한 녹색 고토의 형태를 만들어냈다. 아랫부분은 불룩하고 위로 갈수록 점점 가늘어져 입술 부분이 더 좁고, 아주 약간만 기우뚱한 잔이었다. 두 사람은 그 작품을 서냉로에 넣어 하루나 이틀 동안 천천히 식히려 했다. 그렇지만 마르코가 알아차리지 못하도록 다른 물건들 뒤에 숨겨야 했다. 남자들이 만들어낸 것보다는 훨씬 조잡했기 때문이었다.

"당신이 원한다면 구슬 만드는 법을 알려줄게요." 결함이 있는 고토 하나를 만들어내기 위해 깨뜨린 유리 조각을 두 사람이 모두 쓸어내는 동안 오르솔라가 제안했다.

"나도 해보고 싶네요." 안토니오는 예의상 하는 말이 아니었다. 그는 모든 과정에 호기심을 보이며 각 기술을 받아들여 많은 것을 완전히 익혔으며 커다란 몸짓과 작고 상세한 기술 등을 똑같이 능숙하게 구사했다. 그는 훌륭한 유리 장인으로 변모하고 있었다.

작업이 다 끝나고, 공방에서 오르솔라의 실패작을 다 치운 후에 두 사람은 공방 뒤의 선착장에 앉아 물 위에 발을 대롱대롱 내리고 허벅지를 바짝 붙여 앉았다. "마르코가 보여준 물품 중에서 클링엔베르크가 뭘 고를 것 같아요?" 오르솔라가 물었다.

"큰 접시." 안토니오가 대답했다. "클링엔베르크는 가장자리에 두른 과일을 마음에 들어 할 거예요. 하지만 마르코가 오직 자코모가 과일을 만든 접시만 베네치아로 가져갔다는 것 눈치챘어요? 마에스트로는 내가 작업한 건 하나도 가져가지 않았어요. 벽에 다는 양초꽂이도 하나도 가져가지 않았죠." 안토니오는 양초꽂이의 받침대를 물고기로 장식했다. 아름답고 명랑한 작품들이었다. 클링엔베르크라면 그게 쉽게 팔릴 물건임을 알아내리라는 것을 오르솔라는 알았다.

"우연이겠죠." 오르솔라는 말했지만, 말과는 달리 그렇게 확신이 들지는 않았다. "아무 의미도 없어요."

안토니오는 오르솔라를 보고 희미하게 웃었다. "오빠 알잖아요, 오르솔라. 그는 뭐든 우연으로 하는 법이 없어요. 몇 달 동안 내게 멍청한 일만 줬죠. 가르초네토가 할 만한 잡일만. 나는 더 이상 이 팀의 일원이 아닌 것 같은 기분이에요. 그러다 보니 어떤 생각이……." 그는 말을 끊었다.

"뭔데요?"

"나를 내쫓고 싶은 게 아닌가 하는 생각이 들어요."

"하지만 당신은 파올로의 자리를 대신하기로 되어 있잖아요!"

"그런데 정말 그럴까요?"

"다 본(물론이죠)!"

그는 더 이상 아무 말 하지 않았지만, 그 대화 이후로 오르솔라가 하는 모든 일 아래에서는 낮게 웅웅대는 불안이 요동치기 시작했다. 빨래를 널거나, 텃밭에서 잡초를 뽑거나, 병아리에게 모이를 주거나, 스텔라의 뒤를 쫓거나, 밤에 배에서 안토니오의 몸 밑에 깔려서 움직일 때도. 그가 만약 떠나려 한다면 어디로 갈까? 그러면 오르솔라는 어디로 갈까?

마르코와 자코모는 아주 의기양양하게 클링엔베르크 사무실에서 돌아왔다. 상인은 새 작품들에 아주 흡족해했고, 과일 접시와 카라페 병을 주문했다. "내 작품이 이제까지 중 제일 훌륭하다고 하더라고!" 마르코는 마당에서 축하 와인을 들면서 환희에 들떠 떠벌렸다. "우리는 이제 바빠질 거야. 내게 기발한 생각들이 떠올랐지! 그 작업을 하려면 밤을 새워야 하겠지만. 그 일도 하고 다른 일도 하려면." 그는 자기 잔을 다시 채워주는 모니카를 향해 싱긋 웃었다.

"파올로 자리는 어쩔 거니?" 라우라 로소가 물었다. 그녀와 자코모와 오르솔라는 성호를 그었다. "자코모와 함께 다른 세르벤테는 누가 맡을 건데?"

"그 문제도 곧 해결할 거예요."

오르솔라는 공방 문간에 기대어 선 안토니오를 힐끔 쳐다보았다. 그가 몸을 돌려 안으로 사라지자 오르솔라는 빈 입구를 보고 찌르는 듯한 아픔을 느꼈다.

어느 날 오후, 오르솔라는 표백장에 말린 시트를 가지러 갔다가 약간 늦게 집에 돌아왔다. 조반나 이모 댁에 갔더니 이모가 평소와 달리 말이 많기에 그 얘기를 들어주느라 시간이 걸렸기 때문이었다. 집에 돌아와보니, 가족들은 안마당에 있는 식탁에서 식사 중이었다. "조반나 이모가 무슨 결심을 했는지 맞혀보세요." 오르솔라는 서둘러 자기 자리에 앉으며 알렸다. "산타 마리아 델리 안젤리 수도원에 들어가겠 대요!" 오르솔라는 주위를 둘러보다가 손님이 함께 앉아 있는 걸 깨닫고 말을 멈췄다. 바로비에르 공방에서 온 스테파노였다. 검은 눈으로 사람을 깊이 응시하는 스테파노, 오르솔라가 소녀였을 때 바로비에르 공방의 용광로에 몸을 말리러 몰래 들어가다가 들켰던 사람, 격리 기간에 유리봉을 가져다주었던 사람. 그가 이제 안토니오와 자코모 사이에 앉아 그녀를 응시하고 있었다. 자코모는 비참해 보였다. 안토니오는 누군가를 한 대 치고 싶은 얼굴이었다.

"오르솔라, 너도 스테파노 알지." 마르코는 오르솔라가 알린 이모 소식은 무시하고 말했다. "이제 내 세르벤테로 공방에 들어오게 됐어."

"뭐, 파올로 자리를 차지한다고? 하지만……." 안토니오가 살짝 고개를 흔들면서 그녀의 말을 막았다. 그가 옳았다. 지금 여기서는 말할 때가 아니었다.

오르솔라가 별로 찬성하지 않는 것 같자 마르코는 자극 받아 자기 결정을 옹호했다. "스테파노는 거울 만드는 법을 안대! 벌써 과일 접시를 거울 같은 표면으로 덮는 생각을 해냈어. 그러면 그 위에 보이는 과일이 두 배가 되지. 그리고 조각 장식도 좀 할 수 있지. 이 친구 기술이 우리 공방의 빈틈을 채워 우리가 만드는 물건들을 더 확장할 수 있을 거다."

오르솔라는 치미는 화를 눌렀다. 스테파노는 안토니오보다 확실히 경험이 더 많았고, 유명 공방 출신이었다. 바로비에르가에서 스테파노를 놔줬다는 것이, 아니 사실은 그가 로소 공방에 들어오려고 했다는 것이 놀라웠다. 오르솔라는 스테파노가 아직도 식탁 너머에서 자기를 응시하고 있다는 것을 알아채고 당혹스러운 마음에 얼굴을 붉혔다. 그녀는 갑자기 뭔가를 감지했지만, 마르코가 의식적으로 이 사실을 깨닫고 있는지는 의심스러웠다. 안토니오도 아는 것 같지 않았다. 안토니오는 화가 나 있기는 했어도, 그녀와 이 새 도제를 연결할 만한 이유는 없었기 때문이었다. 오르솔라는 아무 말 하지 않았다. 그편이 더 나았다. 어쩌면 그런 일은 생기지 않을 수도 있었다.

식구들이 아직 식사를 마치지 않았는데도 오르솔라는 일어서서 접시를 치우기 시작했다. 라우라 로소가 딸을 보고 얼굴을 찡그렸지만, 그만하라는 말은 하지 않았다. 찡그린 얼굴 뒤에는 연민이 깔려 있었다. 어머니 또한 남자들이 미처 감지하지 못한 것을 눈치챈 게 분명했다.

그날 저녁, 안토니오는 오르솔라를 산돌로에 태우고 나갔지만, 둘이 함께 누울 수 있는 석호의 조용한 구역이나 무인도의 황야에 배를 세우지 않았다. 그는 너무 화가 나서, 분노를 내보낼 수 있을 때까지 노를 젓고 또 저어 가야만 했다. 테라페르마까지 왕복할 만큼 노를 저을 수도 있겠다고, 그렇게 해도 그의 분노는 가라앉지 않을 거라고 오르솔라는 생각했다.

"어째서 마르코는 나보다 스테파노를 선택한 거지?" 안토니오는 이 말을 되풀이했다. 매번 오르솔라는 화를 더 부추기지 않을 방식으로 대답하려고 애썼다. 당신이 베네치아인이니까. 당신이 어부니까. 마르코보다는 당신이 잘생겼으니까. 스테파노는 바로비에르가의 기술을 가져오니까. 오르솔라는 진실은 말하지 않았다. 스테파노가 안토니오보다 훨씬 더 경험이 많고 훨씬 더 숙련된 유리공예가니까. 언젠가 안토니오도 될지는 모르지만, 스테파노는 열 살의 나이에 가르초네토로 시작해서 세르벤테가 되기 위한 프로바까지 통과해서 그보다 몇 년 더 앞서 있었고, 안토니오는 아직도 프로바를 치기 위해 수련 중이었다. 순수하게 사업적 관점에서만 보면, 마르코가 안토니오보다 스테파노를 선택한 건 잘못이 아니었다. 의리 있는 행동은 아닐지 모르지만, 야심 있는 마에스트로라면 내릴 만한 결정이었다.

마침내 안토니오는 노 젓기를 멈추고 오르솔라 옆에 앉았다. 두 사람은 부라노 옆에 있는 섬, 마초르보까지 와 있었다. 주로 포도원이 많은 작은 섬으로, 집 몇 채가 드문드문 있을 뿐이었다. 한 소년이 물가에서 작은 검은 개와 막대기 던지기 놀이를 하고 있었다. 소년은 그들을 구경하려고 잠깐 멈칫했지만, 연인보다는 개가 훨씬 더 재미있었는지, 대충 손을 한 번 흔들고는 다시 막대기를 던졌다.

"솔직히, 미아 아마타(내 사랑스러운 사람), 당신만 없었다면 나는……."

"어떻게 할 건데요?"

그는 고개를 저었다. "로소가에 있으면 내 미래는 어떻게 되지? 바닥을 쓸고 고토나 만드는 건가?"

"물론 아니죠. 당신에게 마르코가 그것보다는 더 많은 일을 시킬 거야."

"하지만 난 언제나 마르코가 하라는 대로 해야 해. 그리고 난 그 사람 밑에서 일하는 게 싫어."

물이 첨벙하는 소리가 나고 누군가가 외쳤다. 두 사람이 돌아보니 소년이 소리를 지르며 물속의 작은 검은 형체를 가리켰다. 막대기를 석호 안으로 던져버렸고 개가 그걸 따라간 모양이었다.

"말레디치오네(젠장)!" 안토니오가 외치면서 벌떡 일어나 노를 잡았다.

"개는 헤엄칠 수 있을 텐데?"

"모두가 그런 건 아니야." 그는 격렬히 노를 저었다. "개를 꺼낼 준비를 해요."

오르솔라는 개를 그렇게 좋아하지 않았다. 개가 짖거나 이빨을 드러내면 마음이 놓이지 않았다. 그렇다고 개가 물에 빠져 죽는 걸 보고 싶지는 않았다. 그래서 오르솔라는 산돌로에서 무릎을 꿇고, 배가 물 위에 떠 있는 작은 동물 옆으로 가까이 가자 개의 목털을 잡아 배의 바닥으로 끌어올렸다. 너무 늦은 것처럼 보였다. 물에 흠뻑 젖은 개는 다리가 축 늘어져 움직이지 않았다.

"말레디치오네." 안토니오가 다시 중얼거렸고, 오르솔라는 울음을 터뜨렸다. 그렇지 않아도 끔찍한 날의 마무리치고는 너무 끔찍했기 때문이었다.

하지만 그때, 물에 젖은 작은 몸이 콜록거리더니 물을 뱉어냈고, 위장에 가득한 물을 다 쏟아내자 개는 짖기 시작했다. 그동안 내내 소년은 소리치고 있었다. 개는 소년의 소리를 듣자 비틀비틀 일어서 배 밖으로 뛰어내리려 했다. 주인에게 돌아가기 위해 다시 빠져 죽을 각오를 한 것이었다. 오르솔라가 간신히 개를 붙잡아, 안토니오가 물가로 다시 노를 저어 가는 동안 꼭 안았다. 물가에 도착해서 내려주자 개는 뛰어가다가 딱 한 번 뒤돌아보고 그들이 적이라도 되는 것처럼 짖었다. 소년은 고맙다는 말도 없이 개를 따라갔다. 그들이 아니었다면, 사랑하는 동물이 죽었을지 모르는데도.

"역시 마초르보 사람들이네요." 오르솔라는 말했다. "저 개는 아마도 매일 빠져 죽을 뻔하겠네."

안토니오는 웃음을 터뜨렸다. "당신은 어느 순간에도 그렇게 날카로운 말을 할 줄 아는 사람이라니까, 벨라."

안토니오는 약간 기분이 나아져서 다시 배를 저었고 두 사람은 마르코나 스테파노에 대해서는 말하지 않았다. 하지만 그 후에 오르솔라는 두 사람이 같이 배를 타고 나가고도 함께 눕지 않고 돌아온 건 처음이었다는 것을 깨달았다. 그날 밤 침대에 누워 그녀는 순식간에 물

216

에 가라앉을 뻔했지만 가라앉지 않은, 죽을 뻔했지만 죽지 않은 작은 개에 대해서 생각했다.

다시 구슬을 만들 수 있다는 건 마음이 놓이는 일이었다. 오르솔라가 부엌 구석의 탁자 위에 등을 놓았을 때 비아넬로 사촌 자매는 묻지도 않고, 냄새에 대해 따지지도 않고, 작업하는 동안에는 아무런 요구도 하지 않으려고 배려해주었다. 이따금, 모니카는 아기들 중 하나를 어르면서 오르솔라의 어깨 너머로 구경하기도 했다. 가끔은 꼬마 스텔라도 슬쩍 옆으로 와서 구경했지만, 언니가 언젠가 구슬을 만들고 싶으냐고 물어보면 스텔라는 늘 곱슬곱슬한 머리카락이 뺨에 찰랑이도록 고개를 세차게 젓곤 했다.

오르솔라는 클링엔베르크가 이미 아는 구슬은 다시 쉽게 만들어낼 수 있었다. 단색의 파랑, 녹색, 혹은 위쪽에 투명한 광택을 간 빨강 파테르노스트로, 푸른색 실이 소용돌이처럼 휘감은 모양의 하얀 타원형 올리베타 스폴레타, 녹색 꽃 모양이 들어간 맑은 카넬라. 새로운 디자인을 생각해내는 건 더 어려웠다. 창의적인 생각이 떠오르지 않았고, 머리는 안토니오와 그 배경 뒤에 깔린 스테파노의 존재에 사로잡혀 있었다. 두 사람은 붙어 있으면 긴장감을 풍겼다. 스테파노는 안토니오가 기대하던 자리를 자기가 차지했다는 것을 깨닫고 있는 게 분명했고, 다른 쪽은 그를 무시하려고 했다. 안토니오는 경쟁자 옆에 앉지 않으려고 식사를 거르기 시작했고, 대신에 낚시하기에 최적의 시간대가 아닌 오후에도 배를 타고 나가 고기를 잡았다. 그와 오르솔라가 밤에 같이 나가는 일도 이전처럼 많지 않았다. 오르솔라는 구슬을 만들고, 그는 더는 그럴 기분이 아니었기 때문이었다. 스테파노의 존재가 안토니오에게서 최악의 면을 끄집어냈다. 평소의 느긋한 태도와 매력

대신에 안토니오는 말이 없어지고, 뚱하고 무뚝뚝하게 굴었다.

어느 날 오후, 오르솔라가 접시를 포장하고 있는데 자코모가 창고로 들어왔다. 오르솔라는 오빠를 올려다보았다. 자코모는 피곤해 보였다. 피곤 그 이상, 슬퍼 보였다. 그는 역병 이후 예전과 같지 않았다. 결혼도 했건만 도움이 되지 않았다. 실로, 가끔은 결혼이 상황을 악화시킨 것처럼 보이기도 했다. 부부 사이에 애정이 거의 없었다. 자코모는 이사벨라가 날카롭게 말할 때마다 논쟁하지 않으려 했다. 모니카만이 사촌에게 눈빛을 보내 조용히 입 다물게 할 수 있었다.

"무슨 일이야?" 오르솔라는 되도록 온화하게 물었다.

자코모가 심호흡했다. "너 안토니오에게 말 좀 해줄 수 있어?"

"무슨 말?"

"공방 말이야. 우리 작업이 잘되고 있지 않아."

"어째서?"

"마르코, 안토니오, 스테파노 조합 때문에. 원활하지 않아. 이전에는 상황이 더 나았는데."

"파올로가 있을 땐?"

자코모는 움찔했다. "스테파노에게는 잘못이 없어. 기술이 뛰어나고, 잘 맞출 수 있으니까. 하지만 안토니오의 기분이 좋지 않아."

"내가 그 사람에게 무슨 말을 해야 해?" 오르솔라는 유리로 만든 앵두와 살구, 무화과를 바깥 테두리에 두른 불투명한 흰 타원 접시에 기다란 린넨 천을 둘둘 감으면서 물었다.

"스테파노와 잘 좀 지내달라고."

"그 사람이 어째서 그래야 하는데? 스테파노가 그 사람 자리를 빼앗았잖아."

"우리가 함께 잘 일해나가지 않으면, 유리를 망치니까. 마르코는 공방에 더 나은 길이라고 생각하면 안토니오를 내보낼 거야. 나도 안토니오가 화난 이유는 이해해. 하지만 그 친구가 계속 이런 식으로 굴면 일자리를 잃을 수도 있어. 네가 걔한테 경고 좀 해야 해.”

“왜 오빠가 직접 말 안 하고? 둘이 함께 일하잖아.”

“넌 누구보다도 안토니오에게 영향력을 끼칠 수 있잖아.” 자코모는 눈치가 있었다. 그는 오르솔라와 이 도제 사이에서 자라나는 감정을 본 게 확실했다.

오르솔라는 한숨지었다. “시도는 해볼게. 적당한 때를 봐서.”

하지만 적당한 때는 없었다. 그날 저녁, 오르솔라는 클링엔베르크가 주문한 구슬 작업을 마치느라 너무 바빠서 안토니오와 얘기할 겨를이 없었다. 다음 날 아침 안토니오는 살아남은 형제를 만나러 베네치아에 갔다. 그다음 날 늦게까지는 돌아오지 않을 것이었다. 8월이었고, 여름휴가 동안은 용광로를 세우기 때문이었다.

그날 이른 저녁에 마르코는 어머니와 함께 앉아 있는 안마당으로 오르솔라를 불렀다. 그 옆에는 스테파노가 어색하게 서 있었다. 미오 디오(맙소사), 안 돼. 오르솔라는 생각했다. 아니야, 벌써 이렇게는 안 돼. 오르솔라는 다시 임신하기를 바랐었다. 그렇다면 앞으로 일어날 일을 막을 수 있을지도 몰랐기 때문이었다. 하지만 안토니오의 분노가 그의 정욕을 눌렀고, 두 사람은 그렇게 자주 함께 지내지 못했다. 그날 아침에 달거리도 찾아왔다.

마르코는 네 개의 잔에 와인을 따랐다. “이리 와, 오르솔라. 우리 축하해야지.” 그는 오르솔라에게 잔을 건넸다.

“뭘 축하해?” 오르솔라는 어머니를 바라보았지만, 어머니는 눈을 마주치지 않고 식탁에서 보이지도 않는 부스러기를 쓸어내는 척했다.

“스테파노가 너와 결혼할 수 있게 허락해달라는 청을 해왔고, 나는 승낙했다. 메 라레그로, 소렐라(축하한다. 누이야)." 그는 잔을 들어 스테파노에게 건배했다. "로소가에 들어오게 된 것을 환영하네!"

"안 돼요."

마르코는 눈썹을 치켰고, 라우라 로소는 오르솔라에게 경고의 눈길을 보냈다. 스테파노는 당혹스러워하는 듯 보였다.

"나는 안토니오와 결혼할 거야." 오르솔라는 선언했다.

"오르솔라, 너는 베네치아 어부와는 결혼하지 않을 거야." 이 말을 한 사람은 마르코가 아니라 라우라 로소였다. 어머니의 말엔 맞서기가 훨씬 더 어려웠다.

그래도 오르솔라는 시도했다. "그 사람은 어부가 아니에요." 그녀는 반박했다. "유리공예를 배웠고 이제 능숙해요. 게다가 마르코와 자코모도 어부의 딸과 결혼했잖아요."

"그건 같지 않아. 네가 결혼하면 스테파노가 우리 공방에 계속 머무르게 될 테니 로소가 공방에 이익이 될 거야." 어머니는 이 말을 하면서 불편해 보였다. 확실히 그런 사업적인 주장은 스테파노가 들을 필요가 없는 곳에서 하는 편이 더 나을 것이었다. 그가 사업과는 전혀 관련이 없는 이유로 이 결혼을 원하는 게 분명한 상황에서는.

"안토니오는 어쩌고?" 오르솔라는 따져 물었다. "그 사람 기술도 필요하지 않아요? 그 사람이 우리를 위해서 그 모든 일을 해줬는데 어떻게 그 사람에게 이럴 수 있어요? 격리 기간 동안 우리를 살려줬다고요!"

"우리는 그 사람에게 아무 짓도 하지 않아. 그런 짓을 한 건 너지. 두 사람 사이에 결혼이 성사될 수 있는지도 모르면서 그 사람을 유혹한 거야. 부끄러운 줄 알아, 가족보다 너 자신을 우선하다니."

오르솔라는 치솟는 분노를 가라앉히려 눈을 감았다.

"오르솔라, 나는 당신을 행복하게 해주기 위해선 뭐든 할 거예요."

오르솔라는 눈을 뜨고 스테파노의 검은 눈과 시선을 마주쳤다. 그가 로소가 공방에 들어온 이유는 오르솔라였고, 이제 그 점이 아주 명확해졌다. 어머니 말이 맞았다. 오르솔라와 결혼하면 스테파노를 여기에 묶어둘 수 있었다. 그들의 결혼은 모든 이에게 이익이 될 것이었다. 그녀와 안토니오 말고는.

오르솔라는 자신의 자제력이 자랑스러웠다. 오빠나 어머니, 스테파노에게 소리 지르거나 가시 돋친 말로 대꾸하지 않았다. 그저 잔을 내려놓고 문으로 나와 거리로 나섰다. 누구도 뒤에서 부르거나 따라오거나 다시 붙잡아오려 하지 않았다. 오르솔라가 걸으면서 화를 식히기를 기다릴 것이었다.

오르솔라는 씩씩대며 섬을 한 바퀴 돌았다. 사람들을 만나면 무슨 말을 할지 자기를 믿을 수가 없어서 굳이 말을 섞지 않으려고 사람들을 피했다. 나중에 집으로 슬며시 돌아와서는 바로 방으로 향했다. 그날 밤에는 잠을 설쳤고, 다음 날은 집에 있기가 싫어서 일찌감치 나와 섬 북쪽에 있는 가족 텃밭에 잡초를 뽑으러 가서는 오랫동안 시간을 끌었다. 그런 다음은 뽑은 채소를 가져다주러 수도원에 있는 조반나 이모를 만나러 갔다. 이모는 오르솔라가 시간에 쫓기지 않고 다른 수녀들에 대한 지루한 소문이나 음식에 대한 불평을 열심히 들어주자 기뻐했다.

조반나 이모가 기도 시간에 불려가자 오르솔라는 마침내 집으로 돌아왔다. 아직 한낮이었으므로 안토니오가 돌아왔을 거라는 기대는 하지 않았지만, 어쨌든 공방을 몰래 들여다보았다. 스테파노가 마르코와 자코모에게 조각 기술 시범을 보여주는 중이었다. 남자들은 오르솔라를 보지 못했고, 오르솔라는 도로 빠져나왔다.

라우라 로소가 마당에 앉아 있었고, 아기들이 할머니 발치에서 놀고 있었다. 스텔라만이 자갈을 우물에 던지는 놀이를 하고 있었다. 스텔라는 언니를 보자 뛰어와서 다리를 두 팔로 끌어안았다. "더워." 스텔라는 달아오른 얼굴을 오르솔라의 허벅지에 기대고 웅얼거렸다. "다른 사람들 싫어. 언니만 좋아."

오르솔라는 한 손을 동생의 고수머리에 댔고 잠시 그렇게 서 있었다. 어머니가 뭐라고 하려 했지만, 오르솔라는 고개를 저었다. 그 말을 들을 준비가 되어 있지 않았다.

오르솔라가 스텔라를 다리에서 떼어놓고 집 안으로 들어가보니, 모니카와 이사벨라가 점심 식사 후 상을 치우고 있었다. 두 사람은 오르솔라를 위해 뚜껑을 덮어 챙겨놓은 요리를 가리켰다. "나중에 먹을게요." 오르솔라는 말했다. "지금은 뭔가 먹기에 너무 덥네요."

오르솔라는 주위를 둘러보았다. 처음으로 할 일이 아무것도 없었다. 빨랫감도 별로 없고, 아이들은 다른 데 빠져 있고, 식사도 차렸고, 텃밭 일도 끝났다. 구슬을 만들 수도 있었지만 이 더위에 수지를 태운다는 생각만 해도 속이 메스거렸다. 오르솔라는 잠을 선택했지만, 스텔라와 함께 쓰는 침실은 용광로처럼 후끈후끈했다.

모니카가 들어왔을 때, 오르솔라는 천장만 바라보고 있었다. 열기를 막기 위해 덧창을 닫았지만 한 줄기 빛이 가늘게 들어와 침대 가장자리에 걸터앉은 올케의 얼굴을 비추었다. "안토니오가 여기 왔어요." 모니카가 말했다.

오르솔라는 일어나 앉았다. "언제요?"

"아가씨가 나갔을 때요. 일찍 돌아왔더라고요."

"그 사람이 스테파노에 대해 알아요?"

"내가 말했어요. 누군가는 해야 하니까."

"그 사람 어디 있어요?" 오르솔라는 일어나려 했다.

모니카가 그녀의 팔을 살짝 건드렸다. "운 모멘토(잠깐요). 그는 나중에 떠날 거예요."

"떠나요?"

"그 모로(무어인)가 안토니오를 테라페르마로 데려갈 거예요."

"테라페르마요?" 오르솔라의 몸이 덜덜 떨렸다. "그럴 순 없어요. 거기서 무슨 일을 겪을 줄 알고요?"

"쉿!"

"나는 그가 베네치아로 돌아가리라고 생각했어요." 나는 내가 어부의 아내가 될 줄 알았어요. 오르솔라는 하마터면 덧붙일 뻔했다. 그래서 안토니오는 형제를 만나러 간 거였나? 다시 함께 고기를 잡게 해달라고?

"남자들이 공방에 있는 동안에는 물건을 챙길 수가 없었어요. 그래서 나한테 자기가 가기 전에 그 물건을 챙겨서 음식 조금이랑 함께 갖다달라고 부탁했어요." 모니카가 보따리를 침대 위에 놓았다.

오르솔라는 보따리를 낚아챘다. "어디로요?"

"산 마테오예요. 한 시간 후에 출발해요." 모니카는 잠깐 머뭇거렸다. "그 사람은 내가 올 거라고 생각하지만, 난 아가씨가 만나러 가야 한다고 생각했어요."

"나를 보지도 않고 떠나려고 한다고요?" 오르솔라의 목소리가 다시 높아졌다.

모니카는 오르솔라를 진정시키려고 날카로운 푸른 눈길로 쳐다보았다. "남자들은 믿을 수 없어요. 너무 집착하지 않는 게 최선이에요."

모니카는 도와주려고 한 거지만, 그 말에 오르솔라는 무너져 흐느끼기 시작했다. 모니카는 부드러운 사람은 아니었지만, 두 팔로 시누이를 감싸고 오르솔라가 눈물을 모두 짜낼 때까지 꼭 안아주었다.

223

모니카가 다시 부엌으로 내려가자 오르솔라는 자리에 앉아서 생각했다. 안토니오는 떠나야 한다는 것을 알았을 것이다. 스테파노가 오르솔라에게 청혼을 하기 전부터. 그런 게 아니라면, 도메네고에게 본토까지 데려다달라는 부탁을 그렇게 빨리 처리할 수 없었을 것이었다. 안토니오는 이미 계획이 있었다. 오르솔라는 꾸러미를 풀어보았다. 빵과 치즈, 소시지 이외에도 셔츠 한 벌과 튜닉 한 벌, 낚싯바늘 몇 개, 밧줄, 칼 하나와 종이 몇 장이 들어 있었다. 오르솔라는 종이를 후르르 넘겨보았다. 그가 만들어주었던 작은 돌고래를 포함해서, 그가 이제까지 만들었던 작품들을 그린 그림이었다. 오르솔라가 읽을 수 없는 글이 쓰인 종이도 몇 장 있었다. 오르솔라는 글 읽는 법을 배우지 않은 자신을 저주했다. 하지만 그 내용이 무엇인지도 알 것 같았다. 마지막으로 셔츠 안에 싸인 것은 오르솔라가 공방에서 그와 함께 만들었던 기울어진 녹색 고토였다. 오르솔라는 그 물건을 한참 바라보다가 셔츠로 다시 싼 후, 조용히 바삭 깨지는 소리가 나도록 주먹으로 내려쳤다.

오르솔라는 종이를 주머니에 쑤셔 넣고 보따리를 다시 묶었다. 아래층으로 내려가 부엌을 지나갈 때, 잠깐 멈춰 서 모니카의 어깨를 안아주었다. 그런 다음 밖으로 나가 서둘러 마당을 지나서 문으로 향했다. 라우라 로소와 스텔라가 둘 다 "오르솔라! 오르솔라!" 하고 외쳤다. 그녀는 문을 쾅 닫고 칼레를 달려 폰테 디 메초로 향했다. 금방 스텔라가 언니 이름을 부르며 뒤에서 타닥타닥 뛰어오는 소리가 들리자 오르솔라는 동생을 떨치려고 더 빨리 달려야만 했다. 여동생이 울음을 터뜨리자 오르솔라는 마음이 아팠지만 돌아보지 않았다.

다리 하나, 다리 둘, 다리 셋을 넘었다. 산토 스테파노의 시장, 캄포 산 베르나르도, 산티 마리아 에 도나토 대성당을 지났다. 가는 길에 섬 사람 전체를 만나고 모두가 자기를 부르는 것만 같았다. 많은 사람들이 마음 상해했겠지만, 오르솔라는 발길을 멈추고 어디로 가는지 설명하려고 하지 않았다. 이번에는 로모 살바데고 바깥 술꾼들이 오르솔라를 보고 소리 질렀지만, 오르솔라는 굳이 어깨 너머로 욕설을 던지려고도 하지 않았다. 어쩌면 안토니오가 미래를 위해 마지막 건배를 하러 거기에 갔을 수도 있었다. 오르솔라는 마지막 건물을 돌아 멈추어 섰다. 안토니오는 아직 만나기로 한 자리에 오지 않았다. 그녀는 일시정지 상태로 벽에 기대앉았다. 이제 진이 다 빠졌고 덥고 목도 마르고 아무런 생각도 들지 않았다.

안토니오는 유리 직공들이 하듯이 무라노 쪽에서 오지 않았다. 그는 어부처럼, 도메네고의 곤돌라를 타고 물에서부터 왔다. 운하가 아니라 석호에서부터. 두 사람은 보는 사람이 별로 없는 섬의 동쪽으로 흐르는 운하를 함께 노 저어 올라와서, 곶을 돌아 오르솔라에게로 왔다. 나무 펠체는 사라지고 없었다. 테라페르마까지는 먼 길이기 때문에 짐을 가볍게 하려고 떼어낸 듯했다.

안토니오는 그녀가 자기를 기다리는 모습을 보자 안도한 것 같기도 하고 부끄러운 것 같기도 했다. 오르솔라가 그의 얼굴을 한 대 갈겼을 때도 마찬가지였다. 그녀가 "당신이 너무 싫어, 이렇게 가버리다니 속 시원해!"라고 말했을 때도. 그녀가 "당신은 언제나 오만한 베네치아인이었어. 자기가 나보다 나은 줄 알고. 우리보다 나은 줄 알고. 무라노와 용광로에 의리라고는 없었어. 당신을 죽여버릴걸. 배신자처럼 꿍꿍이를 품은 심장을 똑바로 찔러버릴걸. 나한테 칼을 줘, 그럼, 당장 해버릴 테니까!"라고 말했을 때도. 오르솔라는 그 칼을 찾기라도 하듯이 정신없이 두리번거렸다.

수치심과 안도감이 싸우는 얼굴로 안토니오는 가만히 듣다가, 한 손을 그녀의 뺨에 대고 말했다. "오르솔라." 그러자 그녀는 멈추고 이마를 그의 가슴에 기대고 가만히 섰다. 짜증을 부리다가 살살 달래면 누그러지던 스텔라가 된 것 같은 기분이었다.

도메네고가 선미에 서서 시선을 떨구고 자신의 존재를 되도록 작게 숨겼다.

"마르코에게는 절대 받을 수 없는 일자리를 제안 받았어요." 안토니오는 그녀의 머리카락에 대고 말했다. "프로바를 치면 세르벤테가 될 수 있다는 보증도 받았고, 언젠가는 마에스트로가 될 수도 있어요. 하지만 그러자면 멀리 떠나야 해요. 베네토 바깥으로." 그는 잠시 말을 멈췄다. "여기서는 나를 위한 게 없어요."

오르솔라는 고개를 들었다. "내가 여기 있잖아요. 그걸 잊었어요? 나를 보지도 않고 떠나려고 했잖아요. 바스타르도(개자식)."

안토니오는 숨을 깊이 마셨다. "나랑 같이 가요."

오르솔라는 물러났다. "테라페르마에요? 절대 안 돼요." 그 생각만 해도 거친 바다 위의 배에 탄 것처럼 속이 쿵 내려앉았다. 그와 함께 간다면 무라노와 베네치아, 그리고 가족에게서 풀려나와 그 자체의 속도로 돌아가는 완전히 다른 세계에 진입하게 될 것이었다. 그런 선택을 할 순 없었다. 안토니오가 그런 위험을 무릅쓰려 하다니 믿기지 않았다. "여기 남아요." 오르솔라는 말했다. "나랑 결혼해요. 어머니는 당신을 받아들여줄 거예요. 마르코…… 오빠는 신경 쓰지 마요. 필요하면 우리는 베네치아에 살 수 있어요. 당신은 다시 물고기를 잡아도 돼요. 나는 거기서는 구슬을 만드는 허가를 받지 못하지만, 등불 유리 공예도 포기할 거예요. 당신을 위해서."

"오르솔라, 내 미래는 저기 있어요." 안토니오는 넘어오길 기다리는 산을 가리켰다.

"그게 무슨 미래예요?" 오르솔라는 부르짖었다. "잠에서 깨어나도 내가 없는 곳에서? 내가 젊었는지 늙었는지, 살아 있는지 죽었는지도 모를 곳에서?" 내가 모를 곳에서? 그녀는 생각했다.

"나는 그 기회를 잡아야 해요."

"두렵지 않아요?"

"어쩌면 그럴지도 모르죠. 하지만 흥분되기도 해요. 변화에 대해, 그 모든 새로운 일들에 대해."

오르솔라는 갑자기 격분했다. 안토니오는 벌써 두 사람이 아는 세계에서 한 발짝 빠져나간 것만 같았다. "그럼 가요." 그녀는 단호히 말했다. "하지만 로소가의 비법을 가지고 가서 북부인들에게 팔아먹게 할 수는 없어요!" 오르솔라는 주머니에서 종이를 꺼내 그가 말리기도 전에 물 위로 던져버렸다.

안토니오는 종이를 쫓아가려고 한 발 움직였다가 금방 잉크가 녹아 지워지는 것을 보고 멈추었다. "내게 그 정도 자격은 있다고 생각했는데."

"그리고 더 있어요. 당신이 무라노의 기술을 북부로 가져간 죄로 사람들이 당신 뒤를 쫓아 죽여버릴 거예요. 시간이 흘러 저절로 죽지 않는다면. 그리고 사람들이 그렇게 할 때 나는 웃음을 터뜨리겠지." 오르솔라는 그렇게 말하면서도, 안토니오가 자기 말을 믿지 않는다는 것을 알았다.

하지만 뜨거운 불이 점점 빠져나가고 있었다. 그걸 계속 타오르게 둔다는 건 너무 버거운 일이었다. 오르솔라는 땅에 주저앉아 머리를 무릎에 대고 싶었다. 대신에 그녀는 가만히 서서, 자기를 버리는 남자에게 눈으로 간청했다.

"당신을 떠나려니 내 마음도 부서지고 있어." 안토니오가 말했다.

그의 눈에도 눈물이 그렁그렁하더니 곧 흘러넘쳤다. 오르솔라가 살면서 남자가 우는 걸 본 건 딱 한 번이었다. 파올로의 죽음 앞에서 자코모가 흘리던 눈물. 무라노 남자들은 울지 않았다. 그에게서 베네치아 남자 같은 면이 새어나오는 것이라고, 오르솔라는 생각했다.

오르솔라는 손을 뻗어 손가락으로 그의 머리카락을 꼬았다. 안토니오도 그녀의 머리카락을 손가락으로 감으며 그에 응답했다. 두 사람은 서로의 머리카락에 손을 넣고 그렇게 서 있었다. 그녀의 인생에서 가장 고통스럽고도 쾌감을 느끼는 순간이었다. 오르솔라는 그때야 처음으로 이 두 개의 감정이 서로 얽힐 수 있다는 걸 이해했다.

뒤에서 도메네고가 헛기침했다. "우리 지금 가야 해. 네가 떠난 걸 알면 사람들이 금방 뒤쫓아올 거야. 그들과 간격을 벌리려면 하루는 필요해."

후에 오르솔라는 두 사람이 서로의 머리카락 속에 손을 감고 있던 이 짧은 순간이 마치 높아지다가 낮아지는 파도처럼 인생에서 모든 것이 밀려오다가 다시 멀어진 지점이었다고 기억했다. 다만 파도는 언제나 돌아오지만, 그는 돌아오지 않을 것이었다. 그는 무라노 유리 업계와 그녀에게 배신자가 되어 베를린이나 뮌헨, 암스테르담으로 떠나버리고, 그녀는 절대로 그를 용서하지 않을 것이기 때문이었다.

오르솔라는 물가에 서서 배가 떠나가는 모습을 바라보았다. 안토니오는 배를 젓지 않고, 어둑하게 깔리는 땅거미 속에서 그녀 쪽을 향했다. 점점 멀어질 때마다 얼굴은 접시 크기만 해졌다가, 다시 찻잔 받침이 되었고, 끝내는 한 점이 되어서 그와 도메네고, 곤돌라는 깜박거리다 시야에서 사라졌다. 그녀는 마지막으로 한 번만 더 볼 수 있기를 마음 아프게 바라며 한참 동안 텅 빈 물 위만 바라보았다. 그 순간을 멈추기 위해서, 자기 인생에서 흘러 빠져나가는 남자를 잡기 위해서 할 수 있는 일이라곤 하나도 없었다.

　오르솔라는 산 마테오에서 집까지 걸어가 가족을 피해 방으로 곧장 올라갔다. 어둠 속에 누워서, 눈물이 뜨거운 고랑을 새기며 얼굴 옆으로 떨어지도록 가만히 놔두었다. 잠이 오지 않아, 마음속에서 그녀와 안토니오가 했던 결심을 몇 번이고 곱씹었다. 그는 그녀와 함께 여기 머물지 않기로 했고, 그녀는 그를 따라 테라페르마로 가지 않기로 했다. 둘 다 고집이 셌고, 어느 쪽도 양보하지 않았다. 분노와 배신을 당했다는 상처가 불을 붙여서 내린 결심은 당시에는 합당해 보였지만 몇 시간 후 오르솔라는 그와 함께 배를 타고 새롭고 불확실한 삶으로 떠날 수만 있다면 무엇이든 내놓을 수 있을 것만 같았다.

　다음 날 오후, 오르솔라가 기운 없이 창고를 청소하고 있을 때 마르코가 안으로 쿵쿵 밀고 들어왔다. 모니카가 오르솔라의 처지를 가엾게 여겨 이 일을 맡겨주었다. 오르솔라는 그 마음이 고마웠다. 마당에서는 아이들이 뛰놀고 라우라 로소와 이사벨라가 콩을 까느라 번잡했기에 거기 있기보다는 창고 안에서 빗자루를 들고 혼자 생각에 잠겨 있는 편이 좋았다.

　"그 자식 어디 있어?" 마르코가 따져 물었다. "걔 물건이 사라졌어. 너 어제 내내 나가 있었잖아. 어떤 사람 말로는 그 자식이 너를 산 마테오에서 만났다던데. 어디 있냐고?"

　오르솔라는 비질을 멈추고 탁한 눈으로 오빠를 마주했다. 물론 로모 살바데고에 있던 사람이 오르솔라를 보고 다른 사람들에게 소문을 퍼뜨렸을 것이었다. 그녀와 안토니오는 다른 사람의 눈을 조심하지 못했다.

　도메네고가 뭐라고 했더라. 안토니오는 하루를 벌어두어야 한다고 했다. 아모르 미오(내 사랑), 그녀는 생각했다. 지금은 거의 그렇게 되었 겠지. 빨리 도망가.

"그 사람 테라페르마에 갔어." 오르솔라는 말했다. 마르코도 어쨌 든 곧 그 정도는 알아낼 것이었다.

"그걸 그냥 가게 놔둬? 어째서 나한테 바로 말하지 않았지?"

"오빠는 내 말 귀담아들은 적이 없잖아. 그리고 그 사람이 떠난 건 오빠 탓이고."

"그게 무슨 말이야?"

"그 사람과 내가 결혼했으면, 아직도 여기 있었겠지, 안전하게."

마르코는 콧방귀를 뀌었다. "너는 그 베네치아인과 결코 결혼하지 못했을걸. 코문퀘(어쨌든), 그 자식은 그렇게 실력도 좋지 않아. 우린 개 가 필요 없고. 나는 그냥 개가 우리 로소가의 비법을 훔쳐서 북부인에 게 팔아넘기는 게 싫을 뿐이지."

오르솔라는 석호에 떨어진 종잇조각들, 안토니오의 손에서 나풀나 풀 떨어지던 비법 메모를 떠올리고, 한순간 차라리 그냥 가지고 가게 놔둘걸 하는 후회가 들었다. 어쨌든 그는 상당 부분을 기억하고 있을 것이었다. 기술은 눈과 손에 있지 글에 있지 않았다.

"그 자식이 도망갔다고 당국에 알려야겠어." 마르코는 칼레로 이어 지는 문을 향하면서 말했다. "뒤를 추적하게 사람들을 보내겠지." 무라 노의 기술과 비법을 섬에만 가둬두는 것이 베네치아 십인회의 이익에 부합했다. 북쪽으로 가져가면 경쟁자를 돕고 고객을 빼앗는 셈이 된 다. 테라페르마로 간 유리공예가가 돌아온 경우는 거의 없었다. 그들 이 살해당했다는 소문이 퍼지면 사람들은 겁을 먹고 무라노에 남았다.

처음에는 안토니오에 대한 기억과 리바 디 산 마테오에서의 순간이 너무 생생하고 강력해서, 오르솔라는 잊지 못할 것만 같았다. 그 감정은 언제나 마음속에서 열병처럼 타오를 거라고 생각했다. 비질을 하고, 시트를 문질러 빨고, 파스타를 만들고, 아이들을 데리고 나가거나 미사에 앉아 있는 동안에도 그가 떠나는 장면을 계속 되새기고 모든 세세한 부분을 회상하느라 다른 생각을 할 수가 없었다.

남자들은 여자들과 같지 않았다. 오르솔라는 이 사실을 열병에 들뜬 이 며칠 동안에 이해하게 되었다. 그들은 상황을 다른 식으로 느꼈다. 어쩌면 보통 남자들이 부두에 홀로 남겨지기보다는 떠나는 쪽이기 때문일 수도 있을 것이었다. 안토니오는 새로운 문물을 보고, 새로운 사람을 만나며, 새로운 흐름에 익숙해질 것이었다. 정신을 쏟을 것이 많았다. 열병을 키울 시간 따위는 없었다. 반면 오르솔라는 뒤에 남겨진 여자의 역할을 하며, 어둠 속에서 다녀도 떨어지지 않을 만큼 잘 아는 운하를 따라 걸었다. 모든 건물이 익숙했고, 지나면서 만나는 모든 이들과 인사를 나누었다. 그녀에게는 그 무엇도 새롭지 않았다.

그 이별 장면의 세세한 면들이 아주 느리게 희미해지고, 진하디진한 푸른색의 한밤이 희미한 아침 햇빛으로 꾸준히 변해갔다. 어느 날 아침, 오르솔라는 오직 30초에 한 번씩만 안토니오와 그 순간, 그가 한 말, 그가 얼굴을 만지던 손길을 떠올리고 있었음을 깨달았다. 다른 날에는 3분에 한 번씩만, 그러다가 이제는 15분에 한 번씩만, 그러다가 다음에는 산티 마리아 에 도나토의 종이 울릴 때 한 시간에 한 번씩만 그를 떠올리게 되었다. 이런 시간 단위를 헤아리다 보니, 오르솔라는 그가 있는 곳에서도 종이 똑같이 울릴까 궁금해졌다. 다를지도 모른다는 생각만 해도 마음이 아팠다.

이 시기의 오르솔라는 같이 살기 무척 힘든 사람이었을 것이다. 그녀는 침울해졌고, 흐릿한 생각의 안개 속에 골똘히 빠져 있었다. 마음으로는 안토니오가 산을 넘고, 길을 걸어가고, 자기는 상상할 수도 없는 것들을 보는 여정을 계속 따라갔다. 물에서 자란 사람에게는 모두 너무 새롭고 낯선 것들이었다. 두 사람이 배와 무인도에서 함께 보냈던 그 모든 시간, 서로의 몸에 바짝 붙어 들어갔다가 나오고 서로 쾌락을 주던 그 모든 시간을 생각했다. 격리가 끝나고 오르솔라가 안토니오의 품 안에 처음 뛰어들었던 순간부터 그가 산 마테오에서 그녀를 두고 떠나기까지의 모든 순간을 대체로 선명하고 세세하게 기억했다.

오르솔라는 이제 입맛도 떨어져 식사량도 줄었고, 비아넬로 사촌 자매는 둘 다 배 속의 아기가 커가면서 오르솔라와 대조를 이루었다. 오르솔라가 음식에 무관심해지면서 무엇이든 만들면 맛이 밍밍해졌기 때문에, 자매는 그녀를 부엌에서 몰아냈다. 오르솔라는 미사에 앉아 있을 때도 기도를 올리지 않았다. 시장에 서서 수다를 떠는 일도 그만두었다. 파세자타 동안 산책을 다니기보다는 캄포 산 베르나르도에 홀로 남았다. 아이들과 놀아주지도 않고 웃어주지조차 않아서, 아이들이 심심해했다. 오직 스텔라만 받아주었다. 가끔 소녀는 언니 옆에 앉아 작은 손으로 다리를 톡톡 치기도 했지만, 아무것도 조르지 않았다.

이따금 안토니오가 떠났던 기억은 마치 막 일어난 일처럼 굉음을 내며 도로 밀려왔다. 하지만 궁극에는 이런 열병 상태가 깨어졌다. 마음이 길을 잃을 때면 자기 몸을 꼬집는 등, 피나는 노력으로 오르솔라는 잠자리에 들 때만 그의 생각을 하는 것으로 간신히 제한할 수 있었다. 여동생의 고른 숨소리가 옆에서 들려올 때면, 어둠 속에서 깜박이며 눈물을 꾹꾹 눌렀다. 그리고 그가 그녀를 떠난 산 마테오에 갈 때만 떠올렸다.

오르솔라는 이따금 역병으로부터 몸을 지키기 위해 만들었던 노란 구슬들을 들고 다녔다. 구슬은 섬 주위에서 다시 모습을 드러냈다. 사람들은 여전히 그 구슬을 가지고 다니며 시장에서 물물교환하기도 했고, 아이들은 놀이할 때 쓰기도 했다. 구슬의 힘은 거짓된 것이기도 하고 안토니오가 떠오르기도 하여, 오르솔라는 그 구슬을 싫어했다. 할 수 있을 때마다 그 구슬을 다른 구슬들과 바꾸어주었고, 그다음에는 그 구슬을 산 마테오로 가지고 가서 둑 아래 호수 속으로 던져버렸다. 결국에는, 오르솔라는 그 구슬들이 모두 거기 한군데에 모여 마술을 잃어버린 채로 잠기게 되리라고 생각했다.

이런 열에 들뜬 몇 주 동안, 그녀의 가족은 도주한 유리 직공에 대해서는 아무 말도 하지 않았다. 수색 소식을 듣고 있는 마르코조차도 그런 정보로 누이를 괴롭히고 싶다는 마음이 들 법한데도 혼자만 알고 아무 말 하지 않았다. 오르솔라는 모니카가 손을 써서 오빠의 입을 다물게 한 게 아닌지 의심했다. 또 마르코나 라우라 로소 둘 다 스테파노와의 결혼에 대해서 더는 말을 꺼내지 않았다. 그들은 오르솔라를 참아주고 그녀가 자기 슬픔을 혼자 감당하다가 회복이 되면 결국에는 스스로 결정에 다다를 수 있도록 내버려두고 있었다. 다시 한 번, 오르솔라는 이것 또한 올케언니가 자신만의 실용적인 방식으로 식구들을 조종한 게 아닌지 의심했다.

시간이 흐르자 안토니오에 대한 기억은 거친 가장자리를 문질러 갈아내어 달고 다닐 수 있게 된 구슬처럼, 오르솔라의 머릿속에서 매끄럽게 다듬어져 하나의 이야기가 되었다. 그렇게 하면서 감정이 무뎌졌지만, 그러므로 참을 수도 있었다. 오르솔라는 이제 자기와 안토니오의 이 추억을 베이지 않고서도 달고 다닐 수 있었다.

어느 날 저녁, 오르솔라가 냄비를 문질러 닦고 있을 때 모니카가 그녀를 불러세웠다. "내가 할게요." 모니카가 말했다. "그렇게 하면 아가씨가 구슬을 만들 시간이 더 많아질 테니까요." 모니카는 등과 유리봉, 도구가 작은 탁자 위에 놓인 방구석을 고갯짓으로 가리켰다. 안토니오가 떠난 이후, 오르솔라는 거기에 손도 대지 않았다.

오르솔라는 대답하지 않고 냄비 주위의 모래만 계속 휘저었다.

"상인에게 보내야 할 주문품이 있지 않아요?"

오르솔라는 물과 모래를 쏟아내고 냄비를 좀 더 헹궜다. "구슬은 이제 아무래도 상관없어요."

"어째서요?"

오르솔라는 대답하지 않았다.

모니카의 눈이 그녀에게 박혔다. "그 베네치아 어부가 아가씨의 구슬도 같이 가지고 가버리도록 놔둘 거예요?"

오르솔라는 얼굴이 빨개졌다. "그 사람이 그런 게 아니⋯⋯." 오르솔라는 말하다 그만두었다. 모니카의 말이 어쩌면 맞을지도 몰랐다.

"난 언젠가 로셀라가 그 기법을 배우길 바라요." 올케는 말을 이었다. "약속했잖아요. 애한테 가르치기 전에 기술을 잃어버리면 안 되죠."

오르솔라는 잠깐 눈을 감았다. 눈을 다시 뜬 후에, 냄비를 놔두고 일어서자 모니카가 무리 없이 오르솔라의 자리를 이어받았다. 오르솔라는 수지를 좀 찾아서 양철 등 안에서 녹이고 심지에 불을 붙였다. 지나가던 라우라 로소가 코를 찡그렸지만 아무 말 하지 않았다.

오르솔라는 한 발로 풀무질했다. 손에 잡히는 유리봉을 아무거나 잡아 밝게 타오르는 불꽃 속에 찔러 넣었을 때, 오르솔라는 마음 안에서 뭔가 딸깍 켜지는 느낌을 받았다. 녹이고, 돌리고, 형태를 잡는 익숙한 흐름. 인생에서 다른 모든 것이 잘못된다고 해도, 이 창작의 과정만은 여전히 그녀의 손과 눈에 남아 있었다. 여전히 만족스럽게, 여전히 편안하게.

천천히 오르솔라는 작업을 재개했다. 우울했지만, 그래도 다시 구슬을 만들고 있었다.

딱 한 번, 오르솔라는 안토니오에 대한 기억이 자신의 등불 공예로 흘러 들어오게 허용한 적이 있었다. 두 사람을 위한 구슬을 디자인할 때였다. 로소를 뜻하는 빨간색을 상징하기 위해 완벽하게 투명한 빨간 유리구를 만들고, 안에는 그의 머리카락을 떠올리게 하는 금박 반점들을 넣었다. 구슬이 준비가 되었다고 판단하자 오르솔라는 클링엔베르크에게 직접 배달하러 가면서 그 구슬 열두 개를 함께 가져갔다. 구슬을 다시 만든 지 몇 달이 흘렀지만, 그때까지는 늘 심부름꾼에게 들려서 보냈다. 찾을 수 있으면 주로 브루노에게 부탁했는데, 어머니를 역병으로 잃고 라자레토 누오보에서 생존하려고 힘들게 싸웠다는 것이 안쓰러웠기 때문이었다. 브루노는 여전히 오르솔라에게 지분대고 음담패설을 지껄였지만, 그래도 이제는 진심이 담겨 있지는 않았다.

"당신도 결혼할 필요가 있어요, 브루노." 오르솔라는 한때 가장 최근에 만든 구슬 주문분을 건네면서 그렇게 말한 적이 있었다. "그러면 기운이 날 텐데."

"아가씨한테도 똑같은 말 할 수 있는데." 그가 대꾸했다. "우리가 결혼할까?"

이번에는 캄포 산 칸치아노까지 트라게토를 타고 가서, 폰다코 데이 테데스키까지 남은 거리는 걸어갔다. 오르솔라는 이제 베네치아를 보고도 그렇게 경탄하지 않았다. 안토니오가 오르솔라를 몇 번 데리고 왔고, 지리를 잘 아는 토박이와 함께 운하들을 누비고 다녔더니 이제 이 도시가 이전만큼 신비스럽게 느껴지지 않았다. 또한 이제는 남들 보란 듯이 쇼를 벌이는 세련된 베네치아인들에게 겁을 먹지 않을 만큼 나이가 들었다. 오르솔라는 마리아 바로비에르가 선물한 드레스를 입고, 자기가 만든 빨강과 금색의 구슬 목걸이를 걸었기에 폰다코 데이 테데스키로 향하는 길을 누비고 나아갈 때도 그렇게 초라한 기분은 들지 않았다. 하지만 가면은 쓰지 않았다. 지금은 12월 말로, 카르네발레를 앞둔 가면의 계절이었지만, 로소가 사람들은 가면을 쓴 적이 없었다. 가면은 귀족들 사이에서 경박하고 비밀스러운 일을 하기 위해서 쓰는 것이었다. 유리공예가들은 그럴 시간이 없었다.

클링엔베르크는 오르솔라가 직접 올 줄 예상하지 못했지만, 그래도 그녀가 구석에서 뭔가 쓰고 있는 요나스는 무시하고 대기실을 똑바로 지나 사무실 문 앞에 나타났을 때 놀라운 기색을 내비치지는 않았다. 사무원이 뒤에서 뭐라고 지껄일 때 클링엔베르크는 일어서서 허리를 굽혔다. "아, 오르솔라, 구슬을 더 갖고 왔군. 기다리고 있었소. 당신한테 주문품을 받을 때면 항상 반갑지. 자, 자리에 앉으시오." 그는 사자 머리 장식이 조각되어 있고 킬림 쿠션이 있는 마호가니 의자를 손짓으로 가리켰다. 오르솔라와 자코모가 마르코의 행방을 물으러 왔을 때 앉은 바로 그 의자였다. 안토니오를 만난 날이었다. 요즘에는 모든 것이 안토니오를 가리키는 것 같았다. "요나스." 그가 불렀다. "시뇨리나 오르솔라에게 와인 한 잔 가져다드려. 나도 한 잔 마시겠네."

요나스는 사라졌다가 잔 두 개와 카라페 하나를 들고 돌아왔다. 오르솔라는 바로비에르가에서 만든 작품임을 알아보았다.

"알로라(그럼)." 클링엔베르크가 말했다. "여기 온 용건을 말해보시오." 그는 오르솔라의 목에 건 구슬을 눈여겨보고 있었다.

상인이 면밀한 관심을 보이자, 바로 그 이유로 구슬 목걸이를 걸고 온 것이기는 했으나 기가 죽은 오르솔라는 와인을 한 모금 마셨다. 깊고 풍부한 맛으로 로소가 사람들이 집에서 매일 마시는 식사용 와인에 비하면 훨씬 더 비쌀 것 같았다.

"최근에 주문 받은 물건을 가지고 왔어요." 그녀는 책상에 놓아둔 꾸러미를 향해 손짓했다.

"베네(좋아요). 그라치에."

"내가 다시 구슬을 만든 이후로 주문량을 늘리지 않으셨더라고요. 보통은 그러셨는데."

클링엔베르크는 뒤로 기대어 앉았다. 이제 그의 머리카락에는 회색 윤기가 감돌았다. "난 당신 작업에 만족하고 있소, 오르솔라. 견고하고 믿을 만하지."

오르솔라는 그 말을 칭찬으로 하는 것인지 확실히 알 수가 없었다.

"하지만 이제 다른 사람들도 많이 구슬을 만든다는 건 아가씨도 알 거요. 무라노뿐만 아니라 베네치아에서도."

오르솔라는 알고 있었다. 무라노에서 더 많은 구슬이 만들어진다는 것, 그것도 주로 여자가 만든다는 사실을 알고 놀라기도 했다. 오르솔라는 경쟁은 예상하지 못했다. 그리고 이제 등불 유리공예는 무라노뿐만 아니라 베네치아에서도 허용되었다. 지난 300년 동안 유리공예는 법에 의해 무라노에서만 전수되는 것으로 한정되었지만, 이제 변화가 일어나고 있는 것 같았다. 등불 유리공예가 라 세레니시마에서 기반을 다졌다면, 유리 공방들도 거기로 옮겨갈 수 있을까? 베네치아에는 벌써 화가, 조선 기술, 인쇄, 출판, 제지, 향수 제조업이 있었다. 유리공예만은 무라노에 남겨두길.

"제 구슬뿐만 아니라 다른 사람들의 구슬도 팔고 있나요?" 오르솔라는 질투보다는 호기심 때문에 물어보는 척하려고 애썼다.

"몇몇 사람 건." 클링엔베르크는 대수롭지 않은 듯 말했다. "유리구슬 수요는 그렇게까지 많지 않소. 그리고 실로 무라노 유리구슬에 대한 수요는 전 같지 않지. 아가씨와 아가씨 오빠들은 이제 프라하, 독일, 암스테르담에도 유리공예가들이 있다는 걸 알아야 하오. 그리고 그들의 작품이 훌륭하다는 것도. 몇몇 공방에서는 무라노 출신 유리 장인들이 가르치고 있지." 상인은 잠깐 말을 멈췄다. 말은 하지 않지만, 안토니오의 도주를 그가 안다는 암시였다. 아마도 무라노 소문이 베네치아까지 흘러 들어왔을 때 그 이야기를 들었을 것이었다. 안토니오가 떠났다는 소식은 확실히 무라노에서 사람들의 입에 오르내렸다. 오르솔라는 몇 달 동안 시장이나 파세자타에 나갈 때마다 힐끔거리는 곁눈질과 등 뒤에서 속삭이는 소리를 견뎌야만 했다. 어떤 면에서 안토니오가 떠난 것이 오르솔라 탓이라는 투였다. 사실 오르솔라는 그가 거기에 남을 수 있는 단 하나의 이유였는데도.

"가장 골치 아픈 건 암스테르담이오." 클링엔베르크가 말을 이었다. "네덜란드 사람들은 야심차지. 그 사람들이 자체 교역 통로를 만들어서 베네치아는 이전보다 적절한 곳이 아니게 되었소. 무라노에서는 상선을 보지 못하겠지만, 들어오고 나가는 배가 더 적어졌다는 건 눈치채셨겠지. 오늘 베네치아에 나가면 더 자세히 들여다봐요. 몇 년 전처럼 북적대는 도시가 아니니."

오르솔라가 낙담한 표정을 띤 모양이었다. "아니, 교역은 그럭저럭 활발하오." 클링엔베르크는 그녀를 안심시키려 했다. "하지만 여기저기서 고객을 잃었고, 이전보다는 그들을 대신할 거래처를 찾기가 어려워졌소. 네덜란드인 고객 중 몇몇은 암스테르담 유리로 바꾸었지. 자기 집 문 앞에서 그만큼 좋은 물건을 살 수 있으면 뭐하러 굳이 무라노에서 배송되기를 기다리겠소? 선적 비용과 관세도 없는데."

그의 말에도 오르솔라는 안심할 수 없었다. "마르코 오빠도 이 사실을 아나요?"

"그의 주문에는 아직 영향을 끼치지 않았소. 물론 지난 몇 달간 마르코의 유리 제품이 변화를 겪었지⋯⋯. 직공들에게 변화가 있었으니."

"작품이 더 나빠졌나요?" 오르솔라는 클링엔베르크가 안토니오를 칭찬했던 것을 기억해냈다.

"나빠진 건 아니오. 하지만 작품에서 다른 손길이 보이더군. 예를 들면 거울 기법의 사용이라든가. 그 거울처럼 비치게 한 과일 접시는 영감이 좋았어요. 나도 딸을 위해서 하나 샀다오. 새로운 세르벤테, 스테파노가 만든 거 맞소? 로소가에 새로운 기술을 가지고 왔군."

오르솔라는 아무 말 하지 않았다. 클링엔베르크와 스테파노에 관한 이야기를 하고 싶지 않았다.

"안토니오 스카라말이 어디로 갔는지 아시오?"

단도직입적인 질문에 오르솔라는 허를 찔렸다. 클링엔베르크 또한 무라노의 유리 기술이 유출되는 걸 막고 보호되기를 바라는 사람이었다. "전 모르겠어요." 오르솔라는 대꾸했다. "저한테 말하지 않았어요. 저는 그 사람이 떠날 때까지 간다는 사실조차 몰랐어요."

오르솔라는 이 점잖은 독일 상인 앞에서 울지 않겠다고 다짐하며 목구멍에 치미는 덩어리를 삼켰다. 그는 그녀를 면밀하게 바라보고 있었고 그녀의 인생에 대해 아는 듯 보였다.

"그 사람, 의리 있는 친구들을 두었군." 상인이 마침내 말했다.

대기실 쪽에서 요나스가 끙 신음하는 소리가 들렸다. 아마도 사무원은 그녀가 말한 모든 것을 받아 적고 있는지도 몰랐다.

"알로라(그럼), 아가씨의 구슬 말인데. 당신이 걸고 있는 걸 좀 보고 싶은데."

클링엔베르크가 해주길 바랐던 말이었다. 오르솔라는 구슬을 꿴 실을 끌러 그에게 건넸다. 목에 차고 있어서 구슬은 따뜻했다. 그는 몇 개를 손가락과 엄지 사이에 끼고 굴리면서 균일한 정도를 측정했고, 허공에 들어 빛을 비춰보기도 했다. "금박으로 반점을 넣은 거요?"

"씨. 그 구슬은 그렇게 만들기 어렵지 않아요." 오르솔라는 그렇게 덧붙였다가 자신의 겸손을 후회했다.

클링엔베르크는 미소를 지었다. "그런 말은 하지 마시오. 그랬다간 가격이 떨어질 테니. 우리한테는 당신이 힘들게 구슬을 만들었다고 생각하게 해야 해요. 시뇨리나 오르솔라, 이 구슬을 스물네 개 주문하겠소. 그러면 딱 목걸이 두 개를 만들기에 충분하겠지. 적게 만들수록 더 희귀해진다오. 우리는 전 유럽에 이 구슬이 넘쳐나기를 원하지는 않으니까."

"구슬이 희귀해진다면, 가치는 더 나가겠죠. 게다가 그 안에는 금이 들어 있어요. 그러니 제 보수를 올려주셔야 해요. 금박 값을 내야 하니까요."

그는 고개를 끄덕였다. "점점 배움이 늘고 있군, 오르솔라. 브라바. 적정 가격으로 얼마를 제시하겠소?"

오르솔라는 자기가 받기를 기대하는 것보다 두 배 가격을 말했다. 클링엔베르크는 몸을 앞으로 내밀었고 두 사람은 가격을 흥정했지만 오르솔라는 그에 완전히 만족하진 못했다. 그도 마찬가지였다. "보시오." 그들이 흥정을 마쳤을 때 그가 말했다. "물건의 진정한 값은 어느 쪽도 완전히 만족하지 못하는 가격이오. 양쪽 다 자기가 더 받아야 한다고 하는 지점이지."

오르솔라는 빈정대듯이 미소 지었다. "인생 교훈처럼 들리네요."

오르솔라는 떠나려다가 문간에 멈췄다. "클링엔베르크 씨는 유리에 깃든 장인의 손길을 알아볼 수 있다고 하셨죠?"

"보통은."

"그럼 혹시나……." 오르솔라는 목구멍에 치미는 또 다른 덩어리를 삼키려 말을 끊었다. "혹시나 안토니오의 손길을 본다면 제게 말씀해주시겠어요?"

클링엔베르크는 얼굴을 찡그렸다. "시뇨리나 오르솔라, 나는 내가 최고로 치는 구슬공예가가 배신자의 품에 안기는 걸 원치 않소." 칭찬이기도 하고, 경고이기도 한 말이었다.

오르솔라는 요나스를 지나 폰다코 데이 테데스키를 빠져나왔을 때야 참고 있던 울음을 터뜨렸다.

오르솔라는 두 건물이 만나는 모퉁이에 웅크리고 눈물을 닦았다. 관심을 보이는 사람은 없었다. 베네치아에서는 여자들이 매일 울어서 오르솔라가 그래도 무시하고 지나가는 걸까? 다 울고 났을 때, 오르솔라는 클링엔베르크가 베네치아의 변화에 대해서 한 말이 무슨 뜻인지 직접 알아보러 다시 용기를 내어 거리로 나갔다. 먼저 대운하를 따라 나갔다. 리알토 다리를 건널 때는 도시가 역병으로 수많은 사람을 잃었대도 여전히 붐비는 것처럼 보였다. 운하 또한 오가는 배들로 번잡했다.

이 모든 것 한가운데에 오르솔라가 알아볼 수 있는 곤돌라 한 척이 있었다. 도메네고가 솜씨 좋게 배를 몰아 승객들을 모시고 다른 곤돌라 사이를 헤치고 나아가는 중이었다. 승객은 클링엔베르크의 딸과 그 하녀로, 둘 다 계절에 맞는 가면을 쓰고 있었다. 오르솔라는 걸어가면서 보지 않으려고 애썼다. 시선을 끌지 않으려고 애썼다. 폰다멘타가 끝나는 바로 그때, 도메네고가 그녀를 알아보았다. "오르솔라!" 그가 외쳤다. 클라라 클링엔베르크가 고개를 획 돌려 폰다멘타를 훑을 때 가면이 반짝였다.

오르솔라는 골목으로 들어가 곤돌라 사공과 대운하에서 서둘러 멀어졌다. 도메네고가 계속 이름을 부르고 있었다. 마지막으로 그를 본 건 여섯 달 전 산 마테오에서 안토니오를 테라페르마로 싣고 갔을 때였다. 안토니오가 떠나려 한 건 도메네고의 잘못이 아니었지만, 오르솔라는 자기가 버림받은 일을 그와 연결시킬 수밖에 없었고, 그를 다시 보고 싶은 마음이 없었다.

오르솔라는 캄포로 달려갔다가 또 다른 칼레를 따라가고, 다시 또 다른 캄포에 들어섰다. 그런 식으로 캄포는 구슬처럼, 줄줄이 이어지는 칼레의 끈으로 엮여 있었다. 오르솔라는 자기가 어디 있는지 알지 못했지만, 걸음을 늦추고 그저 사람들 틈에 휩쓸려 이끌리는 대로 따라갔다. 어쩌면 그것이 베네치아를 항해하는 가장 좋은 방법일 것이었다. 머릿속에 지도로 지리를 익히려 하기보다는 도시가 주위에 저절로 펼쳐져 안내하도록 놔두는 것. 오르솔라와 안토니오가 베네치아에 왔을 때, 오르솔라는 육지에서 걸어 다니기보다는 배로 돌아다니는 편이 훨씬 쉽다는 것을 깨달았다. 건물의 현관이 대부분 물 위에 있었고, 귀족 가문들과 많은 상인 집안 사람들은 곤돌라로 이동했다. 오르솔라는 클링엔베르크의 딸이 이 길을 걸어보기는 했는지 의심스러웠다.

오르솔라는 캄포 산토 스테파노에 이르렀다. 한쪽 끝에는 거대한 벽돌 성당이 있고, 사람들이 바쁘게 엇갈리며 그곳을 지나갔다. 그렇게 사람들의 흐름을 따라 통행로를 더 지나가니, 마침내 피아차 산 마르코에 도착했다. 그곳을 가로질러 두칼레 궁전 옆의 피아체타를 통과해서 그 너머로 갔더니, 석호 위에 배들이 정박해 있는 선착장이 나타났다. 오르솔라가 가까이 접근하자 주변이 점점 시끄러워지며 소년들과 남자들이 뛰어 지나갔다. 정박한 배 주위의 선착장에서는 혼란스러운 장면이 펼쳐졌다. 앞뒤로 당겨지는 밧줄, 소리치는 남자들, 더 작은 배로 옮겨지거나 실려서 세관으로 향하는 상자들, 물건들이 관세를 회피할 목적으로 은닉되지 않도록 화물을 따라가는 관리들. 여자들은 눈에 보이지 않았다. 카르네발레 가면도 없었다. 여기는 일을 하는 장소이지, 노는 곳이 아니었다. 오르솔라는 눈에 띄지 않으려고 뒤에 멀찍이 떨어져 있었다.

그래, 여기가 내 구슬들이 여행을 시작하는 곳이구나, 오르솔라는 생각했다. 구슬들이 배에 실리고 그 배가 바다로 나아가 항해하는 모습을 볼 수 있다면 얼마나 좋을까 싶었다.

배들 너머로 보이는 주데카 운하는 너무도 넓어서 거의 석호 같았고, 온갖 배들의 이동으로 물살이 거셌다. 그 건너에는 산 조르조 마조레 섬이 있었고, 더 먼 서쪽으로는 주데카 섬의 해안선이 보였다. 색색가지에 깔끔한 직사각형 집들과, 운하 입구에 둥글게 솟은 다리, 둑을 따라 천천히 산책하는 작은 사람들의 형체를 보니 상대적으로 고요하게 느껴졌다. 레덴토레가 문득 모습을 드러냈다. 오르솔라의 할머니와 니콜레타, 파올로와 마달레나를 앗아간 역병 이후에 지어진 웅장한 성당이었다. 매년 7월이면 산 마르코부터 레덴토레까지 주데카 운하 위에 배들을 한데 엮은 장대한 다리가 만들어져 베네치아가 역병을 헤쳐 나올 수 있게 해주신 주님에게 감사 기도를 드리러 가는 순례자들이 그 다리를 건넜다. 오르솔라는 그 시기를 기억하고 싶지는 않았기에 한 번도 가본 적이 없었다. 그래도 잃어버린 사람들을 위해 성호를 네 번 그었다.

둑에서 일어나는 모든 활동을 보는 데 홀려서 오르솔라는 한참 그자리에 있었지만, 누군가가 휘파람을 불어 선원들의 주의가 자기에게 쏠리자 그 추파에서 벗어나 피아체타 산 마르코로 돌아갈 수밖에 없었다. 거기서는 상업 활동으로 이득을 보는 사람들이 그렇게 가까운 곳에서 일어나는 고된 노동을 무시하며 천천히 거닐고 있었다.

거기서 오르솔라는 자기를 향해 성큼성큼 걸어오는 도메네고와 정면으로 맞닥뜨렸다.

"오!" 오르솔라는 그렇게 외치고서 탈출할 수 있는 골목이 있나 두리번거리다가 유치한 짓은 하지 말자고 자제했다. 그를 영원히 피할 수는 없었다. "본조르노, 도메네고." 그녀는 자신을 추스르며 인사했다. "어떻게 나를 찾았어요?"

"물어봤죠. 베네치아에서는 모든 사람이 모든 사람을 알아봐요. 어째서 나를 보고 도망쳤죠?"

오르솔라는 그의 질문을 무시했다. "클링엔베르크 씨의 따님이 기다리고 있지 않나요?"

"시뇨리나 클라라는 급한 용무가 없습니다. 곡예사를 구경하는 중이시라서요." 그는 피아체타 건너편을 향해 고갯짓했다. 웃통을 벗고 딱 붙는 반바지를 입은 남자들이 피라미드 형태를 만들어 균형을 잡고 있었고 맨 꼭대기에 올라선 곡예사는 불붙은 횃불을 돌리고 있었다.

오르솔라는 육지에 있는 도메네고를 본 적이 드물었다. 곤돌라 사공 의상을 입은 그가 배를 타고 있지 않은 모습은 생경했다. 빨간 튜닉과 흑백 다이아몬드 무늬가 있는 바지, 까닥거리는 깃털 장식이 달린 빨간 모자. 곤돌라와 떼어놓고 보면 일상생활보다는 카르네발레를 위해 옷을 차려입은 것 같았다.

"당신에게 줄 게 있어요." 도메네고는 튜닉에서 꾸러미 하나를 꺼내 그녀에게 건넸다.

꾸러미를 바라보자 오르솔라의 손이 덜덜 떨렸다. 도메네고를 보고 싶지 않다고 생각했을지는 모르지만, 도메네고는 안토니오와 그녀를 가늘게나마 이어주는 하나의 연결고리였다. 그녀는 수백 킬로미터를 따라 수많은 사람을 거치느라 손때가 묻은 린넨 천 조각을 묶은 끈을 풀었다. 안에는 작은 유리 돌고래가 들어 있었다. 이번에는 흰색이었지만, 그녀의 주머니에 들어 있는 청록색 돌고래만큼 아름답게 비율이 잡혔으며 완벽하게 똑같은 크기였다. 안토니오는 첫 번째 돌고래 실물이나 작업할 때 그렸던 그림 없이도 똑같이 복제해낼 수 있었다.

그 사람 살아 있구나. 오르솔라는 그렇게 생각하고 안도했다. 그리고 그는 나를 생각하고 있어. 마르코 오빠는 참도 바보같이 그런 기술을 가진 사람을 쫓아냈어. 내 옆에서 멀리 쫓아버렸어.

"그 사람이 어디 있는지 알아요?" 오르솔라는 물었다.

도메네고는 움찔했다. "그 질문을 몇 번이나 받았죠. 나는 몰라요."

"이걸 어떻게 받았어요?" 오르솔라는 돌고래와 그것을 포장했던 린넨 천을 들어 보였다.

"클링엔베르크 씨의 살림집으로 내게 왔어요. 다행스럽게도 시뇨리나 클라라가 받아서 내게 줬죠. 시뇨레 클링엔베르크나 요나스, 다른 사람이었다면, 압수해버리고 나를 다시 심문했을 겁니다."

"누가 심문한다는 거예요?"

"길드 사람들요." 그는 다시 한 번 움찔했지만, 이번에는 그와 함께 오른손을 불끈 쥐었다. 그녀가 바라보고 있는 것을 알자 그는 주먹 쥔 손을 등 뒤로 숨겼다. 오르솔라의 가슴이 죄어왔다.

"도메네고."

그는 오르솔라의 어깨 너머로 피아체타 쪽을 바라보았다. "시뇨리나 클라라에게 도로 가봐야 해요."

"메네고." 오르솔라는 일부러 안토니오가 그를 불렀던 애칭을 썼다. "나 좀 봐요."

그는 마지못해 오르솔라 쪽으로 돌아섰다.

"손 좀 봐요."

도메네고는 손을 내밀었다. 가운뎃손가락이 손과 이어지는 아랫부분에서 잘려나가고 없었다.

오르솔라는 숨을 날카롭게 들이쉬었다. "누가 이랬어요?"

"길드 사람들요. 엄지손가락을 자르겠다는 것을 클링엔베르크 씨가 말렸죠. 그러지 않았다면, 노를 잡을 수도 없었을걸요. 지금 상태로도 이제는 매끄럽게 노를 저을 수 없어요." 그는 잠깐 말을 끊었다. "내 손가락을 운하로 던져버렸어요. 물고기 먹이라면서요." 그의 목소리가 팽팽하게 죄어왔다.

"하지만 안토니오가 있는 곳을 말할 수 없었잖아요. 어디 있는지 모르니까요!"

"그 말이 맞아요. 사리 분별이 있는 친구라서 나한테는 말해주지 않았죠."

"그 사람들한테 그 말을 하지 않았나요?"

"고문이 그렇게 합리적으로 행해지는 게 아니에요, 오르솔라."

"안토니오가 말했다면, 차라리 그 사람들에게 말하고 손가락을 지킬 수도 있었잖아요."

도메네고는 고개를 저었다. "내가 그 행방을 알았더라도, 절대로 말하지 않았을 거예요. 그렇게 고문한다고 대답할 가치는 없어요."

그는 군중 속 주인아씨를 두고 온 자리로 걸음을 뗐다. 오르솔라는 돌고래를 꽉 쥔 채로 뒤를 따랐다. 엄지손가락으로 돌고래의 매끈하고 둥글게 휜 등과 뾰족한 지느러미 끝을 훑었다. 안토니오로부터 오르솔라에게 오기까지 돌고래는 수많은 사람의 손길을 거쳤겠지만, 그래도 오르솔라는 그의 일부분이 거기에 담겼다는 걸 알았다. 그의 손자국, 그의 땀. 그 물건은 오르솔라의 배 속 깊은 곳까지 건드렸지만, 한편으로는 이 유리 조각 때문에, 오르솔라는 안토니오에게 화를 낼 수 있는 만큼 화가 났다.

클라라 클링엔베르크는 못 보고 지나칠 수가 없는 사람이었다. 구르고 공중제비를 하는 곡예사들을 구경하는 가면 쓴 군중 사이에서도 클라라는 눈에 띄었다. 다른 사람보다 키가 컸고 연한 하늘색 실크 드레스를 입었다. 다른 사람이 손질해줬을 때만 할 수 있는 방식으로 곱게 땋아 내려 정수리에 꼬아 올린 금발은 오르솔라가 자기 손으로 대충 꼬아 핀을 꽂아서 엉망진창 틀어 올린 머리와는 달랐다. 목에는 유리구슬이 아니라 진주 목걸이를 걸었다. 클라라의 모든 점, 드레스부터 진주 목걸이, 머리 스타일, 얼굴 위쪽을 가린 보석 가면, 근처에서 어정거리며 시중드는 하녀까지 모두가 그 여자의 아버지가 교역으로 벌어들인 돈으로 값을 치른 것이었다. 그중에는 로소가의 유리도 있었다. 클라라가 진주 목걸이를 걸고 있는 건 오르솔라가 구슬을 만들었기 때문이었다.

분노가 갑작스레 치솟았다. 안토니오가 자기를 떠난 일, 도메네고의 손가락이 잘려나간 일, 제조 장인보다 중간 무역상이 더 많은 돈을 벌어서 그 딸은 팔자 좋게 비단과 진주를 걸치고 곡예사들이 몸을 뒤트는 것을 구경하기만 하면 되는 일, 그 모두에 화가 나 오르솔라는 도메네고가 미처 말리기도 전에 군중들 틈을 헤치고 그 여자 옆으로 돌진했다. "시뇨리나 클링엔베르크?"

클라라는 몸을 돌리며 가면을 들었다. 눈은 무척 컸고 그 아버지를 닮아 깊은 갈색이었다. 오르솔라는 드레스를 눈 색깔에 맞췄을 것이라고 예상했기 때문에 이에 좀 놀랐다. 클라라의 피부는 매끄럽고 창백했으며, 광대뼈는 조각한 것 같았고, 눈썹은 운하 위의 돌다리들처럼 아치 모양으로 부드럽게 휘었다. 이제 오르솔라는 클라라의 얼굴을 보고 그 여자아이가 키가 크긴 해도 생각보다 더 어리다는 것을 깨달았다. 달거리가 시작되었을지는 모르지만, 아직 가슴도 성인 여성의 모습이 아니었고, 결혼 적령기에 다다르지도 않았다. 소녀는 오르솔라를 두려워하는 것 같지는 않았고, 그저 어안이 벙벙한 듯했다.

오르솔라보다도 키가 작고 기운이 넘치는 시녀가 둘 사이에 끼어들었다. "바테네(꺼져), 촌뜨기."

오르솔라는 발끈했지만, 군중은 곡예보다 싸움 구경이 훨씬 더 생생한 오락거리임을 감지하고 여자들 쪽으로 달려왔고, 오르솔라는 그런 유의 관심을 받고 싶진 않았다. "잠깐 얘기 좀 해요." 오르솔라는 몸을 돌려서 사람들을 헤치고 나가 피아체타 끄트머리의 보다 조용한 자리를 찾아냈다. 거기서 군중을 등지고 서서, 장갑 장인이 여러 색으로 물들인 고급 가죽을 널어놓은 창문을 쳐다보았다.

클라라는 시녀를 뒤에 달고 오르솔라를 따라왔다. "제가 누군지 어떻게 아세요?" 클라라가 물었다. 아버지와 달리, 클라라는 베네치아어를 베네치아인답게 했다.

"아버님이 제가 만드는 구슬을 파세요."

"지금 달고 계시는 것 같은 그런 거요?" 클라라의 눈이 오르솔라의 목에 고정되었다.

"그런 것도 만들고, 다른 것도 만들고요."

"벨리시메(예쁘네요)."

"그라치에, 시뇨리나. 지금 걸고 있는 진주가 더 예뻐요." 사실이었다. 그 진주알에는 솜씨가 가장 뛰어난 유리 장인조차도 흉내 낼 수 없는 자연 광채가 흘렀다. 진주의 하얀색은 클라라의 깨끗한 흰자와 치

아의 흰색을 그대로 거울처럼 비추었다. 클라라가 미소 짓고 있어서
치아가 잘 보였다.

오르솔라는 클라라의 기분이 좋아진 것을 이용했다. "잠깐만 시녀
를 다른 데로 보낼 수 있을까요." 오르솔라는 목소리를 낮췄다.

"케(뭐라고요)?"

"저 여자 좀 보내라고요." 오르솔라가 눈짓으로 시녀를 가리켰다.

"베네데타, 가서 설탕 입힌 아몬드 좀 사다줄래, 페르 파보레(부탁
해)." 클라라는 시녀에게 동전 한 닢을 주면서, 피아체타 저편 맨 구석
에 있는 가판대를 가리켰다. "나는 여기서 기다릴게."

베네데타는 미심쩍어하는 기색을 내비치며 눈을 부라렸다.

"걱정할 것 없어." 클라라는 말을 덧붙였다. "도메네고가 가까이 있
으니까."

시녀는 서둘러 가버렸다. 오르솔라는 시간이 별로 없었다. "최근에
곤돌라 사공 대신에 꾸러미를 받아주신 적 있죠?" 오르솔라는 용건을
꺼냈다.

"네, 그거 참 놀라웠어요! 도메네고는 소포를 받은 적이 없었거든
요. 왜 그런 걸까요? 난 그게 뭔지 궁금했지만, 나한테는 말하지 않으
려고 하더라고요."

"나한테 온 것이었어요."

"당신요?" 클라라는 그렇지 않아도 이미 위로 솟은 눈썹을 더 높이
치켰다. "도메네고랑 아는 사이예요? 그 꾸러미에 뭐가 들었기에?"

오르솔라는 거짓말을 할 수도 있었고, 돌고래를 숨겨둘 수도 있었
다. 하지만 클라라가 필요했다. 오르솔라는 유리 돌고래를 꺼내 클라
라의 손바닥 위에 놓았다.

"운 델피노, 케 벨로(돌고래, 참 예쁘네요)." 독일 소녀는 찬찬히 살피면

서 중얼거렸다.

잠시 후, 오르솔라는 처음 받았던 돌고래도 꺼냈다. 클라라는 그걸 받아 두 개를 함께 들어올렸다. "아주 훌륭하네요." 클라라는 돌고래들을 관찰했다. "잠깐, 제가 보기엔……." 클라라는 돌고래 주둥이의 고리 부분을 다른 돌고래의 꼬리 쪽 고리에 대고 돌렸다. 그랬더니 마치 마법처럼 돌고래들은 하나로 연결되었다. "참 영리한 방법이네요!"

그랬다. 클라라는 오르솔라보다도 눈치가 빨랐다. 오르솔라는 자기였다면 이 비밀을 알아냈을지조차도 자신이 없었다.

"이걸 누가 보내준 거예요?"

오르솔라는 망설였다. 하지만 이제 다시 기회를 잡지 못할 수도 있었다. "어떤 남자가요. 그 사람이 더 보낼 수도 있어요."

클라라의 눈이 밝아졌다. "당신의 유일한 진짜 사랑인가요?"

멍청하게 들리는 소리, 발라드나 사랑 시에서 들은 얘기를 앵무새처럼 따라 한 말들이지만, 클라라가 너무 진지해서 오르솔라는 냉소적으로 답할 수가 없었다.

"씨."

"그러면 당신에게 직접 보내지 않고 왜 도메네고에게 보낸 거예요?"

"우리 가족이 그 사람을 좋아하지 않아요. 우리 가족에게 직접 보내면 내 손까지 들어오지 못할지도 모른다고 생각했겠죠."

"아, 「로메오와 줄리에타」!"

"누구요?"

"'비극적 운명의 연인'. 영국 희곡이에요."

"그 사람이 더 보낼 수도 있어요." 오르솔라는 반복했다. "그리고 아가씨 아버님이나 직원이 그걸 가로채면, 도메네고가 곤란해질 거예요. 지금보다도 더 곤란해지겠죠." 오르솔라는 곤돌라 사공이 손가락을 잃어버린 위치에 있는 자기 손가락을 톡톡 두드렸다.

클라라는 아버지만큼 영리하긴 해도, 그 방식은 달랐다. 클라라는 모든 실마리를 이어서 해답을 찾아냈다. "당신의 진정한 사랑은 몇 달 전 도망간 유리 직공이군요. 파드레가 그 사람 얘기 하는 걸 들었어요."

오르솔라는 고개를 끄덕였다.

"그 사람이 프라하에 있다는 건 알아요?"

"프라하요? 아가씨가 그걸 어떻게 알죠?"

"당신 꾸러미를 가지고 온 심부름꾼에게 어디서 왔느냐고 물어봤거든요. 프라하에서 부친 물건을 배달하는 거라고 하더군요."

"아가씨 아버님도 이 사실을 아세요?"

"아뇨, 나만 알아요." 클라라는 비밀을 숨기고 있다는 사실이 즐거워 보였다.

"아버님에게는 절대 말하지 마세요, 도메네고에게도요."

"어째서요?"

"도메네고가 안다고 생각하면, 사실을 불게 하려고 다른 손가락도 자를 거예요."

클라라는 도메네고가 그랬던 것만큼이나 움찔했다. "그러면 제 아버지한테는 왜요?"

"아버님은 길드에 말할 거고, 그러면 길드에서는 사람들을 프라하로 보내 그 사람을 찾아낼 테니까요."

"하지만, 그러면 당신도 그 사람을 도로 찾을 수 있잖아요."

"아네요. 그러면 길드에서 그 사람을 죽이겠죠."

클라라는 한숨지었다. "그거참, 끔찍하네요. 하지만…… 파드레는 당신 사업을 지키려고 하시는 거예요. 그리고 아가씨 사업도요."

물론 클링엔베르크를 변호하겠지, 오르솔라는 생각했다. 자기 아버지니까. 클라라의 어깨 너머로 베네데타가 피아체타 저편에서부터 군중을 뚫고 총총거리며 오는 모습이 보였다. "안토니오는 할 수 있으면 돌고래를 더 많이 보낼 거예요." 오르솔라는 설명했다. "페르 파보레, 시뇨리나, 그걸 대신 가로채서 다른 사람은 모르게 도메네고를 통해 저한테 전달해주세요. 그래야 그 사람도 도메네고도 안전해요."

"나한테 그보다 더 좋은 방법이 있어요. 다음번에 꾸러미가 오면, 다시 전갈을 보내서 앞으로는 도메네고 말고 내 앞으로 보내라고 할게요. 당신의 진정한 연인 이름이 뭐죠?"

오르솔라는 얼굴이 빨개졌고 이 소녀에게 그런 정보를 주고 싶지 않았다. 하지만 안토니오 본인이 보내는 낭만적 제스처 때문에 그를 위험에 빠뜨리지 않고 구하려면 다른 선택이 없었다. "안토니오 스카라말이에요."

"바 베네(잘 알았어요). 다음에 돌고래가 오면 잘 지켜볼게요." 베네데타가 설탕 입힌 아몬드가 든 종이 고깔을 들고 옆으로 다가오자 클라라는 오르솔라에게 돌고래를 도로 건넸다. "아뇨, 난 아가씨 장식 구슬은 안 사겠어요." 클라라는 목소리를 높여 말했다. "장신구는 충분히 있어서." 클라라가 그렇게 금방 도도한 목소리를 낼 수 있다니 놀라웠다. 하지만 이 소녀에게는 그저 모든 게 게임일 뿐일 테니까.

"그러시겠죠, 시뇨리나." 오르솔라는 고개를 숙였다. "불편하게 해드려서 죄송합니다."

베네데타는 두 사람을 번갈아 바라보았고, 오르솔라는 과연 이 시녀를 제대로 속여냈을까 생각했다.

몇 달 동안 오르솔라와 스테파노는 서로 피했다. 식사 시간에 오르솔라는 되도록 멀찍이 그에게서 떨어져 앉았고, 스테파노는 조심스레 눈을 내리깔거나 시선을 그녀의 어깨에 두었다. 스테파노도 오르솔라만큼이나 이미 벌어진 일에 대해서 당혹스러워하는 듯 보였다. 오르솔라는 스테파노가 정말로 자기와 결혼하겠다고 마르코에게 허락을 구하거나 한 것일까 의심스러웠지만, 그랬다고 해도 스테파노는 그 결과 안토니오가 도주하는 사건이 일어나리라고, 오르솔라가 그렇게 부정적으로 반응하리라고 예상하지 못했을 것이었다.

오르솔라는 마르코 오빠도 피했고, 오빠 쪽에서도 마찬가지였다. 모니카가 오빠가 멋대로 굴지 않도록 단단히 단속하기도 했고, 그다음에는 모니카와 이사벨라가 연달아 아들을 낳았다. 안드레아와 세바스티아노가 태어난 후에 가족은 관심을 아기들에게로 돌렸고, 오르솔라는 내버려두었다. 안드레아는 태어날 때부터 발 한 짝이 뒤틀려 있었기 때문에 걸음마를 가르치려면 관심이 더 많이 필요했다. 그 아이는 다른 아이들보다 늘 한 발짝 뒤처지게 될 것이었다. 네 살도 되지 않은 아이 여섯이 같이 살게 되자 살림이 더 버거워졌다. 오르솔라가 해야 할 빨래도 늘어나고, 달래야 할 아기도 많아졌다. 가족 내 비혼 여성에게는 더 많은 일거리가 떨어졌다.

어느 날, 라파엘레가 오르솔라의 등불 공예용 유리봉을 집어서 질질 끌고 안마당으로 나오자 오르솔라는 그 뒤를 쫓다가 공방 마당에 선 스테파노가 바라보고 있는 것을 눈치챘다. 오르솔라가 조카와 씨름하며 유리봉을 빼앗자 스테파노는 미소를 지으며 등을 돌렸다. 한 번은 식사 후에 접시를 치우는 도중에 자기를 바라보는 그의 시선을 느끼기도 했다. 또 한 번, 그는 눈을 돌렸다.

어느 날 오후, 오르솔라는 표백장에 갔다가 돌아오는 길에 폰테 디메초에서 스테파노와 맞닥뜨리고 말았다. 아무 말 없이, 그는 오르솔라가 든 세탁 바구니를 받아서 집까지 들어다주었다. 오르솔라는 너무 지쳐서 화낼 기운도 없었기에 그냥 그 뒤를 따랐다. 오르솔라가 고맙다는 인사를 전했을 때, 그는 고개를 수그리고 서둘러 공방으로 가버렸다.

그는 정말로 안토니오와 하나도 비슷하지 않았다. 어쩌면 그편이 더 쉬울 수도 있었다. 스테파노는 호리호리한 체형에 얼굴이 갸름했으며, 눈과 머리카락이 검은 남자였다. 그는 말수가 적고 약간 긴장된 기운을 발산하며 움직였다. 느긋하고 태연하게 걷던 안토니오와 달리 빠르게 뛰어다니는 편이었다.

10월 오르솔라 성녀의 축일, 마르코가 처음 스테파노가 자기 여동생과 결혼할 것이라고 선포하고 안토니오가 떠난 지 1년째 되는 날이었다. 오르솔라가 부엌에서 잠깐 혼자가 된 틈을 타 스테파노가 나타나더니 식탁 위에 자기가 만든 작은 거울을 놓았다. 가는 나무 테에 화환 장식을 새기고 금색으로 칠한 원형 거울이었다. 소박하지만 아름다웠다. 스테파노는 한 발 뒤로 물러나며 손짓으로 거울을 가리켰다. "아." 오르솔라는 말했다. "난, 난…….그라치에, 스테파노." 오르솔라가 그의 이름을 말한 건 몇 달 만이었다. 그 이름을 입 밖에 낸 순간, 마치 배신처럼 느껴졌다. 하지만 안토니오는 여기 없지, 오르솔라는 마음속으로 그 사실을 되살렸다. 그가 여기 다시 오는 일은 없을 거야.

"침실에 걸어두어도 돼요." 스테파노는 그렇게 말하더니, 마치 그만큼 말한 것도 과하다는 듯 급히 사라졌다.

그날 밤, 누군가가 오르솔라의 방문을 두드렸다. 오르솔라가 문을 열자 스테파노는 초조하게 두 손을 허벅지 위아래로 문지르면서 서 있었다. 그는 오르솔라를 똑바로 보지 않았다. "거울이 어떤지 보고 싶어서 왔어요. 벽에 걸어두었습니까?"

오르솔라는 고개를 끄덕였다. 그날 저녁 일찍 그렇게 해두었다. 자기 모습을 바라보고 싶은 마음이 특별히 있는 건 아니었지만, 거울은 오르솔라의 방에서 가장 아름다운 물건이었다.

"들어가도 될까요?"

최근 라우라 로소는 스텔라를 데려가 로셸라와 함께 방을 쓰게 했다. "너도 혼자 쓰는 방이 필요하잖니." 어머니는 그렇게 설명했다. 이제 오르솔라는 그 이유를 알았다.

그녀는 스테파노를 한참 동안 바라보았다. 그는 눈을 들어 그녀를 보았다. 다음 순간, 오르솔라는 문 옆으로 비켜서며 그를 안으로 들였다.

제2부

세 개의 목걸이

4

다시 돌이 튀어 오릅니다. 알라 베네치아나, 베네치아식 시간을 한참 뛰어넘어 1633년에서 1755년으로 이동합니다. 이번에 돌이 내려앉은 곳은 계몽주의 시대의 한복판입니다. 루소, 로크, 볼테르 같은 사상가가 선도하여 과거의 긴 어둠 속으로부터 자유롭게 사상이 풀려나고 정신이 확장한 시기죠. 그사이에 잉글랜드 내전 및 수많은 다른 전쟁을 뛰어넘었습니다. 미국에서는 다른 유의 전쟁이 일어났었죠. 그 대륙의 선주민들이 총과 질병으로 가차 없이 밀려나고 말았습니다.

예술은 어떻게 되었을까요. 렘브란트와 페르메이르, 그리고 다른 네덜란드 화가들이 부상해 이탈리아 화가들로부터 왕관을 빼앗았습니다. 그래도 베네치아에서는 티에폴로가 아직 전성기를 누리고 있었습니다.

문학에서는 현대 소설이 탄생했습니다. 축하할 일이죠!

오르솔라 로소는 자신의 작업실에서 금박 반점이 있는 반투명 빨강 구슬을 불꽃 속에서 이리저리 돌리고 있습니다. 오르솔라는 고개를 듭니다. 이제 122년이 지났습니다. 오르솔라와 그녀에게 중요한 사람들은 나이를 여덟 살 더 먹었습니다. 그녀는 이제 스물아홉 살이지만, 그녀에게 가장 중요한 이는 이제 몇 살이 되었는지도 알 수 없습니다.

물의 도시는 변했습니다. 이제는 교역의 중심지가 아니고 파티와 도박, 모두가 가면을 쓰고 자유롭게 방종을 누릴 수 있는 카르네발레 시즌으로 유명해졌죠. 여러 의미에서 젊은 유럽 남자들, 그리고 몇몇 젊은 여자가 하는 유럽 대륙 순회 여행은 베네치아에 오면 절정에 달합니다.

교역이 더는 활발하지 않다는 건 유리도 이제는 이전만큼 팔리지 않는다는 뜻입니다. 일이 줄어들었습니다. 유리공예가와 다른 장인들에게 더 불안정한 시기가 찾아왔습니다.

로소가는 이런 사상과 신체의 자유로부터 무엇이라도 이득을 보고 있을까요? 오르솔라는 계몽되었을까요, 아니면 아이로 가득한 집에서 매일 흔해빠진 살림을 하느라 허덕이고 있을까요?

"바스타(그만둬)!" 오르솔라는 점점 더 자기 어머니처럼 말하는 습관이 들었다.

공을 차는 동작이 멈추더니 잠깐 고요가 흘렀다. 오래가지는 않았다. 아이들은 그렇게 기억력이 좋지 않으니까. 아이들은 금방 다시 오르솔라의 작업장 벽으로 공을 차서 보내면서, 숫자를 큰 소리로 외쳤다. "우노! 두에! 트레!" 오르솔라가 일하는 탁자 바로 반대편이었다.

보통 오르솔라는 아이들을 야단치지 않았다. 아이들이란 시끄럽게 굴 수밖에 없으니까. 하지만 작업하는 자리 바로 바깥에서 놀고 있으면, 오르솔라는 집중할 수 없었고 앞뒤로 빙글빙글 돌리는 금속 막대에서 구슬이 계속 떨어졌다. 클링엔베르크에게서 주문 받은 물량을 납품해야 할 마감이 있었고, 소중한 시간을 낭비할 여력이 없었다. 아이들은 유리 작업장 마당에서 놀아서는 안 된다는 것을 알기 때문에 여기 있는 것이었다. 마르코가 그런 규칙을 세워놓았고 모니카와 라우라 로소, 오르솔라가 그 규칙을 재차 강조했다. 하지만 일단 아이의 수가 어른의 수를 넘어서자 애들을 통제하기가 쉽지 않았다.

이제 로소가에는 열두 살 스텔라부터 18개월 된 안젤라까지 모두 여덟 명의 아이가 있었다. 마르코는 모니카가 침대에서 가만히 쉴 수 있도록 놔두질 않았고 모니카는 딸 하나, 프란체스카를 더 낳고 아이 둘을 일찍 잃었다. 자코모와 이사벨라는 세바스티아노 후에 한 명을 더 낳았다. 자코모와 전혀 닮지 않은 금발의 여자 아기였다. 아기가 태어나고 세 달 뒤에 이사벨라는 금발의 어부가 기다리는 테라페르마로 아기를 데리고 도망가버렸다. 아내가 떠났다는 말을 들었을 때 자코모의 얼굴에 스치는 안도감의 표정을 본 사람은 오르솔라뿐이었다. 어머니가 아무리 잔소리해도 자코모는 새 아내를 찾는 데 별로 관심을 보이지 않았다. 한 명도 너무 많았던 것 같았다.

여덟 아이 중 막내는 오르솔라와 스테파노 사이에서 태어난 아기였다. 안젤라, 오르솔라가 결코 찾아오리라 생각하지 못한 축복이었다. 오르솔라는 네 번이나 유산을 한 후에야 딸을 낳을 수 있었다. 스테파노는 안젤라를 무척이나 애지중지했다. 아빠가 나타날 때마다 아이는 꺄악 소리를 지르며 달려가곤 했다. 오르솔라는 두 사람의 유대 관계를 질투하지 않으려 애썼다. 스테파노는 좋은 남자이고, 누군가에게서 순수하고 조건 없는 사랑을 받을 자격이 있었다.

아이들이 다시 벽으로 공을 차면서 맏이부터 막내까지 순서대로 이름을 하나씩 읊어대기 시작했다. "스텔라! 마르콜린! 로셀라! 라파엘레! 안드레아! 세바스티아노! 프란체스카! 안젤라!"

"페르 라모르 디 디오, 바스타(하느님 맙소사, 그만 좀 해)!" 통통 튀는 공의 리듬이 신경을 긁기 시작하자 오르솔라는 다시 고함을 질렀다. 그녀는 돌리던 막대를 내려놓고 문으로 갔다. "너희 모두, 안다테베네(딴 데로 가)!"

아이들은 순순히 그 말을 따라 다른 사람을 괴롭히러 마당으로 뛰어갔다. 거의 매일, 아이들이 되풀이하는 드라마였다. 종종 오르솔라는 이를 득득 갈면서 소음 속에서 작업을 이어갔지만, 가끔은 구슬 제작 작업을 중단하고, 또 가끔은 소리를 질렀다. 오르솔라는 다시 자리에 앉아 등불 공예에 집중하려 했지만, 비어져 나오는 웃음을 멈출 수 없었다. 아이들은 오르솔라가 챙겨주지 않아도 스스로 알아서 잘했다. 오르솔라는 그들 모두를 사랑하긴 했어도, 특별히 더 아끼는 아이들이 있는 것도 사실이었다.

물론 안젤라, 오르솔라의 딸이니까.

그리고 스텔라. 오르솔라의 여동생이고 그 애들 중 나이가 가장 많으니까. 스텔라는 아이들 무리에 끼는 적이 별로 없었고, 늘 사라져서 섬 한쪽에 있는 자기만의 비밀 장소로 가버리는 편이었지만, 이따금 작업장에 와서 언니가 구슬 만드는 모습을 옆에 앉아 구경했다.

마르콜린. 오르솔라의 첫 조카이기도 하고 니콜레타의 아들인 이 아이는 세상을 너무 무서워하며 로소가 바깥에 나가면 수많은 위험이 자기를 기다리고 있다고 생각해서, 고모들은 이 아이를 그런 위험으로부터 보호하고 달래줘야만 했다.

로셀라, 이 아이도 가끔 스텔라와 함께 공방에 와서 구슬 만드는 작업을 구경했다. 아직은 너무 어려서 직접 구슬을 만들 순 없었지만, 곧 꿀을 가지고 막대로 연습할 수 있을 것이었다. 엘레나 바로비에르가 오르솔라에게 가르쳐준 그 방법대로. 엘레나는 역병에서도 살아남았지만, 가슴에 생긴 종양으로 세상을 떠났다.

그리고 마지막으로는 라파엘레. 모든 아이들 중에 가장 촉망받는 아이였다. 라파엘레는 라우라 로소가 가장 아끼는 손자였고, 가장자리에 주름이 잡힌 커다란 갈색 눈망울, 그리고 소년에게는 흔히 보기어려운 섬세한 입 등이 어머니 니콜레타를 무척 많이 닮았다. 마르코의 아들 중에서는 라파엘레가 가장 귀여움을 받았다. 마르코는 안드레아가 발을 절고, 마르콜린이 세상을 두려워하자 당혹스러워했다. 라파엘레는 자연스럽게 아이들 무리의 우두머리가 되었다. 하지만 대부분의 우두머리와 달리, 그리고 친아버지와도 달리 라파엘레는 성격이 원만하고 모든 사람에게 친절했다.

아이가 많아질수록 먹여야 할 입이 많아졌고, 부엌에는 여분의 일손을 위한 자리가 더 필요해졌다. 요강을 씻어줄 여자아이를 하나 데려왔고, 아기들을 돌볼 유모, 빨래를 도울 노파도 들였다. 식사 시간에 모두 둘러앉으면 자리가 꽉 찼다. 결국, 부엌 구석에 오르솔라의 등과 풀무를 놓을 탁자가 들어갈 자리도 없어졌다. 식사를 하고 난 어느 저녁, 안마당에서 접시를 가지고 들어온 여자아이가 그중 몇 개를 탁자 위에 내려놓다가 유리봉 뭉치를 쳐서 떨어뜨렸다. 유리봉이 사방으로 굴러가자 오르솔라는 소녀에게 욕설을 던졌고, 소녀는 울음을 터뜨렸다.

마르코, 자코모, 스테파노가 일터로 돌아가기 전 와인을 마시는 안마당으로 모니카가 나갔다. "오르솔라는 구슬 작업을 할 장소가 필요해요." 모니카는 남편에게 선포했다. "부엌에는 자리가 없어요. 창고안 자리를 나누어서 오르솔라에게 일부를 내어줬으면 해요."

마르코는 아내를 매서운 눈길로 노려보았고, 모니카도 마찬가지로 바로 똑같은 눈길로 맞받아쳤다. "공방 작업장에 여자는 안 돼."

"오르솔라는 공방 작업장에 들어가지 않을 거예요. 창고에 자기만의 공간을 갖게 될 테니까요. 거기 공간이 많이 있잖아요." 마르코가 말을 끊으려 하자 모니카는 한 손을 들었다. "다시 정리하기만 하면 돼

263

요. 선반을 몇 개 더 달고. 어려울 것 없어요."

재료들과 마감까지 마친 유리 제품이 여기저기 널려 있는 창고는 뒤죽박죽이 되어 공간을 낭비하고 있었다. 마르코가 아버지의 정리 기술을 물려받지 못한 탓이었다. 로렌초 로소가 관리하던 방법대로만 돌려놓아도 오르솔라를 위한 공간은 생길 것이었다. 그걸 알아본 게 모니카였다.

"우리는 오르솔라가 계속 구슬 작업을 이어가게 할 필요가 있어 요." 모니카가 덧붙였다. "아이들 입에 음식을 넣어주고, 등에 옷을 걸 칠 수 있는 것도 다 오르솔라가 일을 해서니까요." 모니카는 식사 후에 몽롱해져 안마당에서 빙빙 돌고 있는 아이들을 손짓으로 가리켰다. 스텔라부터 사촌들을 따라 아장아장 걷는 아기 안젤라까지.

오르솔라의 장식 구슬은 이제 적으나마 로소가의 꾸준한 수입원이 되었다. 몇 년 전, 오르솔라는 그간 클링엔베르크가 맡아두었던 등불 공예 수익을 찾아와 깜짝 놀라는 마르코 앞에 내놓았다. 상당한 액수 였다. 라우라 로소와 모니카에게 돈에 대해 알려두어서, 마르코가 헛 짓거리에 돈을 써버리지 않도록 단속했다. 오빠라면 무라노에 문을 연 카지노에서 도박으로 그 돈을 날릴 수도 있고, 로모 살바데고에서 술을 돌릴 수도 있었다. 하지만 마르코는 그렇게 돈을 쓰는 대신에 불 을 더 효율적으로 지필 수 있게 용광로를 다시 장만했다. 그렇다고 오 빠가 오르솔라에게 고맙다는 표시를 한 것도, 그 용광로 값을 댄 게 에 스크레멘티 디 코닐리오, 토끼 똥이라는 사실을 인정한 것도 아니었 다. 이제 오르솔라의 구슬 덕분에 아이들에게는 신발, 어른들에게는 질 좋은 와인을 사줄 수 있었다.

마르코는 험악한 표정을 지었으나, 모니카는 남편이 어쩔 수 없이 동의할 것임을 알고 굳건히 버티고 서서 답을 기다렸다. 마침내 마르코는 고개를 끄덕였다. "용광로에서 가장 먼 창고에서 해야 해." 그가 말했다. "그 고약한 냄새가 우리한테까지 퍼지지 않게 하라고."

오르솔라는 어떤 형태든 자기만의 작업장이 생겼다는 게 신이 났다. 여자에게는 무척 드문 일이었다. 작업이 끝나면 매번 도구를 챙겨서 치웠는데 이제 그럴 필요 없이 그냥 놔둘 수 있는 공간이 생겼다. 반면 집 안 한가운데에 있을 수 없다는 건 가끔 아쉽기도 했다. 부엌에 있으면 누가 아픈지, 누가 피곤한지, 누가 화가 났는지, 사람들이 언제 어디로 들고 나는지 알 수 있었다. 이사벨라가 도망가기 한참 전부터 자코모 등 뒤에서 눈을 흘기는 것도 본 적이 있었다. 라우라 로소가 라파엘레에게만 비스코티를 하나 더 먹이는 것도 보았다. 안드레아가 불편한 다리로 다른 아이들 뒤를 따라 절뚝절뚝 뛰어갈 때, 모니카가 안타까운 눈으로 아들을 바라보는 모습도 보았다.

오르솔라는 이제 구슬 말고도 작업장에 딸린 작은 가게에서 팔 수 있는 물건을 만들었다. 이 생각을 해낸 사람은 스텔라였다. 어느 날, 오르솔라는 리바 디 산 마테오에서 무릎 위에 작은 유리 돌고래들을 쌓아놓고 앉아 있었다. 돌고래가 언제 올지는 미리 알 수 없었다. 어떤 때는 몇 달 간격으로 왔고, 다른 때는 몇 년이 흐르기도 했다. 오르솔라는 안토니오가 맨 처음에 준 돌고래를 바로비에르가의 로세타와 함께 주머니에 간직했다. 둘은 오르솔라와 어디든 함께 다니는 동반자였다. 다른 돌고래는 집에 있는 구슬 작품들 사이에 보관했다. 스테파노나 마르코가 절대 볼 일이 없는 곳이었다. 하지만 가끔은 그것들을 산 마테오로 가지고 가서 그 무게를 느껴보고, 서로 연결했다가 풀어보기도 하고, 서로 부딪쳐보기도 하면서 시간을 보냈다. 돌고래들은 안토니오가 아직 무라노에, 그녀에게 연결되어 있다는 사실을 실제로 보여주는 물건이었으므로 무척이나 소중했다. 어쩌면, 테라페르마에 갔대도 그의 피에는 여전히 유리가 천천히 흐르는 것인지도 몰랐다. 오르솔라는 그렇게 믿고 싶었다.

"그게 뭐야?" 오르솔라가 문득 들려오는 목소리에 몸을 돌려보니, 스텔라가 오르솔라의 어깨 너머로 돌고래들을 바라보고 있었다. 여동생은 사람들에게 들키지 않고 슬금슬금 돌아다니는 데 도가 텄다.

"돌고래야." 오르솔라가 대답했다. "친구가 만들어줬어. 볼래?"

스텔라는 언니 옆에 주저앉았다. 햇빛이 훑고 간 듯한 갈색 고수머리는 청소년기에 접어들면서 점점 짙어지고 있었고, 숱 많은 눈썹은 늘 찡그리고 있어 미간에 주름이 잡혔다. 화가 나서 그런 게 아니라 주변의 세계를 이해하려고 열심히 집중하기 때문이었다.

"이거 아무도 모르는 거야." 오르솔라가 덧붙였다. "너랑 나만 알아. 우리 비밀이야, 다코르도(알겠지)?" 오르솔라는 동생을 위협하는 게 아니었다. 위협은 이 소녀에게 아무 소용이 없기 때문이었다. 벌을 준다고 해도 아무 소용이 없었다. 하지만 둘만의 비밀이라면 효과가 있었다. 많고 많은 아이들 중에서도 스텔라는 비밀을 가장 잘 지키는 아이였다.

스텔라는 고개를 끄덕였다. 그때 오르솔라는 이미 돌고래 여섯 개를 이어놓았기에 그것을 여동생의 오므린 손바닥 위에 살포시 놓았다. 스텔라는 여느 여자아이들처럼 그것을 보고도 꺅 소리 지르거나 자기가 갖고 싶다고 조르지 않았다. 그저 책을 들여다보는 학자처럼 주의 깊게 살필 뿐이었다. 곧장 스텔라는 돌고래들이 어떻게 걸려 있는지 알아내고 도로 다 푼 다음 흰색부터 가장 진한 청색 순으로 놓았다. 자매는 돌고래를 같이 관찰했고, 오르솔라는 돌고래들 사이의 작은 변화를 알아차렸다. 지느러미가 더 길어지고, 주둥이가 더 짧아졌으며, 몸통이 더 통통해졌다. 어떤 것들은 그 안에 거품이 약간 끼어 있기도 했다. 급하게 서두르며 만들었나 봐, 오르솔라는 생각했다.

"그 친구가 누구야?" 스텔라가 물었다. "이건 무라노에서 만든 게 아니잖아. 그랬다면 상점에서 봤을 텐데. 하지만 눈에 익어."

이제 무라노에는 유리 제품을 파는 상점이 늘어났다. 로소가의 상점을 찾는 손님도 늘어났다. 팔라초나 정원을 찾아오는 베네치아인뿐만 아니라 이제는 외국인들도 왔다. 프랑스인, 독일인, 영국인, 그들은 모두 성당이나 미술, 카르네발레나 페스타 델라 센사(승천절 축제), 레가타(조정 경주)와 레덴토레(구세주 축제) 등 다양한 축제를 보러 오는 것이기도 했지만 도박을 하기도 하고, 집에 가져갈 부라노산 레이스나 무라노의 유리 장신구를 사려고 이웃한 섬에 들르기도 했다. 무라노에서 외지인들은 유리로 만든 말과 물고기, 양치기 아가씨 인형을 사기도 하고, 와인 잔이나 촛대, 작은 거울을 사기도 했다. 구슬 몇 개를 살 때도 있었다. 가족들은 이 새로운 시장에 적응했지만, 그렇다는 건 스테파노가 거울을 더 작고 싸게 만들어야 하고, 자코모는 말을 더 빠르게, 마르코는 기본 촛대만 생산해야 한다는 뜻이었다. 가게는 더 커졌지만, 제품은 더 작아졌다. 스텔라 말이 맞았다. 이 돌고래는 여기 상점에서 팔 수도 있고, 아주 잘 팔릴 것이었다. 그렇지만 지금 로소 집안에서 관광객에게 파는 유리 제품보다는 훨씬 더 훌륭한 작품이었다. 관광객의 유리 제품은 집까지 가는 긴 여행길에 깨지기 십상이었다. 하지만 마르코라면 이 돌고래 디자인을 알아보고 노발대발할 것이었다.

"이건 무라노에서 만든 게 아니라 다른 곳에서 만든 거야." 오르솔라가 설명했다.

스텔라는 고개를 끄덕이며 도로 몸을 뒤로 뺐다. "알아. 이건 마르코 오빠가 이전에는 만들었지만 지금은 만들지 않는 촛대에 붙어 있는 돌고래 디자인이잖아. 그러면 이건 분명히 일 쥬다(배신자 유다), 안토

267

니오가 만들었겠지."

가문마다 저녁 식사 자리에서 와인을 한잔 들면서 되풀이하는 고유한 이야기가 있다. 로소가에는 뜨거운 유리에 목이 찔린 로렌초 로소의 사연이 있었다. 라우라 로소가 라자레토 베키오에서 버텨서 라파엘레를 안고 살아 돌아온 이야기도 있었다. 오르솔라가 마리아와 엘레나 바로비에르를 홀려 구슬 만드는 법을 배운 이야기를 반복하기도 했다. 안토니오 또한 로소 가문의 이야기였다. 배신자 유다 안토니오가 가족의 유리공예 비법을 훔쳐 북쪽으로 도망가서 경쟁업체를 차렸다. 스텔라조차도 그를 알고 있었다. 공식적인 이야기에는 오르솔라와의 관계가 생략되었지만, 그런 이야기가 나올 때마다 오르솔라는 사람들이 하는 말을 듣지 않으려고 괜스레 분주히 움직이며 상을 치우고 아이들을 챙긴다고 야단법석을 떨었다. 스테파노 또한 아내가 더 좋아했던 남자에 대한 이야기를 듣고 싶지 않은지, 무릎에 앉혔던 딸을 슬쩍 내리며 공방에 가봐야 한다고 핑계를 댔다.

"어째서 이걸 언니에게 보낸 거야?" 스텔라가 물었다.

오르솔라는 어떤 거짓말을 할까 생각해보았다. 결국에는 아무런 거짓말도 하지 않았다. "내가 그 사람을 잊어버리지 말라고."

"그럼 효과가 있네."

"씨."

"언니도 등불 공예로 이런 거 만들 수 있을 텐데." 스텔라는 가장 최근에 온 것, 석호 뒤편에 고인 물에서 자라는 해초처럼 보이는 환한 녹색 돌고래를 찬찬히 살피면서 말을 던졌다. "그러면 언니도 이걸 상점에서 팔 수 있잖아."

"돌고래는 안 돼." 오르솔라는 반대했다. "하지만 다른 걸 만들 수는 있겠지."

"그럼 해마로 만들어. 똑같이 연결되는 고리를 이용할 수 있겠는데. 코랑 꼬리를 연결되게 하면." 스텔라는 다시 유리 돌고래들을 잇기 시작했다.

스텔라의 제안에 오르솔라는 마음속으로 퍼뜩 디자인을 떠올렸다. 클링엔베르크를 거치지 않고도 로소가의 상점에서 팔 수 있는 물건. 오르솔라는 해마를 제대로 만들기 위해 많은 시간을 들여 연구했다. 어부들에게 그물로 잡은 해마를 보여달라고 부탁하기도 하고, 그 축소형을 세밀화로 스케치하기도 했다. 목덜미에 술 장식 같은 게 붙은 섬세한 말 머리와 우아하게 휘어진 몸통, 소용돌이처럼 단단히 말려 올라가는 꼬리. 이 소용돌이형 꼬리를 머리 정수리에 붙은 작은 고리에 걸 수 있는 디자인이었다. 만들기는 까다로웠고, 안토니오가 돌고래를 연결하기 위해 비트는 방식을 쓴 것에 비하면 그렇게 영리한 구조는 아니었지만, 스텔라가 제안하고 한 달 뒤, 로소가의 카발루초 마리노(작은 해마)가 탄생했다. 마르코는 언짢아했지만 오르솔라는 해마가 상점의 다른 어떤 물건보다도 더 잘 팔린다는 데 남몰래 자긍심을 느꼈다. 손님들은 아내와 딸, 정부情婦를 위해서 해마를 사갔다. 오르솔라는 판매용으로 다른 유리 동물도 만들었다. 뱀과 문어, 불가사리와 고양이와 개, 늘 작고 단순한 모양이었다. 하지만 돌고래만은 만들지 않았다.

유리 동물 인형이 성장세였지만, 오르솔라의 구슬공예는 정체 중이었다. 몇 년 동안, 클링엔베르크는 타 대륙의 공방에서 만드는 부서지기 쉬운 싸구려 유리보다는 무라노의 고품질 유리 제품을 선호하는 단골손님들과의 관계를 단단히 다지면서, 점차 주문을 늘려갔다. 그래도, 어느 지점에 이르자 그는 그 주문량을 유지하기만 할 뿐, 늘리진 않았다. 오르솔라의 작업은 안정기에 이르러, 작품은 이제 어느 정도 예상 가능해져서 재미가 떨어졌다. 그것은 마치 어떤 이야기에서 아무 일도 일어나지 않고, 그저 정체 모를 이방인이 와서 다시 활기를 불어넣어주기를 기다리는 대목에 다다른 느낌이었다.

어느 날, 오르솔라는 최근 주문을 배달하고 새로운 착상도 전하려고 클링엔베르크를 만나러 갔다. 최근에 딸 클라라를 결혼시킨 클링엔베르크에게 축하를 전하고, 상인이 사업가다운 수완으로 안젤라의 이름도 제대로 기억해내어 안부를 주고받은 후에 두 사람은 사업 얘기로 들어갔다. 오르솔라는 구슬을 요나스에게 건넸고, 그는 살펴보지도 않고 구슬을 가져갔다. 이제 그녀의 작품에는 신뢰가 쌓였다.

"제안을 하나 드리고 싶습니다, 시뇨레 클링엔베르크." 오르솔라가 운을 띄웠다. "제 구슬에 관한 이야기예요. 약간 다른 걸 해보면 어떨까 싶은데요. 어쩌면 제 구슬을 개별로 파는 것보다는 목걸이를 만들면 어떨까요?" 오르솔라는 가끔 가족 내 여자들이나 무라노에 사는 다른 사람들을 위해서는 목걸이를 만들었지만, 상인은 오르솔라에게 한 번도 그렇게 해달라고 요청한 적이 없었다.

"구매자들은 개별 구슬을 사는 편을 좋아하오." 클링엔베르크는 고려하는 척도 하지 않고 그녀의 착상을 묵살해버렸다. 하지만 오르솔라의 얼굴에서 풀 죽은 기색을 보자 그는 덧붙였다. "그렇지만 나한테 새 시장이 생겨서 새 구슬을 만들어달라는 요청은 받았는데. 어쩌면 그건 흥미로울지도 모르겠소."

오르솔라는 언젠가 자기 구슬이 어디로 가는지 물어본 적이 있었고, 그는 여러 도시명을 나열했다. 몇몇은 오르솔라도 짐작할 만한 곳이었다. 암스테르담, 파리, 런던. 다른 곳들은 훨씬 더 멀었다. 다마스쿠스, 알레포, 콘스탄티노폴리스. 어떤 곳은 들어본 적조차 없었다. 바쿠, 보스턴, 리마. 오르솔라는 테라페르마에도 가본 적이 없지만, 그녀가 만든 구슬은 멀리 여행했다.

그리고 지금 하나 더 늘어났다. "서아프리카요. 족장들이 그걸 달고 다니거든." 클링엔베르크는 설명했다. "유리는 거기선 드물지. 그래서 진흙이나 씨앗으로 만든 구슬과는 차별점이 있소. 희귀성은 상업이 돌아가는 중요한 요소요. 그게 가격을 결정하니. 아프리카 사람들은 유리 제조법을 모르오, 아직은. 그래서 유리구슬을 달고 다니는 특권을 누리려고 꽤 많은 돈을 지불하지. 그래서 지금 그들이 밀레피오리 구슬을 원하는군."

밀레피오리 꽃은 문양을 이루도록 여러 색깔의 유리봉을 한데 묶어 만드는 기법이었다. 보통 중앙에 한 가지 색이 있고, 다른 색깔로 꽃잎 모양을 만든다. 그런 다음 같이 녹인 후, 식으면 새로운 유리봉을 단면이 보이도록 잘라 작은 꽃 원반을 만든다. 그런 후에는 줄지어놓고 압축하여 하나의 불투명 구슬을 만든다. 결과물은 좀 더 단순한 문양을 선호하는 오르솔라가 보기에는 약간 현란했다.

"밀레피오리 구슬은 값이 얼마나 나가죠?" 오르솔라가 물었다.

"구슬 하나에 5솔도요. 하지만 물론 상품으로 대신 지불하지. 아프리카에는 솔도가 없으니까."

"무슨 상품요?" 오르솔라는 아프리카에서 무슨 물건이 올지 호기심이 돋았다.

"이국적 동물 가죽. 황금. 노예."

오르솔라는 클링엔베르크를 빤히 보았다. "자기네 사람들을 거래한다는 말이에요?"

"가끔은. 그렇게 하면 부족에 부를 가져다주니까."

이따금 오르솔라를 화나게 하는 이웃들이 있었다. 로소가의 아이디어를 훔치는 다른 유리 공방들, 망해버리는 꼴을 보고 싶은 구슬 장인. 그래도 오르솔라는 그들을 그런 식으로 배신하지는 않을 것이었다. 무라노 사람들은 가끔 서로 반목하고 증오했지만, 그래도 한데 뭉쳤다.

그리고 도메네고도 있지 않은가. 그 또한 노예지만 친구였다.

오르솔라는 입을 벌렸다가 다물었다. 클링엔베르크는 이제껏 오르솔라에게 잘 대해주었다. 초심자 때부터 구슬을 사주었고, 역병 시기에도 뒤를 받쳐주었으며, 제대로 물건을 생산해내지 못한 시기에도 받아들여주었다. 안토니오가 떠난 후, 유산한 후, 힘든 임신과 출산 초기에도. 마르코는 절대로 인정해주지 않았지만, 클링엔베르크만은 오르솔라의 기술을 높이 평가했다. 오르솔라는 그에게 큰 빚을 졌고, 그를 비판하거나 의문을 품고 싶지 않았다. 하지만 자기가 만든 구슬이 도메네고 같은 사람을 노예로 만드는 일에 일조한다는 생각을 하니 충격을 받았다.

오르솔라는 아무 말 하지 않았지만, 속마음을 잘 숨기지는 못해 티가 나긴 했을 것이었다. 클링엔베르크는 의자에 기대앉았다. "시뇨라 오르솔라는 평생 무라노에서 사셨지, 그렇지 않소? 부인과 부인 가족은 테라페르마에 가보신 적이 없고. 거기는 상황이 아주 달라요."

오르솔라는 어깨를 으쓱했다. 상인은 오르솔라가 고쳐야 하는 잘못인 양 그 말을 했다.

"사업이 어떻게 돌아가는지는 별로 아시는 게 없으시겠군. 안타깝지만 상업이라는 세계는 인간의 땀을 바탕으로 돌아간다는 사실을 알려줘야겠소. 대부분은 대가 없이 바치는 땀이지. 미 대륙의 식민지 이야기를 그렇게 많이 듣지 않았소? 꽤 성공적으로 섬유와 설탕을 제조하고 있다지? 그들이 성공할 수 있었던 건 면화와 사탕수수 같은 원료를 거기 있는 아프리카인들이 생산하기 때문이오. 영국은 노예무역으로 부유해졌지. 그리고 네덜란드, 스페인, 프랑스, 포르투갈도 마찬가지요. 부인이 만든 구슬도 거기에 끼어 있지. 노예제가 세계를 돌리는 거요."

"그리고 베네치아에 있는 당신의 곤돌라도 돌리겠죠."

마침내 한 번 거르지 않은 말이 오르솔라의 입에서 튀어나왔다.

옆방에서 쓱쓱 소리를 내며 써내려가던 요나스의 펜이 멈췄다. 몇 년 전 뱃멀미를 하는 모습을 본 이래 처음으로 클링엔베르크는 은근히 잘난 척 자부하던 자제력을 잃은 듯했다. 의자에 앉은 채로 자세를 바꾸진 않았지만, 얼굴이 슬며시 방어적인 표정으로 바뀌었다. "도메네고는 우리와 잘 살고 있소." 그가 단언했다. "대접도 잘해주고 있고."

"도메네고가 선택해서 클링엔베르크 씨 밑에서 일하는 건가요?"

"원한다면 언제든 자기 자유를 살 수 있소."

"그게 얼마나 드는데요?"

"그건 도메네고와 나 사이의 일이오, 시뇨라 오르솔라. 자, 목걸이는 안 돼요. 하지만 밀레피오리를 만들어주셨으면 좋겠소. 주문 요청이 몇 건 있는데, 그 주문량을 채울 다른 등불 유리공예가를 찾기 전에 부인에게 먼저 기회를 주고 싶군. 이번 달 말까지 견본을 몇 개 보내시면 우리가 좀 살펴보지." 클링엔베르크는 지친 얼굴로 일어섰다. 그는 평소처럼 자연스럽게 화제를 전환할 수가 없었다. 그는 사무원을 불렀다. "요나스, 자네가 시뇨라 오르솔라를 배웅 좀 해드리겠나? 어머님과 오빠들에게도 안부 전해주시오." 클링엔베르크는 노예나 구슬에 대해 더는 할 말이 없다는 사실을 확실히 하며 마무리했다.

오르솔라는 이 권력 있는 상인을 불편하게 했다는 데 잠시나마 만족감을 느꼈다.

요나스가 그녀를 바깥까지 안내했지만, 이제 오르솔라는 몇 번씩이나 폰다코 데이 테데스키에 온 적이 있기에 길은 익숙했다. 수 세기 동안 수많은 상인의 신발이 밟고 다녀서 가운데가 오목하게 파인 너른 대리석 계단을 내려갈 때, 클링엔베르크의 직원은 나직한 목소리로 말했다. "그렇게 성질을 부리면 부인 가족에게 도움이 안 돼요. 헤르 클링엔베르크는 그런 일을 잊지 않아요. 이제 무라노 유리 주문은 점점 줄어들고 있거든요. 부인의 옛 애인 같은 사람들이 북쪽에서 사업을 다 가로채버려서."

"그 사람 얘기는 꺼내지 마요!" 오르솔라의 외침이 계단 위아래에 울려 퍼졌다. 지나가던 사무원이 못마땅한 눈길로 그녀를 슬쩍 보았다. 남편을 맞고, 아이를 낳고, 자기 공방을 가진 지 8년이었다. 이들이 그동안 안토니오에게 버림받은 상처로부터 그녀를 지켜주었다. 그래도 누군가 이렇게 예상치 못하게 동정심이라곤 전혀 담지 않고 가볍게 던지는 말 한마디에도 오래전에 다 아물었다고 생각한 상처는 다시 터졌다.

"베네치아는 한때 세계 교역의 중심지였죠." 오르솔라가 분통을 터뜨리는데도 무시하고 요나스는 말을 이어갔다. "지금은 봐요." 그들은 계단 아랫단에 이르렀고, 그는 눈앞에 펼쳐진 열린 마당을 가리켰다. "처음 여길 봤을 때 지금보다 얼마나 더 바빴는지 기억나죠."

요나스의 말이 맞았다. 오르솔라와 자코모가 마르코를 찾아 처음 여기 왔을 때, 이 마당에는 여기저기 뛰어다니는 점원들과 옮겨와서 검품을 받는 특이한 물건이 가득해서 그들과 계속 부딪히지 않도록 피해서 지나가야 했다. 이제 폰다코 데이 테데스키는 훨씬 조용해져서, 온갖 크기의 배가 스쳐 지나가는 바쁜 대운하가 아니라 몇몇 곤돌라만 차분하게 미끄러지는 곁길 수로에 더 가까웠다.

"어떤 시장이 됐든 무라노 유리를 아직도 원하는 데가 있길 바라면,

괜히 저 아프리카인 편을 들면서 헤르 클링엔베르크를 비판하지 않는 게 좋을 겁니다."

오르솔라가 무어라 대꾸하기도 전에 그가 덧붙였다. "노동의 대가를 받으면 큰 차이가 생긴다고 생각하는 겁니까, 시뇨라? 가끔은 주머니에 동전이 짤랑거려도 노예 같은 기분이 들 때도 있어요."

오르솔라는 그를 빤히 보았다. 요니스는 마당 건너편을 바라보고 있어서, 옆얼굴만 보일 뿐이었다. 튀어나온 광대뼈와 곧은 코. 수염이 난 턱은 굳게 다물어졌고, 검은 모자 아래 관자놀이에서는 혈관이 쿵쿵 뛰었다.

"하지만 당신은 선택권이 있잖아요." 마침내 오르솔라가 말했다.

"굶어 죽는 것과 굶어 죽지 않는 것 사이의 선택이라면 딱히 선택이라고 할 수도 없어요."

"그 말을 도메네고에게 해보세요. 그러면 그 선택도 좋아할 테니까요."

"그 모로는 저보다 나은 삶을 살고 있어요. 그자가 이 아름다운 도시에서 종일 물 위에 나와 있는 동안, 나는 안에서 숫자나 베껴 쓰고 있으니."

"하지만 그는 가족이 없잖아요."

"그건 나도 마찬가지예요."

"가족들은 어떻게 됐어요?" 오르솔라는 그렇게 묻긴 했지만, 그의 사정이 그렇게 궁금한 건 아니었다. 그랬다가는 그에게 동정심이 들 수도 있으니까.

"역병에 당했습니다, 모두요. 부모님도, 형제자매도."

"케 디오 리 테냐(하느님께서 보우하시길)." 오르솔라는 성호를 그었다. "아내가 있어요? 아이들은요?" 어째서 오르솔라는 오지랖 넓게 끼어

275

들고 만 걸까?

그는 고개를 저었다.

"곤돌라 사공인 편이 낫다면, 왜 그렇게 하지 않나요?"

"그렇게 간단하지 않아요, 시뇨라. 어째서 당신 오라버니들은 유리 공예를 하는 거죠? 가업이라는 게 그런 거죠."

그 말은 사실이었다. 오르솔라는 유리공예가 아닌 다른 일을 하는 마르코나 자코모를 상상할 수가 없었지만, 그들에게 선택권이 주어진 적도 없었다.

"제 아버지도 헤르 클링엔베르크처럼 상인이었습니다." 그가 말을 이었다. "하지만 아버지는 형들을 사업에 끌어들였기 때문에, 저는 다른 곳에서 일자리를 구해야만 했어요. 헤르 클링엔베르크는 아들이 없어서 나를 받아주었죠."

"당신이 물 위에서 일하고 싶었다고 해도요?" 오르솔라는 이 창백한 낯빛의 사무직원이 곤돌라를 저으며 운하를 지나고, 노래하며 욕하는 상상을 해보고는 슬쩍 웃음이 났다.

요나스는 대답하지 않았다.

"도메네고가 자유를 찾는 대가는 얼마죠?"

"100체키노입니다."

오르솔라는 숨을 들이켰다. 도메네고는 클링엔베르크가 사람들을 모시고 다니는 일로 바쁘지 않을 때는, 가끔 트라게토 정박장에서 1솔도씩 운임을 받고 단거리를 오가는 승객을 실어 날랐다. 그 돈을 벌려면 손님을 4만 번 실어 날라야 할 것이었다. 오르솔라는 2만 개의 구슬을 만들어야 했다.

폰다코 데이 테데스키를 떠날 때 오르솔라는 도메네고가 있는지

보려고 리알토 트라게토 쪽으로 향했다. 클링엔베르크를 만난 후에는 친구를 만나러 가는 게 습관이 되었다. 도메네고는 고용주의 가족들이나 다른 손님을 태우느라 바쁘지 않을 때는, 가끔 오르솔라를 데리고 대운하로 나가기도 했다. 그런 대접을 몇 년이나 받았지만, 오르솔라는 다른 곤돌라들을 헤치며 물가에 늘어선 화려한 팔라초나 다른 승객들이 서로를 훑어보는 광경을 구경하는 것이 여전히 재미있었다. 그들 중 몇몇은 이 소박한 여자가 어떻게 자기보다 더 화려하고 아프리카인 사공이 딸린 배를 타고 있는지 의아해하면서 훑어보기도 했다. 도메네고도 이런 일들을 즐기는 듯했다. 그는 다른 배에 부딪히지 않고, 혹은 왼쪽이나 오른쪽으로 갈 때도 경고하기 위해서 고함을 치거나 욕하지 않고 그저 '아 프레만도(왼쪽으로)'나 '아 스타간도(오른쪽으로)'로만 신호하면서 곤돌라 모는 기술을 자랑할 수 있어서 좋아했다. 도메네고가 실수하더라도 오르솔라는 클라라나 그 아버지처럼 그를 판단하지 않을 것이었다. 그는 이제 손가락 하나를 잃어버린 상태에도 적응해서 이전처럼 원활하게 배를 저었다.

그들은 종종 산 마르코 쪽으로 가면서 그리마니와 카레조니코, 베니에르 팔라초를 지났고, 도메네고는 그 옆을 지나가는 동안 이름을 하나하나 불러주었다. 보통은 산 마르코까지 멀리 가진 않고, 산타 마리아 델라 살루테까지만 갔다. 이곳은 1630년 역병 이후에 지어진 거대한 돔형 성당이었다. 각종 조각상과 아름답지만 불필요한 소용돌이 문양으로 장식한 라 살루테는 오르솔라에게 산 마르코 성당이나 두칼레 궁전보다도 베네치아를 대표하는 건축물처럼 여겨졌다. 성당은 대운하 입구, 위압적이고도 그림 같은 위치에 자리 잡고 있었고, 좁고 수직으로 솟은 수많은 집과 캄파닐레를 보고 난 후에 성당의 넉넉한 곡선을 보면 눈이 시원했다.

매년 11월이면 대운하 위에 짧은 나무다리가 놓였고, 베네치아인들은 7월에 레덴토레 성당까지 순례하듯이 역병을 거둬간 주님께 감사를 드리려고 라 살루테까지 순례했다. 오르솔라는 어느 쪽 축제에도 가본 적이 없었다. 하지만 매년 열리는 레가타를 목격하기도 했고 페스타 델라 센사, 승천절 축제는 안토니오의 안내를 받아 딱 한 번 가본 적이 있었다. 축제에서는 베네치아의 도제가 부친토로, 그의 화려한 전용 갤리선 위에서 반지를 바다에 던져 바다와 결혼하는 의식을 구경했다. 크기와 훌륭한 장식 모두 놀라운 도제의 배 양쪽에는 빨강과 금색의 노가 스물한 개씩 달렸고, 완벽하게 딱딱 맞추어 움직였다.

옛 추억을 그러모으는 건 그만두고, 오르솔라는 지금을 생각했다. 물론 그것도 도메네고를 찾아온 이유 중 하나였다. 그는 오르솔라를 안토니오와 이어주는 유일한 끈이었다. 그에게 직접 물어본 적은 없지만, 두 사람이 함께 있을 때, 이 곤돌라 사공은 꾸러미를 건네주기도 하고 고개를 젓기도 했다. 물론 아무것도 없을 때가 더 많았다. 클라라 클링엔베르크는 약속을 지켜서 아버지 모르게 돌고래를 도메네고에게 가져다주었다. 하지만 클라라가 결혼해서 산 폴로에 있는 남편의 집으로 이사가버린 만큼 이제는 어떻게 될지 오르솔라는 걱정스러웠다. 오르솔라는 두 사람 모두에게 말을 전하고 싶었고, 그럴 필요도 있었다.

결혼한 베네치아 여자들이 어디서 시간을 보내든 도메네고가 그리로 데려다줄 거라고 오르솔라는 생각했다. 미사에 갈지, 다른 여자들을 방문할지, 보석을 사러 갈지, 극장에 갈지 오르솔라는 짐작도 가지 않았다. 하늘색 실크 드레스를 입는 클라라의 세계는 오르솔라의 세계와 사뭇 달랐다. 물론 오르솔라는 그 드레스가 부럽기도 했지만, 그 옷은 그녀에게 어울리지 않는다는 것을 알았다. 오르솔라는 아직도 마리아 바로비에르가 골라준 적갈색 드레스를 입었다. 물론 그 옷은 이제 낡고 군데군데 기웠으며, 아이를 낳고 나이가 들어서 체형이 변했기 때문에 가슴과 엉덩이 부분은 덧대어 이어야만 했다. 딱 하룻저녁만이라도 푸른 실크 드레스를 입고 진주를 걸쳐보고 싶은 마음도 들었다.

안개가 낀 날이었기에 트라게토 정박장에는 오로지 몇 척의 배밖에 보이지 않았다. 다른 사공들도 오르솔라에게 익숙해졌고, 이제는 유부녀인데다 그렇게 젊고 상큼하지 않았기 때문에, 이전만큼 주목받지 않았다. 그들은 오르솔라가 오직 도메네고의 배만 탄다는 것을 알았다. 어떤 곤돌라 사공이 오르솔라를 알아보고 불렀다. "그 모로(무어인)는 독일 아가씨를 산타 마리아 데이 미라콜리에서 열리는 미사에 모시고 갔어요. 내가 데려다드립죠, 시뇨라. 4솔도만 내쇼."

다른 곤돌라 사공도 외쳤다. "라드로(도둑놈)! 부인이라면 2솔도 받으리다!"

"1솔도!" 안개 속에서 어떤 목소리가 외쳤다. "그렇게 멀지 않아요, 시뇨라. 이 도둑놈들은 어머니를 만나러 가는데도 바가지를 씌울걸요."

오르솔라는 망설였다. 곤돌라 사공에게 솔도를 줘버려야만 한다면, 차라리 도메네고에게 쓰고 싶었다. 하지만 그는 그녀에게서 돈을 받으려 하지 않을 것이었다. 그렇지만 안개도 끼고 돌이 울리고 발에 감각이 없어질 정도로 추웠기 때문에, 오르솔라는 성당을 찾아 헤매다 길을 잃고 싶지는 않았다. 그래서 오르솔라는 "씨!"라고 대꾸했고, 마지막 사공이 안개 속에서 나타나자 다른 사공들의 야유를 받으면서 그 곤돌라에 올라탔다. "그 자식, 진짜 도둑인 걸 아시게 될 거요!" 첫번째 사공이 외쳤다. "두고 보시라고!"

그의 말이 맞았다. 사공이 산타 마리아 데이 미라콜리의 얕은 계단까지 오르솔라를 데리고 가는 데는 고작 3분밖에 걸리지 않았다. 물론 운하는 언제나 직선 경로로 이어져 있었고, 거리를 따라 걸으면 그보다 더 오래 걸릴 것이었다. 특히 방향감각을 잃기 쉬운 안개 속에서는 더 그랬다. 그래도 그렇게 짧은 거리치고는 비싼 가격이었고, 오르솔라는 그렇게 말하면서 6데나로로 깎아보려고 했다. 물론 가격을 이미 합의한 상황에서 흥정한다는 건 체면이 상하는 짓이었다. 사공도 이를 알았기에 솔도를 주기만을 기다리며 오르솔라의 서투른 흥정을 가엾다는 듯한 표정으로 바라보기만 했다. 마침내 오르솔라는 숨죽여 "라드로 피올 둔 칸(도둑놈 개새끼)"이라고 웅얼거리며 뱃삯을 치렀다. 곤돌라 사공은 그 말을 듣고 씩 웃으면서 대꾸했다. "콤플리멘티(잘했소), 시뇨라, 참 너그러운 분이시구려!" 그는 휘파람을 불면서 배를 저어 떠났다.

도메네고는 예상과 달리 계단 근처에 정박하고 있지 않았으므로, 오르솔라는 성당으로 들어가는 입구 근처의 작은 캄포로 올라갔다. 산타 마리아 데이 미라콜리는 안개 속에 서 있었다. 베네치아 기준으로는 작은 성당이었다. 정사각형 건축물에는 노란빛이 도는 대리석을 입혔고, 통처럼 생긴 지붕 한쪽 끝에는 돔이 있었다. 수로가 바로 그 옆을 따라 흘렀다. 건물 사방을 집들과 물이 두른 셈이었다. 실로, 주님이 이 비좁은 공간 위에서 건물을 뚝 떨어뜨리기라도 한 것처럼, 그 자리에 있다는 것 자체가 기적처럼 보였다. 그럼에도 그 비율과 대리석은 놀랄 정도로 우아했다.

오르솔라는 운하를 따라 바라보았지만, 안개 때문에 곤돌라 하나 정도의 길이 너머로는 아무것도 보이지 않았다. "도메네고." 오르솔라는 안개 속으로 조용히 불러보았지만 답이 없었다. 그가 거기에 없을지도 모른다는 생각은 미처 못했다. 오르솔라는 몸을 떨었다. 날이

춥고, 안개 때문에 고립되었다. 베네치아에는 가끔 그런 불길한 효과가 있어, 사방에서 죄어오는 듯한 기분이 들면 빛과 물을 갈망하게 되었다. 그러다 다시 트윈 도시로 나가기 위해 대운하나 석호, 피아차 산 마르코를 찾았다.

오르솔라는 캄포를 가로질러 산타 마리아 데이 미라콜리의 반대편을 따라 난 좁은 거리를 찾았다. 행인 몇 명이 안개 속에서 나와 길을 찾는 데 아무 문제 없다는 듯 서둘러 지나갔다. 몇몇은 카르네발레 때문에 가면을 쓰고 있었지만, 대부분은 오르솔라처럼 경박한 놀이에는 시간을 쓸 수 없는 노동자였다. 오르솔라는 이런 자신감 넘치는 베네치아인들이 부러웠다. 길을 잃지 않고 편안하게 움직이려면 여기 살아야만 할 것 같았다.

오르솔라는 건물 끝으로 가서 또 다른 작은 캄포에 다다랐다. 거기 한 모퉁이에 운하 위로 다리가 놓여 있었다. 오르솔라는 거기에 도메네고의 곤돌라가 묶여 있는 것을 보았다. 보통 그는 고물에 앉아 대기하고 있었지만, 오늘은 비어 있었다. 오르솔라는 주위를 둘러보았지만, 앞이 별로 보이지 않아서 그가 캄포에 있더라도 알 도리가 없었다.

펠체의 판자가 모두 내려졌고, 그 위는 검은 천으로 완전히 덮였다. 어쩌면 그는 안에서 자고 있는지도 몰랐다. 오르솔라가 그의 이름을 막 부르려던 찰나, 판자 하나가 올라가더니 한 여자가 나타나 곤돌라에서 기어 내려왔다. 색깔이 너무 환하고 목이 깊게 파인 드레스를 입은 그런 유의 여자였다. 순간, 오르솔라는 배가 운하 위에서 이리저리 흔들리지도 않았는데, 이 여자와 도메네고가 어떻게 일을 치렀는지 의아하게 여겼다. 그러자면 약간의 기술이 필요할 것이었고, 오르솔라는 안토니오와 함께 로소가의 산돌로를 타고 석호로 나갔던 추억을 떠올렸다.

여자는 오르솔라 옆을 지나가면서도 쳐다보지 않았고, 다리를 넘어 칸나레조로 서둘러 가버렸다. 곧이어, 도메네고가 펠체에서 내려왔다. 그는 오르솔라를 보더니 그 자리에 우뚝 섰다. 창피해하는 것이 분명했다. 잠시 후, 그는 평소대로 고물로 기어 올라가 자리를 잡았다.

"본조르노, 도메네고." 오르솔라는 뺨이 달아오르는 것을 느끼며 인사했다.

그는 고개를 끄덕였지만, 붉은 허리끈을 매느라 여념이 없어서 아무 말도 하지 않았다. 곤돌라 사공들의 의상도 바뀌어서, 그는 이제 더는 무늬가 있는 바지와 붉은 튜닉을 입지 않았고, 하얀 깃털 장식이 달린 모자도 쓰지 않았다. 대신에 소박한 갈색 반바지와 하얀 셔츠를 입고, 갈색 재킷을 걸쳤으며, 붉은 모자에 어울리는 붉은 띠를 맸다.

베네치아에는 수천 명이나 되는 창녀가 있었고, 많은 남자들이 이를 이용했다. 도메네고 또한 그렇다고 해서 놀랄 일이 뭐가 있단 말인가. 아프리카인 노예로서 그는 결혼할 가능성이 별로 없었다. 그도 자신의 욕구를 어떻게든 채우고 싶을 것이었다.

오르솔라는 그를 더 당혹스럽게 할 마음은 없었기에 자기가 본 건 무시하기로 했다. "나한테 온 꾸러미 없어요?" 오르솔라는 돌고래에 대해 직접적으로 묻지 않는다는 규칙을 깨고 물었다.

도메네고는 고개를 저었다. 오르솔라는 한숨을 억눌렀다. 마지막으로 받은 후 2년이 흘렀다. 오는 길에 누가 잃어버린 건 아닐까? 아니면, 안토니오가 테라페르마의 어딘가에서 죽기라도 한 게 아닐까? 이 생각에 오르솔라의 심장이 쿵 내려앉았다. 그녀는 침을 삼켰다. "시뇨라 클라라는 미사 참석 중이에요? 부인과 이야기를 해야겠어요."

도메네고는 고개를 끄덕였다.

오르솔라는 성찬에 함께하자고 초대하는 사제의 목소리를 어렴풋이

들었다. 이제 클라라 클링엔베르크가 나오기까지는 몇 분밖에 시간이 없었다. "도메네고, 테라페르마까지 갔다 올 수 있는 시간이 있나요?"

"누가 가려고 하는 건데요?"

"나요." 오르솔라는 그 순간에야 자기가 그랬다는 것을 비로소 깨달았다. 그 세계에 대해서 아는 게 없지 않느냐는 클링엔베르크의 무심한 말에 상처받았다. 본토까지 가는 짧은 여행이라도 하려면 안전해야만 했다.

"당신요?" 도메네고는 재미있어하는 표정이었다.

"왜 웃죠? 나는 테라페르마에 가면 안 된다는 법이라도 있나요?"

"물론 없죠. 사업차 가는 겁니까?"

"아뇨, 나는, 나는 가본 적이 없어서요, 그게 다예요. 그곳을 한번 봐야겠어요. 보고 싶어요."

"제가 모시고 갈 순 없어요, 미 디스피아체(미안하지만)."

"왜죠?" 오르솔라는 알지도 못하는 사람과 단둘이, 혹은 오가는 내내 수작을 걸 게 분명한 브루노 같은 사공과 함께 여섯 시간 동안 배를 타고 가고 싶진 않았다.

"삯도 받지 못하면서 그만한 시간을 낼 여력이 없어요."

"물론 돈은 낼 거예요! 내가 한 말은 그 뜻이에요. 얼마나 받죠?"

그는 망설였다. "15솔도예요."

간단한 구슬 열다섯 개, 혹은 더 기교를 부린 구슬이라면 여덟 개, 밀레피오리라면 세 개를 만들어야 마련할 액수였다. 그 돈이면 닭을 세 마리 살 수도 있고, 빵 일곱 덩어리, 혹은 정어리 열다섯 마리를 살 수도 있었다. 합리적인 가격 같았다. "좋아요."

언제 만날지 날짜를 의논하고 있을 때, 성당 안에서 사람들의 목소리가 들렸다. "미사가 끝났네요."

도메네고는 벌떡 일어나 밧줄을 풀었다. "반대편에서 시뇨라 클라라를 태워야 해요. 거기서 봐요. 아씨는 자기 곤돌라에 오르솔라가 타고 있는 걸 보면 기꺼워하지 않을 겁니다." 그는 잠깐 머뭇거렸다. "아까 그 일은 말하지⋯⋯." 그는 다리 쪽으로 손짓해 보였다. 그 창녀를 직접적으로 가리키지는 않았지만 그에 가장 가까운 표현이었다.

"물론 하지 않죠. 내가 상관할 일이 아니니까."

도메네고는 고개를 끄덕였다. "어쨌든 나도 남자니까요." 그는 노를 집더니 배를 젓기 시작했다.

"데 체르토(당연하겠죠)." 오르솔라는 몸을 돌려 캄포를 빠르게 가로질러 거리를 따라 내려갔다. 맨 처음 왔던 캄포에 다다르자 미사에 참석했던 사람들이 산타 마리아 데이 미라콜리의 문에서 쏟아져 나오고 있었다. 성당 안의 따뜻하고 건조한 공기에 젖어 있던 사람들은 상대적으로 추운 안개를 들이마시자 콜록거렸다. 마침내 클라라 클링엔베르크가 모습을 드러냈다. 키 때문에 한눈에 알아볼 수밖에 없었다. 시녀 베네데타 또한 몇 년 전 곡예사들 옆에서 만났을 때처럼 주인 옆에 바짝 붙어 있었다. 여자들이 안개 속에서 주춤거리고 있을 때, 오르솔라가 다가갔다. "시뇨라 클링엔베르크, 구슬을 제작하는 오르솔라 로소예요. 아버님에게 구슬을 팔죠. 이전에 한 번 만난 적이 있습니다." 오르솔라는 스테파노의 성을 사용하지 않았다. 로소가를 알아보는 사람들은 있어도 그의 성을 알아보는 사람은 없었다.

클라라는 오르솔라를 향해 몸을 돌렸다. 놀라서 창백해진 타원형 얼굴에서 갈색 구슬 같은 두 눈이 빛났다. 그간 오르솔라는 먼발치에서 클라라를 몇 번 본 적이 있었다. 도메네고의 곤돌라를 타고 가거나 산 마르코 광장을 걸어갈 때였다. 두 사람이 몇 년 전 곡예사들 옆에서 만났을 때, 클라라는 아직 다 자라지 않은 소녀였다. 이제, 자세히 보니 클라라가 성숙한 여인이 되었음을 알 수 있었다. 얼굴은 더 갸름해졌고, 세상 경험이 눈망울에 아로새겨졌다.

클라라는 오르솔라를 빤히 바라보고 있었다. "아, 돌고래 아가씨." 그녀가 말했다. "유리공예가죠."

"씨, 시뇨라."

"그간 나이가 드셨네요."

오르솔라는 그 말에 움찔했지만, 그 말은 오르솔라의 본인 생각을 그대로 반영하고 있었다. 자기가 늙어 보인다는 말을 듣고 싶어 하는 사람은 없다. 자기가 생각하고 싶은 대로 남들도 자기를 동안이라고 확인해주기를 기대한다. "마지막으로 만난 후에 시간이 꽤 흘렀으니까요." 오르솔라는 온화하게 대답했다. "얼마 전에 결혼하셨죠? 메 라레그로(축하드려요)!"

"네, 뭐……. 베네데타, 가서 도메네고에게 나를 반대쪽 캄포에서 태워달라고 말해줘." 클라라는 명령을 내렸다. "산타 마리아 데이 미라콜리 뒤편을 한번 보고 싶어서 그래. 거기가 이 성당의 백미 아니야? 가끔은 그게 내가 페데리코와 결혼한 이유 같다니까. 그 사람 언제나 여기 미사에 참석하니까."

"하지만 시뇨라, 어둠 속에서 길을 잃으시면 어떡해요!" 베네데타가 외쳤다.

"허튼소리 마. 내가 그렇게 멍청한 줄 알아. 그리고 시뇨라 로소가 나와 함께 있어줄 거야. 그럼 가."

몸종은 얼굴을 찡그렸지만, 클라라는 벌써 오르솔라의 팔을 잡고 몸을 돌렸다. 그런 후에 계단을 내려가 모퉁이를 돌았다. 오르솔라보다는 안개를 걱정하지 않는지, 느릿하지만 자신 있게 걸었다. "베네데타는 물론 이 일을 내 남편에게 보고할 거예요." 클라라는 목소리를 낮췄다. "모든 걸 다 꼬치꼬치 이르니까."

오늘 클라라는 연회색 모직 드레스를 입었고, 머리에 쓴 검은 비단 첸달레(망토)는 가슴에서 끈을 둘러 등 뒤로 묶었다. 오르솔라가 볼 수 있는 부분으로 미루어 보면, 클라라는 더 이상 머리를 땋아 올리지 않았고, 얼굴 주위에서 고수머리를 둥글게 말아 늘어뜨린 것 같았다. 아주 인상적인 모습, 거의 아름답다고 할 만한 모습이었지만 눈에는 이제 막 결혼의 실체를 알아차린 새색시의 긴장감이 어려 있었다.

"에코(자), 부인에게 줄 게 있어요." 클라라가 말했다. "지금 막 도착했어요. 아직 도메네고에게 주지 못했네요." 클라라는 검은 스카프 아래에 손을 넣어, 오르솔라가 보고 싶어 했던 린넨 꾸러미를 꺼냈다. 클라라는 구슬을 만드는 여인에게 이 꾸러미를 건넸고, 오르솔라는 그걸 주머니 속에 쑤셔 넣었다. "아, 풀어봐요!" 클라라가 외쳤다. "나도 보고 싶어요. 특히 지난번에 왔던 환한 녹색 돌고래가 마음에 들던데."

오르솔라는 매듭을 끌러 포장을 풀고 돌고래를 꺼내 손바닥 위에 놓았다. 투명 유리로 된 몸통을 하얀 선세공 장식이 빙 두르고 있었다.

"벨리시모(아름다워요)." 클라라가 숨소리처럼 낮게 말했다. "정말 솜씨 좋은 장인이네요."

오르솔라는 얼굴을 찡그리지 않으려 했다. 마치 이 독일 여자는 자기가 안토니오와 사랑에 빠진 것만 같았다. 오르솔라는 나중에 혼자 더 자세히 살펴보고 싶어 서둘러 다시 돌고래를 쌌다. "이건 아버님 댁으로 온 건가요? 시뇨레 클링엔베르크나 다른 사람이 열어보았을지도 모르겠네요."

"남편 집으로 들어갈 때 그 생각을 하고, 꾸러미가 오면 어디로 보내야 할지 편지를 미리 전했어요."

오르솔라는 고개를 끄덕였다. "그라치에, 시뇨라." 클라라 클링엔베르크가 프라하에 편지를 썼다고 생각하니 이상한 기분이 들었다.

안토니오를, 그를 향한 생각을 차츰 잊게 될 때마다, 그에 관한 생각이 기운을 잃고 마치 오래된 천 조각처럼 바래지려 할 때면 돌고래가 도착해서 그 천의 색을 다시 선명하게 물들이고 더 튼튼하게 하는 것만 같았다. 오르솔라는 돌고래가 올 때면 놀라기도 하고 혼란스럽기도 했지만, 한편 기쁘기도 했다. 돌고래는 이제 단순한 재밌거리가 아니라 기억을 되살리는 물건이었다. '아, 그래요. 자, 여기 있네요' 같은.

"결혼하신 거죠, 정말로?" 클라라는 오르솔라의 결혼반지를 고갯짓으로 가리켰다. "아이도 있나요?"

"딸 하나 있어요."

"그러면 이 돌고래에 대한 감정이 바뀌었겠네요. 그렇지 않나요?"

"나는 사랑 때문에 결혼한 게 아니에요, 시뇨라. 사업 때문이죠."

"나도 마찬가지예요."

두 사람은 반대편 캄포에 이르렀다. 베네데타가 그 끄트머리에 서서 그들이 다가오는 방향을 보고 있었다. 두 여자는 잠깐 눈을 마주쳤고, 다음 순간 클라라 클링엔베르크가 오르솔라의 팔을 꽉 쥐었다. "아리베데르치(다시 만나요), 마에스트라." 클라라는 그렇게 말하고는 안개 속에서 떠내려가듯 사라졌다.

주위에서 맴도는 대가족과 돌봐야 할 아이들, 대기하는 작업을 놔두고 하루 종일 떠나 있기가 쉽지 않았다. 오르솔라는 클링엔베르크를 만나러 가야 한다는 핑계를 댈 수 있고, 그 누구도 캐묻진 않겠지만, 그 용건이라면 고작 몇 시간이면 충분할 것이었다. 오르솔라는 한두 시간은 사촌들을 방문하러 간다고 덧붙일 수도 있었지만, 그랬다가는 어머니가 친척 소식을 자세하게 듣고 싶어 할 수도 있었다. 솔직히 테라페르마에 간다고 말할 수도 있지만, 마르코와 라우라 로소는 제대로 된 이유가 없다면 그 시간과 돈을 낭비하지 못하게 할 게 뻔했다. 가족들이 어떻게든 알게 되겠지만, 가기 전에 싸우느니 후에 불평을 받아주는 편이 더 쉬웠다.

오르솔라는 마침내 클링엔베르크와 근사한 목걸이를 주문하고 싶어 하는 여성 고객을 만나러 간다는 사연을 꾸며냈다. 라파엘레를 위해 따로 챙겨둔 프리톨라 디 카르네발레(베네치아식 튀긴 도넛)를 훔쳐 먹었다고 어머니가 세바스티아노를 혼내는 때를 골라, 오르솔라는 고객이 꽤 까다로워서 시간이 좀 걸릴지도 모른다는 말을 전했다. 바람대로, 라우라 로소는 손자를 혼내는 데 정신이 없어서 건성으로 고개를 끄덕였다.

오르솔라는 자기가 얼마나 오래 자리를 비웠는지 아무도 모르게 하려고 아침 일찍 집을 나섰다. 도메네고가 무라노 남단의 트라게토 옆에서 그녀를 태웠다. 이제는 이전 도제의 조각상을 지지하는 기둥이 세워져 있어 그 이름을 따 콜론나라고 부르는 곳이었다. 곤돌라 사공은 먼 길을 갈 때는 무게를 덜기 위해 펠체를 떼어내기 때문에, 오르솔라는 배 위에 앉은 모습이 드러날까 싶어 숄로 얼굴을 꽁꽁 쌌다. 일단 자리를 잡자 도메네고는 본토의 메스트레까지 세 시간 동안 노를 저어 갔다.

한참 동안 둘은 말이 없었다. 해가 뜬 지 얼마 되지 않아 춥고, 잔잔한 물 위에는 다양한 색깔의 빛이 비쳐 반짝였다. 고기 잡으러 나온 어부들 말고는 아무도 없었다. 테라페르마로 가거나 거기서 오는 다른 사공들은 공기가 좀 더 따뜻해지는 한 시간이나 두 시간 후에, 칸나레조 서쪽에서 출발할 것이었다. 도메네고가 젓는 노가 간간이 물을 튀기는 소리와 이따금씩 오리가 꽥꽥대는 소리 말고는 축복처럼 조용했다. 늘 여덟 아이가 주변에서 뛰어다니기 때문에 오르솔라는 그런 고요를 느낄 기회가 별로 없었다.

일단 그 침묵을 깬 건 도메네고였다. 오르솔라가 삶은 달걀을 까서 건네자 그는 "그라치에"라고 말하고는 통째로 입안에 집어넣었다. 그 한마디에 혀가 풀렸는지, 그는 달걀을 다 씹어서 삼킨 후에 말했다. "이게 내가 그 친구를 데려다준 길은 아니에요."

두 사람은 안토니오 얘기를 전혀 하지 않았다. 돌고래를 전해줄 때조차 말을 꺼내지 않았다. 오르솔라는 입에 든 달걀을 어렵사리 삼켰다. 다 먹고 헛기침을 할 때까지 한참 걸렸다. "알아요." 마침내 오르솔라는 웅얼거렸다. 달걀이 내려가다가 목에 막힌 것만 같았다.

"그 길은 더 길죠. 북쪽으로 가려면. 그 길로 가고 싶어요?"

"아뇨."

"당신이 그 친구랑 같이 있으려고 가는 줄 알았는데요."

"뭐라고요? 아니에요! 아니에요. 안토니오가 떠난 지도 8년이 흘렀어요, 도메네고. 내가 그 사람을 따라가려고 했다면, 당신들 두 사람하고 같이 떠났겠죠. 나는 그 사람 생사도……." 오르솔라는 말을 멈췄다.

"그러면 왜 테라페르마에 가려는 겁니까?"

수백만의 발걸음과 바위와 들판, 눈과 산이 가로막고 있대도 어떤 식으로든 그가 돌고래를 만드는, 아니 만들었던 북쪽과 연결된 땅을 밟아보기라도 하려고. 하지만 오르솔라는 그 말을 도메네고에게 하지는 않을 것이었다. 너무나 우스꽝스러우니까.

오르솔라는 달걀 껍데기를 물속에 던졌고, 물고기 한 마리가 껍데기를 살피러 올라왔다. "내 구슬은 사방팔방으로 떠났어요. 심지어 아프리카에도 갔죠. 하지만 난 아무 데도 가지 못했어요. 어딘가 가고 싶네요."

도메네고는 미소를 지었다. "메스트레가 그 어딘가입니까?"

"여기보다는 낫죠!"

도메네고는 대답하지 않았지만, 곧 그녀도 직접 알게 될 것이었다.

"미오 디오!" 도메네고가 메스트레의 둑에 내려주자 오르솔라는 외쳤다. "이게 무슨 냄새래요?"

그는 웃음을 터뜨렸다. 온종일 오르솔라의 반응을 보면 재미있을 것만 같았다. "말 오줌똥 냄새죠. 사람들이 육지에서는 그걸로 이동하거든요. 당신도 곧 익숙해질 겁니다." 도메네고는 오르솔라와 동행하지 않고 차라리 곤돌라에서 자고 있겠다고 했다. 배를 지켜야 하기도 했고, 돌아가는 길에 쓸 힘을 비축할 필요도 있었다. "메스트레 사람들을 믿진 마요." 도메네고는 그렇게 경고하고 눈을 감았다.

마을은 길을 가르는 운하도, 움직이는 배들이나 마을을 항상 상쾌하게 해주는 반짝이는 물도 없어서 건물과 거리가 조밀하게 들어찬 덩어리 같았다. 물건과 사람들을 여기저기 옮겨다주는 배와 같은 역할을 하는 건 말이었지만, 오르솔라가 보기에 말은 커다랗고 예측할 수가 없었다. 그리고 냄새가 고약했다. 오르솔라는 말들이 떨어뜨린 똥 덩어리를 밟지 않으려고 계속 조심해야 했고 돌이 깔린 거리 위를 말들이 터벅터벅 걸어오면 그 말굽에 밟히지 않으려고 피해 다녔다. 그 외 다른 것으로 주의를 돌리기가 쉽지 않았다. 마침내 어떤 캄포에 다다르자 오르솔라는 한쪽에 서서 클링엔베르크가 그녀에게는 부족하다고 말한 세상 경험을 줄 수 있을 만한 것들을 찾아 둘러보았다. 그의 오만한 말이 아직도 아프게 찔렀다.

지금 눈앞에 보이고 들리고 느껴지는 것들은 마음에 들지 않았다. 메스트레 사람들이 그녀를 쳐다보고 웃고, 그녀가 이해 못하는 말을 쓰는 것만 같았다. 베네치아에서도 여러 나라 말을 들었고, 외국인도 많이 보았고, 로소가의 상점에 찾아온 그런 손님을 접대하기까지 했다. 그러니까 오르솔라가 낯선 문물에 대처하지 못하는 게 아니었다. 하지만 이들은 오르솔라와 같은 지역민, 베네토 지역의 사람인데도 오르솔라를 외지인처럼 취급했다. 오르솔라는 자신이 그들에게는 그런 이방인이리라고 생각했다. 이건 오르솔라에게 익숙하지 않은 감정이었고, 그 점이 마음에 들지 않았다.

또한 테라페르마에서 일어날 일에도 마음이 불편했다. 여기서는 일이 돌아가는 방식이 달랐다. 오르솔라는 당혹감을 느꼈다. 오르솔라는 캄포에 오래 머물지 않고 석호 쪽으로 돌아갔다. 자기가 가장 잘 아는 요소에 끌리기도 했고, 저 멀리에 베네치아가 보였으며, 도메네고의 곤돌라로 가서 그가 아직도 거기 배에서 자고 있으며 자기를 버리지 않았다는 사실을 확인해 안전하다는 느낌을 받고 싶기도 했다. 그래서 오르솔라는 다시 시내로 들어가 대강 훑어보았다. 결국에는 돌아와서는 배 옆의 둑방에 앉아 주변에서 일어나는 활동을 구경했다. 어부들은 밤사이에 잡은 물고기를 가지고 왔다. 파두아에서 출발한 페리호 한 척이 도착했고, 승객들은 하선해서 베네치아나 다른 섬으로 향하는 곤돌라로 향했다. 물과 배, 오르솔라가 더 편안함을 느끼는 장면이었다. 그 누구도 오르솔라를 보거나 비웃지 않았고, 이해하지 못하는 말을 하지 않았다. 또 베네치아인도 많았으며 다른 곳에서 온 여행객도 다양했다. 창백한 낯빛의 영국인, 키가 큰 독일인, 우아한 프랑스인, 몇몇은 벌써 가면을 쓰고 카르네발레 잔치와 다른 속도의 삶에 대한 준비를 마치기도 했다.

마침내 도메네고가 잠에서 깨어나 하품하며 일어나 앉았다가 배 옆에 앉아 있는 오르솔라를 보고 퍼뜩 놀랐다. "오르솔라, 메스트레까지 데려다달라면서 저한테 그 큰돈을 냈잖아요." 그는 오르솔라가 가져다준 사과의 껍질을 깎으려고 칼을 꺼내며 말했다. "어째서 여길 탐험하러 나가지 않는 겁니까?"

"갔었어요."

"오래 가 있지 않았잖아요. 말똥이 싫어서 그래요?"

오르솔라는 베네치아의 수많은 첨탑이 보일 듯 말 듯한 물 저편을 내다보았다. "테라페르마에 그렇게 특별한 게 없었어요."

도메네고는 오르솔라의 얼굴을 찬찬히 살폈다. "이방인이 되는 게 싫은가 보네요."

사실이었다. 오르솔라는 남들의 시선이 싫었다. 베네치아에서도 약간 이방인 취급을 받았지만, 무라노인과 베네치아인은 그렇게까지 동떨어지지는 않았다. 한쪽은 다른 쪽을 조롱하고, 다른 쪽은 그 한쪽을 속물이라고 부르긴 했지만 메스트레인 같은 공동의 경쟁자가 나타나면 한데 뭉쳤다.

"돌아가고 싶어요." 오르솔라가 말했다.

"벌써요? 확실해요?"

오르솔라는 고개를 끄덕였다. 도메네고는 어깨를 으쓱했다. 그녀를 바보라고 생각하는 게 분명했다.

오르솔라가 도메네고의 도움을 받아 곤돌라에 올라타는데, 뒤에서 누군가가 물었다. "칸나레조까지 뱃삯은 얼마죠?"

그들은 몸을 돌렸다. 그 짧은 순간, 오르솔라는 안토니오인지도 모른다는 얼토당토않은 생각을 했다. 테라페르마에 온 경험 때문에 머릿속이 혼란해졌기 때문이었으리라.

물론 안토니오는 아니었다. 남자는 키가 컸고, 돌돌 말린 하얀 머리는 뒤로 모아 진청색 리본으로 묶었다. 그는 삼각 원뿔 모양의 모자를 썼고, 외투 아래에는 꽃을 수놓은 조끼를 입었다. 아래로 처진 눈꺼풀 아래 튀어나온 눈은 맑았고, 입은 너그러워 보였으며, 생쥐처럼 작고 하얀 이를 드러내며 그녀를 향해 웃었다. "시뇨라." 그가 입을 열었다. "베네치아까지는 길고 추운 여행이죠. 특히 몸을 피할 펠체가 없다면 요. 서로 따뜻하게 데워주고 즐겁게 이야기를 나누면서 함께 시간을 보내야 하지 않겠습니까?" 그는 연극하는 듯한 베네치아 방언으로 말했다.

오르솔라가 대답하기도 전에 도메네고가 노를 들었다. "승객은 한 번에 한 명만 태웁니다." 그가 남자에게 말했다. "둘을 태우기엔 너무 멀어요." 그와 함께 도메네고는 배를 움직여 물가에서 재빨리 멀어졌다.

"거참, 안타깝군요, 시뇨라!" 남자가 그들의 뒤에서 외쳤다. "어쩌면 다른 때에 우연히 마주칠지도 모르겠습니다!" 그는 절을 하더니 손님을 기다리는 다른 곤돌라 사공들 쪽으로 돌아섰다.

"참 무례하네요." 오르솔라는 일단 말이 들리지 않을 정도로 멀어지자 말했다. 그런 관심을 받으니 몸이 따끔거렸다.

도메네고가 입꼬리를 비틀었다. "베네치아엔 그런 남자들이 쌔고 쌨을 텐데."

"남자들 정도는 내가 다룰 수 있어요."

"미 디스피아체(미안하지만), 오르솔라. 당신은 못해요. 이런 남자들은 못하죠. 무라노 남자들은 모두 당신과 남편을 알죠. 그래서 손을 대지 않는 겁니다. 하지만 저자와 같은 베네치아인들은 선을 지킬 줄 몰라요." 도메네고는 고개를 뒤로 까닥하며 해안을 가리켰다.

오르솔라는 뒤로 기댔다. 그녀는 남자의 본성에 대해, 특히 꽃 자수 조끼를 입은 남자에 관해 도메네고와 말다툼하고 싶지는 않았다. 자기보다야 도메네고가 그런 부류의 남자들에 대한 경험이 더 많으리라는 건 의심의 여지도 없었다. 아주 가끔 그런 신사들이 상점에 왔지만, 그들은 오르솔라가 하인이라도 되는 것처럼 똑바로 바라보는 경향이 있었다. 어떤 면에서는 그게 맞는지도 몰랐다.

두 사람은 한동안 아무 말 없이 고요 속에서 앉아 있었고, 오로지 도메네고의 노만 리듬에 맞춰 물을 첨벙 튀기는 소리가 들릴 뿐이었다. 그러다 그는 뒤를 힐끗 돌아보고 나직이 욕설을 내뱉었다. 오르솔라는 시선을 돌렸다. 남자 둘이 젓는 곤돌라 한 척이 그들 뒤에서 빠르게 다가오고 있었다. 두 배가 나란히 하게 되었을 때, 곤돌라 사공이 인사를 건넸다. 도메네고는 그 인사에 별다른 표정 없이 답했다. 통통한 입술을 가진 조끼 남자가 그 배의 승객이었다. 그는 자리에 느긋이 기대앉아 그녀를 보고 미소 지었다. "본조르노, 미아 벨라 시뇨라(안녕하시오, 아름다운 부인), 다시 만났군요. 이제까지 여행이 즐거우셨길 바랍니다. 부인도 칸나레조에 가시는 거죠?"

"무라노로 가요." 오르솔라가 대답했다. 도메네고는 못마땅하다는 듯 혀를 찼다. 오르솔라는 그가 거짓말을 하거나 아무런 대꾸도 하지 말라는 신호를 보내려는 의도임을 알았다. 그래도 거짓말을 하고 싶진 않았다. 오르솔라는 테라페르마에서 찾으려던 게 무엇이든 그걸 얻지 못했기 때문에 지금 위험을 자초한다는 기분이 들었다.

"아, 무라노인이셨군요. 물론 알아차렸어야 했는데."

"어떻게 아실 수 있다는 거죠, 시뇨레?" 오르솔라는 자기도 모르게 이야기에 끌려 들어갔다.

"무라노 여인들에게는 특별한 점이 있으니까요."

"무라노 여인들을 몇이나 만나봤다고요?"

남자는 머리를 살짝 갸우뚱했다. "몇 사람 만났죠. 가끔 대운하에 있는 카지노에 가거든요. 그리고 산타 마리아 델리 안젤리에 있는 수도원에도 꽤 괜찮은 수녀님들이 있고." 남자는 판매용으로 나온 거울이나 샹들리에 얘기를 하듯 그렇게 말했다. 남자는 오르솔라가 질겁하는 것을 알아차린 듯했다. "거기 아세요?"

"제 이모님이 거기 계세요."

"이모님은 무척이나 신실하고 명예를 지키는 여성이시겠죠." 그는 매끄럽게 대답했다.

"제 이모님은 당신 같은 남자는 올리브를 곁들여 먹어 치우실 분이죠."

도메네고가 코웃음을 쳤다.

신사는 그 말을 유하게 받아들였다. 그는 웃음을 터뜨렸다. "이모님이 그러시리라는 데 추호의 의심도 없습니다. 어쩌면 제가 이모님을 찾아뵙고 조카따님이 참 입이 피칸테한(매운) 분이라는 걸 말씀드려야겠네요." 그는 와인 한 잔을 따르더니 배 위로 몸을 내밀어 오르솔라가 원하는지 묻지도 않고 건넸다. 오르솔라는 잔을 순순히 받아들고 와인을 마셨다. 자기가 그렇게 톡 쏘는 사람이라고 생각해본 적은 없었다.

"오르솔라." 도메네고가 낮은 목소리로 경고했다.

오르솔라는 그의 말을 무시하고 와인을 좀 더 들이켰다.

"유리공예 집안 출신입니까?" 신사가 물었다.

오르솔라는 고개를 끄덕였다.

"어느 가문이실까요?"

도메네고는 노를 더 빨리 저으려 했으나 저쪽은 사공이 두 명이라 쉽게 보조를 맞추었다.

"로소예요." 오르솔라는 망설이다가 말했다. 거짓말을 한다고 해도 남자가 알아차릴 것만 같았다.

"로소가의 공방을 방문하도록 하죠." 그가 공언했다. "뭘 사야 하죠?"

"거울요." 오르솔라는 즉각 대답했다. "쓸모가 많을 테니까요."

남자가 탄 곤돌라의 사공들이 껄껄 웃었다.

"로소가의 거울이라." 남자는 만족스레 말했다. "그게 내 모습을 멋지게 비춰주기만 한다면, 기쁘게 하나 사죠. 당신이 나한테 판다면요."

"나는 구슬을 만들어요." 오르솔라는 불쑥 내뱉은 후에 얼굴을 붉혔다.

"그러십니까? 그러면 구슬을 보고 싶은데요. 무척요. 내가 목걸이를 하나 주문할 수도 있겠군요. 하지만 그걸 누구에게 준다지요?"

"부인께 드리면 되지 않을까요?"

"자, 시뇨라, 미끼를 던지시네요. 제가 아내가 있는지 알아내려면 좀 더 열심히 수를 쓰셔야 할걸요. 저를 카지노에서 만나주시면 알아내실지도 모르죠!"

별안간 오르솔라가 탄 곤돌라가 방향을 바꾸었다. "페르도나테미(실례합니다만), 시뇨레. 우리는 지금 무라노로 향하는 중이라서요." 도메네고가 알렸다.

"말도 안 돼." 남자가 말했다. "무라노로 돌아가기 전에 칸나레조까지 쭉 가도 될 텐데."

도메네고는 그를 무시했고, 노를 저을 때마다 그들은 상대편 곤돌라에서 더 멀어졌다.

"우리가 따라갈깝쇼, 시뇨레?" 곤돌라 사공 한 명이 물었다.

남자는 뒤로 기대어 앉았다. "가게 놔둬요." 남자는 오르솔라를 보고 미소 지었다. "시뇨라 로소가 그렇게 서두르는 걸 보니 무라노에서 중요하게 하실 일이 많으신가 봐."

"당신 잔은 어쩌죠!" 오르솔라는 잔을 내밀며 소리쳤지만, 거리가 너무 멀어 도로 건넬 수가 없었다. 조잡하게 만들어서 별로 값도 나가지 않는 잔임을 그녀는 알아챘다.

남자는 한 손을 흔들었다. "가져요. 그걸 찾으러 가면 당신네 상점을 방문할 또 다른 핑계가 생기는 거니." 남자는 그동안 줄곧 손가락 끝에 걸려 있던 가면을 썼다. "아디오, 벨라 시뇨라!"

곤돌라 사공들은 도메네고의 곤돌라 옆에 붙어 있으려 애쓰고 있었지만, 이제는 노를 젓는 데만 힘쓰며 더 멀리 밀고 나갔다. 그들은 한참 후 시야에서 사라졌지만, 남자들의 웃음소리는 물 위를 건너 더 오랫동안 들려왔다.

오르솔라는 와인을 다 마셔버렸다. 도메네고를 바라보지는 않았지만, 말은 없어도 그가 못마땅해하는 기색을 느낄 수 있었다. 술기운이 몰려와 슬슬 졸음이 오는 바람에, 오르솔라는 좌석 위에 몸을 웅크리고 앉아, 가는 도중 내내 잠에 빠져들었다.

자리를 비웠다는 사실을 아무도 알아차리지 못했다는 데 오르솔라는 안도감을 느꼈어야 마땅했다. 아침 일찍 집에서 나와 메스트레에는 얼마 머무르지 않았기 때문에, 오후 중간쯤에는 무라노로 돌아올 수 있었다. 날씨가 너무 추운 탓인지 안마당에는 아무도 없었고, 남자들은 공방에 있었다. 오르솔라가 들어가자 모니카는 부엌에서 일하고 있었고, 라우라 로소는 잠투정을 하는 안젤라를 품에 안고 계단을 내려오고 있었다. 오르솔라의 딸은 낮잠을 자고 일어날 때 순하게 깨어나는 법이 없었다. 아이는 엄마를 보자 두 팔을 뻗어 안아달라고 조르며 엄마의 목에 얼굴을 묻었다. 석호 위에서 쌀쌀한 시간을 보내느라 차가워진 오르솔라의 몸을 아이의 체온과 부엌의 불기운이 데워주었다.

"그 부인께서 네 구슬을 좋아하던? " 라우라가 캐물었다. "목걸이를 주문하셨어?"

오르솔라는 석호에서 만난 신사를 떠올렸다. "어쩌면요." 그녀는 대답했다. "하지만 주문을 안 하실지도 몰라요." 어머니는 점심상을 치우느라 별로 주의를 기울이지 않는 것 같았다. 하지만 모니카는 생선 비늘을 벗기다 말고 고개를 들어 시누이를 의심스러운 눈길로 바라보았다.

후에 오르솔라가 창고로 가서 신사가 준 와인 잔을 로소가의 유리잔 사이에 숨겨두는데, 뒤에서 목소리가 들려왔다. "아침 일찍 어디 갔었어요?" 모니카가 팔짱을 끼고 문간에 기대어 서 있었다.

오르솔라는 다시 잔을 배열하는 척했다. "말했잖아요, 클링엔베르크 씨가 나한테 목걸이를 살 귀족 부인을 소개해주기로 했다고." 모니카에게 거짓말을 하는 건 늘 힘들었다.

"다음에 클링엔베르크 씨가 오면 물어볼 거예요. 그래도 되죠? 그 사람이 그런 일 없다고 할 것 같은데. 어디 갔었어요?"

오르솔라가 여전히 망설이자 올케는 덧붙였다. "애인을 따로 두지 않는 편이 좋을 거예요." 모니카는 스테파노를 좋아했다. 시누이보다는 그의 소박한 성정과 과묵한 태도를 더 높이 샀다.

"무라노 전체가 지켜보고 있는데, 내가 어떻게 애인을 만들겠어요?"

"베네치아에는 빈 골목이 많잖아요." 모니카가 맞받아쳤다. "이사벨라는 해냈잖아요." 모니카가 사촌 얘기를 꺼내는 법은 별로 없었다. 이사벨라가 남자와 도주한 건 비아넬로 가족에게 부끄러운 노릇이었다. 먼지 낀 유리 촛대에 눈길이 가자 모니카는 촛대를 집어 앞치마로 닦은 후 다시 줄을 맞춰놓았다. "여기는 지금 잘 돌아가고 있어요. 사업도 그렇고, 아이들도 그렇고, 살림도 그렇고. 우리는 돈도 벌고 있고, 다 잘 먹고 지내죠. 우리는 행복해요. 아가씨가 우리 몰래 바람피우고 다니느라 우리 삶을 망치게 둘 순 없어요."

오르솔라는 얼굴을 찡그렸다. 모니카는 가족 내의 긴장감은 무시하는 듯 보였다. 자코모는 이사벨라를 그리워하진 않았지만 행복하지 않았다. 라우라 로소는 라파엘레만 편애해서 다른 아이들이 속상해했다. 마르코는 오르솔라가 구슬 제작으로 성공한 것을 좋아하지 않았고, 끌어내릴 기회만 노렸다. 스텔라는 점점 더 집 밖으로 나돌기 시작했고, 반면 마르콜린은 집 앞 거리보다 멀리는 나가려고도 하지 않았다. 그 무엇도 모니카가 그리는 행복한 가정의 그림에 들어맞지 않았다. 그렇지만 오르솔라는 이런 일들을 지금 당장은 지적하지 않기로 했다.

"애인은 없어요." 오르솔라는 말했다. "난, 난 테라페르마에 갔었어요. 한 번도 가본 적이 없어서 가보고 싶었어요."

"테라페르마에? 어째서 그런 일을 했어요?"

"궁금했어요. 거기는 다르다는 걸 알고 내 주위에 그렇게 땅이 쭉 이어져 있다는 게 어떤 건지 보고 싶었어요."

"그래서 어떻던가요?"

오르솔라는 고개를 저었다. "끔찍했어요. 말이 얼마나 많던지! 낯선 사람들이 너무 많아서 내가 못 올 데를 온 것 같았죠. 굳건한 땅이라는 것도 사람들 말처럼 그렇게 든든하지 않았어요. 육지에 있는 내내 초조하더라고요."

"누가 거기까지 데려다줬어요?"

"도메네고가요."

모니카의 입꼬리가 비틀렸다. "아, 그러게, 그 모로가 아가씨 애인이잖아요. 그런 게 아닐까 싶더니만."

"아니! 아니에요. 나를 속이지 않고 거기까지 데려다줄 사람으로 믿고 맡긴 거예요. 그게 다예요. 테 로 쥬로(맹세해요)."

"그러면 어째서 몰래 갔어요?"

"왜냐하면, 왜냐하면 마르코와 어머니가 가지 말라고 할 것 같으니까요. 스테파노는 이해하지 못할 테니까요. 나도 내가 왜 혼자 가고 싶은지 그 이유를 정말로 알지 못하니까요."

"거기서 애인을 만난 게 아니라고요?"

오르솔라는 고개를 저었다.

"그러면 왜 그걸 숨겨요?" 모니카가 오르솔라 뒤로 손을 뻗어 신사가 준 와인 잔을 꺼냈다.

"어떤 남자가 잠깐 곤돌라를 따라와서 내게 와인 한 잔을 줬어요. 도메네고가 그를 쫓아버렸고요." 오르솔라는 그렇게 덧붙이긴 했으나, 그 남자가 원하기만 했다면 그들을 계속 쫓아왔을 것이라는 사실도 알았다.

"그 사람 적어도 잘생겼겠죠?"

"어떤 면에서는요. 그 사람에게는 설명할 수 없는 뭔가가 있었어요. 그 사람이 자기 잔을 찾으러 여기 오면 직접 봐요."

"그 사람이 어디로 와야 하는지 알아요?"

"우리 이름을 알아요."

모니카는 와인 잔을 살폈다. "이 낡은 물건을 되찾으러 오기보다는 아가씨를 만나러 오는 거겠죠." 자랄 때는 싱싱한 생선과 오래된 생선을 구별하는 법을 배웠어도, 이제 모니카도 로소 가족과 오래 산 만큼 잔 바닥이 흔들리고 유리에 거품이 끼어 있다는 것 정도는 평가할 능력이 있었다.

남자는 다음 날도, 그다음 날도 오지 않았다. 오르솔라는 굳이 의식하지 않으려 애썼다. 그 남자가 오면 먼저 맞으려고 상점 주위에 어슬렁거리지도 않고, 이런저런 방식으로 신경 쓰지 않으려 했다. 하지만 걱정이 되었다. 그때까지는 모니카 말고 그 누구도 오르솔라가 테라페르마에 갔다 왔다는 사실을 알아내지 못했지만, 남자는 그녀를 어떻게 만났는지 티를 낼 것 같았고, 그러면 마르코와 어머니, 스테파노에게 설명해야만 할 것이었다. 그래도 그 남자가 와줬으면 하고 바라는 마음도 있었다.

사흘째 되는 날, 오르솔라는 등 앞에서 클링엔베르크와 구슬 목걸이를 걸고 싶어 하는 아프리카 족장의 마음에 찰 만한 밀레피오리 구슬을 만드느라 씨름했다. 오르솔라는 유리 원통 둘레에 꽃잎이 될 원반 몇 개를 점점이 찍어서 눌러 넣은 후 연마대 위에 굴려서 그 디자인을 완성했다. 파리의 귀부인들이라면 이런 구슬의 섬세한 아름다움에 기뻐하겠지만, 아프리카인들은 원통형 주위에 대각선 문양으로 더 많은 밀레피오리를 넣어 더 압착하는 형태를 선호했다. 지나치게 압착하면 꽃의 형태가 무너지고 녹은 것처럼 보이기도 하고, 규율을 지키지 않고 대열에서 벗어난 병사처럼 줄이 어긋나서 문양이 사라졌다.

"제가 시뇨라 로소를 만나 뵐 영광을 누릴 수 있을까요?" 유리 작업장 마당 쪽에서 목소리가 들렸다. 오르솔라는 그 감미로운 목소리를 즉시 알아들었지만, 벌떡 일어나지는 않았다. 지금 막 힘들게 빨강과 노랑의 밀레피오리를 하얀 반투명 원통 유리 위에 대각선으로 줄지어 놓고 있는 참이기 때문이었다. 유리를 굴릴 때 일정하게 압력을 준다면, 적어도 만족스러울 만한 구슬 하나가 나올 것이었다.

"본조르노, 시뇨레." 라우라 로소가 대답하는 소리가 들렸다. "들어오셔서 여기 가게에 있는 물건 좀 구경하시겠어요? 손님 같은 신사분에게 어울리는 최상급 물품만 있답니다."

"참으로 친절하시군요, 시뇨라. 로소가의 평판을 익히 들어서 감상할 수 있나 해서 여기까지 왔습니다."

"제 아들이 만든 최신식 촛대를 보여드리죠. 술잔도요. 아니면 거울을 찾으시나요?"

여기까지는 아무런 위험이 없었다. 어머니는 남자의 사탕발림에 빠지지 않고 사무적으로 대응하고 있었다.

"오, 벨리시모. 그리고 구슬도 있을까요? 시뇨라 로소라는 분이 무라노에서 가장 고운 구슬을 만든다고 들었는데요. 그분이 부인이시겠죠?"

그의 말에 놀라 오르솔라는 밀레피오리 구슬을 등불 불꽃 속에서 빼는 순간을 놓쳐버렸고, 구슬은 녹아버렸다.

"제 딸이 만든답니다, 제가 아니라."

"놀랐습니다. 구슬을 만들 만큼 장성한 따님이 있다고는 전혀 보이지 않으신데요!"

라우라는 헛기침을 했다. 오르솔라의 어머니는 한때 아름다웠지만, 라자레토 베키오에서 지낼 때 얼굴이 얽고 진이 빠져버렸다. 어머니에게 참으로 젊어 보인다며 뻔뻔하게 거짓말을 해봤자 그 시절이 떠오르기만 할 뿐이라 분명한 실책이었다.

남자는 즉시 자기가 실수했다는 사실을 깨달은 모양이었다. 꿀 바른 듯한 어조가 금방 바뀌었다. "이 촛대 말입니다, 이건 투명 유리로만 만듭니까?"

"원하시는 색이면 뭐든 만들어드릴 수 있습니다. 몇 개, 어떤 색으로 주문하고 싶으신가요?" 어머니는 마음이 상했다고 해도, 그 때문에 물건을 팔지 못할 사람은 아니었다. 실로, 어머니는 그의 불편한 마음을 이용할 수 있었다. 장사는 장사였다.

오르솔라는 두 사람이 계속 촛대를 두고 의논하는 이야기에 귀를 기울였다. 그리고 일단 라우라 로소는 남자가 진지하게 물건을 구입

302

하러 온 고객이라는 결론을 내리자, 가서 마르코를 데려오겠다며 나갔다. 라우라가 나가자마자 오르솔라는 작업실에서 뛰어나와 상점으로 들어갔다. 신사는 눈썹을 치켰다. "아, 시뇨라, 참 반갑습니다." 그는 검은 외투 아래 저번 것과 다른 자수 조끼를 입고 있었다.

"우리 이전에 만난 적이 없죠." 그녀는 낮은 목소리로 단언했다.

"물론입니다." 그는 이 비밀 공모에 미소를 지으며 동감을 표했다. "당신이 구슬을 만드는 시뇨라시군요. 저한테 보여주실 수 있을까요?" 남자는 다양한 색깔의 구슬이 담긴 그릇이 진열된 탁자를 힐긋 보았다. 그렇게 배치하면 손님들이 늘 좋아하는 것 같았지만, 이제 그 남자의 눈으로 보면 아이들이나 걸 만한 싸구려에 소박한 물건 같다는 것을 오르솔라는 알아차렸다.

"옆에 있는 제 공방으로 오시죠." 오르솔라가 제안했다. "새로운 물건을 만들고 있거든요."

남자는 씩 미소를 띠고 오르솔라 뒤를 따라갔다. 커다란 눈은 재미있다는 빛을 띠었지만 그녀의 등과 풀무, 유리봉 뭉치, 그리고 막대들이 꽂힌 재 상자를 보더니 날카로워졌다. 오르솔라는 그 전날 만들어서 이제는 차갑게 식은 막대 하나를 꺼내 녹은 유리에 다치지 않도록 걸친 앞치마에 쓱 닦아서 그의 앞에 내밀었다. "밀레피오리예요. 이건 어제 만들었어요." 로열블루색 바탕에 노란색과 하얀색 꽃을 주변에 섬세하게 두른 구슬이었다.

남자는 그녀에게서 막대를 받아들고 미를 감식하는 사람의 눈으로 구슬을 관찰했다. "이 밀레피오리는 아주 훌륭하군요." 그가 말했다. "무척이나 섬세하고 색이 완벽해요." 그는 잠깐 틈을 두고 말을 이었다. "이걸 직사각형이나 마름모꼴로 납작하게 눌러볼 생각을 한 적 있습니까? 그러면 여성의 가슴 위에 안정적으로 걸려 있을 텐데요."

오르솔라는 해본 적이 없는 생각이었다. 보통 클링엔베르크 말고 다른 사람이 오르솔라의 작품에 대해 뭐라 조언하면, 오르솔라는 방어적으로 굴곤 했다. 하지만 이 남자는 오르솔라를 거슬리게 할 만큼 비판적이거나 그녀를 깎아내려 자기를 높이려 하지도 않았다. 그는 순수하게 마음에 든 물건이 나아지기를 바라는 것 같았다.

"납작하게 해볼 수는 있을 것 같네요." 그녀는 대답했다.

"그렇게 하면, 목걸이 하나로 꿸 수 있을 만큼 구매하도록 하죠."

오르솔라가 기다려온 주문이었다. 그녀는 침착하게 사무적인 태도를 보이려고 애썼다. "제가 직접 꿰어드릴 수 있어요. 큰 구슬 열두 개와 그 사이를 채울 작은 구슬로요. 선호하시는 색이 있나요?"

남자는 미소를 지었다. "시뇨라, 그런 선택과 세세한 부분은 다 부인의 탁월한 취향에 맡기지요."

그들이 예의를 넘어설 정도로 길게 서로의 눈을 마주 볼 때, 마르코가 들어왔다. "시뇨레. 이렇게 방문해주셔서 영광입니다." 오빠는 부드럽게 말했다. 원할 때면 매력을 발휘할 수 있는 사람이었다. "프레고(자, 어서요), 저희 공방으로 오시지요. 이런 시시한 물건들 말고 우리 작품을 좀 보여드릴 테니. 용광로 옆은 더 따뜻하고 냄새도 없습니다."

오르솔라는 동물 지방이 타는 냄새에 익숙해져서 이제는 거의 알아차리지도 못했다. 적어도 오빠는 낯선 손님 앞에서 구슬을 토끼 똥이라고 말하진 않았다.

"아, 저는 강한 냄새에 끌립니다." 신사가 말했다. "특히 동물과 사람 몸에서 나는 향을 좋아하죠. 거부할 수 없는 매력이 있달까." 남자는 오빠를 따라가며 오르솔라에게 윙크했다.

오르솔라는 그들을 따라 공방으로 가지 않았다. 라우라 로소는 부라노산 레이스로 가장자리를 장식한 천을 테이블 위에 깔고, 마르코가 만든 최상급 잔과 그런 고객들을 위해 따로 챙겨놓은 좋은 와인 한 병을 놓을 것이었다. 그들은 탁자에 둘러앉고 마르코는 그에게 잔에 대해 떠들 것이며 자코모와 스테파노, 그리고 도제들이 기술 시범을 보여줄 것이었다. 유리를 불고 잡아당기고 꼬집어서 다양한 모양을 잡고, 연극이라도 하듯 펀티를 돌리고, 용광로에 불을 피워 확 타오르게 할 것이었다. 자코모는 뒷발로 선 유리 말을 만들 것이고, 마르코는 손잡이에 사자 장식을 한 물잔을 만들어 보일 것이다. 그동안 라우라는 와인 잔을 채우고 또 채우리라. 이들의 시범은 물건이 꽤 팔릴 때까지 계속될 거고, 필요하면 밤까지도 이어질 수 있었다. 모니카와 오르솔라는 와인을 더 갖다 나르고 튀긴 정어리와 굴이 담긴 접시, 올리브 그릇, 치즈 모둠, 아니스 씨앗을 넣은 비스코티를 차려낼 것이었다. 보통 오르솔라는 빨리 요리를 갖다주고 자리를 뜨는 편이었다. 마르코가 술에 취하면 더 끈덕지게 물건을 권하는 모습이 꼴 보기 싫기 때문이었다. 다만 라우라만이 오빠가 도를 넘을 것 같으면 눈으로 경고를 보낼 수 있었다. 그러면 마르코는 뒤로 물러나고, 어머니가 대신 맑은 정신으로 끼어들어 흥정을 하곤 했다. 나이도 지긋하고 경험도 많은 라우라를 상대로 이익을 취하기란 더 어려웠다.

하지만 이번에는 오르솔라도 남아서 구경하고 싶은 유혹이 들었다. 그녀와 모니카가 건과류가 담긴 접시와 비스코티 그릇을 들고 안마당을 가로지르는데, 모니카가 속삭였다. "그 사람이에요? 곤돌라에서 만났던 남자?"

"쉿. 맞아요."

"잠깐!" 모니카는 부엌으로 도로 뛰어 들어가 새 앞치마를 걸치고 피스타치오와 올리브가 든 그릇을 들고 나왔다. "저 사람이 짠 걸 먹고 싶을 수도 있으니까." 모니카가 설명했다. 그녀는 머리를 가다듬었다.

거친 피부와 매부리코 때문에 모니카는 아름답다고 할 수는 없었지만, 수정같이 푸른 눈은 반짝였고 밝고 상큼하게 보였다. 두 여자는 마주 보다 웃음을 터뜨렸다.

두 사람이 들어서자 남자들은 모두 올려다보았다. 모니카와 오르솔라가 여전히 소녀들처럼 킥킥댔기 때문이었다. 손님이 여자들, 그에 대해서 얘기로만 들은 모니카 같은 사람에게도 미친 효과였다. 여자들이 앞에 접시와 그릇을 놓을 때 남자는 의자에 기대어 앉은 채로 미소를 지었지만, 마르코와 라우라 로소는 언짢은 기색을 감추려 했다. 손님이 가족의 아내들과 시시덕대고 싶어 한다면, 물건을 팔기 위해 그 뜻에 따를 수밖에 없었다.

"아, 피스타치오. 제가 제일 좋아하는 겁니다." 그는 모니카에게 말했다. 모니카는 그를 위아래로 훑어보았고, 오르솔라가 올케언니를 알고 지낸 세월 동안 처음으로 모니카는 얼굴을 붉혔다.

하지만 이 남자는 분별력이 있는 사람이라, 여자들에게 지나치게 관심을 보여 남편들을 등한시하는 짓은 하지 않았다. 그는 다시 술잔을 만드는 자코모와 스테파노를 돌아보았다. 자코모가 주도하고 스테파노가 그를 보조하고 있었다. "왜 막대를 저렇게 돌리는 거죠?" 남자가 물었다. "저건 뭐라고 부릅니까?" 그는 자코모가 유리 형태를 잡기 위해 쓰는 집게를 가리켰다. "만들다가 덴 적은 없어요? 용광로에 불이 꺼진 적은요? 모든 색깔은 뜨거워지면 다 똑같이 주황색으로 보이는 겁니까? 저게 식으려면 얼마나 걸리죠?" 남자는 그들에게 질문을 연달아 쏟아냈다. 하지만 단순히 이 방을 자기 목소리로 채우려고 묻는 게 아니었다. 그는 정말로 호기심이 있었다. 어쩌면 오르솔라가 이제껏 본 사람들 중에 호기심이 가장 강한 남자인지도 몰랐다. 안토니오라면 이 사람을 싫어했겠지. 오르솔라는 모니카와 함께 공방 뒤에서 사람들을 바라보며 생각했다. 경쟁자라는 것을 감지했을 거야.

자코모와 스테파노가 술잔을 마무리할 때, 마르코가 로소가의 공방에서는 수많은 디자인을 만들어낼 수 있다며 뽐내기 시작했다.

남자는 달군 칼로 버터를 자르듯 마르코가 떠벌리는 소리를 뚝 잘랐다. "다른 잔은 뭐가 있는지 좀 보고 싶은데요." 그는 오르솔라를 홀끔 보더니 씩 웃으며 덧붙였다. "그리고 거울도요. 제가 얼마나 거울을 좋아하는지 상상도 못하실걸요. 여기 거울이 이 섬에서 최고라고 들었습니다만." 그는 자신의 와인을 대부분 그대로 두고 흥정의 흐름을 잡으면서 일어섰다.

마르코가 그를 따라 벌떡 일어섰다. "스테파노가 거울을 보여줄 수 있을 겁니다. 이쪽, 창고로 가시죠."

오르솔라와 모니카는 그 흥정을 목격할 수 없었다. 두 사람은 따라갈 이유가 없기 때문이었다. 마르코와 라우라 로소가 그를 맡았고, 나중에 거울 이야기를 하러 스테파노가 따라 들어가서 그 손님과 한 시간가량 더 시간을 보냈다. 오르솔라와 모니카는 일하는 사이 간간이 현관까지 슬쩍 왔다 갔다 했고, 마침내 그 답례로 남자는 떠날 때 미소를 지으며 허리를 크게 숙여 인사했다. "시뇨레, 여러분을 만나서 참으로 반가웠습니다." 그의 눈이 오르솔라에게 맴돌다가 라우라 쪽으로 돌아갔고, 그는 라우라의 손에 입을 맞췄다. "곧 다시 와서 샹들리에 이야기를 해보죠."

"물론이죠, 시뇨레." 라우라가 대답했다. "다시 돌아오시길 손꼽아 기다리겠습니다."

오르솔라는 어머니가 그렇게 말하는 것을 들어본 적이 없었다. 남자의 매너가 아주 잘 먹혀든 모양이었다.

"샹들리에요?" 오르솔라는 남자가 떠나자 외쳤다. "그 사람에게 샹들리에를 만들어주기로 했어요?"

"그리고 유리잔 마흔여덟 개와 거울도 하나 만들기로 했어." 마르코가 대답했다. "어쩌면 그보다 더 많을 수도 있어." 그는 모니카에게로 뛰어가 입을 맞췄다. 그가 그렇게 애정을 표시하는 일은 드물었다.

"저 사람을 더 쥐어짜면 먹을 게 많이 나올 것 같아." 라우라 로소도 덧붙였다. 어머니 또한 남자의 존재에 거의 취해 있었다.

"하지만 우리는 샹들리에를 만들지 않잖아요!" 오르솔라는 반대했다. "그건 더 큰 공방에서나 맡을 일이지, 로소가에서 할 일은 아니에요."

그들은 축하하느라 너무 바빠서 귀를 기울이지 않았다. 심지어 모니카도 마르코의 흥분에 휩싸여버렸다. 오빠가 모니카를 새색시라도 되는 양 두 팔에 안고 내려놓지 않으려 하자 그저 깔깔 웃기만 했다. "당신에게 약속한 그 모피를 사줄 수 있게 됐어." 마르코가 말했다. "마에스트로의 아내라면 모피를 걸쳐야지. 그리고 하인도 더 쓸 거야. 당신의 작은 손을 쉬게 해줘야지." 마르코는 이전 삶에서 생선 배를 가르느라 입었던 흉터가 그대로 남은 손에 입을 맞추었다. 모니카는 당혹스러워 보였지만, 남편이 기분 좋은 순간을 실컷 즐기게 놔두었다. 마르코가 그렇게 행복하고 애정이 넘치는 일은 흔치 않기 때문이었다.

"나는 그 사람에게 목걸이를 만들어줄 거야." 오르솔라는 자기도 이 환희에 끼어들 필요를 느끼고 그 사실을 알렸다.

마르코는 여전히 모니카의 목에 코를 댄 채로 여동생을 힐끔 보았다. "이 순간을 망치지 마라, 동생아."

오르솔라는 풀이 꺾여 얼굴이 빨개졌다. 마르코가 아내 앞에서 떠들어대고, 라우라 로소는 자코모와 가르초네들을 불러 로소 공방이 만들어낼 온갖 훌륭한 작품을 축하하게 와인을 들자고 하는 광경을 보고 있자니 갑자기 고통스러워졌다. 다만 스테파노만 기분이 가라앉은 듯 보였다. 오르솔라는 가만가만 남편 옆으로 가서 섰다. 그녀는 남편과 팔짱을 끼지 않았고, 그 또한 아내의 허리에 팔을 두르지 않았다. 두 사람은 장난치고 농담하는 관계라기보다는 늘 그렇게 형식적 관계를 유지했다. 모니카가 가끔 남편에게 하듯 남편의 무릎 위에 올라앉는 일도 없었다. 오로지 안젤라만 아버지의 무릎에 앉았다. 스테파노와 딸의 관계는 그와 오르솔라의 사이보다 훨씬 더 가까웠다. 오르솔라는 종종 그에게 죄책감을 느꼈다. "그럼, 당신이 거울을 만들겠네요." 오르솔라가 말했다.

스테파노는 고개를 끄덕였다. "저 사람 후원자의 팔라초 입구에 건다더군요. 그러면 후원자가 외출 전에 모자를 바로잡을 수 있을 테니." 스테파노는 고객이 한 말을 그대로 옮기는 게 분명했다. 그는 무라노에서 외출할 때 자기 외모를 확인할 생각을 하는 사람이 아니었다. "당신을 무척 잘 아는 것 같던데." 스테파노가 말을 이었다. "당신 구슬을 다 알던데요."

"잠깐 구경시켜줘서 그런 거예요."

"당신에게 목걸이를 주문했다고 하던데. 그게 언제였죠?"

"엄마와 마르코 오빠와 함께 술 마시기 바로 전이었어요." 오르솔라는 화제를 신사에게서 돌리려고 했다. "평소처럼 마르코 오빠가 너무 많이 마셨네요."

스테파노는 불평하듯 말했다. "벌써 빠르네."

그는 오빠 이야기를 하는 것일 수도 있었지만, 오르솔라는 그 정도에 넘어가지 않았다. 스테파노에게서 질투심이 부글부글 솟아오르는 걸 보다니 놀라웠다. 오르솔라는 숨을 깊이 들이켰다. 오르솔라가 아무 말도 하지 않는다면, 이건 곪아서 후에 터질 수 있었다. 오르솔라는 남편을 자기편으로 둘 필요가 있었다. "스테파노." 오르솔라는 한 손을 그의 팔에 얹으며 운을 뗐다. "내가 그 사람에게 목걸이를 만들어주는 건, 그 사람이 주문했기 때문이에요. 당신에게 거울을 만들어달라고 주문한 것처럼. 그게 다예요. 사업이라고요. 우리에게 좋은 일이죠. 로소가에 좋은 일."

잠시 후 스테파노는 고개를 끄덕였다. "샹들리에 만드는 일도 도울 겁니다. 우리 모두가 같이 작업할 거예요."

오르솔라는 얼굴을 찡그렸다. 샹들리에는 기획하고 실행하는 데만 몇 주가 걸리는 작품이었다. 다른 작품 제작은 그만두고, 클링엔베르크에게 말해 일정을 미루고, 대량의 유리 생산을 위해 재료를 사야 할 것이었다. 물론 장대한 작품을 만들어낸다면, 그리고 그 신사가 실제로 돈을 낸다면 그럴 가치가 있었다. 하지만 남자가 카지노 이야기를 꺼낸 것도 그렇고, 화려해 보이는 천성으로 봐서도 여기저기 빚을 지고 있는 건 아닐까, 오르솔라는 생각했다. 그렇다면 가족들을 또한 빚으로 끌어들일 수도 있었다.

신사가 방문한 후, 오르솔라는 실험을 시작했다. 그저 그 신사만이 아니라 모두에게 깊은 인상을 남길 진정으로 우아한 작품을 그 어느 때보다 만들고 싶기 때문이었다. 유리 목걸이에서는 형태나 색깔, 비율 모두가 관건이었다. 함께 어울릴 수 있는 분위기를 선택하고, 다른 요소들이 어우러져 올바른 형태와 크기를 이루도록 해야 했다. 너무 크면 목걸이가 무겁고 걸린 모양이 좋지 않다. 너무 작으면 보이지 않았다. 색들이 서로 공명하며 빛나야 할 때 서로 튈 수 있었다. 오르솔라는 남자가 말한 대로 구슬을 납작하게 만들면서 다양한 형태와 두께를 시도하고, 밀레피오리를 세심하게 넣었다. 일단 자기가 만족한 후에야 여러 개의 구슬을 만들기 시작했다. 이 목걸이를 제대로 만들어낸다면, 그 신사와 친구들이 더 많은 양을 주문할 수도 있었다. 마침내 구슬 작업을 더 늘리고 목걸이 작업을 시작할 기회였다.

이 신사는 모든 사람을 흔들어 깨웠다. 마르코는 몇 시간이나 다양한 술잔의 모양을 그리면서 잔에서 물을 담는 부분은 어떤 형태로 할지, 어떻게 잔 줄기의 각 부분이 보이도록 할지, 어떤 장식을 덧붙여야 할지에 대해서 자코모와 의논했다. 자코모는 유리 뱀, 물고기, 인어, 담쟁이와 줄기 등 여러 문양을 새기더니 마침내 작은 자주색과 녹색의 포도송이가 달린 포도 넝쿨이 잔의 줄기를 타고 오르는 형태로 결정했다. 그들은 신사에게 보내 승인을 받기 위해서 연거푸 견본을 만들었다. 그동안 스테파노는 아무도 알아차리지 못할 정도로 아주 살짝 휘어진 곡면 거울을 디자인했다. 그렇게 하면 거울을 보는 사람이 더 날씬하게 비쳐서 더 멋있게 보이는 효과가 있었다. 스테파노의 거울이 인기를 얻게 된 눈속임 기술 중 하나였다. 남자들은 아직 샹들리에 작업은 시작도 못했다.

로소가는 잘 알지도 못하는 이 남자를 위해 모든 시간을 썼다. 보통은 무척 현실적인 라우라 로소조차 그의 마술에 걸려버렸다. 그 때문에 오르솔라는 걱정이 되었고, 마침내 무라노 섬에서 유일하게 이 남자에 대해서 뭔가 더 말해줄 수 있는 사람을 찾아갔다.

오르솔라는 수도원에 있는 이모를 매달 한 번 정도 찾곤 했다. 일도 아이들도 있는지라, 더 자주 찾아가기는 힘들었다. 그렇다고 그 방문을 즐거이 기대한 적은 없었다. 조반나 이모는 대하기 쉬운 여자가 아니기 때문이었다. 역병 이후 수녀원에 들어간 이모는 대화가 원활하게 이어지게 하는 화법을 아예 버렸다. 이모가 먼저 질문을 하는 법은 없었고, 수녀로서의 삶은 변화가 없었기에 물어볼 얘기가 금방 떨어져서 오르솔라가 생각나는 대로 아무 말이나 지껄이기 시작하면, 수녀는 가만히 앉아 조카딸을 조용히 바라보기만 했다. 고개를 끄덕이지도 않고 오르솔라의 말에 동조하는 법도 없었으며, '계속하렴'이라고 말하지도 않았다. 가끔 오르솔라는 주의를 딴 데로 끌어보려고 안젤라를 데려갔지만 조반나는 스텔라, 마르콜린과 함께 격리되었던 경험에 질려 아이들을 멀리했고, 조카손녀를 봐도 무시하거나 소리만 칠 따름이라 어느 쪽이든 안젤라를 울리기만 했다. 이모와 조카 둘 다 만족스럽지 못한 만남이었지만, 오르솔라가 너무 뜸하게 찾아오면 이모는 불평을 늘어놓기는 했다. "너 이 이모를 잊어버렸구나." 이모는 투덜거리곤 했다. "내가 여기서 죽어 썩어가도 아무도 모르겠지."

오르솔라가 찾아간 날은 추웠지만, 상쾌할 만큼 해가 비쳐서 두 사람은 허브 텃밭에 앉았다. 원형으로 펼쳐진 텃밭 중앙에는 작고 불편한 돌 벤치 두 개가 있었다. 오르솔라는 이전에도 여러 번 거기에 앉곤 했다. 여름에는 식물들이 자라는 것을 찬찬히 살피고 민트나 버베나, 세이지, 오레가노 등을 손가락 사이에 끼고 냄새를 맡으면 조반나 이모가 허브 좀 그만 망치라고 소리를 지르곤 했다. 이제 모든 식물이 마른 땅에서 다 죽어버려서, 겨울에도 잎을 유지하는 로즈메리와 라벤더만 남았다.

오르솔라는 이모에게 필수적인 질문을 했다. 밥은 잘 먹고 있는지, 신입 견습 수녀가 들어왔는지, 물이 새는 성당 지붕은 고쳤는지? 그리고 가족의 안부를 전했다. 안젤라가 이제 문장 하나를 통째로 말할 수 있게 되었다. 걔 아버지가 딸을 애지중지한다. 안드레아와 세바스티아노는 읽기를 배웠다. 라파엘레는 이제 산돌로를 저을 수 있다. 오르솔라는 조심스레 스텔라와 마르콜린의 이야기는 뺐다. 유리 사업이 어떻게 되어가는지, 이웃 중 누가 결혼하고 아이를 낳고 죽었는지에 관한 소식도 알려주었다. 산티 마리아 에 도나토에서 신부님이 무슨 설교를 하셨는지 내용도 기억해내려고 애썼다.

그렇다고 조반나 이모를 속일 수는 없었다. 어쩌면 약간 지나치게 이야기를 떠들어대면서 두 사람 관계를 돈독하게 하려고 했는지도 모른다. 세바스티아노가 박쥐가 자기 방에 앉았다면서 잠자리에 들지 않으려 한다는 이야기를 한참 하고 있는데, 이모가 말을 잘랐다. "뭘 원하는 건데?"

"무슨 말이에요, 조반나 이모? 원하는 게 뭐가 있다고."

"있을 텐데." 조반나 이모는 이를 쑤시더니 거기서 꺼낸 이물질을 찬찬히 보다가 튕겨버렸다. "나한테 거짓말하지 마라, 오르솔라. 그건 품위 없는 짓이니까."

오르솔라가 가죽 같은 로즈메리 잔가지를 뜯어내어 손가락 사이에서 자꾸 꺾자 톡 쏘는 나무 향이 풍겼다.

"그런 짓 하지 마라. 네가 다 망쳐서 요리에 쓸 로즈메리가 남아나질 않겠구나."

오르솔라는 로즈메리를 던져버렸다. "전에 수도원에 왔던 남자에 관해 물어보고 싶어요."

여러 번 찾아온 중에 처음으로 조반나 이모가 흥미를 보였다. "누구?"

"그 사람 이름은 자코모 카사노바라고 해요."

조반나 이모는 존재하지 않는 허브 잎에서 뱀 한 마리가 기어 나오기라도 한 것처럼 뒤로 펄쩍 뛰었다. 그러다가 웃음을 터뜨렸다. 개구리 울음소리처럼 일정하지 않고 녹슨 쉰소리의 웃음이었다. 오르솔라는 역병이 퍼진 이후로 이모가 그렇게 웃는 걸 들어본 적이 없었다. 어떤 웃음은 뭐가 웃긴지 모르면서도 같이 웃고 싶어지는 힘이 있다. 그렇지만 이 웃음은 그렇지 않았다. 이건 공격으로서의 웃음에 가깝게 느껴졌다. 오르솔라를 향해, 가족을 향해, 그리고 무엇보다도 그 시뇨레를 향한 공격.

오르솔라는 자리에 앉아야만 했다. 이모가 웃음을 멈추기를 기다리는 동안 얼굴이 점점 빨개졌다. 마침내 조반나는 웃음을 그치고 무거운 검은 수녀복 소맷자락으로 눈을 닦았다. "왜 그 남자에 관해 알려는 건데?"

"믿을 만한 사람인가요?" 오르솔라는 이런 질문조차도 멍청하게 느껴졌다. 그 웃음이 대답이었으니까.

조반나 이모는 콧방귀를 뀌었다. "여자에 대해서, 돈에 대해서? 어느 쪽이든 믿을 만한 사람은 못 되지."

"이모가 어떻게 알아요?"

"여기 있는 견습 수녀를 만나러 오곤 했지. 그것도 한 명이 아니고 두 명을. 어떤 때는 동시에!" 이모는 클클 웃었고, 오르솔라는 이모의 말뜻을 알아듣고는 숨이 턱 막혔다. "아, 그 사람 우리를 얼마나 즐겁게 해주었던지. 넌 어째서 알고 싶어 하는 건데? 그 사람이 너를 만나러 오고 있는 건 아니겠지? 설마 그러니, 이 어리석은 것?"

"아뇨, 아니에요! 물론 그럴 리가 없죠. 그 사람이 로소가 공방에서 작품을 주문했어요, 그게 다예요." 오르솔라는 자기가 그의 주문으로 목걸이를 만들고 있다는 것과, 그가 더 주문할 거라고 생각했다는 말은 덧붙이지 않았다. 조반나 이모는 오르솔라의 구슬 제작에 대해서는 별로 관심을 보이지 않았다. 역병이 도는 동안 이모가 먹을거리를 구할 수 있었던 것도 다 구슬 덕이었는데도.

"성모 마리아님이 굽어살펴시길!" 이모는 성호를 그었다. "그 사람이 선금을 줬니? 아니, 물론 그럴 리가 없겠지. 그 남자는 가장 비싼 와인을 마시고, 자기랑 만나는 수녀에게 최고급 실크 스타킹과 부드러운 가죽 장갑을 선물했지. 얼마나 많이 갖다줬는지 걔들이 우리한테까지 돌렸다니까!" 조카가 당혹스러워하는데도 조반나 이모는 치맛자락을 들어올려 섬세한 하얀 스타킹을 보여주었다. 정강이가 통통하지 않고 앙상해서, 스타킹은 발목 주위에 주름져서 늘어진 상태로 뭉쳐 있었다. "이렇게 얇은 물건인데도 의외로 추운 날에는 꽤 좋다니까."

이모는 치맛자락을 내렸다. "그 사람 카지노에서 빚을 많이 졌지. 여기랑 베네치아 둘 다." 이모는 설명을 이었다. 오르솔라의 얼굴에 떠오른 표정을 보고 이모는 딱 잘라 말했다. "얘, 넌 뭘 기대한 거니? 그 사람 딱 봐도 자기 분수에 맞지 않게 사는 유형인 게 뻔하지 않던? 마르코에게 뭘 만들어달라고 하디?"

"술잔 마흔여덟 개와 거울 하나, 그리고⋯⋯." 오르솔라가 말꼬리를 흐리자 조반나는 다시 성호를 그었다. 그 말을 입 밖으로 내자마자 마르코가 선금으로 1솔도 받지 않고 술잔 마흔여덟 개를 만들기로 했다는 게 얼마나 어처구니없는 일이었는지 실감이 났다. 그리고 이건 심지어 샹들리에는 아직 셈에 넣지도 않은 얘기였다. 그 말은 차마 이모에게 꺼낼 수도 없었다.

조반나 이모는 고개를 저으면서 다리를 덮기 위해 로브를 잘 폈다. "마르코는 멍청이야. 그렇지만 또 자기가 원하는 걸 얻어내는 데는 전문가인 남자를 상대하고 있긴 하니까. 내 조언? 주문량을 줄여서 술잔은 열두 개만 만들어서 그의 후원자라는 사람에게 직접 갖다줘. 보통은 그 사람이 결국에는 그 남자 빚을 다 탕감해주긴 하니까. 그가 귀족 출생이 아닌 건 알지? 그 엄마는 여배우였단다!" 이모는 연극적으로 침을 뱉었다. "술잔 비용을 받으면, 그때 열두 개를 더 만들고 거울도 만들어. 하지만 천천히, 그 사람이나 그 후원자를 살살 구슬려서 돈을 받아내야 해." 오르솔라의 이모는 늘 그 언니만큼이나 영민했다. 어떤 면에서는 더 영민하다고도 할 수 있었다. 라우라와 달리 조반나는 로소가 식구들에게 아무런 감정적 연결이 없기 때문에 논리력을 흐릴 이유가 없었다.

오르솔라가 어머니에게 이모가 해준 충고를 전하자 라우라 로소는 애초에 조반나 이모에게 갔다고 꾸짖었다. "걔가 다른 수녀들에게 말하면 곧 섬 전체가 알게 될 텐데!"

"섬사람들은 벌써 알아요. 마르코가 로모 살바데고에서 자랑하며 떠들어댔으니까요. 시장에서 세 사람이 저를 붙들고 샹들리에에 관해 물어보더라고요."

"네 오빠는 그런 대단한 주문을 그런 분에게 받아서 자랑스러웠을 뿐이야."

"'그런 분'이라뇨! 그 남자에 대해서 어머니는 아무것도 모르잖아요. 그 어머니는 여배우였대요!" 오르솔라는 조반나 이모가 한 말을 그대로 되풀이했다.

라우라는 혀를 찼다.

오르솔라는 밀고 나갔다. "마르코와 자코모, 스테파노가 클링엔베르크에게 보낼 주문 대신에 이런 물건을 만드는 데 시간을 써버렸는데, 그 시뇨레가 돈을 내지 않으면 로소가 공방은 망하게 될 거예요." 오르솔라는 어머니도 이 사실을 안다는 걸 알았지만, 그 말을 해야만 할 것 같았다.

"그 시뇨레가 돈을 내지 않으리라 생각한다면, 너는 어째서 아직도 그 사람에게 보낼 목걸이를 만드는 거니?"

오르솔라는 영리한 답변을 생각해내려 했지만, 라우라 로소의 말이 맞았기 때문에 대꾸할 말이 전혀 떠오르지 않았다. 그 사람에게 보낼 구슬 만드는 일을 그만두고 싶지 않았을 뿐이었다. 그런 남자를 위해 아름다운 작품을 만드는 일에는 뭔가 도취되는 점이 있었다. 파세자타 동안 두칼레 궁전 옆의 피아체타를 천천히 거닐다 보면 그 목걸이를 건 여자를 볼 수 있을지도 몰랐다. 모두가 그걸 보면서 이렇게 말할 것이다. '저걸 만든 공예가는 누구지? 실력이 정말 대단한데!' 그러면 로소가의 유리 작품에 더 많은 관심이 쏠릴 것이었다. 이건 공상이었지만, 그래도 오르솔라는 그에 매달렸다. 그러면 더 열심히 일하고, 더 나은 작품을 만들 동력을 얻었으니까.

"그것도 돈을 받아낼 거예요. 그리고 그건 얼마 되지 않아요." 오르솔라가 말했다. "하지만 술잔 마흔여덟 개와 거울, 거기에 더해 목걸이와 샹들리에까지? 세상에 맙소사!"

라우라 로소는 입술을 꼭 다물었다. "로소가는 이전에 샹들리에를 만들어본 적이 없어." 어머니가 말을 시작했다. "다른 유리공예 가문들은 대부분 해봤어. 네 아버지가 돌아가셨을 때 뭘 만들고 계셨는지 기억나니? 샹들리에였다. 처음이었지. 그런데 그 조각 때문에 네 아버지가 돌아가셨어. 그 이후에는 그 누구도 로소가의 샹들리에를 원치 않았어. 마르코는 그 저주를 깨고 싶은 거야."

오르솔라는 어머니를 응시했다. 살면서 절대로 떠올리려 하지 않은 날이었다. 하지만 이제, 아버지의 모습이 눈앞에 퍼뜩 떠올랐다. 손에 집게를 든 채로 꼼짝도 못하고 앉아 있던 모습, 아버지의 목에 박힌 유리 조각. 다음 순간, 아버지가 유리 조각을 빼냈을 때 아버지에게서 붉은 강이 폭포수처럼 흘러내려 발치에 고였고 아버지는 그 속으로 쓰러지고 말았다. 하지만 그 전에 작업하던 물건이 아버지를 죽인 범인이었다. 반쯤 만들다 만, 선세공 장식을 넣은 반투명 유리로 된 샹들리에의 가지. 이제 마음의 눈으로 보니, 그것이 무엇이었는지 깨닫게 되었다.

"그래서 나는 네 오빠에게 그걸 만들지 말라는 말은 하지 않을 거야." 라우라가 말을 이었다. "이건 우리가 거절할 수 없는 기회야."

오르솔라는 더는 말씨름하지 않고, 다만 마르코가 먼저 술잔을 열두 개만 만든 후에 시뇨레에게 가져가 비용을 받고 나서 더 만들어야 한다는 조반나 이모의 충고만 반복했다. 오르솔라의 말은 무시당했다. 그녀가 할 수 있는 일은 그에게 받은 자기 주문을 처리하는 일뿐이었다. 밀레피오리 목걸이가 만족스럽게 마무리되면, 오르솔라는 그걸 베네치아로 가져가 돈을 받을 때까지 거기서 버틸 작정이었다.

오르솔라는 마음에 들 때까지 구슬을 계속 녹여가면서 열심히 작업했다. 마침내 작업을 마치고 구슬을 비단 끈에 꿴 후에, 오르솔라는 그걸 부엌으로 가져가 모니카와 로셀라에게 보여주었다. 오르솔라는 다양한 빛깔의 푸른색을 썼고, 밀레피오리 중앙에는 진주를 닮은 하얀 점을 찍었으며, 큰 구슬 사이에 하얀 작은 구슬을 끼워 넣었다. 꽃은 아프리카 고객들이 선호하는 방식으로 한데 압착해 넣기보다는 진청색 통 모양의 구슬 주위에 배치한 후, 신사가 제안한 대로 약간 납작하게 만들었다. 그러자 꽃이 마치 목둘레에서 별처럼 반짝이는 듯한 효과가 났다. 모니카와 로셀라는 그 목걸이를 보자 탄성을 질렀다. 모니카는 한번 시착해볼 엄두도 내지 않았으나, 로셀라는 걸어보고 싶다고 했다. 하지만 소녀는 아직 어려 목걸이를 받칠 만큼 가슴이 솟지 않았기에 목걸이가 아래로 처졌다.

오르솔라가 직접 목걸이를 배달하러 가보겠다고 설명하는 중에 스테파노가 문간에 나타났다. 그는 로셀라와 목걸이를 보고 미소를 띠었다. "세이 벨리시마(너 정말 예쁘다)." 그가 소녀에게 말했다. "너도 직접 네 눈으로 보고 싶니?"

로셀라는 고개를 끄덕였다.

"거기서 기다리렴." 스테파노는 자리를 떴다가 반신거울을 들고 돌아와 탁자 위에 두고 벽에 기댔다. 거울 자체는 길고 좁았다. 거울 테는 보통의 금색 나무가 아니라 유리로 구불구불한 화관을 만들고, 그를 따라 꽃을 장식했으며, 꼭대기에는 펼쳐나가는 모양의 유리 꽃다발을 얹었다. 맨 바닥에는 곡선을 그리며 휘어져 나온 촛대가 붙어 있어, 저녁에 외출할 때도 모습을 비춰볼 수 있었다. 가장 놀라운 점은 거울 중앙에 새겨진 여성의 모습이었다. 구름 위에 벌거벗고 선 여인의 머리카락은 길고 흐르는 듯했고, 가슴은 오렌지처럼 둥글었으며, 천으로 하체를 가릴락 말락 했다. 스테파노의 평소 스타일은 아니었고, 이전에 만들었던 것보다 훨씬 더 정교했으나, 그는 자신과는 완전히 다른 취향에 맞춰야 할 필요가 있다는 것을 이해했다. 오르솔라는 그가 어디서 이 여인에 대한 영감을 얻었을까 궁금했다. 이 여자는 아내와 전혀 닮은 데가 없었다.

그 앞에 선 로셀라는 처음에는 자기 모습에 홀렸고, 그다음에는 목걸이에, 그다음에는 알몸의 여인에게 홀려서 손가락으로 훑어보았다.

"마그니피코(훌륭해요), 스테파노." 모니카가 말했다. "그 시뇨레에게 보낼 거울이에요?"

스테파노는 고개를 끄덕였다. "막 끝냈어요. 당신 목걸이와 함께 가지고 갈 수 있겠군요." 그가 오르솔라에게 말했다. 오르솔라는 스테파노를 쳐다보았다. "즉 우리가 함께 갈 수 있다는 거예요." 그는 자기 말을 정정했다. "대금 지급을 기다리면서요. 둘이 함께라면 성공 확률이 높겠죠."

오르솔라는 반대하려고 입을 벌렸다. 베네치아까지 혼자 하는 여행을 소중히 생각했기 때문이었다. 그런 여행을 하면 몇 시간만이라도 혼자 거닐고 바라보고 감탄할 자유를 누릴 수 있었다. 그렇지만 지금 물건 주문을 한 남자의 속성을 봐서는 혼자 가서 돈을 받아낼 확률이 높을까도 의심스러웠다. 어쩌면 오르솔라는 약간의 와인과 시시한 수작을 즐길 수 있으리라고 기대했는지도 몰랐다. 그 이상은 아니지만, 그가 지갑을 열게 부추길 정도면 충분했다. 스테파노와 같이 가면 그렇게 될 리가 없었다. 어쩌면 그가 같이 가고 싶어 하는 이유가 바로 그것일 것이었다.

하지만 스테파노는 오르솔라의 남편이고, 그가 뭔가 부탁하는 일은 아주 드물었기에 오르솔라는 그저 고개를 끄덕이고 실망감을 감췄다.

다음 날 아침, 브루노가 젓는 배를 타고 두 사람은 석호를 건너 뒤편 운하를 지났고, 그 시뇨레의 후원자인 브라가딘 의원이 사는 카스텔로의 팔라초로 향했다. 브루노도 마침내 결혼해서 아이 셋을 둔 아버지가 되었지만, 그렇다고 해서 무례한 노래를 휘파람 불고 다른 곤돌라 사공에게 욕설 섞인 인사를 건네는 습관을 버리지는 않았다. 그는 오르솔라와 스테파노가 함께, 그것도 의원의 집에 간다는 걸 재미있게 여겼다. 물론 브루노는 그들이 누구를 만나러 가는지 알았다. 무라노의 전 주민이 알았다. "곤돌라 사공들은 당신네 그 시뇨레에 대한 노래도 만들었지." 브루노가 말했다. "들어보려나?" 두 사람이 말리기도 전에 브루노는 노래를 시작했다.

라 세레니시마(평화의 공화국 베네치아여), 당신들 딸들을 잘 가둬둬요.
어머니도, 이모들도
심지어 할머니도 안전하지 않다네!
카사노바가 돌아왔으니 모두를 휘두를 거야,
그의 원기 왕성한 몽둥이로.

"바스타(그만)!" 스테파노가 외쳤다. "우리한테도, 당신한테도 창피스러운 짓이오!"

브루노는 전혀 창피하지 않았으므로 히죽 웃었다. 그는 계속 노래를 흥얼거리며, 브라가딘 의원 댁의 포르티코 계단 앞에 배를 싹 갖다 댔다. 브라가딘의 팔라초는 연분홍의 4층짜리 건물로, 그중 두 개 층에는 뾰족한 아치가 달린 창문이 줄줄이 달려 있었다. 대운하 쪽에 있는 팔라초들보다는 장대하지 않았고 더 조용하고 별로 과시적이지 않은 지역에 있었지만, 이 저택은 그럼에도 우아하고 관리가 잘되어 있었으며 돌이 반짝이는 것으로 보아서는 색을 갓 칠한 듯했다. 2층 발코니에서는 침대에서 일어난 지 얼마 되지 않았는지 헐렁한 가운을 입은 두 여자가 앉아 커피를 마시며 운하를 내다보고 있었다. 두 사람은 손님들을 보고도 알은체하지 않았다. 오르솔라는 스테파노를 힐끔 보았다. 그는 면도를 했고, 오르솔라도 머리에 빗질을 했으며, 미사에 갈 때 입는 깨끗한 새 옷을 입었지만, 베네치아 사람들에 비하면 행색이 초라했다. 무라노에서는 유리공예 기술로 존경받았지만, 여기서는 무시할 만한 노동자에 불과했다.

스테파노는 곤돌라에서 일어섰으나, 주변 환경에 겁을 먹었는지 단단한 땅 위에 발을 내딛기를 주저했다. 발코니에 있는 여자들이 킥킥 웃었다. 아마도 그건 그들과 전혀 상관이 없는 일 때문이었겠지만 오르솔라는 남편의 소심함이 부끄러웠다. 안토니오라면 자신 있게 팔라초에 발을 내딛었을 거라는 생각이 들었지만, 곧 그 생각을 떨쳐버렸다. 오르솔라는 두 사람을 절대로 비교하지 않으려 애썼다.

오르솔라가 벌떡 일어서자 배가 흔들렸고 스테파노는 도로 자리에 주저앉고 말았지만, 오르솔라는 포르티코 계단으로 넘어갔다. "와, 시뇨라!" 브루노가 외쳤다. "당신 남편에 대한 감정을 이렇게 드러내는

군? 남편이 운하에 떨어졌으면 좋겠어? 애가 달랑 하나뿐인 것도 당연하네!"

오르솔라는 뱃사공이 자기 명치를 가격하기라도 한 듯 숨을 헉 멈췄다. 그녀는 바로 한 달 전 다시 유산을 했다.

이번에는 발코니에 있는 여자들이 정말로 그들을 비웃고 있었다. 브루노도 그들과 합세했다. 두 귀족 여인을 웃겼다는 게 의기양양해 보였다.

스테파노는 린넨 천으로 싸서 삼끈으로 묶은 자기 거울을 들고, 오르솔라에게 무거운 꾸러미를 건넨 후 계단으로 올라섰다. 그는 브루노를 돌아보았다. 사공은 자기가 선을 넘었다는 걸 깨달았는지 웃음기를 차차 지웠다. "바테네(꺼져)! 돌아갈 땐 당신이랑 가지 않을 거요. 돈도 내지 않을 거고. 당신은 내 아내를 모욕했지. 카나자(불한당) 같으니!" 오르솔라는 남편이 그렇게 화내는 걸 들어본 적이 없었다.

브루노는 "그냥 농담이잖아! 농담도 못 받아들여!"라며 지껄여댔지만, 스테파노는 자기 거울을 들고 앞장서서 어두운 안드로네(현관)로 들어갔다. 돌바닥은 최근의 만조로 인해 아직도 축축했다. 어스름한 현관에 들어서자 오르솔라는 환한 직사각형의 햇빛이 들어오는 입구를 돌아보았다. 브루노가 산돌로 위에 서서 믿을 수 없는 라드리(도둑들)라며 욕을 퍼붓고 있었다.

"괜찮아요?" 스테파노는 아내의 팔을 꽉 쥐며 물었다. 오르솔라는 남편의 손에 한 손을 올리고 도로 맞잡아주었다. 남편이 옆에 있다는 사실이 갑작스레 고마웠다.

"다시는 저 사람을 쓰지 않을 거예요." 오르솔라가 말했다. "그리고 저 위의 여자 둘 다 이 목걸이를 걸지 않게 해달라고 성모에게 기도하겠어요." 오르솔라는 밀레피오리가 든 꾸러미를 단단히 움켜잡았다.

두 사람은 안드로네 주위를 둘러보았다. 팔라초에서 사업 거래가 자주 이뤄지는 곳이었다. 와인 상자가 한쪽 벽에 줄지어 서 있고, 그 위에는 햇앵두가 담긴 바구니와 정어리가 담긴 바구니가 얹혀 있었다. 맨 끝에 있는 너른 대리석 계단은 팔라초의 중앙, 땅이 마른 부분으로 이어졌다.

오르솔라와 스테파노는 서로 마주 보았다. 일단 거기에 들어가면 어떻게 할지는 미리 의논해놓지 않았다. 오르솔라는 팔라초 안에 한 번도 들어가본 적이 없었다. 무라노에 있는 소박한 저택들도 마찬가지였다. 누군가가 거기서 자기들을 맞아줄 거라고 막연히 짐작했다. "올라가야 할까요?" 오르솔라는 계단을 고갯짓으로 가리켰다.

바로 그때, 한 남자가 계단을 뛰어 내려왔다. 하인인 듯 보였지만, 그들보다도 훨씬 더 옷을 잘 차려입었다. 흰 린넨 셔츠는 새것이었고, 반바지 옆부분은 금실로 땀을 떠서 장식했다. 그가 바구니들을 들고 다시 뛰어 올라가려 할 때, 스테파노가 외쳤다. "시뇨레!"

그 말에 하인은 펄쩍 뛰더니, 어슴푸레한 빛 속에서 눈을 가늘게 뜨고 그들을 보았다. "여기서 뭐 하는 거요? 나가요!"

"우리는 시뇨레 카사노바를 뵈러 왔습니다."

그 이름을 듣자 하인은 오르솔라를 위아래로 훑어보더니, 어째서 스테파노가 그녀와 같이 있는지 영문을 모르겠다는 듯 스테파노를 힐 끔 보았다.

"그분이 주문한 물건을 가지고 무라노에서 왔어요." 오르솔라가 설명했다. "목걸이와 거울입니다. 준비되었어요."

"여기 남겨둬요." 남자는 와인 상자를 가리켰다. "내가 나중에 가지고 올라갈 테니."

"너무 값진 것이라 여기에 둘 수 없습니다." 스테파노가 말했다.

"직접 시뇨레에게 전달하고 싶은데요."

"아직 주무시고 계신데요."

"기다릴 수 있어요." 오르솔라가 말했다.

"그러면 종일 기다려야 할 거요. 그 시뇨레는 밤에 돌아다니시거든. 여기 둬요. 아주 안전하니까."

"우리는 비용을 받으러 온 거예요." 오르솔라가 덧붙였다.

남자는 웃음을 터뜨렸다. 그 웃음을 듣자 오르솔라는 위층에 있던 여자들의 웃음소리, 그리고 오르솔라가 처음 그 신사의 이름을 꺼냈을 때 조반나 이모가 웃던 소리를 떠올렸다.

바로 그때, 운하에서 고함 소리가 들리더니 누군가가 브루노에게 비키라고 말했다. 계단 꼭대기에서 한 무리의 사람들이 내려오고 있었다. 맨 앞은 붉은 외투를 입은 남자로, 풍성한 가발 위에는 삼각 모자가 얹혀 있었다. 권위가 넘치는 외양, 꼿꼿이 편 등, 남보다도 몇 걸음 앞서서 계단을 내려오는 당당한 걸음걸이, 환한 바깥에 시선을 고정한 눈을 보니, 남자는 높은 지위의 사람임이 분명했다. 이 사람이 바로 그 후원자로군, 오르솔라는 생각했다. 그들을 상대하던 하인이 한 발 뒤로 물러서자 오르솔라는 앞으로 나서며 입을 열었다. 샹들리에, 거울, 목걸이, 그리고 마흔여덟 개의 술잔 때문에 일어날 파탄으로부터 로소 가족을 구할 수도 있으리라는 희망을 품었다. 그리고 어쩌면 오르솔라는 그렇게 할 수도 있었다. 만에 하나 브라가딘 의원이 오른쪽을 한 번 돌아보고 그들의 존재를 알아차리기만 했더라도 입천장에 붙은 혀를 떼어내어 그가 후견하는 사람을 위해 좋은 작품을 만들었다고 말할 수 있었다. 더 많은 물건을 제작할 수 있다고, 베네치아 사람들의 입에 회자될 만한 샹들리에를 만들 수 있다고, 그리고 자신의 평판을 확립하고 더 많은 거래를 끌어올 수 있을지는 이 목걸이에 달려 있다고 말하려 했다. 비용을 내주기만 한다면. 하지만 의원은 오르솔라와 스테파노를 바라보지 않았다. 그가 햇빛 속으로 나가 대기하는 곤돌라 위에 올라타고 아마도 다른 중요한 인물, 어쩌면 도제와 만나는 아주 중요한 회의에 나가는 모습을 바라보는 동안 오르솔라의 혀는 달라붙은 그대로였다. 발코니 위에 있던 여자들이 의원을 부르자 그는 모자를 벗어 숭배자들을 향해 머리 위로 흔들어 보이고는 펠체 안에 자리를 잡고 앉았다.

브라가딘 의원이 사라지자 하인은 오르솔라와 그 남편의 존재를 다시 깨달은 듯, 고개로 문을 획 가리켰다. 굳이 '안다테', 가라는 말조차 하지 않았다.

그들은 목걸이와 거울을 와인 상자 위에 놓았다. "우린 거리를 통해서 갈 거예요." 오르솔라는 운하에 있는 브루노와 맞닥뜨리고 싶지 않았기에 그렇게 말했다. 걸어서 북쪽 둑방까지 가면, 거기서 전세 트라게토를 타고 무라노로 돌아갈 수 있었다.

하인은 반대편에 난 문으로 안내했다. 그 뒤에는 익숙한 안마당 풍경이 펼쳐져 있었다. 중앙에는 사자로 장식된 사각 우물이 있고, 햇빛 속 벤치 위에는 늙은 여자들이 앉아 바느질을 하고 있었으며, 한 여자가 솥에서 삶는 시트를 젓고, 아이들은 술래잡기를 하며 그 공간을 여기저기 뛰어다녔다.

오르솔라는 도메네고가 오래전에 알려준 교훈을 기억하고 발길을 멈췄다. "우리는 물건을 줬다는 영수증이 필요해요." 오르솔라는 마치 자기 몸을 받치듯 팔짱을 끼고 버티고 서서 단호히 말했다.

하인은 눈알을 굴렸지만, 확실히 이전에도 이런 요청을 받은 적이 있는 듯 놀란 것 같지는 않았다. "운 모멘토(잠깐)." 그는 그렇게 말하고 서둘러 안으로 들어가버렸다. 두 사람은 기다리면서 아이들과 여자들을 바라보았다. 그들 중 누구도 이런 장사꾼들에 대해서 호기심을 보이지 않았다. 두 사람은 존재감이라는 면에서는 한구석에 기대놓은 곤돌라 노나 다름없었다.

"우리가 돈을 받을 수 있을 것 같아요?" 스테파노가 웅얼대며 물었다.

오르솔라는 고개를 흔들었다. "모르겠어요. 하지만 당신이 이 이야기를 마르코 오빠에게는 해야 해요. 우리가 어떤 대접을 받았는지. 그러면 오빠가 클링엔베르크에게 부탁해서 샹들리에 대금을 흥정할 수 있을지 몰라요." 클링엔베르크는 지역 내 판매에 대해서는 보통 관여하지 않았다. 그의 교역 상대는 주로 외국이었다. 하지만 클링엔베르크는 이렇게 미덥지 못한 고객을 다루는 방법을 알지도 몰랐다.

"당신 오빠는 내 말을 듣지 않을걸요."

오르솔라도 그 사실을 알았다. 마르코가 오르솔라의 작품보다야 그 남편의 작품에 더 존중을 보인다고 해도, 어느 쪽에게서든 충고를 받지는 않을 것이었다.

몇 분 후, 하인은 종이 한 장과 깃털 펜, 잉크 한 병을 가지고 돌아오더니 거울과 목걸이에 대한 간단한 묘사를 써내려갔다. 오르솔라는 적어도 글을 읽을 줄은 알았으나 오로지 카사노바의 이름만 알아볼 수 있을 뿐이었다. 그 이름은 다른 단어보다 두 배 크게 쓰여 있었다.

물론 돈은 오지 않았다. 대신, 두 달 후 도메네고가 왔다. 가르초네토 하나가 자기 작업실에 있는 오르솔라를 부르러 왔다. 오르솔라가 공방을 지나가다 보니, 마르코는 샹들리에에 달 열두 개의 꽃 모양 가지 중 하나를 밧줄과 도르래를 이용해 조심스레 붙이고 있었다. 섬세한 작업으로, 자칫 실수해서 일부가 부러지기라도 하면 고치는 데만도 수일이 걸릴 것이었다. 그들은 벌써 대부분의 가지를 붙였고, 포도 송이 장식도 매달아서 마르코가 뜨거운 유리를 중앙 구 부분에 밀어 붙이는 동안 이 유리 포도알이 흔들리고 있었다.

오르솔라는 이전에 샹들리에 전체를 본 적이 없었고, 조립하기 전 개별 부품만 언뜻 보았을 뿐이었다. 가지 하나나 꽃 장식, 혹은 돌돌 말린 긴 이파리. 이제는 발을 멈추고 전체를 감상했다. 샹들리에의 몸 체는 입으로 불어 만든 다양한 길이와 너비의 유리 형체를 층층이 쌓 아 만들어졌고, 중앙 몸체는 가지가 뻗어나오는 구 형체였다. 그 위에 는 더 작은 층을 올리고, 꽃과 이파리들이 다발로 거기서 자라나는 모 양을 만들었다. 가지와 구불거리는 잎에서는 포도송이들이 매달렸다. 모두 투명하고 반투명한 유리의 조합으로 만들어졌지만, 어떤 부품과 포도에는 가장자리에 푸른빛이 돌도록 색을 입혔다. 원래라면 효과가 좋을 리가 없었다. 푸른 꽃과 긴 이파리, 그리고 포도송이라고? 그런데 도 제대로 먹혔다. 마르코는 마음먹은 일에는 감식안이 있었다.

"메라비글리오소(훌륭해)." 오르솔라는 이 중요한 순간에 있는 남자 들을 방해하지 않으려고 조심하면서 나직한 목소리로 내뱉었다. 이런 작품을 만들기 위해서 마르코와 자코모, 스테파노가 엄청난 집중력을 쏟아부어야 했다. 그들은 보통 신성불가침의 영역이었던 클링엔베르 크의 주문을 포함, 다른 작업은 다 제쳐놓고 거의 한 달 동안 샹들리에 에 붙어 작업했다. 모두가 열과 긴장감으로 땀을 뚝뚝 흘리고 있었다. 오르솔라는 그 자리에 남아 구경하고 싶었고, 그렇게 열심히 일하는 남편과 오빠들을 찬탄하며 바라보고 싶었다. 하지만 도메네고가 공방 뒤편에서 기다리고 있었기 때문에, 오르솔라는 마지못해 자리를 떠서 선착장으로 빠져나갔다.

곤돌라 사공이 유난히 음울해 보여, 오르솔라의 심장이 쿵 떨어지는 것만 같았다. 안토니오에게 무슨 일이 생겼구나, 오르솔라는 생각하며 몸을 감싸안았다. 그 모든 세월이 흘렀건만, 가장 먼저 떠오른 생각은 그것이었다.

하지만 안토니오의 일이 아니었다. "시장에 도는 소문이 아니라 나한테 이 소식을 들어야 한다고 생각해서요, 오르솔라." 그가 말했다. "당신네 시뇨레 카사노바가 체포되었어요. 두칼레 궁전의 피옴비(베네치아의 두칼레 궁전에 있었던 납으로 덮인 감옥 - 옮긴이)에 갇혀 있어요."

공방에서 고함이 터졌다. 순간, 오르솔라는 사람들이 도메네고가 들고 온 소식을 들었다고 생각했다. 하지만 그들은 마지막 가지가 성공적으로 붙고 아무도 돈을 내지 않을 샹들리에가 완성된 것을 축하하고 있었다.

5

　물 위를 튀어가는 돌은 이제 42년을 뛰어넘어 1797년에 내려앉습니다. 그 세월 동안 주요한 혁명이 두 건 일어났죠. 첫 번째는 미국 독립 혁명으로, 무라노 유리공예가와 베네치아인 귀족들은 흘려 넘겨도 되는 사건입니다. 두 번째는 프랑스 민중 혁명이죠. 고향에서 가까운 곳에서 일어나는 이 혁명은 무시하기가 어렵습니다. 이 사건은 나폴레옹 보나파르트가 등장하는 결과를 낳았고, 그는 유럽인이라면 무시할 수 없는 존재가 되죠. 그의 군대는 대륙을 횡단하여 진군하며 여러 영토를 정복하고, 베네토 지역에 이르러서는 가장 고귀한 전리품으로 베네치아를 장악합니다. 베네치아의 상원은 자체 폐지에 투표했고, 의원들은 벨벳 가운을 벗어던지고 두칼레 궁전에서 도망칩니다. 물의 도시는 이제 공화국이 아닙니다.

　다른 곳에서 예술은 신고전주의 시대로 접어듭니다. 모두 고대 그리스와 로마를 향해 그리움에 찬 시선을 보내지요. 괴테와 실러는 독일의 바이마르 고전주의의 선두 주자입니다. 하지만 파괴적인 낭만주의 또한 익어가고 있습니다. 워즈워스와 쿨리지는 영국에서 만날 수 있죠. 윌리엄 블레이크는 『순수와 경험의 노래』를 썼습니다. 독보적인 제인 오스틴이 재치 넘치는 소설『오만과 편견』과『이성과 감성』을 집필하기 시작했습니다.

유리의 섬으로 돌아와, 오르솔라는 이제 노란색과 하얀색 꽃무늬가 점점이 놓인 파란색 밀레피오리를 불꽃 속에서 앞뒤로 돌리고 있습니다. 오르솔라는 고개를 듭니다. 이제 서른일곱 살입니다. 오르솔라와 그녀에게 중요한 사람들은 여덟 살 더 나이가 들었습니다. 그들의 운명은 인근 도시의 운명과 연결되어 있습니다. 그리고 베네치아는 고통받고 있습니다. 우리는 그 고통은 빠르게 훑고 지나가면서 그 세월 안에서 너무 길게 어정거리지 않도록 우리의 길을 늘리고 줄이도록 하겠습니다……

오르솔라는 클링엔베르크가 즉시 만나고 싶어 한다는 전갈을 받았지만, 벌떡 일어나서 석호를 건너가려 하지 않았다. 심지어 도메네고가 배에서 내려 직접 그 전갈을 배달하러 로소가의 부엌으로 들고 와서는 그녀를 폰다코 데이 테데스키로 데려가려고 기다리고 있는데도 시간을 끌었다. "그렇게 급박한 거예요?" 오르솔라는 따져 물었다. "난 여기서 좀 바쁜데." 오르솔라가 바쁜 건 사실이었지만, 구슬 작업 때문은 아니었다. 오르솔라, 모니카, 로셀라와 스텔라는 가지와 호박, 토마토와 마늘, 자두와 배, 그리고 사과를 따서 겨울 동안 먹을 잼과 피클을 만드느라 정신이 없었다. 무라노의 유리 산업이 상당히 쇠퇴했으므로, 그들은 먹거리를 대기 위해 직접 길러 재배하는 채소에 더 의존하게 되었다. 이제는 베네치아로 건너갈 시간이 없었다.

"이유는 말씀하지 않으셨습니다." 도메네고가 대답했다. "하지만 그 누구에게도 빨리 오라는 말을 전하시는 적이 별로 없죠." 곤돌라 사공은 지친 얼굴이었고, 관자놀이의 머리카락은 희끗희끗하게 세어갔다. 입고 있는 긴 황갈색 튜닉은 오르솔라가 도메네고를 처음 보았을 때, 그의 흰칠하고 날씬한 몸매에 무척이나 잘 어울렸던 짧고 딱 붙는 붉은색 튜닉과 다이아몬드 문양의 바지와 달리 그에게 맞지 않았다. 이제 그는 충충하고 피곤해 보였다. 다른 모든 사람과 같았다. 몇 달 전, 프랑스인들이 베네치아 공화국을 점령하고, 이제 공화국은 죽었다고 선언했고, 로소가 사람들과 무라노인들, 베네치아 사람들은 모두 도시에 무슨 일이 일어나는지를 가만히 기다렸다. 클링엔베르크가 보내는 유리 제품과 구슬 주문은 점점 줄어들어 이제 찔끔찔끔 올 뿐이었다. 이 상인은 몇 년 전 카사노바의 샹들리에와 술잔 때문에 주문이 한참 미뤄진 것을 달가워하지 않았고, 그 징벌로 로소가에는 주문을 줄여버렸다. 마르코가 상인의 신뢰를 회복하기까지는 몇 년 걸렸고, 그때가 되자 나폴레옹이 등장했다.

하지만 도메네고의 말이 맞았다. 클링엔베르크는 중요한 일이 아니라면 굳이 사람을 보내 그녀를 부르지 않았을 것이었다. 어쩌면 의뢰일 수도 있었다. 로소가에는 그런 큰 의뢰가 필요했다. 오르솔라는 토마토 즙이 묻은 손을 닦고, 여기저기 과일이 튄 앞치마를 벗은 후 다른 사람들에게 양해를 구하고 베네치아로 갔다.

폰다코 데이 테데스키는 무덤 같았고, 독일 상인의 수가 현저히 줄어들었으며, 남은 사람들은 도시의 나머지 사람들처럼 나폴레옹에게 자신의 운명을 맡기고 기다리고 있었다. 요나스는 곁방에 앉아 늘 그렇듯이 장부에 숫자를 써넣고 있었지만, 나폴레옹이 이탈리아를 점령해가는 동안 교역량이 너무나 줄어들어 기록할 거리도 훨씬 적어졌음이 분명했다. 어쩌면 그는 바쁜 척하고 있는 것뿐이라, 오르솔라가 그의 어깨를 넘겨다보면 아마도 낙서만 보일 수도 있었다. 그들은 서로 잠깐 고개를 숙여 인사했다. 이제 프랑스인이라는 더 큰 공적을 대면

하고 있었기에 그들은 정중한 긴장 완화 상태에 접어들었다. 요나스는 오르솔라를 안으로 안내하며 큰 소리로 외쳤다. "오르솔라 로소가 왔습니다, 헤르 클링엔베르크."

"아, 시뇨라 오르솔라, 와주셔서 고맙소." 클링엔베르크는 일어서며 오르솔라가 자리에 앉기를 기다렸다. 그의 방은 여전히 편안했지만, 이전보다는 화려함이 떨어진 듯한 느낌이었다. 페르시아제 융단은 너덜너덜해졌다. 이전이라면 아마 다른 것으로 교체했을 것이었다. 책상은 여기저기 움푹 파였고, 구석에 걸어놓은 모피 두른 로브는 좀이 슬었다. 과거에 클링엔베르크는 늘 변함없는 태도로 화려하고 안락한 환경을 유지하며 자긍심을 보였지만, 지금은 모두 오래되고 초라해 보이기까지 했다. 클링엔베르크도 나이를 먹었다. 머리카락과 턱수염은 이제 완전히 은발이 되었고, 그는 뼈가 흔들릴까 두려워하는 사람처럼 조심스레 앉았다. 하지만 태도는 이전처럼 호의적이었다. "요나스, 우리 손님을 위해 말바시아 와인과 부솔라이 좀 내오게!" 그가 소리쳤다. 잠시 후, 요나스가 술병과 잔 두 개를 놓은 쟁반, 유명한 베네치아 비스킷이 가득한 빨간 유리 접시를 들고 들어왔다. 오르솔라는 과자가 너무 말라서 와인에 적셔도 부드러워지지 않는다는 걸 눈치챘다. 하지만 과감하게 하나를 집어 들고 살짝 갉아먹었다. 이 사람 나를 구슬리려 하는군, 오르솔라는 생각했다. 대체 나한테 뭘 원하는 거지?

클링엔베르크는 어머니와 딸, 오빠들의 안부를 물었지만, 겉치레뿐인 관심이었다. 그가 와인 잔을 세게 내려놓는 바람에 오르솔라는 화들짝 놀랐다. 클링엔베르크가 잔을 깨는 일은 절대 없었다.

"물론 부인도 아시겠지만, 우리는 보나파르트 장군이 이런 식이든 저런 식이든 행동하기를 기다리고 있소이다. 누가 베네치아를 맡게 될지는 전혀 분명하지 않지."

"프랑스인들이 아닌가요? 그들이 5월에 점령했잖아요."

상인은 고개를 흔들었다. "어떤 사람들은 도시가 독립을 유지하길 바라고 있소. 나로 말하자면 그런 희망을 공유하진 않아요. 나폴레옹이 오스트리아인들과 전쟁을 끝내기 위해 베네치아와 베네토를 거래 카드로 쓸지 모른다는 추측이 돌고 있소."

오르솔라는 프랑스인들에 대해서는 여름 내내 베네치아를 점령했다는 것 말고는 아는 게 별로 없었다. 오스트리아인들에 대해서는 그들이 독일어로 말한다는 사실 말고는 전혀 몰랐다. "언어 문제를 고려하면 클링엔베르크 씨는 오스트리아 점령 쪽이 낫지 않나요?" 오르솔라는 슬쩍 말을 던졌다. "그 사람들과 좀 더 비슷하시잖아요."

클링엔베르크는 수년에 걸쳐 완벽하게 갈고닦아온 외교적 미소를 지었다. "나는 늘 여기서는 환영받지. 나는 베네치아식 삶의 방식을 좋아하오. 내 딸은 베네치아인과 결혼했고. 내 손자들은 베네치아인이고. 물론 나는 그 애들이 독일어에도 편안해지도록 애들에게는 그 언어로 말하지만." 그는 잠깐 말을 끊었다 이었다. "오스트리아인과 베네치아인은 잘 어울릴 것 같지 않소. 기질적으로 아주 다른 사람들이거든. 베네치아인이 물이라면, 오스트리아인은 흙이지."

"그럼 보나파르트는 뭐죠?"

"불이지. 그는 점령하고 떠나오. 그래서 내가 부인을 보자고 한 거요."

"그 사람이 오나요?" 몇 달 동안 도시가 그를 기다려온 것만 같은 기분이었다.

"그의 아내, 조세핀이 오지."

"그래요?"

"무슨 일이 있어도 조세핀이 베네치아에 대해 좋은 인상을 받도록 해야 하오. 조세핀을 위해 무도회가 여러 번 열릴 것이고, 오페라와 레가타도 한 번씩 열릴 예정이지. 저택 중에서도 가장 훌륭한 팔라초 피사니 모레타에 묵게 될 거요. 선물 공세를 받게 되겠지. 이 도시가 바칠 수 있는 최상품으로만. 원단, 향료, 그림, 파리까지 싣고 나를 배와 장신구." 그는 오르솔라에게 시선을 고정했다. "조세핀은 장신구를 열정적으로 좋아한다더군요. 폰다코 데이 테데스키의 상인들은 연합하여 장군의 아내에게 선물을 진상하기로 했소. 우리는 부인이 목걸이를 만들어주었으면 하오. 다른 어디에서도 본 적 없고, 베네치아와 유리공예 장인을 영원히 기억할 만한 작품으로."

목걸이를 또 만들 수 있다니. 오르솔라는 대금을 받지 못한 카사노바의 목걸이를 떠올리며 생각했다. 그녀는 그 목걸이나 거울에 대해서 클링엔베르크에게 아무 말도 하지 않았지만, 그는 물론 샹들리에에 대해서는 알고 있었다. 마르코는 직접 팔아보려다 결국 실패하고는 마지못해 상인에게 도움을 청했다. 하지만 클링엔베르크 또한 구매자를 찾지 못했고, 샹들리에는 창고 선반에서 먼지만 쌓이는 처지가 되었고 포도와 꽃도 그 광채를 잃었다. 마흔여덟 개나 만든 술잔도 대부분 팔리지 못해 먼지를 뒤집어쓰고 병사처럼 줄지어 서 있었다. 로소가가 절대 회복할 수 없는 재해를 기억하게 하는 물건이었다.

"우리는 물론 대금을 지급할 거요, 오르솔라." 클링엔베르크가 확인해주었다. "하지만 이건 그저 돈 이상의 문제요. 조세핀이 이곳의 아름다움과 정신을 잘 보여주는 견본을 맛본다면, 남편에게 잘 말해서 우리의 독립을 허락해줄 마음이 들 수도 있겠지. 부인의 목걸이도 거기에 한몫할 거요."

"여긴 내 도시가 아니에요." 오르솔라가 말했다. "무라노가 제 집이죠."

클링엔베르크의 아래턱에 힘이 들어갔다. 이런 선 긋기가 심기를 거스른 것이 분명했다. "물론이오." 그가 대답했다. "하지만 베네치아에 영향이 가는 일이 있다면 무라노에도 영향을 미치겠지."

오르솔라는 그 요청을 생각해보았다. 조세핀 보나파르트를 위한 목걸이. 사업을 다시 띄울 또 한 번의 기회일까, 아니면 또 한 번의 실패일까?

"언제 필요하세요?" 오르솔라가 물었다.

"이틀 후에."

"마리아베르지네(맙소사)! 이틀 만에 만들 수는 없어요! 제대로 만들려면 그럴 수가 없죠. 구슬을 식히는 데만도 최소한 24시간이 들어요. 그리고 실험해볼 시간도 필요하고요."

"그럼 사흘 드리지. 조세핀은 내일 도착하오."

"좀 더 일찍 알려줄 순 없었나요?"

"조세핀도 임박해서야 여기 온다는 걸 알려준 거요. 모두가 허둥지둥 뛰고 있지."

"비용은 얼마나 내실 거죠?"

"시간이나 돈에 집중하지 마시오, 시뇨라 오르솔라. 사흘 안에 유럽에서 가장 중요한 남자의 아내가 걸 만한 물건을 만들 수 있는지나 스스로 물어봐요."

"부인은 어떻게 생겼나요?"

"사람들 말로는 아름답다기보다는 우아한 인상이라더군. 자세가 꼿꼿하고 좋은 체형이라고. 의상 취향이 훌륭하다고 들었소."

"유럽에서 부유한 여성이라면 다 그렇게들 묘사하지 않나요. 좀 더 구체적인 점이 필요해요. 머리카락과 눈은 무슨 색이죠? 얼굴빛은요? 목이 긴가요, 아니면 짧은가요? 가슴은 어떤 형태죠?"

클링엔베르크가 이 마지막 질문에 너무 질겁하는 것 같아 오르솔라는 웃음을 억눌러야 했다. "내가 남다른 목걸이를 만들게 된다면, 어떤 받침대에 놓일지도 알아야 하니까요." 오르솔라가 설명했다.

곁방에서 신중한 헛기침 소리가 들렸다.

"뭔가, 요나스?" 클링엔베르크가 불렀다.

사무원이 문간에 나타났다. "헤르 클링엔베르크, 따님이 아실지 모릅니다. 여자들은 그런 세세한 점에 주의를 기울이니까요."

"그럼 가서 그 애를 데려오게."

기다리는 동안 두 사람은 유리와 물자 부족, 그리고 피아차 산 마르코를 점령했던 프랑스 군인들과 나폴레옹이 징발해서 파리에서 전시하려고 한 그림과 조각품에 관해 이야기를 나누었다.

"그런데도 무라노를 가만히 놔두었네요, 이제까지는요." 오르솔라가 말했다.

클링엔베르크는 몸을 앞으로 내밀었다. "소중하게 여기는 것이 있다면, 감춰요. 그들은 성당을 벗겨먹고 폐쇄해버릴 테니." 그는 말바시아 와인을 좀 더 따라주었다. 오르솔라는 스위트 와인을 홀짝거리면서 클라라 클링엔베르크가 천에 싼 유리 조각을 건네주려나 생각했다. 안토니오가 그녀를 아직도 생각한다는 징표. 클라라는 이제껏 약속을 지켰고 도메네고를 통해 오르솔라에게 배달해주었다.

안토니오가 산 마테오에서 배를 타고 떠나는 모습을 바라본 뒤로 17년이 흘렀다. 얼굴은 이제 가물가물해서 세세한 특징도 기억나지 않고 일반적인 면모만 떠오를 뿐이었다. 진한 금색 머리카락, 호수와 같았던 눈동자. 이제는 그와 함께 있을 때 어떤 기분이 들었는지도 기억나지 않았다. 유리가 떨어지거나 폭발한 사고로 팔에 입은 상처가 옅은 흉터가 되어가듯이 그도 마찬가지였다. 그때는 아팠지만, 잠시 후에는 그 사고도 고통도 기억나지 않았다.

하지만 돌고래가 도착할 때마다 – 어떤 때는 여섯 달 만이기도 했고, 마지막으로 온 후에는 6년이 흘렀지만 – 오르솔라는 마음속에서 불쑥 솟는 만족감을 느꼈다. 시간은 질주하기도 하고, 얼어붙은 듯 멈추기도 하고, 늘어나기도 하고 줄어들기도 하지만 안토니오의 돌고래만은 계속 이어지고, 그녀가 그렇게 오랜 시간 후에도 여전히 기억된다는 사실은 호수 바닥에 박혀 베네치아를 떠받치는 기초를 이룬 수백만 나무 기둥 중 하나처럼 오르솔라의 인생을 떠받치는 굳건한 기반이 되었다. 오르솔라가 그 사실을 이해하는 건 아니지만, 이제는 그것 없이 튼튼하게 서 있을 수 있을지는 자신이 없었다.

오르솔라가 클라라 클링엔베르크를 본 지도 한참 지났다. 이제 두 아이의 어머니가 된 클라라는 허리가 약간 굵어지고 머리카락 색이 짙어졌지만, 여전히 목까지 높이 올라오는 지금의 유행 의상을 입고 이마 주위에 고수머리를 동그랗게 말아서 내렸다. 입고 있는 은색 드레스는 새것이 아니었지만, 그래도 여전히 잘 어울렸다.

클라라는 오르솔라의 모습을 보자 얼굴이 밝아졌다. "시뇨라 로소, 정말 반가워요!"

클라라의 아버지는 어리둥절해 보였다. "둘이 아는 사이냐?"

"이전에 만난 적이 있어요."

"베네치아는 그렇게 크지 않으니까요." 오르솔라는 상인이 더 깊게 파고들어 유리 돌고래에 관해 알아내지 않았으면 하는 마음으로 덧붙였다.

클라라는 아버지 쪽을 향했다. "대체 이 수수께끼 같은 요청이 뭐기에 저를 데려오라고 요나스를 리알토까지 보내셨어요? 얼마나 빨리 뛰어왔는지 숨이 턱까지 찼던데!"

요나스는 얼굴이 붉어져서 뭐라 항의하려 했으나, 클링엔베르크가 손을 흔들어 입을 막았다. "시뇨라 오르솔라는 조세핀 보나파르트가 어떻게 생겼는지 궁금하다는구나." 그가 설명했다.

클라라는 영문을 모르는 얼굴이었다. "어째서요?"

오르솔라가 상인을 슬쩍 쳐다보니, 그는 고개를 끄덕였다. "부인 아버님은 저한테 조세핀을 위한 목걸이 제작을 맡기셨어요." 오르솔라가 말했다. "베네치아가 조세핀을 구슬려서 우리를 자유의 몸으로 풀어줄 수 있도록요."

"아!" 클라라는 기쁨에 넘쳐 손뼉을 쳤고, 오르솔라는 그녀가 껑충한 소녀였을 때 처음 만났던 기억을 떠올렸다. 이제 클라라는 자기에게 기대하는 바가 뭔지 알고, 실크 스커트가 주름지지 않도록 잘 펴서 앉았다. 요나스는 클라라에게 말바시아 한 잔을 건넸고, 그녀는 마지못해 한 모금 마셨지만 부솔라이에는 손도 대지 않았다. "알로라(그럼), 조세핀이 커피숍에서는 큰 화제예요. 키가 크고 날씬하며, 목이 길고, 가슴은 풍만하고 둥글다더군요. 데코르타쥬(여성이 드레스를 입은 위로 드러난 가슴과 목 부분 - 옮긴이)는 창백한 편이라는데, 아마도 분을 발랐겠죠. 그리고 꽤 드러내놓고 다니는 편인가 봐요. 둥근 목선을 선호하고요. 머리는 진갈색이고, 머리카락은 둥글게 고리 모양으로 말아 이마 위에 내렸다고 해요. 저랑 아주 비슷하지만 색이 더 짙겠죠. 눈도 진갈색이고, 얼굴에 통통한 건포도처럼 박혀 있다고 해요. 입은 작고 약간 꽉 다문 모양인데, 치아가 검어서 보이지 않게 웃으려고 해서 그렇다는군요. 뺨은 통통하고, 코는 무심한 듯한 모양이고요. 낯빛은 약간 어두운 편이지만, 희게 보이려고 약간 과하게 분을 바르고 입술연지도 칠한다고 들었어요. 사람들 말로는 지적인 여자이고 호기심을 가지고 주변을 바라보지만, 그 표정은 약간 슬퍼 보이기도 한다는군요. 얇고 하늘하늘한 천으로 된 흰옷을 자주 입는대요. 또 진주를 좋아하는데, 안 좋아하는 여자가 있겠어요? 옷을 잘 입는 법을 알고 자세도 바르게 하는 법을 안다고 하더군요." 클라라는 잠깐 쉬었다 말을 이었다. "옷과 보석에 얹혀가기보다는 자기가 스스로 옷과 보석을 잘 어울리게 거는 사람인 것 같아요."

오르솔라는 고개를 끄덕였다. "감사해요, 시뇨라. 아주 도움이 되었어요."

"만약 조세핀이 유리구슬을 건다면, 난 진주를 본떠서 하얀색으로 만들진 않을 것 같아요. 이미 그런 건 많을 테니까요." 클라라가 덧붙였다. "완전히 다른 게 더 나을지도요."

"밀레피오리는?" 클링엔베르크가 제안했다.

"너무 번잡해요. 내가 이제까지 본 바에 따르면요. 조세핀에게는 너무 화려하죠. 세련되지 않았으니까요."

"코르날리네 달레포는요?" 오르솔라가 의견을 냈다. "중앙에 녹색이나 하얀색을 넣은 빨강 구슬요."

클라라는 고개를 한쪽으로 기울이고 잠깐 생각해보았다. "어쩌면 너무 소박할 것 같네요."

요나스가 헛기침을 했다. "우린 시뇨라 오르솔라의 작품을 기록한 견본 카드가 있습니다. 제가 꺼내 올까요? 그러면 창작할 수 있는 범위를 볼 수 있죠."

클링엔베르크가 고개를 끄덕이자 요나스는 구석에 있는 커다란 참나무 찬장으로 갔다. 그가 자물쇠를 풀고 문을 열자 시나몬과 육두구 냄새가 확 풍겨왔다. 오르솔라는 자신의 구슬이 이국의 향신료와 함께 자물쇠를 잠가서 보관할 만큼 소중한 물건으로 여겨지고 있다는 생각에 미소 지었다.

요나스가 오르솔라의 구슬 견본에 숫자를 매겨 실로 꿰어놓은 황갈색 카드를 가지고 왔다. 오르솔라가 수년간 만드는 법을 익혔던 모든 작품이 거기에 포함되었다. 다양한 색깔과 모양의 단순한 구슬, 클라라가 번잡하다고 표현했던 밀레피오리, 그리고 붉은 코르날리네 달레포, 덩굴과 꽃이 소용돌이치는 문양으로 장식된 둥근 구슬, 안토니오가 떠난 후 만들었던, 유리 안에 금박이 반짝이는 빨강 구슬. 오르솔라는 구매자의 눈에 맞게 정리된 자기 작품을 본 적이 없었다. 마치 이 구슬들을 만든 사람이 오르솔라 로소가 아니라 무라노에 사는 다른 등불 공예가인 듯 낯설고 거리감 있게 느껴졌다.

클라라는 드레스 가장자리에 달 레이스를 고르듯 이 견본 카드를 세심하게 살폈다. 오르솔라는 옆에 서서 그 어느 때보다도 두 사람 사이의 신체적 차이를 의식했다. 클라라는 키가 크고, 금발에 피부가 창백한 반면 오르솔라는 키가 작고 둥글었으며, 머리와 피부색은 짙었다. 클라라는 이제 하늘색 드레스를 입지 않았고, 오르솔라는 붉은 기가 도는 갈색 드레스를 입지 않았지만, 그렇다고 이전하고 확연히 다른 색깔을 고르진 않았다. 클라라는 은색 새틴, 오르솔라는 갈색 린넨 드레스를 입었다. 이제 더 나이가 든 두 사람은 옷에서 환한 기운은 뺐지만, 깔린 기본색은 유지했다. 클라라의 향수에는 사향과 멀구슬나무 향이 베이스노트로 깔려 있고, 오르솔라의 구슬에 핵심 색깔이 있는 것이나 비슷했다.

"내 생각엔 말이죠." 클라라는 의견을 내기까지 시간을 한참 들이다 입을 열었다. "조세핀의 하얀 드레스와 대조를 이루는 강한 색이 어떨까 해요. 빨간색이나 파란색, 초록색처럼. 빨간색은 어쩌면 지나치게 번쩍거릴 수도 있지만, 푸른색이나 녹색의 변이형이라면 괜찮을 것 같은데요. 당신 돌고래처럼……." 클라라는 말을 멈췄다. 혼란, 다음에는 공포가 미처 숨기기도 전에 얼굴을 스쳤다.

클라라의 아버지는 재빨리 알아챘다. "돌고래?"

"해마 말이에요." 오르솔라는 끼어들며 클라라가 재빨리 제정신을 차리고 따라오길 바랐다. "무라노에 오는 관광객용으로 그걸 만들거든요. 시뇨라가 그걸 보셨어요."

"아, 물론이죠. 카발루초 마리노(해마) 말이죠, 델피노(돌고래)가 아니라. 나도 참 멍청하게. 하지만 그 색깔 말이에요." 클라라는 다시 본래 이야기로 돌아가려고 애쓰며 덧붙였다. "물 색깔이니 조세핀도 그걸 보면 베네치아를 떠올릴 거예요. 물이 탁한 운하가 아니라 햇살을 받아 빛나는 바다요."

"그리고 금색도 있어야죠." 요나스가 덧붙였다. "조세핀은 권세 있는 장군의 아내입니다. 진주와 다이아몬드, 다른 귀한 보석을 걸죠. 유리로 경쟁하려면 그냥 유리 이상으로 보일 필요가 있어요."

모두가 응시하자 사무원은 당황해서 고개를 수그렸다. 오르솔라는 요나스가 무슨 옷을 입는지 눈여겨본 적이 없었지만, 그의 신발이 몹시도 광이 나고, 단순한 은제 버클이 반짝이며, 짧은 외투는 소매에 검은 선을 넣은 진한 버건디색의 벨벳이라는 것을 알았다. 짧은 턱수염은 일정하게 다듬었으며, 허리는 늘 꼿꼿이 펴고 다녔다.

"사파이어나 에메랄드를 닮은 구슬을 만들고 싶진 않아요." 오르솔라가 말했다. "그렇게 할 것 같으면 그냥 조세핀에게 사파이어나 에메랄드를 선물하는 편이 낫죠. 중요한 건 그분에게 무라노산, 베네치아산 유리의 독특한 아름다움을 보여주는 거예요."

"동의하오." 클링엔베르크도 단호히 말했다. "내 생각엔 시뇨라 오르솔라가 가장 잘할 수 있는 일은 그냥 맡겨둬야만 할 것 같군요. 도메네고에게 도로 무라노까지 모셔다드리고, 사흘 후에 목걸이를 찾아오게 하겠소."

오르솔라는 남은 와인을 꿀꺽 삼켜버리며, 이 의뢰를 해결하는 데 필요한 용기가 솟아나길 바랐다.

클라라도 동시에 일어났고, 요나스는 클라라를 집까지 배웅하기 위해 따라 나왔다. 넓은 계단을 같이 내려갈 때, 클라라가 몸을 이쪽으로 기울였다. 순간, 오르솔라는 유리 돌고래를 건네주려나 싶었다. 하지만 대신에 클라라는 이렇게 말했다. "한 가지 더 제안할 게 있어요. 어울리는 귀걸이도 같이 만드세요. 조세핀이 좋아할 거예요. 그게 유행이거든요."

무라노로 돌아온 오르솔라는 무슨 일을 하는지 가급적 다른 사람들에게 말하지 않았다. 질투를 살 수도 있었고, 돈을 빌려달라거나 일을 맡겨달라는 부탁을 받을 수도 있었다. 하지만 그보다도 주로 프랑스인들과 야합한다는 비난이 쏟아지기가 쉬웠다. 가족에게는 주요 인물을 위해 목걸이를 만들게 되었다는 말만 했을 뿐, 누군지는 알리지 않았다.

오르솔라는 색에 대해서는 클라라의 조언을 따르지 않고 진홍색 목걸이와 귀걸이를 만들기로 결심했다. 이 색깔이 조세핀의 타고난 색과 더 잘 어울릴 것 같다는 이유도 조금은 있었지만, 주된 이유는 파란색과 녹색의 혼합은 안토니오와 그가 만든 돌고래를 연상시켰기 때문에, 그런 색들이 프랑스 장군 아내의 목과 귀에 걸리는 걸 원치 않았다.

먼저, 오르솔라는 유리로 만들 수 있는 다양한 모양을 시험해보았다. 둥근 파테르노스트로, 원통형 카넬라, 올리브 모양의 올리베타 스폴레타. 큰 구슬, 작은 구슬, 점차 커지는 배열로도 만들었다. 다음 날구슬이 식자 오르솔라는 구슬을 많이 쓰기도 하고, 적게 쓰기도 하고,

오로지 한 개만 넣기도 해보면서 실에 꿰어보려 했다. 그 무엇도 딱 맞아떨어지지 않았다. 보통은 작품이 손에서 잘 맞고 제대로 되었다는 느낌이 드는 순간이 있지만, 지금은 그런 느낌이 없었다. 시간이 너무 없다는 압박감이 방해되었고, 오르솔라는 클링엔베르크에게 보낼 만큼 적합한 물건을 만들어낼 수 없을 것 같다는 공포감에 시달렸다.

오후에 스텔라가 오르솔라의 작업을 구경하러 왔다. 아가씨가 된 스텔라는 얼굴이 넓고, 깊게 들어간 눈은 진지해 보였으며, 갈색 머리는 대걸레처럼 묶어서 밖으로 뻗쳤다. 이제 스무 살인데도 스텔라는 여전히 아이같이 무심한 태도로 걱정과 슬픔이 가득한 어른의 세계에는 전혀 신경 쓰지 않았다. 두 손에 턱을 괴고, 스텔라는 오르솔라가 전날 밤 만들어 하얀 천 위에 늘어놓은 수많은 구슬을 찬찬히 살폈다. 그러다가 갑자기 나가버리더니 몇 분 후 로셀라와 함께 돌아왔다. 모니카의 딸은 자라면서 점점 엄마를 닮아갔다. 섬세한 얼굴은 고양이 같았고, 턱은 날카롭고 뾰족했으며 코는 작았다. 갈색 눈 위에 드리운 속눈썹은 무척 길어 저절로 엉켜버리기 일쑤였기 때문에, 로셀라는 손가락으로 눈썹을 빗어내려야만 했다. 오르솔라는 몇 년 전 로셀라에게 구슬 만드는 법을 가르치기 시작했지만, 주문이 거의 없었기 때문에 노력은 허사로 돌아갔다. 그래도 로셀라는 타고난 능력과 좋은 식견이 있었다.

"자." 스텔라는 탁자를 향해 손짓해 보였다. "네 생각은 어때?"

오르솔라는 그렇게 중요한 목걸이의 디자인을 이 두 아가씨에게 넘긴다는 생각에 재미있어하며 뒤로 기대어 앉았다. 하지만 가끔은 외부 의견이야말로 필요했다. 오르솔라는 노란 역병 예방 구슬은 예뻐야만 한다고 했던 파올로를 회상했다. 그 이후로 수많은 시간이 흘렀지만, 그래도 가끔은 감금되어 있던 격리 기간을 바로 몇 주 전에 겪은 것만 같은 기분이었다.

로셀라는 주어진 역할을 진지하게 수행하며 구슬을 찬찬히 살폈다. "이건 누구를 위한 거예요?" 로셀라가 물었다. "어떤 여성이에요?"

"피부가 창백하고 검은 머리라고 하는구나." 오르솔라가 대답했다.

"성격은 어때?" 스텔라가 끼어들었다. "화려한 걸 좋아해? 아니면 차분한 편? 자기를 대단하게 생각하는 사람이야? 모두가 자기를 돌아보길 좋아하는 사람? 직접 만나면 언니는 그 사람 좋아할 것 같아?"

오르솔라는 잠깐 머뭇거렸다. 스텔라는 그렇게 존재감이 확실했다. 그녀는 스텔라를 위해 목걸이를 만들어주고 싶었지만, 여동생은 절대로 목걸이를 걸지 않을 것이었다. 오르솔라는 헛기침을 했다. "나폴레옹의 아내를 위한 거야."

로셀라의 눈은 커졌지만, 반면 스텔라의 눈은 가늘어졌다. "그 장군의 아내? 말레디치오네(망할)!" 스텔라는 오르솔라의 작은 철 막대 중 하나를 집더니 언니나 조카가 말리기도 전에, 그 뾰족한 끝으로 자기 손가락 하나를 찔렀다.

"스텔라, 너 뭐 하는 거야?" 오르솔라가 비명을 질렀다.

동생은 핏방울이 맺힌 손가락을 내밀었다. "이거라면 그 여자의 목에 잘 어울리겠네." 스텔라가 말하는 순간, 핏방울이 바닥으로 떨어졌다. "특히 장군의 아내에게는. 피가 그 여자의 가슴을 타고 흘러내릴 거잖아."

"씨." 로셀라도 뜻을 같이 했다. "그 형태와 색깔이, 잘 맞아."

오르솔라는 반대하려고 입을 열었으나, 갑자기 팔라초 피사니 모레타의 무도회, 무라노산 샹들리에 아래에서 춤추는 조세핀의 환영이 떠올랐다. 하얀 실크 드레스, 분을 바른 가슴 위에는 점점 크기가 커지는 핏빛 물방울 구슬 사이에 작은 금박 구슬을 끼워 만든 두 줄 목걸이가 걸려 있다. 귓불에서 폭포수처럼 떨어지는 물방울 귀걸이가 목걸이와 어우러져 보완해주었다.

오르솔라는 고개를 끄덕였다. "그라치에, 벨리시메 라가체(아름다운 아가씨들)." 오르솔라는 몸을 내밀어 여동생과 조카딸에게 키스했다. 스텔라는 움찔 물러섰다. 그녀는 포옹이나 키스를 좋아한 적이 없었다. "이제 가봐." 오르솔라는 덧붙였다. "나는 할 일이 있으니까."

후에, 오르솔라는 이 마술적인 목걸이를 작업하며 품었던 공상 때문에 자신을 비웃었다. 오르솔라는 조세핀이 그 목걸이를 걸고 대운하를 떠다니거나, 오페라를 보려고 라 페니체에 들어서거나, 피아차 산 마르코를 거닐며 악사와 곡예사들을 구경하는 광경을 상상했다. 조세핀을 둘러싼 모든 사람이 핏방울색 유리구슬 사이에서 작은 금색 구슬이 반짝이는 목걸이를 보고 찬탄하고, 그 목걸이를 만든 구슬공예가가 바로 오르솔라 로소라는 것을 전 세계가 알게 될 것이었다. 오르솔라는 곧 부유한 베네치아 가문에서 수많은 주문을 받게 될 것이고, 로소가는 공방의 유리 제품이 아니라 오르솔라의 작품 단독으로도 살아남을 수 있게 되리라.

도메네고가 오르솔라로부터 장신구를 받으러 왔지만, 오르솔라는 다음 날 직접 베네치아로 가서 조세핀이 있을 만한 곳들을 찾아가보고 싶은 충동을 억누르지 못했다. 오르솔라는 가능성이 있을 만한 지점들을 몇 시간 동안이나 오갔지만, 하얀 가슴에 걸린 붉은 목걸이의 흔적조차 보지 못했다. 나폴레옹의 아내에 대해 온 도시가 떠들썩했지만, 오르솔라는 막상 그 여자를 찾을 수가 없었다. 후에 요나스가 솔직히 인정하기를, 나폴레옹의 아내가 폰다코 데이 테데스키에 왔을 때 클링엔베르크와 다른 독일 상인들이 목걸이와 귀걸이를 바쳤으나,

그녀는 클링엔베르크가 삼나무 상자를 직접 열어 선물을 보여주는데도 눈길조차 주지 않았다고 했다. 오르솔라는 조세핀이 그걸 걸어보기나 했는지도 알 수 없었다.

오로지 도메네고만이 나폴레옹의 아내와 시간을 보냈다. 조세핀은 그가 폰다코 데이 테데스키에 정박하고 있는 것을 보고, 대운하를 오가며 만찬과 무도회, 오페라와 소풍에 자기를 데려다줄 사람으로 이무어인 곤돌라 사공을 요청했다. 클링엔베르크는 기꺼이 자신의 사공을 빌려주면서, 베네치아인들의 대의명분에 도움이 되기를 바랐다. 도메네고는 그렇게 달가워하지 않았다. 좋았던 때라도 도메네고가 다른 사공들과 아슬아슬한 관계를 유지했던 걸 생각해보면, 그런 편애를 다른 곤돌라 사공이 기꺼이 볼 리가 없었다. 그들은 조세핀이 떠나기만을 기다려, 도메네고의 눈에 멍을 만들고, 곤돌라의 노 받침대를 부숴놓았다.

목걸이로는 베네치아를 구할 수 없었다. 이후에, 조세핀이 남편에게 독립 공화국으로서의 베네치아의 가치를 확실히 인식시키지 못하고, 나폴레옹이 결국 도시를 오스트리아에 넘겨줬을 때, 오르솔라는 만약 클라라 클링엔베르크의 조언을 따랐다면 결과가 달랐을까 생각했다. 조세핀은 핏빛보다 베네치아의 물빛을 띤 목걸이에 더 홀렸을까? 어쩌면 단순한 목걸이에 그런 역할을 바라는 게 너무 과한지 모르지만, 긴 오스트리아의 강점기 동안 베네치아가 서서히 망해가는 것을 목격할 때면 오르솔라는 죄책감을 느꼈다.

클링엔베르크와 다른 독일 상인들은 모멸감을 더 강하게 느꼈다. 그들은 목걸이를 만들고 손해를 보았을 뿐 아니라 오스트리아인들이 지배하고 도시에 불러온 변화 중에는 상인들을 폰다코 데이 테데스키에서 몰아내고 그곳을 세관으로 만드는 조치도 있었다. 독일인들은 이제 거기서 일하거나 살 수 없었다. "그자들이 이렇게 할 이유가 전혀 없소." 오르솔라가 목걸이의 마지막 할부 대금을 받으러 사무실에 마지막으로 방문한 날, 상인은 분통을 터뜨렸다. "라 살루테에 이미 완벽하게 훌륭한 세관이 있다고! 오스트리아인들은 괜한 악의로 이렇게 하는 거요. 그리스인이나 튀르키예인, 아르메니아인들은 몰아내지 않았는데, 어째서 우리만?"

오르솔라는 몇 년 전 도메네고 이야기를 했을 때 이후로 클링엔베르크의 온화한 가면이 이처럼 벗겨지는 건 처음 보았다. "어쩌면 이 건물이 더 마음에 들어서가 아닐까요." 오르솔라가 대답했다. "폰다코 데이 투르키는 관리가 잘되지 못했잖아요." 이 말은 적어도 베네치아의 많은 건물에 있어서는 사실이었다. 교역이 침체하자 건물들은 무너지기 시작했다.

클링엔베르크는 귀에 들어간 물을 빼내려는 듯 고개를 흔들었다. 뒤에서 요나스도 똑같이 고개를 흔들고 있어서 오르솔라는 입을 다물었다. 남자가 화를 내려 할 때는 논리적으로 설득하려 하지 말고 그저 혼자 다 태워버리도록 놔둬야 했다. 오르솔라는 거기에 돈을 받으러 온 거지, 위로하러 온 건 아니었다.

그는 몇 분 더 중얼거리면서 서류를 정리하고, 펜을 줄지어놓고, 자코모가 만들어준 밀레피오리 유리 문진을 책상 한쪽에서 다른 쪽으로 옮겼다.

"안타깝네요, 시뇨레 클링엔베르크." 그녀가 마침내 말했다. "어디로 가실 건가요?"

"어딘가로 가야지, 멀지 않은 데로." 그는 잠깐 쉬었다가 말을 이었다. "어쩌면 아우크스부르크로 되돌아가야 할지도 모르오."

요나스가 퍼뜩 놀랐다. 이런 가능성에 대해 이전에는 들어보지 못한 게 분명했다. "헤르 클링……." 하지만 상인이 한 손을 들어 사무원의 말을 막았다.

오르솔라는 클링엔베르크가 책상 서랍에서 동전을 꺼낼 때까지 기다렸다. 목걸이 값으로 받아야 할 잔금인 체키노 금화였다. 그는 아내를 통해 나폴레옹에게 영향을 끼치겠다는 계획이 실패한 것에는 실망했을지 모르지만, 명예를 아는 사람이므로 약속한 돈은 지급했다.

"고맙소, 시뇨라 오르솔라." 그는 주화를 건네면서 말했다. "그 목걸이는 조세핀에게 원하던 효과를 내지는 못했지만, 그래도 부인은 자랑스러워할 만해요. 부인의 작품 중 최고 걸작이었소. 내가 베네치아에서 본 것들 중에 가장 훌륭한 유리 목걸이였지. 마에스트라."

조세핀의 목걸이를 만들고 받은 대금으로 로소가는 겨울과 봄을 났다. 그 후에는 프랑스인과 오스트리아인들이 도시와 그 일대를 공처럼 치고받으면서 정말로 힘든 시절이 찾아왔다. 그들은 베네치아의 자유 교역항 지위를 빼앗고, 테라페르마로 가는 수출품에는 고율의 관세를 매겼다. 그렇게 해서 이미 위태로웠던 교역을 효과적으로 무너뜨리고 제조업의 토대를 허물었다.

나폴레옹이 워털루 전투에서 완패하고 오스트리아인들이 확실히 패권을 잡자 베네치아와 그 시민들은 빈곤으로 무릎을 꿇었고, 미래의 황후를 위한 핏빛 물방울 목걸이나 거기서 유래했을지도 모르는 의뢰는 마치 한 번도 일어나지 않은 꿈처럼 느껴졌다.

그렇게 베네치아에 암흑기가 시작되었다. 그리고 그 도시와 운명이 연결된 무라노와 로소가에도 수난 시대가 왔다. 베네치아가 쇠퇴의 길로 접어들면서 무라노도 같은 길을 걸었다. 역병 때만큼 많은 사람이 죽지는 않았지만, 이 시기가 훨씬 길었다. 역병은 빠르게 태우고 사라지지만, 이런 혹독한 빈곤은 늘 남아 있을 것처럼 보였기 때문에 어떤 면에서는 더 냉혹했다. 찌르는 통증이라기보다 지속적으로 욱신거리는 느낌, 밤새 시트가 땀으로 흠뻑 젖을 만큼 열이 치솟기보다는 미열이 계속되는 것 같았다. 연인이 배를 타고 석호 너머로 가버리는 광경을 보는 충격보다는 몇 년 동안 그를 그리워하는 길고 둔중한 아픔 같았다.

이 시기는 되도록 응축하여 뛰어넘기로 한다.

만약 힘든 시기로 떨어진 것이 로소가뿐이었다면 견딜 만했을지도 몰랐다. 오르솔라는 마르코가 사업을 허술하게 운영한 탓에 일어난 일이라고 받아들였을지도 몰랐다. 하지만 그들 주위에는 비슷한 사연을 가진 유리 공방들이 있었다. 사업이 망하고, 더는 쫓아올 당국도 없어지자 가르초네들은 무라노를 버리고 기술을 들고 테라페르마로 가버렸고, 유리 장인들은 본업을 버리고 장작 줍기나 밭 가꾸기나 물고기 잡기, 장사 등 다른 일로 빠질 수밖에 없었다. 얼굴은 점차 야위고, 집은 초라해지고, 배에서는 칠이 벗겨져나갔다. 축제도 줄어들고, 잔치도 없어졌으며, 축하할 일도 줄어들었다. 오르솔라가 로모 살바데고를 걸어가며 보니, 옛날에는 그처럼 흥청거리던 곳이 없었는데 이제는 홀로 앉은 술꾼들이 와인 한 잔을 몇 시간이나 홀짝대고 있을 뿐이었다. 술값을 더 댈 여력이 없기 때문이었다.

무라노뿐만이 아니었다. 오르솔라는 이전에는 베네치아로 건너가면서, 운하를 오가고 미로 같은 거리를 누비면서 피아차와 교회, 팔라초를 감상하는 것이 좋았다. 나이가 들면서 그곳은 더 익숙해지고 덜 무서운 곳이 되었지만, 그래도 가끔은 길을 잃고 사람들에게 물어봐야만 했다.

하지만 이제 이 도시는 암울해졌다. 캄포에는 하얀 튜닉을 입은 술

취한 오스트리아 병사가 바글바글할 때를 빼놓고는 거지만 득시글거렸다. 이전보다 거주민이 줄어들고, 많은 사람이 일자리를 찾아서, 혹은 먹고살기 위해 직접 경작할 땅을 빌려서 테라페르마로 떠나버렸다. 도제가 도시를 프랑스인들에게 넘겼을 때 귀족들은 대거 탈출했지만 그 순간 그들은 베네치아에서의 모든 지위를 잃고 다른 곳에서 대신 자리를 찾거나 상처를 핥아 회복할 장소를 찾아야만 했다. 이제 팔라초를 유지할 여력이 있는 사람은 거의 없었기에 팔라초들은 텅 비어버렸다. 그 안에서 살거나 관리해주는 사람이 없어지자 팔라초들은 황폐해져갔다. 이끼가 자라고, 돌에 바른 회반죽이 떨어져 나갔으며, 바다에서 불어오는 소금기 어린 바람에 칠이 벗겨졌다. 공기가 통하지 않은 건물은 유리 공방과 마찬가지로 생명을 잃어갔다.

모든 팔라초가 폐허가 된 건 아니었다. 어떤 건물은 여인숙으로 바뀌었다. 다른 팔라초는 베네치아의 영락한 상태에 매혹되어 계속 흘러 들어오는 여행객에게 빌려주는 셋집이 되었다. 오르솔라는 이런 관광객들을 그다지 좋아하지 않았다. 베네치아의 우울한 몰락이 낭만적이라 여기면서 해맑게 구경하러 오는 사람들에 분개했다. 오르솔라에게는 썩어가는 셔터와 껍질이 일어나는 석조 건물, 부서진 돌 더미 속에서 굶주린 배를 움켜쥐고 살아가는 건 전혀 낭만적이지 않았다. 방문객들은 이 모든 걸 감탄하며 구경하다가, 이런 빈곤 속에서 생존을 위해 발버둥칠 필요가 없으므로 자기들의 편안한 집으로 돌아가면 그만이었다. 하지만 오르솔라는 그들이 필요하다는 것도 이해했다. 방문객들이 와서 수요가 생기고 활력소를 불어넣기 때문에, 베네치아인들에게는 술집을 열고, 연극을 공연하며, 곤돌라를 관리하고, 대리석 무늬가 있는 종이나 가면, 유리 공을 만들 이유가 생기는 것이었다. 누군가가 이런 물건에 돈을 내니까.

클링엔베르크가 해외 시장에 수출하기 위해 오르솔라에게 내던 주
문도 확 줄어서 없는 거나 다름없어졌고, 이제 오르솔라는 주로 가게
에서 자잘한 장신구로 팔 만한 물건만 만들었다. 하지만 정말로 상황
이 심각하다는 것을 깨달은 건 어느 날 작업실에서 나와 우물에서 물
을 뜨러 안마당으로 가다가 벤치 위에 앉은 마르코를 봤을 때였다. 오
빠는 빈병을 탁자 위에 두고 술 취한 상태였다. 고작 아침 10시였다.
오빠가 이렇게 이른 시간에 술을 마시는 건 본 적이 없었다.

"뭐 하고 있어?" 오르솔라가 따져 물었다.

마르코는 동생을 향해 한 손을 흔들었지만, 대답은 하지 않았다.

스텔라는 구석에 있는 빨래 솥 앞에 몸을 숙이고 주걱을 시트 사이
로 찔러 넣고 있었다. 스텔라는 언니를 힐끔 보더니 고갯짓으로 공방
을 가리켰다.

공방 안으로 들어선 순간, 오르솔라는 깨달았다. 평소에는 끊이지
않던 휘파람, 노랫소리, 고함 소리 없이 그토록 조용하기 때문만은 아
니었다. 용광로가 둔하게 웅웅대던 소리가 사라져버렸다. 그 열기조
차도 스러졌다. 용광로는 1년 중 11개월은 먹이를 줘야 하는 굶주린
입이었다. 흐르던 피가 멈춘 것처럼 이제 용광로는 차가워졌고, 작업
장은 죽어버렸다. 아버지들을 돕기 시작하던 로소가의 아들들은 없었
다. 안드레아와 세바스티아노가 장작을 가져와 용광로에 불을 지피고
빗자루로 바닥을 쓰는 모습을 볼 수가 없었다. 펀티를 돌리고 물건을
서냉로에서 굴리거나 다양한 색깔의 유리를 펼쳐놓는 작업을 해야 하
는 마르콜린과 라파엘레도 없었다. 오르솔라는 주위를 둘러보다, 뒤
쪽에서 스테파노와 자코모를 발견했다. 두 사람은 식힌 작품을 마무
리하는 작업대 앞에 말없이 서 있었다. 그릇이나 꽃병이 똑바로 서도
록 바닥을 깎아내거나 술잔에 장식을 그리고, 거울 테두리에 문양을

새기는 장식을 하는 자리였다. 두 사람은 이전 파올로와 자코모처럼 가깝지는 않아도 몇 년을 함께 일하며 동료애를 느끼는 사이가 되었다. 두 사람은 잠깐 올려다보더니 다시 작업으로 돌아갔다. 오르솔라는 남편의 굽은 등에서 의기소침한 기운을 읽었고, 그 때문에 마음이 아팠다.

"남자애들은 어디 갔어요?" 오르솔라가 물었다.

스테파노는 계속 나무를 깎았지만, 자코모는 하얀 물감이 묻은 붓을 멈췄다. "배 타고 나갔어."

"용광로는 왜 껐어?"

"더는 할 일이 없으니까."

"그럼 뭘 만드는 거야?" 오르솔라는 자코모가 든 술잔을 향해 고개를 까닥했다. 오빠는 잔 테두리에 꽃 모양 고리를 그리고 있었다.

"상점에 내놓을 물건이야. 하지만 손님들이 매일 배에 가득 실려 온대도 다 팔지 못할 만큼 재고는 많이 있어."

"클링엔베르크에게서 온 주문은 없어? 전혀?"

"클링엔베르크는 아우크스부르크로 돌아간대."

"뭐?!"

"어제 마르코 형에게 말했어. 이젠 옛날처럼 여기서는 사업이 안 될 거래. 관세도 너무 높고, 사람들은 여기가 아니라 프라하에서 유리 제품을 산다고."

오르솔라는 안토니오가 사는 도시의 이름이 나오자 움찔했다.

스테파노가 그녀를 보고 있었다. 그가 마음을 읽을 수 있는 걸까? 오르솔라는 그 생각을 떨치려고 머리를 흔들었다. "내 구슬은 어쩌고?"

"그걸 대신 팔아줄 다른 상인을 찾아야겠지."

오르솔라는 반평생 동안 클링엔베르크에게서 주문을 받았고, 베네치아 너머 세계와의 연결고리로서 그가 해주는 역할을 당연하게 여겼다. 이제 클링엔베르크 없이 오르솔라의 구슬은 어떻게 파리와 아프리카, 아메리카까지 닿는단 말인가? 일단 클링엔베르크가 테라페르마로 가버리면, 그는 그녀의 세상에서 사라지고 만다.

오르솔라는 마르코에게 맞서보려고 다시 안마당으로 갔지만, 그는 잠들어 있었다. 오르솔라는 오빠가 술에 취해 있을 때 깨우면 일이 악화될 수도 있다는 걸 알았다. 대신에 그녀는 어머니를 찾으러 갔다.

라우라 로소는 화덕 앞에 서서 폴렌타(옥수수 가루를 액체에 개어 만드는 죽 - 옮긴이)를 젓고 있었다. 오래 놔두면 타버리는 음식이었다. 이제 그들은 다른 많은 무라노 가정처럼 폴렌타를 더 자주 먹게 되었다. 이전에는 가난한 가족만 폴렌타를 많이 먹어서 '노란 얼굴'이라는 놀림을 받기도 했다. 이제는 그걸로 놀리는 사람이 아무도 없었다.

오르솔라는 탁자에 기대어 팔짱을 꼈다. "마드레." 그녀가 말했다. "마르코 오빠가 용광로를 껐어요."

"그랬더구나." 라우라는 계속 폴렌타를 저었다. 머리카락은 이제 완전히 회색으로 세어버렸다.

"그걸 우리가 어떻게 해야 할까요?"

"다른 걸 하렴."

이 대답에 오르솔라는 오래전 구슬을 만들라고 했던 마리아 바로비에르가 떠올랐다.

"어떤 다른 걸 우리가 만들어요?" 오르솔라가 말했다. "우리는 벌써 상점에 내놓을 구슬과 거울, 작은 인형까지 확장했어요. 그리고 샹들리에도." 오르솔라는 덧붙이고 싶은 마음을 억누르지 못했다.

"다른 걸 만들라는 말이 아니었어. 다른 걸 하라고 했지."

오르솔라는 어머니의 옆얼굴을 응시했다. "무슨 말씀이세요?"

"유리 말고 다른 걸 하라고."

"하지만…… 우리는 유리공예 집안이잖아요."

라우라 로소는 대답하지 않았다. 냄비를 화덕에서 내려놓고 나무판 위에 폴렌타를 국자로 떠서 놓고 국자로 밀어 긴 직사각형으로 폈다.

"어떤 유의 일을 하란 말씀이세요? 다른 작업장을 위해서 유리봉을 뽑는 일요? 색을 내기 위해 유리를 가는 거요?" 오르솔라는 더 뻗어나 갔다. "유리를 만들 때 섞는 재를 만들어요? 나무 배달을 해요?" 오르 솔라는 마지막 제안에는 자신이 없었다. 그러자면 이 집에는 없는 큰 배가 필요했고 테라페르마까지 오가야 했다.

"네가 던진 건 다 유리와 관련된 일이잖니. 우리가 유리 제작을 계 속 유지할 것 같으면야, 차라리 만드는 편이 낫지."

"그러면 어머니 말은……."

"무라노의 유리 산업은 죽었어, 오르솔라. 아무도 안 사. 오스트리 아인들이 수출에 매긴 관세 때문에. 그리고 베네치아인들에게 그건 필수품도 아니잖니. 우리는 매일 필요한 일들을 생각해내야지. 물고 기라든가, 채소라든가. 빨래, 배."

"마르코와 자코모 오빠, 그리고 남자애들이 어부가 되었으면 좋겠 어요?" 오르솔라는 냉소적으로 말했다가 어머니가 어깨를 으쓱하자 충격을 받고 말았다.

"그리고 난 다른 집 빨래는 하지 않을 거예요." 오르솔라가 덧붙였다.

라우라는 폴렌타를 국자 바닥으로 판판하게 편 뒤에 로즈메리 잎을 위에 뿌렸다. "선택권이 없을 수도 있어."

선택권은 있었다. 오르솔라는 트라게토를 타고 클링엔베르크를 만 나러 갔다. 그는 딸이 사는 곳 근처의 집으로 이사 갔다. 캄포 산 폴로, 이전에 오르솔라와 자코모가 마르코를 찾아 헤매고 다녔던 곳으로 이 도시에서는 피아차 산 마르코 다음으로 가장 넓게 트인 광장이었다. 그의 집은 장엄한 팔라초는 아니었지만, 고딕 양식의 아치로 두른 창문으로 나누어진 주홍빛 도는 분홍색 현관은 그래도 인상적이었다.

하인 한 명이 오르솔라를 안내해 안드로네를 통과했고 2층에 있는 상인의 내실까지 데려다주었다. 그곳은 폰다코 데이 테데스키에 있던 사무실과 유사했고, 곁방 책상에 요나스까지 앉아 있어서 완성되었다. 집의 다른 구역은 짐을 싸느라고 온통 아수라장이었지만, 클링엔베르크는 최후의 순간까지 옛 삶에 매달리려는 듯 페르시아 양탄자와 장부들을 싸놓지는 않았다. "시뇨라 오르솔라, 본조르노." 그는 책상에서 일어나며 허리를 숙였다. 오르솔라는 그의 목소리에서 당혹스러운 기색을 감지했다. 마르코에게 자기가 떠난다는 말을 하기 전에 오르솔라에게 언질을 주지 않았기 때문이었을 수도 있었다. "와인을 들기엔 조금 이른 시각이지만, 커피는 어떻소? 아니면 초콜릿이라도? 요나스?"

"둘 다 됐습니다. 그라치에." 요나스가 나타나자 오르솔라는 대답했다. "떠나신다는 소문이 사실인지 여쭤보러 왔어요. 하지만 직접 보니까 사실이라는 걸 알겠네요." 오르솔라는 집의 다른 구역을 가리켰다. 거기에는 천을 씌운 가구와 상자들이 얌전히 놓여, 처음에는 배로 테라페르마로 옮겨지고 나중에는 수레에 실려 알프스를 넘어 아우크스부르크로 갈 긴 여정을 기다리고 있었다.

"앉아요." 클링엔베르크는 자기 맞은편에 놓인 마호가니 의자를 향해 손짓했다. 이것이 그 의자에 앉는 마지막이라니 참 놀라운 일 같았다. 그는 오르솔라의 인생에서 붙박이로 존재하는 한 부분이었다. 어머니와 오빠들, 모니카와 안젤라, 스텔라와 도메네고처럼.

"도메네고!" 오르솔라는 퍼뜩 생각이 나 외쳤다. 그도 마찬가지로 테라페르마로 떠나면 잃어버리게 되는 걸까?

"페르도나테미(뭐라고요)?"

"곤돌라 사공은 어떻게 되는 거죠?"

클링엔베르크는 얼굴을 찡그렸다. "나한테 곤돌라 사공에 관해 물어보러 온 거요?"

"전 그저…… 도메네고도 같이 아우크스부르크로 가진 않겠죠?"

"그의 기술은 아우크스부르크에서 별로 쓸모가 없소. 도메네고는 여기서 내 딸과 그 가족을 위해 일할 거요. 어쨌든 벌써 상당 시간 그렇게 해왔으니. 알로라(그럼), 이렇게 반갑게 찾아왔는데, 내가 뭘 드려야 하나?"

"제가 온 건 몇 년 동안 베풀어주신 친절에 감사드리기 위해서예요. 구슬을 만들 수 있게 지원해주셔서요. 무척 감사드립니다."

클링엔베르크는 고개를 끄덕였다. "그런 말을 해주다니 사려 깊군요. 하지만 부인이 만든 등불 공예 작품이 훌륭하지 않았다면 받아주지 않았을 거요. 시뇨라 오르솔라는 숙련된 구슬공예가요. 베네치아에서는 최고라고 할 수 있지. 무라노에서도. 부인의 작품을 팔 수 있어서 나로서도 기쁜 일이었소."

오르솔라는 고개를 숙였다. "그라치에, 시뇨레. 하지만 저는 이제부터 어쩌면 좋죠? 어머니 말씀으로는 이제 우리는 어부가 되어야 할 수도 있대요!"

클링엔베르크는 한숨을 지었다. "확실히 힘든 시기지. 오스트리아인들은 베네치아인들을 친절하게 대하지 않았소. 악의로 그랬다기보다는 규칙에 얽매이고 땅에 묶인 그 사람들로서는 항구가 어떻게 작동하는지, 이 도시에 활력을 유지하기 위해서 자유 도시 지위가 얼마나 중요했는지를 이해하지 못하는 거요. 베네치아가 교역항으로서의 위치를 되찾을지는 잘 모르겠군. 뭐랄까, 그렇다고 전적으로 프랑스인들과 오스트리아인들 잘못이라고만 할 수는 없지. 우리 대부분이 무시하고 있긴 해도, 대륙의 무역 항로가 확립되고 지중해가 중요한 위치에서 멀어지면서부터 이 도시는 오랫동안 천천히 쇠퇴하고 있었으니까. 라 세레니시마는 오랜 세월 동안 그 아름다움과 매력에 의존하고 있었소. 즉 숙련된 장인이 만든 화려한 작품들에 기댔다는 거지."

"그렇지만 마드레의 말이 맞나요? 우리는 유리공예를 그만두고 물고기를 잡아야 하나요?"

"그건 너무 극단적인 생각이오. 나는 오스트리아인들이 궁극에는 이성을 되찾고 관세를 철폐할 것이고, 교역이 재개될 거라는 믿음이 있소. 나한테는 그렇게 금방 되지는 않겠지만, 부인은 회복할 거요."

"어떻게요? 우리는 어떻게 할지 알려줄 수 있는 클링엔베르크 씨의 현명한 판단력이 필요해요."

"상황이 바뀔 때까지는 내수 시장에 집중해요."

"내수 시장이라니요? 이전보다 주민도 훨씬 적어지고 그들도 쓸 돈이 별로 없죠. 캄포 산 폴로에 널린 그 많은 거지 못 보셨어요?"

"베네치아인들은 없지. 내가 말하는 건 '관광객'이라고 하는 사람들이오. 무척 짜증스러운 말이지. 매년 수천 명의 방문객이 주머니에 돈을 두둑이 넣고 베네치아로 찾아와 우리의 독특한 아름다움에 놀라지. 로소가 사람들은 그들을 끌어오는 데 집중해야 할 거요. 그러면 관세나 나 같은 중개인을 걱정할 필요도 없으니. 그들과 바로 직거래를 할 수 있소. 무라노에 있는 가게에서는 벌써 그렇게 하고 있지 않소. 당신 가족에게 해줄 충고? 베네치아에 오는 관광객이 모두 쏠리는 피아차 산 마르코 근처에 상점을 내요. 그리고 거기에 집으로 쉽게 가져갈 수 있는 작고 합리적인 유리 제품을 채워요. 영국인들에게는 셰리

주를 담을 단순한 유리잔, 프랑스인들에게는 브랜디 잔, 독일인들에게는 슈냅스 잔. 그리고 개나 말, 양치기 아가씨 인형 같은 것도 놓고. 향수병, 그리고 물론 구슬 목걸이와 귀걸이도."

오르솔라는 커피를 달라고 할 걸 후회했다. 그랬다면 냉소가 떠오른 입을 잔 뒤에 가릴 수 있었을 테니까. 클링엔베르크는 이성적인 이야기를 하고 있었지만, 참기가 어려웠다. 무라노인들은 항상 베네치아에서 떨어져 자신만의 독립적인 삶을 꾸려나가는 데 자긍심을 느꼈다. 생존하기 위해서 도시가 필요하다는 걸 인정하기가 고통스러웠다.

오르솔라는 그런 생각을 클링엔베르크에게 말하진 않았다. 그는 독일인이기는 했으나, 베네치아에 충심이 있었다. "큰 꽃병 하나를 만들면 똑같은 판매 수익이 나는데, 어째서 수백 개의 유리 소품을 만들어야 하죠?" 오르솔라가 맞섰다. "그러면 제작보다는 판매에 더 중점을 두게 돼요. 질보다 양에 신경 써야 하고요." 언젠가 마르코도 자기가 만드는 큰 작품과 오르솔라의 구슬을 비교하며 똑같은 말을 한 적이 있었다. 구슬은 가치가 덜 나가니까. "우리는 판매인이 아니에요. 우리는 제작자라고요."

"그 말도 사실이지." 클링엔베르크가 동의했다. "하지만 유리로 작업을 계속해나가고 싶으면 해야 할 일은 바로 그것일지도 모르오."

두 사람은 작별을 미루며 좀 더 이야기를 나눴다. 떠날 때가 되자 오르솔라는 작은 가죽 주머니를 꺼내 상인에게 건넸다. "시뇨레 클링엔베르크에게 드리는 거예요. 이렇게 오랫동안 저희 가족을 위해 해주신 일에 대한 감사의 표시입니다."

클링엔베르크는 눈썹을 치켰다. "정말로 이럴 필요는 없는데, 시뇨라…… 아." 그는 묵주를 꺼내 손바닥에 올려놓고 숨을 작게 내쉬었다. 오르솔라는 작은 둥근 구슬 쉰 개를 만드느라 하루 날, 하룻밤을 꼬박

썼다. 열 개마다 더 큰 구슬을 끼워 분리하고, 끝에는 구슬로 만든 십자가를 매달았다. 조세핀의 목걸이와 같은 진홍색으로, 비록 원하는 바를 이루지는 못했어도 오르솔라가 두 사람의 합동 승리를 염두에 두고 만들었다는 것을 떠올리게 했다. 클링엔베르크는 묵주를 바라보다가 기도하듯 손가락과 엄지 사이에 끼우고 구슬을 문지르기 시작했다. "벨리시모(아름다워)." 그가 웅얼거렸다. "훌륭하군요, 오르솔라. 크기도 감촉도 색도 완벽하오. 부인의 판단은 언제나 그렇듯이 완전하군, 그라치에." 그는 깊이 고개를 숙였다.

오르솔라는 그 집을 나서면서 클링엔베르크가 눈가를 닦는 것을 본 것 같다고 생각했다.

요나스가 문까지 배웅했다. 턱수염은 여전히 턱에서 짧게 잘랐고, 머리카락은 여전히 매끄럽게 뒤로 넘겨 묶었으며, 옷은 소박하지만 깔끔하게 손질했다. 그는 다른 베네치아 남자들이 굴복해버린 멋 부린 외양을 받아들이지 않았다. 거리감 있는 태도와 거슬릴 정도로 정확한 면모에도 불구하고 오르솔라는 요나스가 그리울 것 같다고 생각했다.

"이제 어디로 갑니까, 시뇨라 오르솔라?" 그가 물었다.

"다시 무라노로 돌아가야죠. 산 마르코로 가서 시뇨레 클링엔베르크가 제안한 대로 가게 터를 찾아 돌아보고 싶은 생각도 들긴 하지만요. 하지만 로소가 사람들이 가게 주인이 되고 싶어 할지는 모르겠어요."

"그분의 아이디어는 출중합니다만, 부인이 계속 유리 작업을 하고 싶으시면 저는 또 다른 제안이 있습니다. 한번 보시겠습니까?"

오르솔라는 놀라서 고개를 끄덕이고 그가 안내하는 대로 따라 캄포 산 폴로를 지나 가까운 운하로 갔다. 거기에 도메네고가 정박하고 있었다. 곤돌라 사공은 햇볕 속에서 무릎을 팔로 끌어안고 머리를 팔에 얹은 자세로 앉아 잠들어 있었다.

"도메네고, 우리를 게토 누오보까지 데려다주게, 페르 파보레(부탁하네)." 요나스가 날카롭게 명령했다.

도메네고는 고개를 들더니 승객들을 별다른 말 없이 알아보았다. 그는 일어서서 오르솔라가 배에 탈 수 있도록 손을 건넸고, 요나스는 혼자 힘으로 올라타 그녀가 앉은 반대편, 진행 방향을 등진 쪽에 앉았다. 이 곤돌라에 다른 사람과 함께 타다니, 기분이 이상해서 오르솔라는 뻣뻣하게 등을 세우고 앉았다. 도메네고 또한 그녀를 형식적으로 대하며 아무 말 없이 가운데에 눈을 두었다.

배를 타고 산 폴로와 산타 크로체의 좁은 수로를 미끄러져 나가는 동안 오르솔라는 주위를 둘러보았다. 이제 수로는 훨씬 적어졌다. 오스트리아인들은 물을 좋아하지 않았기 때문에 운하를 메웠고, 거리를 넓혔으며, 다리를 놓아 이 도시를 좀 더 쉽게 걸어 다닐 수 있게 했다. 베네치아인들은 신랄하게 불평했다. 물 위에서 돌아다니는 법도 모르면서 왜 물 위에 지어진 도시를 점령했나?

오스트리아인들이 몇 가지를 바꾸었을지 모르지만, 도시의 기본 구성은 그대로였다. 황토색과 연갈색, 분홍과 노랑으로 색칠한 집들이 위로 높이 솟아 햇볕을 가렸고, 선세공 장식을 넣은 아치, 발코니와 전면을 장식한 사자 조각들은 우아했다. 그 위로 높이 걸린 빨래들은 햇볕과 바람을 받으며 말라갔다. 주위에는 온통 일정하게 물이 찰싹거리는 소리, 축축하고 짜고 고약한 톡 쏘는 냄새, 그리고 주변과 아래에서 계속 빛을 받으며 흔들리는 물결이 넘쳐났으며, 베네치아인의 삶에 든든한 배경이 되어주었다.

오르솔라는 요나스가 속에 품은 생각을 말해주리라 기대했지만, 그는 자리에 앉은 채로 아무 말 하지 않았다. "아우크스부르크에서 사는 거 기대돼요?" 오르솔라는 뭔가 대화를 끌어내려는 시도로 어색하게 질문해보았다.

요나스는 고개를 저었다. "난 헤르 클링엔베르크와 아우크스부르크에 가지 않을 겁니다. 여기 남을 거예요." 그의 베네치아어는 독일인 같은 태도와 발음 때문에 아직도 또박또박 끊는 느낌이 났다.

오르솔라는 눈을 크게 떴다. "다른 상인 밑에서 일해요?"

"내 사업을 시작하려고 합니다."

"다베로(정말요)?"

오르솔라는 그렇게 못 믿겠다는 투로 말하려는 건 아니었으나, 그녀가 놀라자 실망한 기색이 요나스의 얼굴을 스쳐갔다. 하지만 곧 그는 긴장한 미소로 표정을 가렸다. "헤르 클링엔베르크에게서 상당히 많은 걸 배웠습니다. 구매자와 판매자 양쪽에 연줄도 있죠. 헤르 클링엔베르크는 사업을 넓혀서 베네치아산 상품을 널리 판매하기도 했지만 동양과 하는 교역에서는 중개인으로도 일했습니다." 요나스는 말을 끊었다 이었다. "어쩌면 너무 여기저기 걸쳤는지도 모르죠." 요나스는 주인에 대한 더 이상의 비판을 내는 건 삼가려는 듯 입술을 꾹 다물었다. "제 의도는 지역 내 예술가와 장인을 위한 시장을 찾는 데 집중하는 겁니다. 허락만 해주신다면 로소가도 포함되겠죠."

오르솔라는 마르코와 요나스가 함께 사업하는 모습을 상상해보려하며, 그를 찬찬히 살폈다. 이 사무원의 둔감하고 까다로운 태도는 분명 오빠의 화를 돋울 게 분명하다고 오르솔라는 생각했다. 그는 마르코가 폭발하지 않도록 통제하는 클링엔베르크 같은 우아한 태도가 부족했다. "제 오빠에게 물어보셨어요?"

"아직은 아닙니다."

"오빠는 용광로가 꺼지도록 놔뒀어요. 오빠를 다시 일으켜 세우려면 힘들 거예요."

"그 말이 맞을 수도 있겠죠. 하지만 그렇다고 해서 부인이 자신의 작업을 하는 게 막히면 안 되지 않습니까. 부인은 용광로 대신에 등불을 쓰죠, 맞습니까?"

그녀는 고개를 끄덕였다.

"그러면 계속하시기로 하면 별개로 결정하실 수 있잖습니까. 부인의 결정이 오빠분들의 결정과 반드시 연결될 필요는 없죠. 어쨌든 부인과 헤르 클링엔베르크의 거래는 가족과 별개였으니까요. 그렇지만 제 제안은 로소 가족 모두에 해당하는 겁니다."

"나를 데려가 보여주려고 하는 건 뭐죠?"

"구슬입니다." 요나스는 주머니에서 무두질하지 않은 가죽으로 된 작은 반원형 가방을 꺼냈다. 갈색과 크림색, 빨간색의 조그마한 구슬을 이어 만든 기하학적 문양으로 장식된 가방이었다.

"이거 만들자고 눈이 많이도 나빠졌겠네요." 오르솔라는 눈을 가늘게 뜨고 정교하게 일관적인 구슬을 바라보며 한마디했다.

"미국 원주민들이 만든 손가방입니다." 요나스가 설명했다. "베네치아에서 만든 씨앗 구슬을 썼죠."

최근 한동안 베네치아인들은 물론 무라노 유리공예가들까지도 씨앗 구슬을 만들었다. 참깨 씨앗이나 혹은 그보다도 더 작은 크기의 구슬인데, 유리 막대를 길게 늘인 후 조각조각으로 잘라 만들었다. 이런 구슬은 장식 목걸이나 귀걸이, 브로치를 만드는 데 쓰거나 손가방이나 허리띠부터 옷이나 신발까지 모든 물건을 장식하는 데 썼다. 기술적으로 말하면 구슬이긴 했으나 제작 공정은 오르솔라의 등불 공예와 사뭇 달라서, 오르솔라는 씨앗 구슬에 대해서는 그다지 생각해본 적이 없었다. "이 구슬이 저희와 무슨 상관이 있죠?" 오르솔라가 물었다.

"저는 북미에 판매할 수 있는 구슬공예가를 찾고 있습니다." 요나스가 대답했다. "그게 부인이 될 수도 있죠."

수백 년 동안 유대인계 베네치아인들이 모여 살아야 했던 게토 누오보의 벽 바로 바깥에는 오르솔라와 요나스가 산 폴로와 산타 크로체에서 지나쳤던 집들보다는 화려한 느낌이 덜한 집들이 줄지어 선 작은 골목이 있었다. 그런 집 사이에는 유리 공장도 몇몇 있었다. 오르솔라는 공기 중에 떠도는 유리 냄새를 맡고 용광로가 웅웅대는 소리를 들었다. 칼레에서는 문 앞 낮은 의자에 앉은 한 무리의 여자들을 지나쳤다. 그들의 무릎 위에는 세솔라, 꿰어야 하는 씨앗 구슬이 가득 든 얕은 나무 냄비가 놓여 있었다. 여자들은 한 손으로 모두 길고 가는 철사를 부채처럼 펼쳐들고서, 그 철사를 색색깔의 구슬 더미 속에 찔러넣고 다른 한 손으로 밀어 넣어 작은 구슬들이 걸리도록 했다. 철사에 구슬이 가득 꽂히면, 여자들을 철사 끝에 걸어놓은 긴 린넨 실 쪽으로 구슬을 끌어내렸다. 구슬이 모두 실에 걸리면, 여자들은 무거운 구슬 타래로 묶어서 해외로 실어 보낼 준비를 마쳤다.

구슬 꿰는 여인들은 작업을 하면서 수다도 떨고 노래도 불렀다. 그들은 오르솔라의 존재는 무시했지만 요나스에게는 더 관심을 보였다. 그의 옷과 창백한 피부, 부드러운 손을 보고 상인이라는 지위를 알아차렸다. 두 사람이 지나갈 때, 휘파람과 야유 소리가 들렸고 몇몇은 소리 내어 외치기도 했다. "이리 와서 내 페를레(진주) 좀 만져보세요, 시뇨레! 제 콘테리에(유리 씨앗 구슬) 좀 보시지 않겠어요?"

클링엔베르크의 사무원은 얼굴이 붉어졌지만 끈질기게 거리를 따라 걸어갔고, 오르솔라는 그 뒤를 따랐다. 두 사람은 작은 캄포에 이르렀고 거기에도 한구석에 여자들이 모여 있었다. 그와 오르솔라는 말

소리가 들리지 않을 만큼 멀찍이 떨어진 곳에 서서 그들을 바라볼 수 있었다. 오르솔라는 이런 임피라레사(이탈리아 베네치아 지방에서 구슬 꿰는 일을 하던 여인을 가리키는 말 - 옮긴이)들과는 자기를 연결시킬 수 없었다. 자신은 단순히 구슬을 꿰는 사람이 아니라 유리를 만드는 사람이었고, 포장하는 사람이 아니라 창작자였다.

요나스는 고갯짓으로 그들을 가리켰다. "이 여자들과 소녀들 보이죠? 저런 구슬을 만드는 공장 가까이에 있는 카스텔로와 여기 칸나레조에는 저렇게 구슬을 꿰는 여자가 수백 명 있어요. 아시겠지만, 어떤 유의 유리 산업은 아직 번창한다는 거죠. 대규모로 구슬을 만들어 생계를 유지할 수 있다는 겁니다. 어쩌면 멋진 등불 공예 작품은 아닐지 모르죠. 하지만 어쨌든 유리공예이기는 하죠."

검은 얼룩이 점점이 튄 담갈색 앞치마를 두른 젊은 임피라레사 한 명이 노란 구슬이 가득 든 냄비에서 고개를 들고 오르솔라를 바라보았다. 여자는 아주 꼿꼿이 앉아 있었고, 손에는 한 주먹 가득 철사를 쥐고 있었다. 여자는 고개를 돌리더니 침을 뱉고, 반항적이면서도 매같은 시선을 보냈다. 오르솔라는 뺨이 타오르는 기분이었다.

요나스는 그런 눈길 교환을 눈치챘는지 모르지만, 아무 말 하지 않았다. "지금 당장은 이제까지 부인이 헤르 클링엔베르크를 위해 만들었던 등불 공예 구슬에는 시장이 없습니다." 그가 말했다. "오빠분들이 만드는 작품도 시장이 없죠. 아무리 훌륭하다고 해도요. 오스트리아 사람들은, 그리고 유리공예 산업이 떠오르는 체코 사람들은 무라노의 힘을 꺾었어요. 그렇지만 씨앗 구슬에는 시장이 있습니다. 제가무역상으로 사업을 시작하면 씨앗 구슬을 공급할 공장을 알아보고 있어요. 그게 부인이 될 수도 있죠. 로소가의 공방에서는 구슬을 만들 수 있고 부인 딸, 조카딸들, 어머님도 구슬을 꿸 수 있죠."

"씨앗 구슬요?" 오르솔라는 코웃음을 쳤다. "미오 디오(하느님 맙소사)." 그 구슬을 만드는 일은 예술적 창작이 아니라 기계적 생산일 뿐이었다. 그리고 로소가는 공장이 아니라 작은 사업장이었다. 그들은 늘 자신들의 일터를 공방이라 칭했다. "등불 공예 구슬을 만드는 일과 씨앗 구슬을 만드는 일은 공정이 완전히 달라요." 그녀는 말했다. "그일을 하려면 용광로도 필요하고, 공간도 많이 들고, 남자도 여럿 있어야 한다고요. 단지 탁자 위에서 등불 하나 가지고 작업하는 여자가 아니라요."

"오빠분들은 할 수 있죠."

"마르코가 유리봉을 뽑는다고요? 우리 오빠를 전혀 모르고 하는 말이네요!"

요나스는 잠시 기다렸다가 끈기 있는 태도로 말을 이어갔다. "부인 오빠분은 별로 선택권이 없습니다. 그리고 이걸 하는 게 그렇게 나쁜 삶은 아니지요." 요나스는 무리를 손짓으로 가리켰다.

오르솔라는 구슬 꿰는 여자들을 다시 한 번 훑어보았다. 매 같은 시선의 여자애는 이제 오르솔라를 무시하고 있었다. 햇볕에 앉아서, 그중 한 명이 무슨 말을 하자 웃음을 터뜨리며, 주변의 더 부유한 세계에 연합해서 대항하는 이 여자들은 충분히 행복해 보였다. 하지만 이 상인은 그들이 하루에 열두 시간씩 해내는 육체노동에 대해서는 전혀 몰랐다. 이 여자들은 등이 쑤시고, 눈이 피로하고, 철사에 손이 베이고도 가끔 냄비에 넣을 닭 한 마리 값밖에 받지 못했다.

그렇지만 오르솔라는 안젤라와 프란체스카, 로셀라와 스텔라가 라우라 로소가 지켜보는 가운데 안마당이나 집 밖 거리에 앉아서 가족 사업을 위해 구슬 꿰는 광경을 그려보았다. 그런 장면을 상상할 수 있다는 걸 깨달았다. 스텔라만 빼고는. 스텔라는 누구를 위해서도 그렇게 앉아 있을 사람이 아니었다.

"시뇨라 오르솔라, 제안을 드리죠." 요나스가 말했다. "가서 어머님과 의논해보세요. 어머님은 합리적인 여성이시니까요. 어머님을 설득하면, 어머님이 오빠분을 설득할 겁니다."

라우라 로소는 남편이 세상을 떠난 직후부터 해왔던 적극적인 조언자 역할을 이제는 못했다. 라우라가 나이 들어가자 마르코가 어머니와 상담하는 일은 점점 적어졌고, 그는 경험을 더 많이 쌓아갔다. 라우라는 손주들을 돌보고 텃밭을 가꾸는 일로 좌천되었고, 그동안 모니카와 오르솔라, 로셀라와 스텔라가 요리나 청소, 빨래와 시장에서 산 생필품을 끌고 오는 등 몸으로 힘을 많이 써야 하는 일을 맡았다. 어머니가 말하는 일은 이제 드물어지긴 했어도, 그래도 의견을 내면 마르코는 아직도 귀담아듣긴 했다.

오르솔라는 모니카를 데리고 가서 산타 마리아 델리 안젤리 수도원 뒤편의 텃밭에서 일하는 어머니를 바라보았다. 조반나 이모가 말년에 산 곳이었다. 오르솔라의 이모는 이제 무라노 공동묘지에 묻혔다. 머리카락이 세고 등이 굽은 라우라는 이른 상추가 돋아난 이랑에 무릎을 꿇고서 달팽이를 떼어내고 있었다. 오르솔라와 모니카가 다가가자 라우라는 뒤로 주저앉았다. "내가 군이 이 짓을 뭐하자고 하는지 모르겠구나." 어머니는 투덜거렸다. "어쨌든 상추를 좋아하는 사람도 없는데."

"내가 좋아하잖아요." 오르솔라는 거짓말했다. "생선을 먹은 후에 오일과 레몬, 소금을 약간 치면 좋죠."

라우라 로소는 툴툴댔다. "하지만 그걸로는 배가 차지 않잖니. 좀 더 기본 채소로 바꿔야 할까 보다. 애호박이나 가지처럼, 당근이나 겨울에는 양배추도 괜찮지."

"그런 건 이미 많아요." 모니카가 물 한 병을 내려놓으며 말했다. "에코(자), 우리가 부솔라이를 좀 가져왔어요."

"너희 둘 뭔가 바라는 게 있나 본데." 라우라가 말했다. "그렇지 않다면 내게 비스킷을 가져다주겠다고 굳이 여기까지 오겠니?" 어머니는 달팽이 한 마리를 떼어내어 텃밭을 두른 울타리를 향해 던졌다. 달팽이를 처치해버리는 예의 바른 방법이었다. 오르솔라는 어머니가 이웃에게 화가 나면, 달팽이를 그 사람의 정원으로 던져버리는 것을 본 적이 있었다.

오르솔라는 쿡쿡 웃었다. 어머니에게 뭔가를 속이는 건 불가능했다. 어머니는 언제나 밑에 깔린 동기가 있다는 걸 쉽게 감지했다. "미래에 대해서 좀 드릴 말씀이 있어요."

어머니는 처치해버릴 달팽이를 좀 더 찾고 있었다. "무슨 미래?"

"로소가의 미래요."

"어째서?"

"어째서라뇨? 용광로는 꺼졌고, 가르초네와 가르초네토도 다 떠났어요. 주문은 없고, 클링엔베르크도 이 도시를 뜰 거고, 마르코는 아침 10시부터 술에 취해 있어요. 그런데도 어째서라고 물으시는 거예요?"

"이전에도 늘 헤쳐왔잖니. 뭔가 생길 게다."

"뭔가 생겼어요. 그렇지만 우리가 만들지 않으면 일어나지 않아요."

라우라는 다시 뒤로 몸을 젖혀 앉으며, 딸이 설명하기를 기다렸다.

오르솔라는 그 아이디어를 내놓았다. 남자들이 유리봉을 뽑아 그걸 씨앗 구슬로 만들면, 여자들은 실에 꿰어 배로 실어 보낼 타래로 만들고, 요나스가 그걸 판다. 그리고 오르솔라가 이 일을 감독할 것이었다.

"좋은 계획이에요." 모니카가 덧붙였다. "합리적이고요."

라우라는 잠시 말이 없었다. "마르코는 여동생이 주도하는 것을 허락하지 않을 거야." 어머니가 마침내 말했다. "자기가 책임자가 되어야 한다고 할 거다."

"하지만 오빠는 구슬에 대해 아는 게 없잖아요!"

"대신 사업을 알지. 그리고 이건 네가 만드는 유의 구슬도 아니잖아."

"저도 어머님 말씀에 동감이에요." 모니카가 말했다. "제 남편이 위엄은 유지할 수 있게 해주셔야죠."

평소에는 그렇게 인정 많은 올케의 말이 아프게 찔렀다. 오르솔라는 오빠에게 위엄을 돌려주고 싶지 않았다. 가족 사업을 땅에 처박고, 자기 일은 늘 하찮다고 무시한 오빠에게 벌을 주고 싶었다. "오빠는 씨앗 구슬을 만들려 하지 않을걸요." 오르솔라는 자기가 물러나고 있다는 걸 인식하면서도 투덜거렸다. "술잔과 꽃병, 샹들리에를 만들던 사람이. 오빠에게 구슬은 여자들이나 하는 일이에요."

"아이들을 먹여야 하니까." 라우라 로소가 말했다. "내가 마르코와 얘기해보마. 모니카도 얘기할 거고. 중요한 건 무슨 주문이냐가 아니라 채워서 내보낼 주문이 있냐는 거겠지."

"그럼 요나스가 한 제안에 대해서 내가 말해보겠어요."

모니카와 라우라가 큭큭 웃었다. "넌 하면 안 돼." 어머니가 대답했다. "입을 다물고 있는 게 나아."

"나도 수완을 발휘해서 구슬릴 수 있다고요!"

"너랑 마르코, 두 사람은 무슨 일이든 뜻을 모으는 게 불가능할 거다. 네가 무슨 말을 하든 네 오빠는 반대로 할 거야. 너도 마찬가지고! 너희는 둘이 깨닫는 것보다 더 닮았어. 이건 모니카와 내게 맡기렴. 개 마음을 누그러뜨릴 시간을 좀 줘. 그런 다음에 의논하자꾸나."

그리하여 1주일 동안 모니카와 라우라는 씨앗 구슬을 만들자는 생각에 마르코가 대비할 수 있도록 작전을 폈다. 처음에는 댈 수도 없는 돈을 들여 그에게 제일 좋아하는 요리와 와인을 먹였다. 그다음에는 그가 취했을 때 기분을 좋게 해주고, 술에서 깨어날 때 살살 달랬다. 모니카는 남편을 침대로 좀 더 자주 데려갔고, 베갯머리에서 가족을 구하기 위해서는 구슬을 만들어야 한다는 생각을 소곤댔다. 오르솔라는 옆에 물러서서 이 역할 놀이를 지켜만 봐야 했다.

결국 그 주일의 주말, 로소가 사람들이 유리공예에서 구슬 제작으로 복잡한 전환을 하는 가능성에 대해서 논의하기 위해 모였을 때, 세 가지 요소가 결정을 좌우했다. 먼저, 그들은 마르코가 숙취에 절어 기분이 사나운 아침이 아니라 술이 거나해서 기분이 흥겨운 저녁에 만났다.

두 번째, 공방에는 그들이 잊고 있었던 전문성이 있었다. 마르코와 자코모가 씨앗 구슬을 만들기 위해 유리봉을 뽑는 방식을 알아내려고 애쓰는 동안, 스테파노는 아무 말 없이 앉아 있었다. 두 사람이 유리를 어떤 길이로 뽑아야 하는지 말다툼을 벌이고 있을 때, 마침내 스테파노가 입을 열었다. "100야드 정도 뽑아야 합니다. 보통 유리봉보다는 길게."

오르솔라는 남편을 바라보았다.

"먼저 유리를 가열해서 연마대에 걸어 파스토네, 적당한 크기와 모양의 일정한 원통형으로 만듭니다. 그건 마에스트로의 일이죠." 스테파노는 마르코를 향해 고개를 끄덕였다. "그런 다음 집게를 가지고 와서 거기에 구멍을 하나 뚫습니다. 그런 후에는 유리 양쪽 끝을 펀티에 부착하죠. 그러면 우리 티라도레들." 그는 자코모와 자기 자신을 가리켰다. "우리가 반대 방향으로 달려가며 그걸 길게 늘인 후 유리봉이 땅에 닿지 않도록 간격을 둔 나무판자 위에 놓습니다. 마에스트로가 형태를 잘 만들고 우리가 잘 뽑으면, 구멍이 사이에 나 있는 완벽하게 둥근 유리봉이 나옵니다."

"자네는 이걸 어떻게 알지?" 마르코가 따져 물었다.

"제가 가르초네였던 시절, 바로비에르 공방에서 유리봉을 뽑아봤습니다."

오르솔라는 스테파노가 자신과 로소 공방을 만나기 전의 삶이 있었다는 사실을 잊고 있었다. "그러면 씨앗 구슬은요." 오르솔라가 말했다. "그건 어떻게 만들죠?"

"우리는 그걸 만들진 않았어요. 그냥 유리봉만 만들었죠. 하지만 방법을 아는 사촌들이 있어요."

"나는 에스크레멘티 디 토포를 만들고 싶진 않아. 쥐똥 같은 거. 여자들이나 하는 일이지!" 마르코는 와인을 꿀꺽 삼켜버렸다. 그의 음주 습관은 이제 위험한 단계에 접어들었다. 스텔라는 와인병을 큰오빠에게서 멀찍이 떨어뜨렸다.

그 순간, 무슨 신호라도 받은 듯, 세 번째 요소가 등장했다. 프란체스카가 이웃 아이들과 놀던 칼레에서 뛰어 들어왔다. "배고파요, 엄마. 나 빵 먹고 싶어!"

"빵이 없단다." 모니카가 대답했다. "폴렌타뿐이야."

프란체스카가 얼굴을 찌푸렸다. "하지만 나 배고프다고. 항상 배고프다고!"

"내 딸에게 폴렌타나 더 먹이면서 노란 얼굴이라고 놀림받게 할 작정은 아니겠지!" 마르코는 잔을 내려놓고 호통쳤다. 그는 주머니를 뒤지기 시작했다. "여기 1솔도가 있을 거야. 가서 빵 좀 사와." 하지만 그는 1데나로조차 찾지 못했고 프란체스카는 울음을 터뜨렸다. 실제 배가 고파서라기보다도 짜증이 났기 때문이었다. 오르솔라는 이미 조카

딸이 저녁 식사 때 많이 먹어두는 모습을 봐두었기 때문에 의심스러웠다. 그리고 부엌에 빵이 있다는 것도 알고 있었다. 모니카가 나중에 아이에게 챙겨줄 것이었다.

마르코의 아내는 차분한 얼굴로 남편을 마주했다. "우리가 구슬을 팔면 애한테 폴렌타를 먹일 일도 없겠죠."

"바 베네(좋아)!!" 마르코는 소리치며 벌떡 일어났다. "그 에스크레멘티 디 토포(쥐똥) 만들면 되잖아!" 그런 후 그는 로모 살바데고를 향해 쿵쿵대며 가버렸다.

그 한마디에, 로소 공방은 구슬 공장이 되었다.

마르코의 판단은 틀렸다. 씨앗 구슬을 만드는 일은 정말로 남자의 일이었다. 먼저 100야드나 되는 유리봉을 뽑기 위한 공간을 확보하려면 공방과 외진 건물들까지 청소해야 했다. 열을 가해 구멍을 뚫으려면 마르코는 일정하게 딱 맞아떨어지는 파스토네를 만들어내는 연습을 해야 했고 스테파노가 자코모, 마르콜린과 라파엘레에게 긴 유리봉을 뽑는 법을 가르쳤다. 스테파노의 사촌은 유리봉을 작은 원통으로 자르고 파편을 걸러낸 후 열을 받아도 구멍이 그대로 뚫려 있도록 풀로 메우는 법을 알려주었다. 그런 후, 표면을 매끈하게 다듬기 위해 모래로 가득한 뜨거운 통 안에서 구슬을 뒤집고 휘저은 다음, 밀기울 자루에 넣어 윤을 냈다. 일단 구슬을 크기별로 분류한 이후에는 여자들이 일을 맡았다.

실로 꿸 만큼 구슬이 충분히 준비되면 오르솔라와 어머니, 딸, 조카들이 안마당에서 동그랗게 둘러앉아 무릎 위에 세솔라를 놓고 철사를 손에 쥐고서 구슬에 찔러 넣었다. 칸나레조에 있던 여자들을 구경할 때는 단순해 보였던 일이 알고 보니 훨씬 어려웠다. 그들은 철사에 구

슬을 채우긴 했으나, 아주 느렸고 베네치아인 임피라레사들처럼 효율
적이지 못했다.

자존심이 상한 오르솔라는 베네치아까지 트라게토를 타고 가서 전
문가들이 일하는 작은 캄포로 향했다. 오르솔라가 다가가자 점점이
얼룩진 앞치마를 걸친 소녀가 고개를 돌리고 오르솔라를 응시했다.
오르솔라는 깊게 화난 숨을 들이마셨다. 어떻게 오르솔라 나이의 반
도 되지 않는 소녀가 이렇게 사람을 긴장하게 만든단 말인가? 오르솔
라는 헛기침을 했다. "말씀 좀 여쭐 수 있을까요, 시뇨라?" 오르솔라는
무리 중에서 연장자로 보이는 여자를 향해 말을 걸었다. 이 사람이 이
들의 우두머리 같았다. 여자는 소녀와 마찬가지로 등이 곧았고 똑바
로 쳐다보았다. "제안드릴 게 있는데요."

여자는 오르솔라를 날카롭게 쳐다보았다. "알로라(그래서)?"

"저는 무라노에서 온 오르솔라 로소라고 해요. 구슬공예가죠. 등불
공예를 해요. 우리 가족, 로소가 사람들은 최근 씨앗 구슬을 만들기 시
작했습니다. 여러분 중에 한 명이 오셔서 저희에게 구슬 꿰는 방법을
가르쳐주셨으면 해요."

"구슬을 우리에게 가지고 오면, 우리가 여기서 당신을 위해서 꿰어
주죠."

"제 가족이 직접 꿸 거예요. 누군가가 오셔서 가르쳐주시면 하루에
1리라씩 드리려고 합니다."

"2리라." 여자는 망설임 없이 맞받아쳤다.

"여기서 일하면 1리라를 받는다고 들었어요. 그 돈을 드리겠습니다."

"우리가 여기 앉아서 1리라를 받을 수 있는데 왜 굳이 무라노까지
간단 말이지? 1리라 10솔도 줘요."

"바 베네(좋아요). 다른 데 가서 일자리가 필요하고 그렇게까지 욕심

372

이 많지 않은 여자를 찾아보도록 하죠." 오르솔라는 등을 돌렸다.

"1리라 5솔도. 그리고 뱃삯도 당신이 내고 저녁도 먹여요."

오르솔라는 다시 몸을 돌렸다. "좋습니다. 누가 하시겠어요?"

"내 딸 루치아나가 갈 거예요. 손이 빠른 애니까." 여자는 얼룩이 튄 앞치마를 입은 소녀를 가리켰다. 다른 여자애들은 5솔도를 더 벌고 싶었는지 툴툴거렸다.

"내일 아침 8시까지 콜론나로 오면 내가 마중 나갈게요." 오르솔라가 말했다.

루치아나가 노려보자 이마가 더욱 무겁게 보였다. "어째서 내가 무라노에 가야 해요? 당신들이 대신 이리로 오면 되잖아요."

"우리가 구슬을 모두 싸들고 여기로 터벅터벅 걸어와야 한다고 생각하는 건 아니겠죠?"

"당신은 여기 있잖아요."

"가르쳐야 할 사람이 다섯 명이에요. 그건 무라노에서 해야 해요."

루치아나는 망설이며 어머니를 힐끔 보았다. "난 거기에 가본 적이 없어요."

"그렇게 멀지 않아요. 다른 섬에 가는 거나 별반 다르지 않아요." 오르솔라는 루치아나가 불편해하는 것을 눈치채고 갑자기 이해하게 되었다. "석호에 나가본 적 자체가 없군요?"

"에 알로라(그래서 뭐 어쨌다고)?" 루치아나가 발끈했다.

오르솔라는 이제 이 여자애가 맨발이고 드레스의 옷깃이 낡아서 해졌다는 것을 알아챘다. 신발을 살 수 없을 정도로 가난하고, 물가에 나갈 돈이 없었다. 오르솔라의 마음에 연민이 솟아올랐다. "아 도마니(내일 봐요)." 오르솔라는 그렇게 말하고 루치아나가 뭐라 대꾸하기도 전에 돌아섰다.

여자애가 나타날지는 확신이 없었다. 하지만 다음 날 8시 직후, 루치아나는 트라게토를 타고 와 둑으로 올라섰다. 다른 승객들 사이에서 얼굴은 창백했지만 겨드랑이 아래에는 세솔라를 끼고, 작은 자루를 대롱대롱 들고 있었다. 얼룩덜룩한 앞치마도, 노려보는 듯한 얼굴도 그대로였지만 이번에는 신발을 신고 있었다. 엄지발가락 부분이 터진 낡은 부츠로, 여자애에게는 너무 큰 걸 보니 오빠의 것인 듯했다. 처음 땅을 디딘 발이 후들거려서 이전에 배를 타본 적이 없다는 게 분명해졌고, 칸나레조에서 보여주었던 오만한 자신감도 싹 사라지고 없었다. 루치아나는 경계하듯 두리번거렸지만, 자기를 고용한 사람을 보자 얼굴에 살짝 안도감이 돌았다.

오르솔라는 여자애를 로소가의 공방으로 안내했다. 놀랍게도 루치아나는 오르솔라의 팔꿈치를 잡더니 팔짱을 꼈고 두 사람은 사촌이라도 되는 것처럼 나란히 걸었다. 칸나레조 사람들은 이렇게 행동하는 걸까? 오르솔라는 팔을 빼고 상급자로서 위계를 다시 세우고 싶었다. 하지만 루치아나는 낯선 땅에 와서 불안한 기색이 역력했기 때문에, 오르솔라는 손을 그대로 두고 함께 폰다멘타 데이 베트라이를 걸어갔다. 거리에는 몇몇 유리공예가가 그날 하루치 생선이나 빵을 살 만한 돈이라도 벌게 관광객에게 장신구를 팔았으면 하는 바람을 품고 이미 상점 문을 연 상태였다. 루치아나는 진열대를 볼 때마다 발걸음을 늦췄다. 세련되고 값비싼 잔이나 촛대보다는 싸구려 곤돌라 인형이나 물 위로 뛰어오르는 물고기나 뒷발로 선 말 같은 유리 동물에 더 끌리는 듯했다. 루치아나는 주황색 양산을 든 녹색 인어 앞에 우뚝 멈춰 섰다.

오르솔라는 소녀의 팔을 잡아끌었다. "안디아모(가자), 우리는 할 일이 있어. 쓰레기를 보고 입 벌릴 시간이 없단 말이야." 네가 살 돈도 없는 쓰레기 말이지. 오르솔라는 속으로 덧붙였다.

루치아나는 지나치는 모든 사람을 빤히 노려보았고, 그들도 그 눈길을 똑같이 되돌려주었다. "다들 어떻게 된 거죠?" 루치아나는 불평했다. "내가 마치 악마라도 되는 것처럼 쳐다보잖아요!"

"내가 너희 캄포에 처음 들어갔을 때 너도 나를 그렇게 봤어."

"아니, 그런 적 없어요."

"그랬다니까."

"그런 적 없어요! 난 그렇게 버릇없지 않아요."

오르솔라는 말싸움은 그만두었다. 메스트레에 갔을 때, 사람들이 자기를 쳐다본다고 생각했을 때 느꼈던 감정이 떠올랐기 때문이었다.

라우라 로소와 여자아이들은 무릎 위에 세솔라를 두고, 구슬을 꿰려 하면서 안마당에 앉아 있었다. 루치아나는 그 장면을 보더니 웃음을 터뜨렸다. 익숙한 상황을 마주하자 긴장감이 다 사라져버렸다. 오르솔라가 소개할 겨를도 없이 루치아나는 안젤라에게로 성큼성큼 걸어갔다. "아니, 안 돼, 안 돼, 셈피아(바보)! 발을 의자 발 받침대 위에 올려놓고 앉아야지. 그러지 않으면 바구니가 불안정해서 쏟아지고 말아." 루치아나는 안젤라의 세솔라를 쿡 찔렀고, 바구니는 뒤뚱거리며 넘어져서 하얀 구슬이 사방에 쏟아졌다. 안젤라는 비명을 지르며 눈물을 터뜨려서, 오르솔라는 부끄러움을 느꼈다. 딸이 그보다는 훨씬 마음 강한 애라고 생각했다.

"일단 그 구슬을 다 주워서 씻어야 하면, 다시는 엎지르지 않겠지." 루치아나는 프란체스카에게로 몸을 돌렸다. 프란체스카는 즉시 다리를 들어 세솔라가 무릎에 좀 더 안정적으로 얹히도록 했다. "벤 쿠시(좋아)." 루치아나는 어조를 바꿔 만족한 듯 중얼거렸다.

"마드레, 어떻게 쟤가 저럴 수 있어요?" 안젤라는 아직도 울고 있었다.

오르솔라는 고개를 저었다. "구슬을 주워서 썼어." 오르솔라는 딸의 눈물에 당혹해하며 명령했다. 그러고는 루치아나에게 의자를 가리켰다. "제대로 하는 법을 우리한테 가르쳐주렴."

루치아나는 자기의 세솔라를 캐비아 크기만 한 작은 빨강 구슬로 채우고 철사를 한 줌 잡았다. 철사를 엄지와 처음 두 손가락 사이에 끼워 부채처럼 펼치고는, 모인 여자들에게 당근 껍질 벗기듯 철사를 구슬 속으로 짧게 재빨리 찔러 넣어 떠올리는 법을 보여주었다. 세 번 떠올려서 들고 있던 철사 모두에 구슬을 꿰었고, 그다음에는 구슬을 모두 밀어내려 실 끝으로 넘겨 보냈다. 일단 그 기술의 시범을 보여준 후에, 루치아나는 구슬 꿰는 여인들 하나하나를 봐주면서 철사를 펼친 모양이나 구슬에 찔러 넣을 때의 각도, 실을 잡는 법 등을 고쳐주었다. 다만 라우라 로소에게는 연장자로서 존중하는 태도로 참견하지 않았다. 그들이 실을 다 채우자 루치아나는 실을 꼬아 무거운 타래로 만들고, 빨간 실로 묶어 배송 준비를 하는 법까지 알려주었다.

루치아나는 주변을 돌아보지도 않았고, 부엌에 들어가거나 공방이나 창고, 오르솔라의 작업실을 기웃거리지도 않았다. 옥외 변소를 알려주었는데도 사용하지 않았고 우물에 가서 물을 뜨지도 않았으며, 로셀라가 미리 가져다놓은 물만 조금 마셨다. 딱히 호기심을 보이지도 않고 긴장하지도 않아 보였으며, 그저 동그랗게 놓인 의자들 사이에만 안전하게 머물러 있었다. 거기서는 가르치든 고쳐주든, 콧노래를 흥얼거리든 소리 내어 부르든 자기가 좌중을 휘어잡을 수 있었다. 로소가 여자들은 보통 노래하기보다는 수다를 떠는 쪽에 가까웠지만, 낯선 사람과 함께 있으니 모두 약간 수줍어했다. 심지어는 보통 대화를 이끌어가는 라우라 로소도 마찬가지였다. 루치아나는 노래를 부르며 꿰는 리듬을 따라 발가락을 까닥이고 제때 구슬을 끼워 올렸다. 잠시 후, 여자애들은 자기들이 아는 노래에 합세했다. 안젤라조차도 눈물 흘린 건 잊었는지 이제는 루치아나의 모든 행동을 열심히 따라 했다. 발을 올리고 허리를 꼿꼿이 세우고 앉는 자세부터 실에 구슬을 밀어 넣을 때 손을 드는 각도, 발을 까닥거리고 부드럽게 노래 부르는 동작까지 그대로 했다.

스텔라가 장을 봐온 식료품을 들고 안마당을 지나가자 루치아나는 칸나레조에서 오르솔라를 처음 봤을 때와 똑같이 고개를 들고 스텔라를 빤히 보았다. 스텔라는 발길을 멈추고 그 눈길을 맞받아 노려보았고, 두 처녀는 서로 눈싸움을 하다가 결국 루치아나가 눈을 내리깔았다.

정오쯤 되자 모니카가 로셀라를 불렀고, 두 사람은 안마당에 상을 차리고 생선과 뭉근히 끓인 가지, 빵, 치즈, 다듬은 상추를 담은 접시를 놓고 와인과 물 주전자를 놓았다. 루치아나는 이런 행렬을 날카로운 눈으로 바라보다가 자기가 가져온 자루를 꺼냈다.

오르솔라는 무슨 뜻인지 이해했다. "넌 뭘 가지고 왔니?"

루치아나는 넝마에 싼 차가운 폴렌타 한 조각을 꺼냈다. 그걸 다 먹어봤자 배만 더 고프게 될 크기였다.

오르솔라는 고개를 저었다. "그거 치우렴. 난 네 어머니와 합의했어. 우리와 같이 먹어." 우리가 일이 별로 없을진 몰라도 폴렌타보다는 더 나은 걸 먹으니까, 오르솔라는 마음속으로 덧붙였다.

안젤라는 남자들을 부르러 달려갔다. 마르콜린과 라파엘레가 먼저 공방에서 나왔다. 그들은 더위를 식히기 위해 우물로 가서 머리와 팔에 물을 끼얹었다. 그때 마르콜린은 모르는 소녀가 있는 걸 알아챘고 낯선 사람을 대하는 데 능숙하지 못한 청년은 고개를 돌렸다. 라파엘레는 몸에 물을 끼얹고 젖은 머리를 개처럼 흔들어 털면서 웃음을 터뜨렸다. 그는 키가 크고 호리호리한 열여덟 살 소년으로, 커다란 갈색 눈과 날카로운 광대뼈 등 그의 외모는 모친인 니콜레타를 닮아 섬세했다. 최근에는 유리 장인으로서 팔과 어깨의 근육을 키우기도 했다. 그는 의자가 둥글게 모여 있는 자리를 슬쩍 쳐다보았다. 거기에는 루치아나가 아직도 자리에 앉아 이마에 주름을 잡고 가족들이 돌아다니는 모습을 바라보고 있었다. 이제는 상대할 사람이 더 많아졌기 때문이었다. 마르코와 자코모, 스테파노도 모습을 드러냈고, 안젤라는 아버지의 손을 잡고 있었다. 라파엘레는 머리카락에서 물이 뚝뚝 떨어지는 채로 그 자리에 얼어붙어서 새로 온 여자애를 가만히 바라보았다.

루치아나도 라파엘레의 관심을 느낀 게 분명했다. 먼저 그를 보더니, 다음에는 평소처럼 똑바로 바라보지 않고 시선을 돌려버렸다. 라파엘레의 존재를 의식한다는 표시였다.

오르솔라는 그 모습을 보고 자기가 처음 안토니오를 만났을 때 경험했던 감정과 같은 순간임을 알아보았다. 그 기억에 배 속이 죄어왔다. 모니카도 그 모습을 보고 미소를 띠었다. 스텔라는 그 모습을 보고 얼굴을 찡그렸다. 라우라 로소는 그 모습을 보고 화들짝 놀란 듯 보였다. "라파엘레, 가서 음식 가져오는 것 좀 도우렴." 할머니의 명령에는 손자와 새 소녀 사이에 팽팽히 당겨진 철사를 끊으려는 의도가 분명히 깔려 있었다.

라파엘레는 어안이 벙벙해서 할머니를 돌아보았다. 남자애들이 부엌일을 도운 적은 결코 없었고, 음식은 벌써 상 위에 차려져 있었다.

오르솔라는 루치아나를 불러 자기 옆에 앉혔다. 그러지 않으면 그 자리에서 가만히 꼼짝도 못하고 있을 것만 같았다. 라파엘레는 식탁의 다른 쪽 끝에 자리 잡았고, 오르솔라는 그 아이의 눈이 계속 새로 온 소녀에게 쏠리는 것을 느낄 수 있었다. 루치아나는 똑똑하게도 음식에만 관심을 쏟았고, 꾸준히 먹으면서 예의상 기다리지 않고 두 번째 접시를 가져다 먹었다.

"얘는 누구야, 그런데?" 마르코가 자기 접시를 비우고 의자에 기대앉더니 그때야 루치아나의 존재를 알아차린 듯 물었다.

"칸나레조에서 왔어." 오르솔라가 대답했다. "실 꿰는 일을 도와주러. 우리는 더 빨라졌지."

"제 밥값은 하고 가는 게 좋을 거다. 우리는 자선사업을 하지도 않고, 베네치아 도둑을 받아주지도 않으니까."

루치아나는 턱을 들었다. "바 알 디아볼로, 바스타르도(지옥으로 꺼져요, 개 같은 자식)."

마르코가 몸을 앞으로 내밀었다. "케 코사(뭐라고 했지)?"

"마돈나 미아(성모 마리아여, 맙소사)!" 라우라 로소가 외쳤다. "이 아이 성질 한번 용광로처럼 불같구나."

"루치아나, 나랑 같이 가자." 오르솔라는 소녀를 잡고 의자에서 일으켰다. "너한테 더 맞는 신발을 찾아줘야겠구나." 오르솔라는 루치아나를 데리고 서둘러 집 쪽으로 가면서 낮은 목소리로 씩씩댔다. "다시는 마에스트로에게 그런 식으로 말하지 마라. 그랬다간 여기서 일하지 못할 테니까." 마르코가 가끔 부아를 돋우기는 했어도, 루치아나 같은 여자애가 불손하게 구는 걸 두고 볼 수는 없었다.

"저 식탁 건너편에 앉은 사람은 누구예요?" 루치아나는 자기가 일으킨 분란에 전혀 아랑곳하지 않는 것 같았다.

"누구? 네가 욕한 마에스트로? 그 사람은 내 오빠 마르코야."

"그 사람 말고요. 노란 머리 남자애."

"걔는 라파엘레지. 마르코의 아들. 네가 방금 욕한 그 남자 말이야."

다른 사람이었다면 울거나 사과하거나, 틀린 일을 바로잡으려 했을 것이었다. 루치아나는 그저 웃기만 했다.

그 임피라레사가 라파엘레를 가족으로부터 쟁취해가는 데는 고작 여섯 달밖에 걸리지 않았다. 오르솔라는 그 여자애가 원한다면 더 빨리 해낼 수도 있었으리라는 생각이 들었지만, 루치아나는 로소가에서 받아낼 수 있는 것이라면 뭐든 받아내기 위해 천천히 시간을 들였다. 저녁 식사를 할 때는 접시 한가득 다 먹어 치우고 두 접시까지 먹었고, 모니카에게는 자기 가족이 참으로 가난하다는 것을 알리며 밤에 집으로 돌아갈 때 남는 음식을 싸서 가게 해달라고 부탁했다. 천천히, 루치아나는 살이 붙기 시작했고 뺨과 팔, 가슴이 차올랐다. 오르솔라는 스텔라가 옛날에 신은 신발이 맞는지 찾아주었고, 어느 날 루치아나의 드레스 치맛자락이 못에 걸려 찢어지자 내키지는 않았지만, 과거에 마리아 바로비에르가 준 천으로 만든 붉은 기가 도는 갈색 드레스를 물려주었다. 이제는 오르솔라에게 맞지 않았고, 스텔라가 그 옷을 입기엔 키가 너무 컸으며, 로셀라는 너무 작았고, 프란체스카와 안젤라는 너무 어렸다. 오르솔라는 그렇게 소중한 물건을 넘겨주기 전에 약간 머뭇거렸으나, 그 옷이 남아 있었고 루치아나에게 완벽히 맞았으며, 눈과 머리카락 색깔하고도 어울렸으며, 심지어 그 위에 낡은 얼룩덜룩한 앞치마를 걸쳐도 좋았다. 루치아나가 그 옷을 입자 라파엘레는 그 아이를 더욱 빤히 쳐다보았다.

루치아나는 로소가에서 내다 버린 온갖 물건을 수거해갔다. 창고에서는 이전에 도제들이 만들다 놔두고 간 기우뚱한 고토나 이 빠진 촛대, 오르솔라가 성에 차진 않았지만 굳이 녹여놓지 않은 등불 공예 구슬들을 가져갔다. 루치아나는 수프를 끓일 비트 뿌리 윗동, 국물을 낼 생선 머리, 식초를 뿌릴 콩깍지, 빵 부스러기와 상한 기름도 챙겨서 집에 가져갔다.

오르솔라와 라우라는 가끔 루치아나를 꾸짖었지만, 그렇다고 소녀가 필요한 걸 가져가지 못하게 막지는 않았다. 오스트리아 치하에서는 힘든 시기였고, 각 가족은 뭐든 찾아내어 그걸로 먹고살아야 했다. 쓰레기에서 보물을 탐지해내는 루치아나의 임기응변식 재능 덕분에 자신들은 운이 좋아서 남들이 내다 버린 걸 주워 먹지 않아도 된다는 걸 새삼 되새길 수 있었다. 또한 루치아나는 로소가에 소중한 존재였다. 원래는 로소가 여자들에게 구슬 꿰는 법을 알려줄 만큼만 머물기로 했지만, 루치아나는 스스로 꼭 필요한 존재가 되었고 다른 임피라레사들의 일을 감독해주었기 때문에, 오르솔라 본인은 로셀라를 도제로 달고 등불 공예로 돌아가 로소가의 상점에 내다 팔 구슬과 유리 인형을 만들 수 있었다.

자코모와 마르콜린, 라파엘레는 세바스티아노와 안드레아의 보조를 받아 씨앗 구슬을 꽤 쉽게 만들어낼 수 있게 되었다. 근육과 정확도가 필요한 작업이었지만, 공방이 이전에 내놓은 정교한 창작 작품들보다는 압박이 덜했다. 아들들은 좋아했고, 스테파노와 자코모는 자발적으로 나서서 일했지만, 오르솔라는 그들이 과거의 작업 공간을 넘겨다보는 모습을 목격했기에 오빠와 남편이 실은 거울이나 술잔, 하물며 상점에 내놓을 인형을 만들고 싶어 한다는 것을 알았다.

마르코는 씨앗 구슬에 대한 혐오감을 좀 더 대놓고 표현했다. 큰오빠는 일단 실제로 씨앗 구슬을 만들 수밖에 없게 되자 열정을 빨리 잃어버렸다. 그는 오로지 파스토네, 공정이 시작되는 유리 원통만 만들려 했고, 유리봉을 잡아당기거나 잘게 잘라 구슬로 만들거나 분류하거나 하는 일은 마에스트로가 할 일이라기보다는 도제들이 맡아서 해야 할 작업이라면서 거부했다.

다른 사람들을 돕는 대신에 마르코는 안마당에서 술을 마셨다. 모니카조차도 그를 말릴 수 없게 되었다. 한번은 그가 한낮에 술에 취해버리는 바람에 모니카가 잔소리를 했더니, 마르코가 아내를 때리려했다. 그렇지만 모니카는 버티고 서서 남편의 주먹을 쳐다보지도 않고 눈을 똑바로 노려보아 기를 꺾었다. 그 일 이후에 마르코는 로모 살바데고에 가서 술을 마셨다.

오르솔라는 그 누구와도 마르코에게 품은 불평을 나눌 수 없었다. 어머니든, 여동생이든, 올케든. 각각 그를 상대하는 자기만의 방법이 있었다. 어머니로서 라우라 로소는 늘 아들을 사랑하고 지지할 것이었다. 스텔라는 대부분의 사람들을 무시하듯이 오빠도 무시했다. 모니카는 가장 까다로운 입장이어서, 남편의 비위를 맞춰주고 싶기도 했으나 그에게 가장 큰 영향을 끼칠 수 있는 사람이기도 했다. 모니카는 무척 조심스럽게 전투를 벌였다. 오르솔라는 가끔 올케언니가 어떻게 오빠 같은 사람 곁을 떠나지 않고 남아 있는지 궁금하기도 했으나, 모니카의 실용적 성격을 이해했다. 오스트리아 점령기가 오기까지 로소가는 잘 살고 있었고, 모니카는 아이들의 미래가 창창하리라 믿고 별로 걱정을 하지 않았다. 어부 가족보다는 계급이 한 단계 올라간 것이기도 했다.

매일 오르솔라는 남편에게 감사했다. 그는 불평도 허세도 없이 씨앗 구슬 작업을 이끄는 역할로 조용히 올라갔다. 스테파노는 다른 사람을 감독하고, 오르솔라와는 양과 타이밍을 의논했으며, 마에스트로가 멀쩡한 정신일 때는 뒤로 물러서고, 그가 취했을 때는 일을 대신 떠맡았다.

요나스가 클링엔베르크의 고객 몇몇을 확보한 후, 조심스럽게 그들이 타오르도록 작은 불을 지펴 씨앗 구슬 시장으로 확장해가자 로소가 사람들은 이제 작업 리듬을 찾을 수 있게 되었다. 요나스가 클링엔베르크처럼 매력적인 건 아니었지만, 오르솔라는 그의 직설적인 성격이 더 맞는다는 걸 깨달았다. 그는 좀 더 쉽게 상대할 수 있었다. 요나스가 무슨 말을 하면 굳이 그 말 아래에 별개의 의미가 있는지 파고들 필요가 없었다. 그의 도움을 받아 로소가의 유리 사업은 서서히 활기를 되찾았다.

모두가 사실이라는 걸 알아도 입 밖에 소리 내어 말하지 않는 일이 있었다. 마르코조차 술에 취해서도 그 말은 하지 않았다. 로소가는 이제 공방에서 공장으로, 질보다 양으로, 예술에서 상업으로 전환하고 있다는 사실. 그 덕에 그들은 굶지 않고 살아갔지만, 대가를 치러야 했다. 가끔 오르솔라는 조세핀의 목걸이와 그를 두고 클링엔베르크가 했던 칭찬을 생각하며, 그때 만약 나폴레옹의 아내가 그 삼나무 상자를 들여다보고 구슬공예가가 만든 물건과 사랑에 빠졌으면 무슨 일이 일어났을까 상상하곤 했다. 그러면 지금쯤 다른 창작자에게 실어 보낼 작은 구슬 타래를 세는 대신에 황후들을 위한 목걸이를 디자인하고 있을지도 몰랐다.

로소가가 이 새로운 길을 가며 사업을 다시 세워나가는 동안, 베네치아 또한 재건되고 있었다. 오스트리아인들은 마침내 이성을 되찾고 베네치아를 자유무역항으로 열어주었고, 수출에 매긴 관세를 철폐해서 제조업자들은 처벌받을 걱정 없이 생산을 시작했다. 다른 방식으로도 변화가 일고 있었다.

어느 날 오후 저녁 식사 시간에, 보통은 입을 여는 법이 없었던 루치아나가 놀랄 만한 발표를 했다. "오스트리아인들이 다리를 놓을 거래요."

모두가 그녀를 보았다. 루치아나는 도전하듯이 입 한가득 넣은 리

소토를 꿀꺽 삼키고 포크로 한 입 더 떴다.

"알로라(그래서)? 오스트리아인들은 다리를 많이 놓잖아요." 스텔라가 대꾸했다. "배를 타고 다닐 필요가 없도록. 말을 타고 다니는 편을 더 좋아하는 사람들이니. 운하 위에도 다리를 놓고, 대운하 위에도 하나 놓았잖아요." 스텔라는 루치아나를 싫어했다. 두 사람 다 성격이 셌기 때문에 이 감정은 양방향이었다.

루치아나는 그 특유의 눈길로 식탁 건너편을 응시했다. "테라페르마까지 이어지는 다리라죠." 루치아나는 포크 한가득 떠올린 리소토를 먹었다.

"테라페르마까지?" 라우라 로소가 탄성을 질렀다. "어째서 그런 짓을 한담?"

그들은 루치아나가 음식을 다 삼킬 때까지 기다려야만 했다. 루치아나는 이 관심을 즐기면서 한참 뜸을 들였다. "기차가 다닐 다리라네요." 루치아나가 마침내 말했다. "제 오빠들이 다리 건설 현장에서 일할 거예요. 거기는 돈을 많이 준다고요." 그녀는 식탁 건너편에 앉은 라파엘레를 쳐다보았다.

"그건 우리랑 아무 상관없는 일이야." 라우라는 자기 말이 손자와 이 대담한 여자애 사이에 바리케이드를 칠 수 있기라도 한 양 단언했다. "기차는 여기까지 안 와."

"올지도 모르죠." 마르콜린이 끼어들었다. "영국인들은 이제 기차를 여러 대 갖고 있대요. 그리고 프랑스와 독일에서도 철도를 놓기 시작한다더군요."

"배가 잘못된 건 없잖니. 배를 타면 어디로 지나가는지 알 수도 있고."

"다리가 베네치아와 테라페르마를 이으면, 그건 이젠 섬이 아니라는 뜻이에요?" 세바스티아노가 물었다.

스텔라는 눈을 굴렸다. "아니, 그건 다리가 있는 섬이라는 거지, 그게 다야."

하지만 오르솔라는 조카가 한 말이 무슨 뜻인지 알았다. 베네치아는 거기까지 가기 위해 노력을 들여야 할 만큼 본토에서 동떨어진 곳이 아니게 될 것이었다. 메스트레에서 오는 곤돌라보다 금속 도로를 달리는 기차가 훨씬 더 많은 사람을 싣고 베네치아를 오가게 될 것이었다. 그 일이 도시를 어떻게 바꿀까? 도시는 자기만의 독특한 특질을 잃게 될까?

그러고 난 다음에는? 프라하까지 가는 데 그렇게 오래 걸리지 않겠지. 오르솔라는 생각했다. 내가 그 위험을 무릅쓰기만 한다면. 그만둬, 오르솔라. 그녀는 스스로 꾸짖었다. 고개를 들자 스테파노가 바라보고 있었다. 오르솔라는 남편을 향해 미소를 지으려 했지만, 그녀의 얼굴은 굳어 있었다.

다음 날, 오르솔라가 침실에서 빨랫감을 모으는 도중에 남편이 나타났다. 그는 용광로에 소매를 그을려, 새 셔츠가 필요했다. 오르솔라가 남편에게 새 옷을 가져다주려고 빨랫감을 내려놓을 때, 바닥에 짤랑하는 소리가 났다. 두 사람 다 아래를 내려다보았고, 오르솔라는 꼼짝 못하고 얼어붙었다. 안토니오가 오르솔라를 위해 처음 만들어주었고, 그녀가 아직도 지니고 다니는 돌고래였다. 그게 옷 더미 속에 있던 드레스의 주머니에서 떨어진 것이었다.

스테파노는 허리를 굽혀 돌고래를 집었다. 남편이 푸른 돌고래를 찬찬히 살피는 동안, 오르솔라는 그가 처음에는 영문을 모르겠다는 표정이다가 곧 알아보겠다는 얼굴로 바뀌는 것을 보았다. 그녀는 남편이 화를 내고, 고함을 지르고, 심지어는 때릴지도 모르겠다는 각오를 하고 기다렸다. 스테파노는 그렇게 하지 않았다. 검은 눈으로 가만히 바라보기만 했고, 오르솔라는 그저 슬픔밖에 볼 수 없었다.

"그 사람이 보낸 건가요?" 스테파노는 조용하게 물었다. 물론 알아차릴 수밖에 없었다. 안토니오의 돌고래는 스테파노가 한때 제작을 도왔던 촛대 주위를 두르고 있었으니까. 유리 장인이라면 자기가 만든 작품을 잊지 않았다.

"오래전에 준 거예요." 오르솔라는 대답했다. "떠나기 전에요. 아무 의미도 없어요."

"아무 의미도 없지만 항상 지니고 다니나 보군요. 이전에도 당신 주머니에서 소리를 들은 적 있어요."

그건 마리아 바로비에르가 준 로세타예요. 오르솔라는 그렇게 말하고 싶었지만, 그러면 말다툼이 격화될 뿐임을 알았다. 무엇보다도 오르솔라는 자기 작업실에 유리 돌고래가 한 움큼 있다는 사실을 스테파노에게 들키고 싶지 않았다.

"그 다리가 놓이면 테라페르마로 갈 거예요?" 그가 말했다.

오르솔라는 그럴 의도는 아니었지만, 아이를 상대하느라 짜증난 것 같은 소리를 냈다. 스테파노가 흠칫했다. "물론 아니죠." 오르솔라는 되도록 상냥하게 대답했다. "코문퀘(아무튼), 난 당신하고 결혼했잖아요. 그걸로 충분하지 않나요?"

스테파노는 돌고래를 침대 위에 내려놓고 벽장에서 깨끗한 셔츠 한 장을 꺼냈다. "안젤라처럼 아빠를 사랑해주는 딸이 있다니, 나는 참 운 좋은 사람이죠." 그가 말했다. "그걸로 충분해요."

"스테파노." 오르솔라가 말하려 했지만, 그는 돌아보지도 않고 떠났다. 오르솔라는 한참 동안 침대에 가만히 앉아 있었다. 눈은 말라 있었지만, 마음속으로는 우는 것 같은 기분이었다. 오르솔라의 남편은 이보다 더 좋은 대접을 받아야 마땅한 사람이었다.

그 후, 식사를 마치고 안젤라가 아버지에게 기대거나 같이 미사에 가면서 아버지의 손을 잡을 때마다 오르솔라는 불꽃이 손가락 끝에서 타오르는 기분을 느꼈다.

다음으로, 오르솔라는 주문에 대해 요나스와 의논하러 갔다. 도르소두로에 있는 사무실들은 클링엔베르크가 폰다코 데이 테데스키에 두고 있었던 사무실보다 훨씬 더 소박했고, 그를 도와주는 사무원도 없었다. 그때, 오르솔라는 로소가가 다시 화려한 유리 제품을 좀 더 만들어 팔면 어떻겠느냐고 물었다. "인내심을 보이십시오, 시뇨라 오르솔라." 요나스는 대답했다. "이런 일에는 시간이 걸립니다."

"하지만 씨앗 구슬을 팔 시장은 찾았잖아요."

"미국 원주민들에게는 씨앗 구슬이 인기가 있기 때문이지요."

"어딘가에 술잔 수요가 없다고 확신하세요? 베네치아가 빈곤으로 쇠락했다고 해서 다른 지역의 부자들이 고급 술잔에 술을 따라 마시고 싶어 하지 않는다는 뜻은 아니잖아요. 요나스 씨는 그저 찾기만 하면 되는 거예요. 마르코 오빠는 구슬보다 다른 걸 만들어야 할 필요가 있어요."

요나스는 뒤로 몸을 기대앉았다. "그렇게 간단하지 않아요. 먼저, 가격 문제가 있죠. 프라하에서 온 술잔이 훨씬 저렴합니다. 최근까지는 여기 관세가 높았던 이유도 있고요. 하지만 보헤미아인들이 다른 스타일을 개발하기도 했어요. 무라노 유리보다 더 무겁고 그렇게 정교하진 않죠. 그게 인기가 있어 보입니다. 그리고 투명하고 단순한 영국 유리 제품도 수요가 있어요. 무라노는 요즘 경쟁자가 많습니다. 당신이 세계를 따라잡지 못했는데, 세계가 당신을 따라잡았죠."

상인을 만난 후에, 오르솔라는 루치아나의 어머니에게 품삯을 지불

하러 칸나레조로 걸어갔다. 소녀는 자기가 직접 돈을 관리하길 원치 않았다. 그 임피라레사는 다른 여자들과 함께 작은 캄포에 앉아 있었다. 이전에 루치아나가 앉아 있던 옆자리는 여동생이 차지했다. 오르솔라가 다가가면서 보니, 그들은 노래를 부르고 있었다.

오, 내 연인은 어디 있나, 어디에 있을까?
그 사람 바다 위에 있지, 그리고 나는 집에 혼자 있네.
그 사람 그물을 내리며 바다 위에 있지,
그리고 나는 여기 집에서 바늘에 실을 꿴다네.
그는 돛을 올리며 바다 위에 있지,
그리고 나는 여기 집에서 구슬을 꿰네.

여자들은 오르솔라를 보고 노래를 그쳤다. 오르솔라는 루치아나의 품삯을 그 어머니에게 건넸고, 여자는 동전을 힐끔 보고 주머니에 쑤셔 넣은 후 말했다. "노란 머리 남자애는 누구죠?"

오르솔라는 무슨 말인지 못 알아들은 척 고개를 흔들었다.

"당신네 조카 말이에요. 이름이 뭐예요?"

"라파엘레예요. 왜 물어보죠?"

"라파엘레 로소라." 루치아나의 어머니는 마치 맛이라도 보듯 'ㄹ' 발음을 입에서 굴려보았다. "루치아나는 무라노에서 무슨 일이 있는지 별로 말해주지 않는데, 그 남자애 얘기는 하더군요."

"뭐라고 했는데요?" 오르솔라의 어깨가 굳어졌다.

"자기가 걔를 잘 놀린다고."

"그렇다는 건 언니가 그 오빠 좋아한단 말이에요." 여동생이 덧붙였다.

"딸한테 그 아이를 가만히 두라고 말해줘요." 오르솔라는 자기가 어머니와 똑같은 말투로 말한다는 것을 알았다.

여자들 무리는 웃음을 터뜨렸다. 하지만 루치아나의 어머니는 같이 웃지 않았다. "그 애에게 돈을 더 많이 주면 그럴지도 모르죠."

불여우 같으니, 오르솔라는 생각했다.

대신에 오르솔라는 반대로 행동했다. 오르솔라는 무라노로 돌아가, 루치아나에게 이제 더는 올 필요가 없다고 말했다.

루치아나는 어깨를 으쓱할 뿐 별다른 반응을 보이지 않았다. 어쩌면 예상했는지도 몰랐다. 이제 로소가 여자들은 구슬 꿰는 데 더 능숙해졌고, 루치아나의 도움은 필수적이지 않았다. 하지만 안젤라와 프란체스카는 소리를 지르며 루치아나 대신에 항의하고 루치아나를 계속 두지 않으면 자기들도 바구니와 철사를 내려놓겠다고 큰소리쳤다.

"너희가 그러진 못할걸." 라우라 로소는 강하게 말했다.

안젤라는 한 발을 구르더니 공방으로 뛰어가 라파엘레를 데려왔다. 그는 고모와 할머니 사이에 불안하게 섰다. "정말로 루치아나를 자를 거예요?" 그가 물었다.

"이건 네가 상관할 일이 아니야." 오르솔라가 대답했다. "여자들이 처리할 일이지. 우리에게 맡기고 너는 네 일로 돌아가."

"하지만 내가 사랑하는……."

"감히 그런 말 마라." 라우라가 말을 끊었다. "그런 생각도 하지 마. 넌 그런 일에 대해 아는 게 하나도 없어. 내 손자가 칸나레조에서 온 무례하고 어리석은 여자애랑 어울릴 수는 없다."

루치아나는 나이 많은 여인의 모욕을 못 들은 척 미소만 띠고 있었다. 그녀는 노란 구슬이 가득 든 자기 바구니를 들더니 마치 물 양동이를 비우듯 바닥에 쏟아버렸다. 노란 구슬이 사방으로 튀었다. 안젤라와 프란체스카는 비명을 지르며 울음을 터뜨렸다. 세술라를 겨드랑이 아래에 끼고, 이 베네치아 아가씨는 솔과 철사 바늘이 든 가방을 챙긴 후 노래를 흥얼거리며 안마당을 가로질러 갔다.

오르솔라는 주머니에 손을 넣었다. "여기 오늘 치 품삯이 있어." 그녀는 그 뒤에 대고 불렀다. 일을 제대로 매듭짓지 않고 놔둘 마음은 없었다. 루치아나는 신경도 쓰지 않고 문을 열더니 빨래 바구니를 들고 오던 스텔라를 스치며 거리로 사라져버렸다. 오르솔라는 울고 있는 소녀들과 충격을 받은 라파엘레, 그리고 얼굴을 찡그린 라우라 로소를 돌아보았다. "스텔라, 저 애 쫓아가서 이거 주고 와." 오르솔라는 동전 하나를 여동생에게 내밀었다.

"안 돼요!" 라파엘레가 동전을 낚아채며 외쳤다. "내가 갈게요!"

"넌 그런 짓 하지 마!" 라우라가 손자 앞으로 나섰다. "라파엘레, 미오 카로, 디 그라치아(내 귀여운 아이, 제발)." 라우라는 간청하며 소년의 팔을 잡았다. "우리는 함께 수많은 일을 겪어왔잖니, 너랑 나랑은. 내가 라자레토 베키오에서 인생 최악의 시기를 보내고 있을 때, 네가 태어나서 내가 얼마나 기뻤는지 아니. 너 때문에 내가 다시 살게 된 거다. 그걸 나한테서 빼앗아가지 마라."

라파엘레는 할머니를 응시했다. "미 디스피아체(죄송해요), 할머니. 하지만 난 그땐 아기였고 아무것도 기억 안 나요. 그건 할머니의 삶이지, 제 삶은 아니에요. 이게 제 삶이에요." 라파엘레가 잡힌 팔을 빼내자 할머니가 비틀거렸다. 그 애는 할머니가 넘어져 바닥에 머리를 부딪히는데도 보지 않고 거리로 뛰어나갔다.

오르솔라와 모니카가 라우라 로소를 침대에 눕히는 동안, 스텔라가 밖에 나가 라파엘레를 찾았다. 스텔라는 험상궂은 얼굴로 돌아왔다.

"브루노가 걔네를 베네치아까지 태워다줬대." 스텔라는 오르솔라에게 조용히 말했다. "라파엘레는 철교 건설 현장에서 일하는 얘기를 했다고 하더라고."

"물론 브루노가 데려다줬겠지, 크레티노(얼간이)." 오르솔라와 스테파노는 브루노와 화해하기는 했다. 다른 무라노 가족과 달리, 로소가는 몇 세대간 원한을 키워나가는 성격이 아니었다. 그래도 오르솔라는 브루노의 배를 타는 일은 여전히 피하고 있었다. "어머니에게는 말하지 마. 마르코 오빠한테도. 라파엘레도 정신이 들겠지. 내가 내일 가서 데리고 올게."

"내가 갈게." 스텔라가 주장했다. "걔들은 언니를 보고 싶어 하지 않을 거야. 루치아나를 쫓아낸 건 언니니까."

오르솔라는 여동생이 칸나레조 캄포에서 그 임피라레사들을 상대하는 장면을 상상해보려 했다. 나름대로 스텔라는 그들만큼 강했다. 어쩌면 라파엘레를 도로 데려오는 데 성공할지도 몰랐다.

스텔라는 일찍 떠났다. 라우라 로소는 깨어나자마자 라파엘레는 어떻게 되었느냐고 물었고 오르솔라는 다른 유리 공방에 모래를 빌려오라고 보냈다고 거짓말을 했다. 할머니는 안마당에 앉아 셔츠를 수선하며 손자를 기다렸다.

스텔라는 오전에 돌아와 작업실에 있는 오르솔라를 찾았다. 라우라는 말썽거리가 어디 있는지 정확히 아는 개처럼 스텔라를 따라왔다. "걔 베네치아에 있겠대." 스텔라가 설명했다. "벌써 철도 건설 현장에서 일거리를 찾았더라고. 내가 거기까지 가서 걔를 찾았어. 온갖 오스트리아 사람들이 소리 지르는 데서 일하고 있더라. 오르솔라 언니, 걔는 바윗덩이를 나르고 석호 바닥에 통나무를 박을 만한 근력이 없어. 유리 장인의 힘은 종류가 다르니까."

라우라 로소는 문간에 기대어 주저앉았다.

"마드레!" 오르솔라는 장식하던 구슬을 떨어뜨리고 벌떡 일어났고, 그녀와 여동생은 어머니를 부축하러 뛰어갔다. 두 사람은 어머니를 안마당으로 데리고 가서 바느질하던 벤치 위에 앉히고 물을 가져다주었다.

"너희 아니?" 라우라는 손 관절이 하얘지도록 잔을 움켜쥐었다. "라파엘레가 태어날 때 니콜레타는 벌써 죽어 있었다는 거? 나는 그런 게 가능할지는 생각하지도 못했는데. 니콜레타는 진통에 들어갔지만, 역병으로 몸이 너무 약해져서 때가 되었는데도 아기를 밀어내지 못했어. 한 번 온 힘을 다했는데, 그 때문에 심장에 무리가 가서 바로 죽었지. 사람들이 니콜레타를 데리고 가서 다른 사람과 함께 시체 더미 속에 던져버리려고 했어. 애가 아직도 그 안에 있는데. 나는 그렇게 내버려둘 순 없었다."

모니카가 와서 부엌문 앞에 섰고 마르코와 자코모, 스테파노가 공방 문 앞으로 모여 모두 귀를 기울였다.

"나는 재빨리 칼을 꺼내 그 애 배를 갈랐어." 라우라는 말을 이었다. "산파가 그러는 걸 한 번 본 적이 있었거든. 토끼 가죽을 벗기는 거나 비슷하지. 하지만 나는 조심해야 했어. 라파엘레까지 베지 않도록 엄청 조심했어. 나는 해냈고 애는 살아서 태어났지. 그래서 너희도 알듯이." 라우라는 자식 모두를 둘러보며 이야기를 맺었다. "라파엘레는 내게 특별한 거야. 내가 그 애를 구했으니까. 나는 로렌초나 니콜레타는 구하지 못했지만, 그 애는 구했어. 이제 와 그 애를 잃고 싶지 않다. 내가 베네치아로 가서 그 애와 말을 해보마."

라자레토 베키오에서 보낸 시절에 대해 라우라 로소가 이처럼 자세하게 얘기한 적은 없었다.

"대체 라파엘레에게 이게 다 무슨 일이야?" 마르코가 따져 물었다. "내 아들에게 무슨 일이 일어난 거야?"

전날 밤, 오르솔라는 라파엘레가 저녁 식사 자리에 없는 이유를 대충 핑계를 대서 둘러댔다. 이제는 오빠가 차분하게 들을 수 있도록 목소리를 낮추고 설명했다. 하지만 오르솔라가 말을 끝맺기도 전에 오빠는 소리를 질렀다. "그 베네치아 창녀는 처음부터 불길했어. 어째서 넌 걔를 여기 들여서 라파엘레를 훔쳐가게 한 거야? 바우카(멍청이)! 여동생이랍시고 쓸모없는 것 같으니!"

"그만해요." 모니카가 끼어들었다. "오르솔라의 잘못이 아니에요. 무슨 일이 일어났어도 그걸 바로잡아야죠. 어머니를 베네치아로 모시고 가서 라파엘레를 찾아요. 그리고 오르솔라도 데리고 가요. 오르솔라는 루치아나의 어머니를 아니까 그런 방향으로 가지 못하게 설득할 수 있을 거예요."

그날 오후, 성난 로소가 사람 셋은 베네치아로 갔다. 라우라 로소는 라파엘레와 루치아나를 무라노에서 싣고 간 브루노 탓을 하며 공짜로 태워다줘야 한다고 우겼다. 오르솔라와 어머니는 그에게서 되도록 멀찌감치 떨어져 앉았고, 브루노도 평소보다 기분이 좀 가라앉아 있었다. 그는 자신이 연루될 수 있는 개인적 화제는 피했지만, 그래도 철교에 대해서는 강한 의견을 냈다. 주로 철도가 곤돌라를 대체해서 본토에서 관광객을 데려다주는 역할을 할 수도 있다는 사실에 대해 두려움 섞인 분노를 표현했다. 브루노는 자기가 직접 그 뱃길을 달리진 않지만, 동료 뱃사공들 대신에 분개하는 것이라고 했다. 라우라는 사공을 줄곧 노려보기만 했다.

"바스타(그만 좀 해요)!" 오르솔라가 마침내 말했다. "우리는 그 철도에 대해선 듣고 싶지 않아요. 라파엘레를 찾아오고만 싶을 뿐이지."

"바 베네(알겠소)." 브루노가 대꾸했다. "하지만 그 애송이는 적을 위해 일하기 전에 우리 뱃사공들을 생각할 필요가 있단 거지."

"스타 치토(입 닥쳐)!" 라우라 로소가 호통을 쳤다. 가족 외의 다른 사람이 자기 손자를 비난하는 건 가만두고 보지 않는 사람이었다.

브루노는 지시대로 진정하고, 그저 콧노래만 흥얼거리며 석호를 건너갔다. 배는 서쪽으로 향해서 칸나레조 말단을 돌아 산타 마리아 델레 페니텐티 성당으로 향했다. 철도가 시작되는 지점에서 가까운 위치였다. 페아타(화물을 싣는 커다란 배)들이 목재, 석재, 벽돌, 석회, 철과 같은 건설자재를 가득 싣고 물 위에 무리 지어 떠 있었다. 오르솔라는 라파엘레가 걱정되면서도 석호 위에 그렇게 긴 다리가 어떻게 놓일 수 있는지 궁금해서 보고 싶었다. 테라페르마까지는 3킬로미터가 넘는 긴 거리였다. 오르솔라는 이전에 작은 운하 위에 다리를 놓거나 수리하는 장면을 본 적이 있었고, 원리는 동일하리라 추측했다. 나무로 만든 틀을 물속으로 내려 물을 가두고, 양동이로 그 물을 퍼낸다. 그런 다음 석호 바닥에 단단히 기초를 다지기 위해 통나무를 박고 그 위에 석조 기둥을 세운다.

고가교도 마찬가지일 것이었다. 결국 이 다리는 수면에서 3.6미터가 넘고 너비는 9미터가 되는 규모로 건설될 예정으로, 222개의 벽돌 아치가 석호 위로 뻗어가도록 설계되었다. 하지만 그 순간에는 일꾼들이 처음 몇 개 기둥에서 작업하고 있을 뿐이었다. 남자들은 배 위로 기어 올라가며 무거운 짐을 들어올리면서 고함을 지르고 있었다. 대부분은 베네치아인이었고, 새하얀 튜닉에 파란 바지를 입고 운두가 높은 금속 모자를 쓴 오스트리아 군인들이 인부들을 감독하고 있었다.

라우라 로소는 군인들을 보고 침을 뱉었다. "파타테(감자 놈들)." 라우라는 중얼거렸다. 오스트리아인들은 감자를 무척 좋아했기에 그런 별명을 얻었다.

"별로 대단한 일을 하는 것도 아니지 않아요?" 브루노는 라우라의 호감을 다시 사고 싶어서 비위를 맞추었다. "게으른 파타테."

"오스트리아인은 신경 쓸 거 없고." 마르코가 말을 가로막았다. "내 아들은 어디 있지?" 마르코는 이제까지 아무 말 없이 조용했다. 남자들이 베네치아를 테라페르마까지 이어낸다는 불가능해 보이는 과업을 수행하는 광경을 가만히 구경만 했을 뿐이었다. 하지만 언제나 그렇듯이 마르코의 인내심은 바닥났다.

라파엘레를 찾아낸 건 브루노였다. 그 애는 어떤 페아타 위에서 진흙에 수직으로 박으려고 본토에서 가지고 온 통나무를 내리고 있었다.

"쟤 근처까지 노를 저어." 마르코가 명령했다.

오르솔라는 조카의 체구가 연약하다고 생각해본 적이 없었지만, 같이 일하는 남자들에 비하면 작아 보였고 통나무 끝을 들 만큼 팔과 어깨가 강하지 못했다. 가까이 접근하자 오르솔라는 라파엘레의 얼굴에서 긴장과 피로를 볼 수가 있었다. 고작 첫날인데도.

"라파엘레, 이리로 와!" 마르코가 소리쳤다. "아데소(지금 당장)!"

"쉿! 그런 식으로 하면 안 돼." 오르솔라가 작은 목소리로 속삭였다.

"나한테 이래라저래라 하지 마! 쟨 내 아들이고 내 말을 들어야 한다고."

라파엘레는 다른 사람들과 함께 페아타의 한쪽 끝에서 다른 쪽으로 통나무를 옮기는 일에 열중하고 있었다. 거기서 통나무를 들어서 다음 배로 올리는 방식으로 계속해서 석호 바닥까지 가지고 가는 것이었다. 라파엘레는 자기보다 덩치 큰 남자들과 보조를 맞추느라 긴장하고 초조해 보였다. 브루노가 배를 더 가까이 댈 때까지는 가족들의 모습도 보지 못했다. 마르코가 아들의 이름을 다시 부르자 라파엘레는 어깨 너머로 힐끔 돌아보다가 너무 놀라 들고 있던 통나무 끝을 놓쳐버렸다. 통나무가 기울어져 떨어지며 페아타가 흔들리자 동료 일꾼들에게서 욕설이 터져 나왔다.

마르코는 브루노의 곤돌라 선두에 서서, 배가 물결에 흔들리는 동안 몸을 지탱하려고 애썼다. "이리 와, 라파엘레! 집에서 너를 기다리잖아!"

마르코가 거기서 끝냈으면, 아들이 순순히 말을 들었을지도 몰랐다. 하지만 마르코는 참지 못하고 말에 날을 세웠다. "네가 뭐라도 된다고 가족들에게 등을 돌리고 이런 세스티에레 데 메르다(똥 같은 동네)에서 이런 라보로 데 메르다(똥 같은 일)를 하면서 자리 잡을 수 있다고 생각한 거냐? 네 인생은 유리지, 오스트리아 파타테를 위해 통나무를 나르는 게 아니라고!"

"지금 우리가 하는 일을 보고 메르다(똥)라고 한 건가?" 라파엘레의 페아타에 탄 남자들 중 한 명이 다가와 브루노의 곤돌라 선두에 있는 금속 페로(곤돌라 앞에 붙이는 철제 장식)를 잡고 자기네 배 쪽으로 가까이 끌어당겼다.

"에히, 그거 손대지 마!" 브루노가 외쳤다. "그 누구도 내 페로에 손댈 수 없어!"

"안 된다고? 나는 할 수 있는 것 같은데. 그럼 우리 한번 배 타고 나가볼까?"

그 일꾼은 페로를 밀고 당기면서 곤돌라를 흔들었고, 여자들은 배 양옆을 붙들어야 했다.

브루노가 앞으로 뛰어나가 선두에 선 마르코와 합세하면서 그 일꾼을 붙잡았다. 세 남자는 몸싸움을 벌였다. 다음 순간 갑자기 마르코가 물속으로 떨어졌고, 브루노는 그를 끄집어내려 했으나 베네치아인들은 휘파람을 불며 야유를 보냈다. 이런 아수라장 한가운데에서 라파엘레는 창백한 얼굴로 가만히 서 있었다. 다음 순간 그 애는 번쩍 뛰어오르더니 한 배에서 다음 배로 훌쩍 넘어갔다. 배가 흔들려 바닥에 넘어지긴 했으나 그는 다시 일어나 옆 배로 뛰어올랐고, 마침내 육지까지 이르렀다. 라파엘레는 아무도 따라오지 않는다는 것을 확인하듯 뒤를 한 번 돌아보고 뛰어 도망갔다. 오르솔라는 할머니가 수도 없이 기워준 흰 셔츠가 칸나레조 쪽으로 사라지는 모습을 바라보았다.

브루노는 마침내 마르코를 곤돌라로 끌어올릴 수 있었고, 거기서 마르코는 캑캑대며 고개를 흔들어 물을 뱉어냈다. "칸카로(죽일 놈)!" 브루노는 베네치아인들을 향해 소리쳤다. "네 ×를 잘라 개에게 먹일 거다. 그래도 하도 작아서 개도 아직 배고프다고 끙끙댈걸. 네 엄마를 따먹어주지, 그리고 우리 아들 똥을 먹이고, 내가⋯⋯."

"브루노, 바스타(그만)! 바스타!" 오르솔라는 이제껏 브루노가 욕하는 걸 여러 번 들었지만 이렇게 사악하게 심한 욕은 처음 들었다.

베네치아인들은 브루노를 잡아 족칠 수 있었지만, 남자들끼리 싸우면 감독하는 오스트리아 군인들의 주의를 끌 수 있고, 이제 군인들은 질서를 되돌리기 위해 산돌로를 타고 이쪽으로 다가오고 있었다. 한 명이 독일어로 뭐라고 소리쳤고, 브루노와 마지막으로 욕설을 주고받은 후 베네치아 일꾼들은 자기 통나무로 돌아갔다.

라우라 로소는 배가 흔들리는데도 전혀 영향을 받지 않은 것처럼 자리에 꼼짝없이 앉아 있었다. "괜찮아요, 마드레?" 오르솔라가 물었다.

"나를 그 여자애 어머니가 있는 곳으로 데려가다오."

오르솔라는 브루노에게 리오 데 칸나레조를 따라 폰테 델레 굴리에(첨탑들의 다리)로 가라고 방향을 알려주었다. 몇 년 전 오스트리아인들이 벽돌과 돌로 다리를 재건설하면서 덧붙인 석조 첨탑을 따라 붙여진 이름이었다. 다리의 아치형 테두리에는 오르솔라의 기분을 반영하기라도 하듯 사람과 사자의 찡그린 얼굴이 줄지어 붙어 있었다. 오르솔라는 브루노에게 여자들은 다리 옆에 내려주고 자기들이 돌아올 때까지 마르코는 근처 술집에 데려가 진정 좀 시키라고 일렀다.

루치아나는 캄포에서 다른 여자들과 함께 구슬에 실 꿰는 일을 다시 하고 있었다. 오르솔라가 맨 처음 그 애를 만났을 때와 비슷해 보였지만, 이제는 마리아 바로비에르가 준 천으로 만든 드레스와 스텔라의 신발, 그리고 로소가의 창고에서 주워 모은 유리구슬로 만든 목걸이를 걸치고 있었다. 로소가의 여자들이 캄포에 들어서자 루치아나는 고개를 들었고 입을 꾹 다물었지만, 그래도 얼굴에는 무표정을 유지했다.

라우라 로소는 당당히 걸어가 인사를 기대하며 그 애 옆에 섰다. 루치아나는 이 침입자를 무시하려고만 했다.

"일어서. 젊은 애가 연장자에게 자리를 내줘야지." 라우라는 단호하게 말했다. "누가 얘를 이렇게 버릇없이 키운 거요?" 라우라는 여자들 무리를 둘러보았다. 루치아나의 어머니는 자리에서 숨을 푸푸 뿜어냈다. 라우라는 그 여자를 바라보았다. "당신 딸한테 예의 좀 갖추라고 말해요. 난 당신과 얘기를 나누러 온 거고, 여기 이렇게 서서는 안 할 테니."

두 여자는 그렇게 마주 보았다. 마침내 여자의 어머니가 딸을 향해 휙 고갯짓하자 루치아나는 세솔라를 내려놓고 일어서서 그늘진 벽 쪽으로 어슬렁어슬렁 걸어가 기댔다. 곡예를 보듯 이 과정을 지켜보겠다는 뜻이었다.

루치아나의 어머니는 오르솔라의 또래겠지만 그보다 훨씬 나이 들어 보여서 라우라 로소의 동년배로 보였다. 가족이 어떤 가난을 겪었는지가 그 얼굴에서 보였다. 두 여자는 서로 바라보았다. 다음 순간 라우라의 말에 오르솔라는 놀라고 말았다. "난 내 손자가 행복하길 바라오." 라우라가 말했다. "그리고 가족을 가끔은 보러 오길 바라고. 그게 다요."

"데 체르토(물론이죠)." 루치아나의 어머니가 수긍했다.

"하지만 그 애가 저 오스트리아인 다리에서 일해서는 행복할 수 없다는 걸 알아요. 그 일꾼들이 뭘 들어올리는지 봤어요? 라파엘레는 유리 장인치고는 힘이 세지만, 통나무를 들 순 없어요. 당신 아들들만큼 힘이 없고."

"그 말은 사실이에요. 대체 우리 딸이 걔한테서 뭘 봤는지를 모르겠다니까!"

루치아나가 얼굴을 찡그렸다.

"그러니 내 부탁하리다. 그 애한테 여기 있는 구슬 공장에서 일자리를 찾아줘요. 그 애는 유리봉을 아주 잘 뽑으니까. 그리고 칸나레조에 데리고 있어요. 적어도 무라노에서 가깝긴 하니까. 당신 딸이 그 애를 데리고 카스텔로까지 가게 놔두지 마요. 그 애를 여기 두고 유리 일을 계속하게 해준다면, 우리는 당신들을 가만히 둘 거라는 약속을 하죠."

루치아나의 어머니는 그 말을 곰곰이 생각했다. "만약 내가 그 애에게 유리 일자리를 찾아주지 못하면요? 그럼 당신은 어떻게 할 건데요?"

"무라노 남자들이 여기 와서 이 공장을 불태울 거고, 그럼 당신들은 일거리를 잃어버리겠죠. 당신들 모두." 이런 협박에 여자들 무리는 분개해서 웅얼거렸지만, 라우라 로소는 일어섰다.

"호호, 무라노 사람 기 세네, 그렇지?" 루치아나의 어머니는 킥킥 웃었다. "그 기운 좋네요. 당신 손자가 그런 기 좀 물려받았으면 좋겠

네. 자기 대신 싸워줄 할머니가 있다니 운도 좋은 녀석. 바 베네(좋아요),
내가 개한테 일자리를 찾아주죠."

　오르솔라는 폰테 델레 굴리에까지 가는 길을 안내했고, 그동안 두
여자는 말이 없었다. 칼레를 따라가고 있을 때 흰 셔츠가 어떤 문간에
서 번뜩 튀어나왔다. 라파엘레는 그들 옆 계단 위로 뛰어내렸다. 그는
아무 말 하지 않았지만, 라우라 로소가 발길을 멈추자 따라 멈췄다. 라
우라는 손자를 위아래로 훑어보더니 따귀를 세게 갈겼다. "내가 자랑
스러워할 수 있도록 사는 게 좋을 게다. 그리고 네 어머니도. 네 어미
가 저 위에서 너를 지켜볼 테니까." 라우라는 하늘을 가리켰다.
　"알아요. 그라치에, 할머니." 라파엘레는 할머니를 두 팔로 세게 껴
안은 후 놓아주었다. 그는 고모를 향해 가볍게 고개를 끄덕하고, 루치
아나와 그의 미래를 향해 도로 사라져버렸다.
　라우라는 손자가 가는 모습을 바라보았다. "이 끔찍한 도시에 우리
는 얼마나 더 많은 걸 빼앗기게 될까?" 라우라는 그렇게 말하고 등을
돌려 칼레를 따라 터덜터덜 걸어갔다.

6

이제 돌은 물 위를 튀어 1915년에 내려앉습니다. 제1차 세계대전이 발발하고 몇 달이 지났죠. 오르솔라 로소는 핏방울 모양을 닮은 붉은 구슬을 불꽃 속에서 앞뒤로 돌리고 있습니다. 오르솔라는 고개를 듭니다. 이제 71년의 시간이 지났죠. 오르솔라와 그녀에게 중요한 사람들은 네 살 더 나이를 먹었습니다. 오르솔라는 마흔네 살입니다.

이 짧은 시간에 수많은 변화가 있었습니다. 오스트리아인들은 베네치아에서 쫓겨났죠. 이탈리아는 통일되었습니다. 전기 시설이 갖춰졌죠. 공장 생산라인은 완전해졌습니다. 자동차가 발명되었죠. 엔진은 어디에나 있습니다. 키티 호크에서 인간은 처음으로 하늘을 나는 장관을 연출했습니다. 다른 말로 하면 비행기와 기차, 자동차가 등장했다는 것이죠. 미국에서는 남북전쟁이 일어났고, 노예로 살던 사람들은 해방되었습니다만, 여전히 그들의 삶은 힘들었고, 짐 크로법(19세기 말부터 1960년대에 흑인 시민권 운동이 일어나기까지 지속된 인종 분리를 합헌화하는 차별법 – 옮긴이)이 시행되며 진실과 화해의 조짐은 없었습니다. 사라예보에서 황태자가 암살되고 그 사건으로 지정학적으로 필연적인 결과가 빚어졌습니다.

디킨스와 발자크, 플로베르와 엘리엇, 톨스토이도 잊으면 안 됩니다. 소설 장르는 성장했습니다. (버지니아 울프는 작품 활동을 막 시작했죠.) 그리고 미술에서도 변화가 일었죠. 라파엘전파, 인상파에 이어 입체파가 등장하고 모더니즘의 바람이 은은히 불어옵니다. 세계는 더 빨리 달려가고, 베네치아에서도 마찬가지입니다. 유리와 그 제작자들만 예외죠…….

씨앗 구슬에 대한 오르솔라의 감정을 가장 잘 표현한 사람은 로셀라였다. 어느 날, 오르솔라와 조카딸은 공방 뒤에 있는 선착장에 서서, 요나스가 검품할 수 있게 최근 만든 구슬 타래로 가득한 상자를 베네치아로 가져가기로 한 페아타를 기다리고 있었다. 로셀라는 상자 끝에서부터 끝까지 생선처럼 놓인 진줏빛과 담갈색 구슬 타래를 세고 있었고, 그동안 오르솔라는 끙끙대며 서류작업을 했다. 다소 늦은 나이에 읽고 쓰기를 독학했기에 언제나 시간이 좀 걸렸지만, 이 사실을 조카들이나 딸에게는 티 내지 않았다.

로셀라는 사려 깊은 아가씨로 자랐고, 필요할 때면 다른 사람들과 함께 구슬 꿰는 일을 했지만, 불꽃 앞에 허리를 숙이고 서서 등불 공예 구슬을 만들 때 더 즐거워했다. 감식안이 있었고, 손이 꾸준했으며, 유리를 아주 자연스럽게 다뤄서 오르솔라는 놀랐다. 로셀라에게는 로소가의 피가 흐르지 않기 때문이었다. 안토니오도 마찬가지였다. 이렇게 변덕스럽기 그지없는 물질을 다루는 기술은 혈관에 흐르는 피와 어머니의 모유와는 아무 관계가 없었다. 하지만 오르솔라는 이 사실을 입 밖에 내어 말한 적이 없었다. 그랬다가는 자신들이 우월한 유리 기술을 타고났다는 로소가의 굳건한 믿음 한가운데에 폭탄을 떨어뜨리는 거나 다름없는 행위였다.

오르솔라와 로셀라는 가끔 탁자 반대편에 서로 마주 보고 앉아 구슬과 유리 소품을 함께 만들었다. 오르솔라는 엘레나 바로비에르에게서 처음 배운 이래로 계속 그 탁자에서 작업을 했고 나중에 자코모가 두 사람이 앉아서 등을 사용할 수 있도록 고쳐주었다. 두 사람은 로소가의 상점에서 작품을 팔고 구슬 몇 개는 요나스에게 넘겼지만 씨앗 구슬 사업에 시간을 빼앗기는 일이 잦았다. 게다가 다른 구슬공예가 여럿이 고객을 유치하려고 경쟁 중이었고 그들 중 몇몇은 인상적인 작품을 만들었다. 오르솔라는 자기가 더 노련하지만, 이제 독특하지 않다는 사실을 받아들여야 했다.

그때 로셀라가 한숨지었다.

"무슨 문제 있어?" 오르솔라가 물었다. "우리 부족하니?"

"이 상자 안에 구슬이 얼마나 있을까요? 수십만 개?"

"수백만 개 있겠지."

"그래요. 우리가 구슬을 수백만 개 만들었죠. 수백만, 수백만씩 만들었어요. 그래도 아무것도 특별하지 않아요. 심지어 그렇게 훌륭하지도 않아요." 로셀라는 구슬 타래를 하나 집어 들고 앞에서 흔들었다. 구슬이 햇빛을 받아 반짝였다. "개개 구슬 하나하나를 보면 한쪽으로 기울기도 하고, 구멍 크기도 다 다르고, 이 빠진 것도 있어요. 등불 공예로 만든 구슬과는 다르죠. 이런 걸, 파드레가 말한 대로 에스크레멘티 디 토포(쥐똥) 같은 걸 세는 대신에, 우리 등불에 오롯이 시간을 쓰고 싶다고 생각하지 않으세요?" 로셀라는 상자 안에 타래를 도로 내려놓았다.

오르솔라는 숫자 계산을 멈추었다. 그녀는 종종 씨앗 구슬로 전환하기로 한 선택은 맞았다며 스스로 몇 번이고 확인하려 했다. 요나스가 구매자를 찾아주었고, 로소가는 영업 규모를 키웠고 더 많은 직원을 고용했으며, 다시 번창할 수 있게 되었다. 그건 무라노 유리 전체적으로 마찬가지였다. 로소가의 구슬은 상에 번듯한 음식을 차릴 수 있다는 뜻이었다. 정어리나 폴렌타로 배를 채우는 게 아니라 송아지 고기와 커피, 설탕, 그리고 식초나 다름없이 시어버리지 않은 와인을 맛볼 수 있다는 걸 의미했다. 얼굴에 살이 오르고, 아이들은 더 빛났으며, 어른들은 명랑해졌다, 대체로는. 물론 마르코는 아니었다. 그는 로소가의 사업이 향하는 방향을 싫어했다. 구슬로는 그의 재능을 다 발휘할 수 없었다.

"이걸로 아름다운 물건들을 만들 수 있잖아." 오르솔라는 말을 꺼냈다. "가방이나 지갑, 쿠션, 전등갓, 여자들 옷에 다는 술도 만들고."

"하지만 아름다운 건 구슬이 아니라 그 물건이잖아요." 로셀라가 말했다. "고모는 직접 만드신 구슬이 그 자체의 아름다움으로 칭찬받는 걸 원치 않으세요?"

"데 체르토(물론 받고 싶지)."

"우리는 의뢰가 필요해요. 그렇지 않으면 다른 사람이 세계에서 아름다운 물건을 만들 때 재료로 쓸 구슬이나 생산하면서 평생을 보내게 될 거예요. 루치아나처럼 씨앗 구슬로 화관을 만드는 사람들을 위해서요."

몇 달 전 유럽에서 세계대전이 발발했을 때, 루치아나는 기민하게 무덤에 바칠 화관과 꽃다발을 꾸미는 작업으로 전환했다. 프랑스 가족들은 특히 철사에 꿰어 정교한 꽃 모양으로 만든 이런 구슬에 끌리는 듯 보였다. 비나 눈, 바람이나 거센 햇볕에도 견딜 수 있기 때문이었다. 오르솔라는 루치아나가 꽃을 만드는 기술이 있다는 사실을 부인할 수 없었다. 루치아나가 만든 은방울꽃, 제비꽃과 팬지는 거의 진짜처럼 보였다. 루치아나는 자신의 사업을 '이 피오리 디 로소(로소의 꽃)'라고 이름 붙였다. 이제 그 애도 라파엘레와 결혼해서 남편 이름을 쓰고 있기 때문이었다. 오르솔라는 이 이름을 떨떠름하게 여겼다. '이 피오리 디 루치아나'가 훨씬 듣기 좋은데, 오르솔라는 그렇게 생각하기도 했지만, 로소의 이름을 사용하는 건 무라노 유리공예 가문으로서의 로소가의 평판을 이용하는 것이었다. 그렇다고 오르솔라가 할 수 있는 일은 없었다. 루치아나도 이제 가족이니까.

그뿐만이 아니었다. 라파엘레는 아내를 아주 사랑했다. 그들은 터울이 크게 지지 않게 세 아이를 연이어 낳았다. 베네치아의 로소가 사람들. 라파엘레는 칸나레조의 구슬 공장에 취직해 유리봉을 뽑았고 행복해 보였다. 그가 일하는 공장은 새로이 조직된 구슬산업협회에 가입되어 있었다. 노동력과 설비, 재정을 결속하기 위해 무라노에 설립된 협동조합이었다. 집 나간 탕아가 결국에는 무라노로 돌아와 일하게 되었다는 뜻이었다. 오르솔라는 그렇다고 라파엘레가 집에 찾아올까 의심스럽긴 했다. 루치아나가 로소가에서 환영받지 못하는 한 아버지든 할머니든 만나러 오지 않을 것이었다. 라우라 로소는 당신 앞에서는 그 누구도 루치아나의 이름을 꺼내지 못하도록 했다.

대신에 식구들이 라파엘레를 만나러 갔다. 오르솔라는 베네치아에 갈 때마다 안부를 물으러 공장에 갔고, 루치아나와 그 가족이 구슬 꽃을 만들며 아직도 앉아 있는 그 작은 캄포에 가서 조카손녀와 조카손자가 뛰노는 모습을 들여다보기도 했다. 오르솔라는 성심성의껏 대하려고 주의를 기울였다. 루치아나는 그렇지 못했다. "오르솔라 ㄹㄹㄹ ㄹ로소." 루치아나는 입속에 구슬을 굴리듯 'ㄹ'을 굴리며 말했다. "로소가의 꽃이 어떻게 되고 있는지 확인하러 오셨나요?"

"이 꼬마들이 어떻게 지내는지 보러 온 거야." 오르솔라는 주저앉아서 조카손녀의 이마에 입을 맞췄다. 아이의 머리카락은 위로 당겨서 모아 하얀 리본으로 묶어놓았다.

"애들을 제대로 잘 챙겨 먹이고 있나 확인하러 오신 거죠?" 루치아나는 미소를 띠더니 발치에 놓인 요람에서 아들을 안아 올리고 젖가슴 한쪽을 드러냈다. 보통 공공장소에서 아기에게 젖을 먹이는 여자면 앞치마나 숄로 가리지만, 루치아나는 신경도 쓰지 않았다.

오르솔라의 방문은 늘 그런 식으로 흘러갔다.

하지만 다른 식구들의 방문은 좀 더 중요한 결과를 빚어냈다. 프란체스카는 꼬마 조카들을 만나러 자주 놀러 갔고 거기에 머물면서 올케에게서 구슬 꽃 만드는 법을 배웠다. 어느 날 프란체스카는 돌아오지 않았고 브루노를 통해 아기가 아파서 일손이 필요하다는 전갈만 보냈다. 하루가 지나자 모니카는 딸의 행동에 의구심을 품었다. 모니카는 베네치아에 가고 싶어 하지 않았으므로, 오르솔라에게 아이의 가슴에 바를 연고를 들려 보냈다. 아픈 아기는 없었다. 아기는 다른 아이들이 노는 동안 요람에서 잠들어 있었고, 프란체스카는 여자들과 앉아 꽃을 만들며 노래하고 있었다. 오르솔라가 나타나자 프란체스카는 죄지은 표정을 지었다. "프랑스에서 온 주문을 처리해야 한다고 해서 루치아나를 돕고 있었어요." 프란체스카는 허둥지둥 지껄였다. "할 일이 너무 많아서, 여기 사람들이 고모보다 저를 더 필요로 하거든요. 게다가 꽃을 만드는 게 구슬 꿰는 것보다 훨씬 낫잖아요."

오르솔라는 루치아나와 그 가족 앞에서 조카와 말다툼하고 싶지 않았다. 이제 그들 모두는 똑같이 뻔뻔한 눈길을 오르솔라에게 돌리고 있었다. 돌팔매질을 당하는 기분이었다. "네 어머니에게는 뭐라고 말해야겠니?" 오르솔라가 물었다.

프란체스카는 침을 꿀꺽 삼켰지만, 루치아나가 옆구리를 쿡 찌르자 턱에 힘을 주고 입을 꾹 다물었다. 오르솔라는 마르코의 딸에게서 그 아버지의 모습이 스쳐가는 것을 보았다.

이후 모니카가 마지못해 직접 베네치아로 가서 딸을 구슬려 데려오려 했으나 혼자 돌아왔다. 저녁 식사 후, 오르솔라는 올케가 개수통에 대고 우는 모습을 보았다. 모니카가 우는 모습을 본 건 그때가 유일했다.

세 달 후, 프란체스카는 루치아나의 형제 중 한 명과 결혼했다. 로소가 사람을 또 한 명, 라 세레니시마에 빼앗겼다.

의뢰가 필요하다는 로셀라의 의견이 오르솔라의 마음을 건드렸다. 또 다른 목걸이를 만들까? 세 번째가 되면 오르솔라가 아직도 남몰래 갈망하는 그 사업이 따라오는 행운이 있을까? 아니면 조세핀의 목걸이가 전성기였을까?

오르솔라의 행운은 도메네고가 보낸 재단사라는 형태로 찾아왔다. 이 양장 기술자는 루이사 카사티 후작 부인을 위한 옷을 짓고 있었다. 후작 부인은 사치스러운 파티를 열고 의상 감각이 과도해서 널리 알려진 화려한 여자였다. 오르솔라도 모든 이들처럼 이 여자를 알고 있었다. 언젠가 후작 부인의 파티에서 수백 명이 넘는 손님들이 모두 이 행사를 위해 특별히 제작한 수공예 유리 등불을 선물 받은 이후에 무라노의 유리공예가들은 모두 후작 부인의 눈에 들려고 경쟁 중이었다. 그런 정도의 물량이면 유리 공방 하나가 1년을 버틸 수 있었다. 후작 부인은 또 피아체타 산 마르코의 파세자타 시간 동안 야단법석 떠는 것을 좋아했다. 마리아노 포르투니(20세기 초 이탈리아의 유명한 패션 디자이너이자 무대미술가 - 옮긴이)가 디자인한 빨강과 금색이 섞인 망토를 입고 아프리카인 하인 가르비의 팔을 잡고 행렬을 벌였다. 하인은 한 손에는 공작 깃털로 만든 양산을 들고 다른 손으로 약을 먹인 치타 두 마리를 그 목에 다이아몬드 박힌 줄을 걸어 끌고 다녔다. 가끔 한밤에 후작 부인은 알몸에 모피 외투만 걸친 채로 그렇게 산책을 하고 다녔다.

후작 부인은 자기에게 쏠리는 관심을 더 높이려고 백인 곤돌라 사공을 도메네고로 교체하여 곤돌라를 몰게 했다. 유럽 전체에도 노예제도 폐지 운동이 일어, 곤돌라 사공은 클링엔베르크 가문을 위해 일해야 하는 의무에서 벗어나긴 했지만, 아직도 클라라와 그 남편 밑에서 일했다. 그렇지만 남은 시간은 자기 뜻대로 쓸 수 있었다. 그의 곤돌라 위에서 가르비가 치타들과 함께 선두에 서 있는 동안 후작 부인은 비단 쿠션 위에 느긋하게 누워 있었다. 오르솔라는 대운하에서 이 광경을 맞닥뜨렸다가 도메네고가 그런 장관에 일조하고 있는 걸 알고 화들짝 놀랐다. 도메네고는 노동의 대가를 두둑이 받고 있으며 커다란 고양이들은 무섭지 않다고 단언하긴 했으나, 곤돌라가 지나가는 모습을 보고 있노라니 오르솔라는 친구가 긴장해서 턱을 악물고 있으며 자세가 뻣뻣하다는 사실을 눈치챘다.

도메네고가 오르솔라에게 보낸 재단사는 카사티 후작 부인이 드레스에 구슬로 된 술을 달아달라고 요구했다며 좌절에 빠져 있었다. 가슴에 꿰매 붙여야 하는 구슬 양을 따지면 옷이 너무 무거워져서 입기 불편하다고 해도, 스스로 뛰어난 디자이너라고 생각하는 후작 부인은 들으려 하지 않았다. 재단사는 오르솔라에게 일단 옷을 마무리해도 후작 부인이 그 무게에 질겁해서 돈을 내지 않겠다고 할 것 같다고 털어놓았다. 이전에도 자수정으로 옷깃을 만들었다가 똑같은 일이 벌어진 적이 있었다. 오르솔라는 재단사를 따라 씨앗 구슬 봉투를 들고 팔라초에 같이 가줄 수 있느냐는 부탁을 받았다. 그렇게 하면 후작 부인이 직접 무게를 가늠해볼 수 있을 것이었다.

후작 부인이 사는 팔라초 베니에르 데이 레오니는 폰테 델라카데미아에서 멀지 않았다. 이곳은 대운하 위에 놓인 두 번째 다리로, 베네치아가 통일 이탈리아에 통합되기 전에 오스트리아인들이 마지막으로 이 도시에 남기고 간 건축물이었다. 미완성의 팔라초는 1층만 지어진 상태였다. 빌린 곤돌라를 타고 오르솔라와 재단사가 포르티코 문 앞에서 기다릴 때, 오르솔라는 들여보내주러 나온 가르비가 치타를 끌고 있지 않아서 내심 고마웠다. "기다리시오." 그는 두 사람을 안드로네에 남겨두고 가버렸다. 대리석 바닥 위에는 최근에 밀려온 아쿠아 알타 때문에 젖어서 썩어버린 페르시아산 양탄자가 깔려 있었고, 퀴퀴한 곰팡내는 꽃잎이 지고 선홍색 꽃가루가 날리는 백합이 꽂힌 거대한 화병으로도 가릴 수 없었다. 금색으로 칠했던 옛날 곤돌라들의 부품과 대리석 테이블 상판, 부서진 마호가니 의자가 여기저기 흩어져 있었다. 그들은 그 의자에 앉아서 기다렸다. 멀리 정원에서 공작들이 끽끽 우는 소리, 원숭이들이 고함치는 소리가 들렸고 안에서는 앵무새 한 마리가 "메르다(똥)!"라고 울어대고 있었다.

"물이 흘러넘칠 걸 알면서도 누가 안드로네에 양탄자를 깐대요?" 오르솔라는 재단사에게 소곤거렸고, 재단사는 어깨만 으쓱했다.

30분 후, 오르솔라는 도로 가자고 했다. "안 돼요, 기다려요." 재단사는 두 손을 엇갈려 무릎 위에 차분하게 놓고 말했다. "후작 부인은 원래 이래요. 그래서 우리가 다른 사람한테보다는 대금을 네 배 높게 부르는 거예요."

마침내 가르비가 그들을 후작 부인의 어질러진 살롱으로 안내했다. 새로 설치한 전기 조명이 지지직거렸다. 카사티 후작 부인은 키가 크고 유령처럼 마른 여자로, 얼굴에는 분을 바르고 입술은 환한 빨간색이었으며, 눈은 커다랬다. 어찌나 눈이 큰지 홍채를 두른 흰자가 다 보일 정도였다. 그 눈 주위에 콜kohl 가루(고대 이집트로부터 유래된 눈 화장에 쓰이는 검고 짙은 회색 가루 - 옮긴이)를 발랐으며, 거대한 가짜 속눈썹을 그 위에 얹었다. 짧은 머리는 주황색으로 물들여서 휘광처럼 머리에서 튀어 보였다. 몸에는 빨강과 주황, 분홍이 서로 부딪히는 사치스러운 기모노를 걸쳤다.

후작 부인은 기다리게 한 이유를 설명하지도, 사과하지도 않았다. 부인이 압생트를 권하자 오르솔라는 그게 뭔지 몰랐지만, 본능적으로 사양했다. 후작 부인이 녹색 액체를 유리잔에 따르고 각설탕을 얹은 은수저를 잔 위에 놓은 후 녹아가는 설탕 위로 물을 뚝뚝 따라 잔으로 내리자 녹색 압생트는 희뿌연 노란색으로 변했다. 오르솔라는 그 과정을 홀린 듯이 바라보았다. 그런 다음 부인은 술을 마시며 방 안을 돌아다니고 앵무새에게 뭐라고 속삭였고, 앵무새는 아까 하던 욕을 "푸타나(창녀)!"로 바꾸어 들려주었다.

오르솔라와 재단사는 서로 눈이 마주쳤지만 웃지 않으려 애썼다. 지난 세월 동안, 오르솔라는 베네치아에서 수많은 기인을 마주쳤다. 베네치아는 연극성과 이국성을 부추기며 그런 기인을 끌어당기는 도시였다. 무라노에서 유리공예가들은 종종 수백 개의 등불 이상으로 훨씬 기이한 작품을 의뢰받기도 했다. 여성의 상반신 모양을 하고 있어서 유두 부분에서 와인을 따를 수 있게 한 물병, 알몸의 여성 형상을 한 가지가 달린 촛대, 남근을 강조한 악마들이 매달린 샹들리에 등이었다. 오르솔라는 유리 딜도를 전문으로 만드는 유리공예가가 있다는 소문도 들었다. 하지만 그 모든 건 그저 사업이었고, 제작해서 건네기만 하면 되는 일이었다. 그 일 중 무엇도 유리공예 가문의 행위, 옷을 입는 방식이나 행동하는 방식에 영향을 끼치지 않았다. 무라노 여자들은 이 후작 부인이 하듯이 벨라돈나 추출액을 눈에 넣어 환하게 밝히는 방법 같은 건 쓰지 않았다(20세기 초에 벨라돈나 독초 추출액을 눈 속에 넣으면 동공이 확장되어 촉촉하고 밝은 눈이 된다고 하여 화장법으로 많이 썼지만, 신체에 유해하여 의학적으로 금지되었다 - 옮긴이). 마에스트로들이 치타를 끌고 둑방을 산책하거나 안마당에서 공작을 기르지도 않았다. 그들은 캐비아가 아닌 정어리를 먹었다. 아주 가끔 오르솔라는 베네치아에 가기 전 뺨에 연지를 바르기는 했으나, 대중 속에서 돋보이려고 분이나 콜 가루를 바르거나 가짜 눈썹을 붙이지는 않았다. 카사티 후작 부인은 다른 존재 방식을 모르는 게 분명했다. 보는 사람 없이 혼자 있을 때도 늘 똑같았다. 그렇게 산다는 건 아마도 무척 피곤한 일일 것이었다.

재단사는 헛기침을 했다. "드레스에 관해 드릴 말씀이 있어 왔습니다, 마님. 구슬 달린 옷이요. 이쪽은 오르솔라 로소, 무라노에서 제일가는 구슬공예가입니다."

오르솔라는 자기를 잘 알지도 못하는 사람이 단지 남에게 좋은 인상을 주려고 그런 칭찬을 하는 걸 듣고 얼굴을 붉혔다. 그리고 정확한 표현도 아니었다. 오르솔라는 씨앗 구슬은 만들지 않았다. 오르솔라는 후작 부인에게 고개를 끄덕여 인사했지만, 부인은 그들을 쳐다보지도 않고 방 안 이곳저곳에 놓인 꽃 장식에서 죽은 꽃을 따서 마룻바닥에 떨어뜨려놓을 뿐이었다. 아마도 다른 사람이 그걸 주워서 치울 것 같았다.

"저희는 무게가 걱정됩니다, 마님." 오르솔라가 설명했다. "그리고 입으셨을 때 가슴 부분이 너무 무겁다고 느끼지 않으셨으면 해서요." 드레스 자체는 단순한 디자인으로 몸에 딱 붙는 길고 검은 실크 드레스였지만 옷깃을 검정과 은색, 금색의 원통형 씨앗 구슬로 만들어서 가슴 중간까지는 반짝이는 갑옷처럼 거대한 반원형 장식으로 늘어지게 했다. 오르솔라는 그러자면 구슬이 몇천 개 필요할지 계산해서 그와 같은 숫자를 주머니에 넣었고, 이제 그들은 그 구슬을 후작 부인의 목에 걸었다. 부인은 사람들이 주위에서 야단법석 떠는 걸 즐기면서

411

가만히 서 있었다.

"가슴에 무게감이 느껴지는 게 좋은데." 부인은 단호히 말했다. "그러면 안전한 기분도 들고, 사랑받는 기분도 들고, 포옹 같은 느낌이지. 필요하면 구슬을 더 달아요."

"이걸 달고 파티에 가져도 편안하실까요, 마님?" 오르솔라가 물었다.

후작 부인은 한 손을 저었다. 그 바람에 압생트가 쏟아져 하마터면 검은 실크에 묻을 뻔했다. "아, 이건 파티용이 아니니까. 전쟁이 계속되면서 파티는 이제 다 죽어버려서. 베네치아에는 아무도 안 올걸. 사람들을 보려면 전쟁이 있는 데로 가야 할 것 같아. 파리로, 베를린으로. 아니, 이건 파세자타 때 입을 옷이 아니야. 그리고 구슬은 모두 달아요. 죄다!"

"분부대로 하겠습니다, 마님. 청구서를 준비해왔는데, 일단 대금을 받으면 옷깃을 달아드리지요."

재단사는 그렇게 노골적으로 오르솔라가 대금 지불을 요구하는 데 놀란 표정이었고, 후작 부인은 한숨을 지었다. "아, 돈……. 굳이 그래야 하나?"

오르솔라는 그냥 버티고 서서 다른 건 전부 무시했다. 재단사의 간청하는 눈, 바다에 떨어진 죽은 꽃, 썩은 과일과 씻지 않은 피부에서 나는 냄새, "베코 포투오(마누라 바람났네)!"라고 꽥꽥대는 앵무새. "일단 대금을 받으면 구슬을 꿰겠습니다. 그 전에는 어렵습니다. 제가 이렇게 해오지 않았으면, 이 사업을 지속하지 못했을걸요."

후작 부인은 거대하고 우울한 눈으로 오르솔라를 바라보더니 미소 지었다. 그렇다고 해서 슬픔을 몰아낼 순 없었다. "여자가 강단 있게 자기 사업을 지키는 걸 보면 기분이 좋지." 후작 부인은 몸을 숙이더니 오르솔라의 입에 세게 입을 맞췄다. "좋아, 유리공예가 부인, 당신은 내 축복을 받았어. 가서 가르비에게 청구서를 주고 돈을 받을 때까지는 가지 않겠다고 해요."

그 키스에 질겁한 오르솔라는 움직일 수가 없었다. 후작 부인은 기모노 위에 긴 진주를 두 줄 걸고 있었다. 하나는 흰색, 다른 하나는 회색이었다. 목걸이.

구슬공예가는 후작 부인의 대담함을 빨아들이기라도 하듯이 숨을 깊이 들이마셨다. "유리구슬로 제가 긴 목걸이를 만들어드리면 어떨까요?" 오르솔라가 제안했다. "무슨 색으로 하든지 진주보다 더 눈에 확 띄는 걸로요."

"빨강과 황금색으로 장식한 검은 구슬." 취향이 확고한 후작 부인은 대답했다. "트레스 알 라 모드(아주 유행하는 걸로). 그것도 더해서 청구서를 줘요."

이탈리아의 여러 주가 하나의 국가로 통일된 이래 베네치아는 다시 안정되고 관광객과 수출도 늘어났다. 적어도 세계대전 전까지는. 그리고 장인들도 자기 일터로 돌아갔다. 구슬은 벌써 시장을 찾았지만, 더 화려한 유리 작품은 안토니오 살비아티 한 사람의 손으로 되살아난 거나 다름없었다. 변호사인 살비아티는 산 마르코 대성당의 새 모자이크에 쓸 유리 타일을 생산할 무라노 유리공예가를 찾았다. 결국에는 그가 다른 작품들의 제작도 되살렸다. 꽃병, 유리잔, 샹들리에. 물론 취향은 이전과 달라졌고, 여전히 유럽의 다른 지역과 경쟁도 해야 했다. 그래도 서서히 많은 공방이 다시 문을 열고 무라노가 명성을 떨치게 된 호화스러운 작품들을 만들기 시작했다.

하지만 로소가는 여전히 씨앗 구슬 일을 이어가고 있었다. 그들은 이제 그 작업에 맞춰졌다. 용광로, 유리봉을 뽑기 위한 공간, 세르벤테와 가르초네의 기술들. 각각 자신만의 전문성이 있었다. 자코모는 로소가의 제조법에 맞게 유리를 만들면서, 불어서 유리를 만들기보다 유리봉을 만드는 데 적합한 방식으로 바꾸었다. 마르코는 파스토네를 만들었고, 스테파노와 세바스티아노가 두 사람 사이에서 그걸 늘려 유리봉으로 만들었으며, 안드레아가 달군 금속 통 안에서 구슬을 돌려 매끈하게 다듬고, 마르콜린은 구슬을 크기별로 분류하면서 모양이 일그러지거나 구멍이 나지 않은 것을 걸러냈다. 마에스트로이기는 했지만, 마르코는 이 공정을 감독하는 데 관심이 없고, 보통은 이전에 관련 지식을 쌓은 스테파노에게 맡겼다.

어느 날 아침, 오르솔라가 후작 부인의 목걸이에 넣을 마지막 구슬을 등불 공예 기법으로 마무리하고 있는데, 탁자 앞에 오빠가 와서 앉았다. 오르솔라는 뻣뻣하게 고개를 끄덕했다. 구슬을 만들 때 오빠가 가까이 오면 늘 긴장되었다. 최소한 오늘은 오빠에게서 와인이 아니라 커피 냄새가 났다. 가끔 로셀라가 작업할 때 쓰는 분사 노즐이 앞에 놓여 있자 오빠는 그걸 만지작거렸다.

"왜 그걸 만드는 거야?" 마르코는 빨강과 금색으로 장식한 검은 구슬 하나를 들고 물었다. "검정을 쓰는 일은 별로 없잖아. 네가 쓰는 건 파랑과 녹색, 빨강뿐이잖아."

오르솔라는 마르코 오빠가 자기가 선호하는 색도 파악하고 있다는 데 놀라움을 감출 수 없었다. "카사티 후작 부인에게 보낼 물건이야. 우리가 검정과 은색, 황금 씨앗 구슬로 옷 장식 만든 사람 있잖아."

마르코는 손가락 사이에서 구슬을 돌렸다. "그 여자는 검정을 좋아하나 보군?"

"그래. 다른 색깔도 좋아하긴 하는데, 검정을 가장 좋아하는 것 같아." 오르솔라는 오빠에게서 구슬을 빼앗고 싶은 충동을 억눌렀다. 대신에 통 모양의 검정 구슬에 줄기처럼 타고 올라가는 황금 선을 넣는 작업에만 집중했다. 그런 다음에는 양귀비꽃을 상징하는 붉은 점을 더했다. 오르솔라가 평소 하던 스타일과 달랐지만, 이 디자인은 만족스러웠고 후작 부인이 자기 취향에 맞을 만큼 현대적이라고 느낄 것 같다는 자신감이 들었다.

"표범을 끌고 다닌다는 그 여자지?"

"치타야."

"그럼 내가 바닥에 치타가 얽혀 있는 검정 술잔을 만들어주겠다고 그 여자에게 전해."

오르솔라는 안 된다고 말하려고 입을 벌렸으나, 눈앞에 그런 술잔의 모습이 번쩍 떠올랐다. 아주 적은 와인만 담을 만큼 얕은 잔. 오래전, 오르솔라가 처음 안토니오를 만났을 때 마르코가 만들었던 술잔과 유사했다. 이 후작 부인은 그런 물건의 비실용적인 면을 좋아할 것 같았다. 그렇다는 건 마르코도 가장 잘할 수 있는 일로 돌아갈 수 있다는 뜻이었다.

오르솔라는 구슬 돌리던 손을 멈췄다. 구슬은 불꽃 속에서 녹아 형태가 무너지며 탁자 위로 뚝뚝 떨어졌다.

"기분이 좋을 것 같아." 마르코가 한마디 했다.

"뭐가?"

마르코는 등불을 손짓으로 가리켰다. "쥐똥 말고 다른 거 만들면."

오르솔라는 비꼬는 말로 대꾸할까, 잠깐 생각해보았다. 하지만 오빠는 진지해 보였고, 취해 있지도 않았다. "무척 좋지." 오르솔라는 말했다.

"유리는 우리 피에 흐르고 있어."

마르코가 오르솔라의 능력을 인정한 건 이번이 처음이었고, 그 바

람에 오르솔라도 너그러워졌다. "내가 후작 부인에게 치타 술잔에 관
해 물어볼게."

"베네(좋아)." 그런 후, 물론 오빠는 그 순간을 망쳐버렸다. 오빠는 벌
떡 일어나면서 덧붙였다. "알로라(그럼), 네 에스크레멘티 디 코닐리오
(토끼 똥)나 계속 만들어."

마르코는 카사티 후작 부인의 대답을 기다리지 않았다. 그는 즉시
디자인을 시작하고 자코모에게 검정 유리를 만들고 치타의 점무늬를
찍을 금박을 찾아달라고 했다. 심지어 며칠 동안 저녁에 후작 부인을
보러 피아체타 산 마르코로 가기도 했다. 이제까지는 한 번도 치타를
본 적이 없기에 직접 스케치하려는 목적이었다. 노력한 보람이 있었
는지 후작 부인과 치타들을 짧게나마 볼 수 있었고, 무척 큰 영감을 받
아서 오르솔라와 재단사에게는 드레스와 목걸이를 배달할 때 같이 갈
테니 자기가 술잔을 마무리할 때까지 기다려달라고 설득했다.

베네치아까지는 바포레토를 탔다. 바포레토는 새로 등장한 증기선
수상버스로, 이제 브루노 같은 사공은 설 자리를 잃었고 곤돌라는 일
상적인 운송 수단이라기보다는 순전히 관광객용 놀이기구로 바뀌어
버렸다. 하지만 마르코는 대운하에서 곤돌라를 타고 팔라초까지 가야
한다고 고집을 부렸다. 오르솔라는 오빠가 리알토 다리부터 거기까지
노를 저어줄 사공으로 도메네고를 고용한 걸 알고 창피해서 죽을 지
경이었다. 마르코는 심지어 곤돌라 사공에게 평소 입는 흰색 셔츠와
검은 바지 대신, 이전에 입던 구식의 붉은 튜닉과 몸에 딱 붙는 흑백
바지까지 입고 오라고 주문했다. 마르코 본인은 부유한 사촌에게 빌
린 현대식 검정 정장과 중절모를 썼다. 이발은 했지만 면도는 며칠 동
안 하지 않아서 거뭇한 수염이 턱을 덮었다. 오르솔라는 평소에는 오

빠가 짜증나는 사람이라고밖에 생각하지 않았지만, 뱃머리에 선 오빠는 꽤 잘생겨 보인다는 것을 인정할 수밖에 없었다. 오르솔라와 재단사가 앉아 있는 동안, 재단사는 마치 황공하게도 오빠가 배에 나타난 바다의 신이라도 된 것처럼 빤히 쳐다보았다.

오후 한창때에 배는 팔라초 베니에르 데이 레오니에 도착했고, 마르코가 하인에게 미리 돈을 주었는지 그들이 배를 댈 때 후작 부인은 일어나서 창문 앞에 서서 대운하를 굽어보며 커피를 마시고 있었다. 마르코가 모자를 벗고 부인에게 정중하게 인사했다. 이 행동에 후작 부인은 흐뭇했는지, 키스를 날려보내며 안으로 들어오라고 손을 흔들었다.

이번에는 가르비가 그들을 안드로네에서 대기하게 놔두지 않고, 곧장 주인의 살롱으로 안내했다. 후작 부인은 진녹색 벨벳 로브를 입고, 긴 흑마노 담뱃대에 끼운 담배를 피우고 있었다. 오늘은 머리카락 색이 주황빛이라기보다는 적갈색에 가까웠다. 화장도 그렇게 극단적이지 않았다. 이번에는 분을 바르지 않았고, 립스틱은 커피잔에 묻어 지워졌다. 하지만 눈에 바른 콜 가루와 마스카라는 그대로 잠들었다가 일어난 듯했다. 재단사가 구슬 갑옷으로 무거워진 드레스를 들어올리자 후작 부인은 소리를 꽥 질렀다. "지금 당장 입어봐야겠어!" 부인은 외치면서 로브를 벗어던져 알몸을 드러냈다. 오르솔라는 시선을 돌리기 전에 부인의 음모가 머리카락과 똑같이 적갈색으로 염색되어 있다는 것을 알아챘다.

마르코는 술잔들이 든 나무 상자를 꽉 잡고 있어서, 손가락 관절이 마호가니에 대비되어 하얗게 보였다. 그는 후작 부인에게서 눈을 떼지 못했다. 그 여자의 미모나 행동은 마르코가 익숙한 유가 아니었다. 오빠가 그렇게 버거워하는 걸 보고 오르솔라는 슬쩍 고소해했다.

후작 부인은 적어도 디자인을 보는 눈은 있어 보였다. 드레스는 깜짝 놀랄 만큼 부인에게 잘 어울렸고, 흡혈귀가 된 보우디카(고대 브리튼의 이케니족 여왕 - 옮긴이)처럼 보였다. 구슬이 무겁고 부인의 몸은 가냘픈 편이었지만, 후작 부인은 무척 가벼운 듯이 걸치고 있었다. "완벽해." 부인은 숨을 내뱉듯이 말했다. "기적을 일으켰군." 부인은 세 사람 모두가 드레스를 만들기라도 한 양 방 전체를 향해 말했다.

"후작 부인 마님." 오르솔라는 절을 하며 앞으로 한 발 나아가 아이보리색 벨벳에 싸 온 물건을 펼쳤다. "분부하신 목걸이입니다."

타이밍을 잘못 잡았는지도 모른다. 어쩌면 목걸이가 드레스와 어울리지 않았는지도 모른다. 설사 그렇다고 카사티 후작 부인이 마음에 드는 장신구를 걸쳐보지 않았을 리는 없지만. 어쩌면 구슬 갑옷을 입은 자기 모습에 감탄할 시간이 더 필요했을지도 모른다. 방 안에 있는 남자 때문에 집중이 흩어졌는지도 몰랐다. 부인은 오르솔라의 목걸이를 들어올리더니, "멋지군"이라고 말했을 뿐 바로 금과 은, 진주와 수많은 다양한 색깔의 목걸이가 잔뜩 쌓인 상자를 든 하녀에게 건넸고, 하녀는 그 목걸이를 상자 안에 넣고 뚜껑을 닫아버렸다. 검정과 빨강, 황금색의 목걸이는 한 번 걸쳐지지도 못한 채 다른 목걸이들 사이로 흔적도 없이 사라져버렸고, 오르솔라가 후작 부인의 친구들에게 받을지도 모른다고 상상했던 의뢰도 그와 함께 사라졌다.

적어도 돈은 받았으니까, 오르솔라는 생각했다. 하지만 이제 부자들을 위한 근사한 목걸이는 더는 없을 거야. 끝났어.

마르코는 연민에 가까운 어떤 감정을 띠고 여동생을 바라보았다. 그런 다음, 그는 몸을 돌려 후작 부인을 향했다. "혹시, 후작 부인 마님, 새 드레스를 위해 축배를 드시지 않으시렵니까?"

"훌륭한 제안이군!" 후작 부인은 자기 방에 들어온 낯선 남자가 술을 권하는데도 놀라지 않았다.

"부인께 딱 맞는 잔이 있습니다. 제가 드릴 수 있도록 허락해주십시오." 마르코는 탁자 위에 상자를 놓고 하녀에게 쌓여 있는 옷 더미, 담배, 마른 꽃 화병과 곰팡이 슨 오렌지 접시를 치우라고 신호했다. 충분한 공간이 마련되자 마르코는 금색의 인도산 비단 천을 천천히 꺼내고 시간을 들여 판판하게 폈다. 마르코의 연극적 동작에 매혹된 후작 부인은 더 가까이 다가왔다. 마르코는 면과 벨벳으로 싼 술잔을 꺼내 비단 위에 올려놓고 뒤로 물러섰다.

후작 부인이 비명을 지르는 바람에 모두가 펄쩍 뛰었다. "천재잖아!" 그녀가 고함을 지르며 잔 하나를 어찌나 탐욕스럽게 집어 드는지 마르코는 부인을 자제시키려는 듯 한 발 앞으로 나섰다. "스페타콜라레(환상적이야)!" 그녀는 손가락으로 잔을 돌리면서 잔을 유연하게 두른 치타와 줄기를 이루는 방울 사슬, 자코모가 잔 테두리를 따라 그린 황금 꽃들을 감상했다. "마그니피코(훌륭하군)." 후작 부인은 물기 어린 눈을 빛내며 마르코를 내려다보았다. 그보다 훨씬 키가 컸기 때문이었다. "당신과 나는 당신의 기술을 위해 축배를 들어야겠어."

부인의 말은 오르솔라와 재단사는 이 축하에 포함되지 않는다는 뜻을 명확히 밝히고 있었다. 오르솔라는 오빠를 쳐다보았다. 이제 자기 작품이 전시되고 있었으므로, 오빠의 자신감이 확실히 올랐다. 하지만 돈을 받아낼 수 있다는 자신감까지 있을까?

"제 오라비의 작품은 유럽 전역에서 수요가 높습니다." 오르솔라는 말했다. "하지만 마님께는 특별히 한 쌍에 1,000리라라는 특별 가격으로 드리겠다고 합니다."

마르코는 동생을 쳐다보았다. 두 사람은 가격에 대해서도, 후작 부인에게 특별히 가격을 높여 부르겠다는 의논도 한 적이 없었다. "그

건……." 마르코는 더듬거렸다.

후작 부인은 웃으며 한 손을 흔들어 마르코의 말을 끊었다. 오르솔라의 가격 제안을 바로 받아들이면서 동시에 쫓아내는 것이었다. "그건 나가는 길에 가르비랑 해결하지."

오르솔라는 마르코를 보고 눈썹을 치켜세웠다. '인 보카 알 루포.' 오르솔라는 나가면서 입 모양으로만 말했다(이 말은 이탈리아어로 '행운을 빈다'라는 의미이지만, 직역하면 '늑대의 입속으로'라는 뜻이기도 하다 - 옮긴이).

가르비는 술잔에 매긴 허무맹랑한 가격을 보고도 눈 하나 깜빡하지 않았다. 그는 베네치아인들이 자기 주인에게 값을 높여 부르는 데 익숙했다. 그는 오르솔라에게 지폐 뭉치를 건넸고, 그녀는 그 돈을 주머니에 쑤셔 넣고 가르비의 안내를 받아 포르티코 바깥 대운하로 나왔다. 도메네고가 곤돌라의 곡선형 선미에 기대어 신문을 읽고 있었다. 사공 둘이 딸린 개인 곤돌라를 둘 여력이 되는 사람은 거의 없었기에 세월이 지나면서 곤돌라의 형태는 한 명이 젓는 방식에 맞춰졌고, 펠체는 사라졌다. 곡선형 선미 때문에 배는 비대칭형이 되었지만, 똑바로 나아가는 데는 도움이 되었다. 그들이 나타나자 도메네고는 일어나 않으며 가르비에게 고개를 끄덕하고는 오르솔라의 손을 잡아 배에 올라타도록 도왔다. "오빠분이나 재단사를 기다려야 합니까?" 가르비가 포르티코의 문을 닫을 때 도메네고가 물었다.

"재단사는 뒷문으로 나갔어요. 마르코는 한참 뒤에 나올 거고요. 기다릴 필요 없어요. 나를 리알토까지 도로 데려다주면, 거기서부터는 알아서 갈게요."

"급한 일이 있는 게 아니라면, 뒷길 운하를 통해 폰다멘테 노베로 데려다주죠. 나는 시간 여유가 있어요."

오르솔라는 고개를 끄덕였고, 그를 마주 볼 수 있게 좌석에 기대앉았다. 지금은 마르코가 없었기 때문에, 두 사람은 더 느긋한 분위기에서, 멀리 있지만 관광에 영향을 끼치는 새 전쟁이나 유리 산업, 로소가의 안부에 대해서 이야기를 나누었다. 도메네고는 말이 많은 사람은 전혀 아니지만, 세월이 흐르면서 오르솔라를 더 편안하게 대하게 되었고, 이따금 의견을 내놓기도 했다. 가령 그는 이탈리아가 전쟁에서 중립적 역할을 하면 안 되고, 프랑스와 영국에 가세하여 오스트리아와 대항해서 싸워야 한다고 생각했다. "오스트리아 사람들이 여기서는 항상 진짜 적이 될 테지만, 독일인은 아니죠." 그는 이런 의견을 내놓으며 노를 부지런히 움직여 팔라초 콘타리니 델 보볼로 옆의 좁은 운하를 지났다. 외관에 높다란 웨딩 케이크 같은 정교한 나선형 계단이 달린 저택이었다. "독일이나 오스트리아와 무슨 조약을 맺었든, 이탈리아인들은 오스트리아인들이 베네토에 저지른 짓을 응징해야 해요."

"어떻게 그런 걸 다 알아요?"

도메네고는 오르솔라 옆에 놓인 신문을 가리켰다. "그리고 승객들에게 듣는 얘기도 있고요. 그 사람들이 다 누가 누구 침대에 찾아갔는가 하는 소문만 떠드는 건 아니거든요."

"그렇지만, 그건 우리도 군대를 징집해야 한다는 뜻이에요?" 오르솔라는 로소가의 청년들을 떠올리며 마르콜린, 라파엘레, 세바스티아노, 안드레아가 군인이 된 모습을 상상하려 했다. 그들은 유리 장인인데.

"어쩌면요." 그러다가 도메네고는 "어이! 아 프레만도!" 하고 큰 소리로 외치더니, 배를 왼쪽으로 돌렸다.

"시뇨라 클라라의 남편이 재산을 잃었다는 건 알고 있겠죠." 잠시 후 도메네고가 말을 꺼냈다.

"떠도는 소문이죠! 그 사람이 도박한다는 걸 모르는 사람도 있나요."

"이번에는 크게 잃었어요."

자신의 고용주에 대해 말하는 건 도메네고답지 않았다. 오르솔라는 기다렸다.

"그래서 그 집에서 나를 내보내고 곤돌라를 팔려고 합니다. 그럴 수밖에 없어요. 사실 그 일이 아니더라도 내가 더 필요하지 않아요. 바포레토(수상버스)나 모터보트 택시를 타도 되고 걸어도 되니까요. 곤돌라는 이제…….." 도메네고는 한 손을 흔들더니 말을 끝맺지 못했다.

오르솔라는 그를 바라보았다. "앞으로 뭘 할 거예요?"

도메네고는 대답하지 않았다. 그는 반대편으로 향하는 곤돌라 한 척을 솜씨 좋게 지나쳤다. 두 사공은 고개를 끄덕이긴 했지만, 다른 사람들이 하듯 농담이나 욕설, 노래로 인사를 주고받지는 않았다. 베네치아에서 그렇게 오랜 시간 배를 저었으니 그의 모습이 익숙한 광경이긴 하겠지만, 그렇다고 친구가 되진 않았다.

오르솔라는 주머니에 든 후작 부인의 돈뭉치를 더듬어보았다. 몇 달 동안 가족을 먹여 살리기에 충분한 돈이었다. 이걸 도메네고에게 줘야 할까? "할 수 있다면 아프리카로 돌아갈 건가요?" 오르솔라가 물었다.

도메네고는 배를 좀 더 저어 갔다. "나는 이제 과거에 거기 살던 그 사람이 아닙니다." 마침내 그는 대답했다. "너무 오래전 일이 되었어요. 내 가족이 한참 전에 떠났다는 걸 당신도 알죠. 이제 거기 사람 누가 나를 받아줄지도 모르겠네요."

"물론 받아주죠!" 오르솔라는 그렇게 말하긴 했어도 자신은 없었다. 자기 질문이 도메네고에게 고통을 안겨준 게 분명했고, 그를 더는 괴롭히기 싫었기 때문에, 오르솔라는 더 말하지 않았다.

"나와 배뿐만이 아니에요." 도메네고가 덧붙였다. "시뇨라 클라라와 그 남편은 캄포 산 폴로에서 좀 더 작은 집으로 이사도 가야 할 겁니다. 집을 판돈으로 걸었다가 잃었거든요."

"마리아베르지네." 오르솔라는 성호를 그었다. 마르코는 어리석은 짓을 많이 저질렀고, 지금도 하나 하고 있지만, 절대로 로소가의 집을 걸지는 않을 것이었다.

오빠는 사흘 동안이나 돌아오지 않았다. 모니카는 별로 개의치 않는 듯했다. 자코모와 스테파노가 가서 찾아오겠다고 해도 모니카는 거절했다. "나는 그 사람이 무슨 짓을 하고 있는지 알고 싶지 않아요. 그 사람 돌아올 테니까."

마침내 오빠가 셔츠와 중절모도 잃어버리고, 양복은 찢긴 채로, 여전히 술이나 약에 약간 취한 상태로 눈 아래 검은 그늘이 생겨서 돌아왔을 때, 모니카는 마땅히 남편의 뺨을 때려줬다. 그게 기대되는 행동이었고, 마르코도 기대대로 혼쭐나고 쭈뼛쭈뼛한 남편 역을 연기했다. 그렇지만 그들은 재빨리 평소와 같은 모습으로 돌아갔다. 오르솔라는 이를 이해하기가 쉽지 않았다. 만약 스테파노가 옷을 벗어던지고 다니는 경향이 있다는 소문이 자자한 후작 부인과 함께 며칠씩 있다 왔다면, 오르솔라는 격노했을 것이었다.

"마르코는 마르코니까요." 모니카가 설명했다. "그리고 베네치아는 베네치아예요. 거긴 무라노가 아니잖아요, 그라치에 아 디오(천만다행이지). 마르코가 거기 있을 땐 난 별로 기대하지 않아요. 여기서는……." 모니카는 발을 굴렀다. "얌전히 행동하죠."

카사티 후작 부인은 검은 치타 술잔이 너무도 마음에 든 나머지 마르코에게 더 많은 물량을 주문했고 색이나 동물에 대해서도 더 구체적으로 지시했다. 백조를 장식한 흰 잔, 물고기를 넣은 파란 잔, 앵무새가 있는 노란 잔, 뱀을 넣은 빨간 잔. 그들은 술 담는 부분이 무척이나 얇은 치타 술잔으로 술을 마시며 재미있어했지만, 후작 부인은 이런 잔이 너무 비실용적이라는 걸 이해했고, 마르코는 백조 술잔의 술 담는 부분을 좀 더 깊게 파기로 했다. 그가 이번에는 검은 벨벳을 두른 아이보리 상자에 진열한 술잔을 들고 팔라초 베니에르 데이 레오니에 갔을 때, 오르솔라와 모니카는 그가 당일에 돌아오리라는 기대를 하지 않았다. 하지만 마르코는 몇 시간 후에 돌아왔다. 이번에는 옷도 멀쩡했고, 손에는 상자를 들었으며, 멀쩡한 정신이었다. 알고 보니 후작 부인은 떠났다고 했다. 밀라노로, 베를린으로, 아니면 런던으로. 어디로 갔는지 확실히 아는 사람은 없었다. 모니카에게 뺨을 맞을 필요는 없었다.

후작 부인이 금방, 아니면 영원히 돌아오지 않을 것이 분명해지자 마르코는 아직도 전쟁에 겁먹지 않고 베네치아까지 찾아오는 관광객들에게 보여주려고 백조 술잔을 로소 상점의 진열장에 놓았다. 이틀 후, 술잔은 후작 부인이 사주었던 가격의 몇 분의 1이긴 해도 모두 다 팔렸다. 그 후 마르코는 물고기 두 마리, 뱀, 앵무새가 장식된 잔을 만들었고, 그 술잔들은 진열되는 족족 팔렸다. 그는 주문을 좀 더 받기 시작했다. 마르코는 마침내 자기의 특징을 보여줄 작품을 발견해냈고 기운을 더 차렸다. 그는 작업하면서도 휘파람을 불었으며, 저녁을 내놓는 모니카를 껴안고, 조카딸들을 놀리며 장난쳤다.

오르솔라는 후작 부인의 보석함에 갇혀버린 자기의 목걸이를 생각했다. 그 작품을 복제하려는 노력은 하지 않았다.

도메네고와 그가 곤돌라에서 들었다는 사람들의 의견이 맞았다. 이탈리아는 독일, 오스트리아-헝가리 제국과 맺었던 삼국동맹에서 탈

퇴하고 북단 국경에서 오스트리아인들에 대항하는 전쟁에 돌입했다. 오르솔라는 이게 이탈리아 전체, 그리고 베네치아, 그리고 구체적으로는 무라노와 로소가에 무슨 의미인지 확실히 알지는 못했다. 하지만 오르솔라는 요나스를 만나러 갔다. 이탈리아가 중립국으로 남아 있는 동안 베네치아의 독일인들도 계속 거기 살면서 일할 수 있도록 허락되어왔다. 이제 그것도 변하게 될까?

요나스는 평소처럼 고민하는 얼굴로 책상 뒤에 앉아 있었다. 그는 오르솔라에게 앉으라고 손짓한 다음, 라파엘레를 포함해 가족의 안부를 물었다. 이 상인은 라파엘레 쪽 구슬 사업을 대행하지는 않지만, 그에게 직업적 관심은 갖고 있었다. 씨앗 구슬을 배송하는 일 말고도 오르솔라와 로셀라의 등불 공예 구슬을 향한 관심이 다시 타올랐고, 마르코의 동물 모양 술잔을 받아 판매해볼 생각도 했었다고 했다. 그처럼 예의 바르게 잡담을 주고받은 후, 오르솔라는 어떤 대답이 나올지 걱정스러워서 여기까지 찾아온 이유에 대해 질문을 쉽게 꺼내기가 어려웠다.

"이탈리아가 참전하면 내가 어떻게 할지 알아보러 오신 거죠?" 요나스는 과거 그의 상사처럼 뒤로 기대어 앉으며 물었다. 하지만 그와 같은 매끄러운 태도는 없었다. "모두가 물어보더군요." 그는 잠깐 말을 끊으며, 책상 위에 두 손을 얹고 손가락 끝을 맞대어 꽉 눌렀다. "저는 베네치아인들이 내가 여기 사람들 누구와도 전쟁을 벌이지 않는다는 걸 이해해줄 만큼 합리적이라고 생각했습니다. 나는 사업가지 정치가나 군인이 아닙니다. 전쟁에 대한 내 감정은 중립적이에요. 나는 평화롭게 살면서 내 사업을 운영하고 싶습니다. 베네치아 관리들도 동의해요. 독일인들이 이 도시를 떠나거나 어떤 방식으로 억류되거나 한다는 요구 조건 같은 건 없습니다."

오르솔라는 안도하고 희망을 품었지만, 그것도 그가 다시 말하기 전까지만이었다. "하지만 이탈리아가 참전하고 며칠 동안 캄포와 칼레에서 사람들이 내게 욕을 하고, 침을 뱉고, 위협하더군요. 우리 집은 약탈당했습니다. 매일 아침 아직도 남아 있는 하인들은 문에 문질러놓은 썩은 야채나 더 심한 것들을 물로 씻어내야 해요. 이런 상황이 나아질 것 같지 않습니다. 그래서 이런 말 하기가 너무 미안하지만요, 시뇨라 오르솔라, 난 이번 달 말에 사업을 접고 독일로 이주하려 합니다." 요나스는 말을 마치고 한참 동안 가만히 앉아 있었지만, 잠깐 떨리는 입을 억제하진 못했다.

오르솔라는 성호를 그었다. "저도 미안해요, 시뇨레. 무라노에서라면 그런 대접을 받지 않으셨을 텐데. 시뇨레 요나스와 시뇨레 클링엔베르크는 온갖 역경에도 오랜 세월 로소가를 도와주었죠. 우리가 사업을 유지할 수 있었던 것도 다 두 분 덕분이에요. 이제 우리는 어떡하죠?"

요나스는 미소를 지었다. "자기 자신을 믿으세요, 오르솔라. 부인은 내가 필요 없습니다. 솔직히 말하면 내가 필요 없어진 지는 이미 한참 되었어요. 무역상은 이제 과거와 위상이 같지 않죠, 베네치아가 똑같지 않듯이요. 무역이 이 도시에서 가장 중요했을 땐, 우리는 없어서는 안 되는 존재였습니다. 우리는 피를 돌게 하는 심장과 같았어요. 이제 폰다코 데이 테데스키는 우체국이 되었죠. 그 장엄한 건물이 우체국이라니! 이제 무역 시스템은 자체적으로 돌아갑니다. 오르솔라도 이걸 알게 되었겠죠. 부인과 오빠분들은 이제 작품을 구매자에게 직접 보내게 될 겁니다." 그는 일어서더니 구석에 있는 수납장을 열고, 오르솔라의 구슬을 기록한 견본 카드 더미를 꺼내 앞에 있는 책상 위에 놓았다. "이건 부인 겁니다. 부인의 역사죠. 부인이 가져가셔야 할 것 같습니다. 그리고 이것도." 그는 뒤에 놓인 서류 선반에서 검은 가죽으로 장정한 장부를 뽑아냈다. 그가 쓰는 것을 몇 년 동안이나 보았던 그 장부와 동일한 형태였다. "이게 로소가의 장부입니다." 요나스는 설명하면서 오르솔라에게 건넸다. "이건 부인께 더 유용할 겁니다. 항목은 부인 아버님의 아버님 대까지 거슬러 올라가요. 헤르 클링엔베르크는 여길 떠나면서 내게 이걸 보관하라고 하셨죠. 뒷면을 보면, 부인 가문의 작품을 팔았던 많은 상인들의 주소가 적혀 있습니다. 부인과 마르코 씨가 최근에 거래한 상인들에게 직접 편지를 써서 중개상 없이 직거래 판매망을 연결하도록 하세요."

오르솔라는 손에 최초의 복음서를 들고 있는 기분이었다. "이래도 정말 괜찮으세요?"

요나스는 보물을 내리는 자선가처럼 한 손을 내저었다. "부인의 등불 공예 구슬과 마르코 씨의 술잔에는 이 방식이 좋을 겁니다." 그가 말했다. "하지만 씨앗 구슬에는 안 맞아요. 그건 좀 더 복잡하죠. 더 크고 무거운 화물을 선적해야 하는 작업이 관련되어 있는데, 부인은 그런 쪽은 하나도 아는 게 없으니까요. 하지만 구슬산업협회에 가입하길 권합니다. 내가 충고 하나 더 남겨도 될까요?"

"페르 파보레(부탁드려요)."

"무라노 사람으로서 부인은 베네치아에 아주 회의적인 시각을 품고 있죠. 이 도시를 좀 더 가치 있게 여겼으면 좋겠습니다. 여기 사는 우리는 그렇게 나쁜 사람들이 아닙니다. 그리고 관광객은 대부분 무라노에 가기보다 라 세레니시마에 더 머물러 있는 편이죠. 몇 년 전, 헤르 클링엔베르크가 산 마르코 근처에 작은 상점을 열어보라고 한 적이 있었죠. 부인은 그때는 그 충고를 받아들이지 않았고. 대신에 내 충고를 받아들여서 씨앗 구슬 제조에 뛰어들었지요. 하지만 지금 상점을 연다면, 부인의 장신구와 마르코의 작품을 위한 기성품 시장을 찾게 되리라고 생각합니다. 그것도 한번 생각해봐요, 오르솔라." 그녀가 입을 꾹 다물자 요나스는 덧붙였다. "베네치아가 당신을 무시한다고 생각하는 이유로 베네치아를 놓아버리지 마세요. 전혀 그렇지 않습니다. 우리는 부인을 존경하죠."

"아." 오르솔라가 대답했다. "하지만 요나스 씨는 진짜 베네치아인도 아니잖아요. 독일인이지." 오르솔라는 잠깐 뜸을 들였다. "테라페르마에 가서 산다고 생각하면 불안하지 않아요? 거긴…… 여기와 너무 다르잖아요. 우리와요."

요나스는 딱딱한 미소를 지어 보였다. "나는 그런 면은 너무 걱정하지 않습니다. 그것도 모험이 될 테니까요."

오르솔라가 작업실에서 불꽃을 앞에 두고 작업하고 있을 때 안젤라가 뛰어 들어왔다. "엄마, 할머니가!"

안마당에서는 라우라 로소가 미동 없이 앉아 있었다. 라우라의 철사 바늘은 노란 구슬이 담긴 세솔라에 놓여 있었다. 라파엘레를 루치아나에게 빼앗긴 이래로 몇 년 동안 라우라는 점점 말수가 적어졌고, 최근에는 동작도 느려지는 참이었다. 오르솔라는 어머니에게 직접 말하지 않았지만, 매주 할당량에서 라우라가 만든 씨앗 구슬 타래는 넣지 않기 시작했다. 그래도 어머니에게 그만두라는 말은 하지 않았다. 어머니가 쓸모없는 사람이 된 기분을 느끼는 건 원치 않았다.

어머니는 여전히 눈을 뜨고 있었지만 초점이 없었다. 오르솔라는 무릎을 꿇고 이제 나이 들어 혈관이 붉어진 어머니의 손을 꽉 잡았다. "마드레, 무슨 일이에요?"

한동안 라우라 로소는 오르솔라의 말이 귀에 들리지 않는 듯했다.

그러다 마침내 딸을 바라보았다. "전쟁. 선택. 걔는 여기 있어야 해."

오르솔라는 한숨을 지었다. 어머니가 한 암호 같은 말을 오르솔라는 완벽히 알아들었다. 나라가 참전한 만큼 모든 이탈리아 가정에서도 자기 아이들을 군대에 보내야 한다는 상황을 두고 하는 말이었다. 오르솔라는 주위에 모인 가족들을 둘러보았다. 마르코와 자코모, 스텔라는 불안하게 어머니를 내려다보며 서 있었고, 모니카와 로셀라는 부엌 문간에 서서 서로 팔짱을 꼈다. 안젤라는 스테파노에게 매달려 있었다. 마르콜린과 세바스티아노, 안드레아는 어색하게 두 손을 옆으로 늘어뜨리고 작업장 문 앞에 서 있었다. 남자아이들은 그 말이 자기들 얘기인 줄 알았다. 다만 남자아이 한 명이 빠져 있었다.

"스텔라, 가서 걔 데리고 와." 오르솔라가 명령했다.

여동생은 고개를 끄덕이고는 쓱 빠져나갔다. 브루노한테 가서 그가 최근 오래된 곤돌라를 폐기하고 새로 산 모터보트로 베네치아까지 데려다달라고 할 것이었다.

라파엘레는 도착하자 할머니 옆에 무릎을 꿇고 오르솔라가 한 것처럼 할머니의 손을 잡았다.

"넌 전쟁에 나가면 안 돼." 라우라 로소가 단호하게 말했다.

라파엘레는 움찔했다. 입대를 염두에 두고 있었다는 분명한 신호였다. "마 노, 논나(안 가지요, 할머니)……." 라파엘레는 말을 끝내지 못했다.

"가족마다 아들 한 명은 보내야겠지." 라우라는 목소리를 되찾아 말을 이었다. "하지만 그게 너일 필요는 없잖니. 너는 먹여 살릴 아이가 셋이나 있어. 그리고 네가 오스트리아 파타테 놈들의 사격 연습대나 되라고 내가 너를 라자레토 베키오에서부터 살려서 데리고 온 줄 아니?"

가족들은 모두 아무 말 하지 않았다. 이탈리아 전역에 걸쳐 모든 가족이 내려야 하는 결정이었고, 거기에 정답이란 존재하지 않았다. 오스트리아에 희생될 아들을 어떻게 골라낸단 말인가?

안드레아는 다리 한쪽이 불편하기에 군인이 될 수 없다는 것이 명확했다. 마르콜린은 집 밖 칼레까지 나가지도 못할 것이었다.

세바스티아노가 헛기침을 했다. "내가 갈게요. 바 베네, 논나(됐죠, 할머니)?"

자코모는 터져 나오는 외침을 억눌렀다.

이 결과는 마르코가 술에 취하고, 마르콜린이 움츠리고, 안젤라가 훌쩍거리는 것만큼 예측 가능했다. 사촌 라파엘레에 비하면 세바스티아노는 모든 면에서 모자랐다. 힘도 덜 세고, 그만큼 잘생기지도 않았으며, 유리 기술도 모자랐고, 재미도 없었고, 매력도 떨어졌다. 세바스티아노는 그저 자기 자신이었을 뿐이고, 그것도 그 애의 잘못은 아니었다. 그렇다고 해서 가족이 그 애를 아무도 이해 못하는 전쟁에 나가 싸우도록 뽑을 수는 없었다. 하지만 그가 자원해서 나설 수밖에 없는 필연적인 상황이 있었고, 아무도 그 말을 반박하지 못했다. 그 아버지조차도.

라우라 로소는 덜 아끼는 손자를 한참 쳐다보더니 고개를 끄덕였다. "케 디오 티 테냐(하느님이 너를 보호해주시길)."

세바스티아노도 고개를 끄덕이고 침을 삼켰다. 갑자기 그는 어리고 두려움에 찬 듯 보였다.

마르콜린, 안드레아, 그리고 그들의 아버지는 땅만 바라보고 있었다. 그들 중 누구도 군인이 될 자질이 없다는 걸 모두가 알았지만, 그래도 그들은 거절을 염두에 두고라도 자원하지도 못했다.

라우라 로소는 주위를 둘러보더니 요새는 잘 보이지 않은 미소를 지었다. 그녀는 라파엘레의 뺨에 손을 대고 머리카락을 쓰다듬었다.

그러더니 의자에 기댄 채로 마지막으로 눈을 감았다.

무라노 공동묘지는 오래전 산 마테오에서 산타 마리아 델리 안젤리의 더 큰 직사각형 공터로 옮겨졌다. 이전에 오르솔라가 햇볕에 시트를 널던 곳이었다. 로렌초 로소는 파묘된 후 새 무덤 부지로 이장되었고 그의 아내가 이제 그와 같이 합장되었다.

장례식을 마친 후 가족과 이웃, 모든 유리공예 가문의 대표는 음식과 술과 추억을 들고 집 뒤에 모여 라우라 로소를 추모했다. 오르솔라가 건과와 부솔라이, 어머니가 생전에 제일 좋아한 음식을 차리느라 정신이 없을 때, 이웃 아이 중 한 명이 와서 그녀의 소맷자락을 잡아당겼다. 아이들은 모두 칼레에 나가 놀고 있었다. 이런 슬픔 속에서도 아이들은 오랫동안 엄숙한 분위기를 견디지 못하는 법이고, 미사도 이미 충분히 길었다. "누가 아줌마 보재요." 남자아이가 그녀에게 알렸다.

"누가?"

아이는 어깨를 으쓱했다. "베네치아인인 것 같은데요. 그 아줌마 저 칼레에 있어요." 더 물어보기도 전에 아이는 뛰어가버렸다.

오르솔라는 한참 지나서야 골목까지 나가볼 수 있었다. 내딛는 걸음마다 울음을 터뜨리는 사촌, 웃어대는 이웃, 어머니만큼이나 아버지를 회고하는 마에스트로, 라우라 로소가 세계에서 제일가는 어머니였다고 선언하는 술 취한 브루노에게 붙들렸기 때문이었다.

루치아나가 칼레 담벼락에 기대 서 있었다. 그녀는 라파엘레와 함께 베네치아에서 와서 미사와 장례 행렬까지는 동행했지만, 로소가로 와서 추모식에 참석하지는 않았다. 자기가 환영받지 못하리라는 것을 알기 때문이었다. 산티 마리아 에 도나토에서 루치아나는 고개를 꽂꽂이 들고 로소가 사람 누구라도 자기 쪽을 흘끔 쳐다보면 그 시선을 받아쳤지만, 닫힌 문 뒤에서는 사정이 다르다는 것을 알았다. 이제 더 나이가 들기도 했고, 아내이자 세 아이의 어머니가 되어 자기 사업을 운영하고 있었지만, 루치아나는 여전히 남을 노려보는 눈빛을 버리지 않았고, 아직도 꽤 자신감이 넘쳤다.

오르솔라는 팔짱을 꼈다. "무슨 일인데? 지금은 때가 좋지 않아. 오비아멘테(분명히)."

루치아나는 기대던 자세를 슬쩍 바꿨다. "뭘 하기에 때가 좋지 않다는 거예요?"

"사업 얘기를 하기에. 네가 여기 올 이유는 그것뿐이잖아, 안 그러니?"

루치아나는 고개를 끄덕였다. "제안드릴 게 있어요."

오르솔라는 확 뒤돌아 안으로 돌아가고 싶었지만, 라파엘레를 위해서, 그리고 조카손주들을 위해서 그 자리에 남아 이야기를 들었다. 마음에 들지는 않아도 루치아나도 가족이었다.

"우리는 힘을 합쳐야 해요. 라파엘레가 기술을 이곳에 제공할 테니, 화관 만드는 일에 로셀라와 안젤라를 보내주세요. 우리는 함께 구슬을 만들고, 마르코 아버님은 라파엘레가 마에스트로가 될 수 있게 훈련시켜주시고요. 아버님이 다시 술잔을 만드신다죠?"

루치아나는 자기가 차지하고 있는 위치에 전혀 만족하지 않았던 것이었다. 야심이 많은 애였고 더 많은 것을 원했다. 그 애는 마에스트로 아내에게 주어지는 모피를 두르고 싶은 것이었다.

"마르콜린이 마에스트로가 될 거야." 오르솔라가 대답했다. "그 애가 장남이잖아. 이제 훈련도 받고 있어."

루치아나는 미심쩍다는 듯 슬쩍 바라보았고, 오르솔라는 그 애가 어디서 정보를 얻었을까 궁금했다. 마르콜린은 사실 마에스트로 훈련을 받고 있지 않았다. 그 애는 이제까지 있었던 세르벤테 중에서 가장 마지못해서 일하고 있었다. 마르코의 정교한 술잔을 만드는 일에도, 프로바를 통과하는 일에도 관심이 없었다. 마르콜린의 능력은 구슬을 만들기보다는 분류하는 일에 적합했다.

"이제 할머님도 돌아가셨으니……."

오르솔라가 성호를 긋자 루치아나가 잠시 머뭇거리다가 따라 했다.

"이제 할머님이 돌아가셨으니, 우리가 합치지 못할 이유가 없죠. 로소 에 로소(로소와 로소). 할머님은 저를 좋아하지 않으셨지만, 그래도 가족이 다시 결합하기를 바라셨어요. 그것 말고도, 고모님이 거래하던 독일 상인이 떠난다고 하니, 대신 구슬을 팔아줄 사람이 필요하잖아요. 우리는 벌써 구슬산업협회를 통해서 그것도 정해두었어요."

루치아나는 로소가에 관한 모든 정보를 손에 넣고 있는 게 분명했다.

"너희가 여기로 이사 올 거니?" 오르솔라는 목소리에서 배어나는 경멸을 누를 수가 없었다.

"우리가 왜 그래야 하죠?"

"사업장이 여기 있으니까. 우리 집에. 로소가는 수백 년 동안 여기 살았어. 우리가 베네치아로 이사 갈 일은 없을 거야."

"라파엘레와 프란체스카는 이사를 싫어하지 않았잖아요. 두 사람은 베네치아를 좋아해요. 그편을 선호한다고요. 더 활력 있고, 흥미로운 일도 더 많고."

오르솔라가 얼굴을 찌푸리자 루치아나는 작전을 바꾸었다. "우리는 이사할 필요가 없어요. 지금 사는 데에 모두 그대로 살아도 돼요. 라파엘레만 매일 여기로 출근하고, 안젤라와 로셀라는 내게 오면 되죠."

오르솔라가 질겁한 표정을 하자 루치아나는 웃음을 터뜨렸다. "에코(자), 바포레토를 타면 고작 15분밖에 안 걸려요. 테라페르마까지 가는 것도 아니라고요. 고모님은 베네치아에 대해서 좀 더 열린 마음으로 받아들여주실 필요가 있겠네요."

오르솔라는 어깨에 두른 숄을 더 단단하게 여몄다. "어른을 좀 더 존중하지 않겠니, 애야. 나보다 한참 어린 사람이 나한테 이런 사고방식을 가져라 마라 해줄 필요는 없는데."

"그러면 고모님이 직접 생각해보시도록 하세요." 루치아나는 몸을 돌려 칼레를 따라 멀어져갔다. 치마가 발목을 스치며 슥슥 소리가 났다.

오르솔라는 골목에 선 채로 어머니를 그리워했다. 라우라 로소라면 더 강한 조언을 해주셨을 것이다.

"뺨을 한 대 갈겨주고 싶어." 오르솔라의 귀에 어떤 목소리가 날아왔다. 스텔라가 문간에 기대어 엄지손톱을 뜯고 있었다. "쟤가 우리를 집어삼키려는 거야."

세바스티아노는 산에서 전투 중에 전사했다. 무라노에서도 로소가 사람들이 맑은 날이면 볼 수 있는 바로 그 산이었다. 오르솔라는 리바디 산 마테오에 앉아 그 산맥을 바라볼 때도 그 애가 거기 있다는 사실을 몰랐다. 그 애는 이탈리아군이 트리에스테 북쪽의 이손초 강 골짜기에서 전투(제1차 세계대전 당시 이탈리아군이 고리치아를 점령하기 위해 오스트리아-헝가리군과 열두 차례에 걸쳐 벌인 치열했던 전투 - 옮긴이)를 벌일 때 죽었다. 로소가 사람들이 그 애의 전사 소식을 듣기까지는 네 달이 걸렸다. 무라노 공동묘지에 묻을 시신도 없었다.

그때쯤 로소에 로소 구슬 공장이 안정적으로 자리를 잡았다. 요나스가 맡아줄 때만큼 수출량을 유지하면서도 중개인 수수료를 낼 필요 없이 구슬산업협회에 더 낮은 수수료만 지급하면 그만이었다. 안젤라는 매일, 그리고 가끔은 로셀라까지 칸나레조에 있는 루치아나와 프란체스카에게 가서 구슬 화관을 만들었다. 사상자가 늘어가면서 구슬 화관의 수요도 늘어났다.

루치아나와 라파엘레는 로소가에 활력과 지식을 가져다주며 자코모와 마르콜린, 안드레아를 작업에 새롭게 끌어들였다. 게다가 다른 자리에 필요한 인력을 채우고 남을 만큼 루치아나에게는 가족이 많았다. 그들은 심지어 베네치아와 무라노 사이를 출퇴근하는 일꾼들을 태울 모터보트까지 구입했다.

모두 제대로 돌아가고 있었고, 오르솔라도 그 점은 인정해야만 했다. 구슬 사업에서는 모두가 자기 자리가 있었다. 그러나 오르솔라와 마르코만은 예외였다.

어느 날 저녁, 오르솔라는 오빠가 술을 마시는 로모 살바데고까지 걸어갔다. 비교적 이른 시간이라 오빠는 한두 잔 마신 후 말랑해지긴 했어도, 아직 완전히 취하지는 않았다. 그는 다른 유리 장인 두 명과 앉아서 그들 중 한 사람의 말에 웃고 있었다. 오빠는 오르솔라가 거의 본 적이 없는 일면을 드러내며 편안한 모습이었다. 마르코는 여동생을 보자 웃음을 그치기는 했지만, 두 사람이 가까이 있을 때 종종 그러듯이 얼굴을 찡그리진 않았다. 유리 장인들은 오르솔라를 보고 고개를 끄덕여 인사하고는, 오빠와 여동생이 단둘이 있을 공간을 마련해주려고 자리를 내주고 물러갔다. 여자가 오스테리아(선술집)에 가는 건 드문 일이었지만, 이제 오르솔라도 나이가 들었고 존경을 받을 만큼 기술도 뛰어났다.

마르코는 동생에게 와인 한 잔을 가져다달라고 바텐더에게 신호를 보냈다. "넌 여기 오면 안 돼, 소렐라(동생아). 뭐하자는 거냐?" 마르코는 한 손가락을 들었다. "맞혀볼까, 루치아나 일이지."

이따금, 오빠는 아주 날카로울 때가 있었다. "씨. 개가……." 오르솔
라는 어떻게 루치아나를 묘사해야 할지 알 수가 없었다.

"우리를 집어삼키려고 한다 이거지, 나도 안다." 마르코는 잠깐 뜸
을 들이다 잔을 도로 쿵 내려놓았다. "그러라고 놔둬."

오르솔라는 오빠를 빤히 바라보았다. 루치아나가 자기 자식 중 둘
이나 꾀어서 데려갔는데도 오빠는 신경 쓰지 않는 것 같았다.

"에코(자), 걔는 구슬 만드는 법도 똑똑히 알고, 그걸로 성공도 했
어." 오빠가 말을 이었다. "우리가 이제껏 해온 것보다 훨씬 크게. 걔네
는 대가족을 이끌잖아." 루치아나는 몇 달 전 쌍둥이를 낳았기 때문에
아이가 다섯이었다. "그러니 그에 걸맞은 큰 사업을 원하겠지. 못할 것
도 없고."

"못할 게 없다고? 하지만 걔는 로소가 사람이 아니잖아!"

"어머니도 로소가 사람은 아니었지만, 일원이 되었잖아. 로소가 사
람 중에서도 가장 로소 가문다운 사람이었지! 베네치아에서 온 눈빛
사나운 계집애가 구슬 제조 사업을 먹어버린다고 해도 나는 아무 상
관 없어. 그렇다면 너와 나는 그 에스크레멘티 디 토포(쥐똥)에서 완전
히 해방될 테니까."

오르솔라는 오빠가 에스크레멘티 디 코닐리오(토끼 똥)에 대해서 뭔
가 덧붙이기를 기다렸지만, 오빠는 기분이 좋아 보였다.

바텐더가 와인을 가져다주었고, 오르솔라는 그에 집중하며 오빠의
생각을 따라잡으려 애썼다. 오빠 쪽에서 변화를 받아들이라고 그녀를
설득하다니, 그런 일은 익숙하지 않았다. 보통은 그 반대였다. 오르솔
라와 마르코가 이제 자신이 원하는 작품을 만들 시간이 더 많아진 건
사실이었다. 오르솔라는 등불 공예로 구슬을 만들고, 로셀라는 원할
때는 합류할 수 있었으며, 마르코는 자신이 좋아하는 동물 술잔을 만

들고, 라파엘레가 도왔다. 루치아나의 요구대로 마르콜린은 마에스트로 훈련 과정에서 물러나고 남동생이 그 자리를 대신 채웠다. 마르콜린은 구슬 분류 작업만 해도 된다는 데 안도하는 듯 보였다.

라파엘레는 베네치아와 무라노를 오가면서도 전혀 불평하지 않았다. 하지만 오르솔라는 언젠가 그 애가 집 안에 들어가 자코모의 침실을 살피는 것을 보았다.

"걔네 여기로 이사 오고 싶어 해." 오르솔라는 오빠에게 말했다. "느낌이 와. 걔들은 사업뿐만이 아니라 이 집까지 집어삼키려 하는 거야!"

마르코는 놀란 기색이 없었다. "그것도 말이 되지. 지금 칸나레조에서는 그 좁은 집에 애들이랑 끼어서 살잖아. 여기는 방도 더 많고 관광객도 더 적지. 그러면 모터보트도 필요 없고."

오르솔라는 오빠를 미심쩍은 눈초리로 바라보았다. "어째서 갑자기 그렇게 분별력이 생겼어? 라파엘레가 오빠에게 작업이라도 했어? 두 사람끼리 미리 정해놓고, 걔네가 이사 오는 날 나한테 말하려고 한 거 아니야?" 오르솔라는 분연히 성을 내며 바닥이 부서지도록 잔을 세게 내려쳤다.

오빠는 웃음을 터뜨렸다. "성격이 불같은 게 딱 로소가 사람이라니까! 에코(자), 라파엘레는 아무 말 안 했어. 하지만 나도 눈이 있잖냐. 안 그래?"

세 달 안에 라파엘레와 루치아나, 그들의 아이들은 무라노에 있는 로소가의 집으로 이사를 왔고 갑작스레 아기들과 산더미 같은 빨래, 먹여야 할 입이 훨씬 늘어났다. 매일 엄청난 식사를 준비해야 하는 모니카는 종일 부엌에서 손에 물 마를 날이 없었다. 루치아나는 요리를 못하기 때문이었다.

라파엘레는 삼촌에게 자기와 루치아나가 그 방을 써도 되겠느냐고 물었고, 물론 자코모는 거절할 수 없었다. 스텔라는 로셀라뿐만 아니라 조카손녀와도 방을 같이 써야만 했다. "우리가 방을 더 지을 때까지만이에요." 루치아나가 알렸다. 이 집이 증축된다는 사실도 오르솔라는 그때 처음으로 들었다.

오르솔라는 아이들을 싫어하지는 않았다. 작은 아기들이 다시 주변에 돌아다니는 건 즐거운 일이었고, 딸과 조카들이 자라서 생긴 공백을 채워주었다. 소음과 혼란도 개의치 않았다. 이제 빨래는 세탁기가 처리했다. 그러나 루치아나가 집안 살림을 맡아 꾸리는 건 거슬렸다. 하지만 이제 그걸 말릴 라우라 로소가 없었다. 마르코는 자기 유리만 만들 수 있으면 아무려나 신경 쓰지 않았다. 모니카는 눈알을 굴리긴 했지만, 가정이 화목하기를 바랐다. 자코모는 여동생과 뜻이 같을지 모르지만, 아들을 잃은 후 혼자 틀어박히게 되었고, 자기가 생각하는 바를 더는 소리 내어 말하지 않았다.

오로지 스텔라만 불평했다. "저 루치아나라는 애는 사과에 들어가는 말벌처럼 이 집으로 밀고 들어온다니까." 스텔라는 오르솔라의 작업실로 성큼성큼 걸어 들어와 불꽃 속에서 구슬을 돌리는 언니 앞에 섰다. "쟤, 우리 모두를 쏴버릴 거야. 하지만 난 쟤가 하란 대로 하지 않을 거야. 쟤가 우리 엄마는 아니잖아. 언니도 아니고. 나도 쟤보다는 연장자라고!"

"이번에는 또 뭘 했는데?"

"나한테 시트를 다리는 법은 이게 제일 좋다면서 가르치려 들잖아. 이젠 못 참겠어."

오르솔라는 미소를 지었다. 스텔라는 다림질에 영 젬병이었다.

그리고 사실 스텔라는 루치아나가 오기 전에도 살림에서 제 역할을 찾은 적이 없었다. 유리에도, 그 뒤에서 운영하는 사업에도 관심이 없었고, 상점에 찾아오는 손님은 퉁명스러운 말투로 쫓아버렸으며, 요리와 청소, 빨래도 싫어했다. 나이 서른에 결혼 적령기도 지났다. 오르솔라는 여동생이 남자와 시간을 보낸다는 소문도 들어본 적이 없었다. 특이한 사람들 말고는 친구도 거의 없었다. 여든 살 된 수녀라든가, 말 못하는 밧줄 장인, 와인을 좋아하는 사제 같은 사람하고 어울렸다. 일을 할 때도, 배송 보낼 유리를 싸거나 심부름을 가는 잡일 정도만 했다. 한번은 며칠 동안 사라진 적도 있었고, 가족은 어디 갔다 왔는지 묻지도 않게 되었다. 오르솔라는 어디 갔다 왔는지 알게 되었다.

"난 전방에 나가 군대를 지원할 거야." 스텔라가 발표했다. "간호사가 되려고 해."

"뭐?" 오르솔라는 구슬을 붙여놓았던 막대를 떨어뜨렸다. "넌 테라페르마에 가본 적도 없잖아!"

"가본 적이 왜 없어."

"언제?"

"여러 번 갔지. 메스트레에도, 마르게라에도 갔어. 한번은 운하 페리호를 타고 파두아까지도 가봤는걸. 내가 집에 없다는 걸 아무도 눈치 못 챘잖아!"

"하지만 위험해. 넌 전쟁이나 전투에 대해 아는 것도 없잖아."

"간호사는 전투하는 사람이 아니야, 바보 같기는. 나는 전선 뒤에 있을 거야. 완벽하게 안전하다고."

오르솔라는 의자에 기댔다. "너는 사람들을 간호할 만큼 인간을 소중히 여기지도 않잖니." 이건 냉혹한 진실이었다.

스텔라는 고개를 저었다. "사람들을 돌보기 위해서 인간을 소중히 여길 필요는 없어. 사실 감정은 사람들을 돌보는 데 방해가 된다는 말도 있잖아."

"너 이런 걸 다 어떻게 알아?"

"간호사 몇 명을 만났어. 이탈리아인들인데 전방에 갔다가 귀환한 사람들이야. 나한테 그 얘기를 해주고, 지원하려면 어떻게 하는지도 알려줬어."

"하지만……."

"나랑 말싸움하려 하지 마, 오르솔라 언니. 나는 언니한테 내가 뭘 하려고 하는지를 말해주는 거지, 언니 허락을 받으려는 게 아니야." 스텔라는 잠시 말을 끊었다 이었다. "나는 아기 옷을 빨거나 유리를 포장하거나 말벌에게 이리저리 휘둘리는 거 말고 내 인생을 가지고 뭔가 중요한 걸 하고 싶어."

오르솔라는 여동생을 바라보았다. 스텔라의 대담한 용기 아래, 가족과 유리, 무라노에 대한 무관심 아래에는 상처받은 한 여자가 있었다. 역병이 창궐하는 동안 어머니와 언니에게서 떨어져 갇혀 지냈던 어린아이 시절 이후로 쭉 상처를 받았다.

나한테는 구슬이 있다는 게 얼마나 감사한 일인지, 오르솔라는 생각했다. 그리고 안젤라도, 그리고 스테파노도. 그라치에 아 디오(하느님께 감사를), 나는 소중히 여길 것들이 있어.

"마르콜린에게는 말했어?" 오르솔라는 물었다. 스텔라가 유일하게 애착을 품는 사람이 있다면, 격리 기간에 함께 갇혀 있었던 조카뿐이었다.

스텔라는 얼굴을 찡그렸다. "아직 안 했어. 해야지. 그 애는 이해해 줄 거야. 구슬 분류 작업을 하면서 많이 안정됐으니까."

스텔라 말이 맞았다. 마르콜린은 유리 수요를 채워야 하는 압박과 마에스트로가 되어야 한다는 아버지의 요구를 받으며 일하는 것을 좋아한 적이 없었다. 팀으로 일하는 데 능지 않았고, 씨앗 구슬을 다양한 크기와 등급으로 분류하는 반복 작업의 편안함을 선호했다. 마르콜린은 모양이 균일하지 않거나, 구멍이 작거나, 어딘가 흠이 있거나, 구멍이 없는 구슬을 빠르게 골라냈고, 임피라레사들이 실을 꿸 때 쓰는 투명 쟁반을 생산했다. 로소 에 로소 구슬은 모양이 일정하고 불량이 없다는 평판을 얻으며 널리 칭찬받았으며, 그 평판의 일부는 마르콜린의 기술에 공을 돌려야 했다.

마르콜린 또한 결혼하지 않았다. 스텔라와 달리 마르콜린은 집에 가까이 머물러 있었으며, 무라노는 물론 그들이 사는 칼레를 떠난 적도 별로 없었다. 열다섯 살 때, 가족과 함께 역병의 종결을 축하하는 연간 축제인 레덴토레에 가야 한다고 우기는 마르코를 따라 베네치아에 딱 한 번 가본 적이 있을 뿐이었다. 산 마르코와 주데카에 있는 레덴토레 성당 사이의 석호 위에 배들로 이은 다리를 반쯤 건넜을 때, 마르콜린은 겁에 질려 보트에 주저앉았고 지나가는 순례자들의 길을 막았다. 오르솔라는 근처를 지나가는 산돌로를 불러 아이를 다시 호숫가까지 데려다주게 했고, 스텔라가 조카를 진정시키려고 따라갔다.

두 사람은 기질이 완전히 달랐지만 마르콜린과 스텔라는 가까웠고 격리를 함께 겪은 경험으로 묶여 있었다. 하지만 오르솔라는 두 사람이 그 얘기를 꺼내지 않는다는 것을 알았다. 마르콜린이 무슨 일 때문인가, 가령 마르코가 소리를 지르거나, 조카들이 놀려대거나, 루치아나가 마르콜린이 한 일 혹은 하지 않은 일 때문에 눈을 부릅뜨거나 하면 늘 스텔라가 그 애를 안아주며 안정시켜주었다.

"너 없이 걔는 어쩌라고?" 오르솔라가 말했다.

스텔라는 볼이 불룩해지도록 바람을 집어넣었다. "나는 마르콜린이 필요로 하는 걸 중심에 두고 내 삶을 살아갈 순 없어. 사실 몇 년 전에 떠났어야만 했어."

오르솔라는 두 눈을 문질렀다. 눈물이 쏟아질 것 같을 때 쓰는 그녀만의 방법이었다. "이 가족에는 무슨 일이 생긴 거니? 파드레, 마드레, 논나, 니콜레타, 세바스티아노, 모두 세상을 떠났어. 이사벨라는 도망갔고, 프란체스카는 베네치아로 시집을 갔지. 라파엘레는 말벌에 묶였고. 이제 너까지 이렇게 가버리면, 너는……." 오르솔라는 문장을 끝맺을 수가 없었다. 이렇게 가버리면, 너는 다시 돌아오지 않겠지. 오르솔라는 속으로 생각했다. 너는 테라페르마에서 없어질 거야. 거긴 상황이 완전히 다르니까. 그리고 너는 내게서도 사라질 거야. 안토니오처럼. "로소 가족은 무너지고 있어."

"아니, 그렇지 않아. 그냥 변화하는 거야. 가족이란 늘 그런 거야. 언니에겐 아직도 안젤라가 있잖아. 걔는 결혼해서 가까이 살 거야. 걔는 언니한테는 아니라도 스테파노 형부에게 아주 지극하니까. 그리고 오비아멘테(당연히), 로셀라가 있잖아. 구슬 꿰기나 하기엔 걔 재능이 낭비되고 있어. 언니는 언제 걔와 함께 사업을 시작할 거야? 로소 에 로셀라."

어쩌면 누군가가 그 말을 입 밖에 냈어야만 했는지도 모른다. 로소 에 로셀라. 로소 에 로소에 대응하는 여성들만의 대안.

"걔 약혼자가 좋아하지 않을 거야." 오르솔라가 말했다. 로셀라는 까다롭게 남편감을 골랐지만, 마침내 다른 가문의 유리 장인 남자와 결혼하기로 했고, 몇 달 뒤에는 이 집에서 나갈 것이었다.

스텔라는 한 손을 저으며 건방진 소리를 냈다. "로셀라는 그 애 엄마만큼 근성이 있어. 남편이 자기 앞길을 막게 두진 않을걸. 그리고 돈이 들어온다고 하면 왜 걔 남편이 막겠어?"

"어쩌면 그렇겠지." 오르솔라는 옆에 쭉 놓인 유리봉을 찬찬히 보았다. 로셀라는 이 유리봉들을 반짝이는 사탕 조각에 비유했다.

"내가 제안할 게 두 가지 있어." 스텔라가 말했다. "먼저, 무라노가 아니라 베네치아에 로소 에 로셀라 상점을 열어. 거긴 관광객이 더 많잖아. 특히 리알토와 산 마르코 근처에. 언니는 구슬이랑 해마, 그리고 그 밖에 온갖 다른 물건을 팔아. 원하면 마르코 오빠의 술잔도 팔 수 있어."

"너도 참 요나스처럼 말한다. 그리고 그전에는 시뇨레 클링엔베르크가 똑같이 말했고. 또 다른 제안은 뭔데?"

"언니랑 스테파노 형부가 이 집에서 나가는 거야."

오르솔라가 반대 의사를 표현하려 하자 여동생이 선수를 쳤다. "루치아나가 모두를 휘두르는데 언니는 그래도 같이 살고 싶어? 그리고 걔 애들이 그렇게 말을 안 듣는데? 상황이 변하고 있어. 가족이라고 늘 함께 살 필요는 없지."

스텔라는 일단 오르솔라에게 털어놓은 후에는 재빠르게 계획을 착착 실행했다. 하지만 떠나기 전날 밤까지는 나머지 가족에게 말하지 않고 기다렸다. 일과가 끝날 무렵, 스텔라는 마르콜린에게 섬 한 바퀴를 산책하고 오자고 했다. 마르콜린에게는 그런 산책도 오로지 스텔라와만, 그리고 황혼녘에만 하는 일이었다. 돌아왔을 때, 마르콜린은 벌게진 얼굴로 곧장 구슬을 분류하는 뒷방으로 가버렸다. 저녁을 먹을 때도 나오지 않았다. "매주 편지를 쓰겠다고 했어." 스텔라는 오르솔라에게 속삭였다. "약속했어." 하지만 두 사람 다 편지는 상황에 어울리지 않고, 어쩌면 도착하지 못할지도 모른다는 사실을 알았다.

스텔라가 다른 사람들에게 말했을 때, 식구들은 각자 나름대로 자기다운 반응을 보였다. 마르코는 고함을 지르며 가지 못하게 막겠다고 했지만, 그가 화를 낸 건 실제로 여동생이 뭘 하는지 신경 써서라기보다 장남의 권위를 다시 세우기 위한 쇼에 더 가까웠다. 자코모는 식구를 하나 더 잃는다는 생각에 표정이 음울해졌다. 모니카는 고개를 끄덕였다. 모니카는 항상 스텔라가 집에서 말도 없이 나가고 자기 몫을 다하지 않아서 슬쩍 화가 나 있었다. 스테파노는 아무 말 하지 않았다. 라파엘레는 자기가 빠진 국민 총력 동원에 고모가 참여한다고 하자 부끄러워하는 것 같았다. 루치아나는 자신을 미워하는 마음을 숨기지 않는 사람을 상대할 필요가 없어졌다는 데 대놓고 안도감을 표현했다. 로셀라는 가서 스텔라를 안아주었고, 스텔라도 가만히 있었다. 안젤라는 울음을 터뜨렸다. 그 애는 어쨌든 무슨 변화가 일어날 때마다 우는 애였다. 하지만 마르콜린처럼 진짜로 화를 낸 사람은 없었다. 스텔라는 가족 안에서 사람들과 편안하게 지낸 적이 없기 때문이었다. 어쩌면 테라페르마가 그 애에게는 더 잘 어울릴 수도 있었다.

스텔라는 베네치아에서 트리에스테까지 가는 기차를 탈 계획이었다. 로소 가족에서는 최초로 기차를 타는 사람이었다. 마르코와 자코모가 최근에 구입한 모터보트로 기차역까지 데려다주겠다고 했지만 스텔라가 거절했다. 그냥 바포레토를 타고 갈 생각이었다. 하지만 오르솔라는 용감하고 무모한 여동생이 송별식도 없이 떠나가는 걸 차마 그냥 두고 볼 수가 없었다. 적어도 여정의 첫 부분만은 기억할 만한 일로 만들어주고 싶었다. 오르솔라는 전갈을 보냈고, 다음 날 아침 도메네고가 밤사이에 깔린 짙은 안개를 뚫고 와서 오르솔라와 스텔라를 기차역까지 데려다주었다. 곤돌라가 더 위엄 있어 보이기도 했고, 그만큼 더 베네치아답기도 했으니까.

스텔라가 가족들에게 마지막 작별을 고하러 간 동안, 도메네고와 오르솔라는 공방 뒤 선착장에 서서 기다렸다. 그때 도메네고가 몸을 살짝 기울이며 오르솔라에게 새 돌고래를 건네주었다. 이번에는 연녹색 불투명 유리로 만든 것이었다. 오르솔라는 한 손으로 돌고래를 감싸고 꽉 쥐면서, 손바닥을 파고드는 날카로운 꼬리와 지느러미를 느꼈다. 다른 돌고래보다 약간 더 크긴 했지만, 몇 년 동안 돌고래는 오르솔라의 구슬처럼 꽤 많이 변했다. 곤돌라 사공에게 고맙다는 인사를 건네기도 전에 스텔라가 뒤에 식구들을 달고 나타났다. 스텔라는 녹색 펠트 모자와 허리에서부터 종아리까지 퍼지면서 앞에는 커다란 검은 단추가 두 줄로 쭉 달린 긴 회색 모직 코트를 입고 있었다. 그렇게 세련된 스텔라의 모습은 처음이었다.

스텔라는 도메네고에게 가방을 건네고, 그의 손을 붙잡고 곤돌라에 올라탔다. 서른 해를 살았지만, 스텔라는 가지고 갈 물건이 많지 않다. 스텔라는 울지도 않았다. 우는 역할은 안젤라에게 넘겼다. 그 애는 부두에 모인 가족들 사이에 껴서 흐느끼고 있었다. 하지만 스텔라는 단호한 표정을 띠었다. "안디아모, 미오 디오(가요, 맙소사)." 스텔라는 웅얼거렸다. "나는 작별 인사가 길어지는 건 못 참겠어." 스텔라와 오르솔라가 2월의 안개 속으로 미끄러져 갈 때, 스텔라는 뒤에 남은 로소 가족들을 향해 한 손을 들었다. 그리고 마지막으로 마르콜린의 모습을 찾는 듯 보였지만, 그는 분류실에서 밖으로 나오지 않았다.

석호를 반쯤 건넜을 때, 스텔라가 말했다. "도메네고가 언니에게 준 거 뭐야?"

"아무것도 아니야. 무슨 말 하는 거니?"

스텔라는 고개를 흔들었다. "거짓말을 하려면 티를 내질 말든가. 내가 작별 인사를 하는 동안 도메네고가 언니에게 뭔가 줬잖아. 나한테도 보여줘."

오르솔라는 주머니에서 녹색 돌고래를 꺼내 여동생에게 건넸다.

스텔라는 어슴푸레한 빛 속에서 돌고래를 들어 비추어보았다. "이 렇게 오랜 세월이 지났는데 아직도 이걸 받아?"

"씨."

"이상하네. 어디에서 오는 건데?"

"프라하." 오르솔라는 생각도 없이 대답했다가 곧 후회했다. 스텔 라가 눈썹을 치켰기 때문이었다.

"거기에 가볼 생각을 해본 적은 있어?"

"어째서? 거기 가면 뭘 보게 될지도 모르는걸. 그리고 그건 스테파 노에게 옳은 처사가 아니잖아."

"스테파노 형부, 세상에서 가장 지루한 남편이지."

오르솔라는 곤돌라 뒤쪽에서 코웃음 같은 소리를 들었지만, 뒤를 힐끔 돌아보자 도메네고의 얼굴엔 아무런 표정이 없었고, 눈은 다가 오는 다른 보트를 경계하여 짙은 안개 속만 보고 있을 뿐이었다. 베네 치아의 지평선이 멀지 않았지만, 아직 보이지는 않았다.

"스테파노를 그렇게 말하지 마." 오르솔라는 맞받아쳤다. "그 사람 나한테 항상 잘해줬어. 꾸준하게. 내가 해준 것보다도 더 잘해줬어." 창피하게도 눈에는 눈물이 차올랐다.

"언니는 하고 싶은 걸 해야 한다고 생각해." 스텔라가 단언했다.

"에코(있잖아), 난 너랑 같지 않아. 우리 누구도 같지 않지."

"그래, 언닌 같지 않아. 언니는 가족과 무라노에 묶여 있으니까."

"나는 가족과 무라노에 충실한 거야. 대부분 사람들이 그렇듯이. 그 리고 테라페르마에서 일어나는 일이 두렵고. 너는 안 그러니?"

스텔라는 어깨를 으쓱하고 뒤로 기대더니 칸나레조 둑을 따라 어둠 을 뚫고 나타나는 높은 건물들을 바라보았다. 황갈색과 황토색, 분홍색 건물, 아치형 창문, 발코니, 그리고 물이 흐르는 쪽을 향한 전면. 언제나 물이었다. "이런 건 전혀 그립지 않을 것 같은데." 스텔라는 말했다.

오, 아니, 넌 그리워하게 될 거야. 오르솔라는 언젠가 아련한 옛날, 메스트레에 떨어져 말을 피하려 하면서 물을 조금이라도 보길 원했던 날을 떠올렸다. 무라노인과 베네치아인의 혈관에는 물이 흘렀다. 심지어 여동생의 차가운 핏속에도. 오르솔라는 다른 도시에 가본 적이 없지만, 관광객들이 베네치아의 아름다움에 대해 말하는 건 귀에 못이 박히게 들었기에 스텔라가 이를 그리워하리라는 것을 알았다. 당장은 아니라도, 결국 언젠가는.

기차역에 이르자 오르솔라는 곧 여동생을 싣고 가버릴, 식식대는 거대한 기계 옆에 서서 동생을 꼭 안아주었다. 스텔라가 전쟁에서 죽을까 걱정되지는 않았다. 여동생은 자기 몸 하나는 잘 챙길 수 있었고, 세바스티아노처럼 전투에 나설 일도 없었다. 그렇지만 스텔라가 무라노와 베네치아에서 영영 멀어져간다는 건 느낄 수 있었다. 일단 본토에 도착하면, 스텔라와 이 독특한 곳의 연결은 끊어져버릴 것이었다. 오르솔라는 여동생에게서 힌트를 찾아보려고 했다. 스텔라는 여전히 눈물 한 방울 없이 마른 눈으로 들떠 있었고, 빨리 기차에 올라타 새로운 삶을 시작하려고 안달이 나 있었다. 오르솔라가 바라보는 가운데, 기차는 점점 빨라지는 칙칙폭폭 소리와 함께 연극적으로 증기를 뿜어내며 출발했고, 잠시나마 라파엘레가 오스트리아인들 밑에서 일했을 때 건설된 다리를 건너갔다. 그때서야, 비로소 오르솔라는 눈물을 쏟아냈다.

전쟁이 끝나고 관광객이 돌아올 때까지 진정한 변화라 할 만한 일은 무엇 하나 일어나지 않았다. 하지만 전쟁은 끝났고, 관광객은 돌아왔다.

어느 날 휴전협정 후 몇 달이 지났을 때, 모니카와 로셀라가 오르솔라 앞에 모습을 드러냈다. 모니카는 초조하고, 로셀라는 들떠 보였다.

"우리가 아가씨를 베네치아에 데리고 가려고 해요." 모니카가 알렸다.

"깜짝 선물이에요." 로셀라가 덧붙였다.

오르솔라는 그들을 바라보았다. 모니카는 이제껏 베네치아에 간 적이 없었다. 그렇지만 오르솔라는 왜냐고 묻고 싶은 마음을 눌렀다. 그들이 꾸며낸 계획을 실행하도록 놔두었다.

그들은 바포레토를 타고 폰다멘테 노베까지 가서는 거기서부터 남쪽을 향해 걸었다. 로셀라가 앞장서서 길을 안내하며 리알토를 지나고, 캄포 산탄젤로와 캄포 산토 스테파노를 관통했다. 그런 후에는 동쪽으로 돌아 피아차 산 마르코로 향하는 외국 관광객의 흐름에 합류했다. 여자들은 그렇게 멀리 가지 않고, 빵집과 거울 가게 사이에 박힌 작은 가게 앞에 우뚝 멈춰 섰다.

"여기가 우리가 로소 에 로셀라를 세울 자리예요." 로셀라가 설명했다.

"아." 오르솔라가 말했다. "스텔라가 너한테도 그 아이디어를 얘기했구나."

"씨. 편지를 쓸 때마다 그 얘기를 해요. 나도 그 이후로 적당한 자리가 있나 계속 찾고 있었고요. 그리고 여기가 나온 거예요. 입지가 아주 좋잖아요. 아카데미아와 산 마르코 사이라 관광객이 아주 많이 지나가요."

오르솔라는 더러운 창문 너머를 들여다보았다. 공간은 어둡고 몇몇 부서진 상자 더미 말고는 텅 비어 있었다.

"원래는 종이 가게였어요." 로셀라가 말을 이었다. "주인이 죽고 아들들은 가업을 잇고 싶지 않대요. 안은 건조하고, 냄새 같은 건 전혀 안 나요."

"안에 들어가봤어?"

"집주인이 보여줬어요. 조금 있다 열쇠 들고 올 거예요. 우리가 둘러볼 수 있게요."

"어두운데. 손님들이 뭐라도 보이겠니?"

"전기가 있잖아요."

이 모든 변화를 감당하기에 나는 너무 늙었어. 오르솔라는 생각했다. 기차와 전기와 모터보트와 다른 나라로 일자리를 찾으러 혼자 떠나는 여자들이라니. 예상한 대로, 스텔라는 전쟁이 끝나도 돌아오지 않았고 런던으로 향했다. 적어도 어떤 변화는 개선이라고 할 수 있었다. 오르솔라는 이제 등불 공예를 위해 수지를 쓰지 않았고 가스를 이용했다. 이게 더 뜨겁게 타오르고, 더 일정하며, 고약한 냄새도 나지 않았다.

로셀라는 오르솔라의 마음을 읽은 모양이었다. "에코(자), 우리는 창가에 앉아서 불꽃으로 작업할 수 있고, 그럼 사람들이 우리가 뭘 하는지 볼 수도 있어요." 로셀라는 제안했다. "그러면 손님을 끌 거예요."

"난 여기서는 작업하지 않을 거야." 오르솔라는 딱 잘라 말했다. 무슨 몸 팔러 나온 여자도 아니고, 오르솔라는 생각했다. "집에서 작업할 거다."

오르솔라는 힘을 보태달라는 듯 모니카를 바라보았다. 올케언니는 의심스러운 눈으로 지나가는 외국인들을 바라보고 있었다. 무라노로 돌아가고 싶은 게 분명했다. 하지만 또한 자기 딸을 지지해주고 싶기도 할 것이었다. "여기는 입지가 좋아요. 받아들여요." 모니카가 말했다.

"마르코 오빠가 뭐라겠어요? 임대계약에 서명할 사람은 오빠인데."

"오빠는 내가 맡을게요." 모니카는 결혼한 이후로 늘 그랬듯이 장담했다. 오르솔라는 어떻게 두 사람이 그런 관계를 잘 유지하는지 한 번도 제대로 이해할 수가 없었다.

"일단 가게를 열면 임대료 정도는 나올 거예요." 로셀라가 덧붙였다. "파드레는 이 일에 상관할 필요가 없을 거예요. 알로라, 어떻게 생각하세요, 치아 오르솔라?"

"한 발 크게 내딛는 거 아니니." 오르솔라는 잠시 뜸을 들이다 대답했다. "아주, 아주 큰 걸음이지. 매일 여기까지 출퇴근해야 해. 집에 있을 수 있는데 편도 45분씩 꽤 많은 시간을 출퇴근에 써야 한다는 거야. 네 남편이 뭐라고 하겠니?"

"그 사람 신경 쓰지 않을 거예요." 로셀라는 약간 짜증을 누르며 우겼다.

"얘, 집에만 있어서 지루하대요." 모니카가 끼어들었다.

"오락거리를 찾자고 베네치아에서 가게를 세내는 건 아니지." 오르솔라가 꾸짖었다. "진지한 일이야. 우리가 다시 빚을 질 수도 있어."

거울 가게 주인이 밖으로 나와 문간에 기대어 그들을 구경했다. 그는 베네치아인 특유의 계산적인 표정을 띠고 있었다. 종일 관광객을 상대하는 냉정하고 음험한 표정. 여기서 가게를 열면 오르솔라와 로셀라도 그렇게 보일까?

오르솔라는 가게 주인이 엿듣지 못하게 목소리를 낮추었다. "잠깐 걸으면서 생각 좀 해봐야겠다. 들어가들 있어. 나중에 올 테니."

오르솔라는 그 주위의 통행로를 걸으며 가게들과 거기 드나드는 사람들을 살피고, 몇몇 유리 상점 밖에서 서성이다가 피아차 산 마르코까지 쭉 걸어갔다. 주변의 좁은 칼레들에서는 다양한 언어가 뒤섞였다. 프랑스어, 영어, 스페인어, 네덜란드어. 심지어 이제는 전쟁이 끝났기 때문에 독일어까지도 들렸다. 이탈리아인이 아닌 사람이 훨씬 많다니 낯선 기분이었다. 그들은 가게 진열장을 들여다보고 베네치아인들이 잘 만드는 물건을 샀다. 대리석 무늬가 있는 종이, 초, 조각상, 가죽 가방, 비단 손가방, 그리고 유리. 오르솔라가 바라보고 있을 때 관광객들은 진열장에서 유리 촛대를 고르고 그릇들과 유리 체스 세트와 동물 모형을 살폈다. 가게가 성공할 수 있다는 로셀라의 말은 확실히 맞았다. 하지만 마르코 오빠가 찬성할지는 자신이 없었다.

오르솔라는 피아차 산 마르코에 다다르자 반대편으로 천천히 걸어갔다. 이전에도 여러 번 간 적 있지만, 매번 그 광경에 놀라곤 했다. 광장을 두른 건물 전면의 정교한 비율, 기둥 달린 아치가 줄줄이 늘어선 모습, 광장 끝에서 떠다니는 듯한 돔 지붕이 달린 대성당. 그리고 첨탑, 베네치아에서 가장 높은 그 탑은 붕괴하고 몇 년 후 재건축되었다. 오르솔라는 어째서 여행객이 산 마르코로 모이는지 알 것 같았다. 저항할 수 없는 매력을 풍기는 곳이었다.

한 번도 가본 적이 없지만, 베네치아에서 가장 오래된 커피숍이자 명성 높은 업소인 카페 플로리안을 지날 때, 오르솔라는 클라라 클링엔베르크가 아치문 아래 탁자에 혼자 앉아 있는 모습을 목격했다. 전쟁 전에 본 이래로는 한 번도 본 적이 없었기에 클라라가 나이 든 모습에 오르솔라는 충격을 받았다. 그녀는 여전히 우아하긴 했어도, 한때는 잘 재단되었지만 지금은 옷깃과 소맷단이 낡아버린 양복처럼 어딘가 닳아 초췌한 모습이었다. 머리카락엔 회색이 군데군데 섞여 있고, 얼굴에는 주름이 졌으며, 모자는 유행이 좀 지났다. 클라라는 서글프게 도자기 커피잔을 들여다보고 있었다. 그러다 고개를 들고 구슬공예가의 모습을 발견하자 손을 흔들었다. "오르솔라 로소! 이리 오세요!"

오르솔라는 숨을 들이마시고 그 테이블로 다가갔다. "본조르노, 시뇨라 클라라."

"이렇게 만나다니 정말 반갑네요! 앉아요, 나랑 커피 한잔 들어요."

"아뇨, 그라치에, 시뇨라. 그건 어렵겠네요." 플로리안에서 커피 한 잔이면 구슬 두 개 값이었다. 혹은 종일 구슬을 꿰어야만 나오는 품삯을 써야 했다. 오르솔라는 여전히 그런 계산을 하고 있었다.

"그러면 초콜릿을 마셔요. 여기 핫초콜릿이 얼마나 맛있다고요!" 클라라는 거의 절박한 눈빛으로 오르솔라를 바라보았다. "페르 파보레(제발), 꼭 그랬으면 좋겠어요." 클라라는 자기 옆 의자를 톡톡 쳤다. "날 봐서 그렇게 해줘요. 카페에 혼자 앉아 있는 것만큼 처량한 꼴이 없다고요. 물론 내가 낼게요." 클라라가 덧붙이긴 했지만, 그렇게 남을 대접할 만큼 사정이 넉넉해 보이진 않았다.

오르솔라는 거절하려고 입을 열었다. 플로리안에서 초콜릿을 마실 만큼 돈도 없고, 남에게 적선을 받는 사람도 아니기 때문이었다. 하지만 그때 웨이터가 지나가면서 초콜릿의 유혹적인 향기가 풍겨왔다. 오르솔라는 자리에 앉았다. "바 베네(알겠어요), 우나 초콜라타(초콜릿 한잔), 그라치에."

클라라 클링엔베르크가 미소를 띠었다. "마지막으로 얘기 나눈 지 한참 지났네요. 그간 못다한 이야기나 나누면 좋겠어요." 클라라는 한 손을 흔들어 웨이터를 불렀다. "근황 얘기 좀 해주세요." 클라라는 절친한 친구라도 되는 양 몸을 가까이 숙이면서 말했다. "디메(말해봐요), 무라노는 요새 어때요? 내가 거기 가본 적 없는 거 알죠? 아뇨, 잠깐, 한 번 가본 적이 있네. 대운하의 팔라초에서 열린 파티에 갔어요. 하지만 유리 상점은 가본 적이 없었죠. 언젠가 꼭 봐야겠네요. 그러면 오르솔라가 구경 좀 시켜주세요."

그런 일이 생길 리가, 오르솔라는 생각했지만, 다음 순간 그런 냉소적인 생각을 한 자신을 꾸짖었다. "우리는 그렇게 나쁘진 않아요." 오르솔라는 온화하게 대답했다. "난 등불 공예로 구슬을 만들고, 오빠 마르코는 동물 장식을 한 술잔을 만드는데 이게 잘 팔려요. 어쩌면 부인도 보셨을지도요? 그리고 오빠 아들 라파엘레가 씨앗 구슬 사업을 맡고 있어요. 걔네도 잘되고요."

"씨앗 구슬요? 씨앗으로 구슬을 만드세요? 유리는 어쩌고요?"

오르솔라는 눈을 못되게 뜨지 않으려고 애썼다. "씨앗 구슬도 유리로 만드는 거예요. 씨앗 구슬이라고 불리는 건 씨앗처럼 아주 조그마하기 때문이고요. 부인 드레스에 달려 있는 작은 구슬 보셨죠, 그거예요." 오르솔라는 그렇게 말했다가 후회했다. 클라라 클링엔베르크가 구슬 달린 드레스를 살 만큼 여유가 있는지 의심스러웠기 때문이었다.

하지만 클라라는 미소를 지었다. "로소가 사람들이 잘 지낸다니 기쁘네요. 일을 봐줄 제 아버지나 요나스가 없는데도요."

"시뇨레 요나스 소식 아세요? 전쟁이 끝났으니 이제 돌아오지 않을까 싶었는데요."

"요나스는 돌아오지 않아요. 그는 진짜 자기 모습대로 살 수 있는 독일에 머무르는 편이 좋다고 편지에 썼더라고요."

"그게 무슨 말이에요?"

"요나스의 가족이 원래는 유대인이었다는 거 아세요? 그 사람은 마라노(겉으로는 가톨릭으로 개종한 듯 보여도 실제로는 유대교의 의식을 지키면서 사는 사람 - 옮긴이)예요. 아니, 마라노였다고 해야 하나. 그는 게토에서 살지 않으려고 기독교인인 척했지만, 비밀리에 원래 종교를 지키면서 살았대요. 공공연한 비밀이었어요."

"다베로(정말요)?" 오르솔라는 가문의 대리인이었던 상인에 대해서 그런 기본적 사실도 몰랐다는 사실에 충격을 받았다.

"씨. 그래서 자유 유대인 인구가 더 많은 독일에서 더 개방적인 기분을 느끼는 것 같아요. 더 안전하다고."

웨이터가 초콜릿이 든 도자기 잔을 들고 나타났다. 잔은 금색과 청색의 사자 로고로 장식되어 있었다. 웨이터는 정교한 동작으로 오르솔라 앞에 잔을 내려놓았고, 오르솔라는 그가 자기를 놀리는 건지 뭔지 알 수가 없었다.

"한번 마셔보세요." 클라라가 손짓으로 잔을 가리켰다. "반응을 보고 싶네요."

오르솔라는 잔을 입에 갖다 대고 한 모금 마셨다. 깜짝 놀란 오르솔라는 도로 금방 내려놓았다. "이거." 오르솔라는 표현했다. "이제까지 맛본 음식 중에 제일 맛있어요."

클라라는 웃었다. "아, 참 다행이네요! 좋아하는 모습을 보니까 나까지 무척 기운이 나요! 이전에는 정말로 초콜릿을 먹어본 적이 없어요?"

"없었죠." 오르솔라는 한 모금 더 마셨다. 두 번째 맛도 처음만큼 좋았다. 아니, 기대 때문에 더 좋았다.

오르솔라는 이 귀한 음료에 경탄하며 앉아 있다가, 옆에 있는 여인에게 억지로 집중했다. "그런데 기운이 없는 이유라도 있나요?"

클라라 클링엔베르크의 얼굴에는 어떤 표정이 스쳐 지났다. 이탈리아의 수많은 어머니 얼굴에서 본 그 표정이었고, 오르솔라는 대답이 없어도 알 수 있었다. "정말 미안해요, 시뇨라. 난 몰랐어요." 오르솔라는 부드럽게 위로했고, 이윽고 클라라는 한 아들이 언제 어디서 전사했는지 설명할 수 있었다. "부인의 슬픔을 우리도 안답니다. 제 오빠는 고리치아에서 아들을 잃었어요."

클라라는 짧게 고개를 끄덕였고, 두 사람은 잔을 앞에 둔 채로 말없이 앉아 있었다. 오르솔라는 그런 소식을 마주한 후에 초콜릿을 다시 맛볼 엄두가 나지 않아서, 그저 초콜릿 위에 끼어가는 우유 더께만 바

454

라보았다.

"무슨 일로 산 마르코에 왔어요?" 마침내 클라라가 물었다.

"제 조카딸이 우리 작품을 파는 상점을 여기에 내고 싶대요. 방금 막 가게 자리를 보고 왔어요."

클라라는 얼굴이 환해졌다. "거기가 어딘데요?"

오르솔라는 그 위치를 알려줬다. "그렇지만 그걸 감당할 여력이 없어요." 오르솔라는 말을 맺었다. "제 오빠는 올케가 뭐라든 베네치아 인들이 매기는 집세를 받아들이지 않을 거예요. 가게가 잘되지 않으 리라고 생각할 테니까요."

"오르솔라는 어떻게 생각하는데요?"

"제 조카딸 말이 맞는다고 생각해요. 요나스와 부인 아버님 말씀이 맞았던 것처럼요. 베네치아에는 유리 제품에 돈을 낼 방문객이 훨씬 더 많으니까요. 저는 여기서 일하면서 제 조카딸이 바라는 것처럼 구슬 만드는 모습을 구경거리로 만들고 싶은 마음은 별로 없어요. 하지만 그러면 판매가 늘겠죠." 오르솔라는 잠깐 간격을 두고 말을 이었다. "하지만 집세를 내고 설비를 갖추려면 창업 자금이 필요해요. 돈이 돈을 벌잖아요."

클라라 클링엔베르크는 의자에 앉아 있었지만, 어린 소녀가 허리를 쭉 편 것처럼 갑자기 키가 커 보였다. "내가 도와줄게요. 자리 잡을 때까지 돈을 빌려주죠."

"부인이요?"

오르솔라가 못 믿겠다는 말투로 말하자 클라라는 껍질에 들어가는 거북이처럼 고개를 도로 움츠렸다.

"미 디스피아체(죄송해요), 시뇨라. 무례하게 말할 생각은 아니었는 데." 오르솔라는 클라라의 불편한 심기를 달래려 했다. "하지만 그게……." 오르솔라는 괜한 말을 했다가 상황을 더 나쁘게 만들고 싶진 않았다.

"뭐죠?" 클라라가 독촉했다. "계속해봐요. 무슨 말을 하려고 했어요?"

"남편분이 돈을 잃었다고들 하던데요." 오르솔라는 도박벽 때문이라는 말은 덧붙이지 않았다. "그래서 캄포 산 폴로에서도 이사 가고, 도메네고도 내보냈다고요. 그래서 저를 도와주실 자금은 없지 않을까 해서요."

클라라 클링엔베르크는 뒤로 기대앉으며 평소 교양 있는 모습이 보여줄 수 있는 한도 내에서는 최대한 의뭉스러운 미소를 지었다. "하지만 돈이 있거든요."

오르솔라는 앞에 앉은 여자를 응시했다.

"제 아버지가 사업가로서 꼼꼼한 분이셨다는 거 아실 거예요." 클라라는 커피잔 손잡이를 앞뒤로 돌리며 사정 이야기를 풀어놓았다. "뭐, 딸의 뒤를 봐주실 때도 그만큼 꼼꼼하셨어요. 제 남편을 마음에 들어 하시지도 않았고, 신뢰하시지도 않았거든요. 결혼을 허락해주신 건 독일 여자가 명망 있는 베네치아인 가문에 시집가는 게 이익이 된다는 이유 때문이었어요. 그리고 제가 남편에게 홀딱 반해 있다는 걸 아셨거든요. 적어도 처음엔 그랬어요, 여자애들이 종종 그러잖아요. 대부분은 자업자득이죠……. 하지만 파드레는 내가 돈이 필요할 때가 있을지도 모른다고 생각해서 따로 챙겨두셨어요. 내 남편은 몰랐던, 그리고 지금도 모르는 돈이죠. 남편이 알았다면 도박으로 다 날렸을걸요. 요나스가 나 대신 관리해주었고, 떠날 때 다른 사람, 게토에 사는 아주 정직한 대금업자에게 맡길 수 있게 처리해주었어요. 몇 년 동안은 그 돈을 자질구레한 데 썼죠. 애들 걸 좀 사고, 가끔은 내 걸 좀 사고. 그래도 너무 비싼 건 사지 않았어요. 페데리코가 눈치채면 빼앗아가버릴 테니까. 남편은 내 장신구도 다 도박으로 날렸어요. 결혼반지까지도요." 클라라는 아무것도 끼지 않은 맨손을 들여다보았다. "그래도 남편이 알아챌 수 있으니까 그 돈을 큰일에는 쓸 엄두를 못 내요. 하지만 여자들이 운영하는 유리 상점이라면 남편도 눈치채지 못하겠죠." 클라라가 다시 한 번 미소 지었고, 그 순간 오랜 세월 아내이자 어머니로 지내면서 빠져나갔던 활기가 돌아와 오래전 오르솔라가 만났던 그 기운찬 소녀의 모습이 보였다.

"그런 너그러운 제안을 해주시다니 무척 감사해요, 시뇨라." 오르솔라는 운을 뗐다. "정말 너그러운 얘기예요." 오르솔라는 치마에 잡힌 주름을 펴면서 탁자에서 떨어진 부스러기도 없는데 괜히 터는 시늉을 했다. "하지만 제 가족이 찬성할지는 모르겠어요."

"오르솔라." 클라라는 몸을 앞으로 내밀었다. "옛날에 직접 구슬을 개발하고 자기 용광로를 차지했던 여성이 있지 않았어요? 바로니아, 바로시아……?"

"마리아 바로비에르예요." 그 이름을 말하는 것만으로 오르솔라는 머리를 조금이나마 높이 쳐들 수 있었다. "그분이 제게 구슬을 만들라고 말씀해주시고, 사촌을 소개해서 방법을 배울 수 있게 해주셨어요."

"마리아 바로비에르라면 뭐라고 하셨을까요?"

오르솔라는 숨을 들이마시며, 운하에 빠졌던 날 처음 마리아 바로비에르를 만났을 때의 모습을 떠올렸다. 그 무엇도 자기를 무너뜨릴 수 없다는 듯, 용광로 옆에 굳건하게 서 있던 모습. "부인의 제안을 고맙게 받아들이셨겠죠." 오르솔라는 대답 후 잠시 시간을 끌었다. 그녀는 잔을 들어 초콜릿을 단숨에 마셨다. 결연하게 잔을 받침 위에 탁 내려놓으며, 오르솔라는 덧붙였다. "그리고 저도 고맙게 받아들이겠습니다."

제3부

살아 있는 돌고래들

7

석호 위로 던진 돌은 다시 물 위를 튀어 2019년에 내려앉습니다. 오르솔라는 작업실에서 검정과 빨강, 황금 구슬을 불꽃 속에 앞뒤로 돌리고 있습니다. 오르솔라는 고개를 듭니다. 100년이 흘렀습니다. 오르솔라와 그녀에게 소중한 이들은 나이를 열일곱 살 더 먹었습니다. 오르솔라는 이제 예순다섯 살입니다.

오르솔라에게 무척이나 소중한 사람 중 한 명은 세상을 떠났습니다. 런던에서 간호사로 근무하던 스텔라는 런던 공습 당시 방공호에 떨어진 직격탄에 사망했습니다. 오르솔라가 그렇게도 사랑했던 고집스럽고 솔직한 여동생의 죽음으로 알게 된 사실은, 우리는 어떤 사람을 잃어버린 슬픔을 영원히 극복할 수 없다는 것입니다. 그저 마음속에 생긴 빈자리에 익숙해지는 법을 배울 뿐입니다.

역사상 가장 빠르고, 가장 극단적인 변화가 일어났던 이 100년의 세월을 어떻게 요약하면 좋을까요? 무솔리니부터 베를루스코니까지, 프랭클린 루스벨트부터 오바마까지, 히틀러부터 메르켈까지, 간디에서 마틴 루터 킹 주니어까지, 에밀리아 에어하트의 비행기부터 보잉 747기에 이르기까지의 변화입니다. 타자기는 컴퓨터가 되고, 백과사전은 위키피디아가 되었으며, 전화는 스마트폰으로 바뀌고, 공원 산책을 하다가 피트니스 클럽에서 러닝머신을 뛰는 시대가 되었습니다. 페니실린이 등장했습니다. 제2차 세계대전이 일어났고, 히로시마에 핵폭탄이 떨어졌습니다. 한국, 베트남, 이라크, 아프가니스탄에서 전쟁이 있었습니다. 냉전 시대는 합의를 거쳐 끝났지만, 다른 냉전의 기운이 다시금 들끓고 있습니다. 나라를 가르던 벽이 무너졌지만, 또다시 세워졌습니다. 과거의 국가에서 새로운 국가가 수립되었습니다. 여자들은 바지를 입게 되고 투표권을 얻었습니다. 로봇이 생산되었죠. 음모 이론이 팽배합니다.

2019년 베네치아를 찾은 방문객은 480만 명이었습니다. 매일 거대한 유람선이 비스듬한 마천루처럼 주데카 운하를 지나면서 승객을 토해놓으면, 그들은 피아차 산 마르코로 향하여 사진을 찍고 곤돌라 장식이 대롱대롱 달린 열쇠고리를 산 후에 그곳을 떠납니다. 곤돌라 이야기가 나왔으니 말인데, 이제는 곤돌라를 30분 동안 타는 데 80유로를 내야 합니다. 오르솔라의 구슬 마흔 개를 팔아야 하는 액수죠. 폰다코 데이 테데스키는 이제 고급 백화점이 되었습니다. 반면 도시의 인구는 고작 5만 명을 웃돌 뿐입니다. 오르솔라가 태어난 시대에 비하면 반으로 줄었죠. 매년 1,000명씩 이 도시를 떠납니다.

그 모든 변화 아래서 이 지구는 갈수록 뜨거워지고 있습니다. 해수면이 올라갔고, 베네치아는 가라앉고 있습니다. 이런 상황 속에서 어떤 특정 시점으로 가볼까요. 2019년 11월 12일, 22시 44분입니다.

22시 44분, 오르솔라의 작업실 바닥 타일로 물이 보글보글 솟아오르기 시작했다. 오르솔라와 스테파노는 지난 30분 동안 위층에 있는 아파트로 될 수 있는 한 가재도구를 옮겨놓았다. 오르솔라의 토치, 가

스통, 서냉로, 구슬을 집고 굴리고 모양을 잡는 데 쓰는 기구들, 색색깔의 유리봉 수백 개, 아직 산 마르코에 있는 로소 에 로셀라 상점에 전시되지 않았거나 팔리지 않아서 유행이 바뀌길 기다리며 쟁여놓은 작품이 가득 든 서랍장과 상자들.

오르솔라가 작업하는 탁자는 옮길 수가 없었다. 크고 무거웠고 2층으로 옮길 수 있는 물건이 아니었다. 오르솔라가 처음 등불과 동물 지방으로 구슬을 만들 때 작업한, 풀무 딸린 옛날 탁자는 추억의 기념품이라는 이유로 버리지 않고 아파트까지 가져왔다. 오르솔라와 스테파노는 그걸 식탁으로 주방에 두고 아직 탁자 아래에 붙어 있는 풀무나 그 위에 붙어 있는 금속 분출구를 요리조리 잘 피해 앉아서 식사했다.

그날 밤 아쿠아 알타 예보가 있었지만, 강풍을 동반한 호우와 함께 동시에 닥치리라고 예측한 사람은 없었다. 이런 기후 현상이 겹치고, 예보가 제대로 나오지 않았기에 베네치아인 대부분과 그 외곽 섬에 사는 주민들은 갇혀버렸다.

"스테파노!" 물이 바닥 타일 위로 차오르자 오르솔라가 소리를 질렀다. 남편은 지금 옮긴 물건을 재정리하느라 위층 아파트에 있었다.

스테파노가 아래층으로 뛰어왔을 때, 물은 벌써 그들이 신고 있는 고무장화 밑창까지 가차 없이 차올랐다. 베네치아에 사는 사람은 모두 아쿠아 알타에 대비해 장화를 가지고 있었다. 이 범람 기간에는 관광객한테도 접을 수 있는 휴대용 싸구려 장화를 팔았다. 물이 차올랐을 때 보행자들이 안전하게 지나갈 수 있도록 임시 보도를 폰다멘타와 강둑을 따라서, 그리고 캄포나 피아차 산 마르코 한가운데에 설치했다. 이 도시는 물이 넘치는 사건에는 익숙했지만, 이번은 훨씬 더 심했다. 오르솔라와 스테파노는 옮길 수 있는 건 다 옮겼다. 이제 할 수 있는 일이 없었다.

그때 전등이 나갔다. 전기 시스템도 물에 잠겼다. 그들은 손전등을 켜고 밖에서 몰아치는 바람에 귀를 기울였다. 이웃 상점의 셔터가 느슨해져서 쿵쿵 소리를 내며 흔들리더니 마침내 날아가서 100미터 너머로 떨어졌다.

"올라가요." 스테파노는 아내를 계단으로 밀었다.

오르솔라는 아파트에 올라가 전화기를 슬쩍 바라보았다. 적어도 전화선은 아직 살아 있었다. 마르코와 안젤라, 로셀라에게서 온 부재중 전화 표시가 있었다.

오르솔라는 로셀라에게 먼저 전화를 걸다가 자기에게 우선순위가 누군지를 깨닫고 말았다. 안젤라는 종종 엄마는 딸보다 사업에 더 신경 쓴다며 원망하곤 했다. 오르솔라는 늘 부인하긴 했으나, 거기엔 진실의 핵심이 숨어 있을지 몰랐다. 어쨌든 오르솔라는 안젤라가 안전하다는 걸 이미 확인한 상태였다. 스테파노가 아까 안젤라와 통화했으니까. 안젤라와 남편, 그리고 세 아이는 주데카에 살고 있었다. 아파트 건물 3층이라 수면에서는 한참 높고, 1층에 걱정할 만한 상점도 없었다. 안젤라는 가게 일을 도우러 베네치아에 오긴 했지만, 그날은 폭풍우가 몰아치기 전에 일찍 떠났다. 나중에 오르솔라는 정박한 바포레토들이 물결에 휩쓸려 욕조에 던져진 장난감 배처럼 이리저리 뒤집히는 인터넷 동영상을 보고, 딸이 제시간에 집에 도착한 게 얼마나 다행인지 모른다며 마음으로 감사했다.

마르코 오빠에게도 전화할까 했으나, 이미 오빠네 집에는 라파엘레와 루치아나, 모니카, 마르콜린, 안드레아와 그의 아내가 있으니 도와줄 사람이 많고 자코모 오빠도 근처에 살았다. 마르코에게는 오르솔라가 필요 없었다.

로셀라는 한참 있다가 전화를 받았다. "오르솔라 고모." 로셀라는 숨을 헐떡였다. "그게……." 로셀라는 울음을 터뜨렸다.

"가게에 있니?"

"씨."

"물이 얼마나 높이 찼어?"

"무릎까지요."

"미오 디오(맙소사). 너 혼자야?"

"옆 가게에 다른 사람들도 있어요. 우리는, 우리는 애는 써봤지만……." 로셀라는 말을 잇지 못했다. 울음이 격하게 터져 나왔다.

"로셀라, 내 말 들어." 오르솔라는 자기 마음도 흔들렸지만 목소리는 더 강단 있게 내려고 했다. "다른 사람들과 같이 붙어 있어. 그 사람들을 도와주면, 그 사람들도 널 도와줄 거야. 서로 보살피고. 그리고 챙길 수 있는 거 챙기는 대로 집으로 가. 그러다 시간 끌면 집에 못 갈 만큼 칼레에 물이 넘칠 텐데 갇혀버릴 순 없잖니."

"알겠어요." 로셀라는 떨리는 숨을 들이쉬었다. "고모가 여기 계셨으면 좋았을 텐데." 로셀라는 그 애 어머니처럼 언제나 차분하고 자신감이 넘쳤다. 그런 아이가 이처럼 동요해서 약한 소리를 하다니 놀라웠다. 로셀라의 목소리는 마흔여섯 살 중년 여성이라기보다는 소녀처럼 들렸다.

"할 수 있는 건 물에 잠기지 않게 다 옮겨놨지?"

"네, 그런데 너무 순식간에 벌어진 일이라. 이렇게 물이 밀려오는 건 처음 봐요. 제가 여기 왔을 땐 물이 벌써 차서 테이블도 다 쓰러졌더라고요. 구슬이랑 장신구들이……."

"구슬 걱정은 하지 마. 대부분은 구할 수 있으니까. 유리는 물이 닿는다고 망가지진 않잖아."

"오르솔라 고모, 전화기 배터리가 나가려고 해요. 메르다(젠장), 미리

465

충전해놓을걸! 그리고 전기가 안 들어와요."

"다른 가게로 가봐."

전화가 끊겼다. 오르솔라는 한숨을 지었다. 로셀라는 한참 전부터 가게 근처 작은 아파트에서 혼자 살고 있었다. 베네치아의 생활비는 어마어마하지만, 로셀라는 이사 가지 않으려고 했다. 이탈리아에서 이혼이 합법화된 이래, 로소가에서 첫 번째로 이혼한 사람이 된 로셀라는 여전히 오르솔라가 충격 받을 만한 선택을 내렸다. 세계는 빠르게 변하고 있었다.

오르솔라는 마르코 오빠에게 전화해보았지만, 오빠는 받지 않았다. 어쩌면 공방에 가서 용광로를 구하겠다는 헛수고를 하고 있는지 몰랐다. 오르솔라는 이제 거기에 살지 않지만, 아직도 로소가의 집과 공방은 걱정이 되었다. 그곳은 오르솔라 가족사의 기반이 되는 곳이니까.

오르솔라가 산 마르코 광장에 상점을 열고 1년 후, 오르솔라와 스테파노는 무라노 반대편, 산티 마리아 에 도나토 가까이에 있는 아파트를 구해서 이사 나왔다. 아래층에는 오르솔라가 쓸 작업실도 딸려 있었다. 스테파노는 여전히 매일 로소 공방으로 출근했지만, 오르솔라는 이전보다 덜 가게 되었고, 모니카를 만나려 해도 캄포 산토 스테파노에 있는 시장이나 미사에서 보거나 폰테 롱고 옆에 있는 좋아하는 카페에서 만나는 편을 더 선호했다. 그 카페에서는 옆에 붙은 상점에서 싸구려 유리 장신구를 사려고 돌아다니는 관광객들을 구경할 수 있었다. 모니카는 참을성이 강하고, 인생에서 일어나는 일들에 대부분 실용적인 시각을 보이는 사람이었지만, 여러 번 이렇게 말한 적이 있었다. "오르솔라가 부러워요, 자기 힘으로 살아가는 게. 나는 내 부엌에서도 다른 사람한테 이래라저래라 말을 듣는 데 익숙해지지 않네요. 게다가 애들이 정말 무섭다니까요. 잠자러 가라고 해도 말을 듣지 않아!"

오르솔라는 모니카가 루치아나와 합가해서 사는 어려움을 좀 과장하는 게 아닐지 의심하기는 했다. 그렇게 해야 시누이가 이사 나간 걸 후회하지 않을 테니까. 사실 가끔 오르솔라는 후회하기는 했다. 가족은 세상에서 가장 중요한 것이어야 했는데, 오르솔라는 자기가 가족을 저버린 게 아닐까 생각하곤 했다. 하지만 오르솔라는 가족으로부터 고작 걸어서 10분 거리에 살고 있었다. 그렇지만 스텔라가 세상은 변하고 있다고 충고했을 때 그 말이 옳았을 것이다. 오르솔라의 딸, 안젤라는 남편이 주데카에 있는 제분공장에 일자리를 구했을 때 전혀 망설이지 않고 그곳으로 이사 갔다. 가족에 변화가 있을 때마다 항상 울음을 터뜨린 안젤라가.

최악의 홍수 상태가 지나가고 물이 빠지기 시작한 후에 오르솔라는 마침내 마르코와 연락이 되었지만, 오빠는 전화를 받고도 '프론토(여보세요)'라고 하지도 않았다. 오빠가 돌아다니고, 욕하고, 다른 사람들에게 소리쳐 명령하는 동안 오르솔라의 전화기 화면에는 이리저리 뒤섞인 어두운 이미지만 나타났다.

"물이 용광로까지 닥쳤어?" 오르솔라가 물었다.

"서냉로까지도." 마르코는 오르솔라가 피해 상황을 볼 수 있게 전화기 화면을 돌렸다.

"자코모 오빠는 같이 있어?" 오르솔라와 스테파노처럼 자코모도 로소가의 집에서 멀지 않은 아파트로 이사 갔다.

"오비아멘테(당연히). 스테파노도 여기 도와주러 안 오고 뭐하나!"

"그이는 거기 못 가. 우리도 물에 잠겼어. 내 물건을 위층으로 옮기고 있었어."

"그렇군. 늘 지들 생각뿐이지, 가족 생각은 조금도 안 하고. 티피코

467

(전형적이야)."

"성질부리지 마! 오빠는 도와줄 사람 많잖아. 여기는 우리 둘뿐이라고."

"누가 그렇게 살래?"

"루치아나가 그렇게 만들었잖아! 오빠랑 루치아나가. 우리가 살 방도 없고, 오빠는 걔들이 들어와서 우릴 쫓아내는데도 허락했잖아. 그게 가족을 생각하는 일이야?"

"바우카(명청이)."

"크레티노(얼간이)."

"스트론차(똥명청이)!"

"바스타르도(개자식)! 오빠는 항상 그랬어!"

"임페스타다(더러운 년)!"

스테파노는 팔짱을 끼고 부엌 조리대에 기대어 점점 수위가 올라가는 욕설 대화를 듣고 있었다. 욕이 계속되자 스테파노는 손을 뻗어 아내에게서 전화기를 빼앗아 끊어버렸다.

"어!" 오르솔라는 소리를 질렀다. "뭐 하는 거예요?"

스테파노는 전화기를 조리대에 놓았다. "그래봤자 두 사람 다 도움이 되지 않아요."

남편이 이처럼 행동을 취하는 건 드문 일이었다.

"마르코는 당신보다 훨씬 손해가 커요." 스테파노가 덧붙였다. "당신 토치는 무사하고, 서냉로도 위로 옮길 만큼 작잖아요. 며칠 후에 당신은 일어나서 달릴 수 있잖아요. 로소 공방이 회복되기까지는 몇 달 걸릴 거예요."

오르솔라는 고개를 끄덕이고, 평생 몇 번 하지 않은 행동을 했다. 그녀는 위안을 받기 위해 남편의 품에 안겼다.

＊　＊　＊　＊

스테파노의 말이 맞았다. 범람한 물이 빠지고, 펌프로 물을 빼낸 후 선풍기와 제습기를 가져다가 작업실을 말리고, 더러워진 건 수세미로 닦고 새로 칠한 후에 스테파노와 오르솔라는 모든 물건을 다시 내려놓았고, 오르솔라는 1주일 후 작업을 재개할 수 있게 되었다. 산 마르코에 있는 로소 에 로셀라 상점도 2주일 후에 문을 다시 열었지만, 축축한 기운과 냄새를 내몰기까지는 시간이 좀 걸렸다. 그렇지만 로소 공방의 용광로와 서냉로를 다시 짓기까지는 세 달이 걸렸다.

홍수 때문에 관광객의 발길도 뜸해졌다. 물에 잠긴 물의 도시를 경험하고 싶어 하는 사람은 별로 없었다. 거기에 더불어 정전이 되고, 폐쇄 구역이 생겼으며, 여행 제한도 걸렸다. 베네치아인들은 보통 1년에 수백만 명씩 쇄도하는 관광객에 대해 불평하곤 했다. 이제 홍수로 인해 일시적으로 사람이 줄어들어 찔끔찔끔 흘러 들어올 뿐이었다.

"베네치아에는 홍수가, 오스트레일리아에는 산불이, 캘리포니아에는 가뭄이 난리네요." 오르솔라의 손녀 아우렐리아는 소위 아쿠아 그란다가 있고 며칠 후 통화할 때 이렇게 말했다. "세상에 무슨 일이 생기는지 봐요, 할머니. 그리고 이 모든 게 인간이 멍청한 선택을 해서라니까요!"

"사실 이보다 더 심한 홍수도 있었단다. 가령 1966년에 일어났던 홍수라든가."

"그리고 할머니도 거기에 일조하셨죠." 아우렐리아는 할머니의 응답은 무시하고 단호하게 말했다. "매일 밤낮으로 용광로들이 돌아가잖아요. 공방에서 얼마나 많은 화석연료를 태우는지 아세요?"

"나는 용광로가 없는데. 토치를 사용하지. 그리고 필요할 때만 켜고. 내가 구슬 만드는 법 보여주었을 때 기억나니?"

아우렐리아는 어깨를 으쓱했다.

딸과 손주들이 유리공예에 전혀 관심이 없다는 게 오르솔라에게는 참 신기했다. 안젤라는 돈 때문에, 그리고 식구들 때문에 상점 일을 돕기는 했지만 유리에 대한 애정은 없었다. 손주들도 유리공예를 직업으로 선택할 계획 같은 건 없었다. 이건 다른 유리공예 가문 대부분이 마찬가지였다. 그나마 남아 있는 가문 중에서도. 한때는 100가家가 넘었던 유리공예 가문 중 아직도 명맥을 이어가는 건 몇십 가에 지나지 않았다.

"유리 공방이 매일 24시간 연료를 태워서는 안 돼요." 아우렐리아는 할머니 말을 또 한 번 무시하고 주장했다. 손녀는 보통 10대 아이가 그러하듯 통화하면서도 또 다른 화면을 들여다보는 것 같았다. "공방들이 모여서 용광로를 공유하고, 협동하는 법을 배우고, 밤에는 교대로 나눠 써야죠."

오르솔라는 클클 웃었다. "마에스트로들이 협동할 것 같으니? 마에스트로들은 각자 자기만의 용광로 사용법이 있어. 마르코 큰할아버지에게 물어보렴. 다른 공방에서 용광로를 깨끗이 쓸 거라고 신뢰하는 사람은 아무도 없어. 그리고 새벽 3시에 일하려는 사람도 없고."

"할머니, 그런 건 변명일 뿐이에요. 제 말 듣지 않으시네요. 변화를 일으키지 않으면 앞으로 계속 홍수가 날 거고, 베네치아는 사람이 살 수 없는 도시가 될걸요. 할머니는 후손들이 정말 그렇게 살아가길 바라세요?"

베네치아와 같은 도시가 사라진다니, 믿기가 어려웠다. 바다가 차오르지 않게 하려고 건물을 계속 위로 짓지 않을까, 오르솔라는 생각했다. 하지만 가끔 산 마르코 상점에서 일할 때나, 바포레토와 골목에 꽉꽉 들어찬 관광객을 뚫고 나아가야 할 때나, 석호 위에서 움직이는 대형 유람선을 볼 때면 베네치아는 벌써 과거의 것으로 지워져버린 게 아닌가 하는 생각이 들기도 했다. 무라노 또한 옛날 같지 않았다. 세상에서 가장 섬세하고, 가장 독창적이며, 가장 아름다운 유리 작품을 만들고 파는 마에스트로가 넘쳐났던 섬이 아니었다. 오르솔라는 대운하를 따라 서 있는 수많은 팔라초를 장식했던 거대하고 복잡한 샹들리에를 회상하며, 그 작품들이 사라져버린 것을 애도했다. 그런 작품들은 이제 골동품으로 취급받으며 박물관에 있거나 해외로 팔려 나갔다. 마르코가 카사노바를 위해 만들었던 샹들리에도 고물상이 헐값에 사들여 이제 다른 골동품과 함께 알록달록한 벨그라드의 식당에 걸려 있다고 했다. 등에 씌우는 갓을 옷 대신 입은 마네킹들, 거대한 보석 곤충, 서까래에 매달린 원숭이, 종이공예 풍선, 네온사인. 루치아나와 라파엘레의 아이들 중 한 명이 그 사진을 보내주었다. 키치스러운 무덤 속, 신기한 장식품들 속에 갇힌 신기한 장식품. 걔네들은 그게 재미있다고 생각했다. 오르솔라는 애들이 그 사진을 마르코 오빠에게는 보여주지 않았기를 바랐다.

관광객들은 샹들리에나 정교한 술잔을 원치 않았다. 그들은 유리 인형이나 유리 포장지에 싼 유리 사탕, 유리 풍선과 유리 지그소 퍼즐 조각 같은 걸 찾았다. 대부분은 색상 선택이 형편없고 엉망으로 대충 디자인한 조잡한 물건이었다. 이따금 폰다멘타 데이 베트라이를 따라 그런 가게들을 지날 때면, 오르솔라는 관광객에게 강매하다시피 파는 그런 추한 물건들을 보기 싫어서 눈을 감아야 했다.

바스타(그만). "리도 바깥쪽에 홍수를 막는 제방을 쌓고 있단다." 오르솔라는 손녀에게 말했다. "마침내 그게 완공되면, 물이 들어오지 않도록 막아낼 거야." 이 프로젝트는 30년 전에 시작되었지만, 정치적 문제와 부패로 난항에 빠져 있었다. 그래도, 희망은 있었다.

"그게 제대로 효과가 있어야 말이죠." 아우렐리아가 대꾸했다. "그리고 염습지와 석호의 생명력을 유지하는 전체 생태계를 파괴하지 않는다면요!"

손녀의 비관적인 태도는 받아들이기가 어려웠다. 그리고 아우렐리아는 오르솔라에게 홍수 피해가 어떤지, 할머니나 사업장에 큰 영향이 없는지 묻지도 않았다. 손녀는 자기의 마른 집에 느긋하게 앉아 할머니에게 설교만 할 뿐 안부에는 전혀 관심이 없었다. 라우라 로소라면 저런 버릇을 절대 참고 넘기지 않았을 것이었다.

자비롭게도 전화기에 신호음이 울려서 오르솔라는 빠져나올 수 있었다. "미아 카라, 전화가 또 들어와서 받아야 할 것 같네. 일요일에 보자꾸나. 저녁 식사에 참석할 거지?"

오르솔라는 다른 전화를 받으며, 화면에 뜬 이름에 놀랐다. "도메네고, 본조르노! 어떻게 지내요?" 그가 오르솔라에게 전화하는 일은 드물었다.

"잘 지내요, 그라치에. 좀 만나 뵙고 싶은데요." 그는 통화상으로는 아주 정중했다.

"씨, 씨. 언제요?"

"가능하면, 지금요."

도메네고는 오르솔라에게 부탁이라곤 한 적이 없었기에 오르솔라도 거절할 수 없었다. "지금 어딘데요?"

도메네고는 도르소두로 어디로 오면 자기를 만날 수 있는지 알려주었다. 폭풍우에 수많은 바포레토가 파손되어, 이제 운행 회차가 줄었다. 거기까지 가려면 한 시간 넘게 걸릴 터였다. 하지만 오르솔라는 약속 장소로 향했다.

그는 스퀘로 디 산 트로바소 건너편의 작은 운하 옆 폰다멘타 위에서 있었다. 그곳은 이제 베네치아에 두 곳밖에 남지 않은 곤돌라 조선 및 정비소 중 하나였다. 오르솔라는 옛 친구 쪽으로 걸어가면서 미소를 띠었다. 60대인데도 도메네고는 여전히 군살이 없고 건강했으며, 다른 늙은 곤돌라 사공들처럼 배가 나오지도 않았다. 머리카락은 회색으로 세어버렸지만, 머리를 짧게 치고 있어서, 그렇게 눈에 띄지 않았다. 특히 요즘 곤돌라 사공 유니폼인 검정 바지와, 파랑 혹은 빨강 줄무늬 셔츠에 밀짚모자를 쓰고 있으면 잘 보이지도 않았다. 하지만 오늘은 그 유니폼을 입지 않고 갈색 바지와 버튼다운 흰 셔츠, 그리고 헐렁한 회색 아노락을 걸쳤다. 그의 발치에는 작은 갈색 여행 가방이 놓여 있었다. 끈을 둘러 묶는 구식 가방으로, 요새 베네치아의 칼레 어디에서나 볼 수 있는 것처럼 귀에 거슬리게 돌돌 돌아가는 바퀴는 달리지 않았다. 오르솔라는 그 가방을 보자 마음이 죄어오는 기분이었다. 도메네고는 이제껏 여행을 떠난 적이 없었다.

오르솔라가 다가가 옆에 서자 그는 고개를 끄덕여 인사하고는 몸을 돌려 선박 정비소 쪽을 향했다. 스퀘로 디 산 트로바소는 운하 옆 커다란 공터로, 그 둘레에 건물이 늘어서 있었다. 가대에 얹은 곤돌라 두 대에는 전통적인 검정 광택제를 바르는 작업 중이었다. 이 공간에 수많은 곤돌라가 쏟아져 들어와 줄을 제대로 맞춰서 세워두지 못하고 거대한 모닥불을 피울 준비라도 하듯 대충 더미로 쌓아놓은 탓에 사람이 서서 일할 자리가 별로 없었다. 이런 곤돌라들은 모두 어디가 부서져 있었다. 선체에 금이 갔거나 뱃머리가 뜯어져 나가고, 옆이 움푹 파이거나 했다. 모두 폭풍의 결과로, 수리가 불가하다는 판정을 받으면, 그 부서진 선체를 뒤져서 멀쩡한 부품을 찾아내어 새 배를 만드는 데 썼다. "미오 디오!" 오르솔라는 성호를 그었다.

"저 중 하나가 내 거예요." 도메네고가 말했다. "내 모자도 저 안에 있고." 그는 고갯짓으로 선박 정비소 한쪽 옆에 있는 목조 건물을 가리켰다. 벽에는 리본이 달린 밀짚모자 한 무리가 걸려 있었다. 오르솔라는 어째서 모자를 저기 갖다 놓았는지 알 수 없었지만 운하 건너편, 그녀와 도메네고가 일하는 사람들을 보면서 서 있는 자리의 맞은편에 모인 관광객들은 그 사진을 찍느라 정신이 없었다.

"오, 도메네고. 미 디스피아체(안타까워요)." 오르솔라는 웅얼거렸다. 친구는 자기 곤돌라를 사려고 몇 년 동안이나 돈을 모았고, 바로 전해에야 한 척 장만할 수 있었다. "보험은 들었어요?" 오르솔라는 이미 대답을 알고 있었다. 도메네고는 늘 근근이 벌어서 먹고살았다. 보험은 다른 유의 삶에서나 누릴 수 있는 특권이었다. 새 곤돌라를 제작하려면 1년이 걸리고, 6만 유로나 들었다. 그에게는 없는 시간과 돈이었다.

"비행기표를 사려고 곤돌라 면허증을 팔았어요."

도메네고가 클링엔베르크가의 전속 사공으로 일을 시작했을 때는 이 도시에 곤돌라 사공이 1만 명은 있었다. 하지만 물론 모터 엔진이 이를 바꿔놓았다. 이제는 베네치아에서 면허증이 있는 사공은 고작 400명에 지나지 않았고, 이 숫자도 엄격히 관리되었다. 면허증은 주로 아버지가 아들에게 물려주는 방식으로 유지되었지만, 이쪽으로 진출하려는 곤돌라 사공은 또한 버거운 수습 기간을 400시간 완료해야 했다. 곤돌라는 순전히 관광객을 위한 값비싼 관람 기구이기도 했지만, 한편으로는 이 도시의 상징으로 중요한 역할을 담당했다. 주민이든 관광객이든 똑같이, 곤돌라가 없는 베네치아는 상상할 수 없었다. 여전히 전통적이긴 해도, 이제 곤돌라 사공도 다양해져서 도메네고가 유일한 별종은 아니었다. 몇 년 전, 곤돌라 사공의 딸이 면허를 취득하면서 이제 등록된 여성 곤돌라 사공은 다섯 명이 되었다. 하지만 대부분이 백인인 곤돌라 사공 사이에서 도메네고는 여전히 남다른 존재여서, 오르솔라는 종종 그가 승객들과 같이 사진 찍을 때 참을성 있게 포즈를 취해주는 모습을 보곤 했다. 그래도 그는 한 번도 웃지 않았다.

"아프리카로 돌아가려는 거로군요." 오르솔라는 질문이라기보다 단정하듯이 말했다. "그래서 저기 모자를 걸어놓은 거예요?"

그가 고개를 끄덕였다. "가나. 저는 가나 출신입니다."

오르솔라는 침을 삼켰다. 오랜 세월, 오르솔라는 도메네고가 고향을 찾아가길 바랐지만, 그가 실제로 떠나리라고 기대한 적은 없었다.

"인터넷에서 누구라도, 뭐라도 찾았어요?"

"마을 위치는 알아낸 것 같아요. 거기 가서 어떤 느낌인지 알아볼 작정입니다."

오르솔라는 그의 여행 가방을 슬쩍 보았다. 그가 보낸 인생의 내용물이 모두 그 작은 공간 하나에 담기다니, 혹은 운하 저편의 부서진 검은 배 더미 속에 있을지도. "곧 떠나나요? 이렇게 급작스럽게?"

도메네고는 고개를 끄덕였다.

지금 내가 당신을 만나러 오지 않았다면 어쩔 뻔했어요? 오르솔라는 생각했다. 나한테 작별 인사도 없이 떠나려고 했나요? "하지만 어떻게, 여권을……?" 물론 그에게는 공식 서류가 없었다. 어디서, 언제 태어났는지 증명할 길이 없기 때문이었다.

"돈만 있으면 뭐든 살 수 있죠."

"언젠가…… 언젠가 돌아올 거죠?"

"지금 여기에 나를 위한 건 아무것도 없어요."

"하지만…….” 오르솔라는 목에서 큰 덩어리가 치밀어 올라 더 이상 말을 잇지 못했다.

도메네고는 시선을 정비소로부터 옮겨 오르솔라를 내려다보았다. "작별 인사를 하고 싶었어요. 부인은 그간 참 좋은 친구였으니까요."

"메네고……." 오르솔라는 자기가 좋은 친구였는지 자신이 없었다. 그녀에게 이 곤돌라 사공은 주로 안토니오와의 연결고리, 그를 잘 아는 누군가였을 뿐이었다. 이제, 오르솔라는 그 고리를 잃게 되었다. 마지막으로 안토니오의 모습을 본 지도 40년이 넘었다. 멍든 상처는 오래전에 사라졌다. 그저 심장을 가볍게 누르는 기분, 유령처럼 어슴푸레한 욕망의 흔적만 남았을 뿐이었다.

하지만 그녀는 이제 친구도 잃게 되었다. 오르솔라는 도메네고에게로 다가가 두 팔을 그에게 둘렀다. 도메네고가 머뭇거리는 것이 느껴졌다. 두 사람의 관계는 언제나 형식적이었고, 그가 곤돌라에 태워주고 내릴 때 오르솔라의 손을 잡은 것 말고는 신체적 접촉도 없었다. 하지만 잠시 후, 그도 그녀의 몸에 팔을 두르고 꼭 안아주었다. 마침내 두 사람이 떨어졌을 때 도메네고의 눈에는 촉촉한 물기가 어려 있었다.

"거기 도착하면 문자 보내줄 거죠?" 오르솔라가 물었다.

그는 고개를 끄덕였지만, 오르솔라는 그가 다시는 연락하지 않을 것임을 알았다. 그는 자기 가방을 들고 차테레 쪽, 공항행 수상버스 정류장 쪽으로 걸어갔다.

오르솔라는 그의 뒷모습을 바라보았다. 곧은 등, 수천 시간 동안 노를 저어 뭉친 어깨 근육. 그러다 오르솔라는 뒤따라 뛰어갔다. "도메네고!"

그가 몸을 돌리자 오르솔라는 드레스 주머니 속에 손을 넣었다. 오르솔라는 바지를 입는 유행에는 한 번도 끌린 적이 없었다. 그녀가 주머니에서 꺼낸 건 늘 지니고 다니는, 마리아 바로비에르의 로세타였다. "무라노의 자그마한 흔적이라도 가지고 가세요." 오르솔라는 그에게 구슬을 건넸다.

도메네고가 미소를 지었다. 관광객에게는 절대 보여주지 않는 미소였다. "그라치에, 오르솔라." 그는 코트 주머니에 구슬을 집어넣고, 다시 석호 쪽으로 몸을 돌려 집으로 가는 여정에 첫발을 내디뎠다.

"도메네고는 떠났어요." 오르솔라는 핫초콜릿을 들며 클라라 클링엔베르크에게 말했다. 두 사람은 몇 년 동안 정기적으로 카페 플로리안에서 만났다. 처음에는 오르솔라가 가게 진행 상황에 대해 투자자에게 설명하려는 목적이었다. 그다음, 일단 오르솔라와 로셀라가 클라라가 빌려준 돈을 갚은 이후에는 친구로서 얼굴을 보는 것이었고, 아주 가끔은 클라라가 유리 돌고래를 건네주기 위해 만나자고도 했다. 거기서 처음 만난 이래로 오르솔라는 플로리안의 초콜릿에 중독되다시피 했지만, 카페 테이블을 잡으려면 너무 비싸져서, 그들은 현지인만의 노하우로 가격이 더 싼 뒤편 카운터에 앉곤 했다.

"뭐라고요?" 클라라는 받침 위에 잔을 쿵 내려놓았다. 클라라에게서는 드물게 보는 우아하지 못한 행동이었다. "어디로요?"

"원래 온 곳으로요. 가나."

"하지만 왜요? 자기 곤돌라도 있는 사람이. 잘 살았잖아요!"

"폭풍에 곤돌라를 잃었어요. 그리고 이제 때가 되었다고 느꼈대요."

"거기서 뭘 할 거래요?"

"고향 마을과 가족에 다시 연이 닿았으면 한대요. 누구라도 찾을 수 있다면요."

클라라는 은반지를 여럿 낀 손을 흔들었다. "그래요, 하지만 그 후에는요. 그가 무슨 일을 할 거라는 거죠? 아프리카에는 곤돌라가 없잖아요."

"그 사람이……." 오르솔라는 그 생각은 미처 해보지 않았다. 클라라는 아주 실리적인 사람이라서, 그 덕분에 훌륭한 사업가가 될 수 있었다. 남편이 이혼을 쭉 거부하긴 했지만, 클라라는 몇 년 전에 남편과 갈라섰고, 로소에 로셀라가 성공적으로 시작하는 데 도움 준 것을 발판 삼아, 신생 기업을 런칭하는 데 대금을 빌려주는 사업을 시작했다. 클라라는 본능적으로 관광객이 베네치아에 원하는 것을 아는 듯했다. 장인이 만든 아이스크림, 고급 가죽 제품, 예뻐서 사지만 절대 쓰지 않을 수공예 공책, 그리고 다시 카르네발레가 유행하면서 더불어 인기를 얻은 수많은 장식 가면들. 클라라는 오르솔라가 싫어하는 다색 유리 풍선과 지그소 퍼즐을 만드는 유리공예가의 활동을 독자적으로 지원했다. 이제 모두가 그 제품을 복제했고, 그런 제품이 사방에서 팔렸다. 클라라가 성공시킨 젤라토 체인점 하나는 아이스크림 맛에 클라라의 이름을 따서 붙였다. '크레마 디 클라라 K'는 클라라의 혈통을 기념하는 뜻으로 독일의 슈바르츠발트 초콜릿케이크 전통을 살려서 캐러멜 크림 맛에 초콜릿과 체리를 섞어 넣은 맛이었다. 클라라는 또 머리카락을 짧게 잘라서 염색하지 않은 은발로 다니고 검정, 흰색과 회색, 그리고 갈색 띤 암회색 명품 의상만 입었으며, 애인을 줄줄이 두고 그 연애사를 오르솔라에게 자세히 묘사했다. 결과적으로 클라라는 행복하게 지냈다.

"도메네고는 은퇴할 나이예요." 오르솔라는 다시 입을 열었다. "앞으론 편안히 쉬게 되지 않을까요?"

"그 사람에게 연금이나 저축이 좀 있는지 모르겠는데요. 물어봤어요?"

"아뇨. 하지만 가족이……."

"그 사람 가족은 오래전에 떠났을 거예요. 오르솔라도 알잖아요. 우리가 도메네고를 금방 도로 데려오는 게 좋겠어요."

"클라라가 도메네고에게 연금을 주면 어때요?" 오르솔라가 제안했다. "그 사람이 클라라와 아버님을 위해 보수도 없이 몇 년 동안 일해 줬으니, 그만큼은 빚이 있잖아요. 그걸 뭐라고 하느냐면……." 오르솔라는 덧붙였다.

독일인 여자는 좌석에 앉은 자세를 바꾸었다. "그건 제 아버지지, 내가 아니에요. 시대가 달랐잖아요. 도메네고가 우리 집에서 일할 때는 남편이 보수를 지급했어요. 우리는 명예를 중시하는 가문이에요. 우리 직원들에게 좋은 대우를 해줬어요. 그 사람들을 도왔고요. 우리가 할 수 있을 때는……." 클라라는 말꼬리를 흐렸다. 오르솔라는 클라라가 누구를 떠올리는지 알았다. 요나스. 오르솔라는 손녀에게 조사를 부탁했고, 아우렐리아는 그의 이름을 명단에서 찾아냈다. 클링엔베르크가에서 일했던 냉철한 사무원은 제2차 세계대전 당시 수용소에서 살해당했다.

클라라는 커피잔을 붙들고 있는 긴 손가락을 내려다보았다. "도메네고의 전화번호 갖고 있죠?" 클라라는 한참 뒤에 말했다. "전화기를 아직도 갖고 있겠죠? 내가 전화해서 뭘 할 수 있는지 알아볼게요."

오르솔라는 대부분 무라노의 작업실에서 등불 공예를 하며 시간을 보냈다. 로셀라가 상점에서 종종 하듯이 구경꾼들 앞에서 작업하는 건 참을 수 없었다. 요사이 관광객이 시범을 더 많이 볼 수 있기를 기대했고, 무라노에서도 유리공예가들이 방문객에게 공방을 개방하기 시작했다. 관광객은 베네치아에서 배로 실려 와 시범실로 안내되었고, 담배를 피우러 가는 휴식 시간 동안 도제들은 프로바의 테스트 항목이었던 유리 말을 1분 안에 뒷다리와 꼬리로 똑바로 서게 만드는 방법을 보여주었다. 제대로 만들려면 꽤 까다로운 형태였다. 빨리 해야 했고, 몸통과 갈기는 두껍게 하되 다리와 꼬리는 가늘게 만들면서 어느 쪽이든 깨뜨리지 않아야 했다. 말의 머리와 얼굴 형태를 잡으려면 도구로 집어서 잡아당기는 기술도 필요했다. 비율이 정확해야 말이 두 다리와 꼬리로만 설 수 있었다. 말을 고른 건 영리했고, 관객들은 유리 덩어리에서 그렇게 복잡한 형체를 뚝딱 만들어내는 그들의 마술에 감탄했다. 유리공예가들은 수도 없이 많이 연습해서, 이제는 말 그대로 눈 감고도 만들 수 있었다. 무엇을 만들어야 할지 생각하고 싶지 않으면, 그저 몸에 밴 기억을 써서 반사적으로 뒷발로 선 말을 만들었고, 마지막에는 과장된 몸짓으로 뜨거운 유리로 담뱃불을 붙이며 시범을 끝냈다.

오르솔라는 그런 말을 수도 없이 보았다. 그중에는 마르코와 자코모 오빠, 그리고 라파엘레와 안드레아가 프로바를 통과하기 전에 수백 번 연습하며 만든 것들도 있었다. 도제들은 그런 말을 만들면서 너무 지겨워하는 듯했고, 오르솔라는 그런 말과 그것이 상징하는 창의성 부족이 차츰 싫어졌다. 유리는 경이롭게도 무엇이든 될 수 있는 성질을 갖고 있으므로 유리공예가들이 만들 수 있는 형태는 수도 없이 많았다. 그런데도 어째서 매번 익숙한 것만 만든단 말인가? 생각할 필요가 없어서 더 쉽기 때문이 아닌지, 오르솔라는 의구심이 들었다. 오르솔라 본인도 때때로 새로운 구슬을 창작하기보다는 같은 구슬을 다시 만들면서 죄책감을 느끼긴 했다. 자기가 더 나이 들고 실력이 감퇴하면, 그런 경우가 늘어갈 것이었다.

말 만들기 시범이 끝나면, 관람객들은 근사한 전시실로 우르르 몰려갔다. 거기에서는 판매원이 밀라노나 뉴욕에서 배워온 기술로 관람객들을 꼬드겨서 바가지를 씌우고, 종종 흉측한 유리 제품을 팔았다. 오르솔라에게는 어째서 유리공예가들이 그런 식으로 호객을 해야만 한다고 느끼는지가 수수께끼였다. 좀 더 식견 있는 관람객이 자기들을 어떻게 볼지 생각하면 부끄럽기 짝이 없었다.

마르코 또한 유료 시범, 영업 기술, 유리 말에 질색했다. 그는 유리 말을 팔아 얼마를 벌 수 있든 간에 로소 공방에서는 말을 만들지 말라고 금지했다. 중국 공장들의 경쟁력이 높아지면서 로소가는 씨앗 구슬 산업에서 밀려나고 말았고, 이제 그들은 다시 유리 제품만 만들고 있었다. 어슬렁어슬렁 들어오는 방문객에게 마지못해 공방을 개방한 마르코는 작업하면서 이런저런 질문에 답해주었지만, 로소가의 상점에서 일을 돕는 루치아나의 딸들은 사람들을 따라다니면서 물건을 강매하는 건 엄격히 금지당했다. "그냥 알아서 보게 해." 마르코는 우겼다. "물건이 괜찮으면, 사람들이 알아서 산다고."

무라노 유리가 모두 빨리 팔기 위해 디자인된 키치한 제품은 아니었다. 어떤 유리공예가들은 그런 유의 싸구려 미학에 도전하기 시작해서, 유리를 사용하여 더 예술적인 작품을 만들었다. 이제는 마르코의 세르벤테가 되고 아버지가 은퇴하면 마에스트로 자리를 이어받기로 한 라파엘레는 색다른 양식을 도입하여, 공방의 제작 방향을 좀 더 단순하고 깨끗한 선, 그리고 세심하게 선정한 색깔을 이용한 유리 작품 쪽으로 선회했다. 이제 몇 년 동안 공방에서 가장 많이 팔린 제품은 테두리에 노란 선을 두른 반투명한 파란색 소형 그릇으로, 라파엘레가 디자인한 것이었다. 올리브나 피스타치오를 담기에 딱 적당한 크기에 비율이 보기 좋고, 울트라마린 색깔이 고급스러워 보였으며, 테두리가 후광처럼 빛났다. 키치한 유리 제품이 넘치는 섬에 지쳐버린 방문객들은 그런 소박한 그릇에 안도감을 느끼며 관심을 보였다.

섬의 역사와 유리에 대한 자부심도 점차 높아졌다. 이제 신구 공방의 성취를 기념하는 유리 박물관도 설립되었다. 오르솔라는 무세오 델 베트로를 자주 찾아가 전시된 옛날 작품을 향수에 젖어 감상했다.

특히 오르솔라가 좋아한 건 바로비에르가의 작품들로, 거기에는 마리아 바로비에르의 로세타를 포함해서 여러 인물 모양이 그려진 울트라마린의 파란색 웨딩 컵이 있었다. 대략 오르솔라가 태어난 시기의 작품이었다. 다른 무라노 유리 가문들의 작품도 전시되어 있었다. 심지어 로소가의 작품도 있었다. 안토니오가 만든 돌고래가 바닥을 두르고 있는 마르코의 촛대였다. 로셀라는 요나스에게서 돌려받은 견본 카드를 기증하라고 오르솔라를 독려했다. 언젠가는 그렇게 할 테지만, 아직은 자신의 역사를 내놓을 준비가 되지 않았다. 지금은 상점 벽에 걸려 있었다. 사람들은 대부분 못 보고 지나쳤지만, 이따금 오르솔라는 한 여자가 그걸 면밀하게 관찰하는 모습을 보고 생각하곤 했다. 저 여자도 제작자구나.

오르솔라와 로셀라는 고객들이 베네치아의 상점 내 작은 공간에서 편안한 기분을 느낄 수 있게 배려하며, 너무 뚫어지게 쳐다보거나 압박을 주지 않도록 애썼다. 홍수 때를 제외하면, 로소 에 로셀라 상점은 꽤 잘되고 있었지만, 1년 전쯤 바로 건너편에 평범한 열쇠고리, 폰 케이스, 티셔츠, 플라스틱 지갑이나 냉장고 자석을 팔며 상점 내부를 온통 곤돌라나 산타 마리아 델라 살루테, 산 마르코 대성당, 두칼레 궁전이나 베네치아 사자 사진으로 장식한 상점이 문을 열었다. 거기에서는 또 유리 방울이나 작은 유리 인형을 팔면서 '무라노 유리'라고 손으로 쓴 안내판을 붙여서 광고하고 있었지만, 오르솔라는 그 제품들이 다 중국산임을 알고 있었다. 중국은 무라노의 가장 강력한 경쟁자로 부상하고 있었다. 무라노 유리공예가들은 자기 작품에 특별한 무라노 인장표를 붙여 시장을 보호해야만 했다. 하지만 베네치아 소매상이나 관광객은 그런 조치도 종종 무시했다. 오르솔라는 진짜 무라노 유리 상점 바로 건너편에서 그런 물건을 파는 이웃들에게 소리를 지르고 싶었지만, 대신 로셀라가 그 상점 매니저에게 가서 좀 더 부드럽고 달래는 목소리로 이야기를 나누었다. 물론 허사였다. 알고 보니 그 상점 주인 자체가 중국인 투자자였다.

오르솔라가 상점에 앉아 있으면 끝없이 밀려드는 관광객이 진열장 너머로 양질의 더 비싼 작품을 힐끔 쳐다보다가 칼레 건너편의 더 싼 물건을 파는 곳으로 발길을 돌리는 모습을 봐야만 했다. 그런 광경을 보면 너무나 의기소침해져서, 오르솔라는 상점 안에서 작업하는 건 그만두고 판매는 로셀라와 안젤라에게 맡겨버렸다.

하지만 이제 카르네발레 기간에는 일손을 도우러 가게에 도로 나왔다. 홍수가 있고 나서 세 달 후, 여자들은 가게를 정상으로 되돌렸다. 벽에 30센티미터가량 남은 물 자국은 어쩔 수 없었지만, 고객들은 오히려 거기에 매력을 느끼는 듯했다. 홍수는 직접 겪지 않은 사람들에게는 그저 매혹적인 사건일 뿐이었다. 아쿠아 그란다 이후 처음으로 관광객이 꽤 많이 몰려들었다. 카르네발레가 열리는 2주 동안, 베네치아에 다시 관광객이 돌아온다는 건 참으로 안심되는 일이었다. 비록 그게 골목마다 가면을 쓰고 의상을 입은 채로 술에 취해 흥청대는 사람이 넘쳐난다는 뜻이라고 해도. 수많은 사람들은 여전히 기념품 상점으로 몰려가 싸구려 가면을 샀지만, 몇몇은 선물을 찾아, 혹은 로셀라가 매년 2월이면 페스티벌에 장단 맞추는 의미로 만들어서 진열장에 걸어놓은 구슬 마스크를 찾아 로소에 로셀라까지 흘러들었다.

오르솔라는 한 독일 커플이 들어오자 고개를 들었다. 보통은 그 사람들이 입을 열기도 전에 국적을 알아맞힐 수 있었다. 오르솔라는 그들에게 말없이 인사만 하고, 빤히 쳐다보지 않으려고 했다. 그들은 눈을 덮는 카르네발레 가면이 아니라 코와 입을 막는 의료 마스크를 쓰고 있었다. 여자의 눈은 당혹스러워 보였고, 남자의 눈은 도전적이었다. 그들은 오래 머무르지도 않았고, 뭔가 사지도 않았다.

"왜들 그러는 거야?" 오르솔라는 자기 작업대에서 불꽃 위에 몸을 숙이고 있는 로셀라를 향해 물었다.

로셀라는 고개를 들지 않고, 열쇠고리에 달기 위해 모양을 잡고 있는 작은 빨강 문어에만 집중했다. 그들 또한 더 비싼 목걸이와 귀걸이만으로는 대적할 수 없어서 결국은 굴복하고 보다 저렴한 기념품을 만들기 시작했다. 오르솔라는 아직도 해마를 만들었고, 그건 잘 팔렸다. "아마도 중국에서 퍼졌다는 바이러스를 걱정하나 봐요."

오르솔라는 코웃음을 쳤다. "황당한 소리! 그게 어떻게 여기까지 퍼진대?" 하지만 할머니와 마달레나, 파올로와 니콜레타를 무덤으로 보내고 로소가를 격리로 몰고 간 그 역병을 떠올리자 가슴이 매듭을 묶은 듯 조이는 기분이 들었다. 그런 일이 다시 생기진 않을 거야. 오르솔라는 생각했다. 이젠 현대 의학 기술이 있잖아. 우린 위생적이잖아. 그런 병에는 안 걸려. 우리는, 지금은.

우리. 지금.

오르솔라는 가족을 만날 수 없다고 하자 분통을 터뜨렸다. 오르솔라와 스테파노가 사는 아파트는 로소가의 집에서 200미터밖에 떨어져 있지 않았지만, 격리 법령에 따라 두 사람은 그만큼도 밖에 나가는 것이 금지되었다. 그 법령을 어겼다가는 3,000유로(구슬 1,500개 값에 해당하는 액수)의 벌금을 내야만 했다. 또 파세자타 시간에도 캄포 산 베르나르도를 산책할 수 없었고 부모님의 묘를 찾아가볼 수도, 모니카와 함께 폰테 롱고의 카페에서 에스프레소를 마시며 햇볕 속에 앉아 있을 수도 없었다. 오로지 필수품을 사러 짧게 장을 보러 나가는 정도만 허용되었다. 다른 모든 것은 봉쇄되었다.

가끔은 올케와 슈퍼마켓 바깥에서 만나기로 미리 의논해서 함께 줄을 서기도 했다. 모니카는 오르솔라의 종증손녀를 데리고 올 때도 있었다. 루치아나는 벌써 할머니가 되었다. 두 사람은 1미터가량 간격을 벌려놓고 수다를 떨었다. 처음 이 꼬마 소녀가 증조할아버지의 여동생을 보았을 때, 아이는 현재 상황을 전혀 이해하지 못한 채로 뛰어가 안겼다. 주위 사람들은 모두 헉 놀라고, 오르솔라가 아이를 밀어내지 않고 안아주려고 하자 혀를 차기도 했다. 오르솔라는 사람들이 이제는 금지된 이런 신체 접촉이 부러워서 그런다는 것을 알았다.

시장은 규모가 축소되기는 했지만, 여전히 돌아가고 있었다. 하지만 이제 사람들은 이전보다 훨씬 적게 말을 나누었고, 그 누구도 어물쩍거리지 않았다. 몇몇 대화만 하고, 안부를 물은 다음, 이전에는 아무도 주목하지 않던 증상을 나열했다. 목이 따끔거리고, 난데없이 기침이 터져 나오고, 팔다리가 쑤시고, 두통이 있는 등. 모두가 바이러스로 이어지는 신호처럼 느껴졌다.

오르솔라는 어떤 중국인 남자가 독일 자동차 공장을 방문했고, 그때 그 부품 중 하나가 바이러스에 감염된 채로 북부 이탈리아로 보내져서 이탈리아에 코로나바이러스가 퍼졌다는 소문을 들었다. 정말 얼토당토않은 소리였다. 그럼에도 세계는 수 세기 동안 그런 식으로 연결되어 있었다. 베네치아인이라면 누구나 그 사실을 알았다. 튀르키예나 더 먼 동방에서 쥐들이 무역선을 타고 왔고, 거기에 붙어 있던 벼룩이 역병을 불러왔다. 벼룩 자체는 키르기스스탄의 마멋에게서 옮았다. 하지만 지금 이런 새 바이러스의 전파는 이제까지보다 더 빠르고 범위도 훨씬 넓었다. 세계가 더 빠르고 좀 더 긴밀히 엮여 있기 때문이었다.

오르솔라는 운이 좋았다. 여전히 아래층 작업실에서 일할 수 있었다. 적어도 작업할 수 있는 유리와 가스가 있는 한은 버틸 수 있었다. 하지만 집중할 수 없었기 때문에 작업에는 진척이 없었다. 유리를 태우고, 구슬 안에 거품이 끼기도 했다. 물건을 떨어뜨리고, 구슬을 일찍 꺼내는 바람에 제대로 식지 못했으며, 장식이 허접해지고, 보통 때는 힘 있는 손길이 흔들려서 점이 얼룩처럼 보이고, 꽃은 대충 휘갈긴 듯 보였다. 대칭을 맞추는 타고난 감을 잃은 것 같았고, 구슬은 중심이 안 맞고 덩어리진 느낌이었다. 오래전 엘레나 바로비에르가 처음 구슬 제작법을 가르쳐줬을 때만큼 형편없는 모양이었다. 오르솔라는 막대기로 꿀을 옮기던 도제 시절로 다시 돌아간 것 같은 기분이었다. 아무런 영감도 떠오르지 않았고, 새로운 건 하나도 창작할 수 없었으며, 이전 디자인을 복제해도 그 발치에도 미치지 못했다. 제대로 된 색깔도 떨어지는 경우가 많아서, 오르솔라는 할 수 있으면 무지개처럼 다양한 색깔의 유리봉들을 주문했을 텐데 하고 아쉽게 여겼다. 스무 개의 다른 파란색과 서른 개의 다른 녹색. 몇 년 전, 용광로에서 나오는 매연을 규제하는 새로운 환경 관련 법안이 실행되어, 무라노에서는 유리 원재료를 생산하기가 더 어려워졌다. 현재는 유리봉을 제조하는 무라노 공장이 한 곳뿐이었고, 그마저도 문을 닫았다.

어쨌든 굳이 뭘 만들 이유가 있을까? 상점은 문을 닫았고 관광객이 돌아올지조차 알 수가 없는데. 해외 주문도 말라버렸다. 차츰 오르솔라는 작업실에도 가지 않고 스테파노와 함께 아파트에 남아서 강박적으로 신문 뉴스를 읽거나 낮에 방송하는 텔레비전 프로그램이나 사람들이 전 세계에 힘을 내게 해준답시고 멍청한 짓을 하는 동영상을 보았다.

인생은 다양한 자극 없이는 지루했다. 장소, 소리, 사람들. 오르솔라는 자기 자신에게 싫증이 났고 다른 사람들이 그리웠다. 전화로 가족과 친구들을 만나는 건 그들과 같은 방에 함께 있는 것과 같지 않았다. 이 사실을 인정하면 루치아나가 비웃겠지만, 그래도 오르솔라는 베네치아가 그리웠다. 낯선 사람의 존재, 산 마르코 광장 주위를 어슬렁거리다가 유리 제품을 집어 들었다 다시 내려놓고, 로셀라가 구슬 만드는 모습을 지켜보던 관광객들이 그리웠다. 심지어 유리를 함부로 다루거나 가격이 비싸다고 불평하고 오르솔라가 직접 만든 사람이라는 것도 생각하지 않고 작품을 무례하게 평하는 짜증스러운 손님들까지도 그리웠다.

오르솔라가 감사하는 게 하나 있다면, 옆에 꾸준히 있어준 스테파노의 존재였다. 그는 말을 많이 하진 않았지만, 두 사람은 말없이 함께 텔레비전을 보거나 책을 읽으면서 편안했다. 오르솔라는 성인이 될 때까지 많이 배우지 못해서 책을 즐겨 읽지는 않았지만, 스테파노는 나폴레옹 전기를 차근차근 읽어나갔다. '그가 우리에게 한 짓과 동기를 이해하기 위해서'라고 했다. 다음으로는 카사노바의 회상록을 읽기로 했는데 거기에 쓰인 선정적인 내용을 소리 내어 읽어주는 것은 싫다고 거절했다. 오르솔라는 거기에 메스트레에서 오는 곤돌라 위에서 만난 구슬공예가 이야기가 쓰여 있을까 궁금했다.

오르솔라는 이따금 스테파노가 책을 읽을 때 그에게 기대었고, 남편의 조용한 숨소리에 마음이 차분히 가라앉곤 했다.

자코모 오빠의 소식을 알게 된 건 슈퍼마켓 줄에 서 있을 때였다. "떠났어요." 오르솔라가 오빠의 안부를 묻자 모니카가 소곤대는 소리로 알렸다.

"떠나요? 무슨 말이에요, 떠나다니? 어디로요?"

모니카는 주위를 살폈다. 1미터 간격을 두고, 모든 사람이 다 듣는 자리에서 가족의 비밀을 주고받는다는 게 쉬운 일은 아니었다.

"봉쇄 직전에 메스트레에 가서 돌아오지 않았어요."

오르솔라의 마음속에 불안한 경보가 울렸다. "테라페르마에 갇힌 거예요?"

"갇힌 게 아니에요." 모니카가 너무 나직한 목소리로 말해서 처음에 오르솔라는 제대로 들을 수도 없었다. 간신히 무슨 말인지 알아들었을 때는, 이해할 수가 없었다. 온라인 가족 채팅방에서 자코모는 뒷배경을 흔들리는 야자수로 바꾸었고, 그에 대해 농담을 던졌다. 오르솔라는 자연스레 오빠가 무라노 아파트에 있다고만 생각했다.

"그럼 누구랑 있는 거예요?"

모니카는 다시 주위를 살폈지만, 가십에 굶주린 이웃이 주위에 너무 많았다. 모니카는 말하는 대신 전화기를 꺼내 문자를 보냈다.

> 친구랑 같이 있대요.
>
> '친구'요? 오빠한테 마침내 여자친구가 생겼군요!
>
> 여자가 아니에요.

오르솔라는 모니카를 쳐다보았고, 모니카는 어깨만 으쓱했다.

"눈치챈 지 얼마나 됐어요?"

모니카는 다시 전화기를 들었다.

> 한동안 의심은 했죠. 이사벨라가 한 말도 있고. 그래도 내가 틀렸을지 모르니까 굳이 말하고 싶진 않았어요. 결국 내가 물어보니까 말해

줬어요.

오르솔라는 황급히 오빠의 삶을 돌아보고 조각을 맞춰보았다. 자코모는 파올로가 죽었을 때 그렇게도 애통해했지만, 오르솔라는 연인보다는 스승을 잃어버린 슬픔 정도로 치부해버렸다. 오빠와 이사벨라 사이에 열정이나 애정이 없었던 것도, 이사벨라가 떠난 뒤 다른 아내를 찾는 데 무관심해했던 것도 생각났다. 무라노 남자들이 특히 마초적으로 굴 때면 불편해했던 것. 로모 살바데고에 술 마시러 가는 데는 관심도 없었던 것. 다른 남자들 틈에 껴서 여자들 얘기를 하거나 지나가는 여자들에게 휘파람을 불며 수작을 걸지도 않았던 것. 오르솔라는 오빠가 남자들에게 슬쩍 곁눈질하는 모습도 보았지만, 딱히 의문을 품지는 않았다. 말로는 하지 않았지만, 오빠가 자신의 타고난 모습을 완전히 편안하게 받아들이지 못하고 있다는 감은 들었고, 뭔가 숨기고 있다는 느낌도 있었다.

마르코 오빠는 뭐래요.

무시하죠. 메스트레에 갇혔다고 생각해요. 돌아올 거라고. 어쩌면 그편이 나아요.

어쩌면요.

오르솔라는 당장 자코모 오빠에게 전화하고 싶었지만, 작업실로 돌아와 혼자가 될 때까지 기다렸다. 오빠가 영상통화를 받자 오르솔라는 이렇게만 말했다. "왜 나한테 말 안 했어?"

순간 두려움과 안도감이 얼굴에 스쳤지만, 오빠가 그 표정을 싹 지우자 오르솔라는 마음이 무너질 뻔했다. 항상 오르솔라를 지켜주고,

489

그렇게나 많은 일을 함께 헤쳐왔던 상냥한 오빠. 그런데도 오르솔라
는 오빠의 본모습을 알지 못했다. 이제 테라페르마가 오빠를 자기들
의 규칙에 따라 볼모로 잡아놓고 있었다. 오빠가 돌아오기는 할까? 돌
아오고 싶긴 할까?

처음에는 두통으로 시작했다. 그 후에는 기침이 터졌다. 입에 금속
맛이 돌다가 아무 맛도 느껴지지 않았다. 피로가 몰려왔다. 열이 났다.
가슴이 답답했다. 숨 쉬기 힘들었다. 더. 더욱더. 구급차가 왔다. 병원
으로 실려 갔다. 인공호흡기를 달았다.

베네치아에서 수상 구급차가 왔을 때, 우주인처럼 하얀 방역복을
입은 구급대원들이 얼굴에 산소마스크를 씌워서, 스테파노는 무슨 말
을 하고 싶어도 할 수가 없었다. 구급대원들이 남편을 아래층으로 들
고 내려갈 때, 오르솔라는 그 뒤를 따라가서는 그들이 거리에서 바퀴
달린 들것 위에 남편을 단단히 묶는 모습까지 지켜봤다. 이웃 사람들
이 창문에서 고개를 내밀었다가 재빠르게 뒤로 물러났다.

구급대원들은 스테파노를 밀고 운하까지 향했다. 오르솔라는 남편
과 함께 갈 수도 없었고, 병문안도 허가받지 못했다. "잠깐요!" 오르솔
라는 스테파노의 전화기를 들고 그들을 쫓아갔다. "전화해요." 오르솔
라는 남편의 손에 전화기를 쥐어주고, 꽉 눌렀다. 스테파노는 오르솔
라를 바라보았다. 그의 검은 눈은 맨 처음 오르솔라가 보았을 때, 바로
비에르의 공방에서 가르초네였던 그를 마리아 바로비에르가 꾸짖던
그날처럼 강렬했다. 오르솔라는 스테파노와 사랑에 빠졌던 적은 없었
지만, 그를 사랑했다. 그는 오르솔라가 안토니오와 결혼하고 싶어 했
다는 사실을 처음부터 알면서도 이 긴 결혼 생활을 버텨왔다. 무척이
나 모욕감을 느꼈겠지만, 그는 한 번도 대놓고 불평을 토로하지 않았

다. 오르솔라는 남편에게 얼마나 고마워하는지 어떻게 말로 표현해야 할지 알 수가 없었다.

스테파노가 아내를 향해 한 손을 들었다. 오르솔라도 손을 들어 보였다. 그런 뒤에 구급대원들은 그를 밀고 가버렸다.

다음 날, 스테파노의 사진이 오르솔라의 전화기 화면에 떴다. 스테파노가 건 것이 아니었다. 피로에 지친 간호사가 그의 전화기로 스테파노가 죽었다는 사실을 오르솔라에게 알려주었다.

장례식은 금지되었기 때문에, 산티 마리아 에 도나토에서 스테파노를 위한 미사도 열리지 않았다. 직계가족만, 묘지 매장식에만 참석할 수 있었다. 스테파노의 부모님은 돌아가신 지 오래였고, 형제들도 멀리 살았다. 안젤라가 주데카에서 석호를 건너서 오는 건 불법이었기 때문에 사랑하는 아버지가 무덤에 들어가는 모습도 볼 수가 없었다. 안젤라가 전화기에 대고 통곡하는 바람에, 오르솔라는 말은 하지 않았지만 딸을 직접 대하지 않아도 되어서 다행이라고 안도했다.

매장식 전날, 가족들은 온라인으로 모여 스테파노를 추모했지만, 오르솔라는 성에 차지 않았다. 기술적 한계 때문에 한 번에 한 사람밖에 말하지 못하거나 대화가 자연스럽게 겹칠 수가 없었기 때문이었다. 남자들, 마르코와 자코모, 라파엘레와 마르콜린, 안드레아는 그렇게 오랫동안 옆에서 묵묵히 일해준 동료를 잃은 슬픔을 뼈저리게 느끼면서 침울해했다. 여자들, 모니카와 안젤라와 로셀라와 프란체스카, 심지어 루치아나까지도 오르솔라의 건강에 초점을 맞추면서 오르솔라도 병에 걸리지 않을까 두려워했지만, 아직까지 증상은 나타나지 않았다.

"혼자서 매장식에 가면 안 돼요." 모니카가 단호히 말했다.

"혼자서는 안 되세요." 로셀라도 그대로 반복했다.

안젤라는 다시 울음을 터뜨렸다. 그것도 계속 울다가 방금 그친 참이었다.

오르솔라는 실제 기분보다 더 용기 있는 척하려고 노력했다. "선택의 여지가 없어요. 다른 방법으로 하면 불법이에요. 그리고 내가 바이러스에 걸렸다면, 누가 와도 나한테 옮을 수 있잖아요. 게다가 장례식은 오래 걸리지 않을 거예요. 신부님도 안 계시고, 꽃도 갖다놓지 못한대요." 그 말을 하면서 오르솔라는 점점 두려워지기 시작했다.

다음 날 아침, 오르솔라는 거리를 따라 묘지까지 먼 길을 걸어갔다. 이제는 집에서 200미터 이상 넘어갈 수 있는 합당한 이유가 생긴 셈이었다. 저 멀리에 생필품을 가지고 집으로 서둘러 돌아가는 마스크 낀 사람들 말고는, 거리는 으스스하게 텅 비어 있었다. 하지만 머리 위 창문에는 사람들이 매달려서 건너편 이웃들과 이야기를 나누고 있었다. 오르솔라가 지나가자 그들은 그녀가 어딜 가는지 알고 입을 다물었다. 바이러스로 사망자가 발생했다는 소식은 물론 그 사람이 누구이며, 저 여자가 누구인지도 무라노 전체가 알았다. 여기에는 비밀이라곤 없었다. "미 디스피아체(안타까워요), 오르솔라." 이웃들은 소리쳐 말했다. "디오 아콜가 스테파노(주님께서 스테파노의 영혼을 받아주시기를)."

벽으로 둘러싸인 묘지에 도착해보니 문이 잠겨 있어서, 오르솔라는 초인종을 누르고 묘지기가 문을 열어줄 때까지 기다렸다. 묘지기는 고개를 끄덕여 인사하고는 오르솔라를 들여보내준 후에 다시 정문을 잠갔다. 그는 앞장을 서서 사이프러스 나무가 늘어선 큰길을 따라가다 오른쪽으로 꺾어서 입식 무덤들 사이를 지나쳤다. 그는 앞으로 오라고 손짓하더니 오르솔라가 혼자 갈 수 있게 옆으로 물러섰다.

멀리에 관을 실은 수레가 보였다. 가까운 운하에 배를 세워놓고 수레로 실어왔을 것이었다. 장의사 네 명이 전통적인 검은 양복이 아니라 구급대원이 입은 것과 같은 방역복을 입고 기다리고 있었다. 그들 중에는 재단이 잘된 검은 정장을 입은 마른 남자가 서 있었다. 오르솔라는 자기도 모르게 미소를 지었다.

가장 좋은 아르마니 양복 입고 왔네, 오르솔라는 생각했다.

마르코는 멍청할 정도로 그 양복을 자랑스러워했다. 예순 살 생일 기념으로 산 옷이었다. 날씬한 체구와 은발 머리를 가진 마르코는 그 옷을 입으면 잘생겨 보였다. 스테파노는 직계가족이 아니었으므로, 오빠는 엄청난 벌금을 각오하고 묘지까지 온 것이었다. 오르솔라가 가까이 가자 오빠는 마스크를 벗은 채로 스테파노를 위해 고른 관을 두고 말다툼을 벌이고 있었다. "이 손잡이는 광을 내지 않았잖아. 그리고 옹이가 너무 많은 나무를 썼잖아, 봐요!"

"마르코 오빠." 오르솔라는 마스크를 벗었다. 인생에서 처음으로, 오르솔라는 큰오빠의 품에 안겨 어깨에 머리를 기댔다. 마침내 오르솔라는 울음을 터뜨렸다.

짧은 매장식 후에 오르솔라와 마르코는 부모님의 무덤으로 향했다. 오빠보다는 더 주기적으로 성묘를 다녔기에 오르솔라가 앞장섰다. 여러 무덤에는 묘비 바닥에 사진을 두었거나 묵주를 걸어두었다. 로소가의 무덤에 아버지의 사진은 없었다. 그 당시에는 사진이라는 것 자체가 없었으니까. 하지만 어머니의 무덤에는 사진이 놓여 있었다. 사진 속에서 노년에 이른 라우라 로소는 진지한 얼굴로 꼿꼿이 앉아 카메라를 정면으로 바라보고 있었다. 오르솔라는 배 속에 구멍이 뚫린 느낌을 받았다. "마드레." 오르솔라는 사진을 쓰다듬으며 속삭였다. "정말 보고 싶어요."

큰오빠와 단둘이 있는 건 오랜만이었다. 두 사람은 사이가 좋지 않았다. 둘 다 그 사실을 알았고, 받아들였다. 이제 부모님의 묘 앞에 나란히 서서, 마르코는 팬데믹과 홍수 이전에 산 마르코 상점 영업은 잘되어가고 있었느냐고 물었다. 이전에는 그런 걸 물어본 적이 없었지만, 오빠의 말에서 비꼬는 기색이나 가식적으로 오만한 느낌은 받지 못했기에 솔직히 대답했다. "잘됐어. 운영이 괜찮았거든. 기념품 가게들 정도는 아니었지만, 꽤 괜찮았어."

"파드레가 기뻐하셨겠다."

"정말?"

"데 체르토(물론). 아버지는 언제나 너를 나보다 더 예뻐하셨잖아."

"그러신 적 없어."

"아니, 그러셨지."

오르솔라는 비석에 새겨진 아버지의 이름을 찬찬히 보았다. 로렌초 로소, 마에스트로 델 베트로(유리 장인). 그런 다음 오르솔라는 라우라 로소의 차분한 눈빛을 생각하며 고개를 끄덕였다. "뭐, 어머니는 내가 뭘 해도 제대로 한다고 생각하지 않으셨으니까, 균형이 맞네. 내 나이 마흔에도 빨래 가지고 잔소리하셨잖아. 내 구슬을 높이 평가하신 적도 없고. 어머니는 오빠를 더 편애했지."

"그래, 그러셨어." 마르코의 인정은 잔인하다기보다 사실적으로 느껴졌다.

오르솔라는 무덤에서 마른 잎을 쓸어냈다. "꽃을 가져올 수 있었으면 좋았을 텐데."

"아, 까먹고 있었네." 마르코는 주머니에서 작은 구슬 리스를 꺼냈다. 다양한 색깔의 씨앗 구슬을 뻣뻣한 철사에 끼워 꽃과 줄기 모양으로 구부려 만든 작품이었다. 이런 리스가 유행한 몇 년 전에 루치아나가 많이 만들었지만, 그 이래로는 이런 리스를 본 적이 없었다. 마음에 들지 않는다고 하고 싶었지만, 그 작품에는 감탄하지 않을 수 없었다. 루치아나는 이제 그런 리스를 만들지 않았다. 일단 중국에서 씨앗 구슬을 싸게 생산하게 되자 루치아나도 씨앗 구슬 사업을 그만두었다. 요새는 무라노와 베네치아에서 관광객에게 집을 임대하는 사업을 하고 있었다. "루치아나는 이걸 스테파노의 관에 넣어드리라고 했어." 마르코가 말했다. "하지만 장의사가 바이러스 때문에 안 된다고 하더라고. 바스타르도(개자식)! 여기엔 올려놓을 수 있겠지." 오빠는 부모님의 무덤을 톡톡 두드렸다.

오르솔라는 안 된다고 말하고 싶었지만, 거절하는 것도 너무 야박할 것 같았다. "루치아나는 어떻게 지내?" 오르솔라는 리스를 무덤 위에 잘 올려두었다. 화강암 묘석에 걸린 작은 왕관 같았다.

"잘 지내. 넌 언제나 걔한테 너무 야멸차게 굴더라."

"걔가 우리 집을 멋대로 휘두르니까!"

"그거야 네가 그렇게 보는 것뿐이지. 그 애도 우리 가족의 일원이야. 그 아이랑 라파엘레는 아직도 서로 미친 듯이 좋아한다는 거 너도 알잖아. 걔네 하는 소리가 매일 밤 난다니까."

"바스타(그만)!" 오르솔라는 무덤을 톡톡 두드렸다. "돌아가봐야겠어."

"어디로? 빈 아파트로? 끔찍한 텔레비전 쇼나 보고 새로 할 말은 하나도 없어서 아무 말도 할 게 없는 사람들이랑 전화 통화나 하면서? 난, 그 집을 빠져나와서 참 후련하다!"

오르솔라는 오빠를 쳐다보았다. 눈가에 잡힌 가는 주름과 나이 들어서 살짝 떨리기 시작한 손. 하지만 잔을 들 때는 절대 그런 법이 없었다. 그렇게 하면 손 떨림이 오히려 멈추기 때문이었다. 그래서 오르솔라는 이제껏 한 번도 오빠에게 한 적이 없는 말을 건넸다. "그라치에, 마르코 오빠."

"뭐가?"

"벌금을 낼 수도 있는데, 여기까지 와줘서."

마르코는 흠 소리를 냈다. "내 매부의 장례식에 오는데 누가 날 막냐. 그리고 좋은 장인이었어, 스테파노는. 거울도, 조각 기술도. 우리에게 유리봉을 뽑는 기술도 알려줬지."

"하지만 오빠가 병에 걸리면 어떡해. 나도 걸렸는데 아직 모르는 걸 수도 있잖아."

마르코는 다시 흠 소리를 냈다. "코로나 따위가 뭐라고. 넌 내 동생이잖아."

이건 이전에 오빠가 네가 무라노에서 가장 뛰어난 구슬공예가라고 한 말만큼이나 좋았다. 아니, 그보다 더 좋았다.

두 사람은 마주 보며 미소를 지었다. "크레티노(얼간이)." 오르솔라가 말했다.

"바우카(멍청이)!"

묘지기가 열쇠를 가지고 기다리는 정문으로 도로 가는 길에, 마르코가 헛기침을 했다. "에코(자), 너 다시 집으로 들어와서 우리랑 같이 살 생각은 없냐? 모니카가 좋아할 텐데."

순간 오르솔라는 가족에게 돌아간다는 생각에 혹했다. 누가 요리도 해주고, 모니카와 수다를 떨 수도 있고, 세상 뉴스는 무시하고 현재를 살아가는 아이들에게서 힘도 얻고. 자코모 오빠가 행복한지, 봉쇄가 풀리면 무라노로 돌아올지, 아니면 테라페르마에서 운을 시험하면서 살아갈지 추측도 하면서.

"그라치에, 마르코 오빠." 오르솔라는 잠시 후 대답했다. 평생 침묵만 나누었던 두 사람 사이에서, 한 대화에서 두 번의 감사를 나누다니 유례없는 일이었다. "하지만 안 돼. 나는 야단법석에서 벗어나 조용히 사는 데 너무 익숙해졌어. 그 엄청난 빨래에서도 벗어났고."

마르코는 고개를 끄덕였다. "알아. 나도 집을 빠져나가 로모 살바데고에 가서 술 한잔할 수 있으면 뭐든지 할 테니까. 하지만 마음 바뀌면 언제든지 와라."

오르솔라는 고개를 끄덕이고 손을 뻗어 오빠의 팔을 꽉 잡았다. 평생 유리를 들어온 팔이라 아직도 강건했다. 내일이면 또 싸울 게 뻔하지만, 그래도 오늘은 싸우지 않았다는 사실을 항상 기억하게 될 것이었다.

오르솔라는 아파트 근처 운하를 따라 집까지 한참 걸어왔다. 배를 띄울 수 없었기에 물은 반투명하다기보다 투명했고, 너무 잔잔해서 그 아래 바닥에서 헤엄치는 물고기까지 다 들여다보였다. 물고기야 항상 있었지만, 평소에는 배들이 일으키는 흙탕물에 가려서 보이지 않았다. 오르솔라는 아래를 내려다보다가 이제껏 존재하는지도 몰랐건만, 그 아래에서 자라는 주황색 산호를 보았다. 자연은 인간의 고통에는 무심하게 계속 전진하고 있었다. 사람들에게 무슨 일이 일어나든, 세계는 항상 그 자리에 있었다. 파도는 밀려왔다가 밀려나가고, 꽃은 피고, 새는 노래했다. 딱히 새로운 생각은 아니지만, 그런 생각만으로도 위안이 되었다. 어떤 면에서 인간도 계속 진전하고 있었다. 어떤 환경에서도 먹고, 자고, 만들고, 사랑했다.

아직은 텅 빈 아파트에 돌아가 현실을 마주할 수가 없었다. 대신에 오르솔라는 황량한 칼레를 걸어 캄포 산 도나토로 갔다가 대성당을 지났고, 다리를 건너 리바 디 산 마테오로 향했다. 집에서 200미터가 넘는 곳이긴 했지만 상황을 고려하면, 자기를 신고할 사람은 없으리라고 생각했다.

문 닫힌 로모 살바데고와 산 마테오의 옛 성당 잔해를 지났다. 산 마테오 주변에는 옛 공장에서 떨어져 나온 작은 유리공예가들의 작업실이 있었다. 수십 개나 되는 가족 공방이 세계에서 가장 훌륭한 유리 제품을 생산하던 시대는 이미 오래전에 지났다는 사실을 새삼 떠올리게 되는 광경이었지만, 적어도 이 오래된 건물은 이 섬 주위의 많은 공장이 겪은 운명처럼 버려져서 부서지도록 방치되기보다는 개별 유리 작가로 가득 차 있었다. 오르솔라는 궁극에는 이런 공장이 주요 부동산으로 인식되어서 관광객을 위한 호텔이나 고급 대여 숙소로 대체되는 게 아닐까 생각했다. 물론 베네치아가 팬데믹과 아쿠아 그란다라는 이중의 타격에서 회복된다면 말이지만.

회복되겠지, 오르솔라는 그런 기대를 품었다. 라디오에서 혹은 장 볼 때 서 있는 줄에서 아무리 비관적인 예언이 들려도 희망은 사라지지 않았다. 언제나 그랬으니까. 오르솔라는 베네치아가 여러 역경을 거치면서도 회복되어온 역사를 목격했다. 아시아와 신대륙에 새로운 무역 항로가 발견되어 베네치아는 무역 중심지로서의 위상을 잃었지만, 결국에는 여행객의 놀이터로 새롭게 활기를 얻었다. 여러 역병이 닥쳤다. 나폴레옹이 침공하고, 이어서 오스트리아인들이 도시를 폐허로 만들었다. 큰 홍수가 있었다. 대형 유람선이 뜨고 관광객이 몰려와 지역민들을 괴롭혔다. 바다가 슬금슬금 밀고 들어왔다. 하지만 베네치아는 민첩하게 적응했고, 자기만의 독특한 개성, 시간이 지나도 변함없는 아름다움을 믿었고, 이를 찬양하는 사람들을 끌어모았다.

그리고 이 도시는 진짜로 살아 있었다. 더 새롭고 더 깨끗한 곳에서는 맛볼 수 없는 느낌이었다. 라파엘레는 루치아나와의 결혼 15주년

기념일을 맞아 라스베이거스로 여행을 갔다 온 적이 있었다. 제 아내가 우겼겠지, 라고 오르솔라는 짐작했다. 그 여행 후, 라파엘레는 각 카지노가 어떻게 모두 다른 주제, 대개 장소들을 본떠 지어졌는지 설명해주었다. 파리, 로마, 이집트, 그리고 물론 베네치아까지. 라파엘레는 모형 캄파닐레, 두칼레 궁전, 리알토 다리, 수영장처럼 맑고 푸르게 염소 소독한 물이 가득한 운하들의 사진을 보여주었다. 곤돌라까지도 있었지만, 어떤 사공들은 노를 틀린 방식으로 젓고 있었다. 심지어 베네치아에서 정통성 있는 곤돌라 사공들을 데리고 간 거라고 하는데도 그랬다. 라파엘레가 그들 베네치아인 중 한 명에게 그것을 지적하자 그는 정통 베네치아식으로 욕을 내뱉더라고 했다. "사람들이 좋아하더라고요." 라파엘레는 이 '베니스'에 대해 이렇게 말했다. "어떤 미국인이 이러는 거예요. '굳이 이탈리아까지 한참 비행기 타고 갈 필요가 있겠어? 라스베이거스의 베네시안 리조트에 가면 똑같은 게 다 있는데. 게다가 도박도 할 수 있잖아!'"

베네치아인들은 자기들의 도시가 테마파크처럼 변했다고 불평했지만, 오르솔라는 베네치아의 운하에서는 하수구 오물 악취가 나고, 방은 어둡고 축축하며, 사람들이 우울하고 냉소적인 한은 이 도시는 타고난 본성을 유지하고 있고, 그 또한 아주 유혹적이라는 사실을 알았다. 아름다운 진주가 만들어지려면 모래알이 들어가야 한다. 아름다움은 입술의 상처, 벌어진 잇새, 그리고 구부러진 눈썹에서 나오는 것이었다.

리바 디 산 마테오에 다다랐다. 오르솔라의 인생에서 극한의 순간에 몰렸던 장면이 펼쳐진 곳이었다. 지난 45년 동안, 가끔은 수백 년의 시간처럼 느껴지기도 했던 그 세월 동안, 오르솔라는 이 자리에 서서 거기서 잃어버렸던 무언가를 생각하며 잠깐 서 있곤 했다. 안토니오가 자기에게서 멀어지는 모습을 가만히 바라보는 대신에 따라갔더라면 인생이 달라졌을지 모르는 어떤 길을 떠올렸다. 아픔이 있었고, 그 다음에는 아픔의 기억이 남았고, 그다음에는 마침내 그 기억의 기억만 남았다. 처음 몇 년 동안은 거기에 틀어박혀서 안토니오와의 마지막 순간을 돌아보기만 했다. 그렇지만 이제는 그때의 감정을 느끼지 않는 사람이 객관적 호기심을 갖고 망원경으로 찬찬히 조사하는 것 같은 마음이었다. 간간이 유리 돌고래를 받으면 오래전에 아팠던 자리가 다시 거슬리는 충치처럼 어떤 감정이 휙 타오를 뿐이었다.

　오르솔라는 물 위를 내다보았다. 눈에 보이는 배는 한 척도 없었다. 이제는 어업을 위해 출항하는 것도 불법이었다. 석호는 산맥까지 쭉 펼쳐진 잔잔한 유리 시트 같았다. 저 멀리 보이는 공항만이 그 광경을 깨긴 했지만, 이제 베네치아로 관광객을 데려다주고 데려가는 비행기는 없었기에 전체적으로 평온했다. 오늘, 저 산맥은 너무도 선명하게 보여, 정상의 만년설은 마치 아이가 칠한 것만 같았다. 오르솔라는 그 너머에는 무엇이 있을지 한참 동안 생각해보지 않았었다.

　격리가 시작된 직후, 베네치아 근처 석호에서 헤엄치는 돌고래가 목격되었다는 보도가 있었다. 이제는 배가 뜨지 않기 때문이었다. 돌고래가 이 근방에 모습을 보이지 않은 지도 몇 년 되었다. 그 이야기는 사람들의 주목을 받아 전 세계에 퍼졌다. 사람들은 경이에 차서 그 말만 반복했다. 돌고래가 베네치아에 돌아왔대! 사람이 없어지면 자연이 무슨 일을 하는지 한번 봐봐! 하지만 곧 가짜 뉴스임이 밝혀졌다. 돌고래 영상은 사르데냐에서 촬영되었다. 오르솔라는 베네치아와 관련된 얘기라면 전 세계가 참 감상적으로 멍청하게 구는구나 싶어 다른 베네치아인들과 함께 그런 감성을 비웃었다. 사람들은 그저 그 이야기를 믿고 싶은 것뿐이었다.

그럼에도 지금 이렇게 확 트인 물을 바라보면서, 오르솔라도 자기도 모르게 어떤 물결이 일지 않나 찾아보고 있었다. 지느러미, 호수를 가르며 돌고래의 귀환을 알리는 날카로운 칼과 같은 신호. 오르솔라 또한 믿고 싶기 때문이었다. 돌고래가 석호로 돌아오지도 않는다면, 대체 이 역병이 닥친 의미는 뭐란 말인가? 어떤 이들은 인간이 현재 살아가는 방식을 바꾸게 하려고 신이 바이러스를 보내셨다고 말하기도 했다. 인류를 위한 커다란 리셋 버튼이라고 하는 말들이 들렸다. 그게 사실이라고 해도, 오르솔라는 사람들이 과연 정말로 바뀔지는 의심스러웠다. 다시 예전으로 돌아가는 순간, 그들은 도로 소비하고, 여행하고, 베네치아를 몇 세기 동안 그렇게 써먹은 것처럼 다시 이 세상을 놀이터로 이용할 것이었다. 그리고 오르솔라도 그에 일조했다. 굳이 살 필요가 없는 구슬을 만들고 굳이 무라노에 올 필요가 없는 관광객을 끌어들이기 위해 예쁜 물건들을 만들었다. 이제는 그럴 만한 시간이 있으므로 이런 일들을 찬찬히 생각해보아야 했다. 하지만 이는 너무 쉽게 빠져나가는 생각들이어서 붙잡고 있을 수가 없었고, 대신 손자의 말 더듬는 습관에 대해 투덜거리거나 밀가루가 떨어졌다고 걱정하거나 새 외투를 사야 할지 궁리하곤 했다. 인생의 커다란 질문은 제쳐두고 다른 일들에 신경을 쓰려 했다.

하지만 지금 그 커다란 질문을 생각해보면서, 오르솔라는 자기가 만든 구슬이 세계의 많은 곳에 그 특유의 색깔과 아름다움을 전달했다는 사실을 상기하려고 했다. 서인도제도에, 혹은 아메리카 대륙이나 아프리카 대륙에, 혹은 뉴욕에, 그리고 베네치아 여기에도. 이 작고 단단한 물건에는 값을 매길 수 없는 가치가 있었다. 이것들은 역경을 견뎌냈고 이 물건을 지닌 사람들, 그리고 이것을 만든 사람의 역사를 간직했다.

● ● ●

다시 정상으로 되돌아오는 데는 시간이 좀 걸렸다. 하지만 결국에는 코로나바이러스에 대적하는 백신이 개발되고, 환자 수가 줄어들고, 여행 제한이 풀리면서 오르솔라와 로셀라는 산 마르코의 상점을 다시 열었다. 관광객을 두고 온갖 불평을 하곤 했지만, 그들을 다시 보게 되어 오르솔라는 안도했다. 베네치아와 무라노가 생존하기 위해서 관광객이 필요하다는 것을 오르솔라도 알고 있었다. 수 세기 동안 그들이 있어 지탱할 수 있었다.

오르솔라는 아파트에 혼자 살면서 아래 작업실에서 일하는 생활에 점점 익숙해졌다. 모두, 오르솔라의 가족뿐 아니라 무라노 공동체 전체가 오르솔라가 스테파노를 잃었다는 소식을 듣고 어찌할 바를 모르고 상냥하게 대했다. 가끔 슈퍼마켓에 갈 때면, 고작 독감이나 비슷한 바이러스에 과잉 반응을 보인다면서 열변을 토하는 사람이 보였다. 그러면 그들의 동반자가 옆구리를 쿡 찌르면서 오르솔라를 가리켜 보였고, 떠들던 사람은 또 허겁지겁 사과를 쏟아내고는 했다. 오르솔라는 이제 그런 일들이 지겨웠다.

좋은 소식 두 가지는 분명했다. 첫 번째는 폭풍우가 몰아쳐 베네치아가 다시 범람하려 할 때 새 홍수 방조제가 처음으로 올라갔고 제대로 작동했다는 것이다. 해수면이 계속 상승 중이긴 했지만, 적어도 지금은 베네치아인과 무라노인, 그리고 섬 주민 모두에게 고난을 불러올 만큼 파괴적인 홍수를 막을 수 있는 방어 장치가 생긴 셈이었다.

두 번째 좋은 소식. 돌고래가 정말로 베네치아에 돌아왔다. 처음 가짜 목격담이 나돌고 1년 후, 두 번째 봉쇄 기간에 대운하 입구 가까이에 있는 주데카 운하에서 줄무늬 돌고래 두 마리가 헤엄치는 영상이 나타났다. 이번에는 진짜 살아 있는 돌고래였다. 산타 마리아 델라 살루테가 영상의 배경에 선명히 보였다. 돌고래들은 방향을 잃은 것 같았고, 배를 탄 구조팀이 돌고래를 다시 바다로 몰고 갔다.

그 후, 오르솔라는 저녁 산책 시간에 산 마테오까지 걸어 나갈 때면 돌고래의 흔적을 다시 찾아보곤 했다.

8

돌은 이제 석호를 거의 다 건넜습니다. 당신이 힘차게 던진 덕분에 돌은 지난 500년 동안 여러 지점을 딛고 날아갔죠. 이제는 마지막으로 작게 튀어 오르려 합니다. 무라노 쪽 수면 위에 내려앉으며 가라앉아 현재로 들어섭니다. 오르솔라 로소는 이제 60대 후반입니다. 다시 한 번 금박 반점이 찍힌 반투명 빨강 구슬을 불꽃 속에서 돌리고 있죠. 오르솔라에게는 안토니오를 상징하는 구슬입니다. 그녀는 고개를 들고 한 남자를 바라봅니다.

남자는 오르솔라의 작업실이 있는 자리, 두 칼레의 교차로에 서서 주위를 두리번거리고 있다. 관광객인가, 오르솔라는 생각한다. 하지만 그가 서 있는 자세는 뭔가 남다른 점이 있다. 마치 거친 호수 위에서 배를 타고 다니는 베네치아인 어부처럼 두 다리를 벌리고 선 모습. 그리고 한때는 금발이었을 회색 고수머리. 광대뼈가 넓고 눈이 깊이 들어간 얼굴형. 오르솔라의 심장이 한 번, 또 한 번 철렁 떨어진다. 그녀는 오래전에 보았던 작은 마초르보 섬의 개를 떠올린다. 산돌로 위에서 그녀와 안토니오 사이에 누워 있던 작은 개는 처음에 물에 빠져 죽은 듯 보였지만, 다음 순간 부르르 몸을 떨며 살아났다.

이 오랜 세월, 유리 돌고래가 계속 왔으니, 오르솔라는 생각한다, 그리고 진짜 살아 있는 돌고래도 베네치아에 왔으니, 그가 내게 오지 못할 이유도 없지 않을까? 오르솔라는 그렇게 생각하고 싶다. 비합리적이라고 해도 이 오랜 세월 내내 그렇게 생각할 필요가 있었다. 오르솔라는 그가 그 작은 강아지가 되어주길 바란다. 다시 살아나기를.

그 남자를 바라보느라 빨강 구슬을 돌리다 말았기에 구슬이 녹아버려 철제 막대에서 뚝뚝 떨어진다. 그의 눈이 오르솔라의 작업실 문 위의 간판에 닿았을 때, 눈빛이 밝아진다. 오르솔라가 미처 마음의 준비를 할 겨를도 없이 문이 열리고 그가 들어와 오르솔라와 함께 작업실에 선다. 작은 공간이고, 오르솔라의 작업대와 가스통과 색색깔의 유리봉은 물론, 이따금 이 남자처럼 불쑥 찾아드는 손님에게 팔 작품이 가득 든 유리 상자까지 들어차 있어 상당히 비좁다.

오르솔라는 불꽃을 끄고 일어선다. 뻣뻣한 머리카락을 손으로 다듬고 숨을 참아 배를 집어넣고 싶은 마음을 억누른다. 이 사람은 그녀를 현재 모습 그대로 받아들여야 한다.

"본조르노, 시뇨라." 남자는 어디 출신인지 알 수 없는 억양으로 말한다. 이탈리아어에 능숙하지만 타지 사람임이 티가 나는 말투다. 클링엔베르크와 약간 비슷하다. 유럽 중부의 억양.

"안토니오?" 오르솔라는 부드럽게 부른다. 그렇게 믿고 싶기 때문이다. 남자는 미소를 짓지만, 그 이름에 대답하진 않는다. 그리고 남자는 그녀를 알아보지 못한 것이 분명하다.

오르솔라의 심장이 내려앉는다. "당신은……."

"알레산드로라고 합니다. 알레산드로 스카라말."

"아." 안토니오의 아들인가. 아니면, 오르솔라는 잠깐 머뭇거린다.

이 남자는 오르솔라와 동년배이다. 물론 그가 안토니오의 아들일 리 없다. 그는 너무 나이가 들었다. 오르솔라는 침을 삼킨다.

"오르솔라 로소 씨죠?" 남자가 묻는다.

오르솔라는 고개를 끄덕인다. 마침내 평생 무시하려 애썼던 현실을 맞대면해야만 한다. 안토니오는 오래전에 테라페르마로 가버렸고, 그곳의 시간은 다르게 흐른다. 그렇다는 건 알레산드로가 그의 고손자라는 뜻이다. 아니, 그보다 더 아랫대의 후손일 수도 있다. 훨씬 더 아래. 그렇다는 건, 그렇다는 건 안토니오가 오래전에 죽었다는 뜻이다. 몇백 년 전에. 오르솔라는 그 사람 없이 그녀의 인생을 살아왔다.

이건 오르솔라가 정말로 받아들이지 못하고 살았던 일이었다. 진실을 대면하기가 너무도 힘들다. 오르솔라는 떨리는 숨을 들이마신다.

"하지만 돌고래가." 오르솔라는 말한다. "그 사람 나한테 돌고래를 보내는데."

알레산드로 스카라말은 놀란 표정을 짓는다. "그럼 이건 부인 거로군요. 확신할 수 없었거든요." 그는 주머니에 손을 넣어 오르솔라가 몇 년 동안 받아온 것과 유사한 자그마한 회녹색 돌고래 하나를 꺼냈다. 팬데믹 기간에 베네치아에 나타났던 진짜 돌고래들과 완전히 똑같은 색깔이다. "이런 것을 이따금 하나씩 만들어 베네치아로 보내는 게 저희 가문의 전통입니다. 우리는 수백 년 동안 그렇게 해왔죠."

오르솔라는 돌고래를 빤히 바라본다. "어째서죠?"

알레산드로가 어깨를 으쓱한다. "아무도 모릅니다. 하지만 우리 아버지에게 그렇게 하란 말을 들었을 뿐이죠. 또 아버지는 그 아버지에게 듣고, 그런 식이었습니다. 휴가 때 베네치아를 방문하게 되었는데, 여기 있는 동안 스카라말 돌고래가 어디에 닿게 되는지 따라가봐야겠다는 생각이 들었습니다. 베네치아에 보내는 주소와 연결된 시뇨라 클링엔베르크라는 분을 찾았는데, 그분이 저를 여기로 보냈습니다. 그럼 다른 돌고래도 갖고 계십니까?"

"돌고래를 꽤 모아두었지요." 오르솔라는 지금 그의 무릎 옆에 있는 서랍 속에 있다는 말은 하지 않는다. 이제는 어째서 그 돌고래들의 모양이 일정하지 않았는지 이해할 수 있게 되었다. 오랜 세월, 여러 손이 만들어왔기 때문이었다. "당신이 이걸 만들었나요?" 오르솔라는 새로 나타난 돌고래를 고갯짓으로 가리킨다.

알레산드로는 부끄러워하는 표정을 짓는다. "아뇨. 제 부친께서는 제가 뒤를 이어 유리공예에 뛰어들지 않는다고 언짢아하셨죠."

오르솔라는 한숨을 내쉰다. "내 아이들도 마찬가지였어요. 내 손자들도 그렇고요."

"하지만 제 여동생이 가업을 이었습니다. 그 애가 이걸 만들었죠. 무척 재주가 좋습니다. 제가 뒤를 이었더라도 여동생이 훨씬 더 좋은 유리공예가라고 할 겁니다." 알레산드로는 잠깐 머뭇거리고 말을 잇는다. "재미있죠, 그 아이의 가운데 이름은 어솔라라고 합니다. 부인 이름과 같죠. 이것도 또 하나의 가문 전통입니다. 스카라말가의 딸들은 늘 그 가운데 이름을 갖게 됩니다."

순간, 오르솔라는 흐느낌이 터져 나올 것만 같다.

알레산드로는 돌고래를 들고 손을 내민다. "부디 받아주십시오." 오르솔라는 한 손을 내밀고, 그는 그것을 오르솔라의 손바닥 위에 놓는다. 오르솔라는 돌고래를 꽉 쥐며 피부를 찌르는 지느러미의 감각을 느낀다. 심장을 찌르는 느낌을.

"에코(자), 저는 다른 돌고래를 좀 보고 싶은데요." 알레산드로가 말한다. "제게 보여주셔도 괜찮으시다면요." 그는 주위를 둘러본다. "그리고 부인의 작품도요. 그것도 좀 보고 싶은데요. 페르 파보레(부탁드립니다)." 그는 진정으로 흥미가 있는 표정이다.

오르솔라는 잠깐 머뭇거린다. 요새는 이 돌고래들이 든 서랍을 그렇게 자주 열어보지는 않는다. 하지만. "씨." 그녀는 말한다. "자리에 앉아요." 그를 위해서, 그렇게 할 것이다.

로소가 사람들과 그들의 친구, 이웃은 제 상상에서 나왔습니다. 하지만 몇몇 사람은 실존 인물입니다. 마리아 바로비에르는 실제로 그 귀한 로세타 구슬을 발명한 사람입니다. 바로비에르가의 후손들은 오늘날에도 무라노에서 유리를 만들고 있습니다. 물론 카사노바도 실존 인물이고, 조세핀 보나파르트도 실제로 1797년에 베네치아를 방문했지만, 남편의 침탈로부터 베네치아를 구할 수는 없었습니다. 그리고 루이사 카사티 후작 부인도 실제로 팔라초 베니에르 데이 레오니에 몇 년 거주한 적이 있습니다. 지금은 페기 구겐하임 컬렉션을 전시하는 공간이 되었죠. 후작 부인은 제가 묘사한 그대로 모든 양식과 규범에서 훌쩍 벗어난 기이한 사람이었습니다. 치타, 누드, 수백 개의 무라노산 등불, 다 사실입니다.

도메네고는 카르파초의 「리알토 다리의 성 십자가 유물의 기적Miracle of the Relic of the Cross at the Ponte di Rialto」에 묘사된 누군지 모를 우아한 곤돌라 사공을 모델로 삼았습니다. 저도 이 놀라운 그림을 보기 전까지는 베네치아에도 노예로 잡혀온 사람들이 있었는지 몰랐습니다. 이 그림은 지금 베네치아에 있는 아카데미아에 소장되어 있고, 15세기 베네

509

치아에서의 삶에 대해 많은 사실을 알려주죠.

어째서 유리라는 소재를 골랐을까요? 몇 년 전, 밀라노에서 책 행사를 한 후에 한 독자가 다가와 베네치아의 교역품인 구슬에 관한 책을 써보면 어떻겠느냐는 제안을 해주었습니다. 수백 년 동안 유리공예에서 여성이 활약한 분야가 많지 않았지만, 그중 하나가 구슬이라는 거죠. 그 독자분은 내게 구슬에 관한 책자 몇 권을 건네주었고, 나는 마땅히 책장 위에 보관하고 그저 먼지만 쌓이게 두었죠. 조르조 테루치Giorgio Teruzzi 씨는 저보다 제 관심사에 대해 더 이해하고 계셨던 것 같아요. 저는 그 구슬에 관한 이야기를 잊지 않았거든요. 몇 년 후 저는 그 책자에 쌓인 먼지를 털어내고 조사를 시작했습니다. 심지어 베네치아에서 열린 유리 컨퍼런스에 가서 조르조를 다시 만나 조사의 진행 상황에 대해 보고하고 그에게 질문을 퍼부었죠. 이 비전秘傳의 행로를 따라 여행할 수 있게 영감을 전해준 그분께 감사를 전합니다.

베네치아의 여러 가지 면모를 다룬 책과 기사, 온라인 자료가 너무 많아서 무엇을 읽어야 하는가가 아니라 무엇을 읽지 말아야 하는가가 조사자에게는 문제가 됩니다. 베네치아 관련 정보를 살짝 맛보고 싶은 독자에게는 일반 서적 두 권을 추천합니다. 한 권은 잰 모리스Jan Morris가 집필한 『베니스Venice』(1960년)이고, 다른 하나는 엘리자베스 호로도위치Elizabeth Horodowich가 2009년에 쓴 『베니스의 짧은 역사A Brief History of Venice』입니다. 깊이 파고들고 싶은 분에게는 존 줄리어스 노리치John Julius Norwich가 쓴 『베니스의 역사A History of Venice』(1982년)를 가장 확실히 추천할 수 있습니다.

무라노에 관해서는 책이 많지 않지만, 초기 역사를 다룬 작품 중에서 눈에 띄는 책은 클레어 저드 드 라리비에르Claire Judde de Larivière가 쓴 『눈덩이의 반란The Revolt of Snowballs』(2018년)입니다. 클레어는 또한 다양

510

한 자료를 제공하고 세세한 질문에 대답해주며 정말로 큰 도움을 주셨습니다.

무라노산이든 다른 생산지 제품이든 유리구슬과 관련된 많은 책 중에서 가장 도움이 되었던 건 조르조 테루치와 안나 알레산드렐로Anna Alessandrello가 편집한『무역 구슬 : 베네치아에서부터 골드코스트로Trade Beads: From Venice to the Gold Coast』(2007년)와 조르조 테루치가 직접 집필한『페를 다프리카, 다 베네치아 알 몬도Perle d'Africa, da Venezia al Mondo(아프리카의 진주, 베네치아에서 세계로)』(2009년), 쥐빌레 야르크스토르프Sibylle Jargstorf의『유럽산 유리구슬Glass Beads from Europe』(1995년), 피터 프랜시스 주니어Peter Francis, Jr의『세계의 구슬Beads of the World』(1999년), 로이스 셰어 듀빈Lois Sherr Dubin의『구슬의 세계사The Worldwide History of Beads』(2009년), 에이드리언 V. 제넷Adrienne V. Gennett의『유리구슬 : 코닝 유리 미술관 셀렉션Glass Beads: Selections from the Corning Museum of Glass』과 니콜 앤더슨Nicole Anderson의『구슬의 영광The Glory of Beads』(2017년)과 같은 책입니다.

책 이상으로, 유리를 이해하고 감상하는 데 도움을 주신 분들이 있습니다. 그중 무라노에서 활동하시는 유리공예가들은 제가 작업실을 드나들 수 있게 허락해주셨습니다. 무엇보다도 유리 제작 과정을 거듭 보여주시고 질문을 받아주신 마에스트로 다비데 퓐Davide Fuin과 그의 세르벤테들에게 감사드립니다. 알레시아 푸가Alessia Fuga에게서 구슬 만드는 법을 배울 수 있어서 행운이었고, 런던에 돌아와서도 사만사 스위트Samantha Sweet와 필 발렌틴Phil Vallentin에게서 같은 도움을 받을 수 있었습니다. 반투명 빛에 관해 대화하며 여러 가지를 알려주신 로라 스펄링Laura Sparling에게도 감사드립니다. 런던 글래스블로잉에서 유리 부는 법을 배우며 행복하고 조금은 무서웠던 오후를 보내기도 했습니다. 그곳의 전문가들은 재료를 잘 다루는 법을 알았고, 저는 이를 증명하려고 바닥이 흔들흔들하는 꽃병과 두꺼운 그릇을 만들었죠(실수는 모두 제 몫입니다!). 풀무까지 완벽히 딸린 등불 유리공예 탁자 원본을 소장하고 계시고 사용법까지 알려주신 유리공예 마에스트로 체사레 토폴로Cesare Toffolo에게도 큰 감사를 드립니다. 베네치아 씨앗 구슬의 전문가인 마리사 콘벤토Marisa Convento에게도 감사드립니다. 또한 무라노의 무세오 델 베트로(유리 박물관)의 아카이브를 열어주신 마우로 스토코Mauro Stocco에게도 감사를 보냅니다. 처음부터 끝까지 유리로만 꽉꽉 들어차 있어 관람하기 아주 좋은 곳이죠. 유리라는 신성한 존재를 모시는 또 하나의 성지는 뉴욕 주 북쪽에 있는 코닝 유리 박물관입니다. 이런 놀라운 곳을 소개해준 킷 맥스웰Kit Maxwell에게 감사드립니다.

무엇보다도 무라노 작업실과 집, 그리고 마음까지도 제게 열어준 유리공예가 에이미 웨스트Amy West에게 감사드립니다. 에이미가 없었다면 절대 만날 수 없었을 분을 많이 소개해주시고, 유리 제작 과정과 무라노인으로 산다는 게 어떤 느낌인지도 설명해주셨죠. 에이미가 없었다면 소설의 내용이 이렇게까지 깊이 들어갈 수 없었을 것입니다. 에이미의 지식과 인내, 너그러운 성품에 진정으로 감사드립니다. 자료 조사차 여행을 다닐 때 친구를 사귀는 일이 항상 있는 건 아니지만, 이제 에이미를 만나 평생 함께할 유리공예가 친구를 얻게 되었습니다.

베네치아에 대한 심도 있고 다양한 지식을 기꺼이 나눠주신 미셸 로브릭Michelle Lovric과 캐서린 코베시Catherine Kovesi에게도 고맙다는 말씀 남기고 싶습니다. 또 운하로 데리고 나가 제 노 젓는 모습을 보고도 웃지 않았던 로우 베니스의 낸 맥클로이Nan McElroy에게도 감사의 말씀 드립니다.

이야기를 짤 때는 선명한 사실과 신비한 수수께끼 사이에서 섬세하게 균형을 맞추는 게 중요합니다. 이 책에서 한 것처럼 시간을 멋대로 변형하면, 약간 흔들거리면서 안 맞는 부분이 생깁니다. 이런 때는 편집자들이 정말 황금같이 소중한 존재입니다. 수지 도레Suzie Dooré와 안드레아 슐츠Andrea Schulz는 이 책에 정말 귀한 역할을 해주었죠. 제대로 된 이야기가 나올 때까지 저한테 질문을 던지고, 회유하고, 부드럽게 밀어붙여서 몇 번이고 다시 쓰게 해줬어요. 안드레아와 수지, 두 사람이 없었다면 이 책은 엉망진창이 되었을지도 몰라요. 좋은 의견을 끝까지 관철시켜줘서 고맙습니다. 또 두 사람의 비서로 일하며 도움을 준 니디 푸갈리아Nidhi Pugalia, 엘리자베스 팜 자노프스키Elizabeth Pham Janowski, 자빈 알리Jabin Ali에게도 감사드립니다.

이 책에서 내가 이탈리아어를 쓰면서 저지른 수많은 오류를 읽어주고 바로잡아준, 이탈리아의 네리 포차 출판사의 사비네 슐츠Sabine Schultz와 스텔라 보스케티Stella Boschetti에게도 큰 감사의 마음 전합니다. 실수를 교정하고 베네치아어를 추가했으며, 그 과정에서 제게 베네치아어 욕설을 가르쳐준 베네치아 역사가 피에랄비세 초르치Pieralvise Zorzi에게도 감사합니다. 아울러 카피 에디터인 사라 밴스Sarah Bance와 힐러리 로버츠Hilary Roberts, 교열자인 케이트 그리그스Kate Griggs, 그리고 다른 외국어 오류를 바로잡아준 독일어 번역가 클라우디아 펠트만Claudia Feldmann과 프랑스어 번역가 아누크 노이호프Anouk Neuhoff에게도 감사의 마음 전합니다. 그럼에도 남은 오류가 있다면 모두 제 실수입니다.

저의 에이전트 조니 겔러Jonny Geller와 데보라 슈나이더Deborah Schneider, 두 사람의 현명한 판단에 엎드려 절하고 싶네요. 항상 등 뒤에서 저를 지지해주었죠. 제가 등 돌리고 있어도 저도 그 사실을 늘 잘 알고 있습니다.

시간을 이렇게 자유롭게 조정하는 게 말이 되지 않을 것 같아서 글을 쓰다가 막혔을 때, 원고를 읽어주고 조언해준 조너선 드로리Jonathan Drori와 수전 엘더킨Susan Elderkin에게도 감사의 말씀 전합니다. 제게 확신을 주고 어떻게 하면 좋을지 알려주었죠. 그리고 수전은 면밀하고 촘촘한 편집이 늘 좋은 결과를 가져온다는 걸 새삼 깨닫게 해주었습니다.

마지막으로 내 친구 로나 블룸Ronna Bloom에게 마음에서 우러나는 감사를 보내며, 이 책을 바치고 싶습니다. 로나는 베네치아 답사를 함께 해준 파트너였죠. 둘이 함께 있었기에 우리는 베네치아의 시와 산문을 발견할 수 있었습니다.

그대의 돌고래가 언젠가 돌아오기를

    이탈리아어로 유리는 '베트로 vetro'라고 한다. 『글래스메이커』에 등장하는 단어이다. 유리를 뜻하는 많은 로망스어 단어가 그러하듯 이 이탈리아어 또한 라틴어 '비트룸 vitrum'에서 왔다. 이 단어의 의미는 푸른색의 투명한 광물과 연결되었다고 한다. 그리고 어원학자들은 이 라틴 단어가 프로토 인도유러피언어의 'ued-ro-'에서 온 것으로 추정한다. 이 단어는 '물과 같은'이라는 뜻이다.* 결국 유리의 어원을 거슬러 올라가면 물에 이르게 된다.

    세계에서 가장 유명한 유리의 섬인 무라노와 그에 인접한 물의 도시 베네치아를 배경으로 유리에 대한 이야기를 한다는 것은 역사적 우연일 뿐이지만, 작가 트레이시 슈발리에는 날카로운 작가적 눈으로 이 우연에서 유리와 물의 숙명적 관계를 이끌어냈다. 유리와 물, 투명하게 빛나는 성질이라는 공통점이 있지만 같지는 않다. 책의 첫머리에 등장하듯이, 유리는 한동안 액체로 오해받았으나 액체가 아니다. 물은 흘러가지만, 유리는 흐를 수 없다. 이 비슷하지만 다른 두 물질

---

* '온라인 어원사전 Online Etymology Dictionary' 참고(https://www.etymonline.com/word/vitro-).

사이에서 작가는 어떤 이야기를 발견했을까? 무라노 섬의 여성 유리 공예가를 주인공으로 하는 이 소설은 슈발리에 특유의 여성 역사소설적 특징을 보여주면서도 시간 압축이라는 흥미로운 기법을 이용하고 있다.

즉 이 소설 속에서 시간은 흘러가지만 고여 있기도 하다는 자기만의 법칙을 따른다. 작가가 이름 붙인 대로 알라 베네치아나, 베네치아식 시간법이다.

흘러가지 않지만 흘러간다, 약하지만 약하지 않다

슈발리에 본인도 「작가의 말」에서 고백하였듯이 시간대를 다루는 작업이 『글래스메이커』에서는 가장 큰 도전으로 보인다. 소설은 1486년의 무라노에서 시작하지만, 오르솔라 로소와 그의 가족들, 연결된 베네치아의 사람들은 그로부터 2020년대에 이르기까지 500년이 넘는 시간을 살아간다. 물수제비를 뜬 조약돌이 수면 위를 튀어 날아가듯이, 시간을 연속적인 선형이 아닌 다른 방식으로 경험할 수 있는 건 오로지 판타지 소설 속 인물만이 가지고 있는 특징이다.

역설적으로 작가가 이런 독특한 방식을 사용한 것은 모든 시대에 존재하는 보편의 인물을 보여주려 했기 때문이 아닐까 싶다.

오르솔라 로소는 일견 평범한 무라노 여인이다. 오르솔라는 무라노 유리 역사에 영원히 이름을 새긴 마리아 바로비에르나 엘레나 바로비에르처럼 실존 인물도 아니고, 그렇게 큰 업적을 세우지도 못했다. 보통 사람들과 똑같이 가족을 위해서 일하고, 새로운 기술을 익히고, 역병에 대처하고, 전쟁으로 사랑하는 사람을 잃는다. 또 여성의 위치를 보장받지 못한 시대를 거치면서 자신의 목소리를 내려고 고군분투하지만, 사랑하는 사람과 함께하는 삶조차 선택할 수 있는 권리가 주어지지 않은 사람이다.

그러나 이런 평범성 때문에 독자들은 오르솔라와 더 연결된 느낌을 받게 된다. 살아갔던 시대는 다르지만, 긴 역사 속에서 그녀가 겪었던 일들은 보통 사람들이 인생사에서 겪는 일들과 다르지 않다. 도시가 겪는 흥망성쇠에 따라 한 사람, 한 가문이 번창했다가 쇠퇴하기도 하고, 생존의 위협에 맞닥뜨리고 원칙을 타협하지만 그래도 소중한 것만은 지켜나간다. 더욱이 여성들에게는 오르솔라가 겪는 역사는 아직도 현실이다. 여성 인권이 높아진 시대에서도 여성이 장인으로서 인정받기란 쉽지 않고, 가족과 아이를 보살피고 부양하는 일을 떠맡고도 그에 대한 감사를 받지 못한다. 오르솔라뿐만 아니라 라우라 로소, 루치아나 로소 등 수많은 여성이 가족의 수장으로서 식구들을 이끌지만, 그들의 이름은 역사서에 남지 않았다. 500년의 역사가 한 인간의 인생으로 압축되면서, 오르솔라는 조세핀 보나파르트, 혹은 카사노바나 카사티 후작 부인 등 실존 유명인과 멀고 가깝게 얽히지만, 본인은 이름 없는 범인凡人으로 살아간다. 그렇게 특별할 것도 없고, 기록될 일도 없는 평범한 우리의 삶이나 마찬가지이다.

그렇지만 역사에 기록되지 못한 평범함이 이 이야기를 특별하게 만든다.

오르솔라는 늘 한자리에서 살아가는 것 같지만, 이렇게 압축된 역사 속에서 계속 흘러가고 변화하고 있었다. 소설의 말미에, 변화에 대한 말이 등장하듯이 한곳에서 오래 버티고 살아간다는 것은 결국 시간의 변화를 받아들이기 위한 노력이 필요하다는 뜻이다. 유지와 변화, 이 두 역설이 한 사람의 삶에 깃들어 있다.

이런 역설은 유리라는 소재에도 해당된다. 물 같지만 물이 아닌 성질처럼 유리는 본연적으로 역설을 간직한 물질이다. 유리를 표현하는 가장 흔한 단어는 소포의 표기에서 보듯이 '연약한Fragile'이다. 깨어지기 쉬운 무언가를 가리킬 때 유리에 비유하는 것도 이런 속성 때문이리라. 그러나 유리는 단순히 약하다고 말하기는 어렵기도 하다. 내열유리는 불에도 견디고, 세월이 지나도 그 성질이 변하지 않는다. 순식간에 산산조각이 날 수도 있지만, 잘 보존된 유리는 과거의 형태를 그대로 간직한다. 이 또한 오르솔라와, 우리의 삶에 관한 은유이기도 하다. 연약하지만 강인하게 삶을 이끌어온 사람, 도시를 휩쓴 죽음의 병에서도 살아남고, 전쟁에서 사랑하는 가족을 잃고, 도시가 물에 잠긴다고 해도 살아가는 사람, 이것 또한 세계를 지탱해온 민중에 대한 찬사이다.

세월을 견디는 것은 마음뿐

『글래스메이커』는 이런 변화하는 세계에서 살아갈 수 있는 두 가지 힘에 대해 이야기한다. 그 대상은 예술과 사랑이다. 이 작품의 모든 페이지에서는 유리공예의 전통을 꿋꿋이 이어온 장인의 자긍심, 예술가로서의 창조성에 대한 경의가 엿보인다. 오르솔라에게 유리공예는 어려운 삶을 돕기 위한 호구지책의 일부였지만, 가문의 전통이었으며, 달리는 표현할 길 없는 창조적 욕망을 분출하는 대상이었다. 많은 소설이 결국에는 승리하는 예술가를 다루지만, 이 소설은 좌절한 예술가의 꾸준함에 초점을 맞춘다. 오르솔라는 자신이 갈망했던 사회적 인정을 받지는 못했다. 최선과 영감을 다해 세 개의 유리 목걸이를 만들었지만, 그 어느 것도 주문자의 목에 걸리지 않았고, 다른 주문으로 이어지지도 않았으며, 대중의 눈앞에도 드러나지 않았다. 그렇다고 해서 오르솔라는 유리공예를 포기하지 않았다. 관광객을 위한 장신구를 만들면서도 장인으로서의 본질은 훼손하지 않았다.

이 또한 일상을 살아가는 사람들을 위한 위로와 격려이다. 인생은 늘 우리의 기대를 배반한다. 최선을 다했지만, 늘 좋은 결과가 오는 것만은 아니다. 모든 일은 내재적 동기로 해내는 것이지만, 외부의 인정 없이 지속하는 것은 외로운 일이다. 그럼에도 꾸준히 해온 사람이 있다. 내 작품을 원하는 사람이 없다고 해도, 그 가치를 깎아내린다고 해도, 그저 관광객의 기념품이 된다고 해도 계속 작업을 포기하지 않는다. 그리고 그런 꾸준함만이 의미가 된다. 예술가의 자긍심은 쉽사리 상처받고 깨어지기 쉬운 것이지만, 오래 버티는 것만으로 그 가치를 얻는다.

이 작품은 또 세월을 견딘 마음에 관한 이야기이다. 사랑은 가끔 연약하고, 가족의 반대나 현실적 조건을 이기지 못한다. 오르솔라는 같이 떠나자는 안토니오의 제안을 거부하고 가족 곁에 남았지만, 그를 떠올린다. 사랑은 오르솔라가 만든 유리구슬처럼 한 가지 빛이 아니다. 오르솔라는 안토니오 대신 가족을 선택했고 남편에게 충실했지만, 안토니오를 향한 마음은 주머니에 늘 들어 있는 유리 돌고래처럼 평생을 함께했다. 그 모든 마음이 다 진심이었을 것이다. 같이 있지 않지만 멀리서 그리워하는 마음도 있다. 그리고 그 마음은 사람이 떠난 후에도 계속 남아서 흐른다. 대륙을 건너 오르솔라에게 계속 도달하는 푸른 돌고래처럼.

돌고래는 돌아온다, 결국에는

이 책의 종장을 읽고, 코로나19 기간에 베네치아의 대운하로 돌아온 돌고래 영상을 찾아보았다.* 우리 모두가 가장 최근에 겪은 대규모의 재난이었다. 모든 것이 멈추고 가까운 사람에게조차 떨어져 고립된 시기가 얼마 지나지 않았는데, 한참 오래된 과거처럼 느껴진다. 코로나바이러스는 우리에게 무엇을 가져다주었을까? 상실, 고독, 그리고 정체의 감각. 그렇지만 도시가 기능을 멈추자, 자연은 태초의 모습에 가까워졌다. 물고기와 돌고래가 돌아왔다.

자연의 훼손에 가장 책임이 큰 인간으로서 여기에는 양가적인 감정이 든다. 한편으로는 마음이 편해지는 면도 분명히 있다. 삶에서 어떤 재난과 비극이 일어나더라도, 우리는 회복을 향해 간다. 그것이 기다렸던 것이든, 다른 모습을 하고 나타나든, 상처는 아물고 삶은 이어진다.

『글래스메이커』의 마지막 장면도 결국은 그런 이야기를 하고 싶었던 것이 아닐까? 오랫동안 기다려왔던 이를 다시 만날 수 있었다. 그러나 그는 기다렸던 사람이 아니다. 500년 동안 계속 모양이 달라진 돌고래처럼, 그 기다림의 대상을 만나지는 못했다고 해도, 여기에는 회복과 치유의 감각이 있다.

기다렸다고 해도 바라는 것이 이루어지지 않는 것, 그것이 삶의 변덕스러움이다. 의도했지만 자칫하면 모양과 색깔이 달라지는 유리구슬과 같다. 하지만 오랫동안 살아간다면, 슬픔과 그리움을 넘어 반드시 무언가를 만난다. 잃어버린 사랑이든, 받지 못한 인정이든, 충만한 감각이든, 예상하지 못한 손님이든. 또 하루를 버텨온 당신도 언젠가

---

* https://youtu.be/KuJ9IoNKgLw?si=vnX7hs3TyhPW8IvM

당신의 푸른 돌고래를 만나기를. 가장 맑은 물에서 높이 솟구치는 반짝이는 지느러미를 볼 수 있기를. 그러면 깨닫게 되리라. 변화 속에서도 자신을 지켜온 우리는 결국에는 회복될 것이다. 삶을 꾸준히 이어갈 것이다. 모두 다 다른 유리구슬처럼 자신만의 빛으로 반짝일 것이다.

2025년 12월
박현주

대다수 단어는 이탈리아어이지만, 감정이 고조된 순간을 표현하기 위해 간혹 베네치아어를 사용했습니다. 보통 욕설이나 감탄사, 종교적 축복을 나타내는 단어입니다. 베네치아어는 '(V)'로 표기했습니다.

가르초네/니garzone/i : 유리 공방의 견습생
가르초네토/티garzonetto/i : 유리공예가 밑에서 일하는 견습생 중 어린 소년(연차가 높아지면 가르초네로 승격된다)
고토/티goto/i(V) : 일상적으로 사용하는 잔
그라치에grazie : 감사합니다

나투랄naturàl(V) : 당연하죠
논나nonna : 할머니
누오보/노베nuovo/nove : 새로운

다 본da bon(V) : 물론이죠
다베로davvero : 정말
다코르도d'accordo : 알겠어, 좋아
데 롱고de longo(V) : 직진(곤돌라 사공의 은어)
데 체르토de certo : 확실히, 물론
데나로/리denaro/i : 1페니 같은 동전으로, 12데나로가 1솔도에 해당한다
데모니demoni : 악마들

델피노delfino : 돌고래
두카토ducato : 금화. 1두카토는 124솔도에 해당한다
디 그라치아di grazia : 제발, 부디
디메dime(V) : 말해봐
디오Dio : 신, 주님, 하느님
디오 아콜가Dio accolga(V) : 주님이 (그대를, 기도를, 영혼을) 받아주시기를

라 세레니시마La Serenissima : '베네치아 공화국'을 부르는 다른 말로, '가장 평화로운 곳'이라는 뜻이다
라가체ragazze : 소녀들
라드로/리, 라드로네토ladro/i, ladronetto : 도둑, 꼬마 도둑
라드로 피올 둔 칸ladro fiol d'un can(V) : 도둑놈 개새끼
라보로lavoro : 일, 작업
로모 살바데고l'omo salvadego(V) : 야생인 (카니발에서 쓰는 인기 있는 가면 이름)

로소rosso : 빨간색의

로세타/테rosetta/e : 마리아 바로비에르가 만든 원통형 모양의 구슬(빨강과 하양, 파랑 같은 색깔이 있다)

리라/레lira/e : 1797년까지 베네치아에서 쓰인 동전으로, 1861년부터 2002년까지 이탈리아에서 사용된 공식 화폐

리바riva(V) : 큰 수역을 따라 난 둑이나 선착장

리오rio(V) : 운하

마그나메르다magnamerda(V) : 똥을 먹는 사람

마드레madre : 어머니

마르 로소mar rosso : 달거리(직역하면 '홍해'를 뜻이다)

마리아베르지네Mariavergine : 맙소사(직역하면 '성모 마리아'라는 뜻이다)

마마루코mamaluco(V) : 얼간이

마에스트로maestro : 장인

말레디치오네maledizione : 망할

메 라레그로me ralegro(V) : 축하합니다

메라비글리오사/소meravigliosa/o : 경이로운, 멋진, 훌륭한

메르다merda : 똥(각종 비속어 표현에 사용된다)

모나mona(V) : 여성을 부르는 비속어

모로moro(V) : 무어인

몰토 벨레molto belle : 매우 아름답다

무라네시 마간체시Muranesi maganzesi(V) : 시무룩한 무라노인

무소 다 모나muso da mona(V) : 얼굴 생김새를 비하하는 욕설

미 디스피아체mi dispiace : 미안합니다(사과나 유감을 표현하는 말)

미모르티mimorti!(V) : 세상에 맙소사, 나 망했네(말 그대로는 '내가 저지른 짓'이라는 뜻이다)

미아 아마타mia amata : 내 사랑하는 이(다정히 부르는 호칭)

미오 디오mio Dio : 맙소사

밀레피오리millefiori : 수많은 꽃이 찍힌 구슬(직역하면 '천 송이의 꽃'이라는 뜻이다)

바 베네va bene : 좋아요, 알았어요

바 알 디아볼로va' al diavolo : 지옥에나 가

바스타basta : 그만, 됐어

바스타르도/디bastardo/i : 개자식

바우카bauca(V) : 멍청이

바테네vattene! : 꺼져!

베네bene : 좋은, 훌륭한

베로vero : 정말로, 진짜로

베아bea(V) : 예쁜

베코 포투오becco fotuo(V) : 마누라 바람났냐(아내가 바람난 남자를 비하해서 부르는 표현)

베키오vecchio : 옛, 구舊

베트라이vetrai : 유리공예가들

베트로vetro : 유리

벤 쿠시ben cussì(V) : 잘했어, 잘 말했어

벨라bella : 아름다운 아가씨

벨리시모/마/메bellissimo/a/e : 아름다운

본조르노buongiorno : 좋은 하루 보내세요(낮 인사)

부솔라이bussolai(V) : 베네치아식 비스킷

부오나세라buonasera : 좋은 저녁이에요(저녁 인사)

부차론/로니buzaròn/i(V) : 사기꾼

부폰bufòn(V) : 바보, 멍청이

비골리 알 네로 디 세피아bigoli al nero di seppia : 오징어 먹물 파스타

비스데카소visdecasso(V) : 얼굴을 비하하는 욕설로, 상대를 부르는 비속어

사르데 인 사오르sarde in saor(V) : 양념에 재운 정어리 요리

산돌로/리sandolo/i(V) : 바닥이 평평한 배

세르벤테/티servente/i : 유리 장인(마에스트로)의 바로 아래 직급

세솔라/레sessola/e(V) : 구슬을 꿸 때 사용

하는 얕은 나무 냄비

세스티에레/리sestiere/i(V) : 베네치아의
　행정구역

세이 벨리시마sei bellissima : 당신은 아름
　답습니다

셈피아sempia(V) : 바보

소렐라sorella : 여동생

솔도/디soldo/i : 19세기 중반까지 베네치
　아에서 일상용품을 구입할 때 사용
　한 소액의 동전

스쿠세메scusème(V) : 실례합니다

스타 치토sta' zitto : 입 닥쳐

스토 베네sto bene : 나는 괜찮아요, 잘 지
　내요

스트론초/차stronzo/a(V) : 똥을 가리키는
　욕설

스페타콜라레spettacolare : 환상적인, 장관
　인

스프로틴sprotin(V) : 잘난 척하는 녀석

스피골리spigoli(V) : 포커와 비슷한 카드놀
　이

스피아spia : 스파이

시뇨라/레signora/e : 결혼한 여성에게 붙
　이는 경칭

시뇨르/레signor/e : 남성에게 붙이는 경칭

시뇨리나signorina : 젊은 여성에게 붙이는
　경칭

씨sì : 네

아 도마니a domani : 내일이 올 때까지, 내
　일 만나요

아 스타간도a stagando(V) : 오른쪽으로(곤
　돌라 사공의 은어)

아 프레만도a premando(V) : 왼쪽으로(곤돌
　라 사공의 은어)

아데소adesso : 지금 당장

아디오addio(V) : 안녕히(작별 인사)

아리베데르치arrivederci : 다시 만나요(작별
　인사)

아모르/레 미오amor/e mio : 내 사랑(다정히

부르는 호칭)

아베테 카피토 베네avete capito bene? : 똑
　바로 이해하겠지?

아쿠아 알타acqua alta : 만조에 물이 범람
　하는 현상

아텐치오네Attenzione : 주의, 조심

아히아ahia! : 아얏!

안다테andate : 가다, 떠나다

안다테베네andatavene! : 꺼져, 다른 데로
　가!

안드로네androne : 만조에 물이 흘러넘쳐
　도 되게 집 안에 만들어놓은 지상 높
　이의 공간

안디아모andiamo : 가자

알라 베네치아나alla Veneziana : 베네치아
　식으로

알로라allora : 그럼, 그래서

에 알로라e allora? : 그래서 뭐 어쨌다고?

에스크레멘티 디 코닐리오escrementi di
　coniglio : 토끼 똥

에스크레멘티 디 토포escrementi di topo :
　쥐똥

에코ecco : 자, 있잖아

에히ehi! : 어이!

오비아멘테ovviamente : 분명히, 당연히

오에oe : 어어이

오치오ocio!(V) : 조심해!

울리베타/테 스폴레타/테ulivetta/e
　spoletta/e : 타원형 구슬

인 모나 아 투 마레in mona a to mare(V) : 네
　어미 ×할(곤돌라 사공의 욕설)

인 보카 알 루포in bocca al lupo : 행운을 빈
　다('늑대의 입속으로'라는 뜻이기도 하다)

일 쥬다il Giuda : 배신자 유다

임페스타다impestada(V) : 더러워진, 감염
　된(페스트에서 유래된 표현)

임피라레사/세impiraressa/e : 구슬 꿰는 사
　람

체키노/니zecchino/i(V) : 큰 액수의 동전으

로, 1체키노는 440솔도에 해당한다

첸달레zendale : 검은 망토 같은 옷

치아zia : 고모

치케토/티cicchetto/i : 간단한 간식

카나자canagia(V) : 불한당, 파렴치한

카넬라canella : 원통형 구슬

카로/라caro/a : 사랑하는 사람, 귀여운 사
람(상대를 정겹게 부르는 호칭)

카르네발레Carnevale : 12월 26일부터 사
순절까지 이어지는 카니발 축제

카발루초 마리노cavalluccio marino : 해마

카오를리나/네caorlina/e : 선두와 선미가
위로 휘어진 길고 좁은 배

카체토cazzetto(V) : ×만한 새끼(상대를 부
르는 비속어)

칸카로càncaro(V) : 죽일 놈('암'이라는 뜻이
지만, 과격한 욕설로 사용)

칼레calle : 통로, 거리

칼세도니오calcedonio : 석영의 일종인 칼
세도니석처럼 보이는 유리

캄포campo(V) : 광장

케 디오 리/로/라/티 테냐che Dio li/lo/la/
ti tegna(V) : 그들/그/그녀/당신에게
신의 가호가 있길, 행운을 빕니다

케 디오 아비아 피에타 델라 소 아네마, 에
데 라 노스트라che Dio abia pietà della
so anema, e de la nostra(V) : 주님, 그
의 영혼에, 그리고 우리의 영혼에 자
비를 베푸소서

케 베아 코케타che bea cocheta(V) : 아름다
운 아가씨로군

케 벨라/로che bella/o! : 참 예쁘네!

케 산 니콜로 테 테냐 나 만 술 카오che San
Nicolò te tegna 'na man sul cao(V) : 성
니콜로가 머리에 손을 얹고 보살펴
주시길

케 코사che cosa? : 뭐라고?

코문퀘comunque : 어쨌든

코시così : 그런 식으로

콘 콤플리멘티con complimenti : 작은 성의
를 담아

콘테리에conterie : 유리 씨앗 구슬

크레티노cretino : 얼간이

크리스탈로 베네치아노cristallo veneziano :
베네치아 크리스털(투명 유리)

타 모르티 카니ta morti cani(V) : 네 죽은 친
척들은 개다(곤돌라 사공의 욕설)

탄토tanto : 많이, 무척

테 로 쥬로te lo giuro : 맹세해요

테라페르마terraferma : 본토

투토/티tutto/i : 모두, 모든 것

트라게토/티traghetto/i : 페리처럼 사람을
실어 나르는 곤돌라 또는 곤돌라
사공이 뱃삯을 받기 위해 기다리는
장소

티ti : 너(2인칭 대명사)

티 제 이마토니오ti xe imatonìo?(V) : '너 얼
어맞아서 정신이 멍하냐?', '너 돌머리
냐?'와 같은 의미의 속어

티라도레/리tiradori(V) : 유리공예에서 유
리봉을 뽑는 사람

티피코tipico : 전형적인

파드레padre : 아버지

파세자타passeggiata : 저녁 산책

파스토네pastone : 원통형 유리

파타테patate : '감자'의 복수형

파테르노스트로paternostro : 묵주 같은 원
형 구슬

팔라초palazzo : 대저택

페로ferro : 곤돌라 앞에 붙이는 철제 장식

페르 라모르 디 디오per l'amor di Dio : 하느
님의 사랑을 위해('맙소사' 같은 감탄사
로 쓴다)

페르 파보레per favore : 부탁드립니다

페르도나테/미perdonate/mi : 실례합니다

페르페토perfetto : 완벽한

페를레perle : 진주

페스테peste : 페스트, 역병

페아타/테peata/e : 대형 바지선 같은 배

펠체felze : 곤돌라 위의 선실 역할을 하는
　　구조물

포르콜라forcola : 곤돌라에 달린 노 받침대

폰다멘타fondamenta(V) : 거리(베네치아나
　　무라노 일대에서 운하를 따라 난 길을 부
　　르는 말)

폰다코fondaco : 창고

폰테ponte : 다리

푸타나puttana : 창녀

푸텔레토 데 무란puteletto de Muran(V) : 무
　　라노 꼬마 녀석

프레고prego : 부디, 먼저 하십시오, 환영
　　합니다

프로바prova : 세르벤테나 마에스트로가
　　되기 위해서 거쳐야 하는 시험

프로베디토리 알라 사니타provveditori alla
　　sanità : 보건 감독관

프론토pronto : 여보세요(직역하면 준비되었다
　　는 뜻이지만, 전화 통화에서 처음 하는 말)

프리톨라/레fritola/e(V) : 튀김(도넛)

피아차piazza : 광장

피아체타piazzetta : 작은 광장

피칸테piccante : 향신료 맛이 강한, 매운

글래스메이커

초판 1쇄 인쇄 ｜ 2026년 1월 20일
초판 1쇄 발행 ｜ 2026년 1월 27일

지은이 ｜ 트레이시 슈발리에
옮긴이 ｜ 박현주
펴낸이 ｜ 박남숙

펴낸곳 ｜ 소소의책
출판등록 ｜ 2017년 5월 10일 제2017-000117호
주소 ｜ 03961 서울특별시 마포구 방울내로9길 24 301호(망원동)
전화 ｜ 02-324-7488
팩스 ｜ 02-324-7489
이메일 ｜ sosopub@sosokorea.com

ISBN 979-11-7165-032-3 03840
책값은 뒤표지에 있습니다.